# 第三批国家级
# 非物质文化遗产名录
# 图典

（上）

王文章 主编

文化藝術出版社
Culture and Art Publishing House

# 编辑委员会

# 目录

## 二、传统音乐（共计16项）

## 三、传统舞蹈（共计15项）



## 四、传统戏剧（共计20项）

五、曲艺（共计18项）



六、传统体育、游艺与杂技（共计15项）

## 七、传统美术（共计13项）



## 八、传统技艺（共计26项）

## 九、传统医药（共计4项）



## 十、民俗（共计23项）

## 国家级非物质文化遗产扩展项目名录（共计164项）

### 一、民间文学（共计8项）

## 二、传统音乐（共计16项）



## 三、传统舞蹈（共计16项）

## 四、传统戏剧（共计28项）

## 五、曲艺（共计10项）



## 六、传统体育、游艺与杂技（共计8项）

## 七、传统美术（共计19项）

## 八、传统技艺（共计28项）

## 九、传统医药（共计7项）



## 十、民俗（共计24项）

# 索引

# 前 言

在浩瀚的历史长河中，中华民族创造并积累了丰富而又珍贵的文化遗产。以人的实践活动为主要载体，并活态存续的非物质文化遗产是中华文明成果的重要组成部分。为了保护非物质文化遗产，通过建立名录对保护对象予以确认，是非物质文化遗产保护实践重要的基础性工作之一。

2011年6月实施的《中华人民共和国非物质文化遗产法》，明确了我国建立非物质文化遗产名录保护制度。我国是联合国教科文组织《保护非物质文化遗产公约》（以下简称《公约》）缔约国。按照《公约》要求，缔约国在国家一级开展非物质文化遗产保护应建立编辑、公布、更新国家项目清单的制度。因此，建立名录体系，既是依照我国法律保护非物质文化遗产的要求，也是《公约》缔约国的履约责任。2006年5月20日，国务院公布了我国第一批国家级非物质文化遗产名录（共计518项）。2008年6月7日，国务院公布了第二批国家级非物质文化遗产名录（共计510项）和第一批国家级非物质文化遗产扩展项目名录（共计147项）。

2009年9月，文化部开展了第三批国家级非物质文化遗产名录的申报和评审工作。根据《国家级非物质文化遗产代表作申报评定暂行办法》的要求，文化部组织有关专家按照评审标准对全国31个省、自治区、直辖市和新疆生产建设兵团、香港特别行政区、澳门特别行政区及中直单位申报的3136个项目进行了审议。国家级非物质文化遗产名录评审委员会根据项目价值进行了认真评审和科学认定，提出第三批国家级非物质文化遗产名录推荐项目名单共349项，其中新入选项目190项，扩展项目159项。2010年5月，文化部将第三批国家级非物质文化遗产名录推荐项目名单向社会公示。2010年11月，我国非物质文化遗产保护部际联席会议制度成员单位审议并原则通过第三批国家级非物质文化遗产名录推荐项目名单，上报国务院批准公布。2011年6月10日，国务院公布了第三批国家级非物质文化遗产名录，包括191个项目以及国家级非物质文化遗产扩展项目164个，分别列于民间文学，传统音乐，传统舞蹈，传统戏剧，曲艺，传统体育、游艺与杂技，传统美术，传统技艺，传统医药，民俗十个门类。

国家级非物质文化遗产名录的持续分批公布，对于推动我国非物质文化遗产保护进程具有重大的意义。

为了体现我国非物质文化遗产保护成果，让民众能够全面、系统地了解、认识第三批国家级非物质文化遗产名录和国家级非物质文化遗产扩展项目名录的传承区域、历史渊源、表现形态、文化价值以及存续状况，在文化部的领导下，中国艺术研究院·中国非物质文化遗产保护中心组织专家学者，继已于2006年编撰出版的《第一批国家级非物质文化遗产名录图典》之后，又编撰了《第二批国家级非物质文化遗产名录图典》（待出版）和《第三批国家级非物质文化遗产名录图典》。

《第三批国家级非物质文化遗产名录图典》的图文原始资料，主要来源于各省、自治区、直辖市文化厅（局），新疆生产建设兵团文化广播电视局，各级非物质文化遗产保护中心及相关单位和团体上报文化部的国家级非物质文化遗产项目名录的申报材料。为了使这部图典兼具学术性、知识性与文献性，文化部、中国艺术研究院·中国非物质文化遗产保护中心组织国家非物质文化遗产保护工作专家委员会的相关专家和工作人员完成了本书的编撰工作。与此同时，各省、自治区、直辖市文化厅（局），新疆生产建设兵团文化广播电视局，各级非物质文化遗产保护中心及中直单位等机构为核实、补充相关信息做了大量细致的工作。在此，我们诚挚地感谢所有参与本书编撰工作的单位和个人。

在本书的编撰过程中，得到了文化部、文化部非物质文化遗产司、中国艺术研究院的高度重视和大力支持，也得到了文化艺术出版社的大力协助，在此一并致谢。

编者

2012年5月26日

# 国务院关于公布第三批国家级非物质文化遗产名录的通知

国发〔2011〕14号

各省、自治区、直辖市人民政府，国务院各部委、各直属机构：

国务院批准文化部确定的第三批国家级非物质文化遗产名录（共计191项）和国家级非物质文化遗产名录扩展项目名录（共计164项），现予公布。

各地区、各部门要按照《国务院关于加强文化遗产保护的通知》（国发〔2005〕42号）和《国务院办公厅关于加强我国非物质文化遗产保护工作的意见》（国办发〔2005〕18号）要求，认真贯彻落实"保护为主、抢救第一、合理利用、传承发展"的工作方针，坚持科学的保护理念，扎实做好非物质文化遗产名录项目的保护、传承和管理工作，努力推动非物质文化遗产保护迈上新的台阶，为构建完备的、有中国特色的非物质文化遗产保护制度，推动文化大发展大繁荣，建设中华民族共有精神家园，满足人民群众日益增长的精神文化需求，作出积极的贡献。

国务院

二〇一一年五月二十三日

# 第三批国家级非物质文化遗产

# 名　　录

# 民间文学

第三批国家级非物质文化遗产名录

1029 Ⅰ-85 天坛传说
1030 Ⅰ-86 曹雪芹传说
1031 Ⅰ-87 契丹始祖传说
1032 Ⅰ-88 赵氏孤儿传说
1033 Ⅰ-89 白马拖缰传说
1034 Ⅰ-90 舜的传说
1035 Ⅰ-91 禹的传说
1036 Ⅰ-92 防风传说
1037 Ⅰ-93 盘瓠传说
1038 Ⅰ-94 庄子传说
1039 Ⅰ-95 柳毅传说
1040 Ⅰ-96 禅宗祖师传说
1041 Ⅰ-97 布袋和尚传说
1042 Ⅰ-98 钱王传说
1043 Ⅰ-99 苏东坡传说
1044 Ⅰ-100 王羲之传说
1045 Ⅰ-101 李时珍传说
1046 Ⅰ-102 蔡伦造纸传说
1047 Ⅰ-103 牡丹传说
1048 Ⅰ-104 泰山传说
1049 Ⅰ-105 黄鹤楼传说
1050 Ⅰ-106 烂柯山的传说
1051 Ⅰ-107 珞巴族始祖传说
1052 Ⅰ-108 阿尼玛卿雪山传说
1053 Ⅰ-109 锡伯族民间故事
1054 Ⅰ-110 嘉黎民间故事
1055 Ⅰ-111 海洋动物故事
1056 Ⅰ-112 土家族哭嫁歌
1057 Ⅰ-113 坡芽情歌
1058 Ⅰ-114 祝赞词
1059 Ⅰ-115 黑暗传
1060 Ⅰ-116 陶克陶胡
1061 Ⅰ-117 密洛陀
1062 Ⅰ-118 亚鲁王
1063 Ⅰ-119 目瑙斋瓦
1064 Ⅰ-120 洛奇洛耶与扎斯扎依
1065 Ⅰ-121 阿细先基
1066 Ⅰ-122 羌戈大战
1067 Ⅰ-123 恰克恰克
1068 Ⅰ-124 酉阳古歌
1069 Ⅰ-125 谚语（沪谚）

1029
I-85

# 天坛传说

申报地区或单位：北京市东城区

传说源起的重要文化空间——天坛祈年殿

天坛始建于明永乐十八年（1420），明清两代帝王在此祭天、祈谷和祈雨。天坛的传说因天坛建筑和皇帝祭天大典而萌生和发展。“天人合一”宇宙观的融入，使天坛建筑群具有神圣而独特的寓意，成为相关传说发生和繁盛的重要驱动因素。天坛传说在北京市民中广为流传，特别是在天坛周边的地区金鱼池、法塔寺、四块玉、天桥等，尤其盛传不衰，是北京本土文化的一支奇葩。天坛传说大致包括天坛建立传说、景物传说、民俗传说、坛根儿传说、相关人物传说五个部分。

天坛传说以口头民间文学特有的流传延续模式，在社会群体中传承。数百年来，一直以口口相传的方式代代相传。20世纪80年代，崇文区文化馆（现东城区第二文化馆）、天坛公园管理处采录编辑了《崇文民间文学选编》和《天坛景物传说》。2005年全国非遗普查以来，崇文区非物质文化遗产保护中心（现东城区非物质文化遗产保护中心）又组织力量新收集采录了一批天坛传说。

藻井上的金龙是龙凤石传说中的主角（王树宪　摄）

九龙柏里有传说（李俊玲　摄）

传说回音壁是乾隆爷起的名（王树宪　摄）

天坛里面说天坛（李俊玲　摄）

天坛传说有深厚的历史、文化和文学价值。其一，它体现了“天为阳，地为阴”、“天圆地方”、“天人合一”、“天人感应”等一系列中国人的宇宙观。其二，无论是与天坛建筑和功能相关的，抑或是阴阳相济的哲学观念，与帝王形迹、与礼俗相关的传说，都是从平民百姓的立场所作的阐释与演绎。其三，天坛的传说传播途径多种多样，在传播中具有广泛性和延伸性。

1030
I-86

# 曹雪芹传说

## 申报地区或单位：北京市海淀区

团城：传说，曹雪芹在此行侠仗义，并为之设计了放马黄城。（黄亦工　摄）

曹雪芹（西山）传说是主要流传于北京香山、寿安山、金山——被称为“小西山”一带、以曹雪芹其人和《红楼梦》为题材的民间传说，属于“人物传说”。

曹雪芹（西山）传说是香山地区民众的集体口头创作，流传时间已有二百余年。内容涉及曹雪芹的生平经历、性情品貌、出众才华以及《红楼梦》的人物原型、创作环境等，表达了人们对曹雪芹及《红楼梦》的喜爱，从一个侧面反映了作家和作品对社会的影响。曹雪芹死后，随着时间的推移，关于他的传说得到了进一步的强化，逐渐把当地的风土人情、山川景物、历史故事和人物典故也附会到传说中来，加诸于曹雪芹身上，使曹雪芹作为伟大作家之外，又具有了若干行侠仗义的“机智人物”的色彩。在口头流传过程中不断被加工琢磨，传说色彩日浓，表现了北京西山地区人民的思想认识、道德观念、生活态度、审美情趣，及对于各种客观事物的评价，具有反映社会生活广泛性和深刻性的特点。

曹雪芹（西山）传说是通过民众集体传承方式流传下来的一宗珍贵文化遗产，但是由于人口的流动、老人相继故去以及娱乐方式的多元化，目前处于濒危状态。

香山门头村老人讲述曹雪芹传说（李明新　摄）

香山老人讲述曹雪芹传说（李明新　摄）

法海寺：相传曹雪芹出家的地方（李明新　摄）

1031
I-87

# 契丹始祖传说

申报地区或单位：河北省平泉县

平泉镇八家契丹始祖传说雕像

契丹始祖传说历史悠久。据调查，在平泉县已经历了一个漫长的发展过程，以口传心授的方式一直流传至今。流传的区域是平泉县及周边地区。平泉县因“平地涌泉”而得名。处在辽宁、内蒙古、河北三省交界地，是多民族聚集区，蕴含着丰富的民间文化资源。

契丹始祖传说是这样的：在很久很久以前，有一神人居住在平泉县柳溪乡的光头山（古称马盂山），他骑着一匹白马沿着老哈河（古称土河）顺流向东而去。有一天女居住在西拉木伦河（古称潢河）上游的平地松林中，她驾着青牛车顺着西拉木伦河而下，两人相遇在内蒙古赤峰的木叶山二水交汇之处，辽河之畔。两人一见钟情，结为夫妻，生了8个儿子，以后族属逐渐繁盛，形成了最早的“契丹古八部”。他们各部族都供奉青牛白马，以表示用始来之物祭祀祖先。

记录契丹始祖传说的平泉镇地方文献

契丹始祖传说讲述场景

此传说在平泉的影响很大，人们认为现在平泉男糊白马女糊青牛的丧葬习俗即来源于此，这从一个侧面印证了契丹始祖诞生、发祥于平泉，对研究契丹族的起源有不可替代的作用。“青牛白马”可能是一种图腾，通过对它的研究，可以进一步揭开丧葬习俗之谜，丰富民俗学内容。

1032
I- 88

# 赵氏孤儿传说

申报地区或单位：山西省盂县

藏孤洞：传说赵氏孤儿藏匿15年的地方（郭秋彦　摄）

春秋时期，晋国国君晋景公听信权臣屠岸贾谗言，致使赵氏家族三百余口被满门抄斩，义士程婴和公孙杵臼将赵盾之孙赵武救出，策马逃入千里之外的盂山（今盂县藏山）藏匿15年之久。当地百姓为保忠良之后，送水送饭，程婴带着赵氏孤儿习文练武，把一个婴儿抚养成英俊少年，直至赵家冤屈得以昭雪。

这个悲壮故事最早见于《左传》、《史记》，后《东周列国志》、《大元大一统志》、《太原志》、《大明一统志》、《山西通志》均有记载。

以两千六百年前发生的这一段惊心动魄的史实为核心，围绕着救孤、藏孤和育孤等母题和情节，在藏匿赵氏孤儿赵武的山西省盂县境内及其周边地区，如藏山景区的藏孤洞、报恩祠、育孤园等景点及附近的藏山村、大围、慌鞍岭、宝剑沟、落箭山等与当年程婴携孤远逃追杀、救孤育孤相关的地区，流传着大量为老百姓所喜闻乐见的口头传说故事，形成了一个既基于历史事件、又富有幻想色彩的"史实传说群"。有些传说甚至还在代代相传中被赋予了神奇色彩，逐渐演变成为神话，赵武甚至被老百姓祀奉为"藏山大王"。

藏山村民讲述“村民育孤”（郭秋彦　摄）

藏山村民讲述赵氏孤儿传说（郭秋彦　摄）

赵氏孤儿传说的重要历史价值和文化价值，在于塑造了轻生死、重然诺的道德观，形成了忠义文化的精神实质，成为中外历代作家创作的素材，广为传播。元代剧作家纪君祥最早把它改编成戏剧作品《赵氏孤儿大报仇》，成为中国十大悲剧之首。18世纪法国作家伏尔泰将其译成话剧《中国孤儿》在欧洲上演，引起轰动，为我国最早走出国门的古典戏剧作品。

讲述“藏孤救孤”（郭秋彦　摄）

1033
I-89

# 白马拖缰传说

## 申报地区或单位：山西省晋城市城区

白马拖缰传说的基本母题（梗概）是：相传，一个砍柴少年为财主打柴，路遇一老者向其索柴取暖。少年慨然施柴于老者。老者回赠他一纸马。在少年砍柴郎遭遇暴风雪困境时，纸马变成一匹白马，为少年驮炭解困。财主得知后，欲将神马据为己有，被白马踢翻在地。砍柴郎骑白马腾空而去。缰绳拖过的山梁，至今寸草不生，且散落下了一地敲击有声的马铃石。

“白马拖缰”原是一个传统的“报恩”型的民间故事，在山西晋城地域流传广泛。在旧《泽州府志》、《晋城县志》上曾有所记载。在其漫长的发展嬗变过程中，从“报恩”和“白马舍生取义”的母题生发开去，逐渐附会和衍生出一系列内容大致相同、而情节和人物各异的故事，特别是与当地的白马寺山和白马禅寺之得名联系起来后，由一个传统民间故事兼并了当地山峦、寺庙等风物内容，变身成一个地方风物传说群，并在一定程度上折射出佛教文化的色彩。

山西晋城白马禅寺全景（牛文红　摄）

山西晋城白马禅寺（局部）（牛文红　摄）

老百姓在讲述白马拖缰的传说（牛文红　摄）

白马拖缰传说讲述场景（牛文红　摄）

老百姓在讲述白马拖缰的传说（牛文红　摄）

砍柴郎以木柴施助路遇的老者取暖，老者以能幻化为白马（灵异之兽）的纸马回赠砍柴郎，体现了人间的真善美，张扬了中国传统的道德。

1034
I-90

# 舜的传说

申报地区或单位：山西省沁水县，山东省诸城市

诸城舜庙舜帝塑像（别培海　摄）

舜，有虞氏，亦称虞舜，是神话传说中的三皇五帝之一。《孟子·离娄篇》下：“舜生于诸冯，迁于负夏，卒于鸣条；东夷之人也。”舜父瞽叟盲，母早死，后母之子象欲杀舜。在尧二女的帮助下，战胜其傲狠之弟象。舜勤劳、善良，品行端正，以孝著称，有卓越的才干和高尚的人格力量。《墨子·尚贤下》：“昔者舜耕于历山，陶于河濒，渔于雷泽，灰于常阳，尧得之服泽之阳，立为天子。”有传说称舜是箫的创造者。（《世本·作篇》）经四岳推荐，尧以二女妻舜，禅帝位于舜。舜又以天下授禹。后南巡狩，崩于苍梧之野。尝被尊为春神和农业神。

舜的传说广布于全国许多地方。各地的民众把舜的出生、事业、品德，以及相关的地名、家祠、风物与其联系起来，编织和附会出种种神话传说，颂扬他的明德、孝悌、忠君、治国理念。山东省诸城市诸冯村流传的大舜传说，主要有：奇异的出生、大舜名字由来、母亲临终教子、后母三次陷害舜、尧三次考验舜等。山西省沁水县城西历山一带，被认为是舜躬耕过的历山，这一带的传说，主要有：舜耕治历山传说、舜的生活和婚姻方面的传说、舜与当地植物及地名渊源的传说。

诸城舜庙（局部）（别培海　摄）

村民讲述舜的传说（别培海　摄）

村民讲述舜的传说（别培海　摄）

舜的神话传说史籍上多有记载，经儒家的传播，更增添了生命活力。其所反映的原始部落社会和农耕文明的情况，具有文化历史研究价值。其所颂扬的中华美德和传统思想，仍然是当代构建和谐社会的宝贵遗产。

1035
I-91

# 禹的传说

申报地区或单位：四川省汶川县，北川羌族自治县

大禹故里——羌风浓郁的北川县（徐正斌　摄）

鲧禹治水神话，已有几千年流传史。其主要内容是：“鲧窃帝之息壤以堙洪水，不待帝命。帝令祝融杀鲧于羽郊。鲧复（腹）生禹。帝乃命禹卒布土以定九州。”（《山海经·海内经》）“禹在治水时，有神龙以尾画地，导水所注，当决者因而治之也。”（《天问》王逸注）

在我国各少数民族中，将禹奉为神灵，且全民族对其顶礼膜拜者，仅见于羌族。禹被羌族人民视为自己民族的保护神，羌族地区被视为大禹故里。史书有“禹生石纽”的记载。石纽山、刳儿坪、涂禹山、禹碑岭等多有禹迹所在。

载籍中的禹神话，“鲧妻修已，吞神珠薏苡而生禹。”（《史记·夏本纪》）“禹本汶山郡广柔县人，生于石纽，其地名痢儿畔（刳儿坪）。”（扬雄《蜀王本纪》）“石纽，古汶山郡也。崇伯得有莘氏女，治水行天下，而生禹于石纽刳儿坪。”（常璩《华阳国志》）虽经千年历史变迁，现在还在北川和汶川等羌族地区流传。如《石纽投胎》、《刳儿坪出世》、《大禹出

“禹生西羌”雕像（徐正斌　摄）

史料记载禹穴沟石壁上李白所书的“禹穴”二字（徐正斌　摄）

汶川威州镇禹王祠（局部）（陈进　摄）

老百姓在石纽山上讲述大禹出生的故事（陈进　摄）

羌人所留的“禹王救命”发辫（陈进　摄）

生》、《夏禹王的传说》、《涂山联姻》、《背岭导江》、《化诸拱山》等，如今还在羌族地区流传；口头流传中，被赋予了羌人种种原始的观念和幻想，吸纳了许多时代的因素和情节。如把治水与羌族的天神木比塔联系起来；把古籍记载的“应龙以尾画地”、“黄龙曳尾于前”等情节具体化了。

禹神话所体现的自强不息、艰苦奋斗的精神，是中华民族应当永续传承的文化精神。“5・12”大地震后，羌族禹的传说处于失传的境地，保护工作迫在眉睫。

1036
I-92

# 防风传说

申报地区或单位：浙江省德清县

浙江德清防风氏祠（吴文贤　摄）

防风氏是上古神话中的一位治水英雄，在会稽山群神相会时，因迟到而被大禹所戮。“其长三丈，其骨头专车。”“（防风）汪芒氏之君也，守封嵎之山者也……在虞、夏、商为汪芒氏，于周为长狄，今为大人。”（《国语·鲁语》下）因其“骨大”史称“大人”、“巨人”。《述异记》：“越俗，祭防风神，奏防风古乐，截竹长三尺，吹之如嗥，三人被发而舞。”

现代口头流传的防风神话传说，发现于20世纪八九十年代“十大民间文艺集成志书”普查编纂过程中，是载籍防风神话的活态延续。其流传的中心区域在今浙江省德清县三合乡境内封禺二山之间及周边地区。当代口头流传的防风传说有三类：1.古神话的流变类：《尧封防风国》、《大禹找防风》、《防风之死》、《防风三难大禹》等。2.与当地地理风貌相粘合类：《防风塔》、《防风井》。3.附会了当地俗神的信仰传说，如四弟相公、樊兴王、李王、戴老爷等。

防风神话具有重要的民间口头文学价值和学术研究价值，引起学界高度关注。20世纪90年代初先后两次召开防风学术研讨会，出版有《防风氏的历史与文化》、《防风神话研究》、《防风氏资料汇编》等学术著作。

由于老艺人或年事已高或已去世，“活态”传承群体日渐萎缩。在当地政府和学者的倡导、研究下，逐步开展普查、召开研讨会等工作，制定了5年抢救规划，使得防风神话传说得到更好地保护，并加以传承。

防风氏像（吴文贤　摄）

防风氏祠内壁画《防风踩湖泄洪》（吴文贤　摄）

1037
I-93

# 盘瓠传说

申报地区或单位：湖南省泸溪县

湖南泸溪盘瓠庙（赵春华　摄）

盘瓠传说的基本内容是：古时，高辛王帝喾与犬戎国交战，屡战不胜，只因犬戎国的吴将军十分厉害，高辛王颁旨，谁取得吴将军首级，许女为妻，赏金封地。一天，一只狗衔一人头伏于殿上。这狗就是盘瓠。高辛王见立功者是狗，便以帝女不能嫁给狗为由赖婚了。辛女表示愿意履约。帝怒，将辛女打入冷宫。盘瓠前来驮着辛女飞出窗外，来到泸溪境内沅水西岸一座绝壁上的山洞里。此后，盘瓠和辛女生了六男六女，繁衍后代。盘瓠传说，广泛流传于湘西和黔东北的苗族居住地区以及我国东南部。

盘瓠传说最早见诸文字的是范晔的《后汉书》，后史书和典籍多有记载，并由传说逐渐衍生出大量以盘瓠与辛女为核心情节并附会上种种社会内容的传说，以及民族、信仰、语言、祭祀、舞蹈、医药、丧葬、习俗等诸种文化事象。在泸溪一带，还有多处与盘瓠和辛女事迹有关的盘瓠洞、盘瓠庙、辛女岩、辛女庵等地貌实体和祭祀场所。

盘瓠传说，约产生于母系社会向夫权社会过渡时期，初根植于苗族先民渔猎经济与原始农业社会的土壤，渊源久远，代代传诵，是我国民间文学（口头文学）宝库中极为重要的资料和珍贵的文化遗产。传说以及所衍生的民族学、宗教学、语言学等诸多事象，对研究苗族民俗、历史文化具有重要价值。

湖南泸溪侯家辛女庵

湖南泸溪盘瓠洞（赵春华　摄）

老百姓讲述盘瓠传说

1038
I-94

# 庄子传说

申报地区或单位：山东省东明县

山东东明庄子观外景（东明县文化馆　提供）

东明，古曰东昏，位居山东省菏泽市西部。广为流传于我国民间及世界华人中的庄子传说，就起源于这里，距今已有两千三百多年的历史。庄子，名周，字子休，据《史记》记载为战国时蒙人，是我国历史上著名的思想家、哲学家和文学家，他发展了老子的学说，是道家学派的创始人之一。

在战国时期，庄子的故事就开始流传。他曾做过漆园吏，不久辞官归隐，过着清贫的生活，有时靠打草鞋、钓鱼维持生计，但他鄙视名利。楚威王重金聘请他为相，他坚辞不受。有关庄子对社会、自然、人生、道德、政治等方面的体验和感受而衍化出来的民间传说故事，据统计有一百二十多个，经常被老百姓讲到的有三四十个，内容涉及庄子的出身来历，庄子对政治、自然、人生的原则态度，及与庄子有关的特殊物品的来历等，如传说中的《烧香出碗盘》、《庄子观前狮子半拉（个）头》等。在东明至今仍留有杨日升重修庄子观碑、漆园遗址、南华山遗址、登云桥碑、庄子观、庄子墓等遗迹。

庄子传说，不仅蕴含了庄子对宇宙、自然、社会、人生、道德等各方面独到而深刻的见解，更多的是代表了庄子面对大小、多少、美丑和生活中点点滴滴的态度，从而使庄子的宇宙观、自然观、人生观以民间传说的形式，遗留给后世。

村民讲述庄子传说（李红岳　摄）

东明县庄寨村庄氏后裔（李红岳　摄）

重修庄子观的万民感恩碑（李红岳　摄）

庄子传说深深扎根于民间，语言特点尤为突出，所涉及的地理位置、民风民俗、引典佐证都有地方特色。庄子传说故事已成为庄子文化研究的重要来源。他顺应自然、保持真性、珍惜人生、处事达观的传说故事，在国内外华人中具有极大的认同感和亲和力，是灿烂的中华民族文化瑰宝。

有关庄子传说的部分著述（李红岳　摄）

1039
I-95

# 柳毅传说

申报地区或单位：山东省潍坊市寒亭区

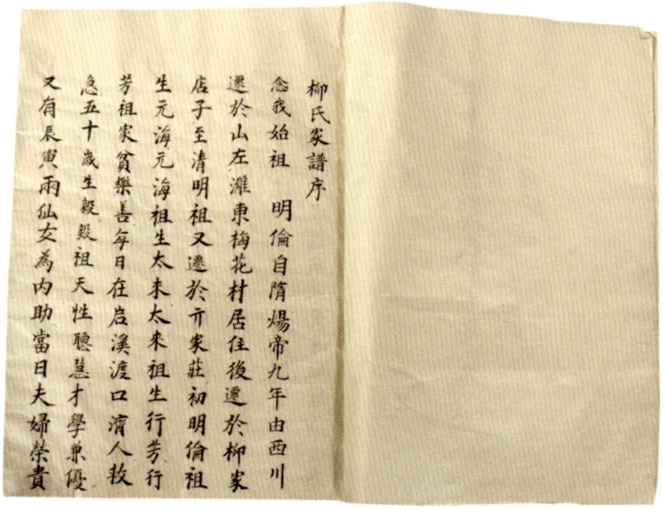
柳氏家譜序
念我始祖　明倫自隋煬帝九年由西川
遷於山左濰東梅花村居住後遷於柳家
店子至清明祖又遷於亓家莊初明倫祖
生元海元海祖生太来太来祖生行芳行
芳祖家貧樂善每日在岩溪渡口濟人救
急五十歲生毅毅祖天性聰慧才學秉優
又有長寅雨仙女為內助當日夫婦榮貴

柳氏族谱（刘健　摄）

柳毅传说在寒亭区朱里镇柳毅山周边地区流传很广。鲁东烟台、青岛部分地区，鲁西北东营、滨州部分地区也有流传。自唐朝始，柳毅传说就在民间广泛流传。唐朝李朝威写有文言小说《柳毅传》，元朝尚仲贤写有戏曲《柳毅传书》。自此后，柳毅传说内容不断丰富，流传至今一千多年长盛不衰，在当地形成了在地化柳毅传说。该传说的主要内容有：

柳毅五世祖柳明伦隋炀帝九年由四川迁至潍东梅花村居住。柳毅父亲柳行芳行善积德，每日在岩溪河渡人救急。柳行芳命中本该无子，神仙感其真诚，因行善积德特赐生贵子柳毅。柳毅少时家贫，聪慧孝敬，苦读书，举孝廉，做塾师，娶发妻麆娘。柳毅小时候曾因家贫求贷于姥娘家，姥娘家妗子待其不好，于是有了“饿杀不吃猫剩食，冻死不烤灯头火”的故事。柳毅成年后游学天下，在山阴岭遇雨借宿娶虎女。后赴长安赶考，落第回家遇龙女，为之渤海传书娶龙女。时唐太宗征高丽，路过此地，由于柳毅及龙女保驾有功，唐太宗敕封柳毅为唐河平王，敕封龙女为膳国夫人。壮年后，柳毅倦于仕途，入山修道成仙，屡显灵迹，普惠众生，祷雨辄应。因此衍生出关于柳毅显灵的许多民间传说，如天池祈雨说、海眼淘池说、民间祭拜说、告贫报应说、评书系列说、除夕守岁说、生日过节说、黄河摆渡说等等，遍及鲁东鲁北地区。因民众对

柳毅山庙会（刘健　摄）

柳毅山天池（刘健　摄）

柳毅像（刘健　摄）

其膜拜有加，遂建庙宇祭拜，柳毅山庙会千年延续，信众广泛，至今香火鼎盛，民众信仰笃诚有加。

保护和传承这一民间文化传说，具有较高的历史意义和现实意义。

1040
I-96

# 禅宗祖师传说

申报地区或单位：湖北省黄梅县

黄梅禅宗祖师传说是民间版的佛教文学，这些故事大多产生于隋唐。自唐代以来，黄梅就是禅宗圣地，有“四祖正觉禅寺”和“五祖禅寺”两大禅宗祖庭。二寺并立，天下翘楚，史有“蕲黄禅林甲天下，佛教大事问黄梅”之说。四祖、五祖在佛教的崇高地位，和他们各自人生的传奇生涯，千百年来产生了一系列关于他们出生、成长、出家、修持、传法的传说。这些传说，产生于黄梅，流传远播世界各地。日本、韩国的典籍文选中均有选载，是具有世界影响的“传说”。在《唐·武德传灯录》、

《续高僧传》、《红楼梦》、《金瓶梅》等权威史籍和文学名著中都引用了有关类似的传说，可见民间文学对作家文学有着巨大影响；《中国民间故事集成·湖北卷》、《中国禅寺》（季羡林主编）、《中国佛话》等文选中均收录有大量的黄梅禅宗祖师传说故事；《神仙试四祖道信》、《唐太宗赐紫衣》、《五祖出家》、《五祖任贤》、《柳公权题字》、《六祖慧能》等百余个传说故事，以口耳相传的方式，在民间流传至今。

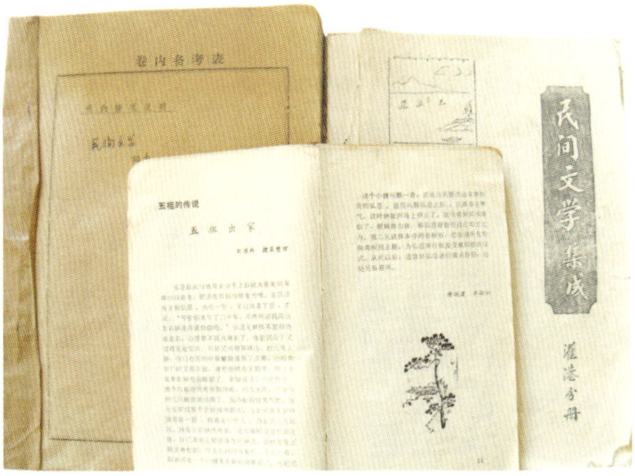

1987年黄梅县乡镇文化站民间文学搜集整理集成稿本（黎正林　摄）

一千三百余年来，黄梅禅宗祖师传说以生活化、平民化、理想化以及其乡土色彩的演绎留下相沿而成的如“三月三庙会”、“洗九朝”、“吃芥菜粑”等民间习俗；在音乐、绘画、舞蹈、工艺等多种民间艺术表现形式中均相互渗透；在书画、影视、“百家讲坛”、戏剧等领域中都有生动体现。

黄梅禅宗祖师传说，作为佛教史上重要的事件，是创立“东山法门”的重要佐证；围绕禅宗祖师真实历史人物，故事本身的意义超出了佛界范围，在僧俗两界都有很大影响，曾对世人的价值取向、思想情感和思维方式以深刻的影响；在中国禅学上几有《圣经》之于基督教之重要地位，在建设精神文明、道德教育、构建和谐社会中具有潜在意义；在革新时事、创造时局上给人以深刻的启迪。

湖北黄梅四祖正觉禅寺全景图（余秀峰　摄）

1041
I-97

# 布袋和尚传说

申报地区或单位：浙江省奉化市

浙江奉化岳林寺（方林泉　摄）

布袋和尚，唐末五代著名僧人，是一位真实的历史人物。他生长于奉化长汀村，出家圆寂于奉化岳林寺，当过奉化裘村岳林庄庄主，曾在雪窦寺讲经弘法，肉身葬于奉化市区封山之腹。

布袋和尚传说，孕育于他死后不久的五代，至宋代开始流传，经元、明、清、民国以至新中国发展丰富，成为家喻户晓、人人皆知的民间文学精品。宋代以来，汉传佛教把他作为弥勒化身，塑成佛像，当成弥勒供奉，加大了布袋和尚传说的影响力，也使其内容带上了种种神奇色彩。该传说，最早出现于宋代端拱元年赞宁《宋高僧传》卷二十一“唐明州奉化县契此传”，记述了卧雪不沾衣、能示人吉凶、善测天气、暗示弥勒化身等。景德元年（1004）道元《景德传灯录》卷二十七“布袋和尚传”，又有街头乞钱、问答佛理、作偈说法、逝后现身、四众图像等记述。南宗志磐《佛祖统纪》卷

浙江奉化长汀村弥勒殿（方林泉　摄）

浙江奉化雪窦山露天弥勒大佛（方林泉　摄）

四十二又新增了群儿戏布袋、师徒同浴、葬身封山、墓中遗物等情节。其后，《浙江通志》、《宁波府志》、《奉化县志》、《岳林寺志》、《奉川长汀张氏宗谱》记有更多的传说，如福建化木、皇帝赐号、结交居士、助民插秧、喜着木屐、秋千取乐、大桥佛水、分身赴筵、囊沙成塘等。口头传说，在他生活过的长汀村、锦屏街道、溪口镇、裘村镇广泛存在，代代不息，据初步调查，达百余则之多。主要内容有：身世来历、童年趣事、出家圆寂、解危济困、抑恶扬善、僧俗和谐等六个方面。

其流传地区，国内有浙江、福建、云南、四川等省，国外有日本、韩国、东南亚、欧美等国家和地区。

布袋和尚传说具有历史价值、文学价值和文化价值，目前处于濒危状态。

1042
I-98

# 钱王传说

申报地区或单位：浙江省临安市

钱王射潮图（许林田　摄）

钱王传说是以吴越国王钱镠生平事迹衍化而成的民间传说。吴越国王钱镠，杭州临安人，是唐末五代雄踞一方的藩镇统领。他出身贫苦，贩私盐起家，唐末雄踞两浙，奉行“保境安民、善事中国、纳土归宋”的政策，使吴越之富“甲于天下”，奠定太湖流域成为“鱼米之乡”和苏杭成为“人间天堂”的经济基础。钱王传说在其家乡临安一带家喻户晓，妇孺皆知。凡是钱王活动过的地方，几乎都有他的传说故事，随着文化的传播，扩展到全国各地，直至海内外。

钱王传说内容丰富，有钱王生平、家世的传说；钱王见义勇为、智勇过人的传说；钱王艰苦创业、建功立业的传说；钱王除暴安良、关心百姓疾苦的传说；还有一批地名传说、地方风物及风俗传说，形成了一个庞大的“传说群”。迄今已收集到主要故事85篇，异文的数量更大。近年来，钱王传说大量被创作成戏剧、电影等，又反过来推动了口头故事的传播。

钱王传说，真切地表达了人民群众的意志、愿望和爱憎。从钱王传说的许多侧面，可以看到钱镠治国有方、审时度势、招揽人才、采纳谏言、不忘乡谊等品德，有着深刻的教育意义和隽永的审美价值。

钱王传说，凝聚了千百年来人民大众对他的理解、看法和感情，反映了人民群众朴素而又鲜明的历史观和审美观。同时，对于历史学、民俗学、社会学、文学艺术等方面的研究，起到了重要的参考作用。

随着经济的发展，时代的变迁，现代传媒和西方文化的冲击，口头文学逐渐被冷落，钱王传说急需抢救和保护。

传承人讲述钱王传说（许林田　摄）

根据钱王传说改编的民间舞蹈《临安水龙》，参加祭海活动。（许卫平　摄）

1043
I-99

# 苏东坡传说

申报地区或单位：浙江省杭州市

杭州苏东坡纪念馆

苏东坡传说，是有关北宋大文豪苏东坡的传说故事群。历史上的苏东坡是个极富光彩的人物，在他生前民间就已流传着众多关于他的传说，有的在宋元时即被记入典籍，明清时生发繁衍，不断丰满，一直绵延至今。

苏东坡传说流传范围很广。在《中国民间故事集成》的普查和编辑中，浙江、江苏、江西、河北、山东、陕西、湖北、四川、广东、海南等省卷本都有所收录。其中，尤以苏东坡在杭州的传说数量最多，也最为出色。苏东坡曾先后两次在杭州任官，第一次任通判，第二次任知州，总共历时五年，在这里留下了大量传说故事。仅董校昌主编的《苏东坡在杭州的传说》就收入了当代还在流传的苏东坡传说56则。

苏东坡传说大致可分成三类：一类讲述他爱护百姓，凡事能设身处地为百姓着想，帮助百姓解忧排难；一类主要渲染苏东坡的才气，说他出口成章，才思敏捷，留下一连串佳话；还有一类传说则往往与地方风物相粘连。

苏东坡传说较早被文人注意，屡屡记入文人笔记，并成为俗文艺的重要题材。以苏东坡传说为题材的文学作品蔚为大观，多种多样，改编自苏东坡传说的戏曲、曲艺、影视等多种样式的文艺作品也深受人们喜爱。同时，苏东坡传说作为一种独特的文化现象，深深地印刻在民众的心里，苏东坡传说已经与杭州的地方文化（也包括他曾经生活过的另外一些地方的文化）紧密结合，成为文化传统不可分割的一部分。随着现代化进程的迅速推进，这一类传说正在衰落，出现濒危迹象，亟待抢救与保护。

在社区里讲述苏东坡传说

苏东坡纪念馆讲解员向参观者讲述苏东坡在杭逸闻趣事

1044
I-100

# 王羲之传说

## 申报地区或单位：浙江省绍兴市

王羲之像

王羲之是闻名中外的“书圣”。晋永和七年(351)，出为右将军、会稽内史，直到升平五年(362)逝世，王羲之生活在会稽(今绍兴)共计11年。王羲之体察民情，多次上书减轻会稽赋役，并断然开仓救荒，深为会稽人民所拥戴。王羲之与隐居于此的谢安、许询、支循、阮裕等名士过往甚密，轶事颇多。永和十一年之后，告墓辞职，优游于会稽山水之间，走遍了整个浙东地区，询道求仙，卒葬剡县金庭，民间以为王右军骑鹅而去，成了神仙。他的生平事迹、逸闻趣事，以及保存至今的兰亭、鹅池、墨池、戒珠寺、题扇桥、金庭观、右军墓等诸多遗迹，均被民众编成故事传说，广为流传，绵延不绝。在绍兴一带形成了一个庞大的传说故事群。

王羲之传说讲述场景

书圣故里绍兴蕺山街社区居民讲述王羲之传说

王羲之传说最早的记载，见于六朝《世说新语》。此后在民间的口头流传不绝如缕。20世纪以来，特别是新中国成立60年来，搜集发表的王羲之传说达二百多篇。主要内容分为：学书作书、钟情山水、爱国亲民、蔑视权贵四个大类。其中不少传说，如《王羲之与鹅》、《题扇贵价》以及《兰亭序》等传说脍炙人口，妙趣横生，故而代代相传。

王羲之传说历史悠久，流传地域广泛，流播方式多样，内容十分丰富，特色鲜明，全方位展现了王羲之的聪明才智、爱国亲民、蔑视权贵等品性，它植根于民间，流传于民间，具有浓郁的绍兴地域特色和乡土气息。

王羲之传说具有重要的人文价值、历史价值、教育价值、艺术价值、民俗学价值，为民间文学和历史研究提供了有益的资料。

随着现代社会生活节奏的加快和娱乐方式的转变，王羲之传说的流播受到较大冲击，亟待加强保护和挖掘。

王羲之传说的相关书籍

1045
I-101

# 李时珍传说

申报地区或单位：湖北省蕲春县

李时珍编写《本草纲目》场景描绘

李时珍（1518—1593），明代著名医药家，湖北蕲州人，曾官楚王府奉祠正，太医院院判。他毕生从事医学、药物学研究，遍游各地名山大川，采药辨药，向药农、渔民、樵夫、花翁、猎人、脚夫、僧医等人求教，搜集民间单方。历27年之艰辛，三易其稿，著成了具有世界影响的《本草纲目》，成为世界文化名人。

李时珍传说，最早见于文献者，是清初顾景星的笔记中所写李时珍诞生传说："时珍生，白鹿入室，紫芝产庭，幼以神仙自命。"（《白茅堂文集》卷三十八）

李时珍传说，在其家乡蕲州，代有流传，从各个不同的角度较全面地展示了李时珍一生平凡而又动人的生活足迹，热情地歌颂了他作为中

李时珍所著《本草纲目》金陵初刻本

李时珍生前坐诊的玄妙观

华民族“医圣”典型的光辉性格和伟大成就。内容丰富，主题多样，题材广阔。从出生起，到老年止，涉及的生活层面，从家庭生活到学医、行医、采药、著书；由一个平民到进入皇宫的太医院，以至辞职回乡，积累资料，著成《本草纲目》。诸如向名医跪求当徒弟；向卖武走江湖者搜求秘方；拜“僧医”为“一药之师”；采药、辨药和制药，传艺和带徒弟；能诗善对以“巧对”震惊知府；以灯谜治将军“目疾”；以“活人药”治好王子的相思病；以妙法治愈王妃怪病；与道士斗智……

李时珍传说不仅反映了李时珍救死扶伤的崇高医德，刚直不阿的处世态度，坚忍不拔的献身精神，寻根探源的治学方法，还与中药的有关知识紧密相连，与行业习俗和地方民俗紧密相连，与各地的地理山川和社会民情紧密相连。

老中医在仙人台茶场讲述“李时珍传说”

1046
I-102

# 蔡伦造纸传说

申报地区或单位：陕西省汉中市

陕西汉中蔡伦祠壁画（局部）

蔡伦造纸传说起源于2世纪初的东汉早期。东汉永元（89—105）年间，时任朝廷尚方令的蔡伦由洛阳抵长安，经子午道至龙亭故县（今陕西省洋县龙亭镇）寻找造纸的原料，实验造纸的方法，终于在元兴元年（105）研制出了用树皮、废麻头、烂渔网及破布为原料的植物纤维纸。龙亭乃是他的造纸实验地之一。他在龙亭造纸的事迹，后来经过他在龙亭居住时的养子、龙亭蔡氏家族后裔及当地乡亲的传播，逐渐传开。经过一千七百年的世代口头传承，流传至今。

蔡伦发明造纸术和植物纤维纸一事，最早见于东汉《东观汉记》及南朝范晔《后汉书》。洋县龙亭的石碑、方志都有记载。龙亭及县域内一些地方，至今还有以蔡伦造纸法进行生产的民间构纸及龙须草纸、竹纸作坊和遗址，这些作坊和遗址，几乎每一个都有生动的传说。由于龙亭不但是蔡伦造纸的实验地，又是他的封地和葬地，这就更促进了传说的衍生。龙亭的人文地理环境、造纸遗迹以及与之相关的地方风物，成为蔡伦造纸传说的驱动力，也增强了传说的可信度。

蔡伦造纸传说发生于陕西洋县龙亭及周边地区，后逐渐以龙亭为中心向周边地区辐射。据初步调查，蔡伦造纸传说在龙亭地方有数十个之多，分为攻克技术难关、寻找造纸原料、推广造纸、经营造纸、造纸贸易等类。大部分情节记述了“挫、捣、炒、焙”等技术环节。由于传说固有的发明创造的首创精神和文学艺术魅力，因而吸引着人们，百听不厌，世代相传。龙亭地区流传的这些蔡伦造纸传说，印证着我国古代四大发明之一造纸术的起源，意义非凡。

蔡伦像

蔡伦后裔讲述蔡伦造纸的故事

蔡伦舂捣纸浆传说中的捣浆工序

龙亭蔡伦造纸传说中的许多情节，都表现在陕西汉中蔡伦祠的这幅壁画中。

1047
I-103

# 牡丹传说

## 申报地区或单位：山东省菏泽市牡丹区

菏泽古称曹州，菏泽牡丹又称曹州牡丹，其牡丹传说故事家喻户晓，流传至今。

自隋代曹州著名花师齐鲁桓为隋炀帝培育出高过楼台的牡丹花始，《楼台牡丹》的故事便被广为传颂。唐朝开国功臣徐懋功（李绩）将御花园的牡丹从长安带回曹州老家种植，便有《李绩与牡丹》的故事千古流传。此后，"曹州牡丹甲于海内"，村村有花园，户户养牡丹，相继产生并流传出许多传说故事，如清代文学家蒲松龄的《聊斋志异》收录的《葛巾》、《谷雨与牡丹仙子》、《青龙卧墨池》等约二百余个美丽动人的传说故事。

主要内容包括：人物传说、地名传说、品种传说、风俗传说等。既体现了普通百姓种花、爱花、崇花、敬花的亲情，又有达官贵人、社会名流赏花、宴花、赋花、爱花的逸事。它以追求自由、崇尚爱情、歌颂生命生生不息的鲜明主题深深打动着人们的心灵，以鲜明的人物性格、离奇的故事情节，生动、简练、通俗的讲述方式而受到民众的喜爱。

社区民众在卢堌堆遗址前讲述牡丹传说故事（刘广清　摄）

社区民众讲述牡丹传说（刘广清　摄）

社区民众讲述牡丹传说（刘广清 摄）

牡丹被诗人称为“国色天香”，因其高洁的性格而被称为“牡丹仙子”。千百年来，牡丹仙子善良正直、刚正不阿的人格魅力，影响和激励着一代代菏泽人惩恶扬善，勇敢追求美好的生活。所涉地理风物、民风民情、引典佐证等，已成为牡丹文化研究的重要元素。为弘扬民族文化、继承传统美德、研究和发展牡丹文化起到十分有益的推动作用。

1048
Ⅰ-104

# 泰山传说

## 申报地区或单位：山东省泰安市

泰山传说，是泰山周边人民千百年来集体创作的口头文学，历史悠久、题材多样、内容丰富、流传广泛。泰山传说讲述者有山民、农民、轿夫、道士、和尚、读书人和手工业者等，听众广泛，已成为旧时泰山人的精神寄托和良师益友，是泰山景区最重要的非物质文化遗产之一。

泰安市位于山东省中部，辖两区四县，人口548万。境内的泰山，初名岱，亦名岱宗，为中国名山之首，号称“天下第一山”，总面积426平方公里，最高峰玉皇顶海拔1545米，1987年12月被联合国教科文组织列入“世界文化与自然双重遗产名录”。

泰山传说之泰山松峰（陈坤　摄）

泰山传说之泰山十八盘（郑清华　摄）

社区老人在讲述泰山的故事

泰山传说故事起源于中国原始宗教的自然崇拜，影响最大、流传最广的是山川形胜传说。它主要靠口耳相传，在新中国成立之前几乎没有文字记载，受帝王封禅祭祀文化、儒释道三教文化、民间俗信文化等因素相互融合渗透的影响，泰山传说门类广、数量多、内容丰富。从现已搜集到的泰山传说内容推断，泰山民间故事最早发生于远古年代。成书于先秦时期的《山海经》所载泰山“其上多玉，其下多金。有兽焉，其状如豚而有珠，名曰狪狪，其鸣自詨”的传说，是泰山传说的最早文字记载。东汉时期《风俗通义》，晋代《搜神记》，唐代《集异记》，宋代《稽神录》、《述异记》、《太平御览》，明代《剪灯余话》、《泰山纪事》、《茶香室从钞》等都记录了大量泰山传说，其中《泰山纪事》是第一部泰山传说故事集。

泰山传说的内容大致包括神话、传说、故事、歌谣、谚语五个方面，涵盖自然变化神话、英雄神话、历史人物传说、宗教人物传说、仙道传说、山川形胜传说、特产传说、风俗传说、动物传说、植物传说、鬼狐精怪故事、动物故事、生活故事、生活谚语、风土谚语、机智人物故事、民间笑话、成语、典故等九千六百余个。2009年泰山传说被列为山东省第二批非物质文化遗产名录。

泰山传说的特点：一是口头传承，语言生动；二是讲述时间和地点的非固定性；三是讲述人的阶层构成多样化；四是受佛教、道教影响，特色鲜明。具有文学价值、历史价值、美学价值等。

1049
I-105

# 黄鹤楼传说

申报地区或单位：湖北省武汉市武昌区

黄鹤楼传说是以湖北省武汉市武昌蛇山黄鹤楼为故事发生地域或与其有关的传说组成。源远流长，底蕴深厚，丰富多流。它的源流，始于三国、南北朝。其时战乱频仍，政治黑暗，人生痛苦，为佛、道二教的盛行提供了肥沃的土壤。人们希冀超脱苦难的现实，把希望从今生移到来世，从地上转向天国，幻想超尘出世，羽化而登仙，于是“仙人乘鹤”的故事便应运而生。最早见诸文字的是南朝祖冲之《述异记》，但此书已失传。现能见到的最早的文字保存在萧子显《南齐书》中，以后又有四部正史和一些重要典籍、传奇记载。

黄鹤楼传说大体分为三类，即神仙传奇、名人轶事、历史故事。其基本篇目有《子安驾鹤》、《费祎升天》、《仙人吹笛》、《橘皮画鹤》等数十篇。

独特的地理环境，生动的民间传说，精美的诗、词、文、联，使黄鹤楼成为千古名楼，而黄鹤楼传说是这座历史名楼的灵魂，是黄鹤楼赖以生存和发展的根基。

中、日、英文本《黄鹤楼的传说》书影（湖北美术出版社出版）

湖北武汉黄鹤楼

黄鹤楼主楼内装饰壁画

黄鹤楼传说是古老的，它又是鲜活的。它的“天人合一”、少贪寡欲、惩恶扬善的故事主题，平民化的叙事手法，神仙、人物、生灵和谐相处的画面，一波三折的情节发展以及时常意料不到的结局，不仅契合中国老百姓的审美心理，也能得到世界范围的认同。

黄鹤楼传说激发了从崔颢、李白、苏东坡、岳飞到毛泽东等历代诗人、伟人的创作灵感，催生了多如珠玑的诗词文赋，极大地推动了中国浪漫主义文学、道教文学的发展进程。它还影响到绘画（包括年画）、建筑、戏曲、曲艺、音乐等姊妹艺术，甚至渗透到语言领域。

1050
I-106

# 烂柯山的传说

## 申报地区或单位：山西省陵川县，浙江省衢州市

烂柯山的传说是一个古老的民间传说，在我国许多地方都有流传。最早的记载见于晋·虞喜《志林》：“信安山有石室，王质入其室，见二童子对棋，看之，局未终，视其所执伐薪柯已烂朽，遽归乡里，已非矣。”梁·任昉《述异记》：“信安郡石室山。晋时王质伐木至，见童子数人，棋而歌，质因听之。童子与一物与质，如枣核。质含之，不觉饥，俄顷，童子谓曰：‘何不去？’质视，柯烂尽。既而归去，已无复时人。”信安，即今衢州，西晋太康元年改名。

另一更早的记载见于《尚书·洪范》中“唯十有三祀，王访于箕子”的故事，虽未出现烂柯的情节和语词，但主旨与烂柯故事相类，可能是烂柯传说之棋子山版本的滥觞。相传箕子（本名胥余）为殷纣王的叔父，反对殷纣王的荒淫与暴虐，几次谏阻后却被纣王囚禁起来，贬为奴隶，后来周武王灭了纣王，箕子便逃往山西陵川隐居。箕子在陵川的棋子山上，用那里的天然黑白石子摆卦占方，借以观测天象、星象、授时制历，却于不知不觉中创造了围棋，并且经常与人对垒，使围棋日益成熟。清

浙江衢州烂柯山（陈笑贞　摄）

社区老人为小学生讲述传说故事（吴铁鸣　摄）

雍正版《山西通志·山川》、清武彭龄《箕山履迹考》、清光绪版《陵川县志》中也都有关于箕子山及箕子隐居陵川谋棋的记载。

广大人民世代口口相传的烂柯山传说，不仅逐渐形成了种类繁多、数量庞大的烂柯山传说系列，而且成为“山中方一日，世上已千年”的思想文化符号。阐释中国传统文化天人和谐的哲学思想，是烂柯山传说最显著的文化特征。烂柯山传说根植于民间，不仅向人们勾勒出一幅世外桃源的仙境，而且以倡导天人相互协调这一中国古代哲学的最高理想，引导人们以积极和超脱的人生态度来生活。

烂柯山传说以其所体现的天人和谐的哲学思想、积极和超脱的人生态度以及所显示的文化品格，与我国劳动人民的民俗心理和审美追求一脉相承，具有积极的认识价值和文化价值。这些优美动人的传说在传承过程中，种类和内涵不断丰富，至今传承不衰。亟待采取措施予以保护，使其传承下去。

《王质烂柯图》明刻本

1051
I-107

# 珞巴族始祖传说

## 申报地区或单位：西藏自治区米林县

珞巴族始祖传说的传承人讲述先祖的故事（米林县文化广播电影电视局　提供）

珞巴，藏语译音意为“南方人”。珞巴族主要分布在西藏自治区米林县、墨脱县和察隅县等地，总人口两千八百余人。其中米林县的珞巴族人口达一千六百余人。珞巴族分卡珞（距藏区近的珞巴族）和丁珞（距藏区远的珞巴族），米林县珞巴族属于卡珞。

西藏米林县博嘎尔部落的传说认为：天父和地母结合后，生子金东，金东又生子东日，东日生两子日尼、日洛，即阿巴达尼和阿巴达洛。阿巴达尼即为珞巴族祖先，阿巴达洛为藏族祖先。阿巴达尼与太阳的女儿冬尼海依成婚，繁衍了许多个部落和飞禽走兽、虫、家禽、风魔、青蛙、苍蝇、竹女、岩女等，并形成了动物、竹子和岩石为图腾的氏族。经历过频繁的氏族部落战争后，推动了部落联盟的形成与巩固。传说还描述了种子的起源和刀耕火种生产方式下的农业文明，以及部落大迁徙等。

珞巴族没有自己的文字，关于本民族的传说、历史故事等只能靠口

珞巴族始祖传说的传承人（米林县文化广播电影电视局 提供）

头传颂，代代相传。其中以歌颂珞巴族祖先的勤劳美德、优良传统、社会功绩等等一系列故事最具代表性，逐渐形成了流传至今的珞巴族始祖传说（阿巴达尼的传说）。珞巴族始祖传说是珞巴族流传最广、影响最大的系列神话，据目前我们搜集的资料来看，在博嘎尔部落中流传的具有典型意义的阿巴达尼的传说有十个左右。

1052
I-108

# 阿尼玛卿雪山传说

申报地区或单位：青海省果洛藏族自治州

阿尼玛卿雪山，藏语称“玛卿岗日”，海拔6282米，系昆仑山支脉，位于青海省果洛藏族自治州玛沁县西北部。雪山山势巍峨磅礴、冰峰雄峙，山色壮丽。在藏民心目中，阿尼玛卿雪山是雪域藏区二十一座神圣雪山中的一座，是世界九尊神山之一（九位开天辟地造化神之一），也是观音菩萨的魂山，雪域藏区护法神和格萨尔大王的寄魂神。“阿尼玛卿”的字面意思是为“祖先大玛神”。

阿尼玛卿神话的内容，主要是将山人格化，以英雄的形象出现，为民造福、除恶行善。玛卿山神作为黄河流域的大山神，有着庞大的神灵

庞大的阿尼玛卿家族成员

王国，强大的军事集团，如同世俗的统治者，玛卿山神是这个王国的最高首脑，被称为大王、大首领，他还有王妃、公主、公子及大臣、将军和难以计量的千万兵卒。他主司青藏高原东北部人们的生死福祸和统辖高原东北部的所有山神和妖魔鬼怪，保护着人们的安全。据传，阿尼玛卿山神头戴红缨帽，身披银甲，乘玉龙白马，右手持矛，左手掌旗，腰悬宝剑，佩弓挂箭。日间巡视虚空和人间，行云布雨，施放雷电，或降吉祥，或降灾祸，奖惩人神，监视敌人。

传承人讲述阿尼玛卿雪山传说

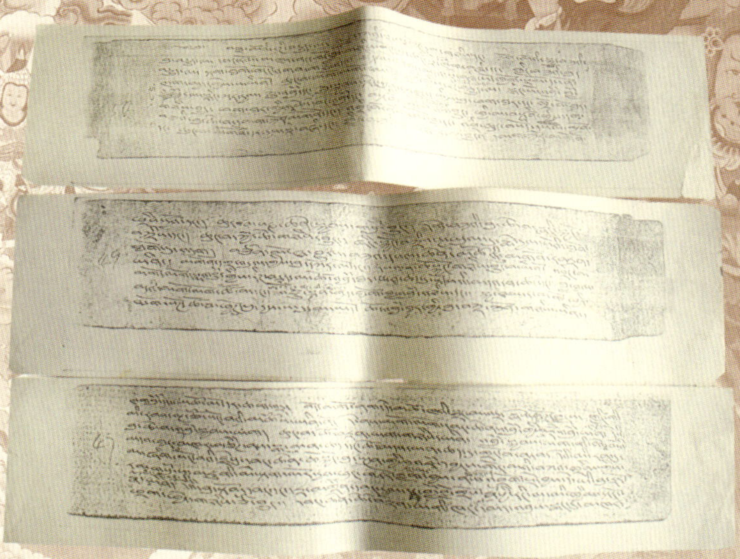

《果洛族谱》原稿

阿尼玛卿神话起源相当古老。据《噶当书》、《西藏王统记》、《敦煌本吐蕃历史文书》记载，从第一代藏王聂赤赞普苯教兴起时，就称阿尼玛卿为“玛念博热”，赋予了神的色彩，也就是说，苯教兴起之日，亦即阿尼玛卿神话传说起源之时。

神山沉淀着深厚的藏文化底蕴，具有丰富的文化价值和艺术价值。阿尼玛卿雪山的影响，有赖于其神话传说和宗教崇拜的传播，传遍全国各藏区及澳、美、印度、意大利等国家，每年5月至9月间，世界各地的信仰者从四面八方涌向神山进行朝拜。

阿尼玛卿雪山传说纪念亭

1053
I-109

# 锡伯族民间故事

申报地区或单位：辽宁省沈阳市

乡邻讲述锡伯族民间故事（于滨　摄）

以口头形态流传的锡伯族民间故事，是极其珍贵的民族非物质文化遗产。

锡伯族民间故事中的长篇故事，反映了锡伯族从鲜卑先民到拓跋珪时代的氏族部落社会以来的历史发展进程，糅合了东北地域与锡伯族民俗的奇特场景，折射着锡伯族先民社会的史实与状况，展现了民族心理的嬗变过程。

锡伯族民间故事具有其他类锡伯族文学无法企及的特殊价值，填补了锡伯族文学史上没有系统和深刻地反映民族历史之作品的空白，具有重要的历史文化与科学价值。

随着人们生活方式的改变，锡伯族民间故事的传承已渐式微，保护工作刻不容缓。

邻里乡亲讲故事（陈大勇　摄）

锡伯族民间故事讲述场景（陈大勇　摄）

1054
I-110

# 嘉黎民间故事

## 申报地区或单位：西藏自治区嘉黎县

嘉黎民间故事《王臣丐三子》讲述场景

自古以来藏北儿女以其勤劳和智慧耕耘在这片高原上，创造了丰富多彩的民族民间文化艺术，而藏族游牧口头文学是其中最为灿烂的一页。伴随藏族先民开拓青藏高原的那一刻起，藏族游牧口头文学便应运而生了，它把祖先的智慧、经验和喜怒哀乐代代相传，成为与天地神鬼、大自然和谐相处的遗传基因，融入血液，融入游牧民族的内心深处，成为了他们的一种生活方式和生存哲学。

《魔王甲玉冈冈》故事讲述场景

喜欢在闲时讲故事的牧民

嘉黎藏族民间故事比较著名的有《悲琼》、《上方的日昔日嘎和下方的日昔日玛》、《王臣丐三子》、《拉古赞布王和托古赞布王》、《魔王甲玉冈冈》等等。由于他讲述的《悲琼》故事，生动精彩，无人能比，人们送给他一个亲切的称号“悲琼”，意为“小青蛙”。

这些民间故事内容涉及藏族起源、神魔之间的征战、人鬼智慧的较量、藏族先民从狩猎社会到畜牧社会的变迁等等，充满了奇幻的色彩和想象力，是藏族游牧人传统文化的突出表现形式，寓含藏族游牧人的精神、信仰、价值取向，虽经数千年的佛教文化的洗礼，仍保留了游牧时代鲜明的个性和重要的核心价值观念，在广大的游牧地区，尤其是在藏北游牧地带影响较大，具有研究远古藏族游牧文化的特殊价值。

1055
I-111

# 海洋动物故事

申报地区或单位：浙江省洞头县

已公开出版的洞头海洋动物故事的部分书籍书影（陈爱琴　摄）

《洞头海洋动物故事集》书影（陈爱琴　摄）

海洋动物故事，是以海洋动物为主人公的民间故事，在我国动物故事中是一个特殊的门类，独具特色。海洋动物故事在洞头的形成和传播，至少有近二百年的历史。洞头列岛的移民，分别来自福建南部和温州地区周边县，洞头是闽南文化和东瓯文化的交融地，洞头渔场是浙江省第二大渔场。特殊的历史渊源和地理优势，使得洞头海洋动物故事得以产生和传播。

洞头海洋动物故事的代表性传承人是陈懿琛，他生于1904年。目前，能讲述此类故事的老人还有十多人。另外，在导游、学生中，也有不少年轻人学会了讲述。

网场讲故事的老人（陈爱琴　摄）

老人在给小朋友讲故事（陈爱琴　摄）

海洋动物故事有重要的作用：1. 认知作用。故事中对海洋动物生活习性的讲述，是海洋动物科普的教科书。2. 教育作用。故事中鲜明的是非观，有着现实的教化意义。3. 阅读作用。海洋动物故事极受青少年读者喜爱。4. 对经济发展的助推作用。

洞头县流传的海洋动物故事，从20世纪80年代起开始得到关注，采集了二百多篇，发表后反响极大，被民间文学界专家学者赞扬“为我国民间故事开辟了新的领域”，“对于民间故事研究极为珍贵”。

1056
I-112

# 土家族哭嫁歌

申报地区或单位：湖南省永顺县

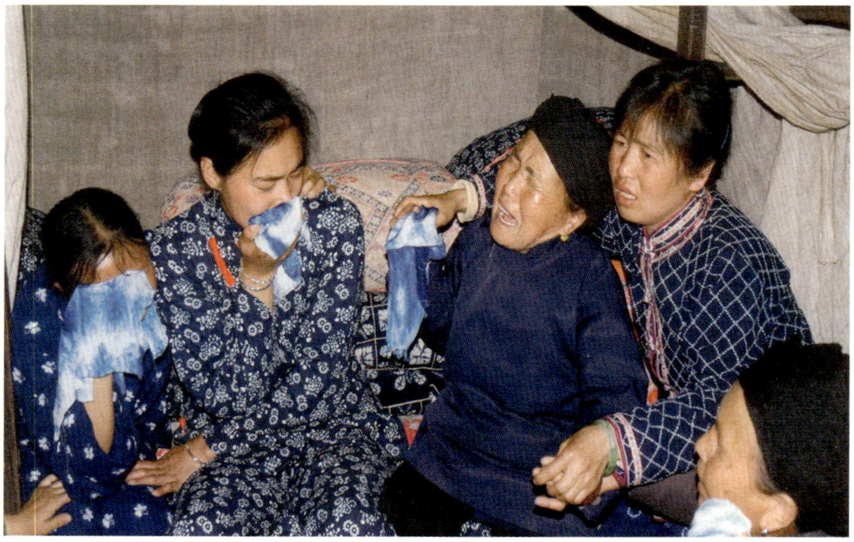

土家族哭嫁歌——哭婶娘（向黎明　摄）

湘西土家族哭嫁歌是以土家语言演唱的长篇民间叙事歌谣，主要流布于云贵高原余脉武陵山区、湘、鄂、渝、黔等省市土家族聚居地。“哭嫁”是土家族婚嫁礼仪程序中的一种重要礼俗，演唱哭嫁歌与“哭嫁”程序同步。用哭声来庆贺女孩子出嫁，体现了土家族独特的文化意识。哭嫁歌又称“十姊妹歌”。

湘西土家族哭嫁歌历史悠久，明末清初十分盛行，清代土家族诗人彭秋谭记载说：“十姊妹歌，恋亲恩，伤别离，歌为曼声，甚哀，泪随声下，是‘竹披’遗意也。”具体描述了土家族“哭嫁”的场景。湘西土家女子自幼都要学唱“哭嫁歌”。能否述唱“哭嫁歌”，是衡量妇女才智的一个标准。在土家婚嫁仪式中以歌代哭、以哭伴乐的习俗仍然盛行。充满了离别牵挂、喜悦欢乐的文化娱乐氛围。

湘西土家族哭嫁歌，在艺术风格上，语言朴素、形象生动、意境清新、音韵和谐。在表现手法上，普遍采用了比兴、比拟、夸张、谐音双关等手法。巧妙程度令人拍案叫绝。

土家族哭嫁歌——骂媒人（卢瑞生　摄）

以女子口头文学方式传承的土家族哭嫁歌，对研究和发展中国民间文学具有较高的学术价值。湘西土家族哭嫁歌用土家语言述唱，对研究土家族历史、社会生活、宗教信仰及保护土家族语言具有重要的社会价值。

土家族哭嫁歌——哭姊妹（卢瑞生　摄）

## 申报地区或单位：湖南省古丈县

土家族哭嫁歌，是土家族妇女在婚礼仪式中演唱的一种叙事加抒情的长歌。哭嫁歌流布于湘、鄂、渝、黔等省市的土家族聚居地区，而湘西古丈县是以土家语演唱哭嫁歌的主要地区之一。

土家族哭嫁歌，历史悠久。清代改土归流后，“兴哭”、“哭发”作为土家族婚俗的主要内容而盛行。清代诗人的许多《竹枝词》是这种礼俗盛行的佐证。

在古丈，土家族哭嫁歌的演唱，由哭开声、哭爹娘、哭哥嫂、哭姊妹、哭亲属五个程序组成。母女对哭是哭嫁歌的重要部分，始终贯穿于整个出嫁的全过程。其次还有哭戴花、哭穿衣、哭离娘席、哭背亲、哭上轿、骂媒人等。“恋亲恩、伤别离，歌为曼声。”情真意切、虽喜亦悲，凸现出土家族婚俗与众不同的独特文化现象，对研究土家族历史具有重要的学术价值。

土家族哭嫁歌多运用比兴、比拟、排比、反复等修辞手法，歌词通俗洗练、直白易懂，句式生动灵活自由、长短不一，也有七言句式，整体上非诗非词。哭时声韵融为一体、优美流畅、动听感人，富有极强的文学艺术感染力和语言科研价值。

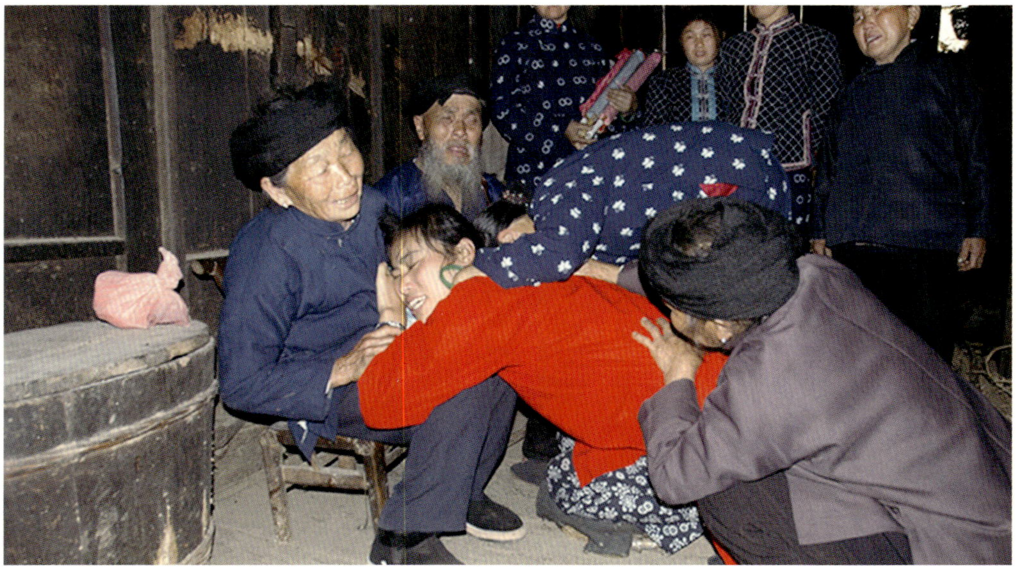

土家族哭嫁歌——哭离娘

哭嫁歌传习场景

土家族哭嫁歌凝聚了土家族妇女千百年来的集体智慧，艺术风格别样，民族特色浓郁，是极其重要而珍贵的土家族口传文学长卷，对于研究土家族社会历史、文化、风土民情、民族心理信仰、语言及音乐艺术等方面具有十分重要的价值。

土家族哭嫁歌——哭公婆

1057
I-113

# 坡芽情歌

申报地区或单位：云南省富宁县

坡芽情歌——对歌（潘丽江　摄）

坡芽情歌是一部由81个图画符号记录在土布上的爱情民歌集，壮族语称“布瓦吩”，意为“把花纹图案画在土布上的山歌”（现在当地群众称其为“坡芽歌书”），主要流传于以云南省富宁县的六益、者宁，归朝的那贯、老街三寨，者桑乡的百比，以及花甲乡等地的壮族村寨，而以剥隘镇坡芽村为中心。图画符号有月、星、树、稻谷、犁、斧、禽、马、人、衣、鸟、房屋、枫叶等，简单质朴。每一个图画符号代表一首情歌或同一类情歌。歌手只要一看图画符号就能演唱相应的歌曲。歌集详细地记述了一对青年男女从相识、相知、相恋到相约白头偕老的动人故事。歌集采用联曲式的结构方式，层层迭进，有情节的连贯性和完整性，这在少数民族的爱情短诗中是罕见的。主人公曲折的爱情过程折射出古代壮族的生产生活、民情风俗，涵盖了文学、音乐、图画等多种民间艺术，内涵丰富，并具有《诗经》遗风。情歌以壮族语北部方言演唱，男女相对，一唱一和。曲调以“分打捞”、“分标”、“分呃哎”、“分戈麻”等壮族山歌小调为主。句式多为五言，每首歌四句或数十句不等，以首尾韵、腰尾韵和尾韵为主要押韵方式，韵律严密和谐。曲调优美、委婉动听，手法灵活多变，修辞适当，有很高的艺术价值。

富宁壮族坡芽歌书

树叶伴奏（潘丽江　摄）

坡芽情歌——对歌（潘丽江　摄）

坡芽情歌具有广泛的群众基础和民间传承性，是富宁壮族民歌中的经典爱情绝唱，有很高的艺术价值。情歌中所涉及的壮族古代农耕生产方式、民俗礼仪、服饰文化等，对研究壮族历史、民俗、民间音乐都具有重要的价值。情歌所采用的图画符号被有关文字学专家称之为“文字之芽”，为研究文字的起源提供了有参考价值的线索。

1058
I-114

# 祝赞词

申报地区或单位：内蒙古自治区东乌珠穆沁旗

祝颂《伊茹勒》（王景远　摄）

祝赞词（伊茹勒）是蒙古族日常生活中的一项重要礼仪，但并非一定要在隆重的场合才使用，即使在一般交往中，彼此问候，并相互致以美好祝愿，也是蒙古人的日常礼仪。按蒙古人习俗，致祝词要分场合和对象。在不同场合，或对不同对象，致祝词内容也不相同。诸如在搭建新蒙古包、做毛毡、狩猎、嫁娶等场合都要吟诵喜庆的祝词和演唱美好的赞歌。

祝赞词是以朗诵诗形式出现的蒙古族特有的文艺形式。自古在蒙古族民间流传，分布广泛，历史悠久。

蒙古族祝赞词是一种具有鲜明游牧文化和地域文化特征的独特形式，它以草原人特有的语言述说着蒙古民族对历史文化、人文习俗、道德、哲学和艺术的感悟。它体现和传承着该民族的文化传统，具有历史价值，是研究古代、现代蒙古族文化的重要依据，同时也是研究蒙古族传统文学、说唱、音乐等艺术发展史的重要依据。蒙古族祝赞词源于蒙古族人的社会生活，用独特的形式反映人民生活习俗和精神风貌，也反映出多

颂赞母亲的恩德（斯琴巴图　摄）

种文化相互交融的深厚内涵。但因所分布的地域、不同部落迥异的风俗习惯、方言的差异等种种原因，流传于各地的伊茹勒（祝赞词）都有其鲜明的地域特色。东乌珠穆沁旗游牧文化底蕴浑厚，文化传统源远流长，祝赞词（伊茹勒）艺术地方特色非常突出，较完整地保存着其原生状态。

## 申报地区或单位：新疆维吾尔自治区博湖县

新疆蒙古族祝赞词是蒙古族民间文学所特有的“礼俗文学”。从广义上还可包括传统祭祀词、召唤词、祈祷词、祭酒词等等。作为民俗事象，祝赞词一般被运用于重大庆典、日常礼仪往来和生日、诞辰以及具有重要意义的喜庆活动。

在新疆，祝赞词主要流传于巴音郭楞蒙古族自治州博湖县及其周边的和静县、和硕县、焉耆县、博尔塔拉蒙古族自治州、和丰县等蒙古族聚居的地方。随着历史的发展，祝赞词已成为卫拉特蒙古日常生活中的一项重要礼仪。

祝词一般表达对和平生活和美好事物的热爱与追求。新疆蒙古族祝赞词的祝颂者一定是家里的长辈（老者），一般年轻人是没有资格祝颂祝赞词的。蒙古人认为赐福祝愿必须是年龄在60岁以上的老者给他

老阿妈们在祭湖仪式上吟诵祝赞词

们的晚辈祝颂祝赞词，这也是对长者的尊重。祝颂祝赞词涉及生活的方方面面，如人生礼仪、婚礼、节庆活动到一般的接待和就餐，都要长者祝颂祝赞词，甚至晚辈在饮酒前要将酒杯端到长辈那里请求赐颂祝赞词，祝颂祝赞词完毕，晚辈们都异口同声说“祝愿心想事成”的话等等。

祝赞词是民间文学，同时也是语言的艺术。它语言流畅、形容生动、节奏明快、感情饱满，历来是蒙古族韵律文学的重要部分，滋润和促进了当代诗歌的发展。民间文学总是独特地伴随着人民的历史。因此，蒙古族人民的古代观念与现代意识、生活经历与生产发展、思想变化与信仰交替、人生礼仪与理想追求，无不在祝赞词中得到具体而鲜明地反映。新疆蒙古族祝赞词对研究蒙古族人民的生产史和思想史提供了生动的依据。

## 申报地区或单位：新疆维吾尔自治区和布克赛尔蒙古自治县

祝赞词是我国北方蒙古游牧民族传统的民间文学形式。包括祝词和赞词，统称为“祝赞词”。

新疆蒙古族祝赞词分布在新疆巴音郭楞蒙古自治州、博尔塔拉蒙古自治州、伊犁哈萨克自治州、塔城地区、阿尔泰地区、哈密地区、昌吉回族自治州等地区的25个县卫拉特蒙古族牧民中广泛流传。和布克赛尔自治县是祝赞词流传的重要地区之一。

蒙古包祝词

马头祝词

祝赞词最初产生于劳动，是蒙古族猎户、牧民集体的口头创作作品。古老的祝词、赞词多为对天地山川、自然万物的赞颂，对渔猎畜牧生产的祈求祝福。随着社会生产的发展，人们逐渐对大自然有了进一步的认识，民间祝赞词也渐渐褪去了原始宗教的色彩，代之以对劳动生产的直接描述以及对劳动果实和日常生活的赞美。

祝赞词最早由萨满祭词演变而来，在特定的环境中，经特定的礼俗，由特定的人吟颂。祝赞词伴随着蒙古族穿过了岁月的长河，今天它仍然表现出极其顽强的生命力，它是蒙古族社会生活的需要。

祝赞词是蒙古族抒情诗的源头，今天，我们仍然能在现当代蒙古族诗歌中感受到它的旋律。祝赞词是蒙古族人民对生活对人生热爱之情的体现，充满了积极向上的精神和美好善良的愿望，给人以鼓励和希望，促使人积极生活，不断奋进。

随着社会发展和现代化进程的加快，目前新疆蒙古族祝赞词在牧区可以看到，但城市较少，存续情况不乐观，需要挖掘和保护。

1059
I-115

# 黑暗传

申报地区或单位：湖北省保康县

民间歌师演唱《黑暗传》（张太学　摄）

保康县地处湖北省西北部荆山山脉腹地。1984年，神农架发现长诗《黑暗传》见诸报端后，引起了学术界的广泛关注。保康与神农架山水相连，具有相同的文化根基。《黑暗传》在保康境内广泛流传。

保康是民歌之乡，民歌内容丰富，形式多样。民歌主要分阳歌、阴歌两大类别。阳歌是白天所唱的薅草锣鼓、山歌、情歌、喜歌、闹歌、上梁歌等。阴歌特指丧歌（夜锣鼓歌、孝歌）。歌唱《黑暗传》早已盛行于民间，但在历史的发展过程中，《黑暗传》因其题材重大，结构复杂，内容更接近追述人类起源，民间歌师逐步将《黑暗传》转向为丧歌场面。明代《保康志》就是最早以文字形式记载歌唱《黑暗传》的可查文献。

1986年，在马桥大横溪民间艺人屈定朝（当年八十多岁）家发现一本毛笔手抄本《黑暗传》；1992年，在歇马镇发现光绪元年（1875）手抄本《黑暗传》共两千一百多行；随后又在店垭镇发现清朝年间《黑暗传》（《玄黄祖出传》计96页，30回）手抄本，共三千多行，配有河洛图书及八卦图解，被华中师范大学教授刘守华认为是最完整的手抄本。而这些版本早在20世纪八九十年代已流向神农架（详见长江文艺出版社《黑暗传》序）。2005年以来，又相继在马桥、歇马发现《黑暗传》手抄本十多个。民间歌师吴克崇、汤国英、万祖德、陈长维、杨平发、邹文芳、祝光天均能通篇歌唱《黑暗传》。

《黑暗传》是广义的汉民族史诗，保康是其重要发现地和传承地之一，手抄本数量及歌师人数最多，应加以保护。

《黑暗传》演唱器具——锣 （张太学　摄）

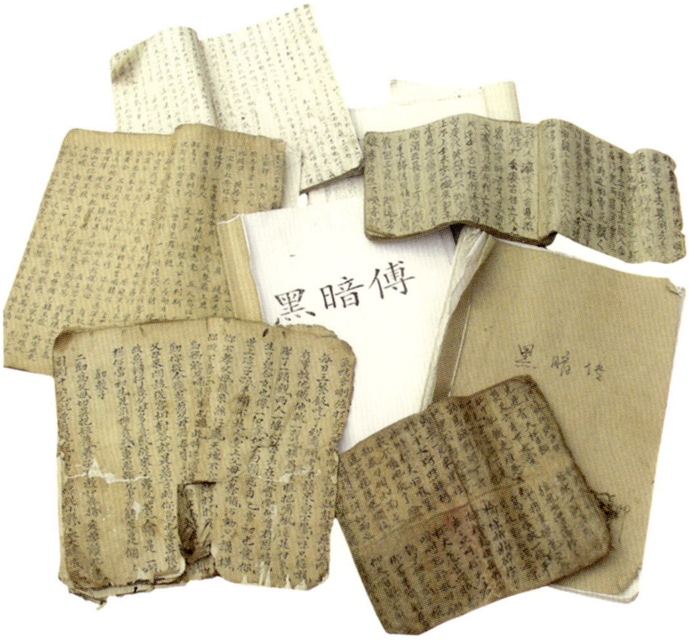


《黑暗传》手抄本（张太学　摄）

## 申报地区或单位：湖北省神农架林区

《黑暗传》是一部神话历史叙事长诗，主要流传于湖北省的神农架林区、房县、保康以及四川巫山等地。以口头与书面传抄两种形式在民间世代相传。作为“孝歌”、“丧鼓歌”、“薅草锣鼓”，由众多歌师在不同场合演唱，缅怀先祖功德，深受民众喜爱。其内容，以盘古开天辟地结束混沌黑暗，诸多文化英雄在原始洪荒时代艰难创世等一系列神话传说为叙述中心，包括“先天”、“后天”、“泡天”、“治世”四大内容。时空背景广阔，叙事结构宏大，内容古朴神奇，有力地激发人们对中华历史文化的认同感，是一部难得的民间文学作品。

《黑暗传》的渊源无考。最早见诸记载的是明版的《保康志》。1983年，神农架文化馆干部在神农架林区首次发现清同治七年、光绪十四年的传抄本。因学者的介入，而为广大学界所知。继而于1986年在保康县马桥大横溪民间艺人屈定朝（当年八十多岁）家发现毛笔手抄本《黑暗传》。此后十多年来，又陆续发现了多种手抄本。在当地办丧事时至今仍存有演唱《黑暗传》片断的习俗。

近代以来，学界一向认为以汉民族为主体的中华传统文化，没有长篇的叙事诗产生。《黑暗传》及一大批民间叙事诗的陆续被发现，对于重新认识中华文化史和文学史，有着重要意义。

目前健在的代表性传承人有：陈切松、周正锡、史光裕（神农架林区）、万祖德（保康县）等。而能唱全部《黑暗传》的老艺人则已很少，能唱其片段的老歌手也在逐年减少，亟待保护。不少古抄本深藏于民间艺人手中，亟待进行搜集、收藏和研究。

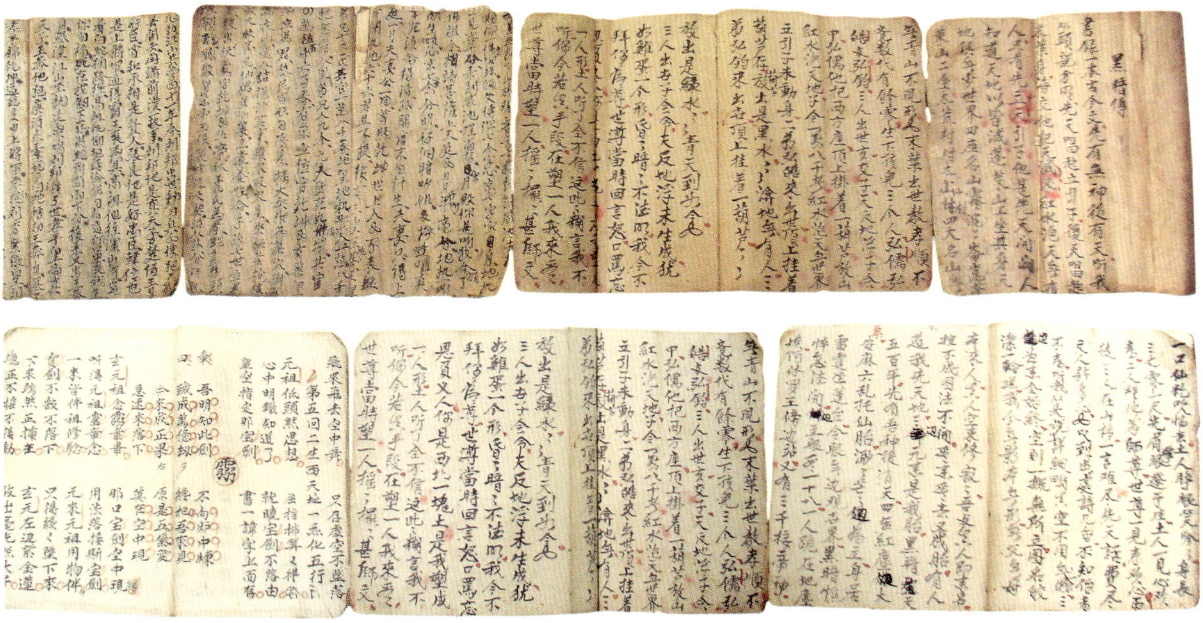

《黑暗传》原始资料（陈光坤　摄）

《黑暗传》演唱场景（陈光坤　摄）

1060
I-116

# 陶克陶胡

申报地区或单位：吉林省前郭尔罗斯蒙古族自治县

陶克陶胡像

《陶克陶胡》是产生于19世纪初的一种蒙古族说唱体民间文学，是民间艺人根据真人真事创编，以蒙古族长篇叙事琴书，即乌力格尔说唱为主，以民歌和多种传说、故事为内容的文学版本，至今仍在蒙古族聚居地区广为流传。

郭尔罗斯有着特色浓郁的民族文化。自古以来，游牧文化、渔猎文化、农耕文化在这里相互碰撞和渗透，形成了具有独特风格的郭尔罗斯文化。浩如烟海的蒙古族民间文学在国内外都享有较高的荣誉，流传在郭尔罗斯的蒙古族琴书和民歌有上千首，产生在郭尔罗斯有几百首。其中，《陶克陶胡》是具有代表性的长篇叙事琴书、民歌，是郭尔罗斯蒙古族民间文学的代表作之一。

民间艺人传唱民歌《陶克陶胡》（亿力齐　摄）

琴书说唱《陶克陶胡》（亿力齐　摄）

陶克陶胡敖包（亿力齐　摄）

长篇叙事琴书、民歌《陶克陶胡》，是以1906—1914年发生在郭尔罗斯的陶克陶胡（也译作陶克涛胡、陶老爷）起义为素材，全面记叙了陶克陶胡率领贫苦牧民反垦抗清，反封建王公和军阀政府掠夺土地的正义斗争。作品塑造了陶克陶胡这位主持正义，为民请命，为了保卫家乡的土地，不畏强暴的英雄形象，讴歌了蒙古族人民不屈不挠的斗争精神。

《陶克陶胡》主要以蒙古族琴书传唱，后又出现了演唱的民歌和出版的文学作品。无论是琴书、民歌还是文学作品，都是故事情节生动曲折，语言凝练，音律铿锵，曲调跌宕起伏，具有极强的艺术感染力，其民间文学价值极为珍贵，同时又具有很高的历史学和民族学价值。

1061
I-117

# 密洛陀

申报地区或单位：广西壮族自治区都安瑶族自治县

密洛陀祭（唐邦化　摄）

《密洛陀》是瑶族（布努瑶）的一部创世史诗。密洛陀是人类的母神，她用风和气流创造了宇宙万物——山、川、平地、湖、海、森林及生物。她派儿子们射杀对人们施加淫威的太阳、月亮，斩除肆虐残暴的危害人类的凶猪、妖猴、魔虎。她教给人们如何认识阴险毒辣的坏人和做人的道德，引导布努人从黑暗走向光明。史诗表达了布努征服和改造大自然的愿望和坚忍不拔的民族精神。史诗还描写了在异族侵袭下举行的民族迁徙，走向荒山、密林的悲剧历程，以及姓氏的出现、血缘婚的终结和母权让位给男权的社会历史画面。

四十余万布努瑶生活在广西的山区。都安瑶族自治县是布努瑶聚居之地，也是《密洛陀》流传的中心地区之一。从1962年起，由桑布郎等8位歌师演唱，蓝怀昌、蓝书京、蒙通顺搜集整理的约一万四千多行的《密洛陀》（第一个版本），到1988年出版问世，以其“第二生命”流传于世，前后花费了27年时间。如今，这部史诗还在都安的瑶民中口头流传着。每年农历五月二十九日祝着节或婚嫁时，瑶民就聚集在一起，吟唱《密洛陀》，以示对始祖密洛陀的怀念和对祖先“制定俗规”的遵行。唱颂瑶族始祖密洛陀创造宇宙万物和创造人类及其民族文化的功绩，吟咏瑶族的悲壮历史。

密洛陀文化艺术节的瑶族铜鼓表演（唐邦化　摄）

瑶族祝著节上，瑶族同胞举行“笑酒”仪式。

1062
I-118

# 亚鲁王

## 申报地区或单位：贵州省紫云苗族布依族自治县

麻山苗族《亚鲁王》老歌师（杨正江　摄）

《亚鲁王》是苗族的一部英雄史诗，长约两万六千余行，涉及古代人物一万余人，四百余个古苗语地名，二十余个古战场的细腻描述，至今口头传承于麻山苗族地区的三千多名歌师中。这部史诗，常在麻山一带苗族丧葬仪式中运用，它是对亡灵返回亚鲁王国时代历史的神圣唱诵。

歌师手持梭镖，在葬礼现场唱《亚鲁王》。（段新培　摄）

歌师唱诵《亚鲁王》，肩扛宝剑，手扶竹器，衣领上挂稻谷穗，意为先祖原先生活在水稻之乡。（段新培　摄）

歌师手持梭镖唱诵《亚鲁王》，现场插立古代战场武器。（段新培　摄）

史诗的吟唱，用的是西部苗族语言，表现形式灵活多变。有时用叙事形式朗读吟唱，有时用道白形式问答，大量出现反复重叠和比兴的表现手法，诗以散文诗为主，歌唱的曲调低沉悲凉。

公元前2033年至公元前1562年，苗族史诗《亚鲁王》就有了雏形，史诗唱述亚鲁王国十七代王创世、立国、创业及其发展的故事。还唱述在公元前221年至公元前202年，亚鲁王带领王国的苗民迁徙到贵州，先后开发定都在“商都卜”（贵阳）和“阿代卜”（安顺），最后定都麻山的历史。“史诗”描述亚鲁王国二百余个王族后裔的谱系及其迁徙征战的故事。

《亚鲁王》是在当地非物质文化遗产普查中新发现的一部苗族史诗。传承人多已年迈，继续传承和记录整理工作迫在眉睫。紫云县有关部门正组织力量进行笔录、录音、录像、整理和翻译。首先用国际音标记音，再用汉语对译，最后整理成汉语书写的文本。麻江是贵州贫困县，资金投入受限；史诗又是用西部苗语讲述，且夹杂了许多古苗语，后继人才匮乏，急需加以保护。

1063
I-119

# 目瑙斋瓦

申报地区或单位：云南省德宏傣族景颇族自治州

《目瑙斋瓦》记述的内容之一——目瑙纵歌（李向前　摄）

《目瑙斋瓦》是景颇族的创世史诗。据有关专家研究，《目瑙斋瓦》最早滥觞于原始社会父系氏族时期，是景颇族先民祭祀天神、太阳神的祭词，长8900行，分为六章。第一章讲述了天地万物的形成及人类的诞

《目瑙斋瓦》传承人（桂龄　摄）

"瑙双"（目瑙纵歌领舞者）专用的帽子（李向前　摄）

吟诵《目瑙斋瓦》创世史诗

生。第二章讲述了景颇族的创世英雄宁贯杜率领天下豪杰改造天地，使土壤肥沃、庄稼生长的奋斗过程。第三章讲述大地洪水泛滥。第四章讲述宁贯杜寻找财富，娶龙女扎圣为妻。第五章讲述景颇族跳"目瑙纵歌"舞的来历。第六章讲述大地上的生活，包括钻木取火、寻找水源、制造生产生活用具、学会穿衣裤、种谷、建房、男婚女嫁等等。

史诗是研究景颇族诞生、迁徙、原始宗教起源、婚姻制度演变、山官制度产生及民族交往的珍贵资料，其内容囊括了景颇族的政治、历史、哲学、文学、艺术、习俗、伦理道德等各个领域，有很高的学术和艺术价值。

《目瑙斋瓦》流传于德宏州各县（市）景颇族居住地，包括盈江县的5个乡，陇川县的7个乡镇，潞西市的6个乡镇，瑞丽市的2个乡。

由于《目瑙斋瓦》篇幅浩繁，又是以口传方式流传，能完整吟唱《目瑙斋瓦》的人本来就很少，"文革"期间还曾被禁唱，1980年恢复跳"目瑙纵歌"时，德宏州全州已无斋瓦吟诵，只是由"董萨"（比斋瓦低一级的民间艺人）吟唱部分内容。现在，只有盈江县铜壁关乡李向前一人能唱诵大部分。国内现存的《目瑙斋瓦》创世史诗最早是根据景颇族大经师沙万福口述记录、整理而成的，1975年景颇族学者李向前又收集整理、出版了景颇文本和汉译本。

《目瑙斋瓦》是景颇族传统文化的经典、"百科全书"，景颇族的各种文化艺术都可以从这里找到它的源头，因此应当加以保护和传承。

1064
I-120

# 洛奇洛耶与扎斯扎依

申报地区或单位：云南省墨江哈尼族自治县

传承人传唱《洛奇洛耶与扎斯扎依》（李光明　摄）

叙事长诗《洛奇洛耶与扎斯扎依》是哈尼族碧约人口传叙事长诗，流传于云南省滇南的哈尼族聚居地区，主要在普洱市墨江哈尼族自治县、江城哈尼族彝族自治县、宁洱哈尼族彝族自治县及红河州、玉溪市的哈尼族碧约人支系聚居的村寨中。

洛奇洛耶与扎斯扎依，是长诗中的两位青年，男为英雄智慧的化身，女为美丽纯真的代表。全诗分为"开头的歌"、"扎斯扎依"、"洛奇洛耶"、"赶街相会"、"秧田对歌"、"串门求亲"、"成家立业"、"领头抗租"、"不死

《洛奇洛耶与扎斯扎依》传唱场景（李光明　摄）

传承人传唱《洛奇洛耶与扎斯扎依》（李光明　摄）

的魂”、“结尾的歌”，共10个章节，近两千行。故事的结尾部分，特别是抗租失败后，主人公被砍成肉块、剁成肉酱后依然复活，被铜钉钉在山崖下，淌了七天七夜的血仍然不屈的情节，将哈尼族人民对英雄的特殊爱戴表现得淋漓尽致，充分体现了哈尼族坚强的民族性格。作品涉及哈尼族生产生活、婚恋生死、原始崇拜、风俗习惯、精神信念等，对人类学、民族学、民俗学有较高的研究价值；故事曲折优美，凄美中更有悲壮，诗与事交相辉映，诗韵讲究，诗情浓郁，又具有很高的文学价值。

叙事长诗《洛奇洛耶与扎斯扎依》以吟唱形式传承。在一代代人的吟唱中，不断丰富内容，成为哈尼族优秀的口传文学作品。

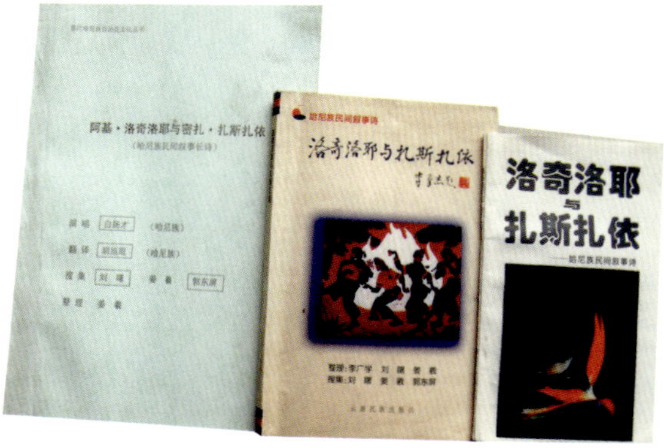


已经出版和即将出版的《洛奇洛耶与扎斯扎依》（李丽祥　摄）

1065
Ⅰ-121

# 阿细先基

## 申报地区或单位：云南省弥勒县

《阿细先基》对唱（陈保舜　摄）

《阿细先基》，又名《阿细人的歌》，是彝族支系阿细人的创世史诗，口头流传于云南省弥勒县西山地区的阿细人聚居地。由于长诗是由艺人用阿细语创作并演唱，散落于民间，所以长期不被外界所知闻。20世纪40年代，经诗人光未然、语言学家袁家骅先后搜集整理出版，才得以广为外界所知。

诗篇全文约计2000行，由“引子”、“最古的时候”、“男女说合成一家”、“尾声”四部分组成。内容包括阿细人的神话传说（天地万物的起源、自然现象的成因等）、男女爱情与婚姻（“男女说合成一家”）以及早期的民族生活（人类早期的艰苦生活和所经受的磨难）与阿细人的风俗习惯。《阿细先基》是阿细人的“根谱”，体现了阿细人探寻自然、认识自然的执著、勇武与睿智，折射出朴素的唯物主义。由于很大篇幅以男女情爱为主线，描述了阿细人对纯真爱情、美好事物的热烈追求与憧憬，对现实社会的各种见解，故而在阿细人村落里，男女青年们常在耕作之暇互相对唱，成为求偶的手段。

《阿细先基》的起源年代无考。有学者认为萌发于原始社会时期，形成于封建社会时期。是阿细人精神和文化的表征，为研究阿细人的历史、文化、经济、哲学、宗教、伦理道德、审美观念等提供了珍贵的资料和独特的视角，具有多学科的研究价值。

《阿细先基》传习场景（陈保舜　摄）

姐妹同唱《阿细先基》（陈保舜　摄）

唱先基比赛（陈保舜　摄）

《阿细先基》以口传方式一代一代流传至今。但现在能用阿细语演唱的人日益减少，能全面掌握《阿细先基》演唱的人更是寥寥无几，传承后继乏人，亟待保护。

1066
I-122

# 羌戈大战

申报地区或单位：四川省汶川县

羌族是我国最为古老的民族之一。《羌戈大战》是羌族的英雄史诗。史诗记述了一支羌族先民从西北高原南迁的历史进程中，与原住在岷江上游一带的“嘎”人（戈基人）之间的战争，并最终取得胜利，从而定居于此的历史。史诗反映了原始部落之间的战争。《羌戈大战》长达六百余行，由“序歌”、“羊皮鼓的来源”、“大雪山的来源”、“羌戈相遇”、“寻找神

讲述《羌戈大战》(王兮　摄)

《羌戈大战》传习场景(陈进　摄)

《羌戈大战》传习场景(万渝川　摄)

牛”、“羌戈大战”、“重建家园”7个部分组成。

史诗在叙述历史事件和描写战争场面中，同时也记述了羌族的民间信仰观念，如在战争中古羌人如何得到天神之助，如白石作为古羌人的庇护所和对敌战争中的制胜武器等。《羌戈大战》文辞优美，音韵铿锵，包含了大量远古的历史、文化、民俗等信息，具有较高的文学价值和多学科研究价值。

《羌戈大战》是羌族“释比”在祭山还愿时演唱的经典之一。“释比”是羌族祭祀活动的主持者，是羌文化的最高传承人。目前健在、尚有传承能力的老“释比”寥寥无几，代表性传承人只有王治升、余世荣。

《羌戈大战》通常用古羌语演唱。由于诗长难于记忆，给它的传承带来了极大的困难，使之面临式微乃至消逝的危险。国家与各级文化相关部门对《羌戈大战》进行了录音、录像和记录。“5·12”汶川特大地震以后，文化部授牌成立了“羌族文化生态保护实验区”，建立传习所，完善保护机制，确保文化传承。

1067
I-123

# 恰克恰克

申报地区或单位：新疆维吾尔自治区伊宁市

恰克恰克轻松的传习氛围

维吾尔族“恰克恰克”，翻译成汉语为“笑话”，源于维吾尔族人民的生活习俗，是维吾尔族民间口头的一种讽刺文学形式，多在麦西莱甫、喜庆婚礼、朋友聚会、相互聊天、节庆假日等场合说趣。说趣内容涉及生活的方方面面，大部分情况是说趣者根据当时场合即席发挥。表演主要分为两种形式：一是传统的“拉提帕”，汉语意为“幽默故事”，即说趣者一个人为观众讲述短小精悍的幽默故事；另一种是说趣者之间的唇枪舌战，通过各种艺术手段达到“笑”的目的。

维吾尔族的民间口头文学在汉文、梵文和古突厥文等历史文献中就有记录，据考证，“拉提帕”即幽默故事，约在10世纪开始出现在维吾尔民间文学艺坛。12世纪，维吾尔族出现了一位影响极大的民间说“恰克恰克”的阿凡提，现翻译为汉语的《阿凡提的故事》，从内容上看实际是《阿凡提的笑话》，由于译者当时采用了“故事”一词，一直沿用至今。他在新疆、中国乃至中亚和世界都有非常大的影响。之后在维吾尔族的历史上，杰出的笑话家层出不穷，如麦西热甫·热赫木巴、毛拉赛依丁等。现在新疆伊犁又出现了一位杰出的笑话家伊沙木·库尔班。他的笑话真实地反映了维吾尔族人民的心理素质和民族特点，继承了阿凡提故事的传统形式，被称为“活着的阿凡提”。

随时可见的伊沙木恰克恰克传习场景

维吾尔族恰克恰克艺人

伊沙木1930年出生于新疆伊犁，“恰克恰克”在伊沙木的推动下又一次走向了高潮。“恰克恰克”是我国少有的一种鲜活的民间口头文学，也是研究人类学、民族学、民俗学的重要资料，更是维吾尔族民族文化身份认同的重要因素，在推动构建社会主义进程中起着积极作用。伊沙木年事已高，继承人很少，亟待保护。

1068
I-124

# 酉阳古歌

## 申报地区或单位：重庆市酉阳土家族苗族自治县

酉阳古歌是巫傩师在祭祖崇拜，祈求丰产和驱邪还愿活动中吟诵的诗文，流传于地处湘、鄂、渝、黔交界处的重庆酉阳土家族苗族自治县，是南方古文化在武陵山区延续和衍变的产物。古歌风格诡谲，源头可追溯到上古时代的巫歌，是劳动人民长期积累的自然知识和社会知识的总汇。

酉阳古歌的内容分为神异类和生活类，其代表作有：风俗诗《藏身兴躲影》、《鸣锣会兵》；赞美诗《东岳齐天是齐王》、《来也匆匆，去也匆匆》；诀术诗《一年四季》等。口耳相传，文辞固定，较少即兴

酉阳古歌传习场景（刘芳晓　摄）

酉阳古歌吟诵场景（刘芳晓　摄）

创作，保存了大量的原始信息和艺术因子。诗文有双句押尾韵的自由体和两句一节、四句一节句尾押韵的格律体，多为四言七言句式，穿插连接，有高腔与平腔两种唱腔，颇有韵味。

以民俗活动为载体，传播宇宙知识系统和群体生存技能，是一个古老瑰丽的民间文学宝库，对地域文化和传统文化的传播起着巨大的促进作用，对后世作家文学有着重要影响。

酉阳古歌反映了先民的自然崇拜、祖先崇拜和鬼神崇拜观念，杂糅着儒、道、佛等成分，历史悠久，影响广泛，学术研究价值极高。

酉阳古歌诗文稿（孙万山　摄）

1069
I-125

# 谚语

## 沪谚

### 申报地区或单位：上海市闵行区

沪谚书籍（闵行区非物质文化遗产保护分中心　提供）

沪谚是我国几大著名的方言谚语之一。其中心流行区是上海的陈行，故也有人称其为“陈行谚语”。近代以来，第一部地方性谚语集《越谚》于1918年问世后，《沪谚》于1921年在上海出版，作为我国近代著名的民间谚语集，备受学界关注。内容涉及时政、修养、事理、社交、生活、乡土、生产、自然等大类，充满着历代当地民众的“丰富智慧和普遍经验”。其编纂者胡祖德是上海浦东的陈行人，书中的两千多条谚语主要收集于陈行地区。陈行地区是上海十分典型的近郊农村，是传统集镇和村宅演变的缩影。明代万历年间逐渐聚集成市，清代咸丰年间起先后被称为陈家行、陈行乡、陈行镇等，2000年10月起归闵行区浦江镇。这里是“上海县城隍”秦裕伯的故乡，人称“穿靴戴顶之乡”。这里区划建置稳定，当地人长期“商不越苏杭，士总在故乡”，形成相对封闭的文化空间。当地人生活态度乐观，话语充满机趣，各村宅都有不少能唱善说者。陈行谚语来自百姓生活，以极为朴实又充满机趣的言语，浓缩当地风土

社区举办的陈行沪谚活动（闵行区非物质文化遗产保护分中心　提供）

沪谚传承人在向学生传授沪谚（闵行区非物质文化遗产保护分中心　提供）

人情，评论世态善恶美丑，反映各自喜怒哀乐，调节周边人际关系，既富有口头文学的独特魅力，又凸显了当地百姓的智慧和美德。当地有几代“问俗闲翁”做了翔实的记录，使其传承更显有序、深入。

20世纪20年代的《沪谚》所载谚语，大多至今仍在陈行广泛流行和应用。涉及天文气象、生产生活、社会事象、男女老少、人生经验、劝譬颂祷、讥刺弊端、孩童孺教等，门类和题材甚多。随着社会的发展进步，新的俚谚不断产生。2007年6月，陈行谣谚被列为上海市首批非物质文化遗产。

# 传统音乐

第三批国家级非物质文化遗产名录

1070
II-140

# 凤阳民歌

申报地区或单位：安徽省滁州市

五代花鼓女同唱凤阳民歌（吴晓泉　摄）

凤阳民歌是流传于安徽省东北部凤阳县特色鲜明的歌种。可分为生活民歌、情歌、时政歌、劳动歌几大类，计有300首之多。尤其以《凤阳花鼓》、《鲜花调》（《茉莉花》）比较有名。

自明朝中叶以后，凤阳民歌除在当地流传外，还有相当数量的凤阳民歌随着《凤阳花鼓》到处流传，尤以江南、北京、山西为多。20世纪初，凤阳民歌是当时录制唱片的民间艺术之一，有10首之多，风靡一时。其中，以“金嗓子”周璇演唱的《凤阳花鼓》最为著名。1935年，凤阳民歌《新凤阳歌》作为电影《大路》的插曲，由黎莉莉演唱，引起强烈反响。

老一代歌手（吕建东　摄）

社区传艺场景（吴晓泉　摄）

凤阳花鼓《凤阳花鼓凤阳歌》演唱场景
（吴晓泉　摄）

凤阳民歌以反映不同历史时期人民群众日常生活情景为主，如《杨姑娘上吊》、《姑娘吵架》等；情歌的数量最多，也最受民众喜爱，如《打菜苔》、《送郎》、《二姑娘倒贴》等，反映了旧社会青年女子对婚姻爱情的美好向往和追求；劳动歌是指在生产劳动中唱的歌，有秧歌和号子之分，当地最流行的是打夯歌；时政歌主要反映人民群众对社会事件的认识态度，有歌颂的，也有讽刺的，政治色彩浓厚，如《十杯酒》、《土改歌子》和《打离婚》等。

凤阳民歌的历史价值在于：它以生动朴实的形式内容反映了不同时期人民群众的生活情境、理想和追求，成为活态的珍贵音乐史资料。自明朝中叶，凤阳民歌随《凤阳花鼓》流传到其他地区，产生了广泛的影响。

凤阳民歌演出剧照（龚岩　摄）

1071
II-141

# 九江山歌

申报地区或单位：江西省九江县

九江山歌演唱场景

九江山歌是以“三声腔”为典型特征，流传于江西省西北部九江县（汉初建县，名为“柴桑”）的山歌类型。

九江山歌在九江传唱已有千余年历史，唐代诗人白居易《霖雨苦多江湖暴涨块然独望因题北亭》中“篱根舟子语，巷口钓人歌”的诗句，反映了九江当时山歌流传盛况。明代九江府志中，有“山歌本是古人留，不唱山歌忘了祖”的记载。1996年3月出版的《中国民间歌曲集成·江西卷》九江“三声腔”山歌已有50首作品入选。2007年，九江“三声腔”山歌被列入江西省第二批省级非物质文化遗产保护名录。

九江“三声腔”山歌，题材广泛，内容丰富，其主要价值：一是声腔多变，分高腔、平腔、低腔。高腔山歌定调高、句幅宽、拖腔长，俗称“打窄音”、“挣红脸”；平腔山歌定调较低，句幅匀称，刻画细腻，长于抒情叙事；低腔山歌发音低弱，人们常用低腔山歌吟唱长篇故事。二是“唱白口”，人们可随时随地见人、见物触景生情，随口唱来。三是体裁为“三声”宫调五句体式，歌词多排比句。九江山歌独特的风格在我国民间音乐中具有重要的地位。

九江山歌“以口相传，即兴而歌”的方式世代传承，具有广泛的群众基础。“心想唱歌就唱歌，我的山歌比你多，日唱山歌当茶饭，夜唱山歌当被窝，口唱山歌心快活。”用生活中的普通语言，唱出了人们心底对山歌的感情。九江山歌以丰富的想象力、真挚的情感、淳朴的语言、巧妙的手法，给人以无穷的回味。

九江山歌演唱场景

闲暇时演唱山歌

1072
II-142

# 利川灯歌

申报地区或单位：湖北省利川市

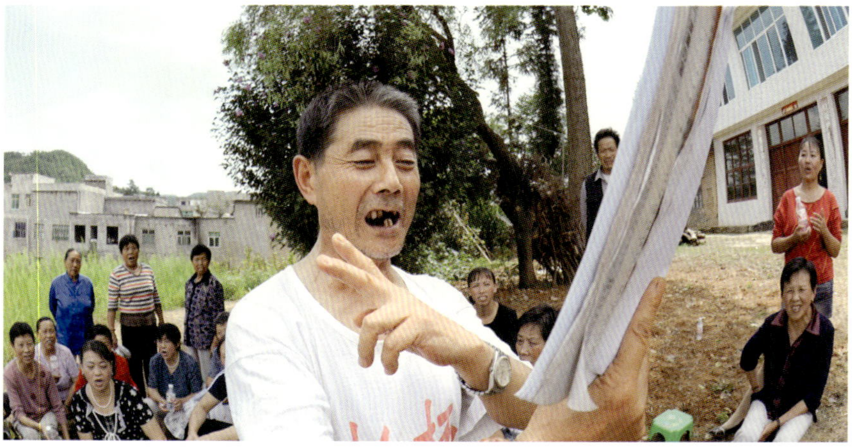

利川灯歌演唱场景（彭一新　摄）

利川位于湖北省西南边陲，是恩施土家族苗族自治州的一个县级市。从古至今，一直是巴人及其后裔土家族人的聚居地。

利川灯歌（又名灯调）是当地土家族人逢年过节时，沿街沿村，划地为台，以彩龙船、车车灯为主要道具的一种传统民间歌唱。据利川柏杨

利川灯歌乐队一般由鼓、大锣、钹、镲、二锣等组成，过去也有唢呐和竹笛。（梅家林　摄）

土家族老艺人演唱灯歌（彭一新　摄）

17代灯歌嫡系传人全友发（69岁）说：利川灯歌始于清初，最先是由落第秀才谭功朝（鼓师、歌师傅）和吐祥（清至1949年该地属湖北利川，新中国成立后划归今重庆市奉节县）乔国富（外号“乔幺妹”）等人把本地传统民歌、锣鼓和花灯结合起来形成的。新中国成立前已历朝、福、久、远、艺、康、永、长、德、高、年、乐、九、田、美、佐16代，距今约有三百年的历史。

利川灯歌内容以贺喜祝福、农事耕作、风光习俗和男女情爱为多，既有传统唱段，也可即兴创作。歌词句式以七字句破四字、三字加衬词（或衬句）最为普遍，也有五字句（或十字句破五字）加衬词（或衬句）的。徵、羽调式较多，旋律多下行，多小跳和级进。音调结构以“三音腔”最典型。衬词衬句丰富多彩，妙趣横生。踹踮进退，踏歌赴节，打一遍锣鼓划一遍船唱一段歌，祥和、热烈。道具彩龙船是对祭祀屈原龙舟竞渡的艺术模拟。旱地划船，迎亲祝福，构思巧妙。蛮儿巴女齐声唱，传统歌曲无论是调式、句式、产生流行地域以及歌唱者的族属都多与古代巴人所唱巴歌、竹枝歌一脉相承，是巴歌、竹枝歌在利川流传至今存活的载体之一。

利川灯歌是鄂西南土家族灯歌的代表，是我国灯歌中一支濒临灭绝的少数民族传统音乐的活体遗存。初步挖掘整理结果表明，利川传统灯歌民间仅存五十余首，尚在传唱的不足十首，亟待保护。

1073
II-143

# 天门民歌

申报地区或单位：湖北省天门市

天门民歌传习场景

天门民歌主要流传于江汉平原、汉水流域的天门、沔阳（仙桃）、潜江、汉川、洪湖、钟祥、京山、应城等县市。

天门民歌是楚音乐的一个重要分支，歌词具有古代楚辞清雅、新奇的特点，音乐具有楚乐“八音”的特征；又饱含江汉平原水乡地域特色。它是天门乃至整个江汉平原众多艺术的母体，它孕育了荆州花鼓戏四大主腔的高腔、打锣腔，它的小调成为歌腔皮影的唱腔和碟子小曲、三棒鼓的固定曲牌。

目前，共搜集传统天门民歌八百四十余首。内容涉及宗教、历史、劳动、生活、爱情等诸方面。体裁分为“号子”、“田歌”、“小调”、“灯歌”、“宗教歌”、“儿歌”六大类，其中，田歌、小调数量居多。《洪湖赤卫队》主题歌《洪湖水，浪打浪》即根据天门民歌《襄河谣》、《月望郎》改编

天门民歌道具——三棒鼓

天门碟子曲道具——碟子和击碟用的筷子

天门民歌演唱

而成。传统民歌《幸福歌》、《小女婿》、《薅黄瓜》等至今仍广为传唱。2009年，天门民歌《幸福歌》作为湖北民歌的代表作，被《普通高中课程标准实验教科书·音乐》收录为全国音乐鉴赏教材。

从新中国成立初期到20世纪80年代初，以湖北省著名歌唱家蒋桂英为代表的一批艺人，把天门民歌唱出湖北、唱到北京，多次进中南海演出，天门民歌几乎成为湖北民歌的代名词。

1074
II-144

# 临高渔歌

申报地区或单位：海南省临高县

临高渔歌歌舞表演（王宝中 摄）

临高渔歌是海南省传统民歌的重要歌种，主要流传在海南省临高地区。

汉代以来就有来自内地的渔民迁入今之临高县（汉时儋郡属地），以捕鱼为生。宋代临高的渔业已相当发达。渔民习惯住在海边，成年的未婚男女有集中居住的习俗，聚居的地方称为“男子馆”、“女子馆”。天高月明之夜，他（她）们集中到沙滩上斗歌，“渔歌唱晚”的歌声此起彼落。渔民出海，渔歌也随着在海上飘荡。渔场、村场处处都是赛歌场。

临高渔歌是临高渔民生活的写照，题材广泛，内容丰富，历史人文、渔乡风光、捕鱼织网、爱情生活、祭祀海上保护神等等，无所不歌。渔歌具有浓郁的“海味”，曲调似大海般辽阔，似浪花般优美。悠扬抒情的“哩哩美调”在渔乡几乎家喻户晓，在省内外也享有盛名。“哩哩美调”经国家教委审定被编入初中音乐教材。

临高渔歌备受文艺家、音乐家的青睐。1962年，我国戏剧大家田汉到临高考察采风，赋诗赞道：“椰子林边几曲歌，文澜江水袅新波。此间亦有刘三妹，唱得临高生产多。”1977年，我国著名作曲家黄准到临高采风，称“临高渔歌‘哩哩美’是中国最好的渔歌之一”。著名作曲家吕远到临高采风，吸收渔歌“哩哩美调”的优美旋律，创作电影插曲《西沙，

临高渔歌参加“首届渔民节”演出（王宝中　摄）

可爱的家乡》。临高县因渔歌的名牌，2003年被国家文化部授予“中国民间艺术之乡”称号。2007年11月，在舟山群岛举行的“中国渔歌邀请赛”中荣获一等奖。

近年来，临高渔歌由于受时尚流行音乐的冲击而出现后继乏人的危机，2008年入选海南省非物质文化遗产名录。

临高渔歌参加“首届民间文化节”演出（王宝中　摄）

1075
II-145

# 弥渡民歌

申报地区或单位：云南省弥渡县

弥渡民歌乡村对歌比赛

弥渡民歌是指流传于云南省弥渡县境内的汉族和少数民族民歌。

清嘉庆初年《滇系》所记"山歌九章"有力地证明了弥渡民歌的悠久历史。20世纪50年代以来，随着《小河淌水》、《十大姐》、《绣荷包》、《弥渡山歌》等一批弥渡传统民歌、改编民歌在国内外广为传播，"弥渡民歌"作为一个音乐名称逐渐在全国产生广泛影响，成为我国知名度很高的民歌品类。

弥渡民歌内容丰富，形式多样，真实反映了人民群众的生产生活和思想情感，以民族分类可分为汉族民歌和少数民族民歌两类，以音乐体裁则分为山歌、小调、舞蹈歌、风俗歌等类型，曲调极为丰富，旋律婉转悠扬。代表性曲调，山歌类有《小河淌水》、《弥渡山歌》、《埂子调》、《密滴调》、《密祉调》、《放羊调》、《过山调》等；小调有《赶马调》、《绣荷包》、《绣香袋》等；舞蹈歌有《十大姐》和多种《打歌调》；风俗歌有《迎亲调》、《送亲调》、《哭亡调》、《指路歌》、《祭祀歌》等。

弥渡民歌以师传、家传、自学为传承形式。随着社会发展和老一辈民间歌手相继去世，弥渡民歌的传承出现了断层，面临着极大的生存危机。为此，弥渡县委、县政府已经提出"借助'小河淌水'品牌，建设花灯文化名县"的文化发展思路，修建"小河淌水"意境区、对歌场，编辑出版《弥渡花灯民歌》中小学乡土教材，发行原生态《弥渡民歌选辑》DVD，《弥渡行》VCD，举办民歌对唱大赛等活动，为弥渡民歌的持续发展创造了良好的社会环境。

弥渡民歌演唱

弥渡民歌演唱

1076
II-146

# 青海汉族民间小调

申报地区或单位：青海省西宁市

青海汉族民间小调是一种具有深厚历史传统与民俗紧密结合的民间歌曲。其主要流传地在青海东部的汉族聚居地区。因受地理和历史演变的影响，这里的汉族民间小调蕴藏丰富、色彩多样，并以其特有的高原风格在我国民间歌曲中占有独特的位置。

每年春节期间，当地总会举行热烈、隆重的民间社火活动，届时，人们一边扭秧歌，玩龙灯、狮子、旱船，一边载歌载舞自娱。其中所唱的民歌，多数为一些富有地方特色的传统小调，代表性曲目有《放风筝》、《织手巾》、《五更鸟》、《四季歌》等。青海汉族小调是汉族民歌中数量较多的歌种，它流传广泛，形式规整，词曲相对固定，表现手法多样，旋律动听，表情细腻，多在群众休闲、娱乐和集庆场合中演唱。内容涉及社会生活各个方面，多为分节歌形式，歌词以五字句、七字句为主，其他各种句式也都有所见，又以四句为一段的居多，而多到几十句为一段的往往和各种历史故事或人物，以及各种题材的叙事歌有关。

民间歌手演唱青海汉族民间小调《绣荷包》

民间歌手演唱青海汉族民间小调《十二月探亲》

青海汉族民间小调演唱的题材广泛，凡社会生活、士农工商职业活动，民俗风情、颂古论今、故事传说、妇女苦难等，均为青海汉族小调咏唱材料。演唱青海汉族小调一般由三弦、竹笛、板胡（或中胡、四胡、二胡）、碰铃伴奏。

青海汉族民间小调对研究当地历史、民族、宗教、信仰、民俗、民风、地方志等都有一定的参考和借鉴的价值。尤其是对中原文化在青藏高原的传播、融汇，以及当地各族人民的生活观、价值观、民俗民风的演化等都产生了一定的影响。

民间歌手演唱青海汉族民间小调《尕老汉》

1077
II-147

# 阿里郎

申报地区或单位：吉林省延边朝鲜族自治州

阿里郎演唱场景（金红敏　摄）

阿里郎少儿合唱团（金红敏　摄）

《阿里郎打令》是中国朝鲜族抒情民歌的代表性作品，在中国朝鲜族群众中具有极大的影响力。阿里郎歌曲群的内涵包括对翻越“阿里郎山冈”的“郎”的真挚爱情，对抛下妻子翻越“阿里郎山冈”的“郎”的怨恨，以及对翻越“阿里郎山冈”后的美好未来和美好生活的憧憬和向往，生动地表现了中国朝鲜族的内心世界。歌曲群具有旋律明朗、优美动听、感情哀婉等特征。

阿里郎演唱场景

阿里郎演唱场景

洞箫乐队演奏阿里郎场景

《阿里郎打令》的歌词和旋律充分体现了朝鲜民族的传统风俗，长期在民间用口头传唱的形式流传下来，并经过加工、发展和变化流传至今。《阿里郎打令》无论是歌词还是音乐，所要表达的内容不仅简单易懂，而且极其口语化，无论在中国任何一个地方，只要唱起《阿里郎打令》，谁都会知道这是中国朝鲜族最具代表性的民歌。

《阿里郎打令》既能由音乐造诣较高的歌唱家来演唱，也能由普通群众来演唱、掌握。从《阿里郎打令》的歌词内容和旋律发展来看，既反映了强烈的传统情绪，也包含了类似现代的手法。在不同的创作年代和时期，《阿里郎打令》表现出不同的风格和样式，在历史和学术等方面都具有重要的研究价值。

1078
II-148

# 哈萨克族民歌

申报地区或单位：新疆维吾尔自治区伊犁哈萨克自治州

歌声朗朗的哈萨克族牧民帐篷

哈萨克族民歌主要流传于新疆维吾尔自治区伊犁哈萨克自治州所属的伊犁州直属八县两市和塔城、阿尔泰地区，木垒、巴里坤，甘肃省的阿克塞等三个哈萨克自治县，少数分布在乌鲁木齐地区、昌吉回族自治州和博尔塔拉蒙古自治州境内的哈萨克人聚居区。

哈萨克族多从事畜牧业生产，他们千百年来过着逐水草而居的游牧生活。具有浓厚、独特而绚丽多彩的草原文化特征。“歌和马是哈萨克人的两只翅膀”的民间谚语就形象地说明了民歌是哈萨克族人民生活中不可缺少的亲密伴侣。

哈萨克族民歌演唱是在各种喜庆节日、家庭聚会中不可缺少的一种主要民间娱乐方式，从内容上可分为劳动歌曲、颂歌、爱情歌曲、习俗歌曲四类，表演形式可分为独唱、重唱、弹唱、清唱、对唱等。

哈萨克族民歌不仅是哈萨克人民喜怒哀乐、悲欢离合生活的真实写照，也是反映社会和历史的一面镜子，集中体现了哈萨克族的历史文化、民族精神、风土人情、生活习俗、心理素质和审美情趣，具有很强的教育功能。

近年来，由于汉语盛行，哈萨克母语式微，哈萨克族民歌面临前所未有的生存困境，尤其是哈萨克族古老的民间艺术形式瑰宝之一——托勒傲处在面临消失、变形、失调走样的濒危状态，急需保护与传承。

女子乐队演唱民歌（新源县文工团　提供）

聆听民歌的牧民群众

1079
II-149

# 塔吉克族民歌

申报地区或单位：
新疆维吾尔自治区塔什库尔干塔吉克自治县

塔吉克族民歌演唱（楼望皓　摄）

塔吉克族民歌是塔吉克族传统音乐的重要遗产，从音乐到歌词都有帕米尔高原的特点和民族特色，它是塔吉克族文化的重要组成部分，具有悠久的历史。远古时代，塔吉克族民歌正是伴随着塔吉克族宗教文化从远古一路走来，忠实地记录了塔吉克族的发展历史。塔吉克族民歌主要流传于塔什库尔干塔吉克自治县及周边高原地区。塔吉克族主要从事农牧业，能歌善舞，民歌成为他们生活中不可分割的一部分。

塔吉克族的民歌内容十分广泛。流传至今的民歌主要有反映古老的社会生活、伦理道德、团结互助、助人为乐、民情风俗、歌颂爱情和宗教活动的内容。更多的是表达爱情这一主题，青年男女在谈情说爱时，也还采取“柔巴依”（四句一联或对唱）的形式进行对唱，表达爱慕和思念之情。其种类主要包括：习俗歌、情歌、叙述长诗歌、挽歌、宗教歌和幽默歌等。

塔吉克族民歌保持着古朴、独特的风格。从体裁和功能角度看，塔吉克族民歌包括了一些伴奏舞蹈的民歌，因而，塔吉克族民歌中的旋律变化多样，有快、慢不同节奏的各类民歌。塔吉克人在民歌演唱时按照民歌的不同内容和曲调，在节日、婚礼和劳动之余，聚集在一起，用鹰

演唱古老的民歌（楼望皓　摄）

笛、手鼓和热瓦甫等乐器伴奏，民间歌手动情欢歌，群众翩翩起舞。塔吉克族民歌主要是以家族传承和师徒传承的方式，一代一代地传承至今。

塔吉克族民歌具有鲜明的民族特色，对研究我国少数民族民歌和音乐学有着重要的价值。随着现代流行歌曲传播，青年一代对古老的塔吉克族民歌渐渐遗忘。现在会唱传统民歌的歌手，年龄都在55岁以上，真正能唱全的人更是寥寥无几，且年龄偏大，后继无人，出现断代情况，处于濒危状态。

演唱塔吉克族民歌（楼望皓　摄）

1080
II-150

# 茅山号子

申报地区或单位：江苏省兴化市

农忙季节，农民边栽秧边打着茅山号子“栽秧号子”。（班映　摄）

茅山号子源于江苏省兴化市茅山镇，在苏中里下河地区流传甚广。传说茅山号子与孟姜女寻夫到长城的故事有关。相传，孟姜女行至山海关，看到老弱病残者背石扛土，不堪重负又不敢在监工面前喘气呻吟，遂教他们用“哼号”一问一答的方法来顺气省力，并逐渐形成了劳动号子，茅山籍民夫将孟姜女所传的号子带回到家乡。

茅山号子按演唱形式可分为车水号子、栽秧号子、薅草号子、挑担号子、碾场号子、掼把号子、牛车号子等，其中以“栽秧号子”独占鳌头，俗称“小妹妹”；从音乐结构上可分为长号子、短号子；内容上有唱古代人物忠孝节义的，有咏农家四季悠然自得生活的，还有歌颂男女之间纯真朴素爱情的；场合上涉及田畔场头、圩堤渠边院落，并逐步走进舞台。茅山号子多数是一人领唱众人和、一问一答、一唱一和。茅山号子音调旋律舒缓平实，音乐节奏明快有力，演唱速度快慢自由，歌唱形式分合有致，特别是合唱部分形成了高低协调、咏叹自如的独特民歌特色。在演唱风格上，茅山人打号子行腔稳健，咬字有力，男人嗓子粗，女人嗓子柔，吐音清晰，整个曲调富有弹性，既有江南一带的柔美委婉，又有苏北地区的粗犷高亢。

茅山号子老年民歌手在排练（姜梅　摄）

茅山号子在全国久负盛名，在世界乐坛也小有名气。1956年，茅山镇民歌手朱香琳的茅山号子唱到中南海，受到毛主席等中央领导人接见，并在世界青年联欢节上获银质奖。此后，朱香琳、汤晓玲、时彬一等不断以茅山号子在各类表演中获奖。作为兴化市的特色文化品牌之一的“茅山号子”已编入音乐教材，走进中、小学校园。目前，茅山镇全镇民歌手有四千多人，村村有茅山号子演唱队，镇里每年都要举办“茅山号子大家赛”活动。

1081
II-151

# 弦索乐

菏泽弦索乐

申报地区或单位：山东省菏泽市

菏泽弦索乐是由几件弹拨乐器和拉弦乐器结合在一起演奏的合奏形式。因其风格典雅而享有“雅乐”之称，又由于它历史悠久而被称为“古乐”。主要分布在山东省菏泽市（古称曹州）的郓城、鄄城等县的乡村。

民间老艺人演奏弦索乐(牛玉新 摄)

民间老艺人演奏弦索乐(牛玉新 摄)

菏泽弦索乐通常由筝、扬琴、琵琶、胡琴(又称“如意勾”,一种琴杆头上刻有古代宫廷“玉如意”的弓弦乐器)等丝弦乐器合乐演奏,有时只有筝、扬琴二者合奏,或是筝与扬琴、琵琶合奏,亦有加入软弓胡、坠胡等合奏的形式,乐器组合灵活多样,演奏乐器可增可减。

菏泽弦索乐有古曲十大套,每一套均是“八板体”的套曲形式,民间俗称“碰八板”。又因其每个曲子的八个乐句各有八板,全曲另加四板的结构形式,而被称为“六十八板”。民间艺人们说,六十八板是先人们根据《周易》六十四卦加上春、夏、秋、冬四季制定的。“碰八板”所使用的乐器构成不同的声部,这些声部的旋律都是由母曲《八板》派生出来的,所以完全可以“碰”在一起,构成一个统一和谐的整体。其旋律音调优雅柔美,和声织体浑厚动听,既有古色古香的风格,又有鲜明的地方色彩。具有较高的学术研究价值、艺术价值和欣赏价值。

在民间,弦索乐是艺人们自娱自乐的一种活动方式,常利用赶庙会、逢年过节或是冬闲时期,在寺庙、家庭院落等地演奏。他们大都会演奏两三种乐器,一旦在缺少人手时能操起其他乐器演奏。历年代表人物有:马义温、王乐涌、黎邦荣、张念中、石登岩、张为台、张应易、张良之、张孝伦、张心善等。

近些年来,由于一些传统的文化空间逐渐消失,一些颇有造诣的民间艺人年事已高或相继谢世,能演奏古曲和全面掌握传统演奏技法的人员已经不多,急需保护与传承。

艺人在演奏碰八板

1082
II-152

# 纳西族白沙细乐

申报地区或单位：云南省丽江市古城区

纳西族白沙细乐又名“崩时细哩”、“别时细梨”、“别时谢礼”，是纳西先民创制的一部器乐、声乐及舞蹈相结合的古典音乐套曲。流传于丽江市古城区和玉龙纳西族自治县。

在长期的历史发展进程中，纳西族的先民受东汉“白狼献诗”影响，“俗好饮酒歌舞”（唐《蛮书》），后逐渐成为一个能歌善舞、富有音乐天赋而充满哲思的民族。白沙细乐的历史渊源原有两说，一说“元氏遗音，靡靡切切，酸楚动人，相传世祖临别所赠，故名别时谢礼”；二说为纳西族民间凭吊战争亡灵之乐。说法各异，暂无确考。据已故纳西族著名老艺人和锡典有据可考的传承谱牒，至少在两百年前丽江已盛行此乐，所表现的是生离死别、怀恋缱绻的感情。

相传白沙细乐有10个调，现存8个调，分别是“笃”、“一封书”、“三思及”、“美丽的白云”、“公主哭”、“跺蹉”、“南曲”和“北曲”。乐器有横笛、直笛、芦管、苏古笃、小曲项琵琶、古筝、二簧、胡琴，演奏至少要有8人并以合奏为主，同时也伴歌舞。赤足舞（跺磋）、云雀（“劳马磋”）、弓矢舞（“抗磋”）、白鹤舞（“夸磋”）等在送葬时奏跳。白沙细乐是元明遗音与纳西民间音乐的美满结合，是经过相当长的时间才逐步形成的套曲，其构思独到，器乐兼歌并舞，意境深宽，曲调抒情，旋律委婉流畅。

白沙细乐社区展演

白沙细乐乐队表演

白沙细乐演奏场景

目前，在丽江范围内能演奏白沙细乐的传人已越来越少，丽江各级政府及相关部门为弘扬白沙细乐做了许多行之有效的工作，制定《纳西族民间音乐保护和管理办法》等，成立了行业协会和传习馆，专门将黄山镇长水村作为其保护点，并命名和凛毅为传承人，提供相应条件让他收徒授艺。

1083
II-153

# 伽倻琴艺术

申报地区或单位：吉林省延吉市

伽倻琴又称“朝鲜筝”，是朝鲜族最具代表性的弹拨弦鸣乐器，流行于吉林、辽宁、黑龙江、内蒙古、河北等省区，尤以延边朝鲜族自治州最为盛行。

伽倻琴音色柔和，琴声深沉，外形似筝。据朝鲜古籍《三国史记》记载：“伽倻琴，亦法中国乐部筝而为之。……伽倻琴虽与筝制度小异，大概似之。”因此，伽倻琴的产生至少可以追溯到伽倻国存在至灭亡之前于勒携琴投奔新罗真兴王的年代（42—551）。到19世纪末，伽倻琴音乐达到高峰，音乐从缓慢的宫廷乐，逐渐转变为轻快而活泼的散调。原来流传下来的伽倻琴，因不适合演奏散调的快音而改制成散调伽倻琴，流传至今。伽倻琴也于19世纪末由朝鲜传入中国朝鲜族居住地区，并在民间得以传承。

伽倻琴艺术是朝鲜族传统音乐文化的典型代表，无论是它的造型、制作材料，还是它的音质音色、音乐表现风格和演奏方法，均体现着朝鲜族人民的性格内涵，充分反映了中国朝鲜族人民生活的历史形态。

伽倻琴传习场景（金星三　提供）

伽倻琴合奏（金星三　提供）

随着社会的进步和音乐文化的创新，互联网的蓬勃发展，各种文化艺术、娱乐形式不断出现和丰富，使伽倻琴艺术赖以生存、发展的社会基础发生了变革，伽倻琴艺术的演出区域、演出市场和观众均呈下滑趋势，演出展示平台日益减少，急需保护。

伽倻琴演奏（金星三　提供）

1084
II-154

# 京族独弦琴艺术

申报地区或单位：广西壮族自治区东兴市

京族少女在渔排上弹奏独弦琴（龙相东　摄）

独弦琴艺术是京族所拥有的传统器乐艺术，主要流布于广西壮族自治区东兴市京族聚居区，包括东兴市江平镇的巫头、山心、万尾三个岛屿（俗称“京族三岛”）及其附近的潭吉、竹山、红坎、恒望、米漏等村屯。

1511年以来，京族先民陆续从越南迁到目前的聚居地，在近五百年的历史发展过程中，京族虽然受到了汉族、壮族民族文化的影响，但其独弦琴演奏艺术却一直保持着较为浓郁的民族特色。

京族独弦琴艺术主要包括独弦琴制作技艺和独弦琴演奏艺术。

京族独弦琴因制作材质不同而分为竹制和木制两种。从20世纪50年代开始，京族独弦琴除了本源的长箱形外，还增添了长条形、龙头形，琴面上像古琴那样标出泛音位置，也有的在琴面上增设木制指板，上嵌16个品位，能快速演奏泛音，丰富了演奏技巧。

演奏独弦琴采取坐式和站式两种姿势。演奏时，多将琴横置于桌子、架子或双腿上，或将琴尾置于腿上，琴头放置于地面或架子上，右手持挑棒或竹签弹奏，左手握摇杆，通过推、拉改变弦的张力，改变弦的长度，以获得不同的音高。

京族少女演奏独弦琴

京族独弦琴演奏（龙相东　摄）

京族独弦琴的演奏技巧十分丰富，常用的弹奏方法主要有正弹法、反弹法、刮奏、击奏、点奏等。

在长期的发展过程中，京族独弦琴艺术形成了历史的悠久性、深刻性，形式的多样性，曲目的丰富性和艺术的独特性等主要特征，并具有独特的历史价值、鲜明的艺术价值、多元的学术价值，是民族认同的重要纽带和文化交流的重要载体。

1085
II-155

# 哈萨克族库布孜

申报地区或单位：新疆维吾尔自治区伊犁哈萨克自治州

库布孜是哈萨克族古老的拉弦乐器，琴身为木制，由琴杆、弦轴、弓子及音箱组成。库布孜主要流传在伊犁哈萨克自治州、昌吉回族自治州及巴里坤哈萨克自治县境内的哈萨克人聚居区。在哈萨克斯坦、乌兹别克斯坦、俄罗斯和蒙古等国家也有分布。哈萨克族库布孜项目内容包括库布孜制作工艺、库布孜演奏技艺和库布孜曲三部分。

关于库布孜的起源，学界看法不一，大多数学者认为库布孜的创始人与传播人皆为阔尔库特先哲。但是也有人坚持哈萨克族库布孜的创制时间可追溯至公元前夜至公元3世纪左右，远远早于阔尔库特先哲生活的7至8世纪。

古代的库布孜多为哈萨克族巴克思（萨满巫师）用在作法仪式上，主要以口传心授的方式传承。

库布孜右手持弓拉奏，左手用食指、中指、无名指的指甲根触弦发音，演奏技法灵活多样，有揉弦、颤音、泛音、双音、滑音、击音等左手技能，还有拉弦、跳弦、拨弦等弓法技能，使库布孜曲旋律美妙动听

伊犁州歌舞团民乐队在赛里木湖畔演奏哈萨克族库布孜

库布孜传承人

纳尔库布孜（次中音库布孜）（那孜雅　摄）

欢聚时刻聆听库布孜演奏

且富于内涵。多种不同的演奏技法使库布孜乐曲的节奏很丰富。各种单拍子、复拍子、混合节拍在库布孜乐曲中常见不鲜。有些乐曲通过多种节拍、节奏的变换组合，推动乐曲的发展，造成强烈的艺术效果，时有出现的增值节拍，更为乐曲带来了独特的韵味。

库布孜乐曲中常见的调式有具有大调式特点的 Do 调和 Sol 调；具有小调式特点的 La 调和 Re 调。转调、离调手法也是推动乐曲发展和产生艺术表现力的重要手段。

# 传统舞蹈

第三批国家级非物质文化遗产名录

1086
III-97

# 跳马伕

## 申报地区或单位：江苏省如东县

“扶海神韵”彩车跳马伕方阵参加2000年“南通市第四届艺术节”演出（如东县文化馆 提供）

跳马伕俗称“烧马伕香”，是江苏省如东县一带流传的在迎神赛会期间专为祭祀“都天王爷”张巡（也有说是元末农民起义领袖张士诚）的男子集体舞蹈。该舞在丰利、掘港、潮桥等地尤为盛行。据说，张巡是唐肃宗时的一员将领，在“安史之乱”时，率众坚守城池达三年之久。在陷入既无粮草又无战马的绝境时，令军民人等把马铃系在身上，

2006年，跳马伕参加江苏省第十六届运动会开幕式演出。（如东县文化馆 提供）

在阵地上来回奔跑，马铃声使敌人误以为来了援兵；但终因寡不敌众，张巡以身殉国。后来，唐肃宗追封张巡为“都天王爷”，令天下立庙祭祀。跳马伕就是如东一带百姓祭祀都天王爷的舞蹈形式。

跳马伕时，少则三五百人，多至三千余人的“烧马伕香”者，头扎彩色布巾，戴黄色纸帽，身着马伕服装，脚蹬草鞋，腰系铜铃，手执长一米多的马扦，腮插银针，在庄严而神秘的氛围中，列队跳着刚健简朴的舞蹈，并发出震耳的吼声，跳跃于“都天王爷”等菩萨的銮驾前后，为其开道护驾，藉以表达对英烈的追念，对不屈不挠斗争精神的崇敬，以及企盼神明消灾降福的愿望。

1087
III-98

# 仗鼓舞

桑植仗鼓舞

申报地区或单位：湖南省桑植县

仗鼓舞是桑植白族男子手持仗鼓（细腰长鼓，或作“丈鼓”）表演的一种男子集体舞蹈，在桑植县白家山寨的节日庆典、庆贺丰收、游神、庙会、民间祭祀等民俗活动中，都可见到。表演者在鼓、锣、钹等打击乐器伴奏下应节起舞，人数少则6人，多则10至20人不等，围观者也可即兴参加，没有仗鼓的人可随意拿起木棒、烟杆等器物随之起舞。舞至情浓时，观众不断发出“哦吼”的呼喊声助兴，场面非常热烈。

桑植白族是宋末元初从云南大理迁徙而来，迄今已有七百多年的历史。据当地传说，仗鼓舞是桑植白族迁始祖谷均万、王朋凯、钟迁一等带领子孙们躲避战乱来到桑植的麦地坪、马合口等一带定居后创造的。到了明初，桑植白族地区人口增加，仗鼓舞得到发展，才逐渐有了“三十二连环”等舞蹈套路。

老艺人表演仗鼓舞“五龙捧圣”（李法龙　摄）

仗鼓舞主要流传于马合口、麦地坪、芙蓉桥、洪家关、走马坪、淋溪河、刘家坪7个白族乡以及外半县的官地坪、瑞塔铺等十多个乡镇。1949年以前，大多数白族男子几乎都能跳仗鼓舞。新中国成立后，桑植仗鼓舞曾参加省级文艺汇演，但在“文革”期间被禁演；直至1984年桑植县成立7个白族乡时，这种传统的白族民间舞蹈才重新活跃起来。

游神所到之处，白族人民自发参加跳仗鼓舞。（李法龙　摄）

芙蓉桥白族乡仗鼓舞队表演“童子拜观音”（李法龙　摄）

1088
III-99

# 南县地花鼓

申报地区或单位：湖南省南县

地花鼓中的转窝子（易立新　摄）

南县位于湖南省北隅，湘鄂两省边界，县域内河渠交错，湖塘密布，正是这水乡泽国的风韵，构成了民间民俗文化生长和传承的独特的地理环境。独特的民间舞蹈——地花鼓，就是在这片土地上衍生出来的。

南县地花鼓起源于清代嘉庆三年（1796），它是在民间山歌、小调和劳动号子的基础上演化而来的。以其朴实粗犷的动作、明快高亢的音乐、活泼自如的表演、浓郁的生活气息、独特的艺术风格，深深扎根于民众之中。南县地花鼓有对子地花鼓、竹马地花鼓、围龙地花鼓等多种表现形式。对子地花鼓也称“单花鼓”，两男装扮一旦一丑，按“十二月望郎”、“拖地凳”、“十月看姐”、“采茶”、“插花”、“扇子调”、“送财歌”的词意玩“套子”，“转窝子”，擅长于用扇子和手帕表现人物情绪与性格。竹马地花鼓是在对子地花鼓的基础上演变的一种表演形式，增加的主人公是位武士，手持马鞭，肩背或腰挎罩上各种颜色的面料或纸竹马，与地花鼓丑、旦穿插表演，有的还配有翻筋斗的马夫，场面威武，表演细腻。围龙地花鼓旦、丑的表演程式较前两种形式略有不同，进门有“送财”，出门有“辞东”，以“戏珠”、“起井”、“盘柱”、“顶蝴蝶”、“睡罗汉”等套式或摆出“五谷丰登”字样，渲染喜庆和吉祥气氛。

南县地花鼓经过了清代的启蒙期，新中国成立后的发展期和20世纪80年代后的鼎盛期，对湖南花鼓戏的启蒙阶段起到了至关重要的作用。随着经济和社会的急剧变迁，文化生态发生了剧烈变化，南县地花鼓已失去了往日光彩，濒临断代失传，亟待抢救保护。

南县地花鼓《你是我的情郎》( 易立新　摄 )

南县地花鼓《农忙时节不留郎》( 易立新　摄 )

南县地花鼓 —— 顶蝴蝶、矮子步( 易立新　摄 )

南县地花鼓 —— 引马( 易立新　摄 )

南县地花鼓 —— 溜马( 易立新　摄 )

1089
III-100

# 跳花棚

申报地区或单位：广东省化州市

跳花棚表演场景

跳花棚俗称“跳棚”，流传于广东省化州市官桥镇长尾公、卷塘尾等村，是民间“傩祭”活动中的舞蹈。

相传，跳花棚从明朝末年起在化州代代传承，一直延续至今。

每当秋收后，村民便在草坪、土地庙或祖庙前搭棚准备傩祭。在举行跳棚傩祭活动前4天，在傩舞老艺人的带领、指导下，先在村中挑选16周岁以上的男子集中教练吟唱和舞蹈。

正日子那天，焚香供拜、接神安座后，再开棚门表演傩舞。届时，由村老发出号令，锣鼓齐鸣，表演者戴上用樟木雕成的面具，按“科本”一一上棚表演，边舞蹈边吟唱。科本有接神、安座、开棚门、小孩儿、道叔、秀才、后生唱歌、依前、陈九、锄田、钓鱼、判官、监棚、送虫、量棚、八仙、拆棚、独脚和尚十八科。吟唱内容多为农事耕耘、男女情感、生活趣谈、驱邪除恶以及祈求神灵保佑风调雨顺、物阜民安、五谷丰登等。

跳花棚展现了当地的传统民间礼仪习俗，既是研究地方社会情况和生产力发展情况的一个重要历史佐证，也是研究化州民俗文化、民间信仰的宝贵资料，其历史价值和艺术价值弥足珍贵。

跳花棚表演场景

跳花棚表演场景

1090
III-101

# 老古舞

申报地区或单位：海南省白沙黎族自治县

老古舞实践场景(余伟慧　摄)

老古舞(黎语“闯坎”的意译，意为“告祖先”)是一种古老的黎族民间祭祀舞蹈。该舞又叫“愧董笼”，意为“拜古面”，即祭拜故去的老人。

老古舞在丧事和祭拜活动时进行。一般是白天“祓亡魂”(意为“招魂”)，晚上跳老古舞。此外，凡村寨中有人患病、做噩梦或有不吉利的事发生时，也可举行“告祖先”活动，请祖先神灵消灾除祸；如平安无事，全村每3年也要举行一次“告祖先”跳老古舞活动，以悼念、祭祀祖先的形式祈求祖先保佑子孙后代。

老古舞分为4个步骤：

1. 起师(迎亡魂)；

2. 开阙(转春臼，又分走四、走六)，以锣鼓声召唤亡灵成双成对地回来；

3. 挽嚷(舞队带着死者的灵牌沿着12个春臼绕转)；

4. 走洪围：在场地上以双行形式插上整整1200根高约2米、顶部插点燃线香的细竹棍，竹棍间用草绳(或红线绳)两两相连。“苟它”(领舞者)手持剪刀边剪断绳索边带领舞队从中穿绕，直至将绳索全部剪断，走出洪围。与此同时，另有舞者在场地上摆放的多个供着灵牌的春臼间，表演耕田、打猎、捕鱼等舞蹈。

老古舞以舞蹈形式表现了黎族在原始社会阶段的生产、生活方式，如刀耕火种、狩猎、捕鱼，以及祖先崇拜等内容。

老古舞文化内涵丰富，对人类学、民族学、民俗学研究有重要价值。目前，在海南黎族聚居地区，老古舞已难得一见，仅在偏僻的细水乡黎村尚有遗存。

老古舞面具——倒叮啰（余伟慧　摄）

告祖先仪式（余伟慧　摄）

告祖先仪式（余伟慧　摄）

迎祖先神灵——开阙（余伟慧　摄）

1091
III-102

# 跳曹盖

## 申报地区或单位：四川省平武县

跳曹盖是流传于平武县白马藏人山寨的民间祭祀舞蹈。“曹盖”是白马藏语音，意为“面具”。曹盖面具是似人似兽的“达纳尸界”（黑熊神）神灵形象。每年的正月初五、初六两天，各寨子都要举行“跳曹盖”来祭祀山神，祈祷来年风调雨顺、无病无灾。

跳曹盖的活动程序包括：杀鸡祭祖、祭祀山神、逐户跳曹盖驱鬼、全寨人在戴面具的巫师“白莫”和曹盖的带领下，到河边祭神送鬼等。舞队人数必须是单数，沿逆时针方向围圈起舞。舞队中有不戴面具的巫师

跳曹盖实践场景（向远木　摄）

跳曹盖实践场景（谢成飞　摄）

"白该"3至5人，戴面具的"曹盖"4至8人，另有饰"黑熊"与"野猪"者各一人在其中穿插舞蹈。群众可围观或随队起舞。

跳曹盖的舞蹈动作粗犷威严，质朴单一，变化较少，明显保留着白马藏人原始宗教祭祀活动的古朴风貌。

跳曹盖历史久远，由于流传地交通闭塞等原因，一直保持着古朴原始的特征，其中包含的大量白马藏人原始的文化信息是非常珍贵的。

跳曹盖实践场景（向远木　摄）

1092
III-103

# 棕扇舞

申报地区或单位：云南省元江哈尼族彝族傣族自治县

棕扇舞是哈尼族传统舞蹈，流传于云南省红河与元江两县交界的哈尼族村寨。

在哈尼族的昂玛突（祭祖节）、库扎扎（六月节）、扎勒特（十月节）等传统节日及人生礼仪活动中，人们都要盛装酒宴对歌舞蹈，双手各持一柄棕树叶跳棕扇舞。

棕扇舞有六十多种套路。舞蹈前，都要先由长者领跳并吟唱古歌和祝词。参与者自由形成圆圈，男里女外，长者先跳，小辈跟进；舞至酣畅，争相进入圈内展示舞蹈技艺。

棕扇舞历史悠久，舞蹈动作大多是模拟哈尼族先民在迁徙途中所遇飞禽走兽的形态，以及对日常生产、生活状态的模仿。如模拟白鹇展翅、白鹇喝水、蜂蝶采花、老熊走路、公鸡斗架、猴子掰包谷、老鹰拍翅膀等，以及人们生产劳作的某些姿态。棕扇舞折射出哈尼族对祖先迁徙历史的记忆，保留了哈尼族文化的传统基因。

棕扇舞的伴奏乐器主要有牛皮鼓、铓、钹、唢呐、三弦等。

棕扇舞是哈尼族集歌、舞、乐和仿生表演于一体的歌舞艺术，特色鲜明，具有较高的传统文化价值。

棕扇舞基本动作——“鹭鸶寻鱼”

棕扇舞基本动作——“猴子搂腰”

1093
III-104

# 鄂温克族萨满舞

申报地区或单位：内蒙古自治区根河市

鄂温克族萨满舞是萨满（即巫师）在祈神、祭祀、驱邪、治病等活动中表演的一种祭祀性的舞蹈，也是祈神佑民的一种巫术活动，由男女巫师分别表演。

萨满舞的表演程序一般有祝祷、请神、神附体、送神等部分。表演时，萨满头戴鹿角帽或熊头帽，多模拟动物的形象姿态。

鄂温克族萨满通过舞蹈手段，充当沟通众神灵与人之间关系的使者，在祷词、咒语、吟唱和鼓声中舞蹈。舞蹈时，萨满手击皮鼓（即抓鼓），腰部小幅甩劲，步伐多为走步、回旋和蹦跳，边击鼓边念唱祷词或咒语。舞至高潮，鼓声急促，动作激越，似乎达到众神附体的境界。当萨满自

萨满舞实践场景

认得到神的启示后，更做出各种斯杀动作并伴有强烈的呼喊声，手舞足蹈，做各种驱赶邪魔状。

从现存的敖鲁古雅萨满的神衣法器和萨满舞的服饰上，仍见有缝缀的兽骨、兽牙以及作为舞具的抓鼓（法器）的鼓面和鼓槌上蒙的兽皮，鄂温克族在原始氏族时代的自然崇拜、图腾崇拜的痕迹依稀可见。

跳萨满舞是鄂温克族的一种充满神秘色彩的民俗事象，对研究其历史文化有着极高的参考价值。

萨满舞实践场景

1094
III-105

# 协荣仲孜

## 申报地区或单位：西藏自治区曲水县

“协荣仲孜”是藏语的译音，“协荣”是拉萨古城西南曲水县的一个村落名，“仲”即野牦牛，“孜”是舞或玩耍的意思。“协荣仲孜”即协荣村的野牛舞。

协荣仲孜由7名男子表演：“阿热”（领舞）一人，雌、雄野牦牛各一头（二人扮一头牦牛），击鼓、击钹者各一人。

表演时，领舞者先在道白中描述野牛舞的历史：我阿热老人和这两头雌雄野牦牛参加过桑耶寺盛大的落成典礼……（在西藏的第一座寺庙桑耶寺壁画中，描绘该寺落成典礼的部分确有欢跳野牛舞的场面。）

协荣村的野牛舞是五世达赖阿旺罗桑嘉措在位时，该村村民为了去拉萨参加一年一度的雪顿节，在藏戏表演的基础上编排的。该舞蹈以祝福、吉祥、圆满为主题，借用两头野牦牛不怕风雪和艰难，为人们排忧解难的情节，塑造了雪域高原野牦牛坚强不屈的性格。五世达赖时期，雪顿节的开幕式和闭幕式时，该舞蹈曾与白面具藏戏“扎西雪巴”同台演出，有很大的影响力。

阿热逗耍野牦牛

阿热与野牦牛表演

阿热服饰及面具

协荣仲孜的基本舞步有“六步一抬”、“丁字蹭步”、“跑跳步”、“滚地”、“原地甩头”、“捡哈达”等；表演形式多为圆圈形、三角形、对换队形、一字形等。但不论队形如何变换，阿热始终站在场地中间。

协荣仲孜有浓郁的西藏地方特色，那欢快、热烈、豪放的舞蹈，映衬着藏族传统文化的沧桑。目前协荣村真正能跳野牛舞的只有两位老艺人。曲水县人民政府正采取积极措施，对这一传统文化表现形式进行抢救和保护。

1095
III-106

# 普兰果尔孜

申报地区或单位：西藏自治区阿里地区

果尔孜演出场景（巴桑次仁 摄）

果尔孜流传于阿里地区普兰县，是一种表现藏族古代兵士征战的歌舞。

每年藏历二月下弦月八日和九日（称小“次杰”和大“次杰”）是普兰县西德寺的两个重要宗教节日，果尔孜在此期间表演。

小“次杰”时彩排一次，表演6个段落，果尔孜为最后一段。彩排时观众最多只有三四十人，其中大部分都是演员的家人。

大“次杰”是正式演出，观众达三百余人。届时演出20个段落，节目内容围绕着西德寺的建寺历史而展开。其中果尔孜属第11段。果尔孜的歌舞表演分4个层次：1. 开场时节奏缓慢，以鼓伴奏为主；2. 慢板歌舞，歌词内容主要赞美日、月、星、鹰、士兵的形象等；3. 节奏较快的歌舞，歌词内容主要是解说舞者身着的盔甲和手持的盾、宝剑等的来源和用处，展示和赞美兵器；4. 结尾，快节奏的歌舞，舞蹈动作灵活，主要表现赞美士兵。

普兰果尔孜不但有独特的艺术欣赏价值，更是研究藏族传统文化珍贵的活态资料。

果尔孜演出场景（巴桑次仁　摄）

1096
III-107

# 陈塘夏尔巴歌舞

申报地区或单位：西藏自治区定结县

女性舞者服饰

陈塘夏尔巴歌舞是一种历史悠久、深受定结县陈塘镇夏尔巴人喜爱的自娱性民间集体歌舞。

参加歌舞者以妇女为主。歌舞时众人搭腰连臂围成圆圈或半圆圈，此唱彼和。开始时轻歌曼舞，然后以慢板的旋律绕圈移动，再逐步加速转入中板舞，紧接着转入快板，此刻，伴随着舞者的呼喊声，舞蹈步入高潮，最后在欢快热烈的气氛中结束。

每逢歌舞时，妇女们都要盛装打扮：身穿黑色的“氆氇”，头顶戴鲜花和孔雀羽毛点缀的帽子，脖子上挂着有二百多个银环连成的项链，胸前挂着6个银制的小串子，腰部系着银腰带，手腕上戴着大白海螺，耳朵上戴“阿龙”（金子耳环），胸前戴“嘎乌”（金银饰品），跳起舞来这些首饰闪闪发光，丁当作响，极其动人。

陈塘夏尔巴歌舞深深扎根在当地民众之中，是日喀则地区流行的富有浓郁的地域特色的歌舞品种。

夏尔巴歌舞表演场景

1097
III-108

# 巴当舞

## 申报地区或单位：甘肃省岷县

“拜五方”（季绪才　摄）

巴当舞古称“播𦼮武”，源于古羌人的“祭山会”，是流行于甘肃省岷县中寨镇的一种祭山神的传统舞蹈。过去，生活在岷县北路片的中寨、维新等村社的农民每逢正月都要跳巴当舞进行祭山神活动，以歌舞的形式祈求山神保佑风调雨顺、五谷丰登。

巴当舞主要由3个段落组成：1.安场。本村男子在“春巴”的主持下，手摇长柄“巴当鼓”，列队歌舞，共有9段唱词，配合9种舞步；2.敬山神。这是巴当舞中最主要的部分，在这一段落中，由“春巴”点燃篝火，引领众舞者“拜五方”，然后在新立的秋千下尽情歌舞，此过程有12段唱词；3.扯节勒。所有舞者开始吃饭、喝酒、品茶，集体大合唱。（上述各段落中，所有歌曲均用藏语演唱。）

巴当舞蕴藏着中华文明的文化基因，是我国边陲民族历史发展、文化交融和演变的活化石。目前，巴当舞在当地依然流传有序，保留了一整套完备的程式。但是，这种具有很高的文化艺术价值和民俗研究价值的传统歌舞，由于人们生活方式的改变，传承后继乏人。

祭山神的秋千（季绪才　摄）

行脚步（季绪才　摄）

1098
III-109

# 安昭

申报地区或单位：青海省互助土族自治县

土族群众在庄廓跳安昭（保广元摄，互助县文化馆提供）

安昭（土语称“那腾锦莫热”，意为围着圆圈跳的舞蹈）流传于青海省互助土族自治县，是民间喜庆节日和婚礼仪式时用以礼赞祈福的一种群众歌舞。

土族民间有一个关于安昭来历的传说：古代有一个聪明的土族姑娘，为给万民除害，编演了圆圈歌舞安昭，旋转的圆圈舞迷乱了一个叫王蟒的魔鬼的眼睛和心智，人们趁机用绳索套住并杀死恶魔。从此，土族过上了安宁的日子，并留下了安昭这种歌舞形式。

参与安昭舞蹈没有人数限制，三两人直至数百人均可，无论男女老少可随时加入。舞蹈时无乐器伴奏，通常有一两位“杜日金”（歌唱能手）领唱，众舞者相随并和唱衬词，依照男前女后的次序顺时针方向边唱、边舞、边转，所以也叫“转安昭”。转安昭是一曲一舞，每个舞段由一首歌曲与数个动作组成，按约定俗成的顺序循环往复，往往通宵达旦地歌舞，直至尽兴。

安昭歌舞的内容，主要是祝福民族和地方的兴旺发达，祈愿天下太平、五谷丰登；礼赞山川神祇的恩泽，歌颂先民辛勤开拓家园的业绩；抒发对乡土的热爱和对美好生活的向往。

土族妇女在树林中跳安昭（王存辉摄，互助县文化馆提供）

土族阿姑围着院槽跳安昭（保广元摄，互助县文化馆提供）

安昭这种土族传统歌舞形式，具有很高的民族历史文化价值。但是随着时代变迁和各民族间的交流融合，一些擅长表演安昭的土族老艺人很多已谢世，虽然一些土族旅游接待点也会为游人表演安昭舞，但已渐失安昭原有特色。

1099
III-110

# 萨玛舞

申报地区或单位：新疆维吾尔自治区喀什市

萨玛舞中的交叉跳——悠晃步跳法（杨伊武 摄）

萨玛舞是维吾尔族的一种风格独特的民间舞蹈形式。“萨玛”一词为阿拉伯语，意为“苍穹”、“天河”、“高空”。这种舞蹈主要流传于以喀什市为中心的疏附、疏勒、伽师、英吉沙等县市，尤以喀什市艾提尕尔清真大寺前广场所举行的大型萨玛舞活动最为典型。

萨玛舞是维吾尔族男子参加的广场集体舞蹈，参加者无论老少，人数不限，几百甚至上千人可同时随着鼓乐声起舞。

每当穆斯林传统的肉孜节、古尔邦节之际，人们聚集在清真寺前的广场上举行盛大隆重的庆典活动，尽情歌舞。当鼓乐进入萨玛舞节奏时，人们纷纷进场，围成一个又一个里外几层，大小不等的圆圈。舞者在纳格拉（铁鼓）、冬巴克（低音铁鼓）和苏乃依（唢呐）的伴奏下，稳踏舞步，前俯后仰，悠摆旋转，时而里进外出，时而逆时针方向缓缓行进。歌舞的人们神情专注，步履沉稳，有一种古朴凝重的宗教舞蹈遗风。随着时间的延伸，进场舞蹈的人不断增多，逐渐围成几十上百个圆圈，圈圈相靠，布满整个广场，人群按统一节奏律动，远远望去，犹如波澜涌动。

萨玛舞的伴奏音乐节奏强烈，动人心魄，特点鲜明，极富动感。

萨玛舞全弧旋形式（原地360度）跳法（杨伊武　摄）

萨玛舞中的交叉跳——悠晃步跳法（杨伊武　摄）

1100
III-111

# 哈萨克族卡拉角勒哈

申报地区或单位：新疆维吾尔自治区伊犁哈萨克自治州

卡拉角勒哈是哈萨克族中最具有代表性的民间舞蹈，广泛流传于新疆境内的哈萨克族居住区。

卡拉角勒哈是哈萨克语，意为“黑色的走马”。马是哈萨克族生活中不可缺少的伙伴，骑上黑走马，犹如进入了人在舞、马亦在舞的艺术境界，于是卡拉角勒哈就成了哈萨克族民间乐舞的名称。

卡拉角勒哈既可在大型的欢乐集会中，也可在小小的毡房里表演；既可独舞，也可双人对舞或多人集体舞蹈；舞法亦因人因地而异；舞蹈动作生活气息浓郁，表演内容丰富，典型的节目有熊舞、鹰舞、擀毡舞、挤奶舞、绣花舞、拉面舞等。

卡拉角勒哈的男子动作轻快有力，刚健苍劲，尤其模拟黑走马的走、跑、跳跃的舞姿，张弛有度；女子动作优美舒展，活泼含蓄。舞者可根据自身水平自由发挥，不断增加新的内容和动作，并经常把劳动和生活中具有鲜明特色的各种动态糅进舞蹈中，使卡拉角勒哈的舞蹈语汇和表演内容愈加丰富多样。

卡拉角勒哈实践场景（艾山江· 喀英拜克　摄）

传承人在跳卡拉角勒哈

卡拉角勒哈老艺人(梁立　摄)

家庭小聚会中的卡拉角勒哈表演（陈江琼　摄）

卡拉角勒哈由哈萨克族传统乐器冬不拉伴奏，乐手按照表演者舞蹈动作的快慢来变换节奏；明快活泼的乐曲的节奏感极强，旋律宛如骏马在草原上驰骋。

随着新疆现代化进程的加快，卡拉角勒哈这种极具传统文化价值的哈萨克族民间乐舞，正在逐渐被现代歌舞替代，急需加以保护。

# 传统戏剧

第三批国家级非物质文化遗产名录

1101
IV-139

# 上党二簧

申报地区或单位：山西省晋城市城区

上党二簧，又称“上党皮簧”，俗称“土二簧”。作为一种南方形成的声腔，它是如何传入上党地区的无从查考，从发现的清乾隆中前期的舞台题壁可知，它在上党地区已经流传了二百多年。上党二簧的唱腔，分西皮、二簧两大种类，包括反二簧在内，总称“皮簧”，属板腔体。西皮声腔高亢圆润，常用于抒发感情，多被生、旦采用。二簧腔板式少，但委婉清丽。此外还有一种“平板二簧”，已失传。上党二簧的武场打击乐有鼓、板、中音锣、钢叉、高调小锣；文场主奏乐器为京胡，配奏乐器为京二胡。上党二簧在艺术上注重唱、做两功，表演文雅朴实、细腻逼真，深受当地民众喜爱，常在游艺赛事与敬神时演出。传统剧目有《打金枝》、《挂龙灯》、《取西川》、《五丈原》、《清河桥》、《二进宫》、《女起解》、《余塘关》、《玉堂春》等百余出，其中三国戏有30出。

上党二簧《打金枝》剧照（段贺鹏　摄）

上党二簧原为上党梆子5种声腔之一，在满足当地群众文化娱乐，传播传统文化方面发挥了重要作用。新中国成立以后成为独立剧种，并成立了专业的晋城市城区二簧剧团。20世纪80年代以来，戏剧市场不景气，演出逐年减少，艺人生活得不到保障，后继乏人，传承困难，急需国家扶持保护。

上党二簧《唐王与金枝》剧照（段贺鹏　摄）

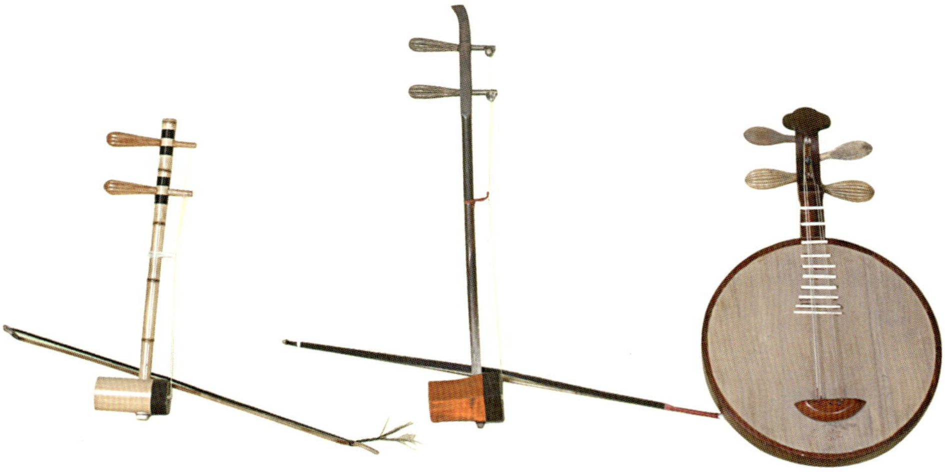

上党二簧的文场乐器（段贺鹏　摄）

上党二簧的武场乐器（段贺鹏　摄）

1102
IV-140

# 醒感戏

## 申报地区或单位：浙江省永康市

醒感戏，又名“省感戏”，是道教超度幽灵、导人归正的仪式剧，明代已有演出活动。醒感戏发源于浙江省永康县，流布于浙江省东阳、义乌、磐安、武义、金华、缙云等地。醒感戏在民歌和小调的基础上吸收侯阳高腔与松阳高腔而发展起来，属于曲牌体高腔腔系剧种。醒感戏在民间祭祀习俗与仪式的基础上形成，因而具有独特的演出特点。其戏曲表演与祭祀仪式相结合，演员与道士二人兼一职，剧本与科书内容相呼应。醒感戏音乐以高腔音乐为主，民歌与道士腔等曲调同时并用，念白采用通俗易懂的方言，表演过程中不时穿插“翻九楼”等杂技。

醒感戏的传统剧目可以溯源自宋元时期的南戏，如《孟姜女》的传本《长城记》,《东海黄公》的传本《白虎》等。醒感戏的传统剧本有《逝女殇》、《狐狸殇》、《撼城殇》、《溺水殇》、《断缘殇》、《忤逆殇》、《毛头殇》等9种。剧中的主角均为夭殇者，故以殇为名，又叫“省感九殇”。其中最重要的是《毛头殇》，即《毛头花姐》，因此醒感戏又称“毛头花姐戏”。醒感戏唱腔丰富，演出过程中外台表演与内坛仪式交错进行的形式独具一格，作为仪式剧，在高腔腔系剧种中独具一格。

醒感戏《毛头花姐》剧照

有着深厚群众基础的浙江永康醒感戏也曾一度陷入濒危境地。目前，在当地政府的高度重视与扶植下，醒感戏的演出与发展逐渐走出困境。班社数量增多，在当地集市、庙会等民俗活动中经常演出。

醒感戏《毛头花姐》演出场景（朱幼吾　摄）

醒感戏《毛头花姐》演出场景（杜静华　摄）

1103
IV-141

# 湖剧

## 申报地区或单位：浙江省湖州市

湖剧，旧称“湖州滩簧”，也有“小戏”、“花鼓”等称谓，流行于浙江省湖州、嘉兴、杭州，江苏省吴江、宜兴，安徽省广德等地。湖剧的基础是湖州说唱滩簧与湖州琴书，形成时间约在清道光至咸丰年间。1951年定名为湖剧。

湖剧以滩簧二胡为主奏乐器，曲调清新，表演文雅细腻，唱腔有“小戏调”、“本滩调”、“烧香调”等，并形成特有的“十八个半音韵”。艺人按各自所在地域方言、唱腔差异而称“湖州帮”、“双林帮”、“南浔帮”、“震泽帮”等。湖剧表演特色为“阴阳嗓”，即男旦使用真假声交替演唱的唱法进行表演。演唱过程中“十八个半音韵”与吴语方言音韵相合，并采用吴语方言湖州话演唱。湖剧语音亲切柔和，带有浓郁的江南水乡情调。湖剧表演以文戏为主，早期脚色小生、小旦、小丑，后来增加到“八小生、八小旦”。湖剧传统剧目号称“九十六本大戏”，多为爱情婚姻题材，《姚麒麟》、《借黄糠》、《庵堂相会》、《卖妹成亲》等较常演。新中国成立后，有新编历史剧《长城歌》以及现代戏《太湖洪浪》等。

湖剧《卖青炭》演出场景（吴兴滩簧曲艺小戏队　提供）

演出湖剧的专业团体为湖州市湖剧团。民间还有部分业余剧团，如吴兴滩簧曲艺小戏队、双林小戏班以及活跃在德清、桐乡等地的、被称为“花鼓戏”班社的湖剧演出团体等。

传统湖剧《朝奉吃菜》（费建华　摄）

仁皇山社区湖剧传承基地教唱湖剧活动（王璐　摄）

1104
IV-142

# 淳安三角戏

## 申报地区或单位：浙江省淳安县

三角戏小戏《南山种麦》剧照

淳安三角戏，是由采茶戏与民间歌舞竹马班相结合形成的地方剧种。因早期脚色只有小生、小旦、小丑三个，故又名“三脚戏”，1951年定名为睦剧。主要流行于浙江省西部淳安、开化、常山等地，安徽屯溪、歙县和江西婺源一带也有演出，以浙江省淳安县境内演出为多。淳安三角戏形成于清末，由江西、安徽传入的采茶戏与当地流行的民间歌舞“竹马班”相结合而形成。民国时期的“三角戏竹马班”数量近百。目前的专业团体淳安县睦剧团成立于1951年。

淳安三角戏的唱腔分“湖广调”、“三脚调”和“杂调”三大类，传统曲调百余支。唱腔以板式唱腔为主，并吸收婺剧等大剧种的唱腔曲调。传统三角戏以锣鼓之类的打击乐器伴奏，以“长程”、“短程”等锣鼓经为间奏和过门，后来逐渐配以胡琴、笛子、三弦等乐器。淳安三角戏演出使用淳安方言，表演形式载歌载舞，表演风格淳朴明快，乡土气息浓郁，深受当地人民喜爱。淳安三角戏剧目内容大都反映农村日常生活，传统剧目有《南山种麦》、《牧牛》、《看花灯》、《补背褡》等。

目前，淳安三角戏观众流失、市场萎缩、濒临失传，亟待保护。

淳安三角戏《牧牛》剧照

淳安三角戏《母女采桑》剧照

淳安三角戏《化子闹婚》剧照

1105
IV-143

# 嗨子戏

## 申报地区或单位：安徽省阜南县

嗨子戏《红灯舞》演出场景（徐远方　摄）

嗨子戏，又称“咳子戏”、“嘿子戏”、“哈子戏”，因其表演时用“嗨”或“咳”字起调行腔，唱段字句中间也常使用“嗨”字来甩腔而得名。嗨子戏形成于清代中期嘉庆至道光年间，流行于安徽省西北部阜南、颍上、临泉等地以及河南省淮滨、固始、商城、息县一带。早期嗨子戏为“围鼓坐唱”的说唱形式，以“花腔小调”，表演唱带有故事情节的节目，后来吸收花灯戏与民间歌谣等曲调而逐渐形成戏曲形式。

嗨子戏表演运用淮河流域的方言，演出形式灵活，音乐结构以板腔体为主，曲牌体为辅，同时使用帮腔合声，形成唱、帮、打三位一体的

嗨子戏展演现场（徐远方　摄）

嗨子戏《窦娥冤》剧照（徐远方　摄）

嗨子戏《双出嫁》剧照（徐远方　摄）

嗨子戏《三击掌》剧照（徐远方　摄）

特点。嗨子戏唱腔分为主调和花调两大类，主调有老生调、喜娃子、苦娃子三种，花调有下陕西、放鹦哥、打货、祭塔调等六七十种。传统嗨子戏演出使用锣鼓伴奏，新中国成立以后增加了丝竹乐器。嗨子戏剧目形式有本戏、折子戏、三小戏三种。传统剧目有一百多出，经常上演的有《打桃花》、《站花墙》、《王员外休妻》等，至今盛演不衰。新中国成立后，阜南县嗨剧团曾有新编小戏《万分之一秒》、《犟队长》等演出，该团于1982年撤消。

目前，阜南嗨子戏无专业剧团，民间班社数量极少，后继乏人，面临着严重的生存危机。

1106
IV-144

# 赣剧

申报地区或单位：江西省赣剧院

赣剧，江西省地方剧种。起源于赣东北，流行于江西省境内。其声腔基础为明代四大声腔之一的弋阳腔，融合了清代中期传入江西境内的昆腔与乱弹而形成。1951年定名为赣剧。

赣剧声腔由高腔、西皮、二簧、秦腔、拨子、浙调、浦江调以及民间说唱文南词等构成，声腔体系十分丰富。赣剧高腔，即明代弋阳腔的遗音，使用锣鼓伴奏，后逐渐增加琴、笛、筝、琶等乐器伴奏。保留在赣剧中的弋阳腔有徒歌、帮腔、滚调等演唱形式，其唱腔结构最初采用曲牌联套体，演出时仅辅以锣鼓而不用管弦伴奏，演员一人演唱，数人接腔，形成极富特点的“徒歌、帮腔”的演唱方式，配以锣鼓，气氛热烈，形成粗犷、豪放、激越、明快的特点。赣剧的表演风格古朴厚实，亲切逼真。口白以中州韵为基础。行当分老生、正生、小生、老旦、正旦、小旦、大花、二花、三花，称为“九角头”。

赣剧剧目分弋阳、青阳、乱弹三类。弋阳腔剧目有所谓“江湖十八本”之说，但目前仅存数本正戏和部分单折。青阳腔剧目，多数出自明代传奇，保存较完整的大小剧目八十余出。乱弹剧目称为“老路戏”，有《祭风台》、《花田错》、《芦花河》等。还有一些剧目移植自徽剧和婺剧等其他剧种。新中国成立以后新编的赣剧现代戏有《一群穆桂英》、《红色宣传员》、《奇袭边平》、《盗种》、《铁肩红心》、《祭碑出征》等。

赣剧《张三借靴》剧照（江西省赣剧院艺术室　提供）

目前赣剧存在人员老化、后继乏人、传统剧目和表演艺术得不到继承的困境，因此急需保护、传承与发展。

赣剧《情探》剧照（邱青　摄）

赣剧《荆钗记》剧照（陈庆陶　摄）

赣剧《清风亭》剧照（邱青　摄）

赣剧《破洪州》剧照（邱青　摄）

赣剧折子戏《孟良搬兵》剧照（邱青　摄）

1107
IV-145

# 西河戏

申报地区或单位：江西省星子县

西河戏演出剧照（欧阳剑　摄）

西河戏又名“弹腔大戏”，俗名“星子大戏”，因其产生地星子县地属赣江下游的西河流域，故1982年定名为“西河戏”。西河戏形成于清道光至咸丰年间，流行于江西省北部的星子、德安、九江、都昌、永修等县。

西河戏声腔以板腔体为主，由西皮、高腔、渔鼓、山歌、民间小调等组成，旋律高亢奔放、浑厚质朴。西河戏传统行当有“十大脚”，即：一末、二净、三生、四旦、五老、六外、七丑、八贴、九小、十杂。西河戏表演用嗓分为三种，生行和丑行使用“本音”演唱；旦行和小生行使用“侧音”，每句演唱的尾音用小嗓进行拖腔；净行使用“边音”，演唱

培训青年演员（江西省非物质文化遗产研究保护中心　提供）

演出道具（江西省非物质文化遗产研究保护中心 提供）

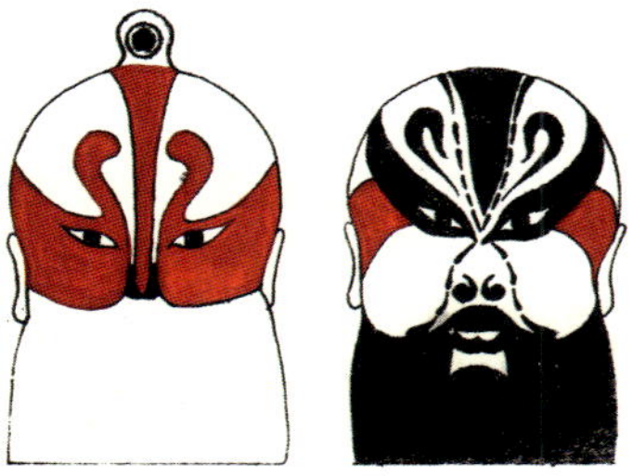

1985年绘制的西河戏部分脸谱示例

中使用独具特色的“错用乡语”，还大量加有衬词。西河戏传统伴奏乐器的使用也较为独特，为细筒琴。西河戏的表演朴实粗犷，表演程式有多种，如角色出场，就有“站道”、“跨门道”、“点降道”之类型。其表演身段有四大段，即“八大桩门”、“十大手法”、“六大腰式”、“十三大步法”。另有多种成套身段，如“起霸”、“趺画式”、“开四门”、“备马”、“洗马”等。武打表演有“相杀”、“打搏手”、“打扭结”、“耍刀”、“耍枪”、“耍剑”、“耍拳”、“比六合枪”、“比六合刀”、“比棍”、“比鞭简”、“比双剑”等。西河戏的传统剧目多为历史袍带戏，《清官册》、《过昭关》、《三关调将》、《白虎关》、《二进宫》、《徐策跑城》、《二堂舍子》、《满堂福》等较为常演。

星子西河戏遗产丰富，具有重要的文化价值，但观众日益减少，亟待保护传承。

西河戏《上天台》剧照（欧阳剑 摄）

1108
IV-146

# 鹧鸪戏

申报地区或单位：山东省淄博市临淄区

鹧鸪戏剧照（王大鹏摄，淄博市电视台提供）

鹧鸪戏起源于清乾隆年间，在山东省淄博市临淄区上河村传承，目前已经流传了七代二百五十多年，是全国为数不多的、由村庄完整保存下来的稀有剧种之一。鹧鸪戏是模仿鹧鸪鸟叫声发展而来的一个民间剧种，其特点是在每句的唱腔中加入似鹧鸪鸣叫一样的拖音，婉转悠扬。

鹧鸪戏具有自己独特的曲牌和音乐，唱腔与念白取材于山东省淄博市临淄区的方言，又吸取了京剧的精华，既大气规整又有浓郁的地方特

鹧鸪戏戏装（清朝）（邵杰　翻拍）

鹧鸪戏剧照（邵杰　摄）

色，有匀板、爆娃娃、亲家斗调、悲、刨等15个曲牌，保留有从清朝末期至2009年的手抄剧本56本，主要有：《胭脂》、《龙宝寺》、《采茶奇案》，连台戏《五凤岭》，10本连台戏《太公传》、《粉红江》、《罗通扫北》、《状元打更》、《杨排风》、《宝莲灯》、《亲家斗》、《奇错》、《闹学》等。鹧鸪戏的伴奏以打击乐为主，几乎每一段都有打击乐，而且有着自己独特的乐器鹧鸪胡。

1109
IV-147

# 淮调

申报地区或单位：河南省安阳县

淮调，梆子腔声腔系统地方剧种，又名“怀调”，也称“漳河老调”，又因它广泛流传于河南省境内的彰德、卫辉、顺德、广平和大名府，故也有“五府淮调”之谓。清代中叶，淮调已在豫北、冀南等地广泛流传，各府衙军队多蓄养淮调戏班，以为娱乐供奉。如彰德府的头皂班（刑警）、二皂班（内勤）、西营班（驻军）都蓄有淮调班，被称作“上三班”。民间淮调班更为普遍。

淮调传统剧目有三百余出，多为历史袍带戏，《杨家将》、《潘杨讼》为常演剧目。表演行当齐全，动作粗犷豪放，与大弦戏、大平调风格接近，融入了武术杂技和“大洪拳”的艺术元素，保留了早期戏曲如“要獠牙”等表演绝活。唱腔为板腔体，有慢板、二八板、流水板和散板四大板类。伴奏沿用了梆子腔剧种早期的主奏乐器大弦、二弦和三弦，武场保留着“四大扇”、“尖子号”等特色乐器和伴奏方法，火爆激情、古朴震

淮调《皇逼宫》剧照（高红涛　摄）

撼，非常适宜演绎和表现古代战争的场面和气氛。淮调唱腔挺拔高昂而独具特色，主要分头板、二板、流水和三板等，也有其他曲牌。淮调的乐器有板胡、二胡、低胡、大铙、大钹以及大梆子。淮调又名“大梆子腔”，即由此而来。

淮调历史悠久，个性鲜明，遗产丰富，但近年来生存状态每况愈下，市场萎缩，队伍老化，后继乏人，目前仅剩下安阳县唯一一个专业表演团体，亟待扶持保护。

淮调《吕布戏貂蝉》剧照（高红涛　摄）

淮调《金玉奴》剧照（高红涛　摄）

淮调《吴汉反潼关》剧照（高红涛　摄）

淮调《姜子娶妻》剧照（高红涛　摄）

1110
IV-148

# 落腔

申报地区或单位：河南省内黄县

落腔《姊妹易嫁》剧照（焦国建　摄）

落腔，原名“落子腔”，俗称“唠子腔”或“捞子腔”，是在民间曲艺“莲花落”的基础上形成的，流行于豫北、冀南、晋东、鲁东，曲牌体与板腔体兼有。它由安阳、内黄、南乐一带民间曲艺莲花落发展而来，形成于清代中期。因其主要发源于河南省安阳一带，因此也称“安阳腔”。

落腔曲调由安阳当地民歌小调发展而成，曲调轻快，主要伴奏乐器为皮胡、竹笛等。唱调有平板、二板、三板、流水、僻板、捻板等。声腔有三大流派，安阳、林县、成安、临漳为中路，称“落子腔”；以武安、涉县为西路，称“武安落子”；内黄、魏县、清丰、南落、滑县、濮阳为东路，称“落腔”。三路落腔各有特点，西路武安落子声腔层次多变，起伏跌宕，行腔高昂嘹亮；中路落子腔发音较平，然而唱腔粗犷，讲究偷字闪板，擅唱花腔；东路落腔平稳古朴，吐字清晰，长于悲剧。落腔现存独有唱腔音乐6类23种，曲牌和打击乐类58种，特殊身段特技12种，特色乐器3种，口述传承剧目210本。落腔传统剧目众多，擅长表现农家生活和民间传说，多为生活小戏，文词通俗，表演富有生活气息，如《蓝桥会》、《安安送米》、《小二姐做梦》、《王定保借当》等。

近年来，落腔演出市场日渐萎缩。一些身怀绝技的老艺人不断谢世，专业团体只剩河南省内黄县落腔剧团，落腔艺术亟待保护。

落腔《王二小赶脚》剧照（李继发　摄）

落腔《苏三起解》剧照（李学文　摄）

落腔《小姑贤》剧照（李学文　摄）

1111
IV-149

# 武当神戏

申报地区或单位：湖北省丹江口市

武当神戏是目前较完整地保存于湖北省丹江口市习家店镇青塘村的民间戏剧剧种，是湖北省丹江口市习家店镇青塘村王氏家族在汲取武当文化及当地民间戏曲和民歌小调基础上演化形成的独特剧种，属于家族传承戏。据第20代传承人之一王德荣所述，武当神戏由王氏老祖宗从明代末年口传至今。武当神戏的特点是其与武当山道教祭神仪式的密切结合。道教仪式之前要先唱敬神戏，以示虔诚，渐渐发展为香客集会、许愿甚至帮会活动，都要演唱“祭神戏”。

武当神戏主唱大本头戏、连台本戏，以历史故事为主，以唱工见长。新中国成立之前，王家营武当神戏戏班中有句“万让会唱，刘四会浪，马长春会胀”的顺口溜，这里说的唱指擅长唱花旦，浪指擅长表演动作，胀指擅长唱风流（爱情）剧，“唱、浪、胀”成了王家营武当神戏形象的代名词。青塘武当神戏戏班演出的历史剧目和民间小戏有剧目兼融东西南北中、剧情内容神话与现实交融的特色，是武当山道教活动中一种较为独特的祭祀戏曲演出活动。

在20世纪50年代，王家营村四百多人，会唱戏的就有一百多人，曾在襄阳、郧阳等周边地区巡回演出，获得许多荣誉。目前湖北省丹江口市习家店镇青塘村武当神戏已挖掘整理三十余个传统剧目，唱腔曲调有9腔24调。

武当神戏《敬神戏》中的“太平道士”（李国瑞　摄）

武当神戏《敬神戏》剧照（李国瑞　摄）

武当神戏《敬神戏》剧照（李国瑞　摄）

武当神戏《敬神戏》剧照（李国瑞　摄）

1112
IV-150

# 雷剧

申报地区或单位：广东省雷州市

雷剧《大义定雷州》剧照（丁智明 摄）

雷剧是在广东省雷州市传统民歌雷州歌的基础上发展起来的地方剧种，因为早期以雷州歌曲调为声腔，曾名“雷州歌剧”，后改称“雷剧”。雷剧起源于广东省雷州市（原海康县），流布区域为雷州半岛以及雷州话方言地区，以广东省雷州市为中心，主要演出于雷州、遂溪、徐闻、廉江、电白五县（市）和湛江市等地。

主奏乐器雷胡（吴兆生 摄）

雷剧起源于以自我歌唱和自我抒情为主的民间歌谣雷州歌。雷州歌较为古老的唱段有《断机教子》，为清代乾隆年间进士海康人陈昌齐所写。演唱雷州歌的班社为雷歌班，又因有女子参加，称为“姑娘歌”。姑娘歌有歌文，内容多为《劝世戒烟》、《劝人忠义》等劝世歌。雷剧是在姑娘歌的基础上模仿粤剧“冲头”、“地锦”等锣鼓及“大开”、“小开”等牌子形成的，脸谱、服装、道具及表演形式都向粤剧学习和靠拢。20世纪50年代末至60年代中，湛江地区设立了改革雷州歌剧和培养雷剧新人的机构，并把雷州歌剧更名为雷剧。雷剧工作者对雷州歌剧积极进行改革，着重解决唱腔问题，并对舞台美术、音乐作了全面的革新，使雷剧具有完整的音乐体系和鲜明的地方特色。

雷剧说白使用雷州方言，表演带有浓郁的生活气息，唱腔兼具板腔体和曲牌体的特点，分雷讴、高台、混合体三大体系，有散板、慢板、中板、快板、复板5种板式。伴奏乐器主要有雷胡、笛子、唢呐、萨克管、锣、钹、鼓等。

雷剧《梁红玉挂帅》剧照（柯锦湘　摄）

雷剧《春江月》剧照（吴兆生　摄）

雷剧《八仙贺寿》演出场景（吴兆生　摄）

1113
IV-151

# 关索戏

## 申报地区或单位：云南省澄江县

关索戏流行于云南省澄江县阳宗镇小屯村，已有三百多年的历史，初为古代用以驱邪逐疫的傩祭仪式，后逐渐发展成娱神娱人兼有的傩戏。

关索戏的表演特点是不设舞台、不化装，也不受时间地点的限制，演出时一般头戴面具，边唱边舞，有娱神歌舞的遗风。开演时要举行祭祀，朝拜乐王庙，专演三国故事。行当只有生、旦、净三行，而净脚仅有二人（鲍三娘、百花公主），且为男扮女装，演员不用擦胭脂画脸谱，只戴面具。关索戏的声腔比较复杂，为无弦伴奏，伴唱掺杂其间。有说源于高腔，但从某些曲调分析，又杂合当地民歌小调和颂佛唱经的旋律，更为明显的是吸收滇剧腔调。无固定板式，演唱者不受音域节奏的限制，即便同一曲调，各人所唱均有出入。演唱关索戏无复杂的器乐伴奏，只需敲锣打鼓即可。唱词中唱中有白、白中有唱，唱、白都用本地方言，唱腔、曲调主要有长板、短板、报信板、七字板、大刀腔等，转板换调

关索戏演出前“走场”

关索戏演出前“踩村”

均用锣鼓指挥。关索戏以专演三国故事中的蜀国戏为宗旨，围绕歌颂刘、关、张等蜀汉人物的功绩为主线编剧目，如《花关索战山岳》、《三娘公主战》、《肖龙战黄忠》等。

关索戏演出期间，有一套成规仪式贯穿始终。如每年演出前的祭药王、练武。正月初一起开始演出时的按日出巡、踩村、踩街和踩家，每次演出时开头第一个节目必演《点将》，当日演出结束后的辞神，正月十六全部演出结束后的装戏箱、送药王，均有其固定的程序和要求。

关索戏面具

1114
IV-152

# 通渭小曲戏

申报地区或单位：甘肃省通渭县

通渭小曲戏带行头的院落演出形式（张子斌　摄）

通渭小曲戏是流行在甘肃省通渭县境内的一种曲牌体民间戏曲。是在明清时调、南北俗曲的基础上发展形成的，在流传过程中，由于“错用乡语”而形成独特的地域风格。

通渭小曲戏演唱取用通渭方言，唱词浅显易懂，故事情节简单，充满乡土气息，在当地社会具有很强的亲和力，故流播极广。通渭小曲戏的唱腔为曲牌联套，所拥有的曲牌数量非常庞大，目前已搜集、整理出来的曲牌唱调就有126个，器乐曲牌26首。其演唱形式可分为两种：一种是清曲清唱，无需伴奏，自娱自乐；一种是戏曲表演，依剧本分行当角色，化装表演，说事唱情。所唱曲牌虽同，但前者不代言而后者代言。通渭小曲戏的演唱脚本内容丰富，据不完全考证，有一百多出演唱剧目流传在民间，现已整理成册的剧本有72本，主要有《卖水》、《闹书馆》、《明月楼》、《顶砖》、《全家宝贵》、《杏元和番》、《刺目劝学》、《王祥卧冰》、《兄妹观灯》等。

随着经济全球一体化以及现代传媒多样化的迅猛冲击，通渭小曲戏已处濒危边缘，急需政府支持，采取有效的保护措施。

农闲时节在农家院落进行的通渭小曲戏演出活动（张子斌　摄）

通渭小曲戏是传统佳节人们欢庆娱乐的主要活动内容（张子斌　摄）

1115
IV-153

# 弦子腔

## 申报地区或单位：陕西省平利县

弦子腔深入农家小院演出（黄安平　摄）

陕西省平利县位于陕、鄂、渝三省交汇处。平利弦子戏，又名弦子腔。清嘉庆二十四年（1819），民间“莲花落”艺人李敬模、李增模兄弟俩，在原有“莲花落”皮影戏的基础上，首创用专制弦胡伴奏演唱，改“莲花落”为小牙子板掺花子击打拍节，每个唱段融入本地山歌调子和劳动号子，作为“喊腔”结尾落拍，故名“弦子腔”。这一表演形式以平利县为中心，流行于毗邻的镇坪、旬阳、白河、汉滨、岚皋和湖北竹溪、竹山、房县及重庆巫溪、巫山等地。弦子戏声调以平利地方语音为基础，音乐属板腔体，唱腔音乐中的民间说唱特色，每段唱腔末尾必接“丢腔干白”和“喊腔号子”，乐器中专用弦胡伴奏和小牙子掺花击打拍节，都是弦子戏有别于其他剧种的独有特征。

弦子腔艺人在田间村头表演（平利县文化馆　提供）

平利弦子腔是经过一百九十余年磨合锤炼，形成为一个独特的剧种，起源于民间，贴近平民心声，折射出不同时期地域历史文化信息，是反映社会文化发展及人民群众精神文化生活面貌的一个缩影。

平利弦子腔主要乐器：弦胡、莲花落、唢呐 、铜器（黄安平　摄）

平利弦子腔老艺人（黄安平　摄）

平利弦子腔皮影班社正在演出（黄安平　摄）

1116
IV-154

# 西路梆子

申报地区或单位：河北省海兴县

西路梆子演出剧照

西路梆子是现在的河北梆子的雏形，形成于清道光年间。其前身为山陕梆子，经商人传入今河北海兴一带，当地人结合本地的哈哈腔、罗罗腔、柳子戏、渔鼓戏、秧歌剧及地方民歌、鼓词等说唱艺术及武术、杂技、舞蹈等民间技艺，形成了西路梆子，并迅速传播至北京、天津、上海及河北、山东的大片地区，极受观众欢迎。清道光后期，定名为“西路梆子”，与同样由山陕梆子演变而成的东路梆子并称。

西路梆子生、旦、净、丑行当齐全，唱、念、做、打等表演形式内容丰富，做工偏多，唱腔高亢、激昂，表演粗犷，念白多用海兴一带方言土语，尤其武戏最受欢迎，要求演员有极高的武术功底和高超的技艺，

海兴县2009年庆国庆、迎重阳戏剧演唱会演出剧照

西路梆子演出剧照

如“走矮人”、“要轴棍”、“吊小辫”、“抖帽翅”、“仙人脱衣”等高难度动作。表演中尤以武生、武丑、刀马旦戏份最重。主弦伴奏与当今河北梆子伴奏指法明显不同，唱词的语言结构比较灵活，句式不拘一格，口语化成分较重。武戏要求演员有极高的武术功底。如著名武生张三创编的传统剧目《张三打拳》、《张三跑马》等广泛流传于河北、京津一带。

挖掘、整理、研究、传承西路梆子，对于海兴以及冀鲁边区一带的民间戏曲、民间音乐发展史研究，尤其对我国重要剧种河北梆子渊源的研究有着极其重要的价值。

西路梆子演出剧照

1117
IV-155

# 淮北梆子戏

申报地区或单位：安徽省宿州市

淮北梆子原名“沙河调”或“沙河梆子”，流行于安徽省淮北地区，当地人俗称“高梆”，又称“梆子戏”，至今已有一百多年的历史。1960年定名为淮北梆子，并成立安徽省淮北梆子戏剧团。

淮北梆子在声腔上属梆子腔系，与河南梆子、上党梆子、蒲州梆子、莱芜梆子有一定的血缘关系，演唱时用枣木梆子击节，唱词多带衬字，曲调中吸收了淮北的灶王戏、坠子嗡、鼓书说唱、叫卖声以及劳动号子、船工号子等音调。特点为唱腔高亢激越、朴实大方。对这种演唱形式，人们习称它为“高梆”。其不同于兄弟梆子剧种的突出特点是花腔多、甩腔多，淮北梆子板式结构与河南豫剧相近，但细品味又有明显的区别，特别是黑、红脸唱腔，韵味独特，变化多端，在唱法上有独特的风格韵味。

淮北梆子戏《穆桂英》剧照（蒋祥林　摄）

淮北梆子戏《红娘》剧照（营辉　摄）

淮北梆子的剧目，大多以历史题材改编或移植而成。大戏情节扣人心弦，小戏生活气息浓郁，深受黄淮一带观众的青睐。旦行戏有《断机》、《劝夫》、《妲己》、《陈妙常》等二十余出；小生戏有《提寇》、《杨龙》、《杨八郎》、《拜师》等十多出；丑行戏有《花子拾金》、《双推磨》、《小秃闹房》等十多出；红脸戏有《跪坡》、《临潼关》、《斩子》、《过五关》等十多出；黑脸戏有《铡美案》、《王莽篡位》等。同时还改编、创作了一大批剧目，如《寇准背靴》、《孟姜女》、《桑园会》、《穆桂英》、《楚宫恨》、《临潼关》和现代戏《两块花布》、《重要一课》、《大树参天》等。近年来，淮北梆子创作的新剧目和演员还多次在国家级和省部级的重大艺术活动中获奖。

淮北梆子戏《射雁比武》剧照（营辉　摄）

申报地区或单位：安徽省阜阳市

老艺术家在指导青年演员排戏（穆可亮　摄）

淮北梆子戏原名“梆子戏”，简称“梆子”，又名“沙河调”，是安徽省具有较大影响的剧种之一，主要流传于安徽阜阳、淮北、宿县、亳州、蚌埠、淮南以及河南沈丘、商丘、漯河和江苏徐州等二十余县市。其源为秦腔，流入阜阳地区后，吸收当地流行的坠子嗡、灶王戏、淮词、布袋戏、船工号子等民歌、小调，经过艺人长期的革新创造，又受到皖北地区乡音土语的影响，逐渐衍化成具有皖北地方特色的剧种。

淮北梆子戏的特点是唱腔高亢激越，朴实大方。对这种演唱形式，人们习称为“高梆”。淮北梆子戏的唱腔为板腔体，主要有“慢板”、“二八”、“流水”、“飞板”4种板式。其板式结构与河南豫剧相近，但又有花腔多、甩腔多等突出特点。淮北梆子戏的剧目，大多改编或移植自历史题材，大戏情节扣人，小戏生活气息浓郁，深受黄淮一带群众青睐。

淮北梆子戏来源于民间，具有非凡的生命力。其粗犷质朴的

传授技艺（蒋祥林　摄）

2011年春节广场文艺演出场景（田贺虎　摄）

表演风格，起伏有致的念白，深受当地群众喜爱。男声唱腔激昂高亢，女声唱腔委婉细腻。意深情切、以情感人的行腔唱法，具有强烈的地方特色，散发着浓郁的乡土气息，在淮河流域最具代表性，堪称淮北梆子戏的活化石，有着较高的文化艺术价值。

淮北梆子戏几百年来，在不断继承、创新中发展，并逐步形成为具有安徽特色的独立剧种。淮北梆子戏不论从文化内涵还是艺术风格上，都具有独特的价值。

淮北梆子戏《抬花轿》剧照（孙超　摄）

1118
IV-156

# 滑稽戏

## 申报地区或单位：上海滑稽剧团

滑稽戏《笑着向昨天告别》剧照

上海滑稽戏是在清末民初至抗日战争中期时，由上海的曲艺“独角戏”接受了中外喜剧、闹剧和江南各地方戏曲的影响而逐步形成的新兴戏曲剧种。它流行于上海、江苏、浙江的许多地区，受到广大观众欢迎。

20世纪40年代，著名的滑稽班社已有笑笑剧团、天宝剧团等十多个。中华人民共和国成立后，滑稽戏成为上海主要剧种之一。历史上著名演员有徐卓呆（徐半梅）、王无能、刘春山、江笑笑、朱翔飞、姚慕双、周柏春、杨华生、文彬彬等；积累了在全国有影响的如《三毛学生意》、《七十二家房客》、《小山东到上海》、《满园春色》、《女理发师》、《糊涂爷娘》等大批优秀剧目。至20世纪80年代末，严顺开以及钱程等成为剧种领军人物，在市级艺术团体上海滑稽剧团的带动下，滑稽戏创作演出了一批在全国有影响的现代题材的优秀剧目，如《出色的答案》、《性命交关》、《路灯下的宝贝》、《阿混新传》、《GPT不正常》、《正宗自家人》等。不少剧目还被改编成电影在全国播映。保留的优秀剧目有《大闹明伦堂》、《火烧豆腐店》、《瞎子借雨伞》等几十部。

滑稽戏剧目历来以现代题材为主，擅长反映市民生活。它把创造笑料作为自己的使命，于嬉笑怒骂之中透出人生的甜酸苦辣，在笑声中倾注耐人寻味的各种社会体验。观众把上海滑稽戏看成是“让人开心的艺术”。滑稽戏是我国唯一的专演喜剧和闹剧的剧种。它是上海文化的一种代表，

滑稽戏《啼笑因缘》剧照

滑稽戏《王老虎抢亲》剧照

也是海派文化的一种典型。它的传统剧目中保存了上海的民俗和“十里洋场”特有的世俗，它的创作方法又极具海派特征；这对于发扬海派优良传统、研究都市上海，对于保存上海方言和上海民俗等，都有重要的价值。

申报地区或单位：江苏省苏州市

苏州滑稽戏《青春跑道》剧照

苏州滑稽戏是表现生活在吴地人民的行为及其幽默方式的地方戏剧种。苏州市滑稽剧团始建于1950年，通过近六十年的发展，积淀下数百部滑稽戏大戏与小品。20世纪50年代，《苏州两公差》、《钱笃笤求雨》、《小山东到上海》等一批优秀传统剧目誉满艺坛。60至80年代，电影《满意不满意》、《小小得月楼》、《三十层楼上》三上银幕。进入新时期，《快活的黄帽子》、《一二三，起步走》、《青春跑道》、《笑着和明天握手》、《顾家姆妈》等大型滑稽戏两度荣获“文华大奖”，两度荣获国家舞台艺术精品工程“十大精品剧目”，三度荣获中国戏剧节“优秀剧目奖”，五次荣获中宣部精神文明建设“五个一工程奖”以及文化部首届“优秀保留剧目大奖”等殊荣；小品《今夜情》、《今夜更有情》、《回家过年》分别荣获文化部“文华新节目奖”和全国小品比赛金奖。

现代苏州滑稽戏以著名滑稽泰斗张幻尔为代表，以其独树一帜的冷面滑稽表演风格盛名于滑稽界，形成了具有“重情节结构、人物塑造、冷隽幽默、爽甜润口、滑而有稽、寓理于戏”的苏式滑稽戏流派。方笑笑、叶霞珍等老一辈艺术家在滑稽界享有盛名。如今苏派滑稽戏又建立起了以顾芗、张克勤、陆辰生、计玉堂、顾月娥、范丽娜等著名滑稽戏艺术家为主的传承体系。

苏州滑稽戏《钱笃笤求雨》剧照

苏州滑稽戏《顾家姆妈》剧照

1119
IV-157

# 张家界阳戏

## 申报地区或单位：湖南省张家界市永定区

张家界土家族阳戏是以张家界方言为基础，在土家族大山号子与民歌小调相结合的基础上形成的戏曲剧种，主要流行于湖南省张家界市及周边地区。

张家界阳戏起源于清中叶，至今有三百多年的历史，属于北路阳戏。舞台表演以张家界方言为基础，平仄音分明，儿化韵较多。唱腔属于民歌体结构，分“正调”和“小调”两大类。男女不分腔，有导板、滚板、散板、叫喊、哀子等板式变化。张家界阳戏区别于其他地方阳戏的演唱特点为“金线吊葫芦”的演唱方法，即演唱中真假声相结合，唱词用真嗓，拖腔用假嗓翻高八度。这种唱法是从土家人演唱变化而来。张家界阳戏表演特征为重做工少武打，多演文戏、家庭戏、悲剧，生活气息浓郁。旦脚在阳戏中居各行之首。阳戏唱腔由正调和小调两部分组成，共17个曲牌。正调部分的唱腔均用真假嗓结合演唱，尾腔突然翻高八度，行话叫“窄音”，大庸阳戏的风味特点就在窄音上。“阳戏”之“阳”，一说张家界位于澧水之阳，二说戏为阳春人传承发展，三说“杨花柳”与“阳”谐音，而“杨花柳”又有淫色之嫌，故定名为“阳戏”。

社会的变革，使张家界阳戏面临消亡危险，如有“湘西梅兰芳”之美称的丁祖雪等一些阳戏名家的优秀剧目和优美唱腔濒临失传，艺术传承后继乏人。

阳戏剧团送戏下乡活动场景

2009年张家界阳戏专场晚会

1120
IV-158

# 海南斋戏

申报地区或单位：海南省海口市

海南斋戏表演现场

海南斋戏是流行于海南省境内的一种祭祀性民间戏曲剧种。大约明代已产生，至今已有四百年以上历史。作为仪式性戏曲，海南斋戏类似我国北方的傩戏。因此有“北有傩戏，南有斋戏”之说。其起源于海南民间的祭祀仪式，随着外来戏曲剧种的传入，祭祀仪式吸收了戏曲“以歌

海南斋戏“走五方”

海南斋戏《目连救母》中的目连形象

舞演故事”的营养，发展成为斋戏。海南最大的地方剧种琼剧就脱胎于斋戏，现在人们看琼剧还说“看斋”。海南斋戏唱腔曲调以海南民间小调为主，在发展的过程中受到粤剧的影响较大。板腔有中板、数字板、自由板、程途、古腔等。旦脚与净脚演唱使用假嗓，其余行当使用本嗓。伴奏乐器以竹胡、唢呐、大管箫、三弦为主。

斋戏融会了海南民间故事、歌谣、民间戏曲、音乐、杂技、工艺等艺术元素，成为保存海南传统文化艺术的载体。斋戏是民俗活动的产物，娱神又娱人，还是联络琼籍华侨的精神纽带。

斋戏因受时尚文化的冲击，濒临失传，急需保护。

海南斋戏《八仙闹东海》剧照

第三批国家级非物质文化遗产名录

# 曲艺

1121
V-97

# 莲花落

申报地区或单位：山西省太原市

莲花落演出场景

莲花落是广泛流行于山西各地的古老曲艺品种，别称“晋中落子”。20世纪以来，其发展和演出以太原为盛，在其他地区相继衰落，故又常作“太原莲花落”。

莲花落约在清代中叶传入山西。发展至今，通行的表演形式为一人自击竹板（两大五小，俗称“七件子”）伴奏韵诵，唱诵为主，间有夹白。也有双人对口和多人演出的方式。唱词基本以七言四句为一段，讲求合

老艺人演出照

辙押韵。传统节目有长篇的《五女兴唐传》、《万花楼》、《呼延庆打擂》和短篇的《小两口打架》、《小寡妇上新坟》等。

已知山西较早的莲花落艺人是20世纪上半叶的李连根，擅演节目为《大八义》和《小八义》等。抗日战争时期，交城县米家庄的莲花落盲艺人任五儿编演了大量新节目，如《收复孝义、文水》等。中华人民共和国成立后，交城县的吕著在县文化馆的指导下，改编演出了长篇新节目《吕梁英雄传》，影响很大。20世纪60年代初期，太原曲艺联合会青年相声演员曹强师从李连根学习莲花落表演，并致力于挖掘和整理莲花落的艺术资料。他本人的莲花落编演以现实生活题材为主，讲求幽默机趣，自成一派。

进入21世纪以来，原有的老艺人年事已高，中青年表演人才少之又少，技艺无法传承，面临生存危机，急需予以保护。

莲花落演出场景

1122
V-98

# 长子鼓书

## 申报地区或单位：山西省长子县

长子鼓书是形成于山西省长治市长子县的一种曲艺说书形式。表演形式为说唱相间、以唱为主，且采用长子一带的方音表演。通常以单人敲击书鼓和简板并自拉二胡伴奏的演出居多，后来也出现有双人或多人分持不同伴奏乐器配合说唱的演出情形。20世纪中叶以来，除老艺人外，多用地方官话表演；唱腔为板腔体，主要板式有流水板、数板、垛板、悲板等；伴奏乐器除书鼓、简板和二胡外，还有采用竹板、板胡、低胡等的情形。伴奏方式为间奏式，即演唱时不伴奏。另有器乐曲牌用于开书前的“闹场”演奏。进入20世纪80年代，有增加电声乐器及手风琴和

长子县鲍光平说唱团正在演出

长子县2009年曲艺展演剧照

长子鼓书主要乐器

锣、钹等乐器，用于演出前的“吵台”演奏和唱腔中插入梆子腔与落子腔演唱时的伴奏。传统节目以中长篇为主，有《金镯玉环记》、《包公案》、《徐公案》、《施公案》、《海公案》、《回杯记》、《回龙传》、《白玉楼》等。抗日战争以来新编演的节目以短篇为主，有《风雷》、《小二黑结婚》、《江姐》、《烈火金刚》等。

长子鼓书具有光荣的艺术传统。特别是抗日战争时期，以长子鼓书艺人为主组成的抗日宣传队在晋东南一带极为活跃。中华人民共和国成立后，以此为基础形成的长子县曲艺队一直活跃在全县城乡，常年为老百姓演出。

然而，随着现代化进程的不断加快，长子鼓书的生存与发展面临巨大困难：艺人青黄不接，演出市场萎缩，遗产流失严重，急需抢救和保护。

1123
V-99

# 翼城琴书

## 申报地区或单位：山西省翼城县

翼城琴书又名“铰子书”，俗称“本地书”，是流行于山西南部翼城县及周边曲沃、襄汾、浮山、沁水、绛县一带的曲艺说书形式。

翼城琴书的形成时间无文献资料可考，由艺人师承推断，清末时期即很兴盛，形成历史至少在一百二十年以上。

翼城琴书的表演形式为说唱相间，以唱为主，采用翼城方音。早期只是一人敲击铰子自行伴奏表演，也曾有艺人自行击打扬琴或弹奏月琴伴奏说唱。后来出现了多人演出的方式，并加入小洋琴、三弦、四胡等乐器伴奏。民国初期，又增加了竹笛、板胡、二胡、小钹、八角鼓等乐器伴奏。再后来有了双人搭档和多人搭档的演出方式。其中，双人表演时，一人敲击八角鼓说唱，另一人弹月琴伴奏；多人表演时，一人持八角鼓或单扇钹主演，其他人分持不同乐器伴奏或参与“拆唱”。演出时，场地中间置一桌子，主演立于桌后，乐队分坐两旁。

翼城琴书的唱腔属板牌混合体，包括“钹儿腔”和“鼓儿腔”两种唱腔曲调。“钹儿腔”因主演者在演出时手执单叶钹而得名，属板腔体，板式有慢板、二八板、花二八、紧二八、飞板等；“鼓儿腔”因主演者演出时手执八角鼓敲击伴奏而得名，属单曲体。“钹儿腔”和“鼓儿腔”可以两种腔共用于一个唱段之内。“鼓儿腔”一般只用一次，通常插入“钹儿腔”中使用。唱词格式以七字句为主，上下句体，下句押韵。

翼城琴书的传统节目甚多，已知共有大本书五十余部，小本书七十余部，经常摘演的“回书”二百余个，“书帽”三百多个，遗产十分丰富。但由于种种原因，其在当今的生存与发展状况令人堪忧，急需抢救和保护。

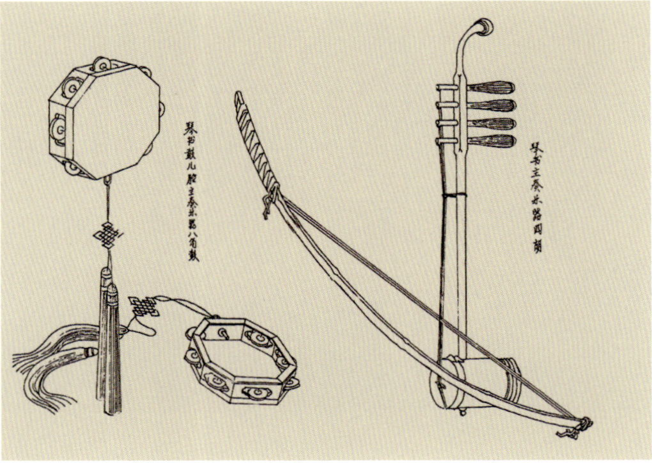


翼城琴书主奏乐器八角鼓、四胡（王洲　摄）

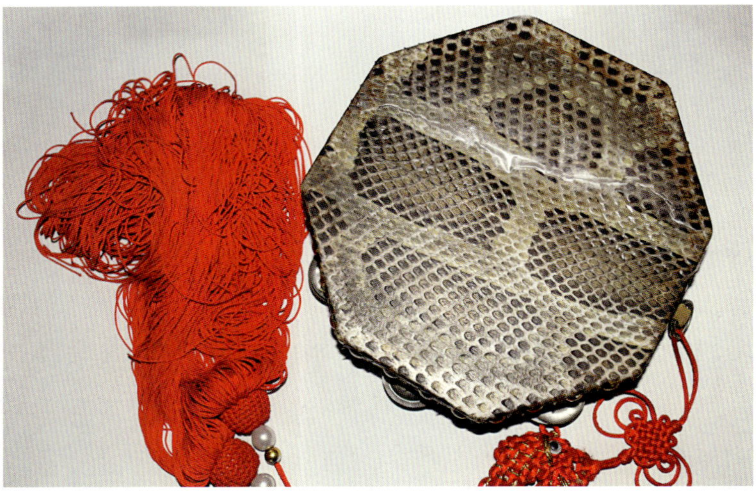

翼城琴书乐器八角鼓（王洲　摄）

翼城琴书艺人（陈永秀　提供）

翼城琴书表演（赵天柱　摄）

翼城琴书老艺人（王洲　摄）

1124
V-100

# 曲沃琴书

## 申报地区或单位：山西省曲沃县

曲沃琴书是形成并主要流行于山西南部的曲沃县及其周边山、陕、豫三省交界地带的曲艺说书形式。因表演时手持八角鼓和单扇钹交替击节伴奏，故旧称“鼓儿书”或“铰子书”。一般认为是清代道光年间由河南南阳传入当地的“越调”（也作“月调”）与当地的方音和小调结合发展演变而成，至今约有一百三十年左右的历史。

曲沃琴书的表演形式为说唱相间，以唱为主，采用曲沃方音。早期多为一人手拿梆子自行伴奏，采用曲沃当地方音坐着说唱，也有自拉四胡脚踏木鱼的演出或一人一手打小扬琴一手击挎板表演的情形。后来还出现了多人搭档的演出方式。唱词以七字句为主，四句为一个段落，偶数句押韵。唱腔属板牌混合体，有“铰子腔”和“鼓子腔”两种唱腔曲调。“铰子腔”是主演者手持单钹伴奏时演唱的曲调，是唱腔的主体，属板腔体结构，主要有慢板、二八板、紧二八、飞板4种板式和“叫板”、“大叹韵”、“小叹韵”等功能性唱句；“鼓子腔”是主演者手持八角鼓伴奏时演出的唱腔，是插入“铰子腔”中演出的唱腔，属单曲体结构。两种唱腔调高不同，交替演唱时需要转调。伴奏乐器除了八角鼓、小铰和木鱼，还可加入四胡、扬琴、板胡、三弦、笛子、二胡等。

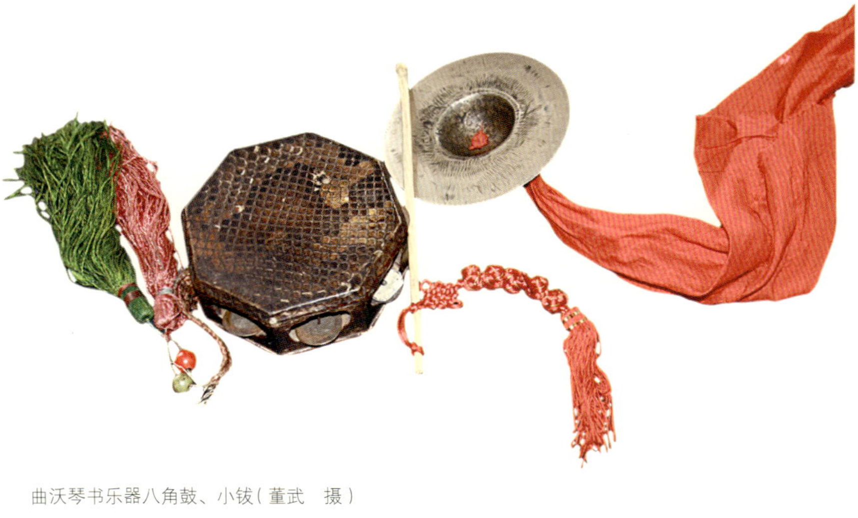

曲沃琴书乐器八角鼓、小钹（董武　摄）

曲沃琴书乐器四胡与三弦（董武　摄）

曲沃琴书演出（董武　摄）

曲沃琴书的传统节目比较丰富，有取材于古典小说的长篇书，有来自文人墨客创编的中篇书，有取材于民间传说和神话故事的小段书，还有一些诙谐幽默、妙趣横生的小书帽等。但随着社会变迁，演出急剧减少，艺人青黄不接，急需抢救保护。

曲沃琴书演出（董武　摄）

1125
V-101

# 泽州四弦书

申报地区或单位：山西省泽州县

四弦书演出场景

泽州四弦书是主要流行于山西省泽州县全境以及沁水县东南部、阳城县东部和陵川县西部一带的曲艺说书形式，因以四弦（四胡）为主要伴奏乐器而得名。

泽州四弦书至迟在清代光绪年间即已形成，距今已有一百五十年以上的历史。表演形式为说唱相间，以唱为主，采用泽州方音。早期只有一人用四弦和腿板自行伴奏表演，后来出现了多人伴奏。唱腔曲调属板腔体，主要板式有平板、紧板、介板、三倒板、官韵等。伴奏乐器有主奏乐器四弦和三弦、胡胡、二把，以及腿板（大、中、小）、钹各一个。伴奏方式为间奏式，即演唱时不伴奏。唱词格式基本为七字上下句体，下句押韵。

旧时演出泽州四弦书的都是盲艺人，乡民的酬神、还愿和庆典是其演出的主要时机。常演的传统节目有《游天台》、《大八仙》、《富贵长春》、《斧劈华山》、《度林英》、《三姐落凡》、《天仙送子》、《徐公子拜寿》、《龙三姐拜寿》、《西厢记》和《梁祝下山》等。

四弦书乐器——胡胡

四弦书演出场景

四弦书演出场景

中华人民共和国成立后，泽州县成立了以演出泽州四弦书为主的泽州县曲艺队。编演过《考神婆》、《吴全有接闺女》、《河神娶妻》等新节目。期间，还出现了站立表演和走动表演的方式。同时，伴奏乐器用二胡取代了四弦，增加了唢呐、小鼓和梆板。

进入21世纪后，随着老艺人年龄的增大和相继去世，演出日渐减少，泽州四弦书濒临消亡，急需抢救和保护。

1126
V-102

# 盘索里

申报地区或单位：辽宁省铁岭市

传承人表演盘索里鼓法（吴致鸫　摄）

盘索里是朝鲜族的说唱音乐，产生于18世纪。关于它的起源有两种说法，一种认为它是江湖艺人根据某种戏剧所创造的，另一种则认为是来源于萨满教仪式中的歌曲。盘索里是朝鲜语的直译音，意思就是大庭广众面前演唱的歌曲。19世纪初的《广寒楼乐谱》中写道："唱优之戏，一人立，一人坐，而立者唱，坐者以鼓节之，凡杂歌十二腔，香娘歌即一也。"

朝鲜族盘索里流传于东北三省，主要传承于铁岭、开原、昌图等地的朝鲜族聚居区。在铁岭传承盘索里最有影响力的是民间艺人李柱奉，他把自己所掌握的盘索里的主要唱段和唱法传授给村里的郑乐瑞等人；郑乐瑞又把所学到的盘索里传授给洪华峰等人，后来在铁岭县文化馆任音乐辅导干部的洪华峰培养了洪永吉和金礼浩等多名弟子。

盘索里具有一人多角，"化入化出"，以唱为主，说中有唱，唱中带说的表演特色。由于盘索里富有叙事性，便于表达人物的内心情怀，逐渐成为朝鲜族群众十分喜爱的音乐形式。高水平的盘索里是多种艺术的综合，演唱者一人在鼓手的配合下，仅用自己的歌声、说白、身体动作和作为道具的一把扇子，便能够描绘世界万物的冲突与和解、善与恶、美与丑的关系。

传承人表演盘索里（吴致鸫　摄）

传承人表演盘索里《赤壁歌》（吴致鸫　摄）

传承人表演盘索里《沈青歌》（吴致鸫　摄）

盘索里将音乐、文学、表演融为一体。早期盘索里共有12大场，如今由铁岭的李柱奉、郑乐瑞、洪华峰等老艺人传承下来的盘索里只有《春香歌》、《沈青歌》、《兴夫歌》、《水宫歌》、《赤壁歌》5场的主要唱段，其他唱段已经失传，处于濒危状态。

申报地区或单位：吉林省延边朝鲜族自治州

年轻传承人表演盘索里（延边歌舞团　提供）

盘索里是朝鲜族曲种。“盘索里”为朝鲜族语的音译，本意是指“娱乐场”，此处引申为“大庭广众唱的歌”之意。

盘索里流行于吉林、辽宁和黑龙江三省的朝鲜族聚居区。传统的表演形式为一人以朝鲜族语站立说唱，以唱为主，兼有说白；另有一人坐着击鼓伴奏，也有加入伽倻琴或扬琴伴奏的情形。唱腔曲调有平调、上平调、界面调、平界面调、下界面调等。过去通常在野游、宴会、年节和庆典场合演出，抗日战争时期也有艺人以此在餐饮场所卖唱为生。20世纪中叶以后，出现了高台表演，成为朝鲜族专业文艺表演团体的重要演出形式。传统节目多取材于朝鲜族的传统故事，如《春香传》、《沈青传》和《兴甫歌》等，也有《赤壁歌》、《孔明歌》等据汉族文学故事编演的节目和反映新时代现实生活的短篇节目。

进入21世纪以来，盘索里的发展遇到了困难，演出萎缩，传人稀少，急需扶持和保护。

盘索里《兴甫歌》唱段表演（延边歌舞团　提供）

盘索里《沈青歌》唱段表演（延边歌舞团　提供）

盘索里《春香歌》唱段表演（延边歌舞团　提供）

1127
V-103

# 永康鼓词

申报地区或单位：浙江省永康市

永康鼓词社区传承场景（朱幼吾　摄）

永康鼓词是流行于浙江金华的永康及周边的武义、缙云、磐安等地的曲艺形式。因旧时的艺人多为盲人，又被称为瞽词或盲词；又因表演形式以唱为主，兼有说白，又俗称之为“唱词”或“唱公事”。

永康鼓词采用永康方音表演，通常为一人自击鼓板自行伴奏说唱。传统节目的题材内容大多为除暴安良、伸张正义、男女情爱和乐善好施。唱腔曲调丰富，依不同的功能分为悲调、怒调、喜调和适宜叙事、对话和抒情的水平调4种。说唱表演讲求抑扬顿挫、张弛有致；伴奏鼓点讲究深浅沉浮、快慢徐疾；节目注重寓教于乐，为当地民众所喜闻乐见。

近几十年来，艺人数量急剧减少，整体发展呈萎缩状态。20世纪50年代，艺人尚有百余人，80年代仅剩六十余人，进入21世纪以来，已不足20人，濒临失传，急需保护和扶持。

永康鼓词传承教学基地——永康中学学生演唱永康鼓词（朱幼吾　摄）

永康鼓词道具：鼓板、鼓箸、毛竹板

1128
V-104

# 唱新闻

## 申报地区或单位：浙江省象山县

唱新闻《让新房》参加浙江省第五届曲艺新作暨“群星奖”选拔赛（陈晓　摄）

唱新闻又称“锣鼓书”，是广泛流传于浙江省宁波市所属象山县及周边北仑、鄞州等地的古老曲艺品种。之所以称之为“唱新闻”，是因为所唱内容多为当下发生的时事。其中，象山境内的唱新闻皆用象山土腔土调说唱表演，内容大多反映本地的风土人情，所以又被称作“象山唱新闻”，简称“新闻”。

唱新闻的表演说唱相间，以唱为主。唱词多为七字句，也有长短句，双句押韵。演出方式分单口（一人演出）与双口（两人演出）两种。单口演出时，艺人左手持小锣、竹板，右手持鼓槌、锣片（竹片），左腿上放

唱新闻《辣螺姑娘》参加“2011年宁波中秋地方曲艺展演”（潘前波　摄）

唱新闻表演（黄松挺　摄）

唱新闻《陈老大的心事》演出剧照（黄松挺　摄）

唱新闻伴奏乐器（张艳　摄）

唱新闻伴奏鼓

一只小腰鼓，有时边敲边说唱，有时唱完一段敲一阵锣鼓，然后接着说唱；双口演出时，一人为主，并自敲鼓板，另一人伴唱。一般在演出前先敲一阵锣鼓，以招揽听众，俗称“闹场”。开演时先唱四句或六句唱词，叫做“书帽子”，然后转入以唱为主、间有说白的“正书”表演。

唱新闻所用曲调很多，多吸收当地的各种曲调发展形成，在宁波地区包括象山一带，使用较多的唱腔曲调，除了基本曲调【新闻调】，还有【镇海调】、【词调】、【赋调】等。传统节目除了中长篇的“正书”或称“当家书”，如《双兰英》、《郭玉林》、《日月琴》、《钉鞋记》、《笼箱记》、《还金镯》、《白玉带》、《药狗记》、《拆鸳鸯》、《元宝记》、《杨家将》以及象山独有的《吊发圈》等；还有多在正书之前加唱的“开场书”，如《打养生》、《劝赌》、《光棍调》、《瘌头抬老婆》等。

20世纪80年代末期以来，观看唱新闻的人越来越少，很多艺人改行另谋出路。特别是老艺人年事渐高，中青年艺人极其稀少，唱新闻面临着严峻的生存危机，急需予以保护。

1129
V-105

# 渔鼓道情

申报地区或单位：安徽省萧县

传授技艺（周光明摄，萧县文化馆提供）

渔鼓道情广泛流行于安徽全境，简称“道情”，尤以萧县和界首最为盛行，且形成了各自的分支与流派。其中，萧县的一支受邻近的山东同类曲种的影响较大，唱腔为板腔体，依表现功能和演唱流派有“寒腔”和“花腔”之分；界首的又称“坠子嗡”，唱腔多插曲牌，包括【满江红】、【倒卷帘】等“上韵”和【银纽丝】、【走码头】等“下韵”。表演形式多为一人自击渔鼓和简板自行伴奏说唱，以唱为主，兼有说白。

渔鼓道情的传统节目有长篇的《金鞭记》、《三侠剑》、《杨家将》和《回龙传》，中篇的《王定保借当》、《雷公子投亲》和《八马骏》，短篇的《马前泼水》、《王祥卧冰》和《丁兰刻木》等。乡土气息浓郁，教化作用很强。

20世纪末期以来，渔鼓道情的演出急剧减少，艺人青黄不接，像萧县的“花腔”渔鼓，仅有刘永林一人尚能演出，命悬一线，严重濒危，亟待保护。

艺人在传习所讲解渔鼓道情（周光明摄，萧县文化馆提供）

渔鼓道情《刘县长查访》剧照（朱冬菊摄，萧县文化馆提供）

在社区演出（郭志刚摄，萧县文化馆提供）

编排节目（周光明摄，萧县文化馆提供）

1130
V-106

# 三棒鼓

申报地区或单位：湖北省宣恩县

杂耍道具——刀（袁红亚、李莉 摄）

三棒鼓亦称“花鼓”或“喜花鼓”，是流传于湖北宣恩及湘鄂边区酉水流域一带的地方曲艺。历史十分悠久，艺术传统深厚。

三棒鼓的演出一般为三人，一人边耍棒（或边抛刀）边演唱，另有二人打鼓敲锣伴奏。唱词以“五五七五”句式为主，句句押韵，讲究对偶比

三棒鼓演唱（袁红亚、李莉 摄）

三棒鼓演唱（袁红亚、李莉　摄）

三棒鼓主要道具（袁红亚、李莉　摄）

兴等修辞手法。唱腔曲调属单曲体，2/4节拍，四句一循环，句与句、段与段之间由锣鼓间奏。而抛刀、耍棒等杂技性成分，与口头说唱珠联璧合，极具审美价值。

三棒鼓的表演集“唱”、“奏”、“耍”于一体，具有丰富多样的观赏价值。传统节目的唱词内容承载着许多珍贵的农耕文化和民俗风情信息，蕴含着重要的文化价值。然而，随着现代化步履的不断加快，这种传统曲艺的生存与发展面临诸多困难，传承的范围也愈来愈小，亟待扶持与保护。

1131
V-107

# 祁阳小调

申报地区或单位：湖南省祁阳县

祁阳小调在浯溪景区演出（唐文红　摄）

祁阳小调又称“调子”或“小曲子”，是流传于湖南祁阳及其周边地区的曲艺唱曲形式。传统的表演形式多为一女自击碟子站立演唱，另有一男坐着拉二胡伴奏；也有一男手拿花扇、一女手拿手绢，二人边唱边舞的对唱表演情形。后来出现了以小型丝弦乐队伴奏的坐唱表演方式和8至12人集唱、说、数于一体的群口表演方式。伴奏乐器增加了月琴、三弦和扬琴等，也有加入竹笛、小唢呐和打击乐器的情形。唱词多为七言四句体式，唱腔曲调为曲牌体，常用曲调有【五更留郎】、【四季花开】、【割韭菜】和【采花调】等。传统节目也多以演唱曲调来命名。

祁阳小调的节目大多精短，但唱腔曲调丰富多彩。风格活泼清丽，表演别具一格，价值极为独特。但当下发展困难重重，急需扶持和保护。

祁阳小调老艺人演出祁阳小调（朱文元　摄）

祁阳小调器乐（唐文红　摄）

祁阳小调《巧相遇》演出剧照（刘利平　摄）

祁阳小调《采花调》剧照（蒋钟谱　提供）

祁阳小调《欢歌笑语满禾场》剧照（朱文元　摄）

1132
V-108

# 粤曲

申报地区或单位：广东省广州市

粤曲大喉对唱《醒狮迎盛世》（蔡少华　摄）

粤曲是流行于广东及广西的粤语方言区并流传到香港、澳门、东南亚和美洲的粤籍华侨聚居地，采用广州方言表演的曲艺品种。约形成于清代中叶。表演形式为一至二人站唱，另有多人分持高胡、扬琴、琵琶、横箫、长喉管、二弦、提琴（一种广东本地的民间乐器）、短喉管、月琴等专司伴奏。后来还出现过“说唱”、“弹唱”和“表演唱”等演出方式。唱腔音乐极为丰富，大致分为自成系统的7个类别：1. 梆子；2. 二簧；3. 牌子曲；4. 吸收龙舟、木鱼、南音、粤讴等的曲调；5.【送情郎】、【剪剪花】、【玉美人】等小曲；6. 辛亥革命后新创编梆簧杂曲；7. 填词演唱的广东民间器乐曲，即“广东音乐”，如【昭君怨】、【雨打芭蕉】、【双声恨】、【柳摇金】等。

粤曲的演唱早期均依行当划分，有小生、花旦、武生等10大行当的唱法。辛亥革命后改假嗓为真嗓，改舞台官话（又叫“桂林官话”）为广州方言演唱，分为大喉（又称“霸腔”或“左撇”，属男角唱腔，腔调多用高音区）、平喉（男角唱腔，腔调多用中音区）、子喉（女角专用腔）三种唱法。早期节目大多来自粤剧脚本，代表性的号称“八大名曲”，即《百里奚会妻》、《辨才释妖》、《黛玉葬花》、《六郎罪子》、《弃楚归汉》、《鲁智深出家》、《附荐何文秀》和《雪中贤》。民国时期有影响的代表性节目，有《夜战马超》、《武松大闹狮子楼》、《岳武穆班师》和《风流梦》、《再折长亭柳》、《潇湘夜雨》等。20世纪后半期新编演的代表性节目，有所谓的“羊城新八景”即《双桥烟雨》、《罗岗香雪》、《鹅潭夜月》、《东湖春晓》、《珠海丹心》、《江陵旭日》、《白云松涛》、《越秀远眺》和《牛皋扯旨》、《周瑜写表》、《秦琼卖马》、《穆桂英挂帅》、《花木兰巡营》、《蔡文姬归汉》、《阮玲玉》、《广陵绝响》等。

粤曲平子喉对唱《重逢在故乡》（蔡少华　摄）

小曲表演唱《农民工返乡》（蔡少华　摄）

琵琶弹唱《多情珠江水》（蔡少华　摄）

平喉独唱《无限山河泪》（蔡少华　摄）

20世纪末期以来，粤曲的生存空间大为萎缩，艺人和观众都趋于老龄化，处于濒危状态，急需扶持和保护。

1133
V-109

# 木鱼歌

申报地区或单位：广东省东莞市

木鱼歌老艺人

木鱼歌乐器

木鱼歌又称“摸鱼歌”或“沐浴歌”。是流行于岭南广府语系地区特别是东莞非客家区域的曲艺说书形式。旧时多由盲人表演，故又俗称“盲佬歌”。

木鱼歌的具体形成年代不详。已知最早的文献记载，是在明末清初，距今已有三百五十年以上。

木鱼歌的表演采用广东白话，表演形式为说唱相间，以唱为主。通常由一人自弹三弦伴奏，坐着演出。演出依演唱方式分为“雅唱”和“俗唱”（也称“读歌”）。其中，“雅唱”曲调委婉悠长，“俗唱”近乎韵诵。唱词格式为七字上下句体，下句押韵，通常四句一段，单数句末字用仄声，双数句末字用平声，通俗易懂，富有乡土气息。唱腔曲调为板腔体，抑扬顿挫，简朴流畅，既宜于叙事，也善于抒情。伴奏乐器多用三弦，也有使用秦琴的情形，伴奏方式为间歇式。

木鱼歌不仅是历史悠久的“弹词”类曲种的重要代表性品种，也是传统节目积累丰富的曲艺品种。节目长中短篇均有，题材内容多样，如表现神话、传说题材的《西游记》、《梁山伯与祝英台》，表现历史故事和

民间艺人

民间艺人

英雄传奇的《三国》、《岳飞》、《杨家将》，据演义小说改编的《万花楼》、《钟无艳》、《仁贵征东》，从元明杂剧和民间故事改编的《白蛇雷峰塔》、《陈世美三官堂》，直接取材于社会生活的《三姑回门》、《金山婆自叹》等。近代以来，新编演的节目则有《金山客自叹》、《华工诉恨》、《国事诉根由》、《金山信》、《过埠歌》等。

然而，木鱼歌的生存和发展现在面临失传的危险，急需抢救和保护。

1134
V-110

# 四川评书

申报地区或单位：重庆市曲艺团

四川评书《千秋一剑》演出照（唐德坤　摄）

四川评书是主要流行于重庆市和四川省的曲艺品种，至迟在清咸丰年间即已形成。表演形式为一人徒口讲说，辅有醒目、折扇和手帕等道具。据演出风格而有所谓“清棚”和“雷棚”之分：“清棚”注重语言文采，擅长说演“文书”；“雷棚”强调语气节奏，擅长说演“武书”。又依话本的

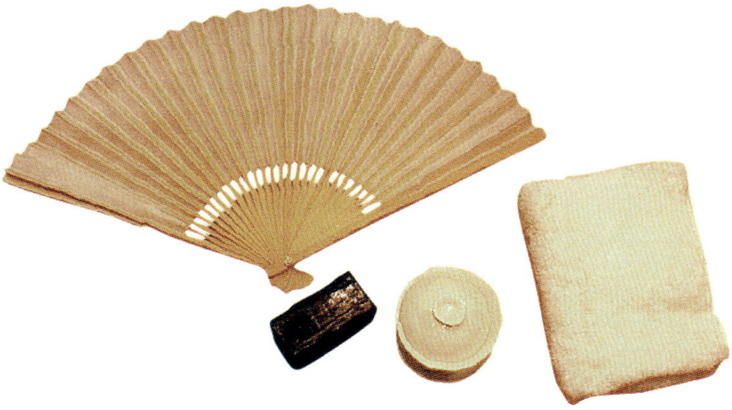

四川评书道具：惊堂木、扇子、盖碗茶杯、毛巾（刘志　摄）

四川评书《一抓准》演出照（唐德坤　摄）

四川评书《张海迪的故事》演出照（唐德坤　摄）

不同渊源而有所谓“墨书”与“条书”之别：“墨书”指由小说改编演出的节目如《三国》和《水浒》等；“条书”则是自行创编的节目如《金鸡芙蓉图》和《铁侠记》等。讲说表演引人入胜，语言多幽默，极富巴蜀文化特色。

20世纪末期以来，四川评书的传承和发展遇到极大困难：艺人减少，演出萎缩，濒临失传，亟待保护。

《月光下的水仙》演出照（唐德坤　摄）

四川评书道具
（唐德坤　摄）

1135
V-111

# 洛南静板书

## 申报地区或单位：陕西省洛南县

老艺人为群众说唱静板书（孟军　摄）

洛南静板书是流行于陕南一带的曲艺说书形式，至迟在清道光年间即已形成。表演形式以唱为主，兼有说白。通常为一人自弹三弦并击打大锣、小锣、铜镲和脚踏梆子、蚂蚱板子自行伴奏演出。

过去，洛南静板书多为盲人求生糊口的手段，演出多在求神、祈雨、婚庆、丧葬、寿诞、过满月等祭礼和助兴场合。1976年以来，出现了高台表演。

洛南静板书传统节目的题材内容丰富多彩，涉及神话传说、历史

老艺人在农家小院为群众说唱静板书（孟军　摄）

静板书艺人在排练节目（孟军　摄）

演义、公案传奇、忠臣孝子、男情女爱等等，篇幅有长有短，深受群众喜爱。但20世纪末期以来，艺人锐减，演出萎缩，生存濒危，急需保护。

1136
V-112

# 南音说唱

申报地区或单位：澳门特别行政区

南音说唱又称“南音”，至迟在清代中叶即已形成，流传于珠江三角洲地区及香港和澳门一带，以广东白话表演，是与流行于闽南地区的南音重名而实不相同的另一个曲艺品种。

南音音像制品专辑

南音说唱的传统表演形式为一人自弹秦筝、椰胡、三弦或秦胡等说表唱叙。早期节目多为长

南音说唱表演

篇。后来也有二人对唱的情形，节目趋向演唱短段，并加入了扬琴、拍板、洞箫等伴奏。唱词为七言韵文，唱腔分为“本腔”、“扬州腔”和“梅花腔”，并依不同的唱腔采用和流布区域而有“地水南音”等的分支与别称。

20世纪50年代前后，由于广播的普及和传播，南音说唱一度兴盛。60年代以来转向衰落。目前更有濒临消亡的危险，澳门仅有区均祥等极少数的传承者。因此，该项目亟待扶持和保护。

南音说唱参加“文化遗产日”演出活动

1137
V-113

# 河州平弦

申报地区或单位：甘肃省临夏市

河州平弦演唱

河州平弦是主要流传于古称河州的甘肃省临夏市及其周边地区的曲艺品种。表演形式为一人自弹三弦说唱，以唱为主，间有说白。唱腔结构为曲牌联缀体。唱词文雅秀丽，曲调丰富优美，具有较高的审美价值。表演者多属文人雅士或有一定文化修养的民间艺人。

20世纪末期以来，河州平弦的演出极度萎缩，老艺人相继谢世，爱

主要乐器

河州平弦演唱

河州平弦演唱

好者青黄不接。目前整个临夏地区的河州平弦艺人所剩不足十人，很多唱本也已失传，濒危状况令人担忧，亟待采取有力措施予以保护。

1138
V-114

# 端鼓腔

申报地区或单位：山东省东平县

端鼓腔又名“端供腔”或“端公腔”，是流行于山东省东平县一带的曲艺品种，因早期多在“敬河神”活动中演出，故东平湖一带又俗称之为“敬河神”。

端鼓腔至迟在清代中叶即已形成。后来，其文化功能也由原初的专为“敬河神”而演唱，逐渐扩大为渔民庆贺丰收和婚娶寿宴等活动时的娱乐助兴表演。表演形式为一人或多人手持羊皮端鼓，边敲击边走动演唱。唱腔曲调有【七字韵】、【十字韵】、【请神调】和【送神调】等。传统

端鼓腔演唱

节目有《魏征梦斩小白龙》、《张相打嫁妆》和《刘文龙赶考》等。不仅具有鲜明的审美特色，而且极富民俗研究价值。

20世纪末期以来，端鼓腔的表演十分少见，传承状况堪忧，急需加以扶持和保护。

## 申报地区或单位：山东省微山县

端鼓腔发源于山东省微山县境内的微山湖沿湖一带，由于端鼓腔的传艺是口传心授，迄今没有发现任何有关历史文献记载，但它的演出剧目及唱腔苏北方言较浓，与江苏北部民间的“香火调”似有共同渊源。据老艺人讲，它始于唐贞观年间（627—649），因唐王李世民许愿请河神而来。

端鼓腔是微山湖渔民在生产、生活中祈祷祭祀、追溯历史、祝寿祈福、喜庆丰收的礼仪习俗。具体分5个环节：1. 布坛；2. 展鼓开坛；3. 请神；4. 朝神祭奠；5. 拜坛送神。端鼓腔音乐为联曲体，唱腔结构以板腔反复体为基础，是板腔体和联曲体相结合的综合体式，其板腔部分是以【十字韵】和【七字韵】两个曲牌为基础。唱腔的主要特点是五声音阶的“宫”、“徵”变换的调式结构，旋律进行跳动幅度较大，拖腔长而委婉，独具水乡风格。

端鼓腔演出剧目繁多，它是以说唱为主，同时夹杂着歌舞的综合性艺术。它承载着湖区许多重大文化信息和原始记忆，保留着濒临失传的湖区民间艺术及民间风俗，是微山湖区历史文化的见证，具有社会学、人类学、民俗学价值。

端鼓腔乐器羊皮鼓

端鼓腔《丁香观花》剧照

端鼓腔《丁香观花》剧照

端鼓腔伴鼓（伴奏）

端鼓腔《推花扇》剧照

第三批国家级非物质文化遗产名录

# 传统体育、游艺与杂技

1139
VI-56

# 拦手门

申报地区或单位：天津市河东区

拦手门万胜双刀——五马克槽

拦手门是传统武术中的一个拳种，主要流传于天津地区。

相传，清朝初叶，流落天津的明将郑海宁在河东大直沽天妃宫庙传“拦路拳”，后河南人郑天兴又传“练手拳”。李金刚等人得传后，不断研习，创编出拦手拳和翻拳。传至第六代有刘长海、陈连芳等人。在操拳、拦手拳、翻拳的基础上，又创编出以猛化疾、猛进迅击的炮拳，形成了“操、拦、翻、炮”四套母拳。第七代传人刘万福教授，曾获得“新中国体育开拓者”的荣誉。他在天津体育学院执教时，从四套母拳中，提炼出实用技法“三十六招”作为拦手拳的普及教材。

发展至今，拦手门武术在天津各区县都有习练者，河东区居多，传人分布到了全国二十多个省、市、自治区。

拦手门强调功底扎实，劲力浑厚，注重功力训练，基本功法有：童子功、凝神养气功、丹道呼吸功、抖杆子、抓坛子、拧棒子、跑板子、蹲坑子、打木桩、搓沙子、十三太保。

拦手门以拦为核心，手法有缠、崩、按、摇、斩、拦、戳、抱、撕等；腿法有进、撤、闪、滑、插、踿等。打法讲求拦截接打，沾手速发，以猛化疾，猛进速击，以快制静。

拦手门练习的兵械有：大枪、花枪、春秋大刀、朴刀、方便铲、棍、单刀、双刀、单剑、双剑、短棍、大小梢子、流星锤、甩头一指、十三节虎尾鞭。

拦手春秋大刀——关公扯旗

拦手拳——白猿献桃

拦门枪——盘龙出水

1140
VI-57

# 通背缠拳

申报地区或单位：山西省洪洞县

通背母拳（杨建　摄）

洪洞通背缠拳又名“通背拳”、“洪洞通背”，是传统武术中的一个拳种。

通背缠拳渊源不明，自清乾隆年间郭永福将此拳传至山西洪洞以来，已传承十代。二百多年来，习练者众多，名师辈出，广泛流传于山西晋南一带。

通背缠拳有其鲜明独特的拳理、拳法和技术要求。“通背”者即周身通达，力从背发之意。“背”为周身活动中心。“缠拳”者含义有三：其一，为缠绕之意，为化敌力之法；其二，即手法，变化无穷，攻防不止，破

通背缠拳百人表演队（杨建　摄）

法不断，如同缠住对方一般；其三，此拳有二十七路“缠手”。故此拳名曰“通背缠拳”。洪洞通背缠拳有完整的技术体系。套路分为“母拳”套路、“子拳”套路、器械套路、对练套路四大类。“母拳”为一百单八势，分九排，行拳二十四势，行拳二十八势，散打七十二着，短打一百零八着。“子拳”套路有三十二路套手，二十七路缠手。器械有长、短、杂、软四种。对练套路有徒手对练、器械对练、多人对练、徒手对器械对练。

通背缠拳与目前流传广泛的河南温县陈家沟陈氏太极拳有着很多相似、相通的地方，这是当今武术研究者关注的课题。

1141
VI-58

# 地术拳

申报地区或单位：福建省精武保安培训学校

地术拳又称“地术犬法”、“狗拳”，是传统武术中的一个拳种，在福建地区广泛流传。相传，此拳由清代白莲庵尼姑“四月大师”所创，至今已传五代。目前福州一带传承的地术拳，传自陈依九拳师。

地术拳是模仿狗的机警敏捷、灵活刚健、凶猛，善于翻、滚、扑、摔、剪、奔、蹿、跳、钻、挂而形成独特风格的拳种。其上、中、下三盘融会贯通了快速迅猛的南拳手法及灵活多变的北拳腿法，尤以下盘为

地术拳——武松打虎

绝，倒地后充分发挥地上自护能力和技击捆绑动作，并模仿狗格斗时的凶猛、灵活等特性。

在中国武术中，以倒地打法为主的拳种不多。地术拳是南方拳种中此类攻防技法的代表性拳种。正如地术拳拳经要诀所述："狗法落地蓬车莲，跌扑翻滚起伏沉，轻巧猛速变无穷，蹬踢捆绑见其能。"

目前，多数精通地术拳者年事已高，加上练者寥寥无几，需要加强抢救和保护工作。

地术拳——蛤蟆扑蜢

地术拳——拨云见日

地术拳——灵犬回头

1142
VI-59

# 佛汉拳

申报地区或单位：山东省东明县

佛汉拳对练（李红岳 摄）

佛汉拳，亦称“佛汉捶”、“佛拳”，又称“七二三八”，是传统武术中的一个拳种，主要流传于山东一带。

佛汉拳的主要内容包括套路、散手、功法三类练习方法。

套路主要有三十八路佛汉拳，分上、中、下三盘，均为对打套路。以徒手练习为主要内容，以对打为主要形式，强调实用，独到之处在于破打一次完成，讲究“连绵铁”、“君臣手”。

散手单练式有七十二擒拿手、三十六底盘腿，共一百零八式。一式跟三打，一打有三破。边破边打不顶不丢，一递一接，一来一往，递中见打，打中带防，出其不意，连绵不断。谱歌曰：“伸手上打有人迎，换手变把下边通。真真假假人难认，虚虚实实见奇功。”既强调攻防的方位，又强调真假和虚实的变化。

佛汉拳以“高低苗”为入门必修的筑基功夫。练习时，身体重心一高一低，手法上也随之高戳低打，讲究“高棚下压中间截”，连环盘练不止，故曰“高低苗”。主要功法有铁爪功、鹰爪功、盘手功、桩功等。

练习技艺（李红岳　摄）

佛汉拳习练（李红岳　摄）

传说佛汉拳是从清代少林寺传出的，在山东东明已传至第六代。目前，全面掌握佛汉拳的传人寥寥无几，需要抓紧挖掘和整理工作。

1143
VI-60

# 孙膑拳

申报地区或单位：山东省青岛市市北区、安丘市

孙膑剑演练（刘刚　摄）

孙膑拳是一种汲取孙膑兵法思想、集各门派技击特点的武术套路拳种。因其演练出击时，常以长袖藏手，故又称“长袖拳”。主要流传于山东济南、青岛、聊城、淄博、馆陶一带。孙膑拳是后人假托孙膑之名编创的，创始于何时至今说法不一。孙膑拳传统套路有基本功法、单手练、大架、中架、小架、六十手和孙膑拐。其拳理要求静似雄鸡、动似龙腰、灵似泼猴、神似鹰眼、松肩如长臂猿；其拳型多以象鼻拳为主，步法多为蹒跚步。

孙膑拳以拜师学艺、口传身授为传习方式。在演练和技法上朴实无华，结构紧凑，攻防兼备，弹簧劲力、发鞭梢劲，螺旋手法采取打、架统一的方法，故具散手、武术精华之特点。

孙膑双拐——弹拐腾步（兰春玲 摄）

孙膑拳中架——钻晃鸡腿崩砸拳（兰春玲 摄）

孙膑拳96手第十九手——提膝挑劈独立式（曹昭民 摄）

孙膑拳32手第二手——紧跟弹腿上崩拳（曹昭民 摄）

孙膑拳64手第一手——左踢右崩下砸拳（曹昭民 摄）

孙膑拳传承《孙膑兵法》“内得民心，外知敌情”、“出其不意，攻其无备”、“静如处子，动如脱兔”等理论，融合了军事智略文化。不仅能击敌防身，更能健身养生，且易学易练，对于弘扬中华民族传统武术文化发挥着积极的作用。

孙膑拳在百余年的传承、发展过程中，一些特殊技法散落于民间，缺乏挖掘整理，近乎流失灭绝，亟待保护。

1144
VI-61

# 肘捶

申报地区或单位：山东省临清市

肘捶第九路——叶里藏花

肘捶，传于临清。传习者尊临清唐元乡瑶坡村人张东槐（1844—1901）为创始人，至今已传至第六代。在肘捶传人中，刘汝勤、于跃舟、周子岩、冯延福、赵延庆、燕瑞、孙景元、孙景仲、赵公香等皆曾名秀一时。1932年，周子岩收胡世铭为徒，刘三星收贾文远为徒，孙景元收张铎为徒。1940年，周子岩曾应邀成为北京拳术研究社的重要成员。

肘捶的基本内容由拳套、散手、功法和理法四部分组成。拳套有十趟捶、四季捶、八方捶。散手有天、地、人字号散手。功法主要有两通、肘功等。

肘捶第四路——双开大门

肘捶第九路——黄莺掐素

肘捶第五路——鱼跃龙门

1145
VI-62

# 十八般武艺

申报地区或单位：浙江省杭州市余杭区

十八般武艺——大劈锁阵法（吴巧珍　摄）

十八般武艺是集健身、防身、竞技和观赏性于一体的传统体育项目。据传，五常十八般武艺系明朝尚书洪钟告老还乡后所创，它由十八般古兵器操练法演变而来，传承至今已有近五百年历史。

五常十八般武艺将刀法、棍法、拳法、阵法等糅合在一起，融入了杭州西溪（五常）特色的拳、械操练法，带有明显的西溪水乡特色。其阵法多样，套路丰富，有群刀会、日月阵、五连阵、威武阵、金刚伞阵、大劈锁阵、玉手笔艺爪阵、大武耙阵、大操练等。

五常十八般武艺的特点是：所有兵器并不是真刀真枪，均为硬木制作，这些木制兵器多是由五常乡村的生产、生活工具改制而来，有龙凤刀、方天戟、玉手笔艺爪、阴阳镗、金瓜锤、枣逆槌、文武耙、龙鱼斧、大劈锁、金刚伞等。因此，其操练的目的并非为了实战，而是在于传承武艺文化。五常十八般武艺富有浓郁的水乡特色，对于它的保护，对我国民间体育发展史研究，以及传播传统的武艺文化具有重要价值。

十八般武艺——五连阵（黄小明　摄）

村民们在演练十八般武艺（黄小明　摄）

1146
VI-63

# 华佗五禽戏

申报地区或单位：安徽省亳州市

华佗五禽戏发源于亳州，是东汉伟大医学家华佗继承古代导引养生术，依据中医学阴阳五行、脏象、经络、气血运行规律，观察禽兽活动姿态，用虎、鹿、猿、熊、鸟等动物形象、动作创编的一套养生健身功法。

华佗创编五禽戏最早记载于西晋陈寿《三国志·华佗传》，南北朝名医陶弘景《养性延命录》介绍了“五禽戏”的具体动作。隋唐、宋元时期非常流行，孙思邈、柳宗元、陆游等大家对五禽戏机理和当时的操练情景均有论述或描述。明清时发展更快，专著增多。民国时期，华佗五禽戏主要流传于亳州华佗故里小华庄和周边地区。路武举、董文焕、刘时荣等各代传人将五禽戏不断发扬光大。

华佗五禽戏真实反映了我国人民群众健身文化的发展变迁，开创了祛病健身的体育医疗先河，展现了养生哲学和道家文化的深厚审美底蕴，具有重要的历史价值和养生医疗价值。

传授五禽戏（周金钟　摄）

五禽戏演练（董文焕　提供）

五禽戏社区活动场景（周金钟　摄）

1147
VI-64

# 撂石锁

申报地区或单位：河南省开封市

撂石锁——背后抛锁

撂石锁是武术功法运动的一种，也称为“石锁功”。据传，撂石锁产生于唐宋时期，元代以来为开封回族子弟所喜爱，他们习武必练石锁功。清道光年间（1821—1851），以东大寺为中心的回族练武习艺热情高涨，撂石锁项目得到了很好的继承发展。

操练石锁花样变化无穷，大类可分为翻花、接花、组合套花。翻花有：手花、打头花、托底花、云花、横推锁、横翻锁、拨浪鼓等。接花有：石锁上拳、上肘、上三指、上头顶、托塔、抱印、挂印、手托元宝、脚踢花篮、过桥、三指卧鱼等。按形态和肢体舒展程度又可分为小花和大花。大花在石锁翻转抛接运动过程中配以腰腿身行步法等肢体动作组合而成，特点是动作幅度大方、舒展、惊险。双人组合演练分为单锁传接和双锁传接。按照统一套路还可进行集体演练。

习练石锁时要求发力科学，眼力灵敏，身体灵活，手感到位，要做到“高、飘、稳、活、巧”，从而达到完美的效果。习练石锁有助于培养毅力胆识，增强肢体协调能力，长期习练可以修身养性、益智强身。石锁承载着丰厚的民族文化内涵，在强身健体的同时给人以健与美的艺术享受。

石锁上拳

石锁上拳

石锁上三指

腰穿

1148
VI-65

# 赛龙舟

申报地区或单位：湖南省沅陵县

赛龙舟关头仪式

沅陵赛龙舟是融湘西民俗与竞技为一体的传统游艺体育项目。沅陵素有“湘西门户”之称。地处湖南西部，北倚武陵，南靠雪峰，位于两大山脉之腹，江河纵横，为赛龙舟提供了得天独厚的自然环境。沅陵传统赛龙舟是在以山为营，以水为路的农耕经济基础上发展起来的。它是五溪文化与长江文化，外来文化和地域文化交融的结晶。

沅陵传统赛龙舟基本形制是：每只赛船48人，其中前引水、后艄公、头旗、二旗、锣手、鼓手各一人。赛程以江面水涨水落而定，分上下水排阵，横江而竞。划龙舟技艺多姿多彩，有跪式划、坐式划、坐式立式共用；单槌擂鼓、双槌催船、单艄掌舵、双艄齐下等不同式样。

赏红

沅陵传统赛龙舟主要特色是赛程长，赛船多，划手多，观众多，花样多。包括“偷料”、“关头”、“绕河”、“绕庙”、“赏红”、“抢红”、“冲滩”等，既以沅陵传统为基础，又吸纳了周边各县的优长，形成了以沅陵为核心，多流派为一体的湖南赛龙舟的独特风格。

清桡

砸船

## 申报地区或单位：广东省东莞市

赛龙舟的激烈场面——扒手奋力竞渡（莫志坚　摄）

赛龙舟是富有东莞地方特色的传统体育竞技项目。东莞地处珠江口东岸，水乡泽国，河流纵横，水面阔广，赛龙夺锦，自宋以来，沿袭至今。每年农历四月初八起，东莞人便开始做龙舟竞渡的准备，直到五月底，东莞人划龙舟，洗龙舟水，趁龙舟景，吃龙舟饼，食龙舟饭，唱龙舟歌，延续一个多月，称为“龙舟月”。

龙舟月的中心活动是竞渡，亦称“龙舟景”。包括：龙舟下水、抢青、设标、趁景、夺标、犒标等，是东莞最热闹的景致。竞渡有两种形式：一种是友谊赛，称为“趁景”，不设奖品，不需专门组织，两条或两条以上的龙舟在江面上相遇，自发地进行比赛，聚散自由；另一种是“赛龙夺锦”，亦称“放标”、“斗标”、“斗大景”。

东莞龙舟景每年都从万江开始，万江的父老乡亲，把龙舟竞赛看做本乡本土的一件大事，赛前十数天便选定最年轻力壮并有比赛经验的乡民，冒着酷暑烈日不惧风吹雨打地热身训练。比赛时一声令下，数十艘龙舟如离弦之箭，水花飞溅，力争上游。沿岸观众呼声震天动地，称为“东莞龙舟第一景”。此后各镇、各村互让互利，定出自己的龙舟景日子。是日各镇、各村龙舟，必须到世交、世好、同姓的村庄趁景，以保持世代开创的友谊。

而今龙舟景已发展成为一项群众踊跃参与的游艺竞技活动。

“2008年万江龙舟文化节”景象（万江文化服务中心　提供）

赛龙舟盛况（张超满　摄）

申报地区或单位：贵州省铜仁市

赛龙舟的文化空间

赛龙舟是铜仁多民族共同参与的传统游艺体育活动。铜仁是多民族聚居地区，居住着苗、土家、侗、仡佬、满等多个少数民族。铜仁因水而兴，地处武陵山脉中部，依锦江下洞庭、入长江。在古代，这里是走出大山的唯一通道，“舟楫往返，商贾云集”，素有“黔东门户”之称。自古以来，象征着团结精神与竞争意志的龙舟竞渡，便是铜仁最具特色的民间传统习俗。

每年四五月间，天气回暖，各村各寨的村民便将搁置了一年的龙船“油”上桐油，画上“龙纹”，安上龙头，下水操练。待到端午，便早早聚集在城南双江汇流处——铜岩下等候比赛。是时，整个铜仁城万人空巷，各族男女老少齐聚锦江两岸，观看龙舟比赛。一只只木制龙舟在锦江河上穿梭争先，鞭炮声、呐喊声、加油声此起彼伏。水上岸上热闹非凡。呈现出这方热土以水为媒，人水交融、民族交融的欢乐景象。

龙舟竞渡在铜仁不仅有着悠久的历史和广泛的群众基础，而且通过祭龙船、点龙睛、龙船下水、龙舟竞技、抢鸭子、垂钓等一系列传统习俗，形成了多民族共同造就的人文祥和与安宁的龙舟水文化。

赛龙舟场景

抢鸭子(郭建军摄，铜仁市文化广播电视局提供)

“2008铜仁国际龙舟邀请赛”场景(郭建军摄，铜仁市文化广播电视局提供)

## 申报地区或单位：贵州省镇远县

镇远赛龙舟是一项多民族参与的传统体育游艺文化活动。贵州省镇远县在每年端阳之际，举办以划龙舟比赛为主，包括传统的祭龙仪式、舞龙舞狮游街、彩船游江、水中抢鸭子、放河灯、燃礼花和文艺表演为一体的赛龙舟活动。

古代镇远属于楚国，楚风盛行。自古镇远民间便有以赛龙舟纪念爱国诗人屈原的习俗，早在明代，镇远就有“龙舟之乡”的美誉。明代《贵州通志》载：“镇远府，端阳竞渡，府临河水，舟楫便利。……捜船争先得渡者，是岁做事俱利焉。”各族民众通过端阳竞渡，以求清吉平安的习俗，世代相传。

20世纪80年代以来，赛龙舟活动更为活跃，90年代中期，“镇远端阳龙舟节”正式命名，至今已是第26届。

镇远赛龙舟（何昌华　摄）

镇远赛龙舟（何昌华　摄）

战鼓声声（何昌华　摄）

赤膊上阵（何昌华　摄）

奋勇争先（何昌华　摄）

1149
VI-66

# 迎罗汉

申报地区或单位：浙江省缙云县

叠罗汉——荷花（缙云县非物质文化遗产办公室　提供）

迎罗汉是浙江省缙云县农村在传统节日中的一项集杂技、武术、民俗于一体的游艺活动。

自古以来，缙云百姓认为，“罗汉”是神通广大者的化身，故民众尊称身强力壮、武功高超的人为“罗汉”，称习武的团队为“罗汉班”。清康熙《缙云县志》记载：宋高宗时，防遏外寇，习武自卫，村自为队，民众称之为“罗汉班”。

每逢节庆庙会便会举行迎罗汉的活动。迎罗汉由多个罗汉班参加，每班数十人至百余人不等。各班在出发前都要在本村举行庄重的祭旗仪式，然后在指定地点集结，按照约定的路线，在阵头旗、神幡的带领下，伴随着先锋锣鼓声，以一字长蛇阵进行踩街，每到一村都会选择一处宽阔场地轮番表演罗汉阵、耍武、叠罗汉等技艺。

目前全县有罗汉班三十多个，分布在县域十多个乡镇五十多个村，活跃在当地传统节庆和重大庙会活动中。

迎罗汉作为一种民间游艺表演不仅为节日增添喜庆，也是各村进行武艺交流的方式，世代传承，深受农村民众喜爱。迎罗汉富有纯朴的乡土文化特色，具有较高的艺术观赏性和历史文化价值。

叠罗汉——罗汉井（缙云县非物质文化遗产办公室　提供）

叠罗汉——金桥车（缙云县非物质文化遗产办公室　提供）

叠罗汉——牌坊（缙云县非物质文化遗产办公室　提供）

1150
VI-67

# 掼牛

## 申报地区或单位：浙江省嘉兴市南湖区

掼牛是回族民众喜爱的一项传统体育。它来自游牧劳作生活，是宰牲节必备项目。回族掼牛散见于浙江、河南、山东等回族聚居地。从掼牛的传承、技巧、观赏、活动规模而论，嘉兴市南湖区的“嘉兴掼牛”独具特色。据嘉兴志记载，“嘉兴掼牛”始于元代回族南迁聚居浙江嘉兴之际，积习相沿，逐渐形成在喜庆节日时举行的民俗竞技活动。至今已有六百多年的历史。

嘉兴掼牛，规则简单而严格，过程独特。首先由掼牛士助手对牛进行挑逗，直至公牛怒气冲天之际，掼牛士亮相登场。面对触角似剑、暴跳如雷的大公牛，掼牛士赤手空拳与之搏斗，择机双手紧握牛角，运用拧、扛、压等灵活多变的技巧把大公牛掼倒在地，其场面惊险而壮观。嘉兴掼牛评判标准，视掼牛士的技巧和牛倒地的不同类型而定。掼牛有单臂掼、双臂掼、肩掼、扛掼等类型与技法，掼牛的标准分为“失蹄”、“倒地”、“四脚朝天”等，以“四脚朝天”为最高级。

嘉兴掼牛传承人连续4届在全国少数民族体育运动会上表演掼牛绝技。嘉兴掼牛的特色在于斗牛士凭借武术内功托底，赤手空拳地与牛斗

掼牛

掼牛

掼牛

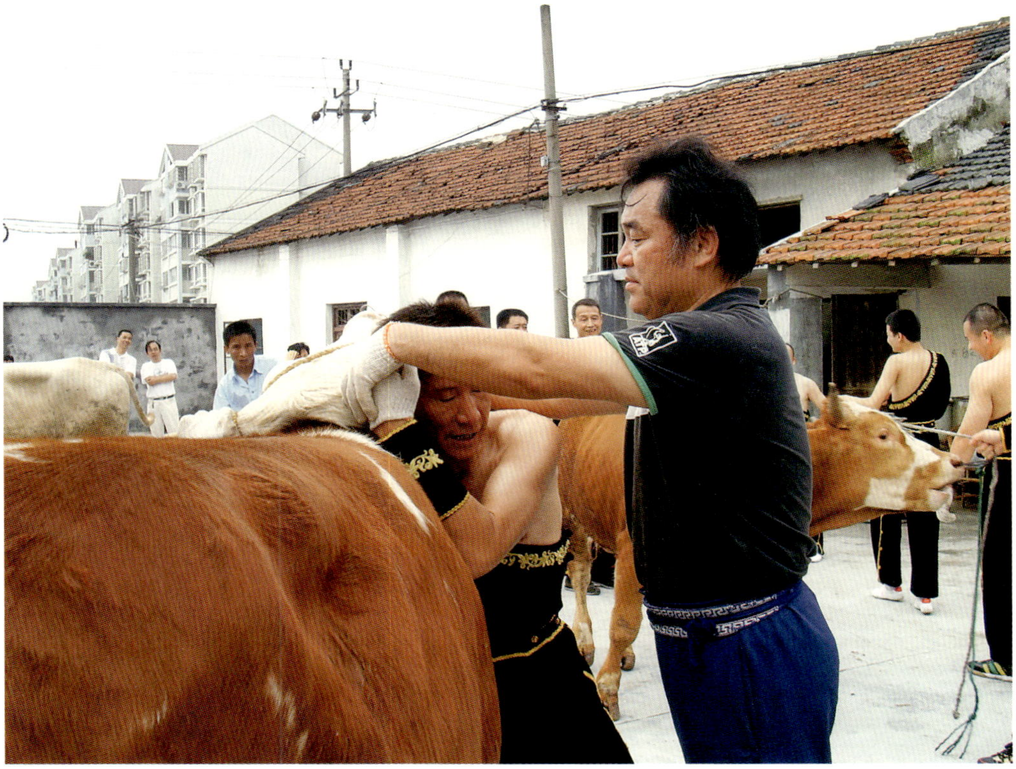

技艺传承

智斗勇，把牛掼倒在地却不伤牛身，有别于残忍的杀戮式斗牛，体现了我国传统的人牛角抵的古朴风貌以及“中国式斗牛”以技巧取胜的审美趋向。

嘉兴掼牛近二三十年来，由于历史、经济等原因，时断时续。近年来，在当地政府的大力扶持下，重新兴起，并且建立了嘉兴掼牛传承保护基地。

1151
VI-68

# 高杆船技

申报地区或单位：浙江省桐乡市

高杆船技是在蚕神祭祀仪式中一项独特的水上杂技表演项目。

浙江省桐乡市洲泉镇，地处杭、嘉、湖三府之交，河汊密如蛛网，漾荡星罗棋布。长期以来，百姓多以蚕桑生产为业，蚕神祭祀便是当地最重要的民俗活动。每年清明节前后三日都会举行蚕花水会。模拟蚕宝宝吐丝作茧的高杆船技应运而生。据方志记载，其技艺起源于明末清初，以清代后期和民国时期为盛。

高杆船由两只农用木船并排绑扎而成，船面铺满木板，“高杆”是一支粗壮带梢的毛竹，以石臼为杆基，用三支较粗的毛竹绑扎成三角支撑，使高杆稳稳竖立于船头。演出时演者攀爬至杆巅，利用人体重量及毛竹天然的柔韧性，使毛竹上端自然弯曲约90度，形成与水面平行的高空杠杆表演区域。演者在杠杆上选其最佳平衡点，做顺撬、反撬、反张飞、硬死撑、勾脚面、扎脚踝、扎脚尖、坐大蒲团、咬大升箩、咬小升箩、围竹、掮竹、蜘蛛放丝、立绷、躺丝、张飞卖肉、田鸡伸腰、倒扎滚灯等形体技巧，全套动作达18式之多。演者全身着白色服装在翠绿的毛竹杠杆间表演，远望犹如蚕宝宝上簇，卷曲昂首、吐丝作茧，生动俊秀。呈现出船在河中行、杆在船上立、人在杆上翻，惊险刺激，震动四乡之势。展示了水乡、蚕乡杂技的独特魅力。高杆船技不仅技巧高难，造型别致，其设施尤为科学巧妙，利用演者体重与毛竹柔韧特性，将演者的落地点引出船体而置身于水面上空，貌似惊险实则安全。体现了当地蚕农过人的智慧、胆识和独特的审美情趣。

扎脚尖（张新根　摄）

硬死撑（张新根　摄）

躺丝（张新根　摄）

洲泉镇夜明村爬高杆能手辈出，高杆船技代代相传，现在能表演爬高杆杂技的人约有10人，其中能完成全套动作的仅一两人。他们中，已近花甲的屠荣翔常年在乌镇旅游景区从事表演活动，其他人则在清明时参与表演。

立绷（张新根　摄）

1152
VI-69

# 花毽

申报地区或单位：山东省青州市

花毽亦称“踢花毽”或“踢毽子”。青州花毽主要分布于青州市，而今扩展到潍坊市。平时以踢毽子健体强身，比赛时以踢毽花样多少、难度高低、时间长短、动作优美程度为考核标准。

青州花毽历史悠久，源远流长。春秋战国时期，青州已盛行蹴鞠（踢球）之类的游艺活动。蹴鞠逐渐演化为蹴毛丸，进而演化为踢毽子，至今已有两千多年的历史。青州花毽在制作技艺与踢弄技艺两个方面都有丰厚积累。

青州花毽品种丰富，无论是游艺毽、健身毽、观赏毽还是比赛毽，无不配料科学、制作精美；踢弄花毽讲究身形架步优美、心意相随、眼到脚到、反应灵活、人随毽舞、毽随人转；低踢毽如彩蝶飞舞，高踢毽

花毽——大骗马（张翰　摄）

花毽——佛顶珠（张翰　摄）

花毽——双骗马（张翰　摄）

如凌空飞燕。青州踢毽花样繁多，有108式，即天罡36式和地煞72式。天罡36式是将踢花毽技艺形象与青州风土民情、山川景物紧密结合来命名，富有鲜明的青州地方特色；地煞72式是指历代积累的踢花毽各种技巧动作的名称。青州花毽与天地人文融会贯通，富有浓郁的传统文化内涵。

青州花毽：前排两个黄色毽、红色毽为比赛毽，中间为一般毽，后为观赏毽。（张翰　摄）

1153
VI-70

# 口技

## 申报地区或单位：北京市西城区

口技属乔装类杂技项目。口技是演者巧妙运用唇、齿、喉、舌四个部位的运动发声，以及鼻腔和胸腔的共鸣，来模拟鸟鸣兽啸乃至世间万物声响的艺术。

口技历史悠久，源远流长。据《史记·孟尝君列传》记述：孟尝君从秦难中逃脱，得益于鸡鸣狗盗的帮助，说明早在两千三百多年前已有口技艺人模仿鸡鸣报晓的技能，并已达到以假乱真的水平。明清以来北京口技大为发展，无论是“明春”当众表演的“学禽鸣”，还是“暗春”在屏帐里模拟世间生活场景的“隔壁戏”都有精彩段子传世。清光绪年间，被人们称为“（北京）天桥一绝”的“百鸟张”学禽鸣丰富多彩，小者有黄鸟、红子、珍珠鸟、凤头额以及麻雀等；大者有百灵、画眉、布谷鸟、啄木鸟、山喜鹊、黑枕黄鹂、白鹳、鹭鸶、丹顶鹤等，能以假乱真，引来真鸟交鸣。还能模仿金鸡报晓、草鸡孵雏、鸽子喷窝、寒鸭戏水等音响，无不惟妙惟肖，具有很高的技艺功力。

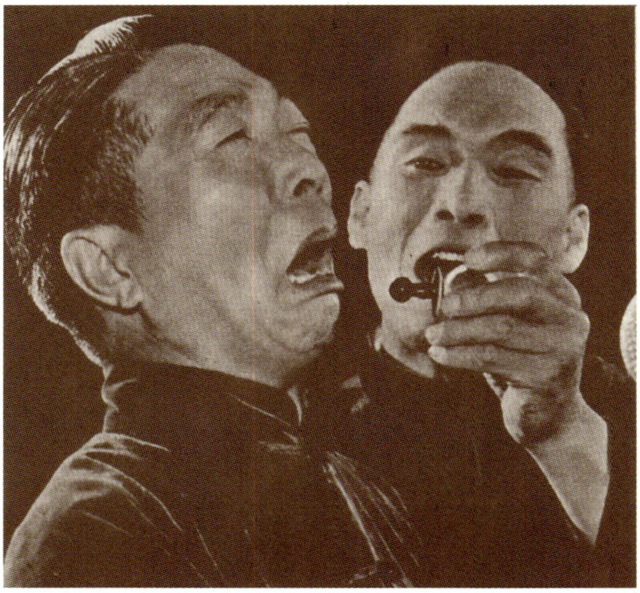

周志成、周志良（孙泰）二位大师表演口技《小孩啼哭》（牛玉亮　提供）

为学生示范“蜡烛功”（北京市西城区文化馆〔南区〕 提供）

口技表演（北京市西城区文化馆〔南区〕 提供）

口技表演（北京市西城区文化馆〔南区〕 提供）

口技表演（北京市西城区文化馆〔南区〕 提供）

近百年来，随着时代的发展和环境的改变，尹士林（艺名“开口笑”）及其传人周志良（艺名“孙泰”）、周志成等对口技进行了大幅度的改革，将明春、暗春、隔壁戏综合运用，从传统的八尺屏障中走出来，登上舞台直面观众表演。在惟妙惟肖模拟其声音的同时，加入了面部表情和肢体语言，使口技成为“声情并茂”的表演艺术。孙泰表演的捉蝉、伐木、推小车等表演细腻逼真，幽默动人。他1957年在第六届世界青年联欢节上获得金奖，从而在北京再度引发演练口技的热潮。牛玉亮、牛玉明等在继承北京口技优良传统的同时拜周氏兄弟为师，在学习与实践中不断摸索口技发声和运气的科学规律，总结出“循环运气法”和“循环发声法”，为口技的运气和发声开拓了更广阔的气源和声域，进一步丰富了口技表演技法，给观众视听俱佳的艺术享受。

如今电子音响日新月异，传统口技备受冲击，传人稀少，技艺流失，对于原生态口技的保护尤为紧迫。

# 传统美术

第三批国家级非物质文化遗产名录

1154
VII-97

# 棕编

新繁棕编

申报地区或单位：四川省成都市新都区

新繁棕编《龙》（陆德馨　摄）

新繁棕编技艺主要流行于四川省成都市新都区新繁镇所辖的公毅、锦水、曲水、通联、石云等村，是具有当地特色的民间手工艺。

新繁棕编技艺相传起源于清代嘉庆年间。据文献记载，清代嘉庆末年新繁妇女即有“析嫩棕叶为丝，编织凉鞋”的传统。在当地乡村和农家小院，随处可见妇女们用洁白细腻的棕丝编织手工艺制品。每年夏季和秋季是新繁棕编生产的高峰，夏季主要生产凉帽、拖鞋，秋季则生产工艺棕编提包。

新繁棕编的原料多来自彭县、大邑、邛崃、都江堰等山区。每年4月，艺人们将采集回来的绿色嫩棕叶用排针梳理，使之成为一条条形似绿色挂面的棕丝。然后将棕丝搓成棕绳，再经过熏蒸、漂白、晾晒等工序，制成洁白柔软的材料备用，同时将部分棕丝染上颜色，用于棕编器物的特殊装饰。

新繁棕编实践场景

新繁棕编作品展示（陈加贝　摄）

新繁棕编——宝光寺塔（孙丽莎　摄）

新繁棕编的手工技法主要有三种：第一种叫胡椒眼技法，即将棕丝等距排列的经线相互交叉形成菱形，再用两根纬线穿于菱形四角，依此类推，编织出窗花般美观规则的图案；第二种为密编法，艺人采用疏密相同、距离相等且重复的方法进行细密的编织，这种编织方法多用于鞋、扇等产品的编织；第三种是“人”字形编法，即以“人”字图案来设计或控制棕编的经纬走向或构图，这种编织方法通常使用在帽、席等生活用品编织上，具有美观大方的特点。

新繁棕编不仅具有较高的艺术审美价值，而且具有一定的经济价值。近年来，新繁棕编的老艺人相继去世，使这门技艺濒临后继乏人的困境，急需予以保护。

1155
VII-98

# 苗画

申报地区或单位：湖南省保靖县

苗画《双凤朝阳》（彭秀莲　摄）

苗画是在传统单色绣花样稿的基础上发展起来的独立画种。苗族刺绣原先采用剪纸为绣样，至清代末期，一位精通绘画的苗族人王正义开始使用白色粉浆直接画在深颜色的布料上，以替代古老的“锉本”剪纸，供妇女们直接按画稿刺绣。这种画在坯布上的刺绣样稿生动而富于情趣，线条流畅又具有情感，深受妇女们的欢迎。人们舍不得用绣线覆盖这些美丽的线条，因而直接将画稿挂在墙上作装饰用。于是，王正义就把白色的线描改成彩绘，成为一种单纯的布底绘画，用于服饰、窗幔、门帘和室内装饰。后来，王正义将绘制苗画的手艺传授给其妻弟秧初新及其兄弟。秧初新擅长描绘山花野卉、虫鸟走兽，受到了当地苗族妇女的普遍欢迎。20世纪初，湖南省湘西土家族苗族自治州保靖县的苗族艺人梁求瑞继承了绘制苗画的技艺，并在其家族中传承发展。

苗画创作（彭壤图　摄）

苗画《鱼鸟同乐》（彭秀莲　摄）

梁氏家族创作的苗画题材丰富，其内容多反映着苗族的文化、生产生活、商品贸易、民间信仰等历史与现实的状况。画面上常见的形象有龙、凤、花、草、鱼、虾、虫、鸟、竹、木等，经过画师的精心绘制，再配以苗族的图腾崇拜图案，在画面上把反映苗族古老先民部族迁徙的历史与自然界的山川、河流、云彩、日月、人物、建筑以及传说中的仙人善神有机地结合起来，使画面上的每一个图案、每种配色都蕴含着丰富的文化内涵。画师采用了写实与抽象、夸张与变形、自由与严谨相结合的表现手法，使画面呈现出一种非常独特的审美价值和古朴原始而又热情奔放的浪漫风格。

现在的苗画依然保留了服饰、被面、床帘、门帘、堂帘、床沿、壁挂、佩饰等样式，其内容多表现喜庆吉祥、人寿年丰的主题。作品构图大胆，线条有致，色彩丰富协调，艳而不俗，具有鲜明的民族特色。

苗画《苗父神像》（彭秀莲　摄）

苗画《大门帘》（彭秀莲　摄）

苗画《龙凤呈祥》（彭秀莲　摄）

1156
VII-99

# 嘉兴灶头画

申报地区或单位：浙江省嘉兴市

嘉兴灶头画上的各类文字

嘉兴灶头画上的民间故事
（张觉民　摄）

嘉兴福字、寿字、喜字图案

灶画又称“灶头画”、“灶壁画”，指民间艺人用烟灰、水彩、色粉颜料绘制在乡间农家柴灶上的各种吉祥图案和文字纹样，是江南典型的乡土艺术。嘉兴的灶画有着独特的风格特征，并影响到周边的杭州、湖州、绍兴以及上海金山、枫泾，江苏吴江、如东等地的相关艺术样式。

在嘉兴农村，至今仍保留着使用柴火灶的习惯，农民新建一所住房，必在厨房中新建一座灶头。灶头须在主家选定的日子由泥瓦匠用青砖、纸筋、石灰砌成，灶上的灶画亦由泥瓦匠绘制。长期以来，灶画被视为不登大雅之堂的民间艺术，鲜有文献记载。但从嘉兴灶头画世家第八代传人赵祥松的传承历史推断，嘉兴灶头画至少在清代中期已经流传。嘉兴灶画拥有广泛的群众基础，在20世纪80年代前，嘉兴共有1112个村，每个村都有2—3名灶画艺人（泥瓦匠），他们在乡间土生土长，其技艺均为父子相传、师徒相授。

嘉兴灶画是以灶头为载体来完成的，民间艺人在约3平方米的灶壁上，依灶绘图，适形造型，通常会将多幅画面组合于一座灶头，使之表现的内容更加丰富多彩。绘制须在灶头墙壁半干半湿时进行。一般多用白酒调制颜料，造型以黑线勾勒为主，敷以红、蓝、白、黑等色。其题材和内容大都是五谷丰登、六畜兴旺、喜庆有余、桃李满天等，再配上福、禄、寿、喜的吉祥字样，反映着当地民众的审美观念和生活趣味。

如今随着农村生活方式的演变，农村的灶头与灶台多采用水泥瓷砖，不再绘制灶头画，同时老一辈灶头画艺人相继去世，从事灶画的民间艺人日趋减少，嘉兴灶头画的发展面临着严重危机，需要采取有力措施进行保护。

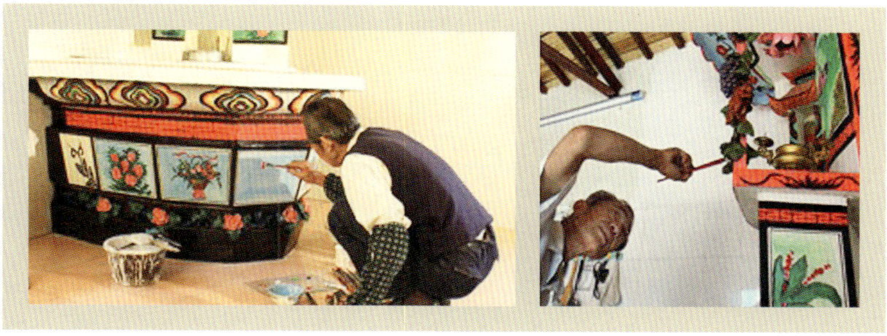

嘉兴灶头画创作

作画时用白酒调入颜料（张觉民　摄）

灶头画艺人在未干透的灶壁上作画（张觉民　摄）

1157
VII-100

## 永春纸织画

### 申报地区或单位：福建省永春县

纸织画是福建省永春县特有的传统民间艺术品。“织画此为永春特产。其法以佳纸作字或画，乃剪为长条细缕而以纯白之条缕经纬之，然后加以彩色。与古所谓罨画及香笔记挈画相类。”（《永春州志》卷十一）

永春纸织画相传源于隋末唐初，盛唐时期在当地已经出现专营纸织画作坊，有不少诗人赋诗称颂永春纸织画。宋代的纸织画产量有所增加，不仅能够满足当地的消费需求，还曾远销南洋各埠，成为富贵人家的柜中

永春纸织画《江山如画》

珍品。明代的永春纸织画已经成为宫廷进贡的礼品和达官显贵收藏的珍品。“嘉靖间，没严嵩家物，已有纸织字画。”清代的“闽中永春州织画，以罗纹笺剪为片，五色相间，经纬成纹，凡山水、人物、花鸟皆具”（杨复吉《梦兰琐笔》）。据史料记载，康熙、乾隆皇帝十分喜爱纸织画。故宫博物院至今仍珍藏着清代乾隆年间的纸织画《清高宗御制诗十二扇屏风》。

纸织画要经过绘画、剪裁、编织、裱褙四道最主要的工序才能完成。在制作时，将画好的中国画托裱，用小刀裁切成1—2毫米宽的纸条为经线，取同等规格的白纸作纬线，用手工重新编织成画面，最后经裱褙和补色方才完成。纸织画的题材广泛，内容有山水花鸟、飞禽走兽、历史人物、神话故事、民间传说等。常见的形式有中堂、挂屏、对联等，其规格仅有四种，若有特殊需要可以定制。永春纸织画的画面经纬纵横，物象朦胧隐现，为历代群众和达官显贵所珍重。人们历来都喜欢把纸织画作为艺术品，或悬挂在热闹的厅堂，或点缀于幽静的书房，或作为珍贵礼品馈赠亲友。

近代以来，由于纸织画销路不广，一些艺人难以谋生而被迫改行。如不及时加以保护，永春纸织画很可能会彻底消亡。

永春纸织画制作过程

永春纸织画制作 —— 绘画

永春纸织画制作 —— 裁割

永春纸织画制作 —— 编织

永春纸织画制作 —— 裱褙

1158
VII-101

# 平遥纱阁戏人

申报地区或单位：山西省平遥县

平遥纱阁戏人《满床笏》（冀云丽　创作）

纱阁戏人，因将采用多种工艺手法制作成的泥塑戏剧人物置放在碧纱遮罩的木制阁内而得名。

纱阁戏人在明清时期已经流行于晋中地区。现藏于山西省平遥县清虚观内的纱阁戏人，是清代光绪三十二年（1906）平遥纸扎店铺六合斋民间艺人许立廷的作品，当时每阁工价2000文钱。原为36阁，现存28阁，有百余个造型各异的戏剧人物。每个约70厘米高的木阁舞台里，陈列着3到4个50厘米高的戏剧人物造型，有文有武，有坐有立，生旦净丑，样样皆有；形态优美，面目传神，装束逼真。多选择剧中精彩场面，展现刹那间的情景，有的张口高唱，有的刀枪对打，道具精致，妙趣横生，引人入胜。阁内的横额上都题写有剧名，有些还刻在木阁的地板上。纱阁戏人一般是由票号商家出资，由著名的民间艺人制作。于每年春节和元宵节闹社火时，专门陈列于县城中心的金井市楼内通道两侧供游人观赏。

纱阁戏人的制作要经过构思戏剧场景、设计舞台场面、搭建木阁及分隔、题壁装饰的过程才能完成。制作时，以撒金宣纸、银箔、生丝、胶泥、木头、高粱秆、谷草、绸缎、皮毛、棉布、麻绳等为原料，以毛

平遥纱阁戏人制作

平遥纱阁戏人《百花点将》（冀云丽　创作）

笔、剪刀、雕刀、钳子等为制作工具，依次给戏人搭骨架、设架势，制泥头四肢，绘画脸谱，安装头及四肢，在戏人身上安上服饰，贴上刻花或彩绘，绘制布景，添加道具等。使用的颜料为矿物颜料等，色彩绚丽，不易褪色。

纱阁戏人以其独特的样式、生动的造型以及制作工艺的复杂性，已经成为研究传统民间美术和戏剧艺术难得的实物资料。

1159
VII-102

# 清徐彩门楼

## 申报地区或单位：山西省清徐县

清徐彩门楼——过街门楼

清徐彩门楼是一门集民间古建筑技艺、民间美术、民间手工技艺于一体的综合艺术。“狮子龙灯跑旱船、彩楼当街撑面面”，是在山西省清徐县流传了多年的民谚，可见清徐彩门楼在清徐历年民间文艺活动中的地位是相当重要的。

清徐彩门楼起源于唐代，当时清徐县城叫清源县，交通便利，商铺林立，经济繁荣。逢年过节人们为了祈盼自己来年商铺兴旺，人畜平安，祛除百邪，便在附近山上采回柏叶绑在竹竿和木棍上，插在自家房顶的最高处，以求来年百业兴旺。到宋代发展为用几根门杆搭在自己门前，上边绑上柏叶枝，两边写上对联的柏叶门楼，年年造型不同，极具观赏价值。再后来历经许多商家的改进，由最初的柏叶门楼发展到柏叶彩门楼、扭彩彩门楼、彩绘彩门楼。清徐彩门楼的发展是清徐地区民俗文化的记录和体现，是清徐人民对美好生活向往、祈福的特殊表达方式，同时也表现出当地经济贸易日渐发达的状况。

清徐彩门楼是我国仅有的一种门楼艺术样式，在全国的门楼艺术中占有相当突出的地位，具有较高的历史价值、科研价值和经济价值，需要加以有效保护。

过街门楼

彩门楼搭制

传统彩门楼

彩门楼扭彩纹样

1160
VII-103

# 上海绒绣

申报地区或单位：上海市浦东新区

绒绣又叫“绒线绣”或“毛绒绣花”，是一种采用彩色羊毛绒线在特制的网眼麻布面料上绣出各种画面和图案的刺绣工艺。

作为舶来的工艺技术，绒绣在中国已经有百余年的历史。其引进之初的产品与欧洲一样，多用作手提包、拖鞋、靠垫等日用品的装饰面料，纹样以花卉图案为主，配色亦比较简单。20世纪30年代末，以刘佩珍为首的沪上刘氏五姐妹在改进绒绣工艺技术的基础上，采用绒绣工艺制作人物肖像获得成功。20世纪50年代初，上海的绒绣艺术家高婉玉等人再度对绒绣的工艺技术进行改革，研究配色方案，并自己进行染色，从而使绒线的颜色由固定的数十种增加到上千种，同时借鉴其他刺绣工艺的针法技术，运用擘线、拼色、加色等技法，彻底解决了绣制对象的色彩转折过渡难题，极大地丰富了绒绣工艺的表现能力。绒绣的表现对象也由原来的花卉图案扩展到人物、风景和油画名作以及彩色照片的复制。

上海绒绣《世博中国馆》（何冬梅创作，张利忠摄）

上海绒绣《西部风情》（上海黎辉绒绣艺术有限公司　提供）

上海绒绣——设计选稿（上海黎辉绒绣艺术有限公司　提供）

上海绒绣——染线（上海黎辉绒绣艺术有限公司　提供）

绒绣虽然是刺绣工艺的一种，但与传统的丝绣工艺技术相比，其绒线材料的质地比之丝线显得厚实，使用的针法也不复杂，主要有呈斜点状的打点绣、十字针、扒针、掺针、拉毛以及乱针等，可视画面物象表现的需要灵活配置选用进行再创造。百余年来，源于欧洲的绒绣工艺技术进入中国后，经过中国艺术家的改良、丰富、发展，已经成为中国的传统工艺美术品种之一，近50年来创作的绒绣作品亦成为中国工艺美术品的经典之作，或是作为国礼赠送友邦，或是陈列于国家议事的厅堂之上，或是为国内外公私藏家所典藏。

上海的绒绣有着工艺精细、针法多变、厚实缜密、层次清晰、色彩丰富、形象逼真的特点，由于种种原因，上海绒绣工艺在当下的生存遇到了很大的困难。

1161
VII-104

# 宁波金银彩绣

申报地区或单位：浙江省宁波市鄞州区

宁波金银彩绣《花轿轿衣》（局部）

金银彩绣又称“金银绣”，是在丝绸品上以金银丝线与其他各色丝线绣成的带有不同图案的绣品。其既可应日常生活之需，又可做戏服和美术欣赏品。多用于官府、民间喜庆、服饰、宗教、室内陈设等方面。

宁波金银彩绣主要分布于宁波市鄞州区及其周边地区。当地自唐代以来就遍植桑梓，养蚕剥茧，有着“家家织席、户户刺绣”的传统。宁波金银彩绣经历了较长的历史演变过程，根据相关史料记载和出土文物，中国刺绣的历史虽然能够追溯至战国，但作为独立的金银彩绣作品，最早的实物见于唐代的服饰。宋代以后，金银彩绣的作品实物逐渐增多。到了清代，鄞县城内外出现了多处刺绣教坊、官营绣坊和民间绣衣、绣庄等。民国时期，宁波的海神庙、咸塘街已成为行业街道，约有刺绣店铺30—40家。20世纪50年代以后，宁波地区曾有绣品合作社、绣品厂等生产金银彩绣，一直持续到20世纪90年代。

清代金银彩绣勾边绣袄（正面）

精细盘金绣枕

宁波金银彩绣《团鹤》

宁波金银彩绣的主要技法以“盘金（银）”和“填金（银）”为主，充分调动材料的特性与工艺特性，增强图形的质感与空间感；大面积金银色的使用，使得任何颜色在同一画面上和谐共处，表现出富丽堂皇又不失典雅的艺术效果；追求金线、银线与彩线的有机结合，构成粗中有细、点面结合、板而不结、针法巧施的特色。

随着商品经济的发展，加之手工绣花成本大、收益小的原因，从事金银彩绣的人越来越少，目前宁波市鄞州区只有四五人还在从事此业。金银彩绣亟待保护与传承。

1162
VII-105

# 瑶族刺绣

申报地区或单位：广东省乳源瑶族自治县

瑶族刺绣——深山瑶男子头帕

乳源的瑶族刺绣为中国瑶族刺绣之一，主要分布在广东省北部乳源瑶族自治县境内的必背、游溪、东坪三镇等地。

居住在乳源瑶族自治县的瑶族属“勉语系”过山瑶，隋唐时从北方迁来，长期隐居在深山老林之中，其生产方式以刀耕火种和狩猎为主。若是当地不再适宜耕种或猎物稀少时便举族迁往另一座山头生活，因而被称为“过山瑶”。族中保存有《盘古》、《盘瓠传说》、《过山榜》等书籍资料，其传统习俗和文化的保存状态良好。

刺绣是当地瑶族妇女人人都会的手艺。瑶族妇女从小就跟随长辈执针引线，从绣制衣襟花边、花带、绑腿等品种入手，习练基本功。长大成为少女时，刺绣的功夫已经成熟，精心绣制的花袋、荷包、香包、头帕是送给情人最好的礼物。同时，还要精心准备嫁衣以及围裙、花袋、花带、花帽、头帕等赠送亲友的礼物。出嫁时穿着的嫁衣是展示新娘才华的衣物，要能够光彩照人、超群脱俗，是姑娘们用心最多的绣作。婚后的妇女除了要给家人绣制日常用品之外，还要把自己的手艺传授给下一代。

乳源瑶族刺绣采用深色棉布为底，用红、黄、蓝、白、绿、黑、紫

浅山瑶妇女头帕

浅山瑶男子头帕

等色的绒丝线绣出花纹，有“深山瑶”和“浅山瑶”之分。深山瑶的刺绣有着厚重、丰满、细腻的风格特征，而浅山瑶的刺绣细腻大方，色彩浅淡明快，纹样变化较多。常见的图案花纹多取材于自然，有正方形、三角形、菱形、圆形、水纹形、波浪形、之字形、工字形以及双蝶恋花、双龙戏珠、稻穗和鲜花等，反映着当地人民的审美观念和价值观念。

随着社会的发展，当地瑶族群众的生活方式发生了很大的变化，与传统的社会生活有着密切关联的瑶族刺绣已逐渐边缘化，濒临消亡，亟待保护。

深山瑶妇女头帕

1163
VII-106

# 藏族编织、挑花刺绣工艺

申报地区或单位：四川省阿坝藏族羌族自治州

藏族编织、挑花刺绣工艺——骑针绣、扭绣作品《牡丹》（杨华珍　创作）

藏族编织、挑花刺绣工艺（以下简称“藏族织绣工艺”），是千百年来嘉绒藏族为适应当地特殊地理环境和气候条件，充分利用当地资源，在不断创新和吸纳汉族挑花刺绣工艺的基础上，形成的具有浓郁民族特色和鲜明地域特色的传统工艺。

据丹巴罕额依新石器时代遗址中发现的“骨质纺轮”证明，早在距今四千五百多年以前的新石器时代，嘉绒地区的纺织技艺就已经发端。在以后的历史发展中，嘉绒藏族先民一方面依靠当地丰富的藏山羊畜牧资源和箭麻作物资源，以及编织工艺，加工生产极具嘉绒地区特色的毛、麻织品；另一方面，通过与内地的交往，通过交换方式获得各种与生活相关的棉织品。

藏族织绣工艺以家庭传承（即母女传承）为主，兼具大众（集体）传承。织绣工艺在嘉绒藏族的生活中占有极为重要的地位，也是嘉绒藏族一种依赖性很强的生计。

藏族织绣实践场景（冯旸　摄）

多姿多彩的嘉绒妇女盛装集中体现了藏族传统织绣工艺的精湛技艺，无论是头上搭盖的刺绣头帕，还是腰间紧束的五彩腰带；无论是节日里披在肩上飘逸的披风，还是穿在脚上的绣花鞋，无处不闪耀着嘉绒妇女聪颖的智慧，无处不散发着嘉绒文化的芳馨。

传授技艺（冯旸　摄）

在当今世界经济一体化的大背景下，在现代工业文明的冲击下，藏族传统织绣工艺与其他非物质文化遗产一样，面临着严峻的挑战，一是其工艺的传承受到一定的阻隔，二是一些特殊技法面临失传的危险，亟待进行抢救和保护。

藏族织绣《团花》（冯旸　摄）

藏族织绣——花腰带

藏族织绣——女式肚兜（杨华珍　创作）

钩绣——满巾围腰

传承人创作场景（冯旸　摄）

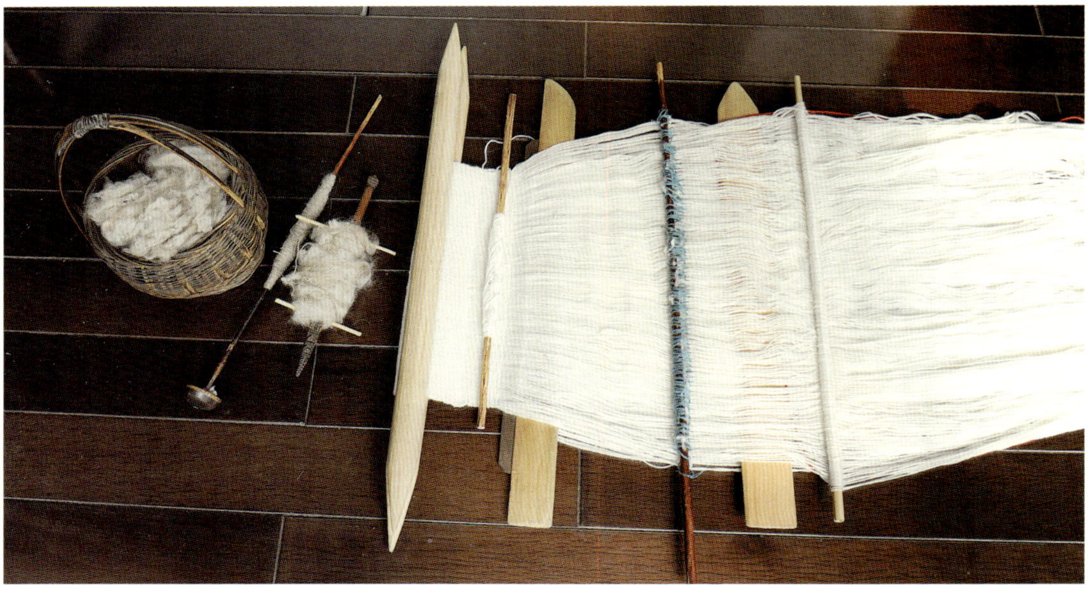

织绣工具（冯旸　摄）

1164
VII-107

# 侗族刺绣

申报地区或单位：贵州省锦屏县

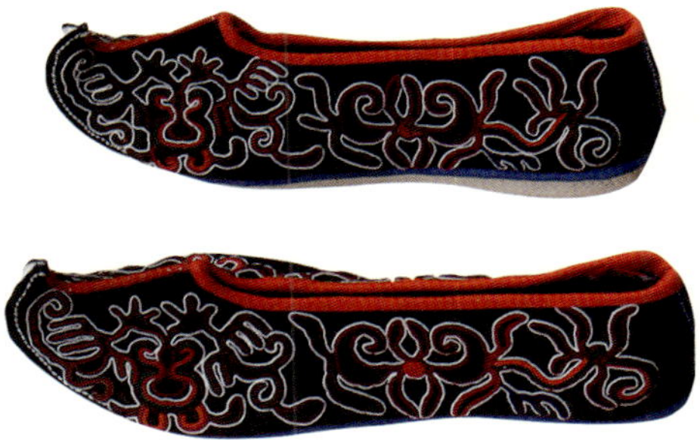

侗族刺绣——盘轴滚边翘尖绣花鞋（杨胜福　摄）

侗族刺绣——盘轴滚边绣童帽（杨胜福　摄）

在侗族的刺绣中，最具代表性的品种是“盘轴滚边绣”，以出自贵州省黔东南苗族侗族自治州锦屏县平秋镇以及周边地区侗族妇女之手的绣作最为有名。

平秋镇地处贵州侗族文化社区南部和北部的结合部，是北部侗族文化的发源地之一。平秋，原称“阿术”，为侗族语言的音译；明末改名“平秋”，意为“事物在自然消失”。当地的山谷纵横，林木茂盛，民风古朴，有着独具特色的风情和习俗。

根据当地的碑记和传说，“盘轴滚边绣”在明清时期已经流行，其基本绣法由“盘轴绣”和“滚边绣”两种刺绣方法组合而成。“盘轴绣”是取一根彩色丝线作为“引线”，即“轴线”；再取两根彩色丝线将其紧密缠绕在一起，使之成为较粗的二合一的预制绣线，也称“盘线”。绣制时，将“引线”从纹样底面向上绣、拉直；用“盘线”在“引线”根部绕一圈，拉紧；将此过程反复进行，绣出花纹的轮廓，为“盘轴绣”。“滚边绣”是取一根白纱线作“引线”，再取两根白纱线将其紧密地缠绕在一起，然后将这根二合一的白沙线紧密地缠绕在“引线”上，使之成为一条较粗的三合一的绣线，将其在“盘轴绣”的花纹图案轮廓周围绣（滚）上一道边，为“滚边绣”。一般的绣品是由三道“盘轴绣”和一道“滚边绣”构成，在花纹的轮廓中间以同样的手法用色线填绣。余者通常采用平绣、挑花、乱针、跳针等手法绣制。

具有浅浮雕感的“盘轴滚边绣”是侗族刺绣艺术的代表作，有着鲜明的民族特色。然而，如今掌握“盘轴滚边绣”技艺的侗族妇女愈来愈少，保护传承工作十分紧迫。

盘轴滚边绣背带图形（杨胜福　摄）

盘轴滚边手工刺绣图样及成品图形（杨胜福　摄）

盘轴滚边绣图形（杨胜福　摄）

盘轴滚边绣背带图形（杨胜福　摄）

把滚边绣图案缝制成背带（杨胜福　摄）

1165
VII-108

# 锡伯族刺绣

申报地区或单位：新疆维吾尔自治区察布查尔锡伯自治县

锡伯族刺绣——妇女头饰（关德光　摄）

锡伯族刺绣主要分布于新疆维吾尔自治区察布查尔锡伯自治县锡伯族聚居的八个牛录，是锡伯族妇女最为拿手的传统手工技艺之一。

锡伯族刺绣相传源于明末清初。早期的锡伯族刺绣具有较为明显的中国北方渔猎及迁徙文化特征。自明末清初锡伯族被编入满洲八旗后，其刺绣受到满族和汉族刺绣技艺的影响；清代，锡伯族西迁新疆伊犁地区戍边屯垦之后，其刺绣工艺又受到维吾尔、哈萨克、俄罗斯等民族刺绣的影响，从而成就了新的地域特色。

刺绣手艺的好与坏是衡量锡伯族妇女品性与能力的重要标准之一，能够绣一手好绣品是心灵手巧的年轻妇女的标志，往往是年轻男子蜂拥追求的对象。过去，锡伯族姑娘在出嫁前要绣制枕头蒙子、被蒙子、云枕顶、手帕以及绣花鞋等一系列的绣品，出嫁时带到婆家向亲友展示。已婚的妇女还要给丈夫绣制一个精心设计的烟口袋，纹样以吉祥图案为多。

锡伯族刺绣主要用于服饰，如旗袍、马甲、坎肩、寿服以及官服和兵服等的装饰，以及枕顶、门帘、荷包、茶具盖布、鞋袜、门窗、罩帘、墙围布、帐篷、锦帐等家庭日常用品。刺绣的图案多是表达吉祥意义的牡丹、仙鹤、龙等各种动植物，刺绣的针法主要有串珠、刺花、镶嵌、彩漆、描金、雕花、编织、贴花、金银线、拼花、挑花、扎花等。

锡伯族刺绣代代相传至今，作为锡伯族的传统文化遗产，展示出其独特的魅力和价值。

手工刺绣（关德光　摄）

向年轻一代传授刺绣技艺（关德光　摄）

萨满神裙飘带（关德光　摄）

萨满头盔（关德光　摄）

各类枕头顶刺绣品（关德光　摄）

香袋荷包绣品（关德光　摄）

1166
VII-109

# 宁波泥金彩漆

申报地区或单位：浙江省宁海县

用宁波泥金彩漆装饰的圆几

泥金彩漆是一种以泥金工艺和彩漆工艺相结合为主要特征的髹漆工艺，是宁波传统的“三金”工艺之一。现主要分布于宁波市宁海县及其周边地区。

泥金彩漆有着悠久的历史。其起源可以追溯到余姚河姆渡遗址出土的有七千多年历史的木胎朱漆碗。泥金彩漆工艺在明代已经达到制作的强盛时期，至“大明宣德年间，宁波泥金彩漆、描金漆器闻名中外”（《浙江通志》）。清代的泥金彩漆仍然延续其辉煌的历史向前发展。民国时期的宁波泥金彩漆也曾辉煌一时，作品经常出现在国内外的展览会上，备受海内外人士的赞誉。在1953年举办的“全国首届民间美术工艺展览会”上，宁波泥金彩漆的双龙提桶、饭盂、粉斗等作品受到了行家的赞扬。泥金彩漆与宁波地区的百姓生活息息相关，大到眠床、橱柜等内房家具，小到提桶、果盒、帽桶等生活用具，都反映着当地人们的生活习惯和民间风俗。

花瓶（王任涛　摄）

泥金彩漆以中国生漆和金箔为主要原料。因制作方法之差别分为“堆泥（堆塑）”、“沥粉”、“泥金彩绘”三种。可以用一种工艺技法单独制作器物，也可三种方法综合使用，制作成一个工艺丰富的产品。堆泥是泥金彩漆最为独特的工艺方法，是在平面上用生漆、瓦灰或蛎灰按一定比例捣制成漆泥，在木胎漆胚上堆塑山水、花鸟、人物、楼阁等图饰，

传承人在工作

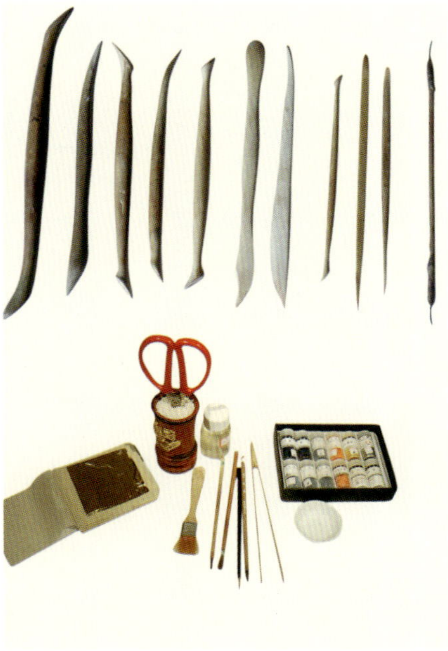

泥金彩漆的传统制作工具（王任涛　摄）

泥金彩漆的工艺流程（王任涛　摄）

过稿

堆缩

行金底

贴金

泥金（银）

上彩

铺贴云母

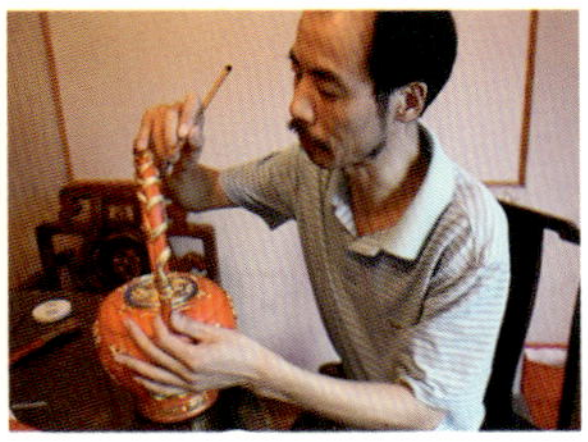

涂面漆

再给堆塑贴金、上彩。泥金彩漆有着典雅古朴、绚丽多彩的风格，可广泛应用于家居建筑、日常生活器具等表面装饰，亦可用作厅堂艺术品的陈列。

随着人们生活方式和观念的转变，泥金彩漆逐渐失去了自己的生存市场。时至今日，仅宁海县境内还有少数艺人在制作，其他地方已鲜见踪影。

橱柜（王任涛　摄）

小提桶（王任涛　摄）

# 传统技艺

第三批国家级非物质文化遗产名录

1167 Ⅷ-187 越窑青瓷烧制技艺

1168 Ⅷ-188 建窑建盏烧制技艺

1169 Ⅷ-189 汝瓷烧制技艺

1170 Ⅷ-190 淄博陶瓷烧制技艺

1171 Ⅷ-191 长沙窑铜官陶瓷烧制技艺

1172 Ⅷ-192 蓝夹缬技艺

1173 Ⅷ-193 中式服装制作技艺（龙凤旗袍手工制作技艺、亨生奉帮裁缝技艺、培罗蒙奉帮裁缝技艺、振兴祥中式服装制作技艺）

1174 Ⅷ-194 铅锡刻镂技艺

1175 Ⅷ-195 乌铜走银制作技艺

1176 Ⅷ-196 银铜器制作及鎏金技艺

1177 Ⅷ-197 青铜器修复及复制技艺

1178 Ⅷ-198 国画颜料制作技艺（姜思序堂国画颜料制作技艺）

1179 Ⅷ-199 藏族矿植物颜料制作技艺

1180 Ⅷ-200 毛笔制作技艺（周虎臣毛笔制作技艺、扬州毛笔制作技艺）

1181 Ⅷ-201 衡水法帖雕版拓印技艺

1182 Ⅷ-202 古书画临摹复制技艺

1183 Ⅷ-203 白茶制作技艺（福鼎白茶制作技艺）

1184 Ⅷ-204 仿膳（清廷御膳）制作技艺

1185 Ⅷ-205 直隶官府菜烹饪技艺

1186 Ⅷ-206 孔府菜烹饪技艺

1187 Ⅷ-207五芳斋粽子制作技艺

1188 Ⅷ-208 北京四合院传统营造技艺

1189 Ⅷ-209 雁门民居营造技艺

1190 Ⅷ-210 石库门里弄建筑营造技艺

1191 Ⅷ-211 土家族吊脚楼营造技艺

1192 Ⅷ-212 维吾尔族民居建筑技艺（阿依旺赛来民居营造技艺）

1167
VIII-187

# 越窑青瓷烧制技艺

申报地区或单位：浙江省上虞市

越窑是我国古代最著名的青瓷窑系。因窑址在今浙江上虞、余姚、宁波等地，古时属越州管辖，故名越窑青瓷。

上虞是举世公认的越窑青瓷的发源地，形成于汉代，鼎盛于三国西晋，全盛于五代北宋，至北宋中晚期，则日趋衰微。上虞也是早期越瓷的中心产地，各地出土的早期越窑瓷器多产于此。

上虞越窑青瓷的制作，要经过复杂的工艺流程：开采—粉碎—筛选—淘洗—沉淀—陈腐—练泥—成型—晾坯—修坯—装饰—施釉—烧制等。瓷土（石）的选取、釉料的制作、成型与烧成，是其中最为重要的环节。

上虞越窑青瓷以当地瓷石或瓷土为原料制成，胎呈灰色，釉色青黄或青绿。唐代著名诗人陆龟蒙在《秘色越器》中以“九秋风露越窑开，夺得千峰翠色来。如向中宵承沆瀣，共嵇中散斗遗杯”的诗句赞美越窑瓷器的釉色精美。上虞越窑青瓷种类繁多，从饮食器、贮存器、卫生器、寝具、照明具到文具、陈设品、乐器、祭器、明器、玩具等等，应有尽有。

上虞越窑青瓷历史悠久、制作奇妙、功用广泛，具有鲜明的地域特征、较高的艺术价值和科学研究价值，在我国陶瓷史上具有十分重要的地位。

越窑青瓷谷仓堆塑胡人俑（仿制品）

越窑青瓷骑狮顶罐俑（仿制品）（黄加良　摄）

越窑青瓷烧制技艺流程

练泥（黄加良　摄）

拉坯（黄加良　摄）

晾坯（黄加良　摄）

上釉（黄加良　摄）

出炉（黄加良　摄）

## 申报地区或单位：浙江省杭州市

越窑青瓷《暗香浮动》（郭艺　创作）

越窑是我国陶瓷烧造延续时间较长、影响范围极广、文化内涵丰富的窑系，是最早突破原始瓷器烧造，走向成熟瓷器生产的窑场。越窑的主要产地在古越人的居住之地，唐代称之为越州，越窑因此而得名。越窑以生产青瓷而闻名，其制瓷技艺、装饰工艺和造型款式，在中国古代均达到了极高水平。尤其专门烧造的宫廷用瓷"秘色瓷"，成为我国古代陶瓷烧造的经典。

越窑青瓷的成熟工艺，使其在造型和装饰艺术上都达到了很高的水平。由于釉色的清透适宜刻、印、划花等装饰，以及发展出的褐彩彩绘形式，加之受唐代金银器、丝绸、漆器等手工艺图案等影响，形成了越窑青瓷独特的装饰风格。捏塑的陶瓷雕塑品种在越窑青瓷中数量繁多，成为其造型艺术的重要特色之一。

越窑青瓷《秋水》（郭艺　创作）

## 越窑青瓷烧制技艺流程

拉坯技艺

越窑青瓷刻花技艺

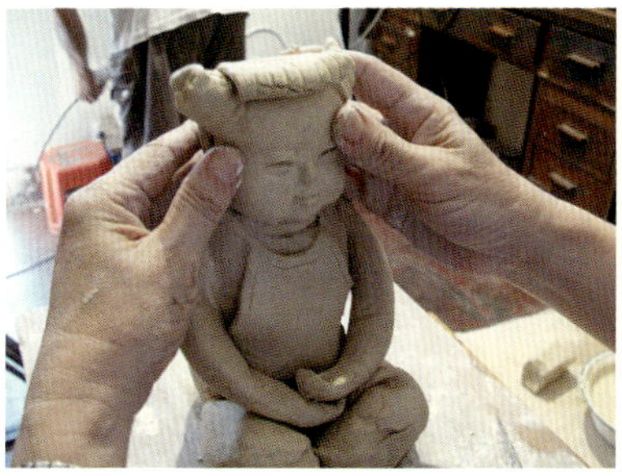
越窑青瓷捏塑技艺

越窑青瓷上釉前的补水工序

越窑青瓷褐彩制作

越窑延续烧造了近千年，不仅留存了众多越窑青瓷精品，也传承下来精湛的越窑青瓷烧造技艺。当今窑工在传统越窑青瓷工艺基础上，传承发展了其釉色和造型装饰工艺，保存了刻、划花、褐彩、捏塑等传统手法，发展了青瓷彩绘，不但保护、继承了传统越窑工艺，还使越窑青瓷真正地融入了现代人的生活。

## 申报地区或单位：浙江省慈溪市

越窑青瓷始烧于东汉，原始瓷到成熟青瓷的演变就是在越窑的龙窑里完成的，因此，上林湖越窑青瓷也被称之为“母亲瓷”。

越窑是中国瓷窑中久富盛名之瓷窑，以其青瓷产品之精美与独特在中国早期瓷史上占据了一定的地位。越窑制瓷技艺水平、装饰工艺和造型水平均极其成熟，成为其他瓷窑模仿借鉴和引进之对象。

越窑的造型装饰工艺从汉到宋也是一个不断演变进步的过程，汉代（发轫期）越窑的造型多以轮制成型，装饰技法多以拍印、捏塑为主，造型装饰主要模仿青铜器和早期陶器。三国、两晋、南北朝时期（发展期），成型方法多样化，以轮制、捏塑、模制等为主，造型也很丰富。唐至北宋（繁盛期）是越窑发展的顶峰期，因佛教、金银器、玉器的影响，越窑的造型装饰越发精细、精美，这个时期造型稳重端庄，釉色滋润典雅，有“千峰翠色”、“如冰似玉”的美誉，同时期也出现了越窑的精品“秘色瓷”。北宋中期到南宋初（衰微期）的造型装饰沿袭了唐代的风格，但是在技术上裹足不前。清末时期上林湖周边孙氏烧造越窑青瓷仿古器皿到民国因战乱一度停烧。

如今，慈溪市创立了慈溪市越窑青瓷有限公司，在慈溪上林湖周边继续制作越窑青瓷，以造型、釉色装饰工艺为主，续写着千年前的越窑青瓷文化。

### 越窑青瓷烧制技艺流程（孙威　摄）

步骤一：采用一定湿度的矿土进行拉坯成型

步骤二：在坯体经过阴干而不容易变形的情况下进行修坯

步骤三：在完全阴干的坯体上进行刻花修饰

步骤四：结合水墨、油画的技巧，利用褐彩在器物上作画

蝶恋花盖罐（孙威　摄）

褐彩画罐（孙威　摄）

1168
VIII-188

# 建窑建盏烧制技艺

申报地区或单位：福建省南平市

“建窑”为中国宋代八大名窑之一。建窑建盏，是中国古代黑釉瓷的杰出代表。宋时的建窑建盏，是皇室御用的饮茶斗茶珍稀茶器。宋徽宗在《大观茶论》中说：“盏色贵青黑，玉毫条达者为上。”在南宋时期，日本来我国留学的僧人曾从天目山把这种瓷器带到日本，并称它为“天目”，于是人们也习惯把黑釉瓷也称为“天目瓷”。由于历史的变迁，建盏（天目瓷）烧制技术失传已八百多年。新中国成立后，建窑建盏这一优秀的传统手工技艺受到国内外学术界的广泛关注。

20世纪70年代，福建省开始实施恢复建窑建盏烧制技艺实践工作。90年代初，南平星辰天目陶瓷研究所研发恢复了兔毫、油滴、虹彩、金彩文字、油滴木叶等传统工艺。在此基础上，经过数万次坯釉配方调试，数千次烧成工艺的改进，宋代曜变，曜星盏、毫变盏的烧制技艺也得以恢复，它标志着建窑建盏烧制技艺得到了全面恢复。建盏制作的主要工艺程序有：1. 原料加工（包括坯料和釉料）；2. 拉坯；3. 上釉；4. 烧制。

建窑建盏的釉色因烧成技术的不同，会产生不同的釉色效果，归纳起来，可划分为黑色釉、兔毫釉、鹧鸪斑釉、毫变釉和杂色釉五种类型。建窑建盏通常为茶器，因其口大底深，边薄底厚，胎骨厚重，胎质粗松，故用其沏茶，茶汤久热难冷，易干不留渣，越宿不馊，具有良好的保温性和隔热性。建窑建盏同时兼有少量的高足杯、灯盏、罐、瓶等器型。

建窑——兔毫茶碗（孙莉　摄）

建窑——虹彩鹧鸪斑天目茶碗（孙莉　摄）

建窑——曜变天目茶碗（孙莉　摄）

建窑——金油滴茶碗（孙莉　摄）

1169
VIII-189

# 汝瓷烧制技艺

## 申报地区或单位：河南省汝州市、宝丰县

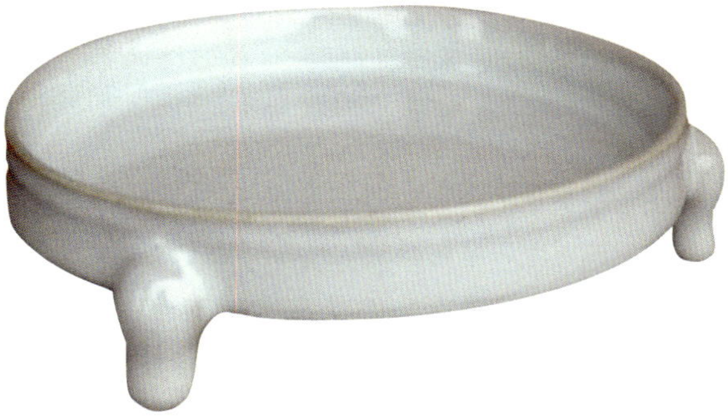

汝瓷——三足洗

汝瓷为我国宋代五大名窑之首，其烧制技艺包括制胎技艺、配釉技艺、烧制技艺、开片技艺等。汝州素有“百里煤海”之称，此地盛产高岭土、玛瑙、黏土等制瓷原料，为汝瓷烧制技艺的产生、发展、成熟和繁荣提供了得天独厚的自然条件。

汝瓷烧制技艺历史悠久，源远流长，距今已有一千多年的历史。传统汝瓷烧制技艺要求用玛瑙入釉，釉色素静典雅，具有青如天、面如玉、质如乳、声如磬的典型特征，烧制难度极高，成品率低，精品极少，尤其得到北宋徽宗的赏识，成为专为宫廷烧制的御用瓷器。后金兵入侵中原，宋室南迁，致使御用汝瓷隐没人间。南宋时有“近尤难得”之叹，传世品极少，其烧制技艺流传至民间制瓷作坊，世代沿袭至今。

汝瓷烧制工艺技术性强，难度大，工序繁杂，采用一钵一器支钉托烧的叠烧技法，主要环节有选料、练泥、制坯、素烧、制釉、施釉、烧制等。汝州汝瓷的烧制要选季节、观天气，秋季为汝瓷烧制的最佳季节。在烧制过程中，如何把握制釉的黏度和流动性，烧制熔融温度及保温渐冷的析晶过程，直接影响着汝瓷青瓷乳珠的形成和青瓷釉的成色，这一独特的烧制技艺没有具体的理化指标，全凭技师的悟性、眼观和手感掌握等经验，靠师徒在生产过程中口传心授，世代传承。

汝瓷——三栖尊

汝瓷烧制技艺流程——范模拓制（江国鹏　摄）

烧制汝瓷的传统煤窑炉（王君子　摄）

1170
VIII-190

# 淄博陶瓷烧制技艺

## 申报地区或单位：山东省淄博市

淄博市是中国陶瓷发祥地之一，是国家命名的“中国陶瓷名城”。考古发现，淄博沂源扁扁洞为新石器早期人类居住遗址和制陶遗址。八千五百多年前，后李文化时期的古陶窑，是迄今为止我国发现的最早的古陶窑，还有北朝时期的“寨里窑”，唐宋时期的“磁村窑”、“博山窑”等十几处古窑址。

淄博陶瓷充分利用当地的陶瓷资源，创造了色彩缤纷的陶瓷文化，在制作工艺上形成了粗犷豪放、简洁明快的风格。淄博陶瓷题材广泛，从日用品到陈设品再到园林建筑用瓷，从一个方面反映了当时鲁中地区的社会、经济、文化背景和面貌。

随着现代工业的发展，淄博陶瓷烧制传统技艺也面临着机械化、高科技的冲击。20世纪80年代，以淄博陶瓷延续百年的圆窑（俗称“馒头窑”）逐渐退出为标志，传统的陶瓷烧制技艺也面临着老艺人相继退休、去世，手工制作技艺濒临失传的局面，急需进行全面的保护和传承。

淄博陶瓷——结晶釉瓶

淄博陶瓷——孔雀兰瓶

淄博陶瓷烧制技艺——手拉坯

1171
VIII-191

# 长沙窑铜官陶瓷烧制技艺

申报地区或单位：湖南省长沙市望城区

仿唐代铜官窑作品

古镇铜官位于湖南省长沙市望城区湘江东岸，是全国五大陶都之一。铜官陶瓷产业历史悠久，文化内涵丰富，陶瓷技艺独具特色。在殷商之前，舜帝就带领先民在湘江一带开始了制陶之业。至唐代铜官陶瓷发展迅速，陶瓷技艺逐渐成熟。铜官是世界陶瓷釉下多彩的发祥地，首创陶瓷釉下多彩新工艺。

长沙窑铜官陶瓷技艺，反映了先民们的创新精神，其制作堪称绝技。主要有拉坯成型、捏坯成型、雕塑成型、贴花、画花、制釉、制泥、烧成等多项技艺。

长沙窑铜官陶瓷技艺是我国著名的民间工艺，在铜官有着深厚的群众基础，沿湘江两岸，十里陶城绵延不绝，焰火不止。长沙窑铜官陶瓷技艺对唐代以后的陶瓷生产产生了巨大影响，传承至今。在铜官镇区，现在已形成了一个有四千余人从业的陶瓷生产区，其产品畅销全国。

长沙窑铜官陶瓷技艺——捏坯

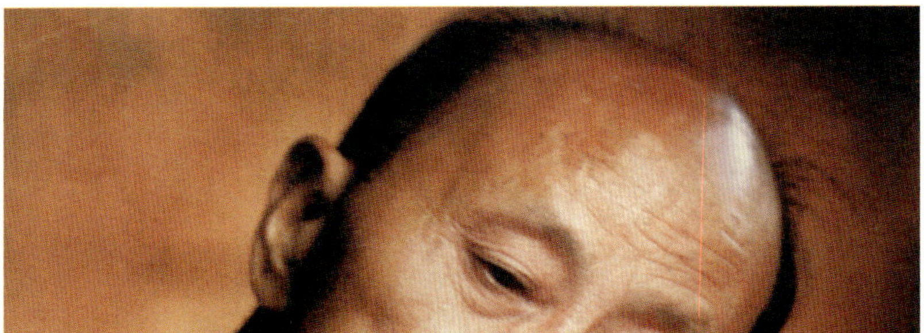

长沙窑铜官陶瓷技艺——修坯

1172
VIII-192

# 蓝夹缬技艺

申报地区或单位：浙江省温州市

蓝夹缬百子图（阮立忠　摄）

蓝夹缬为我国传统印染“四缬”技艺之一，是我国雕版印染、印刷的源头。蓝夹缬技艺曾普遍流传于浙江南部的温州市，至今仍在其下辖的苍南县以及瑞安和乐清两个县级市均得到较好地保护和传承。

夹缬起于秦汉，盛于唐宋，唐明皇曾将其作为国礼馈赠给各国遣唐使。至元、明，夹缬向单蓝色转化，最后仅在浙南地区保存下来，以温州为中心，向台州、丽水等部分接壤地区辐射。

蓝夹缬曾是浙南民间婚嫁必备用品。它以蓝靛（中药板蓝根的植株所制）为染液；以晚清至民国时流传的昆剧、乱弹、京剧等戏文情节为主要纹样，辅以花鸟虫兽等大吉祥纹样，成为中国传统染织品中以戏曲人物为主要纹样的现存唯一孤例。

温州至今完整保存雕版、制靛、印染等工艺流程。原遍布温州各县（市、区）的蓝夹缬染坊，于20世纪70年代陆续歇业后，苍南农民开设了染坊，断续作业，对该技艺的传承保护产生了积极影响。

雕花版工具及花版（阮立忠　摄）

蓝夹缬技艺流程（阮立忠　摄）

步骤一：采取制作原料马蓝

步骤二：把浸泡发酵过的马蓝叶捞出水池

步骤三：将马蓝叶和石灰搅拌

步骤四：黄其良在雕刻花版，用于靛蓝的印制

1173
VIII-193

# 中式服装制作技艺

龙凤旗袍手工制作技艺
亨生奉帮裁缝技艺
培罗蒙奉帮裁缝技艺
振兴祥中式服装制作技艺

## ■ 龙凤旗袍手工制作技艺

申报地区或单位：上海市静安区

经典中式服饰

龙凤旗袍工艺盘扣

旗袍源于清代旗女之袍，辛亥革命后，满族旗袍多被旗女弃用。20世纪20年代后才略有恢复。但这时的旗袍在款式、裁剪方式、穿着对象上都产生了质的变化，因发生在中西服饰文化交汇的上海，故又称之为“海派旗袍”。海派旗袍吸收西式裁剪方法，开身、收腰，均表现女性体态曲线。同时，海派旗袍已从传统的贵族旗女袍服演变为平民化的女性时装。

龙凤旗袍是海派旗袍的精华，是沪上海派旗袍手工制作工艺的正宗传承者，至今仍保持海派旗袍的遗韵。龙凤旗袍制作技艺源于苏广成衣铺，其历史可追溯到清乾隆末年，至20世纪20年代，“苏广成衣铺”已遍及上海。

采用龙凤一绝——镂雕技艺制作具有传统和民族风格的龙凤呈祥的服饰镶边

传授技艺

切磋技艺

龙凤旗袍

龙凤旗袍制作工艺的第一代传人朱林清出身苏广成衣铺，他于1936年创办了“朱顺兴”中式服装店，将传统中式服装制作技艺运用到海派旗袍上，以精工制作时尚高档旗袍闻名沪上。

龙凤旗袍的特色在于全手工、高质量的个性化精工制作，继承了濒临失传的苏广成衣铺镶、嵌、滚、宕、盘、绣的传统工艺。精选的面料和通过手工镂、雕、绣形成的图案，以及寓意吉祥的盘扣，体现了中国传统文化的特色。这一系列技艺在中国旗袍制作领域堪称绝技。

## ■ 亨生奉帮裁缝技艺

### 申报地区或单位：上海市静安区

奉帮裁缝起源于乾隆五十九年（1794），距今已有二百多年的历史。道光元年（1821），“福昌”奉帮裁缝店在上海诞生，以后，又有“王荣泰”（1891）、“和昌”（1896）、“荣昌祥”（1910）等奉帮裁缝店相继开张。直至今日，奉帮裁缝为中国服饰文化的形成和繁荣做出了重大贡献。

“亨生”是奉帮裁缝徐继生在1929年创立的，后其长子徐馀章继承父业。徐氏父子不断创新，形成奉帮特色。历史上曾因对中山装进行改良和独创修身裹袖、时尚挺括的奉帮亨生造型等而闻名沪上，奠定了亨生在奉帮裁缝中的引领和支柱地位，成为上海滩奉帮最著名的店家之一。

亨生奉帮手工技艺靠师徒间言传身教传承，凭悟性、感觉才能掌握。制作中讲究“四功”（刀功、车功、手功、烫功），达到“九势”（胁势、胖势、窝势、戤势、凹势、翘势、剩势、圆势、弯势）和“十六个字”（平、服、顺、直、圆、登、挺、满、薄、松、匀、软、活、轻、窝、戤），其作品既是实用服装又堪称为工艺品。亨生奉帮裁缝技艺是“奉帮裁缝”的精华和代表，具有很高的历史文化价值。

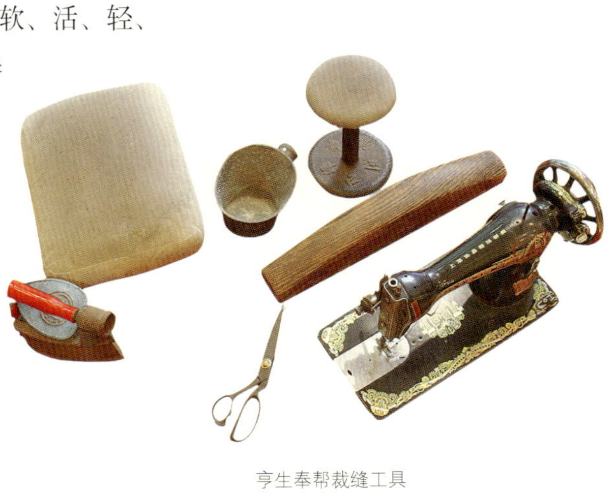

亨生奉帮裁缝工具

亨生麾（老作品）

亨生中山装

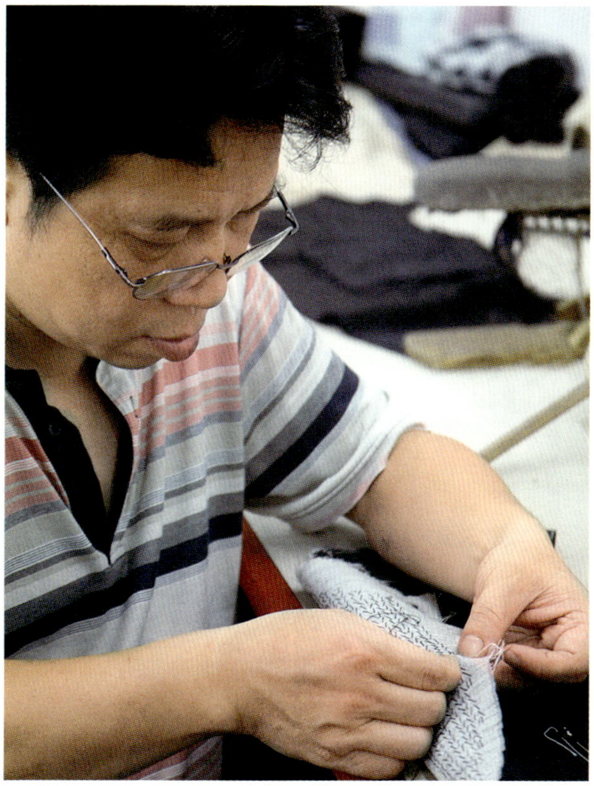

亨生奉帮技艺——扎驳头

画线裁衣

# ■ 培罗蒙奉帮裁缝技艺

## 申报地区或单位：上海市黄浦区

奉帮裁缝是20世纪初形成于上海的一个裁缝帮派，以制作精工男服（西装、中山装、大衣等）著称，它们改变了中国传统男服宽衣博带的形式，在功能和审美上都更贴近都市生活，奉帮裁缝是海派服饰文化的组成部分，在中国近代服饰史上占有重要地位。

最初奉帮裁缝是在码头、外轮为洋人服务的，为区别于做传统中式服装的“本帮裁缝”，人们称之为“红帮裁缝”，其中，以宁波奉化籍人居多，故又称之为“奉帮裁缝”。到了20世纪三四十年代，奉帮裁缝开设的服装店遍布上海，他们专做精工男服，成了上海成衣业的支柱，其中“培罗蒙”就是奉帮的杰出代表。

培罗蒙服装店创始人许达昌为浙江舟山人，生于1895年，20世纪初来上海学徒，满师后于1919年在南京路开设许达昌西服店，1928年注册“培罗蒙”商标，1934年迁址并更名为培罗蒙西服店。

作品展示

培罗蒙奉帮裁缝技艺制作流程

培罗蒙中山装

20世纪90年代以来，培罗蒙奉帮裁缝技艺，在量、算、试、设、裁、缝等各道工艺，都形成特色，在业内首屈一指，成为精工男服的龙头和杰出代表。

培罗蒙因其深厚的历史积淀，成为第一批“中华老字号”企业。

# ■ 振兴祥中式服装制作技艺

## 申报地区或单位：浙江省杭州市

振兴祥中式服装制作技艺是以手工制作中国式传统服装的独特技艺。振兴祥中式服装制作技艺传承于1897年创立在杭州湖墅宝庆桥新码头的金德富成衣铺。传承人翁泰校师从金德富，学成以后，遂在杭州吴山路27号开设振兴祥成衣铺。其高超的制作技艺自成体系，历经几代传承至今。1956年公私合营后，更名为“利民中式服装供销生产合作社”，振兴祥作为企业商标一直沿用至今。百余年来，振兴祥吸收和传承了中华民族几千年的服饰文化精髓，形成了“大襟、立领（又称“中国领”）、一字扣、镶、嵌、滚、宕、盘、钉、勾、绣”等具有鲜明中华民族服饰风格的独特技艺。主要工艺流程有：款式构思—量度尺寸—选用面料—裁剪—缝制—钉扣—整烫等，以高档织锦缎和丝绸为面料，纯手工裁剪缝制出旗袍、长衫马褂、男女中式套装等系列产品。

现振兴祥为国内外各界知名人士、海外华侨华裔、台湾同胞设计制作各种场合的中式服装，体现了国内外华人对中国服饰文化的认同。2008年完成了北京奥运会颁奖礼服“青花瓷”和“粉色”两个系列的制作，充分展示了振兴祥中式服装制作技艺的神奇魅力。

振兴祥中式服装制作技艺——传统盘扣

大小菊花扣

西博盛会花扣

松鼠偷葡萄

金鱼扣

大小填芯花扣

大小树叶扣

织锦缎中袖加长旗袍

素软缎饰大花扣长袖加长旗袍

金丝绒配乔其纱长袖加长旗袍

蓝印花布长袖中式上衣配金丝绒旗袍裙

织锦缎手绣中式长袖套装

夏凉绸肚兜配长裤套装

1174
VIII-194

# 铅锡刻镂技艺

申报地区或单位：湖北省荆州市

铅锡刻镂技艺——错银云纹盒

铅锡刻镂技艺是荆州敖氏家族用于制作、复制古代青铜器的一种制模技艺。该技艺在敖氏家族世代相传，家谱记载已过五代。

铅锡刻镂技艺的独特之处在于制作、复制古代青铜器纹饰的精细和纹饰的流畅自如，用铅锡刻镂技艺铸造出的青铜器纹饰造型与出土的古代青铜器极为相似。

该技艺利用铅锡的独特性能，在设计图样上，通过打击、扭曲、编织、挤压、刻镂等手法，把平面纹饰和立体、扭曲、镂空等造型结合起来，把器物形状和动物形态结合起来，最终完成精致的模型。

铅锡刻镂技艺对研究中国古代青铜器的模具制作技术提供了极好的范例，有很高的史学价值，对我国古代青铜器的原真性修复有极高的实用价值。

因目前铅锡刻镂技艺依存于古代青铜器的复制和满足国家文物单位修复古代器物的需要，故而技艺传承较为艰难，保护和传承铅锡刻镂技艺已迫在眉睫。

制作鸟樽的铅锡模

制作鸟樽的铅锡模（局部）

铅锡刻镂技艺制作流程

贴样——将画好的纹饰纸样贴在成型的铅锡板上

刻镂——成模上铅锡 刻镂驰其中

1175
VIII-195

# 乌铜走银制作技艺

申报地区或单位：云南省石屏县

乌铜走银作品——香炉（龙金虎 摄）

乌铜走银作品——六方花瓶

乌铜走银制作技艺始创于清雍正年间（1723—1735），为云南省石屏县岳家湾村抗金名将岳飞后裔岳永兄弟特创，历来为岳氏独家经营。

底铜上的錾刻图案

历史上，乌铜走银曾与北京景泰蓝齐名，并称“天下铜艺双绝”。乌铜走银是以铜、金等贵金属为原料，按一定比例熔化后做成坯，在坯上雕刻各种花纹图案，然后将熔化的银（金）走入细密的花纹图案中，冷却后打磨光滑，再用祖传工艺使底铜变成乌黑色，透出银（金）纹图案，呈现出黑白（黄）分明的装饰效果，由于一般多以镶嵌白银为主，故称“乌铜走银”。其制品多为墨盒、笔筒、酒壶、香炉、花瓶等日常用具，造型奇巧、制作精细，堪称艺术精品，具有收藏价值。经过数百年累积的冶金、錾刻、绘画等传统技艺也极具历史、科学和文化艺术价值。

乌铜走银制作技艺因家庭内部传承为主、全手工操作、年轻人大多不愿学习、制品价格高等原因，面临着后继乏人的濒危状况。

錾刻

茶壶（龙金虎　摄）

小件作品（龙金虎　摄）

1176
VIII-196

# 银铜器制作及鎏金技艺

## 申报地区或单位：青海省湟中县

银铜器制作及鎏金技艺——铜喇叭

湟中银铜器加工工艺已有一百多年的悠久历史，它可分为银器和铜器两种加工工艺。银器加工工艺素以形薄、光亮、轻柔、质纯等特点著称，以加工精美而见长，深受各族群众喜爱。由于受佛教文化影响，艺人们常用“八吉祥徽”（宝伞、金鱼、宝瓶、胜利幢、法轮、吉祥结、右旋海螺、妙莲）和曼陀罗、妙翅鸟、龙、凤、雄狮、怪兽、祥云、宝焰等作为装饰图案。全县加工作坊三十余家，其代表艺人有何生寿（省一级工艺美术师）、何满、何云等。

铜器加工工艺精湛，图案复杂，造型逼真，表现手法突出。主要流程为：下料—焊接—砸—灌胶—构图—抛光。湟中银铜器的生产方式以家庭手工作坊为主，子承父业，代代相传。其代表艺人有青海省三级工艺美术师圈发福、李占邦等，有作坊四十余家。

鎏金也是一种金属加工工艺，亦称“涂金”、“镀金”、“流金”，是把金和水银合成的金汞剂，涂在银、铜器表层，加热使水银蒸发，使金牢固地附在银、铜器表面不脱落的技术。其工艺程序有：煞金、抹金、开金、压光。银铜器鎏金技术一般是家传技术，带有保密性。

鎏金程序

鎏金佛《释迦牟尼》

1177
VIII-197

# 青铜器修复及复制技艺

申报地区或单位：故宫博物院

青铜器复制——汉代博山炉

中国传统青铜器修复、复制技术在两千年前就已经出现，并不断延续。明清两代大规模仿制古铜器，中国传统的青铜器修复行业在此时确立了四大流派：北京派、西安派、苏州派和潍坊派。其中北京派影响比较大，先后出现了一批名师高徒，技术上自成一体。

1952年，以京派赵振茂为首的青铜器修复专家进入故宫博物院开始利用传统工艺修复、复制青铜器文物。这些专家还包括长期从事青铜器修复、复制的京派传人赵同仁、李会生、孟海泉及景德泉、古德旺、张聚如等人。几十年来，这些专家修复、复制各类青铜器文物上千件，为我国文物保护修复工作做出了重要贡献。

传统青铜器修复技术主要包括整形、拼接、补配、粘接（焊接）、加固、做旧等工序，有时还会涉及去锈、烫蜡（表面封护）等工作。传统青铜器复制技术包括制作模具、翻模铸造、錾刻花纹、打磨做旧等工序，每道工序都有很高的技术难度。

青铜器修复及复制技艺流程

拼接

去锈

做旧

目前，从事传统青铜器修复的专业人员呈老龄化趋势，进一步传承面临困难。在现代科学技术高速发展的背景下，对包括青铜器传统修复、复制技术在内的传统工艺进行科学化总结势在必行。

兽面纹马饰（修复前）

兽面纹马饰（修复后）

1178
VIII-198

# 国画颜料制作技艺

姜思序堂国画颜料制作技艺

申报地区或单位：江苏省苏州市

苏州姜思序堂国画颜料、书画印泥，是具有我国民族风格的传统文化用品，在中国文房“四宝”中享有特殊盛誉。

明清以来，苏州吴门画派名人辈出，传统中国画颜料的需求增大。明末清初，阊门都亭桥开出了一家制作传统颜料的姜氏“思序堂”店铺。由于其品种较全，选料讲究，研漂精细，制造精良，近代任伯年、吴昌硕、徐悲鸿、齐白石等著名画家不少传世名画上运用的颜料，多出于姜思序堂的乳钵之中。

姜思序堂国画颜料的生产原料可分为矿物性、植物性、动物性、金银和化工合成五大类。原料不同，制造方法各异：有的要椎磨，有的要浸泡，有的要取其实质，有的只需上提浮膘。即使同一原料也因有优劣品位之分，必须由艺人善加选择，才能使用。以花青颜料为例，其制作

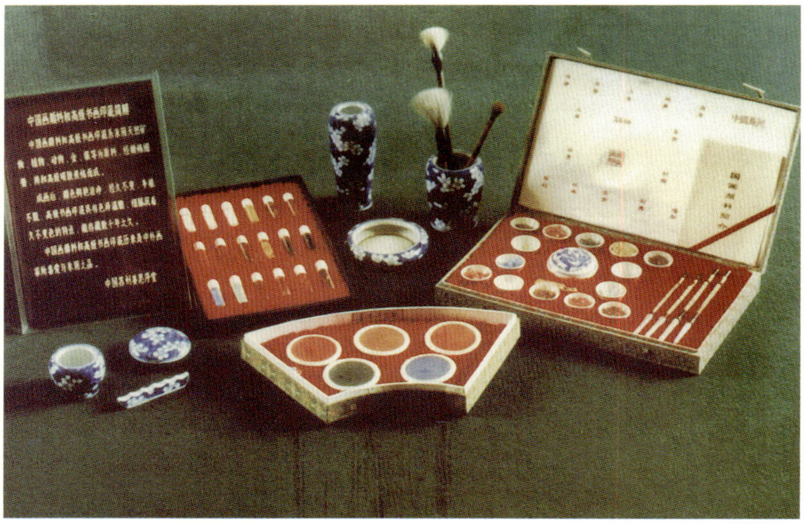

传统中国画颜料与五色印泥（苏州市民间文艺家协会　提供）

传统中国画颜料研磨乳钵与研浆工具
（苏州市民间文艺家协会　提供）

五色印泥（苏州市民间文艺家协会　提供）

工序就有粉碎、水漂、研磨、下胶、沉淀、革脚、煎煮、摊膏、剪膏、冷干、称量、包装等十多道工序，制作较为复杂。

姜思序堂国画颜料有着颜色鲜明、纯净光润、轻细若尘、入水即化、与墨相融、着纸能和、多裱不脱、经久不变的特点。书画印泥则有不渗油、不嵌章、耐晒、色泽庄重的特点。其工艺大多依赖手工，是一门独特的手工制作技艺。

1179
VIII-199

# 藏族矿植物颜料制作技艺

申报地区或单位：西藏自治区拉萨市

在西藏，制作和应用矿植物绘画颜料已有两千多年的悠久历史。自古以来，藏族绘画所用颜料都是从雪域高原本地的矿植物中提取。藏传颜料依靠其特有的千年不变的性能，用这些材料绘制的作品遍及以布达拉宫、古格王朝遗址等为代表的西藏全境的寺庙、古建筑里，虽经千年风吹日晒和岁月的侵蚀，却仍能完好保存。

藏传矿植物颜料色彩艳丽厚重，不褪色；植物颜料色泽纯正，耐光耐热，适用于寺庙的壁画、佛像和庙宇、房屋装修，尤其适合长期暴露在外的房屋图案装饰，在西藏占有极其重要的地位。

历史上藏传矿植物绘画颜料的加工技术主要分布在拉萨、日喀则、昌都、山南等地，多以壁画、唐卡画家个人、家族或画家组织自行加工制作的形式传承。但因历史原因，自20世纪中期已基本上无人制作或使用该颜料，使这一独特的生产工艺面临失传的境地。

藏族矿植物颜料制作流程

1180
VIII-200

# 毛笔制作技艺

周虎臣毛笔制作技艺
扬州毛笔制作技艺

## ■ 周虎臣毛笔制作技艺

申报地区或单位：上海市黄浦区

毛笔制作工艺非常繁复细巧，一支毛笔的制作要经过从选毫到刻字等五大流程七十多道工序。周虎臣毛笔制作技艺是以开创人周虎臣的名字命名，并由周虎臣笔墨庄（笔厂）在三百多年时间内积累而成的。

1694年，周虎臣后裔从江西到苏州开设周虎臣笔墨庄。上海开埠后，周虎臣笔墨庄又于1862年由苏州迁移到上海黄浦区。1958年，它前后合并上海十家著名笔墨庄，成立老周虎臣笔墨庄。1987年企业扩大规模成立了上海老周虎臣笔厂。历时300年，传承十一代。

周虎臣集众家制笔技艺于一身，并集各家之长，在继承传统技艺的基础上不断创新制笔技艺，从制作狼毫水笔，到制作羊毫、兼毫发展到制作狼毫书画笔等，结合海派书画家用笔特点，创造了制笔技法“健腰法”、“顶齐法”、“层峰法”、“精修法”和动物毛“配置法”，改善了毛笔的使用功能，表达出数百年来毛笔制作技艺的兼善而非独善的特色，把海派毛笔制作技艺推到了一个新的高度。

当前毛笔市场日趋萎缩，制作毛笔全都是手工活，繁复辛劳、社会地位低、工资待遇差，年轻人对学手艺活不感兴趣，久而久之毛笔制作业后继乏人，濒临危机。

《龙凤对笔》（为2008年北京奥运会特制，上海周虎臣曹素功笔墨有限公司提供）

毛笔制作工具（上海周虎臣曹素功笔墨有限公司　提供）

## 周虎臣毛笔制作技艺流程

制笔工序——水盆（上海周虎臣曹素功笔墨有限公司　提供）

制笔工序——刻字（上海周虎臣曹素功笔墨有限公司　提供）

## ■ 扬州毛笔制作技艺

申报地区或单位：江苏省江都市

《双料奏本》

《湘江一品》

中国毛笔制作技艺有宣笔、湖笔、水笔、李福寿毛笔“四大流派”。扬州毛笔（亦称“扬州水笔”）以其麻胎作衬而独树一帜。清史载：“扬州之中管鼠心画笔，用以落墨白描佳绝，水笔亦妙。”

扬州毛笔以狼毫、兔尖（兔背之毫）为主要原料，地产孔麻为辅料，工具多自制。其制作技艺十分繁难，分水盆、装套、旱作三个环节共一百多道工序，环环相扣，道道严谨。关键工序全凭艺人的手感、舌感和目测。笔尖粗细、长短、老嫩以及锋状均有讲究，工艺精致而富有韵味。学制扬州毛笔，由师傅口传心授，学者反复实践、揣摩，入门难，精通更难。

扬州毛笔，带水入套、涵水不漏，经久耐用；笔头笔杆，相得益彰；品格高雅，挺健韵致。代表作“湘江一品”，曾被誉为“笔中之王”。

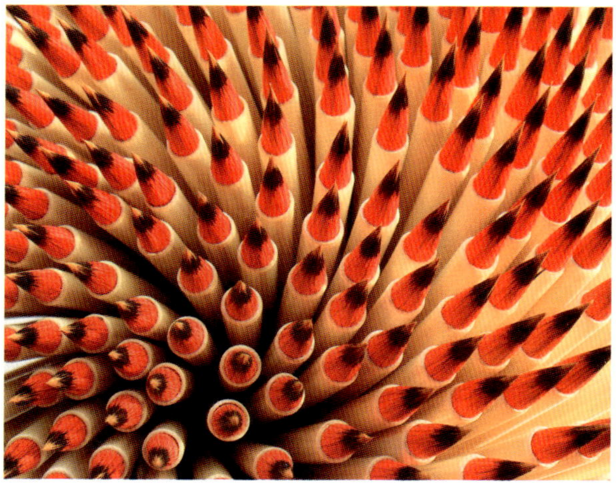

《红毛》

《双料写卷》

扬州毛笔（扬州水笔）工艺流程

配锋

配尾

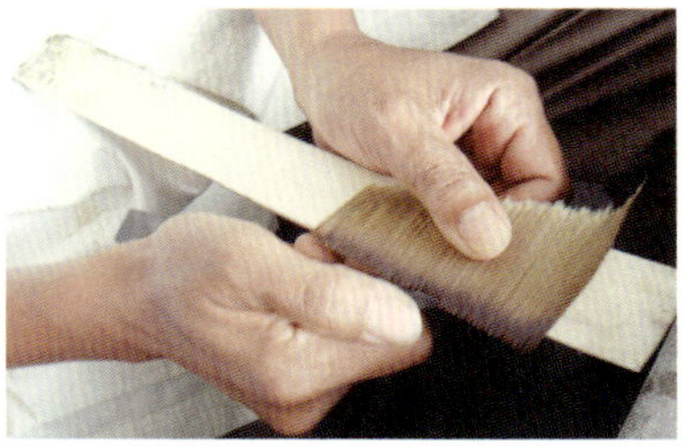
拨毫

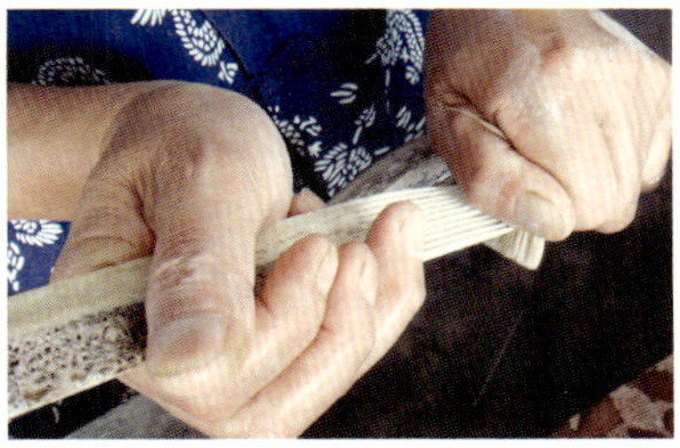
上尾

手感验

摊笔基

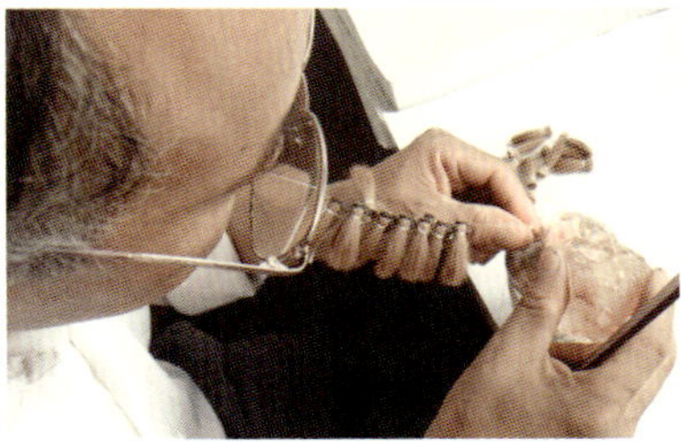
扎笔

整毫

扎二道线

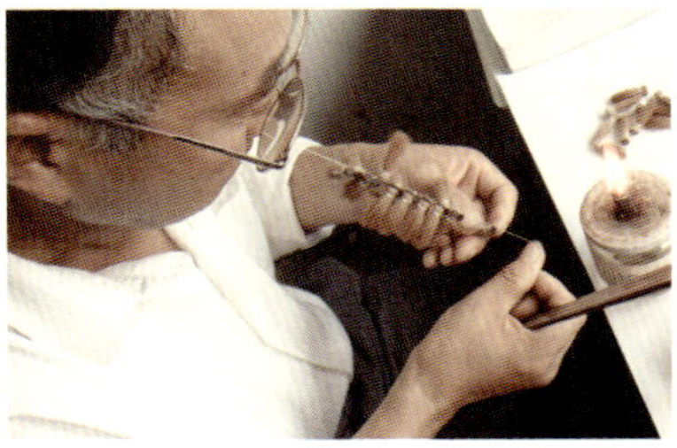
热收紧

焊配比

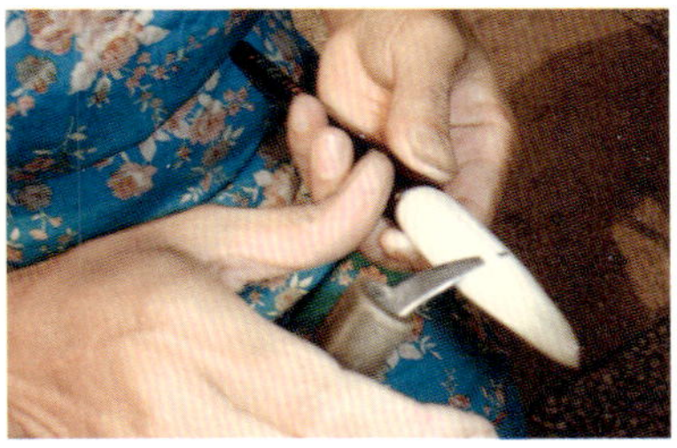
挑盖毛

1181
VIII-201

# 衡水法帖雕版拓印技艺

## 申报地区或单位：河北省衡水市桃城区

衡水市桃城区位于华北大平原腹地，美丽的衡水湖畔，这里刻制法帖的村庄有十多座，其中尤以阎庄最具规模，村民大多会法帖刻板拓印技术，帖品精美。鼎盛时期，除在本地立店销售，还销往天津、北京、山东、山西等地，仅北京琉璃厂就有十余家阎庄帖店，最著名的有“怡墨堂”、“墨宝斋”等。

明朝永乐年间，衡水阎庄一阎姓商贩穿州过府，善抓商机，获悉读书人爱好历代名家书帖，便将各地碑刻拓印，略事装裱，顺带发卖，见购者众多，而拓制碑刻不便，遂萌自刻法帖之心。在衡水就地取材，试用果木替代石板，屡试终获成功，即行刻制。之后，此技艺世代相传，一时衡水部分村庄成为法帖制作专业村。

衡水法帖雕版拓印工艺流程（白如廷　摄）

上墨

捶纸

下纸

衡水法帖无论是雕刻技艺还是拓印方法，堪称一绝，雕刻技艺陡刀立线娴熟流畅，再现原作之神韵，拓片形式样式繁多，蝉翼拓、乌金拓，精美绝伦。工序为：选稿定稿、选材加工、上板雕版、拓印装帧。

1182
VIII-202

# 古书画临摹复制技艺

申报地区或单位：故宫博物院

古书画临摹复制技艺——摹画

传统中国古代书画人工临摹复制技术是我国一项重要的传统手工技艺，有着悠久的历史和清晰的传承脉络。临摹古代书画珍本，长期以来，成为传承中国古代书画艺术、书画技法的重要手段。

建国后，故宫博物院成立文物修复工厂，聘请金仲鱼、郑竹友、冯忠莲、金禹民、陈临斋等大师进入故宫，临摹故宫收藏的国宝级书画文物。作品包括冯仲莲摹《清明上河图》、《虢国夫人游春图》，金仲鱼摹赵佶《听琴图》、郭熙《窠石平远图》、崔白《寒雀图》，陈临斋摹《韩熙载夜宴图》、胡環《卓歇图》、《花竹锦鸡图》，刘炳森摹马王堆出土西汉帛画等等，其中很多摹本已经被作为故宫的文物进行收藏。

《韩熙载夜宴图》（临摹复制品）

古书画临摹复制技艺流程

摹画勾稿

摹画落墨

摹画摹字

摹画做旧

这些大师在故宫传承技艺，培养了包括刘炳森在内的一批书画临摹大师，为中国的文物保护事业做出了贡献。古书画临摹技术主要包括勾稿、落墨、着色、做旧、题款及印章的摹制，摹制过程中完全使用传统工艺、传统材料，使所摹作品在最大程度上接近原件。

目前故宫博物院从事古书画临摹复制工作的专业技术人员年龄偏大，传承存在一定的困难。

摹画稿与原稿

1183
VIII-203

# 白茶制作技艺

福鼎白茶制作技艺

申报地区或单位：福建省福鼎市

福鼎市位于福建省东北部，处于闽浙交界地区，其独特的海拔、地势、土壤和气候环境，具有适宜白茶生产的自然条件。

福鼎太姥山是白茶的发源地，具有悠久的历史。唐陆羽《茶经》载："永嘉县东三百里有白茶山。"专家认为即福鼎太姥山。明代田艺蘅《煮泉水品》认为："茶者以火作为次，生晒者为上，亦更近自然。……生晒茶沦于瓯中，则旗枪舒畅，清翠鲜明，大为可爱。"其制茶用日晒干燥法和

白茶制作流程

福鼎白茶制作技艺之一

福鼎白茶制作技艺之二

福鼎白茶制作技艺之三

福鼎白茶制作技艺之四（复式萎凋）

福鼎白茶制作技艺之五

福鼎白茶制作技艺之六

对鲜叶采摘标准与制茶工艺，被认为是白茶制作的雏形。

现代白茶工艺盛于清代福鼎，清周亮工在《闽小记》中记载："太姥山古有绿雪芽，今呼白毫，色香俱绝，而成尤以鸿雪洞为最。"说明福鼎白茶的出现历史相当久远。据记载，1857年，福鼎点头柏柳的陈焕、张吓钦移植家中繁殖，清代光绪元年（1875）由周开陈再移植、传播到黄岗，制造白茶的历史由福鼎开始。

绿雪芽母树

福鼎白茶因成制品芽头肥壮，满披白毫，如银似雪而得名，制作中不炒不揉，文火足干，以适度的自然氧化，而保留了丰富的活性酶和多酚类物质。其初制原理和工艺规程主要为萎凋和干燥两道工序。白茶初制工艺流程：鲜叶—萎凋—堆积—干燥—拣剔。精制工艺流程：毛茶—拣剔（手拣）—正茶—匀堆—烘焙—装箱。受气温影响，白茶制作技艺分为正常气候初制和不正常气候初制。福鼎白茶的制品主要有白毫银针、白牡丹、贡眉（寿眉）以及新研制的工艺白茶等品类。

1184
VIII-204

## 仿膳（清廷御膳）制作技艺

申报地区或单位：北京市西城区

北京市仿膳饭庄是经营宫廷风味菜肴的中华老字号餐馆，位于北海公园漪澜堂、道宁斋等一组乾隆年间兴建的古建筑群中，1925年由原清宫御膳房的几名御厨创办。“仿膳”，意为专门仿照宫廷御膳房的方法制作菜肴和点心等食物，至今已有85年的历史。

仿膳饭庄是清廷御膳的研究整理、继承创新、经营保护单位，在几十年的经营中，始终保持了宫廷风味的特色。为了挖掘和研制宫廷名菜，仿膳饭庄派人多次前往故宫博物院，在浩繁的御膳档案中整理出乾隆、光绪年间的数百种菜肴。其中凤尾鱼翅、金蟾玉鲍、一品官燕、油攒大虾、宫门献鱼、溜鸡脯等最有特色；名点有豌豆黄、芸豆卷、小窝头、肉末烧饼等。1979年，经过挖掘、整理，仿膳饭庄在国内首家推出了清廷御膳，引起世界各国饮食界的广泛关注。御膳选用山八珍、海八珍、禽八珍、草八珍等名贵原材料，采用满族的烧烤与汉族的炖焖煮等技法，汇南北风味之精粹，丰富多彩，蔚为大观。

仿膳（清廷御膳）制作技艺传承场所仿膳门头（北京市仿膳饭庄有限责任公司　提供）

御膳菜肴制作（北京市仿膳饭庄有限责任公司　提供）

清廷御膳宴席（北京市仿膳饭庄有限责任公司　提供）

佛手鱼翅（北京市仿膳饭庄有限责任公司　提供）

金蟾望月（北京市仿膳饭庄有限责任公司　提供）

1185
VIII-205

# 直隶官府菜烹饪技艺

申报地区或单位：河北省保定市

炒代蟹

直隶是河北省在清朝及民国时期的旧称，保定为督府所在地，清雍正二年（1724）至宣统八帝187年中，有74人99任次担任直隶总督。来自不同地区的总督带来四面八方的饮食文化和烹饪技艺，使直隶官府菜融会贯通，菜肴的结构和筵席形成了特殊风格，选料上主要以保定当地特色原料入馔，口味上以咸香为主但兼具多味，制作上工艺精湛、工序完整、流程严谨、烹法多变，有独到之处。

直隶官府菜源自民间又具有贵族型格，既有本土特色又兼容天下食风，鼎盛于清代至民国，流行于京师附近的“直隶省”（今河北保定一带）却又影响过整个北方菜系，是较为特殊的系列肴馔。

自18世纪初（1724）至20世纪中叶，南北饮食文化交融，直隶官府菜兼收并蓄，进入快速发展时期。从19世纪中叶起，退休返乡的直隶官厨开始兴办培训作坊，培养大批厨师，民间大型饭庄兴起，以烹饪官府菜为荣。

目前，通过对直隶官府饮食文化进行挖掘、整理，直隶官府菜得以继承和发展。

锅包肘子

鸡里蹦

李鸿章烩菜

1186
VIII-206

## 孔府菜烹饪技艺

申报地区或单位：山东省曲阜市

孔府菜是孔子后裔在长期的生活实践中形成的一种独具特色的官府菜系，秉承孔子“食不厌精，脍不厌细”的饮食观念，凝聚着儒家文化特色和底蕴，是中国饮食文化中具有丰富内涵和艺术特质的美食文化瑰宝。

孔府菜的历史可追溯到公元前272年，历代传承不绝，创新不断。到19世纪末和20世纪初，孔府菜已形成了色、香、味、形、器、意独具一格的菜系。孔府菜用料广泛，做工精细，善于调味，讲究盛器，烹饪技法全面，制作程式复杂。在诸多技法上，尤以烧、炒、煨、靠、炸、扒见长。其风味特色则是清淡鲜嫩，软烂香醇。而盛器和用餐桌椅更是华贵奇巧，精美绝伦，仅御赐“满汉全席”银质餐具就有404件。

孔府菜的形成，不仅直接影响了中国四大菜系中鲁菜一系的形成，由于孔府在历史上“与国咸休”的政治经济地位，孔府菜不仅吸纳了宫廷菜的特色，更是荟萃了全国各地地方菜的精粹，对于丰富中国饮食文化，保存和研究中国烹饪技艺和历史沿革，丰富儒家文化内涵，扩大儒家文化的对外影响都具有重要的历史意义和时代价值。

孔府宴席面（陈文　摄）

四喜蒸饺（陈文　摄）

一品寿桃（陈文　摄）

诗礼银杏（陈文　摄）

太极双拼（陈文　摄）

1187
VIII-207

# 五芳斋粽子制作技艺

申报地区或单位：浙江省嘉兴市

年轻的新一代五芳斋裹粽粽艺师（屠丽辉　摄）

五芳斋粽子制作技艺发祥于浙江省嘉兴，并辐射至长三角流域，是中国传统食品制作技艺的典型代表。

民国初年，张锦泉在嘉兴城区北大街孩儿桥堍设摊卖粽子，因粽子外形和口味独特而深受欢迎。1921年，张锦泉在嘉兴城内张家弄口开了首家“五芳斋”粽子店，并凭借着精湛的制作技艺逐渐驰名江南，被誉为“粽子大王”。

五芳斋粽子的传统制作技艺，主要分为选料、浸米、煮叶、制馅、打壳、包裹、扎线、烧煮等36道工序，并形成了五芳斋特有绝活和独门秘方，造就了五芳斋粽子“糯而不糊、肥而不腻、肉嫩味香、咸甜适中”

五芳斋产业园裹粽车间（五芳斋集团　提供）

五芳斋粽子技艺师正在表演制粽技艺（屠丽辉　摄）

2000年位于建国路上的重新装修后的五芳斋总店（五芳斋集团　提供）

的显著特征，成为江南粽子的典型代表。目前，五芳斋粽子品种有鲜肉粽、豆沙粽、火腿粽、蛋黄粽、栗子粽、枣泥粽、南湖菱粽等数十个品种。

五芳斋粽子制作技艺具有较高的食用价值、文化价值和经济价值，其核心在于将老字号品牌文化和传统技艺进行了紧密结合，充分体现了粽子这一民族食品的独特魅力。然而，在现代化的进程中，传统的粽子制作技艺仍不可避免地濒临危机。一方面，粽子生产出现集约化、商品化趋势，家家户户包粽子的景象已成为历史，绝大部分年轻人不会包粽子；另一方面，在企业内部，生产自动化程度不断提高，传统粽子手工技艺的传承已经出现了严重危机，急需采取各种措施加以保护。

1188
VIII-208

## 北京四合院传统营造技艺

申报地区或单位：中国艺术研究院

北京四合院传统营造技艺是采用传统木、瓦、石、砖等传统材料和北方传统匠作做法的民居营造技艺，其营建工序复杂，工艺讲究，体现了北方民居的建造理念和技术水平，是研究民居建筑文化的重要内容。

北京四合院是一种合院式住宅，是北京老城的基本组成单位。自元代起奠定格局，明清两代形成以倒座、垂花门、抄手游廊、正房、东西厢房和后罩房等组成的四合院布局。北京四合院因其形制规整，适应性强，成为四合院住宅的典型和代表。

北京四合院传统营造技艺流程

砖作施工（赵玉春　摄）

油漆彩画作施工（赵玉春　摄）

四合院施工场景（杨莽华　摄）

方家胡同某院正房（赵玉春　摄）

北京四合院的营造蕴含着丰富的文化理念。院落的进深、开合，及大门、影壁、屋饰等细节上，均鲜明地反映了古代民居的等级色彩。家庭成员及仆佣分别住在正房、耳房、厢房、倒座房，通过建筑的位置、朝向、宽窄、高低不同体现着地位和等级的差别，各向房屋又连接为统一的整体，尊卑有序，折射出传统社会家庭组织的伦理内涵，具有重要的社会学意义。北京四合院的灰墙灰瓦构成了北京城的基本城市色彩，形成了京城特有的民居文化情调。

随着北京城市建设的迅猛发展，新中国成立后北京四合院遭到很大破坏，其营造技艺因现代建筑方式的冲击也日渐失传，保护北京四合院传统营造技艺已成为当务之急。

1189
VIII-209

# 雁门民居营造技艺

申报地区或单位：山西省忻州市

雁门民居营造技艺传承人杨氏画作（白翔　摄）

雁门古建筑营造技艺分布在晋北历史文化名城代县及其周边地区，著名的雁门关就在这一区域内。晋北地区目前保留的辽代木结构建筑较多，这些建筑与我国唐代建筑的风格一脉相承，比如屋檐出挑进深大，屋角起翘平缓厚重，木构件硕大结实等等。这些建筑的特征和营造技艺，对晋北地区以后的传统木结构建筑的营造都产生了深远的影响。

代县杨氏木匠家族是这一地区传统木结构建筑营造技艺的传承者，其祖先是南宋杨家将镇守三关时的随军木匠，专门制作兵器、寨堡、城门、关楼、武庙、钟鼓楼等等，其传统木作营造技艺代代相传至今。在代县境内，现存年代最久远的杨氏木匠家族营造的传统木结构建筑——文庙和边靖楼，虽历经五百余年风雨和多次地震等自然灾害，但大木构架仍然保持完好，足见其工艺的精湛。

雁门杨氏门徒只有15人，由于现代建筑艺术和室内装潢艺术的冲击，传统木结构建筑的市场需求逐渐萎缩，杨贵庭师徒时常不得不依靠其他方式维持生计，杨氏家族所掌握的极具地方特色的传统木结构建筑营造技艺的传承面临着危机。

雁门民居营造技艺流程（白翔 摄）

测量

雕刻

斗拱制作

1190
VIII-210

# 石库门里弄建筑营造技艺

申报地区或单位：上海市黄浦区

石库门里弄民居因其乌漆厚木大门由花岗岩石板条组成的门框紧箍，又因如官府仓库而得名。最早的石库门为上海宁波路兴仁里，建于同治十一年(1872)，至今已有130年历史。石库门是近代70%上海市民的基本民居。

石库门里弄建筑营造技艺在建筑上具有较高的艺术价值。它的建筑格局继承了江南民居传统中轴线的形式，外墙为不施粉刷的清水砖墙，屋顶覆盖青瓦，风格慧洁、朴实。石库门位于中轴线起点中央，纵深相继为天井、客堂和东西厢房、楼梯间、厨房（俗称“灶披间”）、后门。楼梯至二楼的拐弯处为亭子间。二楼前面为客堂楼和东、西厢房楼。布局紧凑，居住舒适，建筑结构方式为江南民居传统的穿斗式。

石库门是上海近代历史的缩影。它涉及近代历史、政治、经济、文化、民俗等领域，积淀了深厚的历史文化内涵，具有很高的历史价值。在艺术方面，它除了建筑外，还涉及石刻（大门门楣）、木雕（门窗和栏

石库门里弄建筑营造技艺——龙门村

石库门里弄建筑营造技艺——尚贤坊

石库门里弄建筑营造技艺——花园里弄住宅区

杆）、书法（里弄名称“门匾”）、金属工艺（总弄铁门、铜制门环）等，均具有较高的艺术价值。不少石库门在保持外观原貌的基础上，室内生活设施也加以改造。新天地和泰康路田子坊已经由传统石库门开发为现代化的文化创业区和休闲娱乐区，成为当前上海的著名景观。随着社会发展、人民生活的提高以及城市建设步伐的加快，传统陈旧的石库门逐渐被高层住宅取代，其营造技艺也面临濒危。因此，保护、传承石库门里弄建筑营造技艺这一宝贵而独特的文化遗产已成为当务之急。

1191
VIII-211

# 土家族吊脚楼营造技艺

申报地区或单位：湖北省咸丰县

土家族吊脚楼营造技艺——三层吊脚楼

吊脚楼是土家族人民十分喜爱的传统民居。湖北省咸丰县是武陵土家族地区现存吊脚楼实体最多、建造技艺传承最好的县。

咸丰有着吊脚楼建造的悠久历史和独特技艺。从选择屋基、备料、立屋，一直到装饰完毕，都有完备的程序和不同的技法。特别是“高杆”定位的发明，“穿斗式”房屋构架，“冲天炮”立柱的建造，十分巧妙地解决了线面、角度、承重等建筑中的难点问题，是几何学、力学的自然运用。悬

弧形廊栏

空修造的吊脚楼，解放了地面，克服了山地民居建造与狭窄空间地貌的突出矛盾；“翘角挑”的采檐，“龛子”（走廊）的配置，则使吊脚楼的外观形式产生根本变化，打上了鲜明的地域烙印；而“看风水”、“拜山神”、“祭鲁班”、“砍梁木”、“说福事”等众多民俗事项在吊脚楼建造中的大量出现，充分展示了土家族浓郁的乡风民俗；还有廊栏、门窗、柱础、挑方上的花纹图案，无不生动彰显着咸丰土家族地区丰厚的文化底蕴。

咸丰吊脚楼建造技艺是随土家族的历史发展逐步丰富并成熟的，见证了土家族的发展历史，凝聚着土家族人民的聪明智慧，它是十分珍贵的民族文化遗产，理应得到有效保护和良好传承。

土家族吊脚楼营造技艺流程

立排扇

斗排扇

上梁（杨华林　摄）

## 申报地区或单位：湖南省永顺县

湖南省永顺县土家族吊脚楼（又称“转角楼”）建造技艺是土家族人民在长期社会生活中创造的具有民族特色的传统手工技艺，被专家学者称为古建筑的“活化石”。

转角楼的建造，源于春秋战国，兴盛于唐宋，彭氏政权统治湘西后，转角楼开始全面发展。清雍正年间解除梁柱、盖瓦之禁，转角楼又广泛流布。新中国成立后，人民居住条件有较大发展，转角楼的建造技艺达到顶峰。但是，随着社会进程的加快，转角楼逐渐被现代建筑所取代，传承区域及传承人严重萎缩，目前，这一传统建筑仅分布在永顺县泽家、石堤、车坪、颗砂、芙蓉等少数乡镇，传承人减少且后继乏人，传承活动难以为继。

转角楼的建造技艺工序很多，主要有：备料、加工、排扇、上梁。土家族转角楼多为木质结构，干栏式建筑，飞檐翘角，四面均有走廊，悬出的木质栏杆上雕有万字格、亚字格、四方格等象征吉祥如意的图案。悬柱有八棱形、六棱形、四方形，底部

湘西土家转角楼（卢瑞生　摄）

即将竣工的转角楼（卢瑞生　摄）

双吊式转角楼（卢瑞生 摄）

正在建设中的转角楼（卢瑞生 摄）

转角楼梁柱（卢瑞生　摄）

雕刻有绣球、金瓜等各种图案；窗棂刻有双凤朝阳、喜鹊嗓枝、狮子滚绣球以及牡丹、菊花等各种花草，古朴雅秀，美观实用，具有鲜明的个性和手工技艺的特色。

转角楼的形式多种多样，主要有单吊式转角楼、双吊式转角楼、四合水式转角楼等，具有无坎不成楼、无瓜不成趣、不转不成楼等建筑特征。结构独特，形式活泼，是集建筑、绘画和雕刻等艺术为一体的珍贵的民间艺术结晶，也是中国建筑艺术史上的杰出代表。

## 申报地区或单位：重庆市石柱土家族自治县

重庆吊脚楼营造技艺系流传于重庆主城以及部分区县的传统建筑技艺。它历史悠久，最早可追溯到东汉以前，多数修建于南宋至20世纪三四十年代。

吊脚楼因地制宜而建，以房屋撑柱悬空不落地为主要特征。吊脚楼立于平地，吊脚半边楼建于倾斜度较大的山坡上，后半边靠岩着地，前半边以木柱支撑，楼屋用当地盛产的木材建成。坡面开成上下两级屋基，下级竖较长柱，上级竖较短柱，使前面半间楼板与后面半间地面平行，形成半边楼。木柱木墙木楼板，楼皆建于数米高的石保坎上，房架

酉阳县龚滩古镇的吊脚楼（阿蛮　摄）

綦江县东溪古镇的吊脚楼（周毅　摄）

高6—7米。每排柱的最外一根自上而下截齐上屋基处，形成吊脚柱，“吊脚楼”因此得名。

在石柱土家族自治县，吊脚楼分布十分广泛，特别是在七曜山区、方斗山区和河谷老街最为典型，当地又称之为“干栏”、“千柱落地式”或“转角楼”。它是民族建筑工艺的奇葩，是优秀的土家民族文化遗产。土家族吊脚楼营造工艺科学、构思巧妙、布局合理。营造时充分利用当地石、木材料，飞檐翘角，穿料勾心，牢固防震。土家族木匠用他们的智慧，利用手中的斧子、锯子、墨斗和凿子等工具，精心打造，将分散的木柱、木方和木板组合为牢固的楼屋。吊脚楼有堂屋、厢房或地正屋、厨房和火塘，楼上是住房，吊脚柱下边是圈舍和柴房。

随着社会发展和人们居住理念的改变，以及重庆地区旧城改造，重庆吊脚楼建筑技艺文化的延续和实物保护都面临着极其严峻的挑战。

1192
VIII-212

# 维吾尔族民居建筑技艺

## 阿依旺赛来民居营造技艺

### 申报地区或单位：新疆维吾尔自治区和田地区

有一百多年历史的皮山阿依旺赛来民居（楼望皓　摄）

维吾尔族阿依旺赛来民居主要分布在沿塔里木盆地沙漠边沿的城镇和农村，特别是塔里木盆地沙漠南沿的于田、墨玉、民丰、皮山、和田、莎车、喀什等地。

阿依旺赛来是和田维吾尔族典型民居建筑形式，“阿依旺”是指房顶中间凸出的方形的建筑，含有明亮、透风的意思；“赛来”是指这种建筑里的客厅或招待客人的地方，整体建筑称为“阿依旺赛来”。

阿依旺中的空间一般分为两个部分，即敞开的庭院空间和封闭的居室空间。阿依旺是一个封闭型、内庭式的平面布局，居室空间由兼作起居的客房、餐室、后室、储藏室、淋浴室等小间组成。面向庭院的居室前多设有外廊，底层外廊多设有实心的不能加热的炕，即“束盖”，供户外起坐。阿依旺赛来没有明确的中轴线，平面上的布置也非常灵活，庭院和建筑面积不固定，可大可小，根据人口和经济条件来定。

建设中的阿依旺赛来民居（楼望皓 摄）

和田阿依旺在建筑装饰方面，多采用虚实对比，重点装缀的手法。廊檐彩画、拼花砖、木雕以及窗棱花饰，多为花草或几何图形。其装修主要在廊柱、阿依旺的侧窗等部分，以木雕造型为主，雕刻精巧。

维吾尔族阿依旺赛来民居建筑营造技艺以师传为主，从事者均为男性，没有文字记载，以口传心授的方法代代相传。随着现代民居建筑形式的推广和普及，经验丰富的民间匠人减少，传统的阿依旺赛来民居营造技艺处于濒危境地。

木工细作（楼望皓 摄）

天窗的图案 （楼望皓 摄）

# 传统医药

第三批国家级非物质文化遗产名录

1193
IX-18

# 壮医药

壮医药线点灸疗法

申报地区或单位：广西中医学院

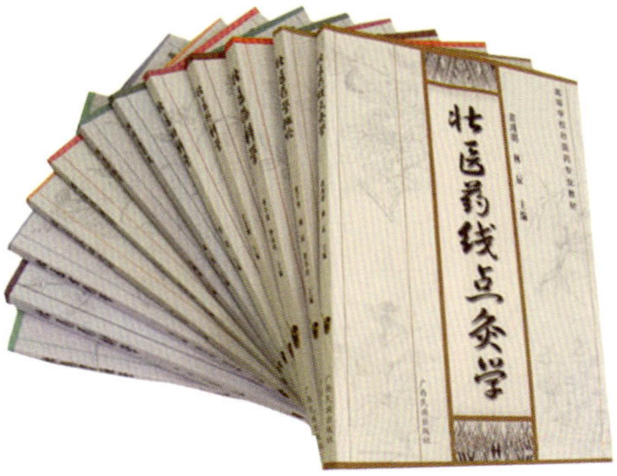

《壮医药线点灸学》书影

壮医药是壮族人民的传统医药。它是在古代骆越文化和岭南文化的背景上，以阴阳为本，巧坞（脑）主神，人天地三气同步，脏腑骨肉气血为体，气道、谷道、水道“三道”和龙路、火路“两路”为用的民族传统医药。

药线点灸是壮医药外治法之一。壮医所用的药线由苎麻搓成，直径0.25毫米、0.7毫米、1毫米不等，用药水浸泡后干燥备用。使用时将药线点燃，点灼患者体表穴位，以达到疏通龙路、火路的目的，具有祛风通痹、止痛止痒、活血化瘀、消肿散结等作用。这种疗法，苎麻药线与浸泡的药水，均就地取材，草药药水的处方组成，按壮医理论处方。所取穴位有梅花穴、莲花穴、长子穴（均拟其形象）和经验穴等，也可用中医针灸穴位。

全国壮族人口共一千六百多万人，主要分布于广西壮族自治区和云南省文山壮族自治州境内。壮医药的应用，以壮族群众为主，周边的苗、瑶、侗等民族，也交流交叉为用。壮医药线点灸疗法，因应用方便，疗效较好，已作为农村适宜技术向全国推广。

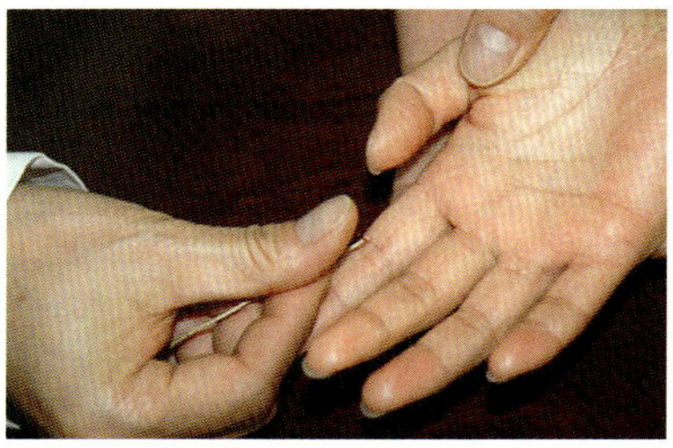

壮医药线点针灸

线点针灸用具

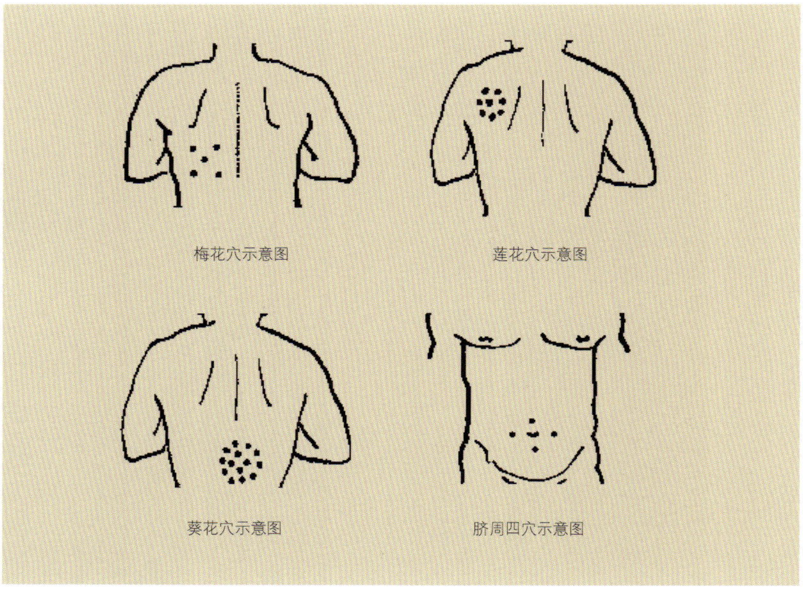


线点针灸穴位图

1194
IX-19

# 彝医药

## 彝医水膏药疗法

**申报地区或单位：云南省楚雄彝族自治州**

彝医药是彝族人民的传统医药，分布于云南楚雄和四川凉山等地。彝医学将天地元气分为清浊二气，蕴生金木水火土五行作为基本物质。人体以清气络胸、腹、五脏，以浊气循肌表、腹、背，上下六气贯通，制衡内外邪毒。这是彝族人民对生命和健康的认知，成为彝医学的基础理论。

彝族药材（楚雄州彝族医药研究所　提供）

马先蒿

赊其景

黄射干

金盘托荔枝

水膏药疗法是一种清热解毒的外治法。彝族地区气候湿热，虫虺蚊蚋为害，瘴疠疫气为毒，疖肿痈疽时有发生。水膏药疗法用井水或冰水、雪水（在冬天或从高山收集后贮于瓦罐内备用）调和草药，敷于患处。当疖肿疮毒尚未破溃时，将一种或多种草药切碎捣烂，加井水或冰水、雪水调成糊状，敷于红肿热痛部位，外用纱布包住，1—2天更换一次。所用草药，如青叶胆、地胆、迎春花、野菊花等，加上水性透凉，具有清热、解毒、消肿、镇痛的作用。

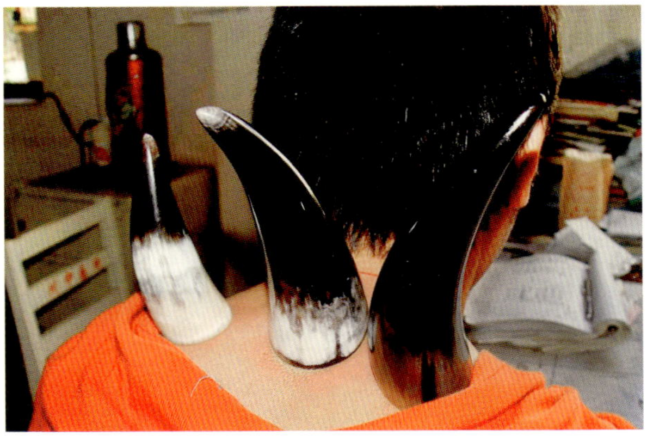

彝医诊疗——角罐（楚雄州彝族医药研究所　提供）

1195
IX-20

# 傣医药

睡药疗法

申报地区或单位：
云南省西双版纳傣族自治州、德宏傣族景颇族自治州

傣族贝叶医药典籍（段其儒　摄）

傣医药手抄本（段其儒　摄）

傣医药是傣族人民在总结本民族传统医药经验的基础上，吸取和借鉴印度古典医学和中医学知识，形成以“四塔、五蕴”（土、水、火、风谓之“四塔”，色、识、受、想、行谓之“五蕴”）和“解药理论”为核心的传统医学体系。

睡药疗法是傣医药传统外治法之一，主要用于治疗中风、风湿病及高热昏厥等病症。它分冷睡和热睡两种。冷睡疗法治热病，热睡疗法治寒病。冷睡疗法即根据病情所需，选择相应的处方，采集傣药鲜品切碎捣烂（也可用干品），加入适量的药酒、旱莲草汁拌匀后，把药平摊在睡药床上，让患者睡在药上，然后将余药均匀地包敷周身（除颜面部外），再用布包裹。一次治疗时间视病情而定，具有清火解毒、退热镇惊、除风止痛、保护

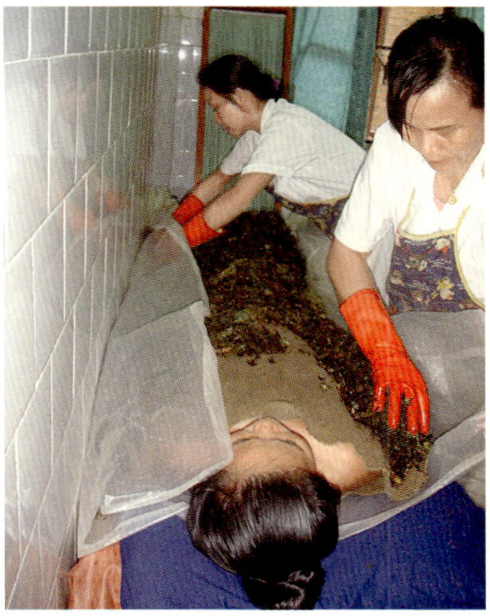

傣医药疗法（段其儒　摄）

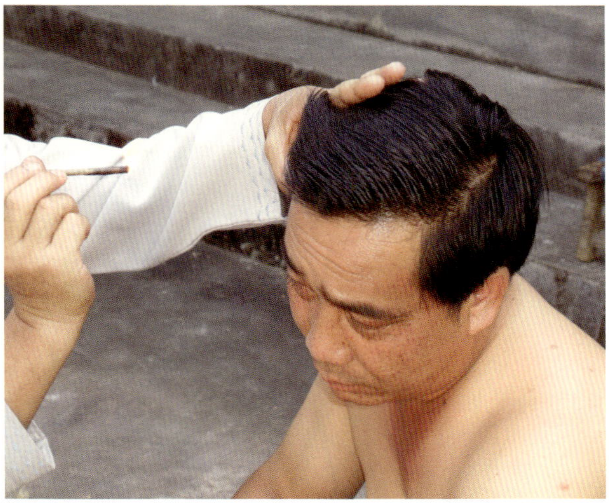

傣医药疗法

傣医药植物药材采集

脏器之功，用于治疗发热性疾病出现高热不退、惊厥抽搐、神昏谵语、类风湿病、痛风、周身关节肌肉红肿热痛等病症。热睡疗法针对寒病，按病情所需，配备相应的傣药鲜品或干品，置于锅内，加适量水和酒，炒热后平摊在睡药床上，待温度适中，让患者平睡在药上，再取余药包裹周身（除颜面部外），用布包住，覆盖被褥，一次约三十分钟左右（视其体质和病情而定），令其发汗，以达到开汗孔、通气血、除风毒、止疼痛的目的，用来治疗风湿病、中风偏瘫后遗症、月子病、老年性腰腿痛等。

我国傣族人口共有116万，主要分布在云南省西双版纳傣族自治州和德宏傣族景颇族自治州。傣医“四塔、五蕴”学说与佛教教义有密切关系。睡药疗法符合傣医理论和群众习俗，药物就地取材，资源丰富，使用方便，具有广泛的应用推广价值。

1196
IX-21

# 维吾尔医药

维药传统炮制技艺
木尼孜其·木斯力汤药制作技艺
食物疗法
库西台法

## ■ 维药传统炮制技艺

申报地区或单位：新疆维吾尔医学高等专科学校

民间维医在制药

维吾尔医药是维吾尔族人民的传统医药。它是在积累和发展本民族医学的基础上，汲取东西方不同地区和民族医药文化之精华，从而形成了具有维吾尔民族特点的传统医学体系。维吾尔医药学是以爱尔康（四大物质）学说、密杂吉（气质）学说、合立体（体液）学说等为基础，以辩证论治，按整体对个人、对症候的一整套诊治疾病原则、治疗技术和用药方法为主的传统医药。

维药（维吾尔药）传统炮制技艺是根据维吾尔医药学基础理论，按照医疗、调剂、制剂、储藏等需要，对维吾尔药材进行各种加工处理的一项技术。维吾尔药物不论来源于植物、动物或矿物，大多数都有恶心、呕吐、泻下、头痛等不良反应。为纠正药材的不良反应、提高疗效，通过炮制，调整药性、降低毒性、增强疗效，以满足做药要求，并经过加工炮制，方能应用。维吾尔医药炮制法有净选、切制、干燥法、炒法、去毒法、库西台法、炙法、水蒸馏法、取汁法、取油法、浮沉法、取膏法、研磨法等二十多种，炮制工艺有简有繁，有严格的操作程序。

埋沙疗法

## ■ 木尼孜其·木斯力汤药制作技艺

### 申报地区或单位：新疆维吾尔自治区和田地区

维吾尔医药是维吾尔族人民的传统医药。维吾尔医药根植在西域这片广阔的土地上，几百年来，维吾尔族人在漫长的生产、生活中与病魔斗争，总结维吾尔医药精华，不断提炼形成了比较完整、具有特色的传统医药理论体系。维吾尔医学治疗原则是调整气质、平衡体液，是临床治疗的根本原则。

维吾尔医药木尼孜其汤药（致病体液成熟剂）——木斯力汤药疗法是维吾尔医学"依拉吉"（治疗）学说中的治疗方法之一，系指治疗体液型气质失调疾病之前，为了使致病体液成熟首先应用的一种治疗方法。

木尼孜其汤药（致病体液成熟剂）——木斯力汤药（致病体液清除剂），该处方中的药物经过凉水（热水）浸泡数小时后，加热煮成汤药，口服使用。

维吾尔族人口共八百多万，主要分布在新疆维吾尔自治区。维吾尔医药的应用，以维吾尔族群众为主，汉族、哈萨克族、柯尔克孜族、塔吉克族、回族等民族也在使用。维吾尔医制作木尼孜其·木斯力汤药技艺简单，使用方便，符合治疗维吾尔医所有体液型气质失调疾病。

植物药材

诊法

## ■ 食物疗法

### 申报地区或单位：新疆维吾尔自治区莎车县

维吾尔医药非常重视同人体健康有直接关系的饮食疗法，注重进食的时间和营养成分之间的关系。维医根据人们所摄取的食物的营养成分，将食物分成5类。按照食物的营养成分和冷性、中性、热性，在生活中一日三餐合理安排饮食。维吾尔人的主食是以小麦、大米为主。蔬菜是以胡萝卜、洋葱、大白菜等为主，四季不断。

在食疗中把食品烹调的味美和营养结合起来，形成了维吾尔人别具一格的饮食文化。“抓饭”是维吾尔族人民喜爱的饮食，也是食疗的一个代表。它是集大米、羊肉、胡萝卜、洋葱、植物油及其他调料于一体加工而成的一种饭食，具有色、香、味及营养齐全的特点，是有很高营养价值的食疗用品。“恰玛古”是维吾尔药中保肺壮身之佳品，在民众的饮食中长期沿用，是老幼皆可吃的滋补上品，特别是老人视其为饱肚腹、解疾患的长寿圣果。

抓药

煎煮药剂

新疆有“瓜果之乡”的美称，各种时令瓜果四季不断。天然的瓜果是维吾尔人食疗的重要资源。在众多的瓜果中，维吾尔人对甜瓜、无花果、葡萄、杏、核桃、桑葚等尤为偏爱。维吾尔人不但喜食瓜果，而且把这些瓜果当做保健滋补品。在生活中他们长期食用核桃，实践证明对降低血清胆固醇、防治心血管病等病症有良好的效果。杏、桑葚、大枣也是维吾尔人常用的食品。杏含有丰富的矿物元素，有防癌、抗癌作用，享誉国内外。桑葚有补肝益肾、养血生津、滋阴壮阳和乌发的功能。大枣能“补中益气，坚志强力，久服不饥”。悠久的饮食传统习俗，健康的生活习惯，科学的饮食调配，是许多维吾尔人长寿的重要原因。维吾尔医药食物疗法学经过漫长的历史积累，为东西方医药学的发展做出了重大的贡献。

## ■ 库西台法

申报地区或单位：新疆维吾尔自治区维吾尔医药研究所

维吾尔医药学具有悠久的历史，鲜明的地域特色和民族特色，独树一帜的基础理论和丰富的临床经验，在我国传统医学宝库中占有重要的地位。

“库西台”维吾尔语直译为烧或致死，系指用一定的器具和辅料或配料，将药物加热炼药的方法，主要分为：1. “各立衣克买提”泥封闭炼法：该法也称“装瓶炼法”，系指将药物装入瓶内，瓶口盖好，瓶口、瓶外均用红赤土、小麦或大麦粉、动物毛发、布条、纸条、蛋清等做的“各立衣克买提”泥封闭，温火加热炼药的方法。此法多用于炼黄金、朱砂、水银、蛋壳、贝壳、宝石、信石、硇砂、吉多果化石、生铁

当地群众购买药材

等。2.“各立衣克买提”泥包药炼法：系指将药物直接用“各立衣克买提”泥包好后，温火加热炼药的方法。此法多用于炼巴豆、蓖麻子、肉豆蔻、芦荟、轻粉等。3.锅炼法：系指将药物直接放入锅内，温火加热炼药的方法。此法多用于炼明矾、硼砂、珊瑚、珍珠、铜、石膏、信石、硫磺、硝石等。4.烟化炼法：系指将药物加热、产生烟气，并将固体化的烟气刮下来备用的方法。具体方法如下：将药物研磨成细粉，置于锅内，加热发黄后盖上一个碗，锅与碗接触处放3层浸盐纸条，并用黏土泥封闭；再用沙子填至锅口为止，碗底放两粒大米，并用两块土块压上；先用温火加热1小时，并逐步增加火力，碗底大米发黄时，减低火力，继续用温火加热至大米发黑时停止加热，将沙子、黏土泥取下后把碗内药粉用刀刮下来备用。此法多用于炼水银、朱砂、雄黄等。5.加热滴馏法：系指将药物置于锅内，加热，使药物有效成分滴馏的方法。具体方法如下：将药物放在有小洞的瓶内，下面对准馏药罐，药瓶周围加热，使药溶化馏到馏罐瓶内。此法多用于炼轻盐、食盐、硇砂等。

库西台法主要有以下6种功效：1.降低或消除药物的毒性或副作用；2.改变和缓和药性和性级；3.提高疗效；4.便于调剂、制剂和保存；5.保证药物的纯净度；6.便于服用。

维吾尔医药以独特的疗法和疗效为保障各族人民的身心健康发挥了重要作用，为各民族人民繁荣昌盛做出了重要贡献。

# 民俗

第三批国家级非物质文化遗产名录

1197
X-122

# 中元节

潮人盂兰胜会

申报地区或单位：香港特别行政区

九龙城盂兰胜会（中元节）上的手工艺品

中元，是中国道教称谓。道教将每年的农历一、七、十月之十五日分别称为“上元”、“中元”、“下元”。上元是天官赐福日，中元为地官赦罪日，下元为水官解厄日。佛教称“中元节”为“盂兰盆节”，典出佛教故事《目连救母》。这一节日在中国民间普遍流行。

盂兰胜会，又称“盂兰节”，民间称为“中元节”、“鬼节”、“麻谷节”或“七月半”（即农历七月十五日，有些地方是七月十四日），是祭祀祖先、祭吊孤魂的日子。香港潮籍人士约一百二十多万。旅居香港潮人思乡念祖之心深切，一年一度历时一个月的中元节，举办盂兰胜会，至今已有一百多年的历史，是整个香港最隆重及大规模的民俗活动。盂兰胜会既包含了传统民俗文化、宗教习俗，又蕴藏了华侨、移民及香港发展的历史，超越了单一的传统文化活动本质，具有香港本土传统文化活动的特色。盂兰胜会的主要活动是祭祀祖先，包括烧街衣、盂兰节忌讳、盂兰节神功戏、大士

潮州公和堂盂兰胜会上的施孤物品

潮州公和堂盂兰胜会开锣

王、平安米、福物竞投等内容。活动地点设在公园、广场或球场等宽阔的地方。全港分成几十个街坊会场举行，各会场设有施孤台、建醮台、戏台、大士台、神坛等。大士台上的“大士爷”，高四米左右，是施孤的主持神。会场周围竖着一面面龙旗，上绣“国泰民安”、“风调雨顺”、“太平盛世”、“广结善缘”、“恩泽同沾”等字样。各街坊的戏台，以潮剧演出为主。还有形式多样的文艺活动和手工技艺作品展示，吸引了无数中外游客参观。盂兰胜会期间，许多商号纷纷慷慨解囊，捐赠资金、粮油和艺术品，力促胜会圆满。盛会结束，举行拍卖“福物”活动。所谓福物，皆为供于神案上祭祀神灵之物，包括金银饰品、玉石陶器、花木盆景和食品酒类等。买者人山人海，皆为善男信女，人们认为有幸标得福物，不论大小，均是奉公为善。

1198
X-123

# 中和节

永济背冰
云丘山中和节

## ■ 永济背冰

申报地区或单位：山西省永济市

永济背冰

农历二月初二是古代的“中和节”，亦称“春龙节”、“青龙节”。“中和节”这个名字传说始于唐贞元五年（789）。当时，德宗皇帝李适下诏，废除正月晦日之节而建“中和节”。

背冰习俗是中和节活动内容之一，流传于山西永济市长旺村，是一种仪仗队列式的民俗活动。因其表演形式独特，流传历史悠久，深受当地人民喜爱。

相传清朝咸丰年间，洪秀全领导的农民起义军北征攻打蒲津渡时，清军将领夏新强拆民房，准备太平军攻城时点燃木料以作防御。起义军部将相福录（长旺村人）献策下黄河凿冰，背冰块灭火破城，果然成功。

背单刀

高抬

相解甲归田后，在本村组织民众破冰、背冰，反映当时的场景，自咸丰年间传承至今。“背冰”是当地民间社火的一种，主要表现了“天不怕地不怕”的勇武精神。演技便于百姓参与，群体传承，长旺村的祖祖辈辈，大小男人都能参与其中。“背冰”的主要表演动作有下河、破冰、匍匐前进、刀枪不入等，充分表现和弘扬前人大无畏的精神。

目前，农村许多青年外出打工，参与的人逐渐减少，加之气候变暖，黄河的冰凌易化，每年要用制冰机制作冰块，活动不如以前雄伟壮观，传承者相继减少。

## ■ 云丘山中和节

### 申报地区或单位：山西省乡宁县

中和节是中国的传统节日，云丘山中和节因节日集散地在云丘山而得名，以农历二月十五为正日。

中和文化最早兴于夏代，至周代形成规模。《诗经·大雅·生民》说后稷在获得丰收后，对神灵举行了大规模的祭祀。云丘山古称昆仑、北顶。云丘山中和节至今保留的“朝顶”习俗是对这一行为的民俗化继承。

中和节习俗盛行于乡宁、稷山、新绛、河津、万荣、襄汾、曲沃、运城、临汾等地处晋南的县市，也波及豫西北、陕东等地。

节庆时，各村社举办自己的“会儿”。节会期间吃麻花、杏仁饼、干馍片，俗称“咬蝎子尾巴”。门口贴符：二月二，龙抬头，蝎子蚰蜒入葫芦。画一葫芦把五毒都收进的图。在房子周围撒白灰，以引龙驱邪。朝山乡民举红旗、打腰鼓、唱秧歌、抬驾楼到土地庙祭祀赛神祈求五谷丰登。二月十五当天，登二顶（玉皇顶、祖师顶）。摸娃娃祈子求育。鞭杆挑花篮谈情说爱。食“枣花”祈福。

中和节是民间追求“中正平和”的精神仪程，具有社会学、民俗学价值，是研究节俗文化的活化石。

摸玄武祈福（闫玉宁　摄）

祭典仪式（闫玉宁　摄）

子夜燃篝火，等待中和节开山门。（闫玉宁　摄）

鞭杆挑花篮（闫玉宁　摄）

节日文化空间——云丘山（闫玉宁　摄）

1199
X-124

# 俄罗斯族巴斯克节

申报地区或单位：内蒙古自治区额尔古纳市

巴斯克节日里荡秋千的民众（陈殿杰　摄）

俄罗斯族一年中最隆重、最热闹的节日是“耶稣复活节”，俄语称“巴斯克节”。其隆重程度不亚于汉族的春节。在节日到来之前，人们开始忙碌，室内粉刷一新，圣像龛前精心布置、装饰。提前烤制出大量不同风味、不同造型的糕点。点心中有一种呈圆柱状的大蛋糕，俄语称“古里契”，蛋糕上有“XB”字母的奶油花，此蛋糕是敬神和主客共享的上等食品。

复活节是东正教徒们为纪念耶稣复活设立的节日。一般在每年公历4月下旬至5月上旬这段时间里，过节时间一般要一周。

在“巴斯克节”期间，俄罗斯人充分展示其热爱生活的特性。他们大都能歌善舞，一个简单的扣子琴就能拉出欢快的俄罗斯民间舞曲，不分时间地点，无论年龄大小，只要几个人聚在一起，就要欢快地跳上几曲。而“巴斯克节”更能展现浓郁的俄罗斯民族风情。

节日食品（陈殿杰　摄）

儿媳给婆婆在巴斯克节后扫墓（陈殿杰　摄）

祖孙碰彩蛋（陈殿杰　摄）

欢度节日期间自编自演的
幽默剧目（陈殿杰　摄）

1200
X-125

# 鄂温克族瑟宾节

申报地区或单位：黑龙江省讷河市

瑟宾节祭祀舞蹈（吴国汉　摄）

瑟宾节是鄂温克族最重要的传统节日。“瑟宾”是鄂温克语，意为“欢乐、祥和”，是鄂温克人的狂欢节。每年阴历五月中下旬择日欢庆，届时部落里的男女老幼，穿上节日盛装，相聚在嫩江边的河谷草滩，共度佳节。传统的瑟宾节民俗活动包括：祭祀山神（或敖包），民族歌舞表演，传统竞技，游戏，野餐酒宴，篝火晚会。其风俗形态原始古朴，独具特色。

瑟宾节流传地黑龙江省讷河市兴旺鄂温克民族乡，是东北三省唯一的鄂温克族聚居区，也是全国唯一的农业鄂温克区。地处大兴安岭东南麓，松嫩平原北端，嫩江中游东岸。这里江河纵横，土肥水美，适于放牧与耕种。

少儿游戏——翻绳（秋实　摄）

瑟宾节源于鄂温克人古老的祭祀仪式，经历了原始的熊崇拜、山神崇拜的历史。16世纪时，萨满信仰进入鄂温克部落，以图腾为特征的“瑟宾节”走向衰微，濒于失传。清朝中叶，随着鄂温克人由外兴安岭及精奇里江流域南迁，辗转落居嫩江流域及其支流地区，瑟宾节再次进入鄂温克族记忆，并由山神祭祀演变为歌舞、竞技娱乐（赛马、射箭等）、野餐酒宴、篝火晚会等民俗狂欢；通过民俗活动，祈福祝愿。

讷河境内的瑟宾节经历了由森林原始游猎部落向山下渔猎、农耕文明过渡的发展历程，具有比较明显的农业文明特点。

祭祀现场（范忠惠　摄）

篝火晚会（吴国汉　摄）

家族篝火晚会（范忠惠　摄）

1201
X-126

# 诺茹孜节

申报地区或单位：新疆维吾尔自治区塔城地区

诺茹孜节在哈萨克族信仰伊斯兰教之前就已形成，流传至今。据说已有上千年的历史。哈萨克人把一年的第一个月称为“诺茹孜”。哈历一月正是公历3月，公历的3月21日或22日是春分，白天与黑夜持平，哈萨克人把这一天作为新的一年的开始，称之为“诺茹孜节”。

诺茹孜节传统的过法为期两周。为了辞旧迎新，预示丰收，各家各户都要用小麦、小米、大米、肉、奶疙瘩、盐、水7种食品做成“诺茹孜”饭，还要食用储藏过冬的熏马肠、熏肉等。在这一天，人们成群结队地从一个阿乌勒（牧村）到另一个阿乌勒，走家串户，吃“纳吾鲁孜”饭，唱“纳吾鲁孜”歌，互相拥抱，祝贺新年，并把冬天宰杀牲畜时留下的羊头奉献给老人。老人口念祝词（巴塔），祝福“家人平安，牲畜满圈，奶食丰盛”。

在节日期间，牧民们聚集在一起开展各种文娱体育活动，娱乐活动形式多种多样，主要分三类：第一类属文娱表演性质的，如铁力麦、唱歌、跳舞、阿依特斯、演唱史诗等；第二类属运动锻炼性质的，如赛马、摔跤、姑娘追、叼羊等运动；第三类属于趣味游戏活动，如绕口令、猜谜语、圆梦等活动。

诺茹孜节是哈萨克民族历史、文化在精神生活上的反映，是历史文

诺茹孜节活动——马上拾银元（郭伟东　摄）

节日民间体育活动——摔跤（郭伟东 摄）

在节日里观看摔跤等民间体育运动（郭伟东 摄）

化“活”的再现，具有文化史和民族史研究价值。随着现代化进程的加剧，牧民定居，使一些原有的节日活动项目难以维系，传统的节日程序礼仪逐渐失传。部分民间艺术形式（如黑萨尔、铁力买、昆厄勒、达斯坦等）后继乏人，濒临失传，急需抢救保护。

1202
X-127

# 布依族『三月三』

申报地区或单位：贵州省贞丰县

农历三月初三，是布依族具有民族特色和地方特色的传统节日“三月三”。此时正是农耕生产即将开始，春旱现象较为严重，蚊蝇害虫正在萌动，火灾事故较为频发的重要时节。为了“禳灾祈福、寨子安宁、风调雨顺、五谷丰登”，生活在北盘江畔的贞丰布依族人民在农历三月初三这一天都要举行相应的祭祀活动。活动内容主要是通过舞草龙扫寨驱邪消灾、杀猪宰牛祭山拜神求雨、上山“躲虫”祈福等，表达布依族人民对农业丰收、家宅平安的企盼。同时“三月三”也是布依族青年男女对唱情歌、寻亲择偶的节日。

布依族“三月三”不仅具有传统的农事节日特色，也具有历史变迁的气息，其文化内涵丰富，承载着大量的历史文化信息，是布依族文化认同和文化交流的重要纽带。随着社会经济的发展，布依族“三月三”在现代文化的冲击下，正面临消逝的危机。

运筹对歌（蒙立胜　摄）

“开光”扫寨（毛天松　摄）

宣布寨规（毛天松　摄）

舞着草龙进村扫寨（毛天松　摄）

“三月三”——化龙（毛天松　摄）

“三月三”——入户扫寨（毛天松　摄）

岩鱼村民欢度“三月三”（蒙立胜　摄）

## 申报地区或单位：贵州省望谟县

望谟布依族的“三月三”是当地一年中最隆重的节日，如果节日那天恰逢星期天，小小的县城就会出现万人空巷的景观，人们都到山中祭祀山神和自己的祖宗去了。由此可见“三月三”在布依族的地位。

“三月三”那天，各家准备酒肉各数十斤，糯饭成担，上山祭祖，下午宴请亲友，酒饭后，男女对歌。节日前夕，布依族家家户户准备五色饭，少女们还会准备绣球。村民们采来黄饭花、枫叶、紫蕃藤，用这些植物的汁浸泡糯米，做成红、黄、黑、紫、白五色花米饭，这几种植物的汁液只有在农历三月清明期间才会染出最好的颜色。布依族人民相信吃了这种五色花米饭后会人丁兴旺，身体强健。绣球是“三月三”中男女青年用来传达情爱的信物，姑娘们在节前赶制的丝织工艺品，个个制作工艺都很精巧，十二片花瓣连接成一个圆球形，每一片花瓣代表一年中的某个月份，上面绣有当月的花卉。有些绣球做成方形、多角形等，象征着纯洁的爱情。

祭山神（吴绍恒　摄）

花米饭（吴绍恒　摄）

祭山神（吴绍恒　摄）

山歌对唱通常是男青年先主动唱“游览歌”，观察试探对方，遇到合适的对象，便唱起“见面歌”、“邀请歌”。女方若有意就答应。男青年再唱“询问歌”，彼此有了情谊，唱“爱慕歌”、“交情歌”。歌词皆即兴发挥，脱口而出，贴情贴景。歌声是条红线，牵引着两颗爱心，若姑娘觉得眼前的小伙子人才、歌才都满意，便趁旁人不注意，悄悄将怀中的绣球赠与意中人，“他”则报之以手帕、毛巾之类的物品，然后歌声更加甜蜜，遂订秦晋之好。

1203
X-128

# 土家年

申报地区或单位：湖南省永顺县

爆竹声声贺赶年（卢瑞生 摄）

土家年是土家族最隆重的节日。中华人民共和国成立后，湘西土家族苗族自治州人民政府落实党的民族政策，将土家年列为地方法定节日，休假一天。

和汉族春节相比，土家年吃团年饭的时间先于汉族一天。清光绪湖南《永顺府龙山县志》载："土人度岁，月大以二十九日为岁，月小则二十八日。"提前一天过年的原因，民间解释为第二天就要出征作战。土家年传承地域广泛，在云贵高原余脉的湘、鄂、渝、黔五陵山地区八百万土家人，均过土家年，是土家族民族认同的重要标志。土家年的内容十分丰富，办年货、做年饭、走亲拜年、做舍巴（摆手）。摆手活动时间各村不一致，规模有大、小之分。小摆手一般以同姓同宗或全寨人为单位举行；大摆手是以一乡或数乡为单位联合举行。活动内容有闯驾进堂、扫邪安神、祭祀祖先、唱梯玛歌、跳摆手舞、演毛古斯等，是土家族文化的大盛会。"土家年"年节习俗，对研究土家族历史和民俗文化具有十分重要的价值。

毛古斯舞（卢瑞生　摄）

打年粑（卢瑞生　摄）

土家年摆手舞（卢瑞生　摄）

1204
X-129

# 彝族年

## 申报地区或单位：四川省凉山彝族自治州

用蕨草把过年用的猪烧成金黄色（游小军　摄）

彝族年，彝语称“库史”，是集祭祀祖先、游艺竞技、餐饮娱乐、服饰制度等诸多民俗事项为一体的祭祀和庆贺性民俗节日。分布于川、滇、黔、桂广大彝族地区。在每年的11月20日左右择吉日举行。凉山彝族年，主要通行于布拖、美姑、昭觉、甘洛、喜德等17个县（市），其中以昭觉、美姑、布拖、喜德等县彝族年最具代表性、最富有特色。

彝族年起源于古代彝族先民的祭祀活动。汉文献关于彝族年的最早记载是唐代。南诏时期骠信《星回节》有“不觉岁月暮，感极星回节。元昶同一心，子孙堪贻厥”的记载。五代《玉溪编事》也记载有：“南诏以十二月十六日为之星回节。”

彝族年是彝族远古文明和祖先崇拜的活态见证，彰显了彝族对于祖先的敬仰之情。五谷丰登、六畜兴旺、人丁平安、敬老爱幼、欢乐祥和的思想理念，充分体现在节日之中。彝族年丰富繁杂的民俗事象，反映了彝族历史文化、经济生活、人伦规范、风俗礼制、服装民俗、审美情趣、禁忌事宜等诸多文化内容。透过这些朴实生动、自古相承的生活场景和人文信息，可探究彝族经济社会发展、文化历史变迁的轨迹，对于宗教学、人类学、民俗学、社会学等人文学科研究具有重要价值。

彝族年——祭祖（游小军　摄）

赛年肉：谁家猪肉的膘厚就证明这家人最勤劳，可以获得一条大肥猪肉的奖励。（游小军　摄）

串亲（郭建良　摄）

1205
X-130

# 侗年

## 申报地区或单位：贵州省榕江县

侗年是侗族感谢祖先保佑的传统节日，也是侗族家人团圆、庆贺丰收的节日，同时又是侗族文化大展示的节日，主要分布在榕江西北片区的乐里七十二寨、寨蒿四十八寨等侗族地区。

侗年作为侗家人的传统民族节日，在侗家人聚居的各村寨，基本上都是按照传统规定轮流举行，具有广泛的群众性和民间传承性。侗年最重要的仪式是“斗莎”（即唱祭祖歌），“斗莎”的目的除了祭祀祖先外，还是老人们传承民族优秀传统文化的一种形式。无论是小孩、成人，还是青年人新婚伊始，老人们都要通过“斗莎”，教育下一代为人处世、明辨是非、勤俭持家、尊老爱幼等。

侗年通过村寨团拜、开展各种文化活动的形式，传承和弘扬了民族文化。

侗年作为侗家人的传统节日，承载着本民族许多历史文化的信息，对研究侗家历史文化，研究本地区的历史有不可替代的重要作用。

芦笙会（杨仕彬　摄）

芦笙会（杨仕彬　摄）

穿着盛装过侗年（王霓　摄）

准备新装（杨秋平　摄）

节日里的侗寨

1206
X-131

# 藏历年

申报地区或单位：西藏自治区拉萨市

藏历年是藏族人民一年中最为隆重的传统节日，与汉族的农历新年大致相同。藏历年是根据藏历推算出来的。从藏历元月一日开始，到十五日结束，持续15天。因为全民信仰佛教，节日活动洋溢着浓厚的宗教气氛，是一个娱神和娱人、庆祝和祈祷兼具的民族节日。

新年的准备工作一般在前一年的十二月初就开始了。除购置吃喝玩乐的年货外，家家户户都要制作一个名叫“切玛”的五谷斗，即在绘有彩色花纹的木盒左右分别盛放炒麦粒和酥油拌成的糌粑，上面插上青稞穗和酥油塑制的彩花。还要用水浸泡一碗青稞种子，使其在新年时节长出一两寸长的青苗。“切玛”和麦苗供奉在神案正中，祈祷来年五谷丰登。

临近节日，男人们忙着打扫庭院，妇女则精心制作“卡赛”，一种酥油炸成的面食，分为耳朵形、蝴蝶形、条形、方形、圆形等各种形状，涂以颜料，裹以砂糖。既是装饰神案的艺术品，又是款待客人的佳肴。“卡赛”的品种花色常常成为女主人勤劳、智慧和热情的象征，在节日里分外引人注目。

初一煨桑

初三举行更新经幡的“脱索”活动

节日供品——吉祥供品

节日供品——竹素切玛

灶前供品——卡赛德卡

制作卡赛德卡

旧年最后一个月的二十九日，人们把灶房打扫干净，在门窗上挂上新的帘布，屋里铺上新的卡垫，还要在打扫干净的灶房正中墙上或在房梁上用干面粉撒很多白粉点，叫“亚色”，并画上“八宝吉祥”图案。傍晚，各家要吃面疙瘩“古突”。到了晚上则要举行“古朵甲”仪式。三十日把糖果等饮食摆在主房的佛龛前作为供品。还要在大门外用白土画上“卐”符号等图案，同时还要在灶前供一份“卡赛”等供品，以供奉灶神。初一早晨鸡叫头遍后，主妇们便起床到附近水源处背回第一桶净水。每家派人到山顶煨桑。与此同时，各家各户的桑炉里都腾起桑烟。主妇们回到家后把煮好的“观颠”送给正在熟睡的全家老幼喝，起床后大家一起吃“智土”。之后，全家穿上节日盛装到“竹素切玛”前，共同祝贺新年。

初一一大早，“哲噶”会挨家挨户地闯门祝贺新年。上午，大家带上哈达等，到附近寺庙朝拜佛像，并到和自家关系比较密切的喇嘛和上师处登门拜年。太阳出来时，每家有两个人带上青稞酒和“竹素切玛”到各村相互拜年。回家时，全家聚在一起吃午餐，喝酒、唱歌、跳舞欢聚一堂；初二，开始外出做客或相互请客；初三，各家都要举行更新经幡的“脱索”活动，并在附近山顶上煨桑；初四至十五日，一般都是藏人新年的娱乐时间；十五日下午，有一种特别的锅庄，即“扎西杰”，表示新年结尾。过了下午，每家都会把新年供品卸下来，各自开始准备进入忙碌的工作之中。

藏历年是藏族人民在劳动生产过程中创造的节日，其内容和形式充满浓厚的民族和宗教色彩，是整个西藏文化习俗的一个缩影。

1207
X-132

# 舜帝祭典

## 申报地区或单位：湖南省宁远县

舜帝是中华民族始祖五帝之一。《史记》载：舜“南巡狩，崩于苍梧之野，葬于江南九嶷”。2006年舜帝陵庙遗址被公布为第六批全国重点文物保护单位。

从大禹祭祀舜帝陵始，历经各个朝代，祭祀舜帝陵渐成定制。据有关史料载，夏禹、秦始皇、汉武帝等都曾南望九嶷遥祭舜帝陵。秦汉以后经南北朝、隋、唐、宋、元等朝代，祭舜香火不绝。南朝宋武帝刘裕遣官张邵、颜延之，唐玄宗李隆基遣官张九龄赴九嶷祭舜，并留有祭文。明朱元璋于洪武四年（1371）亲制御祭文，遣翰林院编修雷燧到九嶷山祭舜。据统计，明代御祭15次。清承明制，御祭达45次。民国省祭4次。现舜帝陵内仍存有清代祭祀碑30方，民国祭祀碑4方。

中华人民共和国成立到20世纪80年代，也有一些民间零星的祭舜活动。90年代起舜帝陵修葺一新，共举行过10次规模较大的祭祀活动，其中省祭2次，市祭2次，县祭3次，民间团体祭3次。由此以官方带动团体，由团体带动民间的祭祀活动日渐频繁。特别是海内外舜裔宗亲组织到九嶷山祭祖谒陵更是陆续不断，体现出从古至今舜陵祭祀的一脉相传。

舜帝陵祭典活动的祭祀礼仪既保持了传统的祭典程式，又新添了具有现代气息的献花篮、行鞠躬礼、民俗文艺表演等内容。整个祭祀仪式分迎宾仪式、导引仪式、祭典仪式、瞻仰仪式、谒陵仪式和祭文碑揭碑仪式，既传承历史，又与时俱进，显得隆重而富有地方特色。

海外舜裔宗亲代表团参加祭舜大典场景

舜帝祭典是经过几千年的传承和发展流传下来的遗产，是中华民族文化遗产宝库中的一个重要组成部分，将成为凝聚海内外华人尤其是舜裔十大姓两亿华人的一种重要方式，也将对祖国统一和中华民族伟大复兴产生深远的影响。

乐舞告祭

祭舜大典现场（赵扬名　摄）

1208
X-133

# 祭寨神林

申报地区或单位：云南省元阳县

箐口民俗村长街宴（何志科　摄）

祭寨神林是哈尼族每年春耕开始前（一般在一月中旬）举行的一种祭祀活动，祈求来年风调雨顺，五谷丰登，人畜平安。

祭寨神林广泛流传于云南省哈尼族村落。元阳县各乡镇的祭寨神林，是所有哈尼族村落最隆重的节庆大典。祭寨神林源远流长，但各地祭寨神林的节期略有不同。元阳县哈播村一带的祭寨神林，从农历腊月第一个辰龙日开始，延续到午马日，节期为三天。节日第一天清扫寨子，杀鸡、舂糯米粑粑、染三色鸭蛋。由德高望重的寨老带领数名家道兴旺品行端正的男子，杀牲祭祀寨神林。祭祀牺牲按全村家庭平均分配，家庭成员和禽畜都必须尝一口，还必须拌进五谷种子里。第二和第三天，摆长街宴，通宵达旦吟唱古老的哈吧（古歌），老人向子孙后代讲述祖先迁徙的历史、传授安身立命的伦理道德、梯田耕作的技术，对每一个村民一年来的德行作出评价。哈尼族有一句话，叫做“不唱哈吧，寨子不安宁；不跳棕扇舞，人丁不安康；不跳铓鼓舞，谷穗不饱满；不跳乐作舞，禽畜不兴旺”，节日期间山寨一派歌舞升平的景象。

祭寨神林展现了哈尼族传统文化，特别是其太阳历法和物候历法、

哈播村的长街宴（何志科　摄）

昂玛突节长街宴（马理文　摄）

创世迁徙史诗和叙事长诗、音乐舞蹈等文化要素；其次，祭寨神林充分体现了哈尼族体察天意、顺应自然以及追求天人和谐的世界观；其三，祭寨神林是春耕备耕的序曲，全面彰显了哈尼族山区梯田耕作的礼仪、技术、禁忌等知识系统。

随着时代的发展，祭寨神林出现规模越来越大、影响越来越广的趋势，但其中的传统史诗、知识、技术和价值观的传承却日渐淡化，急需加以保护。

1209
X-134

# 歌会

瑞云四月八
四十八寨歌节

## ■ 瑞云四月八

申报地区或单位：福建省福鼎市

歌会（冯文喜　摄）

瑞云四月八歌会是福建省福鼎市硖门畲族乡瑞云畲族村畲民的重要节俗之一。瑞云居住着蓝、雷、钟、李等姓的畲族同胞，每年农历“四月八”，畲族歌手通过“赛歌会”、“火头旺”等独具民族特色的活动，展现当地畲族传统的歌唱习俗。

歌场越办越大，赛歌通宵达旦，盛况空前。歌会期间，有在“野地”唱的，即在翠竹林、茶地、溪流、小河旁、田野间对唱，也有在自家门口对唱的，群体对唱三五人、六七人不等。瑞云赛歌大都临场即兴创作，随编随唱，寓意深刻，称为“散条”。瑞云畲歌内容丰富，形式多样，最主要的有情歌、生活歌、劳动歌、时政歌和杂歌等。在不断地传唱和创作中积累，畲歌的内涵得到了进一步的挖掘与发扬。另外，新的生活方式也带进了赛歌场，畲族歌手还可以使用手机对唱，缩短了时空的距离。瑞云畲族过“火头旺”就像是他们的“狂欢节”，篝火在旷野里燃烧，男女青年边唱边舞，洋溢着热情与喜庆。

台歌（冯文喜　摄）

女歌手（冯文喜　摄）

经过长期的生活实践，瑞云畲族“四月八”被赋予了新的内容，如畲族农户爱惜和保护耕牛，在“四月八”牛不再下田耕地，不准鞭打，要让它们好好歇息，并备好“牛酒”专供牛食，称为“爱牛节”，又叫“牛歇节”，并有谚语“牛歇四月八，人歇五月节”。这一天畲家人还要做畲饭，设席招待亲朋好友，叫做“四月八”。其中制作的“牛角粽”是最有特色的畲族美食，用畲山青粽叶包裹糯米水蒸而成，味香淳厚，形同牛角而得名。

瑞云“四月八”歌会是畲族传统文化的重要组成部分。通过口头代代相传，部分山歌以汉字记录畲语的方式手抄流传民间。畲歌的音乐优美动人，其文学价值和艺术价值都很高，对研究当地畲族历史也具有重要意义。

## ■ 四十八寨歌节

### 申报地区或单位：贵州省天柱县

四十八寨歌节是流传在贵州天柱县境内清水江中下游地区的民间歌会，包括13个歌场。每个歌场每年赶一次，从农历三月开始到九月结束，开场时间多是月中属“戊”的日子，当地称为赶“土皇”。每到集会时间，山坡上、公路旁人山人海，歌声此起彼伏。

四十八寨歌节歌场众多，包括侗族区、苗族区、苗侗汉杂居区。歌词、唱腔丰富，有河边调、高坡调、青山调、阿哩调等。但不管哪个区域哪个腔，均用侗语演唱，因此各种腔各寨都能听懂、会唱，这是历史上形成的。

歌场上一般以村寨或家族为单位组成“歌堂”。歌堂以侃歌为主。人们以歌会友，比文才、比肚才、比口才。除了唱侗族传统山歌外，还有大量以汉族历史故事为题材的套歌，如“唱三国”、“唱说唐”、“穆

赶歌场的少女们（蒋家林　摄）

赶歌场的少女们（蒋家林　摄）

打着花伞来对歌（蒋家林　摄）

桂英挂帅”、“唱毛红玉英”、“唱洛阳桥”等。唱古歌、叙事歌是歌场对歌最大的特色。叙事歌是侃歌的主要内容，往往通过对人对事的歌唱，激情满怀地讲一个故事，这类歌最受人们的喜爱。

各村寨均有一定影响的歌手、歌师。一些老歌师、歌墩，没有进过学堂，但记忆力超群、出口成歌，对三国、凤姣李旦、梁祝等历史故事传说歌谣倒背如流，令人叹为观止。

如今，各歌场已江河日下，唱歌者多是中老年人，年轻人会唱山歌者寥寥无几。

山歌对唱（蒋家林　摄）

人山人海赶歌会（蒋家林　摄）

鼓号手在演奏苗侗音乐（龚农兵　摄）

赛歌节上梳妆（蒋家林　摄）

1210
X-135

# 尉村跑鼓车

申报地区或单位：山西省襄汾县

尉村跑鼓车是为纪念唐代名将尉迟恭而举行的一种集祈福与健身为一体的影响较大的民俗活动。源于山西省汾城镇尉村，广泛流行于山西省襄汾县西部。

“跑鼓车”活动主要包括三大部分：祭鼓、踩辕和赛鼓。

祭鼓：每年农历正月十三和三月十三为祭鼓的日子。过去在尉迟恭祠前祭鼓，现在因该祠已毁，改在村中大庙里进行。由老者主持，祈求风调雨顺，百姓平安。

踩辕：鼓车祭祀完之后，由二十余名村民拉着游街，德高望重者身披绶带，踩在车上，是一种至高无上的荣誉。

赛鼓：全村按居住方位分为西北院、西边院、东院、庙巷、南院、后院6个院，每个院都有自己的鼓车。比赛时可以相互邀请，两辆鼓车进行比赛，是村民强身健体、增进友谊的一项重要活动。外村来拉鼓车者，也要根据居住方位选择鼓车，不得随意。

尉村跑鼓车——激烈紧张的比赛（徐翔逸　摄）

活动场景（徐翔逸　摄）

鼓车由一人抱辕，两人帮辕来掌握方向和节奏。（徐翔逸　摄）

规模宏大的祭鼓仪式（徐翔逸　摄）

村里专门有“鼓车田”，每个鼓车3—4亩，谁耕种，来年拉鼓车的费用就由他来出。由自古就有的“鼓车协会”，负责有关事宜。

参加比赛的队员奋力拉车，亲戚朋友呐喊助威。妇女炸油糕熬热汤送到赛场，气氛十分热烈。近年来，妇女们也加入了“跑鼓车”的行列，妇女在赛场上的精彩表现，更使人耳目一新。

比赛时，伴随着飞奔的鼓车，两名乐师站在车上击鼓敲锣，由鼓锣声组成的鼓乐，激扬清脆，是古代击鼓进军鼓乐的活化石。

尉村尉迟恭“跑鼓车”这项淳朴、积极向上、历史悠久的民俗活动具有鲜明的地方文化特色，具有重要的民俗学价值。

1211
X-136

# 独辕四景车赛会

申报地区或单位：山西省平顺县

独辕四景车大赛会（平顺县北社村委会　提供）

独辕四景车大赛会形成于山西长治市平顺县，是广泛流行于平顺及周边区县的特色独具又影响较大的社火活动。

独辕四景车大赛会盛行于清朝。清朝咸丰年间岁贡牛联奎老先生作诗盛赞："四景神车不计年，八村五社会流传。赛期例卜三春暮，宴酒先尝二月天。廿四马楼排列后，几重社鼓引当前。东下南北西流转，崇奉丹宵太乙仙。"诗中反映了当地四景车活动的盛况。1938年因日军侵华曾一度中断。2005年农历四月初四，中断了66年的九天圣母庙大赛会复会，四景车盛景重现。

四景车的所谓"四景"，并不是车本身的四种景致，而是车本身结构有四处巧妙的设计。第一，偌大的一辆彩车，只置一根独猿，却用两头牛驾驭；第二，用三根约90厘米长，直径6厘米粗，新砍下的湿榆木棒做成的木椇，用连环套的方法套上去，既可随意活动，又不会脱辕；第三，十多米高的彩车，仅绕中心木架的四只架脚直立在底平板上，不开榫铆，只用8根麻绳紧扎牢固；第四，彩车第二、三节是中心主架，头对头相接，四面用4根麻绳紧固在一起。整个四景车，不用一个榫眼、一颗钉子，全是麻绳紧扎。

装车去底（平顺县北社村委会　提供）

扮车（平顺县北社村委会　提供）

跑车（平顺县北社村委会　提供）

赛车（平顺县北社村委会　提供）

大赛会上，除四景车外，还有神驾、神楼、旗牌、伞、纲、彩童、锣、鼓、乐队等等，举不胜举。

四景车从东河九天圣母庙到主会场（圆心地）相距约5公里，中间还要经过约50米长、45度的土坡，其路程之远、坡度之大给跑车带来一定的难度。但从来没有听人说过在历年大赛会中发生过翻车事故。由于四景奇特，沿途观者甚众，是否参加过大赛会、是否观看过四景车，成为当地人的一种资历、一种荣耀。所以，民间至今仍流传“赶了大赛会，死了不后悔”的谚语。

四景车是中华民族文化灿烂之奇葩，历经千年，仍闪烁熠熠光华。作为中华民族文化遗产，四景车精巧的构造艺术、精美的外观设计、独特的民俗民韵、深邃的文化内涵、高超的驾车技艺，都彰显出中华民族传统文化生命力的独特价值。

1212
X-137

# 网船会

申报地区或单位：浙江省嘉兴市秀洲区

网船会的船上祭祀活动（陈宏伟　摄）

网船会是流行于浙江省嘉兴市秀洲区王江泾镇民主村的渔民水上庙会。每年清明、中秋、除夕举行三期庙会。届时，江浙沪一带渔民、船民数万人，纷纷驾船前来赶庙会，船只汇集荡面，不下数千艘，蔚为壮观。

庙会的祭祀主神叫“刘猛将”。传说为元代灭蝗将军刘承宗。当地有刘王庙，主祀刘猛将。历史上，中国农民为抵御蝗灾而形成的“蝗神信仰”分布极广，历时久远，如今大多已衰落，嘉兴网船会堪称研究古代虫灾史的“活化石”，具有极高的史料价值。

百余年来，网船会在当地已衍变为渔民、船民的节日。赴会者高举会社的大旗，除祭祀神灵外，还有认祖归宗、联络感情的重要文化功能。民主村莲泗荡位于京杭大运河南段，网船会赴会民众均与运河水系有关。在运河水系长年漂泊劳作的渔民、船民大多有一定的家族和民间结社等社会组织，平时鲜有见面和交流机会，全靠每年三次的网船会联络感情。庙会期间，各地渔民、船民自发表演宝卷、神歌、龙舞、狮舞、莲湘、挑花篮、荡湖船、高跷、大纛旗、清音班、抬轿、腰鼓、戏文、踏白船、扎肉提香等原生态民族民间艺术，前后持续一周左右，人山人海，热闹非凡。

仪式活动（陈宏伟 摄）

水上技巧表演（陈宏伟 摄）

庙会期间的民间文艺活动（陈宏伟 摄）

在现代化进程中，网船会面临种种尴尬。一方面陆路交通正在逐渐取代水路，赴庙会的农民、市民往往乘车前往，与网船会本意并不协调；另一方面水上交管部门又出于水上安全考虑，在庙会期间往往实行交通管制，致使网船会的特征正在发生嬗变，亟待采取必要措施，加强保护。

1213
X-138

# 月也

## 申报地区或单位：贵州省黎平县

月也，侗语意为“集体出访做客”，当地汉族称为“吃乡思”、“吃乡食”，一般在农历正月和八月举行，是侗族传统交际联谊活动。拦路歌，侗族迎客送客时唱的歌，多用于“月也”场合。“月也”时间长短由内容决定，参加人数一般是一家一名代表。由寨中有威望的人率领，集体到某友好村寨拜访。甲寨客人快到乙寨时，乙寨众人要到寨口迎接，同时用日常生产工具或生活用具等，设置重重路障，双方摆开歌阵，对唱拦路歌。主队用歌提问，客队用歌回答，答对一次撤除一个路障。如答错，客队就燃放鞭炮，表示歉意和敬意，主队就尽撤路障，迎客入寨，参加丰富多彩的联欢活动，如演侗戏、唱侗歌、舞龙舞狮、赛芦笙，等等。月也结束，主寨又集结队伍欢送客人，送至寨口又唱拦路歌，表示挽留。彼此别情依依，表现了同胞之间的团结友爱情谊。

月也流传于贵州省黎平、从江、榕江及广西三江侗族自治县广大侗族地区。侗族“月也”习俗一般在秋后或春节间的农闲时节举行。月也活动规模盛大，侗寨男女老幼都身着节日盛装参加，寨中“歌队”、“芦笙队”和戏班子一同参与。期间，宾主白天或演侗戏，或赛芦笙，或踩歌堂；晚上则到鼓楼对唱大歌，或欣赏“嘎锦”（侗族曲艺）直到深夜；之后，两寨青年男女还要到月堂里行歌坐夜直至天亮。而从客人来到主寨当天，侗族独特的拦路迎宾、吹笙迎客、请“萨”进堂、唱歌敬酒、抬官

月也活动场景（封家兴　提供）

月也活动的全民性（封家兴　提供）

垂穗时，“月也鼎”就开始了。这项活动要经过插“表”、倒“表”阶段。图为倒“表”时，姑娘、小伙到田里折禾的情景。（谢俊泉　提供）

人、打花脸等各项民俗活动伴随着各项文化展示而同时呈现。宾主如此欢度三至五日始散。离别时，主寨还要以猪羊馈赠。视收成情况，次年或若干年后，此寨再到彼寨回访。

在侗族月也习俗中，集体做客是活动的平台，文化展示是活动的内容，情感交流是活动的目的。从文化角度来说，月也习俗是侗人以独特的形式展示和传承自己的文化，增强本民族文化认同的重要方式，是文化交流最重要的途径，它是侗族文化得以生存的土壤。通过月也活动，侗民族增进了感情，加强了团结，缔结了友谊，构建了和谐社会。

1214
X-139

# 婚俗



## ■ 朝鲜族回婚礼

申报地区或单位：吉林省延边朝鲜族自治州

回婚礼是延边朝鲜族地区盛行的为纪念结婚60周年而举行的传统民俗贺礼。回婚礼同“花甲宴”一样，大致形成于17世纪中叶至18世纪中叶。在朝鲜族的先人观念中，“六十甲子”的轮回称做“周甲”或“回甲”，周甲成为一种特殊的时间概念，含有长久和吉祥的寓意。回婚礼比一般婚礼还要隆重。这一天老夫妻身穿婚礼盛装，在院子里举行奠雁礼、交拜礼、合卺礼，接着进入屋内共同享用丰盛的大桌（婚席），接受子孙及村里男女老少的祝福、祝贺。接下来“新郎新娘”分别坐在花轿里，在亲朋的簇拥下绕村游行一圈，氛围喜庆而热烈。

在朝鲜族中，能够举办回婚礼是一项殊荣和品德高尚的象征。并不是所有人都有资格享受这一传统礼俗的。首先，夫妻婚龄必须达到60周年，

儿子背父亲走到喜宴桌前（金红敏 摄）

而且必须做到夫妻忠于爱情、健康长寿、家庭和睦、子孙安康而且遵纪守法。除此而外还得具备两个条件：一是必须是原配夫妻；二是所生子女都得健在，而且没有犯法服刑者。因而回婚礼充分反映了朝鲜族人民崇尚家庭和睦、人际关系和谐的社会伦理道德和价值观念。

回婚礼是朝鲜族所独有的重要的人生礼仪之一。它对研究朝鲜族的民俗文化特点，以及民族社会文化源流演变过程具有重要价值。

亲属合影留念（金红敏　摄）

给老人敬酒（金红敏　摄）

儿孙给老人磕头（李光平　提供）

# ■ 达斡尔族传统婚俗

## 申报地区或单位：黑龙江省齐齐哈尔市富拉尔基区

达斡尔族传统婚俗是流行于黑龙江富拉尔基罕伯岱村达斡尔族人的婚俗。千百年来，达斡尔族以渔猎、放牧为生，婚礼中的礼俗等传统文化，穿插着大量传统民歌。如提亲时唱的“提亲歌”，相亲后唱的“思念歌”，出嫁时妈妈唱的“嘱托歌”，婚宴中的“祝酒歌”、“醉酒歌”及回门时唱的“回娘家”，表达了达斡尔族人的浪漫主义和理想主义情怀，是一部史诗般的生动画卷。

达斡尔族传统婚礼一般经历提亲：由男方族内德高望重的长者或族长（莫坤）带上提亲时所需的烟酒作为见面礼，为青年人提亲做媒，女方家长同意后定相亲事宜。订亲：订亲时由媒人带新婿到女方家，带订亲礼，猪或羊、烟、酒等，接受女方家及亲戚们的品评和考验。过彩礼，定结婚日子：男女双方确定婚姻关系后，男方到女方家给长辈施礼，送去新娘结婚所需衣物、大牲畜等，并选择吉日下帖邀请亲

提亲（李国良　摄）

订亲（李国良　摄）

绞脸（李国良　摄）

婚前嘱托（李国良　摄）

背新娘上车（李国良　摄）

敬进门酒（李国良　摄）

拜天地仪式（李国良　摄）

掀盖头（李国良　摄）

拜见长辈（李国良　摄）

戚朋友参加婚礼。举行婚礼：新娘婚前梳妆打扮，接受妈妈嘱托，新娘要由娘家哥哥背上车，到婆家后由新郎背下车，“拜天地”、“掀盖头”、“坐福”、“改口”。婚宴开始，亲朋送上彩礼并用歌舞等形式祝贺。席后由娘家嫂子陪同入洞房，进行婚前性教育和今后对公婆及丈夫的照顾事宜。三天后，娘家嫂子与新娘新郎“回门”。婚礼前后的整个过程无处不蕴含着达斡尔民族的传统文化元素。

# ■ 彝族传统婚俗

## 申报地区或单位：四川省美姑县

以凉山腹心地美姑县为代表的彝族婚俗礼制，以其古老、独特的习俗，成为不可多得的文化景观。

据彝族史诗《勒俄特依》记载，彝族先民曾历经了“只知有母，不知有父”的母系社会时期，史尔俄特为寻找父亲，历经磨难，在兹尼史色的教导下，娶妻婚配，步入生子见父的父系时代。

彝族婚俗内容极其丰富、独特别致，不论是婚姻选择、闹婚、节食节水、泼水、背新娘，还是赛克智、哭嫁等古老传统，都具有广泛的影响和独特的价值。

彝族婚姻的缔结，不仅是一家一户的个体行为，而且上升为整个家族、姻亲、邻居等关联的集体行为，也是一个民族文化传播与接受的过程。

新娘梳妆（阿牛史日　摄）

背亲抹锅灰（阿牛史日　摄）

接亲的队伍未进家门，姑娘们就迎上去泼水。（阿牛史日　摄）

主客双方展开激烈的“克智”论辩（阿牛史日　摄）

“硕确”习俗（阿牛史日　摄）

背新娘（阿牛史日　摄）

婚礼过程是彝族文化的大展示和演绎，不论是穷古博今、互难才学的“克斯”、“克智”、“佐”等口头演述，还是优美动听的“牛牛伙”歌诗传唱，还是抒发离愁别绪、反抗包办婚姻的哭嫁等传统，抑或充满娱乐竞技色彩的泼水、摔跤、“蜀确”、打亲、迎亲仪式，抑或抢狗食、不落夫家、圆房之夜的抓扯等习俗，都具有深刻的历史文化内涵，表达了独特的民俗情趣，具有多重文化价值。

随着生产生活方式的变迁，典型、完整的彝族婚礼形式越来越少。保护与抢救这种古老民俗势在必行。

## 裕固族传统婚俗

申报地区或单位：甘肃省张掖市

亲属们唱着婉转的《出嫁歌》送新娘从娘家出门上马（杨永贤　摄）

裕固族婚俗是裕固族民俗文化的重要组成部分，它包含着裕固族古代语言、民歌、神话传说、谚语故事、传统礼仪等丰富的内容，也蕴藏着承袭数千年的传统文化内容，如萨满教、原始崇拜、佛教信仰等。其内容之丰富、特色之鲜明、参与人数之广泛、形式之多样，是其他民族婚俗无法比拟的。

裕固族婚俗有媒妁之言、父母之命，也有自由恋爱。到了婚龄，由男方准备聘礼，明媒正娶，举行隆重的婚礼仪式。裕固族婚礼仪式繁多而隆重，主要有：求亲订婚、选人请客、娘家宴请、姑娘戴头面、惜别送亲、打尖迎亲、马踏帐房、射箭拜天地、冠戴新郎、看验酒席、酒宴颂歌、新娘打茶、回亲等十几项程序28个礼节。主要程序要进行3天，第一天在女方家举行出嫁仪式，第二天在男方家进行婚娶仪式，第三天结束。

新娘戴头面有两种方式：一种是在娘家出门前佩戴；一种是到婆家后才戴，表示已婚。（杨永贤　摄）

新郎冠戴：女方家要为新郎制作一套新装和系腰，迎亲结束后，为新郎穿戴，并在系腰上插一个羊巴骨，以示祝福。（杨永贤　摄）

婚礼帽：这是裕固族新娘才戴的红缨帽，与平时已婚妇女的帽子有所区别。（钟莉　摄）

送亲：裕固族送亲时，由迎亲的新郎带头，其他人随意相随，新娘要与其未婚弟弟共乘一个坐骑。（杨永贤　摄）

另外，裕固族还有一种婚俗，即东部裕固语的地区“勒系腰”婚和西裕固语地区的“帐房杆子戴头面”婚，它只是一种仪式，而不是真正的婚约，现已失传。

随着社会的发展、生活水平的提高，传统生活方式急剧改变，裕固族婚俗已趋失传，懂得其中的仪式、禁忌、习俗、赞词等内容的人已越来越少，不加以保护将面临整个婚俗的失传。裕固族婚礼仪式主要分布在甘肃省肃南裕固族自治县明花乡、大河乡、皇城镇、康乐乡。

## 回族传统婚俗

### 申报地区或单位：宁夏回族自治区

宁夏回族婚俗与宁夏回族族源的形成相辅相成，它不但是穆斯林信众人生礼仪的一部分，也是多民族风俗结合的产物。人们在适应和改造环境的过程中，形成了当地的文化特色，因此，回族婚俗也是宁夏地域特征在民俗生活中的集中反映，承载了诸多的民族、地域文化特征和丰富的文化事项。

回族老人常常把给儿子举行婚礼、完婚叫做“卸担儿”，认为这是“终身大事”，也是老人的责任。婚姻大事进入婚礼议事日程，有提亲、看家道、相亲、道喜、娶亲、念尼卡哈、摆宴席、要公婆、闹洞房、认大小、回门等程序。摆宴席，是婚礼的高潮部分。宁夏回民一般把举行婚礼或办喜事称做“摆席”、“宴席”。宴席曲，就是“唱家子”在婚礼宴席上即兴演唱的“家曲儿”，其中有喜歌、夸赞新人，致谢亲朋的“表针线”，助兴的“叙事曲”，诙谐幽默的“酒曲子”等，是婚礼最喜庆和热闹的环节。宴席曲是回族婚俗文化中的精华部分，其词句文雅健康，曲调优美流畅，内容极其丰富，既有营造喜庆气氛的功能，也有传授教化的功能，是研究回族民族史和音乐史的一份可贵的原始资料。回族婚俗因宴席曲而独具特色，同时因回族婚俗的世代承袭才得以将回族诸多的艺术形式保存传承。

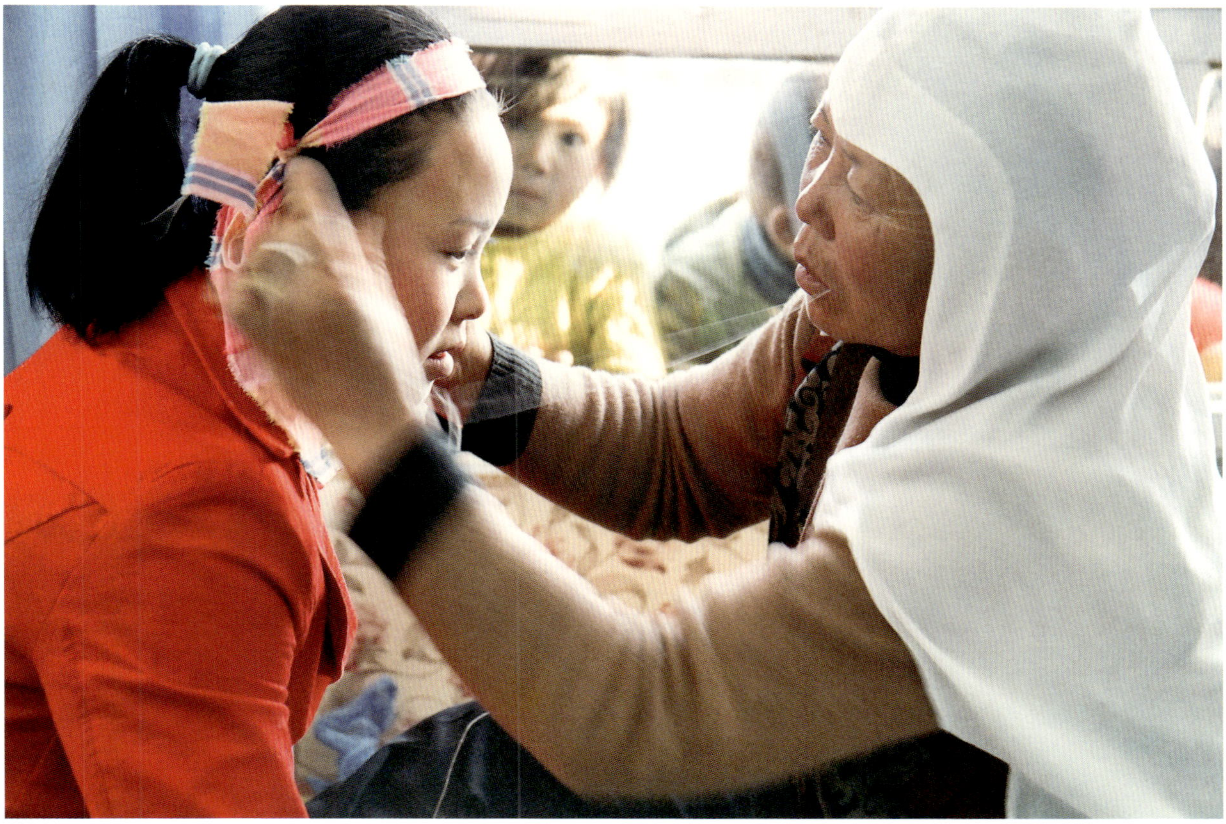

开脸一扯（《宁夏民俗》 提供）

认婆婆（安宇歌 摄）

说教（安宇歌 摄）

回族的婚姻中既有宗教内容，又有民俗文化的内容，随着时代的发展，回族婚俗因受到现代社会思潮的影响，一些传统婚俗慢慢淡出人们的生活。今天，在回族婚礼上传唱久远的宴席曲，正逐渐在婚俗中消失，使得回族婚俗失去特色和光彩，因而保护和传承回族婚俗及宴席曲，是对回族文化基因的保护，对民族艺术的珍存。

# ■ 哈萨克族传统婚俗

申报地区或单位：新疆维吾尔自治区伊犁哈萨克自治州

新娘与伴娘（巴合提别克　摄）

为嫁娘致祝词（那孜雅　摄）

嫁娘与母亲、伴娘哭别（扫描自《中国新疆民间文化遗产大观》）

吉尔特斯（彩礼）仪式 （扫描自《中国新疆民间文化遗产大观》）

哈萨克语中称“婚礼”为“克勒恩吐苏入托依”。哈萨克族作为马背民族，其婚俗也表现出古老游牧民族的遗风。哈萨克族婚庆仪式包括一系列严格的程序，主要有说亲仪式、订婚仪式、送彩礼仪式、出嫁仪式、迎亲仪式。哈萨克人在同一个氏族部落内结亲时，七辈之内不得通婚。七辈之内不准通婚主要是以男方的氏族血缘关系来计算的。

“哈萨克族婚俗”主要分布在新疆维吾尔自治区伊犁哈萨克自治州所辖的塔城、阿勒泰两个地区和10个直属县市，木垒、巴里坤两个哈萨克自治县，乌鲁木齐地区，昌吉回族自治州各县与博尔塔拉蒙古自治州境内。

哈萨克族的婚俗发源于古代乌孙，自15世纪中叶形成了哈萨克族这一民族共同体以来，相继问世了《哈斯木汗法典》、《叶斯木汗习惯法》、《头克汗法典》等习惯法，这些习惯法对哈萨克族婚丧、嫁娶等礼俗进行了规定。自此哈萨克族的婚礼便以其特有的仪式程序流传在民间，至今还比较完整地保留着哈萨克婚礼的仪式程序，并发展演变成为具有游牧民族特色的民俗现象。

哈萨克族婚俗涵盖哈萨克人历史、文化、人生礼俗、审美情趣、价值取向等内容，带有浓郁的草原文化特点，是哈萨克族传统文化最突出的表现形式，涉及哈萨克族衣食住行等方方面面，富有强烈的地方特色和独特的民族特色，是哈萨克族传统文化的重要载体，对研究哈萨克族文化、历史、民风民俗等具有重要的学术价值。

目前掌握着传统哈萨克族婚俗仪规的老一辈正不断减少，而年轻一代热衷于现代化的婚庆仪式，因此在传承上出现了后继乏人的状况，使传统哈萨克族婚俗的继承和发扬面临危机。

# ■ 锡伯族传统婚俗

## 申报地区或单位：新疆嘎善文化传播中心

锡伯族传统婚俗主要流行于新疆锡伯族聚居区。凡是锡伯人生活和居住的地方大都保持着本民族的婚姻习俗，在新疆除乌鲁木齐、伊犁地区以外散居的锡伯人当中亦有本民族的婚姻习俗留存。

锡伯族的婚俗历史悠久，至今在传统婚姻习俗中依然留存着古代渔猎文化及其后来从事农耕生产时期形成的婚俗文化。

锡伯族的婚姻是一夫一妻制，属从夫居的父权制婚姻形态。通婚讲究辈分，坚持同姓不通婚的原则。

在室外打定巴（关德光　摄）

迎亲路中被“拦路”（文小龙　摄）

室内大定巴（文小龙　摄）

锡伯族的婚姻形式大致经历说亲、订婚、阿吉萨林（小宴）、安巴萨林（大宴）、婚后生活等一系列独有的形式。

由于锡伯族人口较少，历来非常重视自身繁衍和社会发展，形成一家娶媳妇，大家都来出钱出物帮忙的习俗。所以它不仅是婚姻当事人的“终身大事”，同时又是双方家庭、家族大多数成员的一件大事。

婚礼是锡伯族婚姻的最高表现形式，婚礼大多在深秋或初冬举行，一般举办3天。婚后新婚夫妇在父母的带领下上坟地祭祖。婆婆还要带领新媳妇去亲戚家敬烟认亲，第九天新婚夫妇要到娘家省亲，满月后新娘回娘家住“对月”等。至此整个婚礼才算完成。

在锡伯族的婚姻习俗中，始终贯穿着歌舞音乐表演，一场婚礼往往以歌舞开始，以歌舞收场。由此形成诸如“说亲歌”、“丁巴歌”、“哭嫁歌”、“劝嫁歌”、“萨林舞春”（婚礼歌）等民歌。目前锡伯族的传统婚俗中的许多原生态成分正在流失，婚礼仪式、用品等都发生了变异，正在向现代婚礼仪式演变，在城市生活的锡伯人举行传统婚礼越来越少了，甚至在农村传统婚礼也很少举办。这种状况正在造成保护和传承婚俗内容、仪式及其文化内涵方面的诸多困难。对其进行保护已成为非物质文化遗产保护工作中的一项非常紧迫的任务。

1215
X-140

# 径山茶宴

申报地区或单位：浙江省杭州市余杭区

径山茶宴是杭州市余杭区径山万寿禅寺接待贵客上宾时的一种大堂茶会，是独特的以茶敬客的庄重传统茶宴礼仪习俗，是中国古代茶宴礼俗的存续。径山茶宴起源于唐朝中期，《余杭县志》有唐朝径山寺开山祖师法钦“佛供茶”条目，盛行于宋元时期，后流传至日本，成为日本茶道之源。

按照寺里传统，每当贵客光临，住持就在明月堂举办茶宴招待客人。径山茶宴从张茶榜、击茶鼓、恭请入堂、上香礼佛、煎汤点茶、行盏分茶、说偈吃茶到谢茶退堂，有十多道仪式程序，宾主或师徒之间用“参话头”的形式问答交谈，机锋偈语，慧光灵现。以茶参禅问道，是径山茶宴的精髓和核心。

径山茶宴堂设古雅，程式规范，主躬客庄，礼仪备至，依时如法，和洽圆融，蕴涵丰富，体现了禅院清规和礼仪、茶艺的完美结合，具有品格高古、清雅绝伦的独特风格，堪称中国禅茶文化的经典样式。

径山万寿禅寺新貌（鲍志成　提供）

说偈吃茶（鲍志成　提供）

径山茶宴具有悠久的历史价值和丰富的文化内涵，以茶论道，禅茶一味，体现了中国禅茶文化的精神品格，丰富并提升了中国茶文化的内涵，具有学术研究价值。径山茶宴是日本茶道的渊源，对中日文化交流起到桥梁和纽带作用。径山茶宴对于近代“茶话会”礼仪的形成，对杭州地区民间饮茶礼仪习俗的存续都有重要影响，民俗学价值突出。

径山茶宴——煎汤点茶（鲍志成　提供）

1216
X-141

# 装泥鱼习俗

申报地区或单位：广东省珠海市斗门区

泥鱼生活的滩涂（梁力生　摄）

装泥鱼是广东珠海市斗门区乾务镇极富地方特色的一项传统技艺，最早起源于清乾隆三十年（1765），在虎山村、荔山村、马山村、网山村、大海环村、石狗村尤为兴盛，至今已有二百四十多年的历史。

斗门区乾务镇地处广东省珠海市西部，濒临南海，属滨海大沙田地区。这里水网交错，气候温和，盛产泥鱼、沙虾、青蟹等种类繁多的水产品，六百多年来一直享有珠江口西岸“鱼米之乡”的盛名。它的西南面有一片咸淡水交界的黄茅海水域，海水咸度仅为3‰，是典型的低盐度地区，这里滩涂面积达三万多亩，生长着大量藻类植物，腐植质丰富，为泥鱼生长提供了独有的、必不可少的水质条件和食物来源。

清同治十二年出版的《香山县志》（本衙藏版）卷十四中记载：“弹流鱼即田流鱼，一名花鱼，一名七星鱼。色灰黑，长三四寸，身有花点，肉嫩，味清美，可作羹。”因为花鱼颜色与泥土相近，村民们习惯把它叫做泥鱼。

装泥鱼技艺主要有制作渔笼、制作渔篓、制作泥板、捕捉泥鱼四道主要程序，具有地域性、独创性、实用性和性别差异性的特点。这一传统技艺祖祖辈辈相传至今，家喻户晓，生动地记载了一个地域活态的传统技艺发展历史，对它予以抢救性的保护和传承，具有非常重要的意义。

乾务镇虎山村村民在泥滩上装泥鱼（梁力生　摄）

乾务镇虎山村村民在编织笼身（梁力生　摄）

乾务镇虎山村村民在编织泥鱼笼（梁力生　摄）

1217
X-142

# 苗族栽岩习俗

申报地区或单位：贵州省榕江县

苗族栽岩是由苗族民间实施习惯法而产生的习俗。苗族议榔制是历史上苗族社会组织的一种，议榔制可以由一个鼓社、一个寨或几个寨，乃至整个地区组成，苗族习惯法称为“议榔规约”。每次议榔会议前，先由寨头们商议议榔内容，然后召开群众大会，宣布议定的议榔规约，由大会通过。有的议榔后在会址竖石一块，表示习惯法坚如磐石，不可更改。议榔栽岩是苗族的口碑条款规约，在苗族社会里有悠久的历史，是私有制社会以后出现的，规范人们行为的产物，有很强的法律约束力。

议榔的目的是维护人们正常的生产和生活，表现形式是用赌咒的方式来颁布条款、规约。条款、规约颁布以后，靠赌咒的“魔力”和寨老以及群众的互相影响、互相制约、互相监督等来完成条款规约的实施。岩是规约的载体，过去栽的岩无文字，规约和款项自议榔师向族人、寨老或群体宣布通过，规约就自然保存于人们的头脑中，以后有触犯相关规约的事件案件，族老或寨民就以案件轻重罚相关的银两，重者都是以杀头修榔。

议榔栽岩有一寨的议榔，有数寨联合的议榔，有区域性或族群的议榔等。议榔栽岩还有多人的议榔，也有个人议榔；有关于习俗、友谊、防护的议榔，也有驱邪、划分界线等的议榔。以某一寨议榔的如摆贝寨头的议榔栽岩；数寨议榔的如高趴的议榔栽岩和高武飞山庙的《榔规》碑以及高懂的离婚岩；区域性议榔的如古歌唱的“阵林五果”栽岩、“摆也应利”栽岩和五公栽岩等。

议榔栽岩除其自身的法律作用外，对研究苗族历史也有很大的帮助，因为苗族过去没有自己的文字，苗族历史和许多优秀文化只能在古歌或习俗上体现。议榔栽岩古歌传唱远古，目前，苗族栽岩古歌在榕江境内许多老人中保存较好，歌词传唱久远，涉及的地名也多，唱到榕江之后才隐约对应到现在的地址。榕江之前找不到，只在古歌里提起，但不知是什么地方。

议榔栽岩为苗族社会的和谐稳定，促进苗族社会的发展，起到重要的作用。

三盘苗寨保家岩（杨远松　摄）

高懂苗寨村口栽岩（杨远松　摄）

高武护寨岩、控乃栽岩

摆贝寨口栽岩、高邑婚姻岩

苗族栽岩习俗（杨远松　摄）

1218
X-143

# 柯尔克孜族驯鹰习俗

## 申报地区或单位：新疆维吾尔自治区阿合奇县

驯鹰习俗是柯尔克孜族长期以来形成的一种生产生活习俗，也是游牧民族的主要生活习俗。捕获猎鹰是驯鹰习俗的开始。

为了消除鹰的野性，牧民们一般使用“熬鹰”的方法，就是蒙上鹰眼，把它放在一根横吊在空中的木棍上，来回晃动木棍，使鹰无法稳定地站立，消除鹰的自然野性。“熬鹰”过后还要“养鹰”，养鹰也有一套方法，驯鹰人把肉放在手臂的皮套上，让鹰前来啄食，同时调训其从空中俯冲捕食的能力。

鹰的寿命大约在40—50年间，柯尔克孜族人一般将一只鹰人工驯养5—7年后就必须放归大自然，让其繁衍后代。

驯鹰作为柯尔克孜族的生活习俗，在过去的游牧生活中起到了捕食的重要作用，现在政府极力改善农牧民的生活现状，在全县各乡镇大力推广牧民定居和抗震安居房，必将对柯尔克孜族的游牧生活产生影响，加之鹰是国家二级保护动物，也不允许随意抓捕，同时现代的狩猎手段也产生了极大的变化，都与驯鹰这一传统民族习俗有冲突，导致这一传统生活习俗濒临失传。

驯鹰者给猎鹰喂捕到的猎物（何卫东　摄）

猎鹰者给正准备捕猎的猎鹰喂食（何卫东　摄）

阿合奇县节庆活动时，百余名猎鹰者入场场景。（阿力　摄）

1219
X-144

# 塔吉克族服饰

申报地区或单位：
新疆维吾尔自治区塔什库尔干塔吉克自治县

塔吉克族服饰在中国少数民族服饰文化中特色鲜明。据玄奘《大唐西域记》记载：朅盘陀国王族的相貌、服饰“貌同中国，首饰方冠，身衣胡服”。正反映出古代塔吉克族服饰的特点。

塔吉克服饰与其生活的环境有密切的关系，服饰包括男式、女式和儿童三种，有帽（单帽、皮帽）、头巾、外衣、裤子（皮、棉、单）、裙子（布、绸、缎）、腰带、毡靴、皮靴以及妇女的首饰等。

由于长年生活在帕米尔高原，塔吉克族服装主要以棉、皮衣和夹衣为主，没有明显的四季服装。但是服饰的皮、毛、布、绸、绒、丝等多种原

新娘装（楼望皓　摄）

料的选择和服饰图案的运用布局、色彩的搭配，以及妇女服饰的设计、首饰的造型和佩戴，都反映了塔吉克族的审美情趣和审美心理，反映了民族的特征和民族的性格，具有较深的文化内涵。

塔吉克族的服饰具有明显的民族特色，颜色鲜艳，色彩丰富，与他们生活的环境形成了鲜明的对比。在色彩的运用上十分大胆，对比强烈，具有视觉的冲击力；在造型上和式样上，又显得别致而富有美感。

塔吉克族服饰在表现性别、年龄、已婚和未婚上都有明显的区别。妇女的服饰多以红色为主，显得艳丽；男式服饰主要以黑色和较深的颜色为主，显得庄重。

塔吉克族是中国人口较少的民族之一，服饰款式独特，色彩华丽，具有鲜明的民族特点，这在中国少数民族中具有一定的代表性。对研究中国少数民族的服饰文化、服饰发展史有一定的价值。

随着交通的发展和服装市场的繁荣，形式多样、穿戴方便、价格低廉的现代服装越来越受到塔吉克人的青睐，而价格昂贵、制作繁琐、穿戴不便的传统服饰，渐渐被淘汰，会制作塔吉克族传统服装的人越来越少，传统服饰的制作显得后继无人。塔吉克族传统的民族服饰面临濒危境地。

穿乔鲁克靴和花毛线袜的塔吉克人（楼望皓　摄）

善刺绣的塔吉克族妇女（楼望皓　摄）

# 国家级非物质文化遗产

# 扩展项目名录

# 民间文学

（扩展）

国家级非物质文化遗产扩展项目名录

1
I-1

# 苗族古歌

申报地区或单位：湖南省花垣县

对歌（石伟军　摄）

苗族古歌是苗族古老的口头文学形式，其内容包括开天辟地、战争迁徙、风俗习惯、生产劳动、神话传说、爱情故事、情歌礼辞、丧葬火把、苗医苗药以及天文哲学等。苗族古歌的传播有两种形式：口头演述和抄本流传。

苗族古歌源远流长。自苗族先民三苗、灌兜、南蛮、武陵蛮，到宋时的苗族，都一直把它视为自己的"百科全书"而广为传诵，家喻户晓。"文革"十年浩劫中，它的手抄本和方块苗文记载本被焚烧殆尽，但苗族人民还是悄悄地用民间口传的形式，将其保存了下来。

苗族古歌广泛流传于湘西土家族苗族自治州的花垣县、吉首市、凤凰县、保靖县、古丈县、泸溪县以及与之接壤的贵州、重庆和湖北等地。地处云贵高原的余脉武陵山区，这里山峦叠嶂、森林密布，经济相对落后，环境相对封闭，成为民间文学繁衍的土壤。

苗族古歌对研究苗族古代的历史、政治、经济、宗教、哲学、文学、艺术、祭祀、医学、农学、天文、民俗、军事以及民族迁徙等，具有重要的价值。作为苗族最重要的文化遗产，苗族古歌在加强民族凝聚力、构建和谐社会方面有着现实意义。

相亲时的古歌，演唱苗族古歌的场景。（石伟军　摄）

团圆歌（吴兴伟　摄）

坐堂歌（简隆军　摄）

迎客歌（简隆军　摄）

说礼词（简隆军　摄）

8
I-8

# 孟姜女传说

申报地区或单位：山东省莒县

莒故城垣（局部）（杜树景　摄）

孟姜女传说的滥觞，源于齐国对莒国发动战争。齐庄公四年（前550），齐庄公派大将杞梁、华周带领士卒偷袭莒国，结果杞梁被莒兵俘获，并被杀死。战争结束，新婚后的杞梁妻孟姜女，思夫心切，决定前往莒国寻找丈夫。孟姜女一路啼哭，不顾疲累来到莒城，看到城墙上悬挂着丈夫的头颅时，不由得心如刀绞，泪如雨下。一声闷雷，山摇地动，悬挂杞梁头颅之处的城墙倒塌，连同孟姜女一并埋没。人们掘开坍塌土石，却不见孟姜女和杞梁的人头。人们说，他们阳间情未了，阴间续姻缘，又做夫妻去了。这便是莒地及周边地区广为流传的孟姜女传说。

孟姜女传说流布全国。与其他地方流传的孟姜女传说不同，作为故事发生地的莒地流传的孟姜女传说，其主要内容，不是围绕着秦长城和秦始皇与孟姜女之间展开的，而是围绕着齐长城和齐莒之战与孟姜女之间的纠葛展开的。在莒地的传说中，由于发动战争导致夫妻分离而产生的悲剧结果，是莒地传说的典型特色。至今莒县一带的老年妇女，在特定场合仍然以孟姜女传统曲调来抒发感情，这种哭调在农村广泛流传，形成了一种哭文化。

孟姜女说书场（严庆军　摄）

古城墙处的讲述者（杜树景　摄）

9

I-9

# 董永传说

## 申报地区或单位：江苏省丹阳市

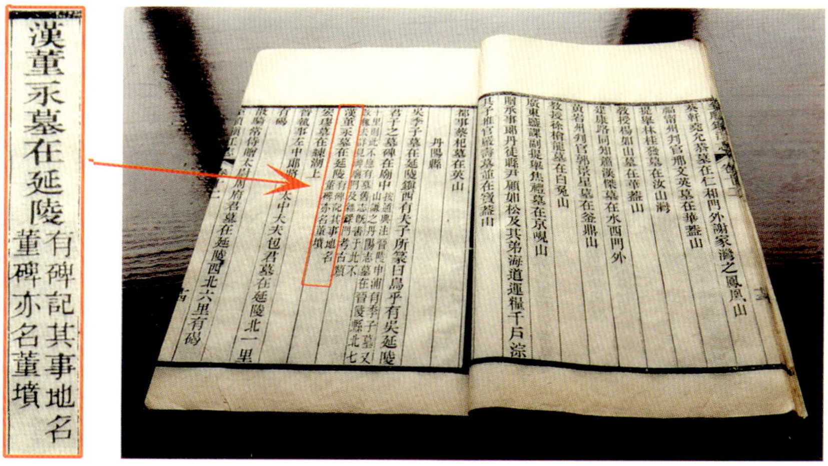


元至顺《镇江志》中有关董永坟的记载（丹阳市文化馆　提供）

董永传说渊源久远，是当代中国最为流行的传说故事之一，在江苏省丹阳市也得到广泛传承。相传董永是丹阳延陵人氏，家境贫寒，侍亲至孝，因老父亡故无棺木下葬而卖身为奴。他的孝行感动了玉帝的小女儿——七仙女。于是七仙女私自下凡，在槐荫树下与董永结为夫妇。男耕女织，互敬互爱，共同偿还了债务。不料，玉帝得知七仙女下

故事家口述董永传说（岳国斌、荆红 摄）

董永传说中的望仙桥（丹阳市文化馆 提供）

传说中董永和七仙女的定情树——槐荫树（丹阳市文化馆 提供）

凡后，派天兵天将把七仙女捉回天庭，从此，这对天上人间的爱侣被生生拆散。后来，七仙女在天上产子送达人间，董永抚养长大。子盼母心切，在望仙桥跪盼母亲，跪了七七四十九天，终于母子相会。望仙桥上留下了一对深深的小膝印。

元至顺《镇江志》记载：汉董永墓在丹阳延陵，有碑记其事，地名董碑，亦名董坟。明嘉靖顾觉宇唱本《织锦记》载："董永字延年，润州（今镇江市）丹阳人。"明万历年间青阳腔唱本《槐荫记》载："董永原籍为丹阳县人。"清光绪《丹阳县志》记载：丹阳延陵南有望仙桥（1958年区划调整后，望仙桥划至金坛市，紧邻丹阳延陵）、董永墓。汉董永佣力养亲，亲殁，就主人贷钱一万缗营葬，道逢一妇，求为妻，与偕主家，织缣三百匹以偿主。一月而毕。辞永曰："我织女，缘君至孝，帝令助君偿价。"言旋凌空去。后人名其地曰"董陂"，桥曰"望仙"。"文革"前，董永墓在丹阳境内延陵的董阁庄，董永庙在丹阳珥陵的董甲。"文革"中遭到毁坏。

以《织锦记》、《槐荫记》为蓝本的黄梅戏《天仙配》唱遍大江南北，"家住丹阳姓董名永"的唱词更是家喻户晓，妇孺皆知。地方戏、电视剧等文艺形式搬演董永传说，使董永传说获得了新的生命活力。

522
I-35

# 尧的传说

## 申报地区或单位：山东省菏泽市牡丹区

山东省菏泽古称“曹州”，牡丹区位于市区中心，是史前尧舜二帝主要活动地区之一。《诗经》：“昔尧尝游成阳，死而葬焉。舜耕历山，渔雷泽。”清代《续山东考古录》：“成阳、雷泽均在曹州府境内。”在相传尧帝游历之地和死后葬所的菏泽，至今还在民间流传着关于他的神话传说。这些神话传说，既是古典神话在现代的延续，又在世代传承中多所增益，附上了一些新的地方元素。

尧合和万邦，晚年废除首领世袭制，禅让于舜。舜是有名的孝子，他继位后，不负重托，提倡教化，取信于民，后因到南方治水而葬于苍梧之野。千百年来，围绕尧舜二帝神话演变而来的史事传说不绝如缕，其主要内容包括：以《尧王访舜》为代表的以德治国、礼贤下士传说；以《尧立诽谤木》为代表的替民解忧、关怀民生传说；以《尧王夜观天象》为代表的制定第一部历法传说；以《尧王嫁女》为代表的尧舜平民化和生活情趣故事；以《六月六接姑姑》为代表的尧舜风俗儿歌传说。

尧陵遗址上的中华始祖尧帝塑像

明代天顺元年曹州知府范希正重修的尧庙碑

尧王寺村民在讲述尧舜传说故事

尧舜传说扎根民间，所涉地理风物、民风民俗、引典佐证，都有明显的地域特色。它以歌颂天下和合的鲜明主题，深受民众喜爱，尧舜怜悯苍生、以天下为公的无私风范感动教化着一代代菏泽儿女。加强对尧舜传说的保护，有利于中华文明的传承和发展。

523
I-36

# 牛郎织女传说

## 申报地区或单位：陕西省西安市长安区

先秦时，牛郎、织女二星以星辰形象构成隐喻式的联想出现在古代典籍中，尚未构成故事情节。西汉始，牛郎、织女星宿逐渐演变为民间神话传说。汉武帝元狩三年（前120），为了训练水军，在长安斗门沣河东面开凿昆明池，并在池畔东西两侧立牛郎织女石像，二石像隔池相望，上应天象、下顺民意。从此，以牛郎织女故事传说为主题的民俗活动更加活跃。魏、晋继承汉代风俗，曾设“乞巧”活动，至唐代又修建石婆庙。宋代以后，关于石婆（织女）、石爷（牛郎）的祭祀活动在长安地方志中相继记载，不但完整保留了牛郎与织女的爱情故事，而且成就了当地人物（孙寿义、孙寿仁），形成地方特色，甚至成为吉祥符号，并编成

石婆庙内的牛郎织女壁画（李龙盛　摄）

每年正月十五日进行的“牛郎织女结婚日”祭祀活动（李龙盛　摄）

村民讲述牛郎织女故事传说（李龙盛　摄）

秦腔《天河配》等戏剧常年连演不衰。时至今日，当地群众仍然普遍传述着牛郎织女这一美丽动人的爱情故事，民间还继续传承两种大的庙会活动：一是“农历正月十七”牛郎织女成婚日祭祀活动，二是“农历七月七日”牛郎织女鹊桥相会日祭祀活动。届时四面八方前来赶庙会的群众络绎不绝。

牛郎织女故事传说有着悠久的历史渊源和深厚的民间基础，在世界华人文化圈及日本、韩国及东南亚地区，有广泛的文化认同。其巨大的文化价值与积极的社会影响体现在：1. 传说折射出农耕社会的生产力发展状况和自给自足的农业文明。2. 传说与相关的民俗活动相辅相成，成为民众日常生活的组成部分。3. 传说描绘的爱情婚姻家庭理念，寄托着人们对幸福生活的向往和追求，对于建设和睦家庭、构建和谐社会有着极为重要的现实意义。4. 牛郎织女传说是文学创作的一个永恒的主题。

528
I-41

# 徐福传说

申报地区或单位：
江苏省赣榆县，山东省胶南市、青岛市黄岛区

徐福传说是关于历史事件和历史人物的民间传说，长期以来流传在沿海一带的民众当中。徐福，字君房，秦代方士，琅琊人，其于公元前219年和前210年，在琅琊台两次上书秦始皇，为其入海寻求神山仙药。公元前210年，徐福率3000名童男女和五谷百工由琅琊台下的琅琊港扬帆启航东渡日本，一去不返。两千多年以来，这一传说以故事、诗歌等民间文学形式口耳相传，世代流播。徐福传说深深扎根于民间，富有地方特色，特别是这些传说中的语言提炼尤为突出，所写地理位置、农家民俗，都有着浓郁的海洋文化特色。这些传说是我国民间文学宝贵的精神财富。

然而，受现代传媒方式的影响，如电视、网络和各种新式媒体的逐渐普及，民间传说故事的口头讲述活动逐渐受人冷落，一向主要靠口传心授方式传承的这一古老传说便失去了流传的主要载体，加之徐福传说传承人相继离世，使口头故事传承面临后继乏人的状况。

村民讲述徐福传说（王新正　摄）

秦始皇遣徐福东渡群雕

王家台后村的老人在徐福雕像前讲述徐福的故事（陈知保　摄）

徐福传说讲述者（苗运杰　摄）

徐福传说中徐福东渡出海的出海口（苗运杰　摄）

537
I-50

# 木兰传说

申报地区或单位：陕西省延安市宝塔区

延安木兰陵园一角（董正武　摄）

木兰传说是一个在民间广为流传的人物传说，北朝无名氏编写的民歌《木兰诗》（或称《木兰辞》）讲述了木兰代父从军戍边的故事：“旦辞爷娘去，暮宿黄河边。不闻爷娘唤女声，但闻黄河流水鸣溅溅。旦辞黄河去，暮至黑山头。不闻爷娘唤女声，但闻燕山胡骑鸣啾啾。万里赴戎机，关山度若飞。朔气传金柝，寒光照铁衣。将军百战死，壮士十年归。”（郭茂倩《乐府诗集·横吹曲辞·梁鼓角横吹曲》）一千多年来，这个传说一直流传在我国民众中，历久不衰。

传说花木兰在花园屯村住过的窑洞（董正武　摄）

延安市花园屯村的木兰桥（董正武　摄）

木兰的籍贯，史无确载，争论历代有之。至少有安徽亳州、河南虞城、湖北黄陂、陕西延安等说。明邹之麟《侠女传》："木兰，陕人也。代父戍边十二年，人不知其为女，归赋戍边诗一篇。"位于黄河西侧的延安万花山下的花源头村，被民众传为木兰故里之一。传说木兰征战归来后，不愿在朝廷为官，引退归故乡，活到80岁，无疾而终，被朝廷赐葬于她的故里山前。这里还有她当年跑马练武、盘弓射箭的跑马梁。人们缅怀这位传奇式的女英雄，当今又整修了"木兰陵园"，将木兰的英名世代相传。

木兰传说寄寓着亿万民众对木兰其人的崇敬之情，是对木兰热爱家国、壮志报国精神的最好肯定和褒扬。抢救、挖掘、保护木兰传说，对继承中华民族的传统文化及其精神，增强民族自豪感和民族凝聚力，具有一定的积极意义。

561
I-74

# 司岗里

## 申报地区或单位：云南省西盟佤族自治县

民间艺人讲述《司岗里》（李春华　摄）

佤族创世史诗《司岗里》，流传于云南省的沧源、澜沧以及西盟佤族自治县。“司岗”是佤语“石洞”、“洞穴”或“葫芦”的意思。作品描述了人类从“司岗”出来后发生的各种故事，包括人类起源，以及与之密切相关的动植物的产生、祖先事迹、村寨史、家族史、民族史、民族关系、英雄故事、爱情故事等。内容涉及佤族与自然现象、动植物、生产生活、家族历史、传统习俗、部落战争、祭祀、繁衍生息等方面。

《司岗里》通过佤族先民对宇宙万物和人类起源的独特阐释，富有想象力地描述了劳动创造世界的过程和原始宇宙观，表达了各民族友好相处、团结和睦的愿望。全诗五千七百余行，是一部气势恢宏的佤族创世古歌。

由于佤族没有文字，《司岗里》先是从讲故事的方式口述传承，逐步发展为吟唱歌咏的形式，至今已有上千年的历史。经过代代传唱，内容不断丰富，成为佤族历史、道德、宗教、哲学、风俗等民族民间传统文化的综合载体，是佤族人民集体智慧的结晶，也是佤族民间口述文学的

《司岗里》传说的社会实践（李春华　摄）

《司岗里》传承场景（李春华　摄）

《司岗里》传说社活动场景（岩老　摄）

经典之作。对于研究佤族民族起源、文学艺术、风俗习惯、生产生活、宗教哲学等方面，有着重要的历史价值和文学价值。

1949年中华人民共和国成立时，佤族由原始社会末期直接跨入新民主主义社会阶段，其创世史诗《司岗里》在20世纪50年代民族调查中，第一次用文字记录下来。20世纪80年代又有了完整的记录文本，并被译成汉文出版。

# 传统音乐（扩展）

国家级非物质文化遗产扩展项目名录

38 Ⅱ-7 畲族民歌

60 Ⅱ-29 侗族琵琶歌

61 Ⅱ-30 多声部民歌（潮尔道—阿巴嘎潮尔）

68 Ⅱ-37 唢呐艺术（徐州鼓吹乐、砀山唢呐、长汀公嫲吹）

76 Ⅱ-45 鲁西南鼓吹乐

83 Ⅱ-52 吹打（广西八音）

596 Ⅱ-97 海洋号子（长海号子、象山渔民号子）

604 Ⅱ-105 蒙古族民歌（乌拉特民歌）

608 Ⅱ-109 苗族民歌（苗族飞歌）

612 Ⅱ-113 彝族民歌（彝族山歌）

614 Ⅱ-115 藏族民歌（藏族赶马调、班戈昌鲁）

622 Ⅱ-123 锣鼓艺术（云胜锣鼓、中州大鼓、鄂州牌子锣、小河锣鼓）

623 Ⅱ-124 洞箫音乐（高陵洞箫）

635 Ⅱ-136 口弦音乐

637 Ⅱ-138 佛教音乐（楞严寺寺庙音乐、觉囊梵音、洋县佛教音乐、塔尔寺花架音乐）

638 Ⅱ-139 道教音乐（东岳观道教音乐、澳门道教科仪音乐）

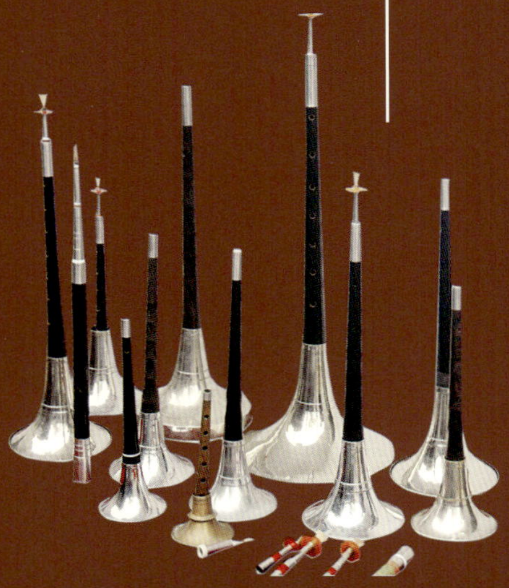

38
II-7

# 畲族民歌

申报地区或单位：浙江省泰顺县

对歌（季海波　摄）

明万历三年（1575），畲族迁入泰顺后，畲族民歌从此在山城落地扎根。浙江省泰顺县畲族民歌以轻声细语为特色，句首常细分强拍，尾音拖长，形成别具特色的“泰顺调”。此调虽和“浙闽调”（指闽东、浙南、浙西的商调式）大致相同，但由于语言等不同，在音域、音调等方面表现出其独特的个性。

泰顺畲族民歌可分为三类，分别为传统性民歌、革命山歌、新民歌。泰顺畲族民歌和其他地区畲族民歌一样，以“对歌”（或称“盘歌”）为主要形式，每逢婚嫁喜庆，或是有客自远方来，畲民们就要聚拢在灶房或厅堂对歌，对歌不论男女老少，人人都以唱赢对方为自豪，以歌对话、以歌会友、以歌传情。“对歌”的另一个特点是即兴编唱，见物唱物，见人唱人，无所不唱，使歌曲题材多式多样。其歌词古朴自然，清新活泼，充满山林气息，反映了泰顺畲族的风情特色。泰顺畲歌随着畲语代代传承，畲民爱唱畲歌，在当地涌现出诸如雷子新、雷君土、雷声泰等优秀歌手。

畲族年轻歌手（季海波　摄）

畲族歌手（季海波　摄）

竹林对歌（季海波　摄）

60
II-29

# 侗族琵琶歌

申报地区或单位：贵州省从江县

贵州省从江县侗族琵琶歌主要分布在贯洞、洛香、庆云、高增等乡镇的各个侗族村寨，以青年男女行歌坐月（谈情说爱）为主要内容。它在社会活动、舞台表演上大有展现。它的结构一般都是三弦，有时是四弦，侗族琵琶定音为：6、1、3或5、7、2和6、1、1、3或5、7、7、2，曲调大体都是民族调式羽调，主旋律几乎都以6、1、3小三和弦三个音为主要音列。

制作琵琶（韦德刚　摄）

侗族琵琶歌演唱（光黔　摄）

侗族琵琶歌演唱（韦德刚　摄）

侗族琵琶歌演唱（韦德刚　摄）

侗族琵琶歌演唱（韦德刚　摄）

61
II-30

# 多声部民歌

## 潮尔道—阿巴嘎潮尔

申报地区或单位：内蒙古自治区阿巴嘎旗

潮尔演唱（包玉梅　摄）

潮尔道是蒙古民族古老而独特的一种多声部民歌演唱形式。传统的潮尔道由长调和潮尔上下两个声部组成，歌手一般为男性。后期发展的潮尔道也有女性参与。歌手用嗓音发出不同的音和音色，调整口形，胸腔共振产生双音同度和8度的奇妙的和声效果。阿巴嘎潮尔即我们通常所说的潮尔道。

潮尔道曲内容庄重肃穆，含义古朴，哲理深刻。它不允许在生活中的亲朋小聚等一般场合演唱，也不允许与情歌、讽刺歌曲等混唱，只有在国事祭奠、敖包祭祀、王公贵族升迁等庄严场合或隆重、盛大的群众集会时才可以演唱。演唱者必须穿戴整洁，蒙古族男子佩带饰物（如蒙古刀、火镰等）一应俱全，气宇轩昂地站立于聚会的主席之前或在蒙古包正中庄严地演唱。潮尔道的演唱曲目有严格的前后顺序。例如在国事礼仪中必须先唱《额日特查干》，然后唱《那日莫图满都呼》，最后以《圣主成吉思汗》结束。在阿巴嘎旗流传的曲目主要有《额日特查干》、《阿拉腾阿如拉》、《罕德勒嘿》、《圣主成吉思汗》、《车布日赛汗荷日》等。目前这种古老的演唱艺术正在从式微中逐渐复兴。

演唱潮尔道（包玉梅　摄）

演唱潮尔道（包玉梅　摄）

演唱潮尔道（包玉梅　摄）

68
II-37

# 唢呐艺术



## ■ 徐州鼓吹乐

申报地区或单位：江苏省徐州市

民俗活动中的徐州鼓吹乐演奏（王兴华　摄）

徐州唢呐以徐州的丰县、沛县、睢宁县和市区最具代表性。作为京杭大运河漕运枢纽的徐州，唢呐在明代走进了徐州民间音乐生活。

徐州唢呐曲目繁多，内容丰富，具有代表性的曲牌可概括为8个字："摇金凡调"、"三令四来"。"摇金凡调"是指《柳金摇》和《凡字调》；"三令四来"是指《将军令》、《得胜令》、《回马令》及《到春来》、《到夏来》、《到秋来》、《到冬来》。

唢呐在徐州有着深厚的历史和文化根基。1952年，徐州成立了"徐州市民间音乐协会"，聚集了许多唢呐吹奏高手。1956年，在上海举办的"华东民间音乐舞蹈汇演"中，徐州组建的民间唢呐队在公演中一鸣惊人，给组委会和广大观众留下了深刻的印象。

徐州唢呐在领奏、伴奏或与锣鼓合奏中，具有独特的艺术效果，通

徐州唢呐世家（王兴华　摄）

乐器（王兴华　摄）

常在民间吹歌会、秧歌会、鼓乐班、戏曲、歌舞等表演中使用。徐州唢呐适于表现热烈、欢乐的气氛和雄浑、壮阔的场面，尤其是豪放、泼辣的曲调具有震撼人心的效果。同时，又能深刻、细腻地抒发内在的思想感情，惟妙惟肖地模仿飞禽啼鸣、昆虫轻唱，给人以绕梁三日的美感。

近年来，这一民族民间音乐形式因后继乏人面临失传的危险，亟待抢救和保护。

## 砀山唢呐

### 申报地区或单位：安徽省宿州市

砀山县地处安徽省最北端，与苏、鲁、豫、皖四省七县市接壤。历史上，中华民族的摇篮黄河曾经横穿境内七百余年，水陆交通畅通，商贾云集，素有九洲通衢之美誉。齐鲁礼乐典仪与梁宋中原文明交汇，形成了厚重的历史和民间传统文化积淀。唢呐艺术深受人民群众喜爱并得到了良好的传承，是砀山县这片民族传统文化沃土上的一枝艺术奇葩。据考证，明朝正德年间（1506—1521），唢呐已在砀山县广泛流传。明代王磐在其《王西楼先生乐府·朝天飞》一词中写道："喇叭、唢呐，曲儿小、腔儿大……"

每年举办一次的唢呐大奖赛涌现出来的新秀（颜辉　摄）

砀山民间对唢呐有独特的称谓，高音唢呐称尖笛，低音唢呐称大笛，且吹奏形式有咔腔、闷腔、咔戏，吹奏技巧有单吐、双吐、

民俗活动中的砀山唢呐吹奏（黄世东　摄）

民间唢呐老艺人（阚碧　摄）

民间唢呐艺人（阚碧　摄）

民间唢呐艺人（颜辉　摄）

三吐等。曲牌代表作有《百鸟朝凤》、《六字开门》、《拜堂》、《锔锅》、《抬花轿》、《欢乐调》、《丧调》等。

砀山唢呐的形成、沿革和提高，影响并带动着苏、鲁、豫、皖周边地区民间唢呐艺术的发展。新中国成立初期，砀山民间唢呐艺人张连生、陈玉兰曾参加过中国人民慰问团赴朝鲜慰问志愿军，在华东地区文艺调演中受到周恩来、彭德怀、陈毅等国家领导人的接见。

## ■ 长汀公嫲吹

### 申报地区或单位：福建省长汀县

“长汀公嫲吹”是用“公吹”和“嫲吹”的对奏为主奏，配以二胡、椰胡、三弦、扬琴等弦乐、弹拨乐器和大鼓、小鼓、大钹、小钹、云锣、大锣等打击乐器的合奏形式，流行于闽西长汀县，属于“长汀鼓吹”中最具特色的一种民间器乐演奏形式。据传已有一千多年历史，有据可查的已有六百多年历史。其乐器编配主要由一对高低音唢呐组成（筒音相差纯四度），二者对奏，和吹。高音唢呐称“公吹”，其杆身短而细。低音唢呐称“嫲吹”，其杆身长而粗。公吹所奏旋律称为“雄句”，嫲吹所奏旋律称为“雌句”。演奏时，公嫲二吹之间形成对奏、支声关系，曲调一问一答，哀怨缠绵，如泣如诉，抒发了客家先民对北方故土的思乡情怀和思念远方亲人的哀怨之情，是一种客家人怨战乱、盼和平、求安宁的诉求之声。昔时，此曲专用于丧事吹奏。

长汀公嫲吹的传承，基本上由民间艺人口头传承，由于老艺人相继去世，年轻艺人大都不愿意学习，演奏者甚微，处于濒危状态，亟待抢救挖掘。

公嫲吹传习培训（胡晓刚　摄）

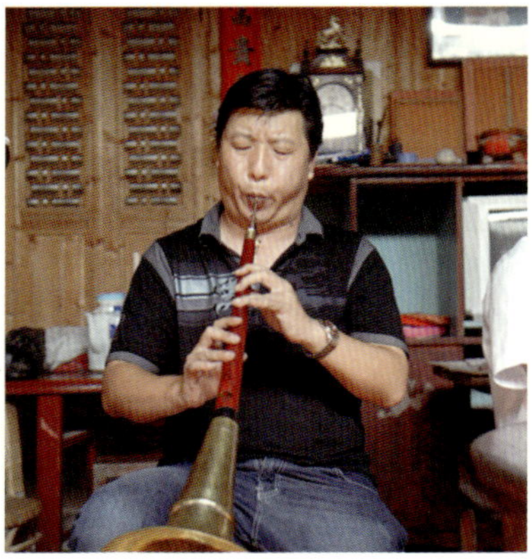

嫲吹（胡晓刚　摄）

公嫲吹演奏排练（胡晓刚　摄）

公吹（胡晓刚　摄）

76
II-45

# 鲁西南鼓吹乐

申报地区或单位：山东省巨野县、单县

章缝镇王家唢呐班在演出中（姚继平　摄）

鲁西南鼓吹乐，当地又称“吹响器”、“吹呜哇”，是一种以唢呐为主奏乐器的民间音乐形式。常用的伴奏乐器有笙、笛、梆子、鼓、镲等，乐队一般6—10人，吹奏的曲目除传统的唢呐曲牌和独奏曲以外，还可以用“咔戏”的形式演奏一些地方戏曲。因其高亢嘹亮，音色甜美，有着丰富的音乐表现力和浓郁的地方特色而深受群众的喜爱。

鲁西南鼓吹乐由吹管乐器和打击乐器组成。现在以唢呐演奏为主，以笙、笛子、梆子等伴奏为辅。常用的演奏技法有泛音、指花音、打音、垫音、气拱音、气顶音、花音、滑音等。

鲁西南鼓吹乐朴实爽朗、粗犷雄健、浑厚挺拔，但又不失其柔美、抒情，有着浓厚的乡土气息，具有很高的艺术价值、研究价值和实用价值。

近年来，随着老艺人的去世，鲁西南鼓吹乐面临着失传的危险，保护鲁西南鼓吹乐已是当务之急。

陈家班（姚继平　摄）

柏家班（姚继平　摄）

田家班（陈文娟　摄）

郜家班（陈文娟　摄）

徐家班（陈文娟　摄）

陈家唢呐班所用乐器（姚继平　摄）

83
II-52

# 吹打

## 广西八音

申报地区或单位：广西壮族自治区玉林市

八音迎亲

广西八音，又称“桂南八音”，是中国民间器乐的一个乐种，因使用鼓、锣、钹、笛、箫、弦、琴、人声等八种乐器演奏而得名“八音”，主要流布于南宁、玉林、贵港、钦州、梧州、贺州等地的汉族、壮族、瑶族聚居地。它曲调优美、嘹亮，演奏风格热烈、欢快，富有广西地方民族特色，是广西颇有影响的民间器乐艺术，其中以玉林的八音最具代表性。

玉林地处广西壮族自治区东南部，古称“鬱林”，自史以来就有“千年古州”之称。早在原始社会末期，居住着西瓯、骆越等部落。秦始皇在岭南设郡时，玉林境地始有行政建制。在玉林建州的唐末宋初，西北边境少数民族的民间乐曲开始传入广西，并很快流传到广西南部。受这些外来民间乐曲的影响，广西南部地区的历代民间艺人糅合了当地民间音乐元素，创造了具有桂南地方特色的民间器乐——广西八音。南宋孝

八音吹奏场景

乡村宴席八音奏庆

庙会

宗时期周去非在其撰写的《岭外代答》和清代光绪年间出版的《郁林州志》均有记载。

广西八音在演奏种类上因地域的不同而分为玉林软场八音、硬场八音，南宁壮族文场八音和武场八音等。在演奏形式上以合奏的形式来表现，主要有坐奏和行奏。在音乐功能上主要用于民间新居落成、婚娶、丧葬、祝寿、开业、节庆、迎宾等民间、民俗活动，也为舞龙、舞狮、民间戏曲、舞蹈伴奏，还在群众文艺舞台上表演，音乐表现力十分丰富，艺术生命力较强，深受人民群众喜爱。

596
II-97

# 海洋号子

长海号子
象山渔民号子

## ■ 长海号子

申报地区或单位：辽宁省长海县

在“文化遗产日”活动中进行宣传表演（姜忠君　摄）

传承人在实践撑大篷号子（张忠民　摄）

长海县是我国唯一的海岛边境县。长海号子是海岛居民在进行海上贸易和捕鱼等劳作过程中产生的各种劳动号子，主要流传于辽东半岛东侧的黄海北部海面上的长山列岛。长海号子源于东汉末年（220），直至清末民初（1911）才逐渐发展完善，到20世纪60年代处于鼎盛时期。

长海号子种类繁多，内容丰富，调式各异，主要分两大类：一类是船民号子，是运输船上的船民在劳动中呼喊的号子；另一类是渔民号子，主要是渔民打鱼时喊唱的号子。

长海号子曲调辽阔粗犷、高亢悠扬，多为四平腔、二六腔、流水腔、散腔、小滑腔、大滑腔及大甩腔。节奏生动、明快，多为4/4、2/4、1/4拍和散板，音节简短、词句通俗，多为三五个字。长海号子主要有：撑（读“掌”音）大篷号子（由“三起头”和“老号”组成）、拔锚号子、勒锚号子、摇橹号子、拉纤号子、出舱号子、推船号子、抽滩号子、拉网号子和拔鱼包号子等。

20世纪90年代，随着生产方式转变，老船工、老渔民相继去世等因素的影响，长海号子的发展一度陷入窘境，亟待加强保护。

部分传承人合影（张忠民　摄）

## ■ 象山渔民号子

### 申报地区或单位：浙江省象山县

象山渔民号子，由传统渔业生产中的渔民号子和海洋运输业中的船工号子等组成，统称“渔民号子”。石浦（东门）、爵溪是象山渔民号子的主要发源地和传承地。

象山渔民号子在唐宋时期已经初步形成，清康熙年间至民国期间达到繁荣。20世纪60年代中期，由于手工化捕鱼作业逐渐被机械化所替代，繁重的劳动逐渐变得轻松，号子的生存空间不断萎缩，渔民号子渐渐消失。

象山渔民号子按工序分为：起锚号子、拔篷号子、摇橹号子等二十多种；按操作所需要的力度大小又可分为：大号、一六号和小号，各类号子之间相互灵活通用。

传承人在示范喊拔篷号子（解亚萍　摄）

传承人喊着号子指挥渔民拉网（解亚萍　摄）

传承人在码头实践渔民号子（解亚萍　摄）

传承人喊着拔锚号子与渔民一起拔锚（解亚萍　摄）

象山渔民号子作为象山海洋特色的民间艺术形式，已被象山县文化部门列入了抢救、保护的行列，并通过各种办法和手段，取得了实质性的保护成果。

604
II-105

# 蒙古族民歌

## 乌拉特民歌

申报地区或单位：内蒙古自治区乌拉特前旗

演唱乌拉特民歌（陶格斯　摄）

乌拉特蒙古族民歌主要流行在四个地区：乌拉特前、中、后旗牧区及包头西部蒙古族居住区，这四个地区的民歌风格各不相同。新中国成立后，近邻鄂尔多斯民众大量涌入乌拉特中、后旗，民歌内容和唱腔、旋律等演唱风格随之有所改变，而乌拉特前旗牧区，还完整地保留着古老乌拉特原生态民歌独特的风韵。

乌拉特民歌有长、短调之分，长调民歌（诗歌）在酒席场合很受尊重，如婚礼、祝寿、过节等酒席上什么时候唱什么歌都有很严格的规定，开头歌曲《三福》长调，五组轮回，一组三首，每首歌曲后面加唱“衬歌”，延续整体歌曲的完整性，结尾歌曲《阿拉腾杭盖》诗歌，也是原汁原味的乌拉特民歌最具代表性的特征。

随着社会的发展，民间酒席场合完全接受汉族习惯按城市宴席操办，很多民间歌唱讲究已经被丢弃，老一代传唱者逐年减少，年轻一代会唱的甚少，乌拉特民歌处于濒危状态。

乌拉特民歌自由歌曲演唱（陶格斯　摄）

乌拉特民歌传承群体（陶格斯　摄）

608
II-109

# 苗族民歌

苗族飞歌

## 申报地区或单位：贵州省剑河县

革东苗族妇女在仰阿莎文化节上演唱革东飞歌（杨茂 摄）

贵州省剑河县革东镇的苗族民歌飞歌因在革东地区流传而得名，称为“革东苗族飞歌”，苗语称之为“HXak Yangt”。其演唱使用苗语真嗓，声音高亢嘹亮、豪迈奔放，曲调明快、穿透力强、极具感染力，主要流传于剑河县革东镇和岑松镇、台江县施洞镇一带。

由于苗族是一个无文字的民族，其起源时间已无法考证。因演唱的双方隔山对歌，声音轻了听不清，只有大声喊方能让对方听清演唱内容，于是才产生了靠真嗓演唱、穿透力强、极具感染力的革东苗族“飞歌”。当地歌手的飞歌声震山谷、山鸣谷应，几里外都能听得清。其演唱的内容主要根据不同的活动内容来确定，田间劳作、结婚、嫁女、生子、起房造屋、谈情说爱、过年过节、走亲访友等活动都可以飞歌。

革东苗族飞歌的歌词，每一首一般在三十句左右，一首歌中，常有三字句、五字句、七字句、八字句等。曲调的节拍、长短和快慢都有大致的格式，在实际演唱中亦可自由发挥，起句及尾句一般都有拖音，演唱者可以用一口气尽情拖唱。

革东苗族妇女在山坡上演唱革东飞歌（杨茂　摄）

革东飞歌组合演唱场景（杨茂　摄）

612
II-113

# 彝族民歌

彝族山歌

申报地区或单位：贵州省盘县

“歌场”是彝族青年人谈情说爱的场所（段学国　摄）

盘县彝族山歌，是彝族传统文化的重要组成部分。主要流传在贵州省六盘水市盘县盘北地区，其中以盘县淤泥乡的山歌最具有代表性。

盘县彝族山歌按内容可以分为情歌、酒歌、劳动歌、叙事歌。从演唱形式上来分有独唱、两人对唱、群体对唱，也有集体齐唱和简单的二声部合唱；演唱的时间、场合也比较自由灵活，甚至歌词的语言，不少也是半汉半彝以至纯汉语的；歌词结构以七言四句为多见，也有四句一问、四句一答的，曲调婉转悠扬，被当地人称为“拉山腔”。“山歌出在淤泥河，人去背来马去驮。前头去了三匹马，后头还有九屯箩。”形象地唱出了彝族山歌的丰富多彩。

盘县彝族山歌有独特的演唱技巧，比如喉、头腔共振，真假声混合等，使其具有独特的魅力。老一辈人用“口传心授”的传承方式使这种巧妙的技巧得以延续。

彝族青年男女以歌为媒表达相识、相恋、相爱、探情（段学国　摄）

劳动时演唱淤泥彝族山歌（王铁飞　摄）

劳动时演唱淤泥彝族山歌（王铁飞　摄）

盘县彝族山歌通过对唱的形式，倡导尊老爱幼、夫妻恩爱、邻里和睦、勤劳善良、相互依存、人与自然和谐相处等理念，在当今人际、族际交流中具有广泛的教育意义，彝族人民在现代社会还继续传承着好客、友善的优良传统。对于加强民族团结、构建和谐社会起到重要的作用。

彝族姑娘山歌对唱(段学国　摄)

彝族小伙子山歌对唱(段学国　摄)

传承淤泥彝族山歌的彝族女性(王铁飞　摄)

彝族姑娘吹口哨(段学国　摄)

生活中的淤泥彝族山歌(王铁飞　摄)

614
II-115

# 藏族民歌

藏族赶马调
班戈昌鲁

## ■ 藏族赶马调

申报地区或单位：四川省冕宁县

对唱

冕宁藏族“赶马调”（藏语称“木弱加”），是安宁河流域牦牛古道和滇西南的茶马古道上流传的赶马调的一部分。

冕宁地处古代“南丝绸之路”的牦牛古道上，历史上曾是以藏族为主体之地，冕宁藏族先民可追溯到汉代活动于川西的古羌人部落白狼、牦牛等部落，在其“赶马调”中的“呜呼呼”的吆啊马的衬腔，还保留有西北和川西藏族的音调特征。它的音乐有浓厚的民族和地方特点，曲调高亢绵长、节奏自由，以五声调式为主，也有六声。“呜呼呼——”“呕——”装饰首尾。歌词内容集中，以反映赶马人的生活、思想情感、意愿追求为主。如“天上飞的麻鹞子，地上走的马脚子”，“驮马铃儿当当响，喜上心头把歌唱”，“好久不到这方来，这方大路垮成岩”等等。

传授技艺

载歌载舞

演唱藏族赶马调的女性

赶马调的主要特征有：内容具有赶马人生活为主体的鲜明性，音乐语言和风格的多样性以及特有的生活气息的浓郁性。它重要的价值是南丝绸之路上的历史见证，从中可透视“古道”路上的社会生活、民风民俗，有隽永的艺术魅力。

# ■ 班戈昌鲁

## 申报地区或单位：西藏自治区班戈县

班戈，藏语意为“吉祥保护神”，因境内的“班戈错（湖）”而得名。优越的地理、人文环境使这个地方的藏民先天造就了能歌善舞的性格。歌舞成为他们精神生活中不可缺少的部分，昌鲁（侠盗歌）便是广为流传的当地民歌。

昌鲁（侠盗歌）是藏北民歌的基本体裁之一，歌词多为即兴创作，历史悠久，蕴藏也极为丰富。歌腔自由舒展，曲调高亢、嘹亮，节奏自由、悠长，唱词陈述部分有规律的密集型节奏，与咏唱时的自由延长音形成了密集与宽放、规整与自由的鲜明对比，并且由于二者频繁而多样化的交替，丰富了歌曲的节奏布局，强化了歌曲音乐的表现力。昌鲁（侠盗歌）往往在音乐的一开始处便出现全曲的最高音，情绪饱满，先声夺人，自由延长的歌腔带给人以特殊的感受。有的歌则因音域较高而使用假声或真假声结合的歌唱方法。昌鲁（侠盗歌）流传分布主要集中在藏北一带，表现方法上大量采用比兴、比喻等手法，语言颇具特色，接近口语，作品具有较浓的生活气息。

深受牧民们喜欢的班戈昌鲁

班戈昌鲁演唱

622
II-123

# 锣鼓艺术



## ■ 云胜锣鼓

申报地区或单位：山西省原平市

云胜锣鼓实践场景（张俊杰　摄）

云冈大锣鼓，也称“云胜锣鼓”，还称“晋北大锣鼓”，主要流传于晋北地区，其中以原平市永兴村最为著名。在云冈石窟的第16窟中，就刻有手持小镲的锣鼓乐队，这说明小镲在北魏时期就已流行民间。当时，晋北高原战事频繁，该乐种常用于欢迎将士凯旋；战争结束后主要用于民俗节日演奏。至民国年间，这种民间艺术已有所式微。改革开放后，其传承人邢明轩、张林雨记录整理，大力传承，经常率队在国内外演出，屡获盛誉。1997年，音乐家吕骥先生听了该鼓乐后说：“它的演奏堪称为‘中国锣鼓交响乐’，一定要把它的曲目与音响都保留下来。”该乐种曲目丰富，现存133首，并拥有37种独特指挥法。

排练场景（郭晋文 摄）

演出前的准备

它与我国其他锣鼓所使用的鼓的演奏法的不同是：一到“三品二档”以上的曲目，演奏员就不用鼓棒，只用手指击鼓。各种乐器皆有“鸳鸯”打法（即男女合击一器的奏法）的绝活。据老艺人们说：“晋北大锣鼓的乐器性能是以鼓为君，象征骨骼；小镲为皇后，小锣是舌头，二者紧密配合，起筋脉血液的作用；大镲是皮肉，套锣是点缀，起辅助作用；木鱼象征眉目；再加上持鞭指挥是灵魂，就是一个完整的人。”

近年来，由于老艺人年事已高，锣鼓资料散落民间，无经费保护等多种原因，它已渐渐衰微，濒临失传。因此，对其加强抢救和保护，刻不容缓。

## ■ 中州大鼓

### 申报地区或单位：河南省新乡县

中州大鼓形成于明朝万历年间（1606），距今已有四百多年的历史，是豫北地区独有的鼓、铙、镲相结合的民间艺术形式。

据新乡县郎公庙镇赵堤村的天仙庙碑记载：万历年间（1606），为抗匪拒寇，村民捐资置鼓数面，用于鼓舞士气。清咸丰年间（1850），村民张万冕增置铙、镲、锣铜器，并组织了天地会、天爷会、火神会三个鼓队，中州大鼓初具规模。民国初年，中州大鼓又有所发展，村民张再富等改编传统乐曲，增添了虎头牌龙旗、灯笼等设备，并把鼓舞艺术用于祭祀和节日欢庆等活动中。

中州大鼓在鼓类艺术表演中具有典型性和代表性。其一，鼓大。大鼓直径3.5尺，重五十余斤，该鼓在人背肩挎的鼓类中为最大，具有原始之美，气势磅礴，且鼓内有拉簧，敲打后发出的金属声十分悦耳。

空中鼓舞（任景松　摄）

其二，谱独。鼓谱分为“大忽雷炮”、“小忽雷炮”两种。“大忽雷炮”鼓调厚重沉稳，节奏缓慢，鼓调复杂；“小忽雷炮”鼓调欢快，流畅，给人一种激情向上的感觉。全谱呈现重复递进的音乐结构，且铙、鼓有对话的独特意境。其三，舞特。舞镲闻鼓而动，完全踩着鼓点，快速变换各种舞蹈动作和造型。鼓舞在传统鼓舞的基础上，增加了巨鼓和空中鼓舞，视觉冲击、空间性、立体感强，鼓舞厚重。

中州大鼓风格粗犷，气势恢宏，队形多变，地域特色浓郁，它以其特有的“声形结合”表演形式，明快富有朝气的节奏，体现了中原农民对社会的独特认知和感受，表现出他们热情奔放、粗犷豪爽的精神状态。随着时代的发展，乡村城市化、城市趋同化的演进，中州大鼓这一鼓舞艺术保护难度更大，任务更艰巨，其技艺的传承面临着后继乏人的困境。

中州大鼓参加山西洪洞全国鼓王大赛（王明磊　摄）

元宵节中原油田中州大鼓社火表演（李峰　摄）

中州大鼓表演场景（任景松　摄）

# ■ 鄂州牌子锣

## 申报地区或单位：湖北省鄂州市

牌子锣是一种混牌子自由连缀的民间乐种，时代久远，遍布长江中下游一带。鄂州是牌子锣传承要地。20世纪80年代，在鄂州民间发现了一部1916年的牌子锣工尺谱（手抄本），其中有曲牌225首（含变体），并还有锣经的“点子”四十多个。手抄本珍藏者陈新凤老人的祖父陈怀清亦是前清时的著名“长号手”（三节号）。因此鄂州牌子锣在清中晚期已形成规模，至今已有百年以上的历史。

民俗活动中的鄂州牌子表演（鄂州市群众艺术馆　提供）

牌子锣曲目繁多，被广泛运用于民间的红白喜事、迎神赛会、贺喜祝寿及传统节日等民俗活动中。演奏牌子锣的乐器由吹管乐和打击乐两部分组成。可根据环境、气氛、时间长短即兴演奏，具有主调风格鲜明、吹打节奏严谨、节奏多变、

鄂州牌子锣基本乐器组成：铛锣、钹、鼓、唢呐、大锣、镲等（鄂州市群众艺术馆　提供）

音色丰富、悠扬流畅、活泼舒展的音乐效果。能充分展示山野湖区人民安逸祥和的生活情景，以及对“风调雨顺”、“人寿年丰”的美好愿望的追求。

随着老一代牌子锣艺人相继离世，牌子锣这一艺术形式逐渐被人淡忘，从而走向濒临失传的边缘。

鄂州牌子锣1916年曲牌集工尺谱手抄本（鄂州市群众艺术馆　提供）

## ■ 小河锣鼓

申报地区或单位：重庆市渝北区

小河锣鼓演奏现场（潘恩　摄）

小河锣鼓是以大小唢呐、大锣、更锣、小钵、马锣、盆鼓等乐器组合而成的一种民间吹打乐。

小河锣鼓的历史可上溯至明末清初。据传，公元1647年，蒋姓、唐姓两姓世居的旺族在两条小河交汇处修建大湾场，邀约当地蒋家、唐家、罗家的三支民间吹打乐班，齐聚一堂轮番朝贺，因而得名小河锣鼓。

本地乐班都遵从传承谱系，自生长于本地的蒋氏“家庭窝子乐班”家谱记载开始，以“工尺谱”和“啷当调”世代传承。

小河锣鼓演奏现场（潘恩　摄）

小河锣鼓演奏现场（潘恩　摄）

小河锣鼓演奏现场（潘恩　摄）

小河锣鼓演奏大致可分为喜事乐和丧事乐。喜事乐班分“坐堂”和“行走”两种形式。“坐堂”是指凡举办红白喜事，乐队选择其有关约定俗成的曲牌演奏。“行走”则是指按婚俗程序，发亲吹《早上轿》，起轿吹《娘送女》、《送妹》等曲牌。丧事乐班又分为“吹坐堂”和“送葬”。“吹坐堂”是以成堂曲牌为主，兼吹单支悲调曲牌增加丧事气氛。“送葬”则行于野外，鼓乐齐鸣，以示隆重，故常用“夹吹夹打”的曲目。

小河锣鼓曲目曲牌繁多，演奏形式多变，吹奏和敲击手法技艺高超，各种乐器巧妙搭配，复杂的节奏交替出现，表现特定的情绪，或激昂欢快或悲戚缓慢，给人以民间鼓乐美的感受。

623
II-124

# 洞箫音乐

高陵洞箫

申报地区或单位：陕西省高陵县

高陵洞箫艺术是在继承民间传统管乐器演奏技巧的基础上，于清同治年间，通过胡学忠、胡道满两代艺人的不断创新，吸纳秦腔、曲子、关中道情等姊妹艺术精华的部分而独创的洞箫演奏技法。高陵洞箫技艺发祥地，是地处关中腹地的高陵县渭河以南的耿镇村。

高陵洞箫艺术以“双音代唱、喉音、上腭音、颤音、滑音、打音”为主要演奏技巧。“双音代唱”吹奏法是把秦腔唱法的彩腔唱声和箫吹奏运气指法技巧巧妙融合在一起，然后注入箫管，使洞箫低沉的声音突然放大，如唢呐浑厚响亮，形成多支洞箫合奏的希声，又恰似梆笛声和板胡声一样豪迈粗犷，具有强烈的穿透震撼力；“喉音”就是在吹箫的同时，喉咙同时发声，“吼”唱一个旋律，与箫声形成和声，给人一种边吹边唱的感觉，显得格外地雄厚有力。胡道满把箫艺从传统的低沉、苍凉、绵长变为洪亮、明快、欢乐的演奏，其箫音婉转悠长、醇厚有力、圆润清扬、美妙动听。

高陵洞箫使用的箫（卢江　摄）

高陵洞箫演奏（卢江 摄）

高陵洞箫演奏（卢江 摄）

635
II-136

# 口弦音乐

## 申报地区或单位：四川省北川羌族自治县

北川羌族自治县是羌族最集中的聚居地区，口弦是羌族青年男女恋爱时，男青年送给女方的信物，这是羌族口弦子发生的重要因由之一。后来，羌族妇女慢慢掌握了口弦弹奏技巧，这一乐器也就广泛传播开来。

口弦的制作工艺简单，是用一块长约10厘米的青篾，中间挖削出一块小的簧片，簧片有点像风琴上那样，一侧有一根绳子。弹奏时，右手将口弦置于两唇，左手扯动麻线，竹簧即发出声音。其声清雅袅袅，余音不绝。口弦的音域狭窄，不足一个八度，只能弹奏出一些简单的音调。它的制作看起来简单，但挖削簧片却是很关键的工艺，稍有偏差就达不到弹奏的效果。口弦弹奏十分讲究，通过一侧的麻线拉动产生的震动来发音。音律的改变全靠演奏时扯动麻线的力度和舌头触及簧片的位置以及口型的大小、口中气流强弱来决定，弹奏难度大。

口弦琴合奏

羌族姑娘表演口弦（徐正斌　摄）

老阿妈根据牵动力度大小和口腔形状、气息大小和唇舌位置的改变，构成音阶和旋律。

作为具有羌族特色的乐器，口弦正面临断代的命运，会弹奏的人寥寥无几。根据掌握的资料，目前只有青片乡尚武村的王泽兰、何秀芬、周顺兰三人能够制作并流畅地弹奏口弦。而用口弦弹奏一首完整的歌曲，只有王泽兰一人能够做到。

637
II-138

# 佛教音乐



## ■ 楞严寺寺庙音乐

申报地区或单位：山西省左云县

左云县楞严寺佛乐流传于左云及内蒙古自治区的凉城县一带，原属中国北方梵呗声腔的东路流派，伴随着僧侣们的唱经及佛事活动，产生、唱响于明朝初年，丰富、发展在明、清两代。在长期的流传过程中，吸纳了天竺乐、龟兹乐、安国乐等佛曲音乐的元素，并和当地民间音乐相结合，逐步形成了一种具有蒙汉特色、异域风情的寺庙音乐。

楞严寺寺庙音乐是由歌赞曲和器乐吹奏曲两部分组成的。歌赞曲主要有：【六字赞】、【方便偈】、【三皈依】等十余首；器乐吹奏曲有：【柳摇金】、【左鞑经】、【右鞑经】等28首。使用的乐器有管子、笙、手鼓、锣、铛子、引磬、铞子、铙钹、手掴子等。楞严寺庙堂音乐一般在僧侣诵经和佛事活动中咏唱，同时也在民间各种法事中演奏。其歌赞曲起调深沉平稳，旋律庄重典雅，再配以咏诵之经词，遂形成一种极其肃穆的音乐气氛；其吹奏曲风格多样，既有蒙曲的粗犷豪放，又有汉调的婉转流畅，在激越跌宕的音乐旋律中，还不乏梵音的空灵邈远。

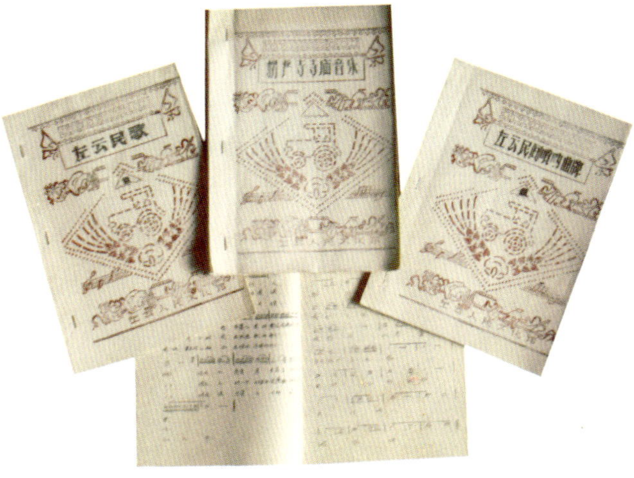


楞严寺佛乐曲谱（辛建兵　摄）

楞严寺居士在法事中演奏（辛建兵　摄）

楞严寺居士在法事中演奏（辛建兵　摄）

## ■ 觉囊梵音

### 申报地区或单位：四川省壤塘县

觉囊梵音是熔吹奏、敲打、乐舞、赞偈、唱念、手印、供养等多种形式于一炉，由恭迎、沐浴、皈依、礼赞、和乐5个方面的内容组成，是带有一定情节性的梵乐套曲。它在雪域藏地“活态”传习已有一千多年。

觉囊梵音以其大量的曲目、古老的乐器和自成体系的记谱方法（用各种不同形状、不同粗细的线条来表示音的高低长短的“央移”记谱方法），使三百多首孤本的曲谱传承下来，成为研究古代佛教音乐作品和音乐信息的文化宝库。觉囊梵音以其悠久的佛教音乐历史和多元的文化特征，被音乐学界认为是“中国音乐历史的活化石”，极具学术研究价值。觉囊梵音契合佛教“和谐世界，从心开始”和“和谐世界，众缘和合”的道德规范和社会价值观，是一种让人心生善意慈悲，心平气和，由此产生空灵和幸福感的天籁之音。

觉囊梵音不但以“音声佛事”弘法，满足了广大信众最迫切的心灵需要，还忠实地保存了中国传统藏传佛教音乐的基本风貌，为研究中国传统藏传佛教文化的内涵与变迁提供了典型的生动实例。

觉囊梵音乐师吹打演奏

嘉铃（甲格郎）

觉囊梵音古乐念唱展演

觉囊梵音古乐开场展演

觉囊梵音古乐诵经乐器

# ■ 洋县佛教音乐

## 申报地区或单位：陕西省洋县

洋县佛教音乐分布于陕西省南部汉中盆地东缘洋县城乡。它是陕西佛教音乐中的出类拔萃者，是我国西部宗教音乐的代表作，被誉为佛教音乐的“油花花”（即事物的精华部分）。

洋县佛教音乐有一千四百余年的历史。它从我国南北朝之时开始形成，经历了唐宋的成熟期、明代和清代上半叶的鼎盛期，在“文革”破除迷信时，寺庙衰落。

洋县佛教乐曲繁多，达一千余首，这些乐曲曲牌记载在洋县智果寺明代御赐经卷中，保存至今。目前保存下来能供演唱、演奏的曲子依然有200首之多。其分别为经韵、鼓吹乐曲、锣鼓乐曲3类，尤以鼓吹乐曲为盛。其主要乐器为管子和鼓。在中国佛教音乐史中，像洋县佛教音乐这样具有典型地方特征又同御赐鼓吹乐班、同御赐经卷连接传承在一起的音乐，实属罕见。而且，在佛教乐曲大多失传的今日，洋县却保存着众多的佛教乐曲，为我们研究汉水上游地域文化、民俗、宗教及人们的审美取向等提供了宝贵的资料。

洋县禅僧在寺院实践佛教音乐

洋县佛教音乐艺人进行“鼓吹乐”表演

洋县佛教音乐（禅教音乐）传承人演奏“经韵”

洋县佛教音乐演奏乐器——笛子

洋县佛教音乐演奏乐器——马锣

洋县佛教音乐演奏乐器——大钹

## ■ 塔尔寺花架音乐

### 申报地区或单位：青海省湟中县

塔尔寺是藏传佛教圣地，格鲁派六大寺院之一，塔尔寺酥油花、壁画、堆绣，被誉为“藏艺三绝”。塔尔寺花架音乐是专为酥油花的制作、展供演奏的音乐。塔尔寺设有专门制作酥油花的上、下酥油花院，“花架”乐队是专为酥油花的制作、展供设立的僧侣乐队，有属于上花院的杰宗增扎和下花院的果芒增扎两支乐队，是青海地区藏传佛教寺院仅有的乐队，从寺院建立之时延续至今，已有六百多年的历史。

每年从农历十月至腊月，在长达3个月的酥油花制作过程中，两支乐队为各自酥油花院的每个重要制

塔尔寺花架音乐演奏

塔尔寺花架音乐的实践场所——塔尔寺全景

作环节演奏相关乐曲。正月初八至十七日的祈愿大法会期间，在十五日晚展供酥油花时，花架音乐的演奏达到高潮。

“文革”前这支乐队还经常与寺院仪仗乐队一起，为迎送高僧大德演奏乐曲。花架乐队鼎盛时成员达四十多人，曲目达三十多首，目前艺僧们所能记忆的乐曲只有13首，能演奏笛子、管子、九云锣、笙等乐器的僧人也只有19人。

塔尔寺花架乐队乐僧现有19人，随着老艺僧的离世，面临着“人亡艺绝”的状况，小唢呐、古笙及弹拨等乐器已无人能演奏，许多乐曲也濒临失传，亟待保护。

塔尔寺花架音乐演奏

638
II-139

# 道教音乐

东岳观道教音乐
澳门道教科仪音乐

## ■ 东岳观道教音乐

申报地区或单位：浙江省平阳县

平阳东岳观道教音乐是全国唯一通用的道教全真派传统仪式音乐。经查证，平阳东岳观“十方韵”于清末传自浙江省著名宫观黄岩委羽山大有宫，由该宫全真道龙门派第十九代宗师林圆丹、薛圆顺传入平阳，至今已传承七代，传承谱系十分清晰。

平阳东岳观现存“十方韵”曲目计67首，除去韵曲旋律相同者，实为33首。分别用于早课、晚课、五师供、诸真朝、焰口等仪式。其中早

东岳观道教音乐实践场所——东岳观（大殿）（赵旸　摄）

东岳观道教音乐演奏场景（赵旸　摄）

东岳观道教音乐演奏场景（赵旸　摄）

课有【澄清韵】等14首；晚课有【举天尊】等13首；五师供有【步虚韵】等10首；诸真朝有【三宝词】等10首；焰口有【叹骷髅】等20首。

在传承中为满足斋主的需求也吸收当地音乐，如佛教的【和尚板】、和剧的【洛梆子】、瓯剧的【二汉】等乐曲。

目前，有关东岳观"十方韵"道乐，已出版《平阳东岳观道教音乐》一书，并由黄信阳副会长主编制成碟片在全国发行，流传海内外。全国凡属全真道的宫观已大部分采用"十方韵"，可见其意义与影响之深远。

# ■ 澳门道教科仪音乐

## 申报地区或单位：澳门特别行政区

澳门道教科仪音乐是兼融澳门正一派与广东全真派道教音乐的宗教音乐。道曲合计达五百多首，在各地道教科仪音乐中，以其曲目数量名冠前列。

澳门道教科仪音乐除了在正一派火居道院延绵二百年外，20世纪60年代，吴庆云道院吴玉生道长不拘门户，分别传进澳门及香港的道教坛堂，拓展澳门道教科仪音乐流布的范围。

20世纪60年代开始，随着澳门经济转型，城市化加剧，传统宗教仪式渐被简化，道场法事不复兴旺，正一派道士人数因此大幅锐减，富有传统本土特式的澳门道教科仪音乐面临失传危机。

为了保留及抢救澳门这一民族宝贵文化遗产，澳门道教协会于2002年成立后，旋即开展了一连串保护工作：开办道教文化科仪研习班，成立澳门道乐团，组成澳门道教协会法务团，举行道教音乐欣赏会，录制《玄门早晚堂功课经》光盘，并于2006年专诚邀请原武汉音乐学院道教音乐研究室主任、新加坡道乐团音乐顾问兼导师王忠人副教授莅澳进行道教音乐记谱工作，共记录了五百多首曲谱。此外，已编成《澳门道教科仪音乐》一书，即将出版。

“道教音乐欣赏会”现场

澳门道教科仪音乐排练场景

澳门道教协会正在演奏道教科仪音乐

国家级非物质文化遗产扩展项目名录

# 传统舞蹈

（扩展）

105 Ⅲ-2 秧歌（小红门地秧歌、乐亭地秧歌、阳信鼓子秧歌）

107 Ⅲ-4 龙舞（浦东绕龙灯、直溪巨龙、碇步龙、开化香火草龙、坎门花龙、龙灯扛阁、火龙舞、三节龙、地龙灯、芷江孽龙、城步吊龙、香火龙、六坊云龙舞）

108 Ⅲ-5 狮舞（马桥手狮舞，古陂蔗狮、犁狮，青狮，松岗七星狮舞，藤县狮舞，田阳壮族狮舞，高台狮舞）

110 Ⅲ-7 傩舞（浦南古傩）

111 Ⅲ-8 英歌（甲子英歌）

113 Ⅲ-10 盾牌舞（藤牌舞）

125 Ⅲ-22 羌姆（拉康加羌姆、直孔嘎尔羌姆、曲德寺阿羌姆）

639 Ⅲ-42 鼓舞（万荣花鼓、土沃老花鼓、稷山高台花鼓、乌拉陈汉军旗单鼓舞）

640 Ⅲ-43 麒麟舞（麒麟采八宝、睢县麒麟舞、坂田永胜堂舞麒麟、大船坑麒麟舞、樟木头舞麒麟）

641 Ⅲ-44 竹马（蒋塘马灯舞）

642 Ⅲ-45 灯舞（无为鱼灯）

655 Ⅲ-58 鹤舞（三灶鹤舞）

657 Ⅲ-60 瑶族长鼓舞（小长鼓舞、黄泥鼓舞）

680 Ⅲ-83 谐钦（尼玛乡谐钦）

691 Ⅲ-94 萨吾尔登

693 Ⅲ-96 赛乃姆（若羌赛乃姆、且末赛乃姆、库尔勒赛乃姆、伊犁赛乃姆、库车赛乃姆）

105
III-2

# 秧歌



## ■ 小红门地秧歌

申报地区或单位：北京市朝阳区

小红门地秧歌——俊鼓（原型为《水浒》中的王贵）（戚璟　摄）

小红门“地秧歌”是流传于北京市朝阳区小红门地区的一种传统秧歌舞蹈，全称为“太平同乐秧歌圣会”。该会保留至今的一面会旗上，有“左安门外红寺村太平同乐秧歌圣会诚起于乾隆二年”字样。该秧歌会有严格的会规、风俗和礼仪。会中人员以满族人居多，均由男子组成。

小红门地秧歌主要在逢年过节和各种喜庆活动中表演。秧歌队由21人组成：扮演陀头、小二哥、文扇、武扇、渔翁、樵夫各2人；打锣、打鼓者各4人；击大号（大锣）者1人；旗手2人；挑幄（笼晃）2人。地秧歌表演以舞蹈为主，并辅以歌唱。

过去，该会经常为大型庆典及祭祀活动表演，如农历正月二十五红寺村举行的祈求上天保佑庄稼丰收的“祭天仓”活动时，“添仓”（添仓就是指多收粮食，别让粮仓空着的意思）仪式完毕后，要表演地秧歌。目前，该会只将节日庆典活动延续下来，祭祀活动并没有延续。

过去小红门地秧歌表演是唱舞结合。目前，会唱的人已寥寥无几，表演时已经不唱了。秧歌会中还存有大量的秧歌词，但没有唱谱，已濒于失传。据老艺人称，小红门地秧歌曾有64套表演套路，目前保留下来的也只剩22套了。

小红门地秧歌——俊锣（原型为《水浒》中的顾大嫂）（戚璟　摄）

樵夫（粉衣，原型为《水浒》中的石秀）；渔翁（黄衣，原型为《水浒》中的阮氏三雄）（戚璟　摄）

小红门地秧歌——丑锣（原型为《水浒》中的孙二娘）（戚璟　摄）

# ■ 乐亭地秧歌

## 申报地区或单位：河北省乐亭县

乐亭“地秧歌”是乐亭县流传范围广、历史悠久、内容丰富、形式活泼的民间传统舞蹈。

乐亭地秧歌又分为“大场秧歌”和“打场秧歌”。清光绪以前，主要是以跑队形的大场秧歌为主，到宣统年间，打场秧歌逐渐增多。大场秧歌又有“串街”和“打场”两种形式。串街秧歌是沿街串巷进行表演，动作简捷，注重整体效果，气氛热烈红火，伴奏曲牌一般使用平缓的中板，常用队形有“一条龙”、“二龙出水”、“二级登楼”、“编花寨”等。打场秧歌是在广场表演，又有“大场”、“小场”之分。“大场”表演动作与串街时基本相同；“小场”又称“小出子”，主要表演有故事情节的节目，如《大头和尚逗柳翠》、《锔大缸》、《傻柱子接媳妇》等。秧歌队中的行当，大致可分文丑、武丑、文公子、武公子、妞（少女、少妇）、文抓（老婆）、武抓（老头）和童子等。

乐亭地秧歌的动作丰富多彩，舞蹈时主要以扇子和手绢为道具。多年来，秧歌艺人们创造了十分丰富、美不胜收的舞扇和舞绢的动作，以及“俏步”、“弹步”、“闪腰”、“绕肩”、“扭头”、“颠点头”等有突出个性的步法和舞姿。

舞蹈与音乐的默契配合是乐亭秧歌的突出特色。常用的伴奏乐器一般为唢呐大鼓、铙钹等。

旧社会，“地秧歌”被上层权贵贬斥为“低级庸俗之技”，几经严令禁止，严重阻碍了秧歌艺术的发展。解放后，这种深受百姓欢迎的传统舞蹈得以复苏和发展。

乐亭地秧歌——拦截棒

乐亭地秧歌表演套路 ——大摆队

乐亭地秧歌——扛角

乐亭地秧歌《盲人摸杆》

乐亭地秧歌表演中的“妞”、“丑”、“扛”

乐亭地秧歌——转扇、肩扛扇

# ■ 阳信鼓子秧歌

## 申报地区或单位：山东省阳信县

洋湖乡张杨村的秧歌队参加阳信县第二十届鼓子秧歌大汇演（刘光博　摄）

阳信“鼓子秧歌”是山东代表性民间舞蹈“鼓子秧歌”的一个重要流派，主要流传在阳信县洋湖乡、温店乡镇、流坡坞、劳店乡以及附近周边县。清乾隆年间，被当地群众称为“武秧歌”。

在当地老艺人中有这样一种说法：先有灵霄阁，后有大秧歌。离灵霄阁向东不远（20华里）便是武定府（今惠民县城孙武故里），在城外驻有兵营，每年正月十五军民同乐，将士们手拿兵器、旗罗伞盖舞蹈，场面恢宏壮观，舞姿粗犷豪放，动作健美大方，节奏强烈，舞到高潮，三教九流、和尚道士也加入其中，逐渐形成了今天的阳信鼓子秧歌。秧歌队的主要角色是伞、鼓、棒、花（女角）。由于舞蹈主要是跑出各种战阵队形，因此组成一个秧歌队不能少于32人，多则上百人到几百人。舞蹈全过程基本上也是典型化了的古代军事演练过程，即“阅兵、点将、布阵、开打、收兵”。

据老艺人讲，鼓子秧歌所表演的就是古代军事家孙膑与庞涓打仗的故事；第一个武伞所扮演的就是孙膑。

鼓子秧歌的主要伴奏乐器是大鼓和大锣、手锣、钹、大镲、小镲等。其中直径一米的大鼓是整个舞蹈的伴奏核心乐器。鼓点主要有节奏较快的“三点子”、节奏缓慢的“五点子”和节奏中速的“七点子”，这些与山东其他地区鼓子秧歌有所不同，也造就了阳信鼓子秧歌独具一格的舞蹈风格。

阳信鼓子秧歌（赵建美　摄）

阳信县洋湖乡张杨村鼓子秧歌队参加新春大联欢活动（李树坤　摄）

107
III-4

# 龙舞



## ■ 浦东绕龙灯

申报地区或单位：上海市浦东新区

“绕龙灯”是旧时上海浦东民众对舞龙活动的俗称，多出现在节日喜庆和求雨、禳灾、酬神、祈平安等民间祭祀活动中。明清时期，浦东地区的舞龙活动盛行，传统的舞龙形式主要有：布龙、纱龙、草龙、香火龙、小白龙、游花龙等。当地的舞龙队伍主要分布在各村镇、氏族及一些行帮中，最负盛名的要数三林镇一批“挑行口”帮（即搬运、装卸工人）组成的舞龙队。

浦东绕龙灯是一种集舞蹈、民族鼓乐为一体的传统文艺项目，往往与岁时节庆、庙会迎赛等一些世俗化的民间娱乐活动结合在一起，具有浓厚的民俗性。

20世纪70年代的双龙图表演场景

20世纪70年代的浦东绕龙灯躺地舞龙表演场景

龙狮欢舞

舞起祥龙

当地舞龙讲究艺术性、炫耀性和观赏性，具有强烈的上海民间舞蹈的近代都市色彩。浦东绕龙灯将舞蹈艺术的肢体语言、戏曲的步法亮相、武术的精气神韵等融入到舞龙的技巧中，表现了祥和、喜庆、欢乐、昂扬之美。无论是参与者还是观赏者，在这样壮观的场景下，都可以得到愉悦的主体情感抒发和满足。

浦东绕龙灯作为上海传统文化的有机组成部分，在几百年的历史发展过程中，已经成为当地百姓在节日期间的一种风尚习俗和重要的娱乐、审美方式。

# ■ 直溪巨龙

## 申报地区或单位：江苏省金坛市

巨龙是直溪镇巨村一带流传的一种“龙舞”，它发源于巨村，又因龙身特长而巨大，故称为“巨龙”。

巨龙始于明代，至今已有六百余年历史。最早是以稻草为材料扎制而成，长约15米至30米左右，由七八个人或近二十个人舞动。此后数百年间制作工艺有所进步，约在民国初年逐步开始改为以竹篾扎制，骨架外裹以龙鳞状的布皮和灯饰等。龙身也逐步增长，目前所舞的巨龙每节为2米，最长的龙身有100节，全长有二百多米，需一百多人协同表演。

巨龙的表演转换巧妙，套路的衔接和递进十分紧凑，传统套路多达数十个。

舞得活、舞得圆、神态真、套路多、速度快，是巨龙的主要艺术特征。

直溪巨龙造型——中国龙

直溪巨龙造型——中国龙

## ■ 碇步龙

申报地区或单位：浙江省泰顺县

碇步龙——大困龙（季海波　摄）

碇步龙是流传于泰顺县仕阳镇的一种风格独具的“龙舞”。

仕阳镇拥有国家级文物保护单位“仕水碇步”，该碇步修建于清乾隆五十九年（1794），长144米，共233齿，连接溪东与朝阳二村。以碇步为平台表演龙舞，始创于清嘉庆三年（1798）。据朝阳村林氏族谱记载：林氏裔孙为庆祝朝阳林氏宗祠落成，突发奇想，首创在碇步上舞龙灯，用以庆典。

碇步龙的道具用竹篾编成圆形笼子，笼外蒙布并绘上龙鳞片的图案，节节连在一起，每一节都装有用来把持的木手柄。舞龙从“开龙门”到“关龙门”共有六十多个套路，全部动作均在溪水中的石碇步上表演。

碇步龙的主要动作有搭龙坪、龙戏珠、龙舔珠、龙咬珠、排“寿”字、蹲马龙等。舞龙者在铿锵的鼓乐声中，迈着矫健的舞步，在狭窄的碇步上腾挪跳跃；盘旋起伏的彩龙伴着舞龙者的身影倒映在平静如镜的水面上，远远望去，宛如流动的画图，蔚为壮观。

表演碇步龙需要娴熟、扎实的舞蹈基础和强壮的体力支撑。近年来，许多年事已高的老艺人已“不堪重任”，传承状况不容乐观。当前，泰顺文化部门已制定了系列保护措施，使碇步龙的传承和发展有了新的转机。

碇步龙——云底摸月（季海波　摄）

碇步龙——龙见月（季海波　摄）

# ■ 开化香火草龙

## 申报地区或单位：浙江省开化县

舞香火草龙是开化县18个乡镇中秋节期间的一种民间习俗，尤以苏庄镇富户村的香火草龙最为精彩。

开化香火草龙是用稻草扎成龙身，并插上密匝匝的香火，舞龙时点燃全部香，草龙变成火龙，在月光朦胧的夜色里，烟雾缭绕，香气飘逸，腾云驾雾，狂奔飞舞，蔚为壮观。

在舞龙前先要“祭神龙”：摆猪头香案，焚香燃烛、诵祭祠、放炮奏乐，仪式隆重。龙舞结束，要将草龙送（抛）入河流，意为龙归大海。

据苏庄镇汪氏宗谱（康熙二十八年所修谱）记载：元至正二十二年（1362），红巾军首领朱元璋与陈友谅交战于江西九江，受挫后退至浙江云台（即今开化苏庄镇）休整。恰逢中秋，当地百姓杀猪宰羊、舞香火草龙犒劳红巾军将士。朱元璋观看后，称草龙为“神龙”。洪武六年（1373），朱元璋派中书舍人叶琛到苏庄封金溪村为富楼村。村民认为“神龙”应有銮驾相伴，便扎制了“宝扇”、“桂花树”、“人物像”、“吉字匾”，还有“蝴蝶”、“飞鸟”、“天鹅”、“鱼、虾、蚌、鳖”等动物与草龙伴舞，增添了苏庄草龙的特色，这一表演形式一直传承至今。

元宵节草龙演出（丰智慧　摄）

中秋夜草龙在田野狂舞如一条火龙（丰智慧　摄）

村民在给龙头上香（樊禹雄　摄）

# ■ 坎门花龙

## 申报地区或单位：浙江省玉环县

坎门花龙是流传于玉环县坎门渔乡的一种“龙舞”，俗称“滚龙”或“拚龙”（闽南话）。过去，该舞只在海边岙口居住的从事捕鱼的闽籍渔民中流传。

花龙龙口衔珠而舞，被渔民认为是“海龙”，是“已经成正果的海里的龙”，舞花龙有着渔民“祭海”、“祈佑”的意蕴。

“吉日起档”（农历腊月择吉日扎制龙头、龙尾）、“化龙归海”（正月十八将龙头、龙尾烧掉）等，是坎门花龙活动中不可或缺的仪轨和风俗（龙节可以经年使用）。

新年期间，舞龙队举着龙灯进村表演，各家各户喜气洋洋地迎接龙灯。接龙人家要给龙头系上红布条（称“挂红”），并将原先系在龙头上的红布解下钉在自家的

坎门花龙龙尾（张一芳　摄）

在渔港表演（马亚兵　摄）

在渔港表演（马亚兵　摄）

门楣上（称“换红”）。然后舞龙队就为这户人家舞上一场。

坎门花龙表演时，最具特色的是“龙绕柱”：八段龙节和龙尾在龙头的带领下，于海滩（或村庙、人家天井廊柱）竖立的数十根龙柱间穿插迂回，时起时伏，盘绕腾跃，将“海龙”的威猛灵活和舞龙人的豪放旷达的性格展现得淋漓尽致。

目前，与坎门花龙相关联的民俗文化活动日渐弱化，掌握“花龙绕柱”绝技的艺人年届耄耋，该舞传承后继乏人。

在码头进行绕柱表演（马亚兵　摄）

# ■ 龙灯扛阁

## 申报地区或单位：山东省临沂市

龙灯扛阁流传在临沂市河东区九曲街道三官庙村，至今已有一百七十多年的历史，是一种龙舞和扛阁结合在一起表演的广场舞蹈。

龙灯扛阁一般在春节期间表演。这种传统舞蹈，在过去通常用于祀神和求雨。抗日战争、解放战争时期，龙灯扛阁参加了欢迎八路军、新四军、解放军庆祝胜利的活动。新中国成立后，成为喜庆节日里的文化娱乐项目。

龙灯扛阁的“彩龙”总长25米，舞龙者为青壮年，分两组轮番上场，每组10人：一人擎珠，另9人分执龙头、龙身、龙尾。4副扛阁由8人表演，8副扛阁由16人表演，其中，8个成年人为“下扛”，每人身扎俗称“铁背心”的底座，各自扛起一个扮成神话故事中的人物形象的男童或女童（称做“上扛”）。

表演时，彩龙在擎珠者的引导下按既定套路舞动；扛阁以“走场”为主，龙舞动作激烈时，扛阁在一侧交叉变换队形；舞龙舒缓时，扛阁即插入场中龙队中穿行回旋。

伴奏主要用大鼓大锣大钹等打击乐器伴奏，曲牌有【流水】、【急急风】两种，表演进入高潮时，有专人在场外“打口哨”，以渲染气氛。

龙灯扛阁的表演粗犷奔放、气势宏大，一直受到当地百姓的喜爱。

扛阁造型——八仙齐聚（季之光　摄）

临沂市河东区龙灯扛阁表演（季之光　摄）

龙灯扛阁造型——八仙之韩湘子（季之光　摄）

## ■ 火龙舞

### 申报地区或单位：河南省孟州市

火龙舞表演造型——龙钻身（李奇志　摄）

火龙舞表演造型——摆龙阵（李奇志　摄）

“火龙舞”又叫“五色火龙舞”，流传在河南省孟州市龙台村。

龙台村位于孟州市西北蟠龙岭脚下，蟠龙岭也叫“五龙岭”，是全市制高点。村西北有座据说兴建于商代的五龙庙，庙内雕塑红、蓝、绿、黄、白五色巨龙，庙周边有五道丘陵，绵延起伏，活像五条翩翩起舞的巨龙向庙内奔突。

火龙舞表演造型——大盘龙（李奇志　摄）

当地民间传说，隋炀帝年间，天下大旱，民不聊生，唯独五龙庙周边依然鸟语花香，万物茂盛，庙内祥云缭绕，紫气升腾。隋炀帝生怕“五龙神威”压了他的“天子龙威”，便下令用铁链将庙内的五色巨龙紧锁在“锁龙柱”上。从此，五龙庙周边旱灾频频，百姓们穷苦不堪。龙台村民为烧毁锁龙柱，特意制作了五条“喷火龙”，在农历“二月二”（龙抬头）那天，在锁龙柱旁举办舞龙祈雨盛会。届时，五条火龙同时喷火，将锁龙柱一举烧毁后，天降喜雨，百姓们重新过上美好生活。从此节庆期间表演“五色火龙舞”成为当地风尚习俗。

火龙舞有五龙花、五龙柱、大盘龙、龙钻身、跑龙圈、摆龙阵等多种表演套路和五龙汇、镇五方、拜龙王、摆火阵、跳龙门、巨龙飞等造型。

近年来部分老艺人相继去世，舞龙者后继乏人。

火龙舞表演造型——五龙花之一（李奇志　摄）

## 三节龙

**申报地区或单位：湖北省云梦县**

三节龙流传于云梦县伍洛镇一带，因其舞动的龙由龙头、龙身、龙尾三节组成，并与几十名击鼓者同舞而得名。以前表演三节龙为的是祈求风调雨顺、吉祥太平，因而又叫“太平灯”。表演时，由一条

三节龙开光仪式（李雪军　摄）

老龙和两条小龙组成一组。每条龙由三人分别舞龙头、龙身和龙尾；龙的周围是 99 人组成的跳鼓队与之共舞，以跳跃击鼓象征雷声，祈求神龙保佑风调雨顺。

“龙头自咬其尾”，将龙舞成圆形，是该舞独具的动作特色。龙时而滚于地面，时而跃上条凳、石磙上表演。舞者上身的动律讲究圆，双手握把贴身，上下成弧线，反复绕“∞”形，使之圆转不断，连贯流畅。特别是在条凳与石滚上的表演难度非常之大，要求舞者动作娴熟，配合默契。

击鼓者左手持带柄的双面圆鼓，右手持鼓棒，边跳跃边击鼓。表演时，讲究跳得高、打得响，更要吼得欢。

三节龙融工艺美术、音乐、舞蹈等多种民间艺术于一体，是传统龙舞中的一个风格独具的节目。

在石磙和板凳上表演，俗称“板凳龙”。（李雪军　摄）

三节龙表演——龙追尾（李雪军　摄）

三节龙表演——双龙摆尾（李雪军　摄）

## ■ 地龙灯

申报地区或单位：湖北省来凤县

地龙灯发源地板沙界（田志杰　摄）

地龙灯——夺宝（田志杰　摄）

地龙灯流传于武陵山腹地来凤县的大岩板、板沙界两个相邻的土家山寨，当地称为“巴地梭”，是土家族一种独特的民间灯舞。

地龙灯参加“文化遗产日”活动（田志杰　摄）

每逢春节和五月十五“中端午节”，两村的地龙灯舞队走村串寨，游舞四乡，深受群众喜爱。据老艺人李英回忆，玩地龙灯来源于楚霸王项羽“龙生虎养凤遮荫”的传说，他家四五代人都玩地龙灯，传到现在，大约有三百来年的历史。

地龙灯舞蹈套路和动作现存12种，演技难度大，表演性、观赏性很强，且舞法独特。大凡民间舞龙，都是用木棍举龙，而地龙表演不用木棍，由演员9人闷藏在龙衣内依次抓身前人的腰带，全凭感觉和默契配合，使龙翻腾舞动。当地有俗谚云：“巴地梭着走，活像真龙行。”其另一独特之处是龙、凤、虎共舞，后又加鱼、虾、龟伴舞，天、地、海洋的动物同场献艺。

地龙灯把龙、凤、虎集为一体，具有很强的观赏性和深厚的文化内涵，同时还有活跃群众文化、促进村寨及族群和谐的社会功能。

## ■ 芷江孽龙

申报地区或单位：湖南省芷江侗族自治县

独龙舞（黄海 摄）

湖南省芷江侗族自治县土桥乡富家团村流传的民间传统舞蹈“孽龙”（又称“劣龙”或“蛇龙”），是由二人表演的龙舞。表演时，一人手举用篾扎纸糊的龙首蛇身形的道具，另一人双手各持一柄篾扎的龙珠，在打击乐的伴奏下回旋起舞。过去，每逢元宵佳节，都要走村串户在各个屋场的禾坪上表演。

这种龙舞源于当地关于“孽龙”的民间传说：该龙原是南海龙王，性情十分暴烈，稍一动怒，就会翻江倒海。但它心地善良，从不损坏庄稼，并经常为当地百姓驱邪恶，因此人们对它十分崇敬。为了表达感激之情，每逢元宵佳节都要舞起孽龙在各村巡游表演，以震慑邪祟，祈求年丰岁熟。

这种传承已逾百年的民间传统舞蹈，经过当地民间艺人的不断加工和改造，如今已发展成为一种形式完美、具有相当表演技巧和带有浪漫主义色彩的民间舞蹈艺术，深受侗寨人民喜爱。

独龙舞（黄海　摄）

民间艺人在舞法上进行大胆创新，在腾跃、滚动、扭、挥、俯、摇等多种姿态上更显其灵活、快捷，有时龙身全部缠人旋舞，让人眼花缭乱。（黄海　摄）

芷江孽龙从道具制作到舞蹈表演，具有鲜明的地域文化特征，同时也是研究当地侗族传统文化的案例。

当前，随着老一代民间艺人的相继谢世，以及当地大批青壮年外出经商、打工等原因，芷江孽龙这种传统舞蹈面临着后继乏人的危险。

民间老艺人为了传承、保护孽龙民间艺术，在村小学为孩子们传授有关孽龙的基本知识及基本动作。（黄海　摄）

# ■ 城步吊龙

申报地区或单位：湖南省城步苗族自治县

城步吊龙——爬龙

流传于湖南省城步县丹口镇下团村的吊龙是一种道具制作和表演方法独特的龙舞：先用数根长、短竹片扁担和红绳分别制成“小吊”、“中吊”，再将小吊挂在中吊上，将篾扎布裱的龙节吊在小吊上，然后再用一根横起的长扁担和高2米的竹竿制成“大提”将其吊起，共制成六组。舞时将龙头和龙节连缀，每位舞者高举竹竿，在打击乐的伴奏下，由舞龙珠者引领起舞，犹如“龙”在云中盘旋，场面蔚为壮观。

每逢春节或重大喜庆活动，城步县苗乡的九峒四十八寨都要以舞龙灯的形式祈盼风调雨顺、五谷丰登，并以东、南、西、北、中五方区分龙灯的颜色和形象。若时逢盛大喜庆活动或连年丰收等，也有一方村寨同舞“五龙呈祥”的，但必须按村寨的五方五色而定。丹口镇下团村属西方村寨（丹口镇、长安营乡一带），以舞吊龙（当地又称“金龙”）为主。

丹口镇下团村每逢举行舞龙活动，特别讲究礼节，舞龙队每到一处，都要在村口、寨门、堂屋举行请龙、接龙、贺龙的仪式，由迎接方摆上供桌香案，上供神龙牌位并三牲果品，舞龙者和迎龙群众面对香案行三跪三叩之礼，然后由舞龙方致贺词，接龙方行答礼。在双方一贺一答中以苗族“款词”颂扬神龙、颂扬祖先，以吟诗作对的形式赞美天时、地利、人和，双方互相勉励，温馨和谐，既突出了苗族人民的礼仪风范，又展露了丰厚的民族文化底蕴。

城步吊龙——草龙

城步吊龙

目前，在城步县下团村掌握吊龙制扎、表演技艺的老艺人均已步入古稀之年，而村寨里的中青年一代虽然喜欢观看舞吊龙，却不愿意学扎龙技艺和舞龙技法，城步吊龙的传承不容乐观。

# ■ 香火龙

## 申报地区或单位：广东省南雄市

跳跃龙门

双龙戏珠

广东省南雄市的香火龙源于百顺镇白竹片村，流传于百顺镇一带。每年的元宵佳节或其他重大庆典活动期间，白竹片村的香火龙都要隆重登场；且扎制和舞龙技艺代代相传，现今该村青壮年都能熟练掌握。因此，该村被乡里誉为“火龙”村。

香火龙用稻草扎制而成，有公龙、母龙之分。公龙体长 9.9 米，母龙体长约九米。每条龙重约二十九公斤。

每年的元宵佳节，是龙“抬头”的喜庆日子，当地人称“闹春”。夜幕降临后，在开阔的打谷场边，18 名舞者紧张有序地同时为扎好

双龙出海

火龙拜门

的草龙燃香、插香，要在约十五分钟内在两条龙身上分别插上 1600—1800 根香火。插香完毕，草龙浑身香火缭绕，似星光闪烁。此时，锣鼓声、鞭炮声响起，一舞者在场地中央舞动龙珠（火球），逗引双龙入场，两列舞者分别举着公龙、母龙登场舞蹈，表演“双龙戏珠”、“跳跃龙门”、“双龙出海”、“云游四海”等套路。夜幕中，只见两条香火龙上下翻飞，争奇斗艳，只见香火不见人。

# ■ 六坊云龙舞

## 申报地区或单位：广东省中山市

云龙盘龙雄姿

六坊云龙舞是流传于广东省中山市古镇镇六坊村等村落的一种从春节“游神”传统习俗发展起来的龙舞，传承至今已有三百多年历史。

在古镇镇北帝庙前有一古石碑，碑文记载：“庙古已创建兰溪口，朱碑碣则自万历丙子岁迄道光在戊戌岁——龙堂之气象，人瞻桑而生恭。”这段文字，写的是在明代开始当地建有北帝庙，居民举着桑枝迎候云龙前来巡游的情景。

每年春节过后的正月二十左右，六坊村就会举行“游神”活动，村里近二百名青壮年男性从村中祠堂里请出云龙，于入夜时分点燃蜡烛钻进龙身，使云龙通体光亮，然后由持幡旗、灯笼者开路，由舞龙珠者引领，在持云彩、鲤鱼等道具的舞者护持下，从村中出发，沿着邻近的村庄连续巡游，巡游活动要持续三晚。

六坊云龙舞动作套路丰富，形态栩栩如生，更由于该舞一般在晚上表演，舞龙者穿的裤子与龙身颜色相同，远远望去，只见云龙舞动翻腾而不见舞者，效果十分奇特。

六坊云龙舞于 20 世纪 30 年代和 40 年代分别曾到香港参加庆祝英皇银禧大典表演和为庆祝抗日战争胜利演出，深受海外华人和港澳同胞欢迎。

龙体发光

龙珠是引导整条云龙舞蹈的指挥棒，利用竹篾、纱纸和铁线等材料制作而成。

随着社会经济结构变革，当地年轻一代对传统六坊云龙舞缺乏学习热情，六坊云龙舞的传承已处于濒危状态。

108
III-5

# 狮舞



## ■ 马桥手狮舞

申报地区或单位：上海市闵行区

马桥“手狮舞”又叫“手带狮舞”，俗称“调狮子”、“狮子灯”，主要流传于马桥镇一带。

手狮舞的表演与其他狮舞有着很大区别，它是由舞狮者分别手举篾扎纸糊的狮子表演。狮子道具大小不一。大狮由二人舞动，中狮、小狮由一人舞动。表演时，一般是一头大狮、四头中狮、两头小狮。

手狮舞集灯彩、舞蹈等民间艺术为一体，技艺性较强。马桥地区的手狮舞既汲取了龙舞的翻滚、缠绕、跌扑等基本技巧，也继承借鉴了其他狮舞粗犷勇猛、刚柔相济的表演风格。旧时，为了适应乡镇街道狭窄，两旁屋檐低矮的表演环境，手狮舞在“行街”表演时为避免发生碰撞，又形成了以“矮蹲步”为基础的横移、直进、贴身绕狮等风格独具的舞蹈动作。

由于手狮舞舞蹈场面热烈，充满自娱、娱人的生活气息和喜庆祥和的艺术感染力，因此深受人们喜爱。近百年来，一直是当地主要的岁时节令习俗舞蹈之一。

马桥手狮舞道具（闵行区非物质文化遗产保护分中心　提供）

矮步动作（闵行区非物质文化遗产保护分中心　提供）

自1983年起，马桥乡组建的表演队演出活动持续至今，未曾间断。（闵行区非物质文化遗产保护分中心　提供）

马桥的手狮舞在韩国进行访问演出（闵行区非物质文化遗产保护分中心　提供）

# ■ 古陂蓆狮、犁狮

## 申报地区或单位：江西省信丰县

蓆狮表演场景

犁狮传承场景（黄云　摄）

蓆狮、犁狮是信丰县古陂镇流传的不同风格的两种狮舞。

蓆狮流传于古陂圩，是当地谢氏家族所独有的狮舞形式；犁狮流传于黎明村，是清光绪年间，黎姓农民看到古陂圩的谢氏有了蓆狮后，创作的狮舞形式。谢谐音“蓆”，黎谐音“犁”，这两种狮舞在当地便成了这两个家族的象征。

蓆狮的狮身框架长二米多，是用竹片扎成的，蒙上草蓆，外轮廓用粗稻草绳扎上，满身插满线香。舞蹈时由三人站在框架内，在头戴香火帽（称做“回回”）的引狮人的引领下表演。

犁狮的形象是狮头牛身，一大一小；以木条制架，草蓆蒙面，外轮廓扎上粗稻草绳，凡有草绳处都插上线香，用球状的芋头作眼睛，总体看来像牛。表演时点燃线香，犁狮与引牛人、扶犁人密切配合，在四个举着春、牛、耕、田字牌的人们带领下前行；后边有三条“香火龙”紧随起舞。一时间，牛犁田，龙翻卷，展现出一幅春牛耕田的画面。

蓆狮表演动作简洁、粗犷，用打击乐伴奏，节奏明快有力。犁狮表演以模拟犁田的场面为主，具有浓厚的乡土气息，除用打击乐伴奏，还有唢呐吹奏类似赣南采茶戏的曲牌。

蓆狮和犁狮这两个古陂两大姓氏人民在春节期间的习俗舞蹈，是一种古老的民俗文化现象，具有重要的研究价值。

蓆狮表演场景

犁狮传承场景（黄云　摄）

# 青狮

## 申报地区或单位：广东省揭阳市

“青狮”俗称“青狮白目眉”，也称“开口狮”，是潮汕地区独有的深具地方特色的传统狮舞。

在潮汕，早期的舞狮除有习武和娱乐功能外，还有驱逐疫鬼的含义，目前，广东省揭阳市榕城地区仍有舞青狮驱邪的传统习俗。榕城南门孙氏，是由原揭阳县治渔湖京岗迁移而来的，一直以来，在宗族祭祀或喜庆的日子里，他们都要舞青狮，至今已有三百多年的历史。

青狮的“狮头”前额突出，鼻孔高大，眼似铜铃，长须鬈发，狰狞威猛。青狮表演的主要动作是“打狮节”（又称“咬虱”或“套头”），相传有狮咬脚、狮咬虱、睡狮、狮翻身、踏七星、踩八卦、狮过桥、耍狮、救狮、桌上功夫、桌上探井、狮切血、咬水果、抢金钱、咬青、狮接礼、拜庙、四门到底等十八节

青狮狮舞参加上海世博会表演（揭阳市非物质文化遗产保护中心　提供）

青狮制作（揭阳市非物质文化遗产保护中心　提供）

青狮表演练习（揭阳市非物质文化遗产保护中心　提供）

套路。此外，青狮还要表演“采青”（包括“高青”和“地青”）。高青表演有擎天柱、上碟、上膊等三种技法；地青表演有许多种，如橘子青、盘青、八卦青、七星伴月青、毒蛇青、桥头青、蟹青等。

青狮舞是揭阳地区独有的一种狮舞形式，具有鲜明的地方特色。

庆典中的青狮表演（揭阳市非物质文化遗产保护中心　提供）

## ■ 松岗七星狮舞

### 申报地区或单位：广东省深圳市

松岗七星狮舞是分布于深圳市宝安区松岗街道及相邻地区的一种传统舞蹈。它与其他狮舞表演的主要区别，在于伴奏的锣鼓乐节奏为“七拍半”，且有“骝马步”、“彪步”等多种舞蹈步法，有“狗型”、“伏虎型”等数种造型。它还在舞法上分为“武狮”、“文狮”，“武狮”的主要舞法有“逗蛇”（“逗”活的眼镜蛇），“文狮”的主要舞法为“狮子书法”。

松岗地处珠江三角洲。七星狮舞在松岗等地流传的历史，自清末民初起，至少已有百余年，与当地民众怀念南宋著名爱国将领文天祥有关。松岗的原住民多为文氏后代，每年的七星狮舞表演必定要在文氏大宗祠前举行，蕴含了对文天祥大义凛然的民族气节和尚武精神的推崇和传承之意。

1947 年，年仅 9 岁的宝安区松岗山门村人文琰正式拜“七星狮”传人焦贤为师。文琰是松岗七星狮舞

松岗七星狮舞最具代表性的舞法为狮子斗蛇（陈淑媚　摄）

“斗蛇”舞步：黑狮衔住蛇头，将蛇身悬吊于蛇口处戏耍。（陈淑媚　摄）

七星狮舞“文狮”表演——狮子写书法（陈淑媚　摄）

的第二代传人，也是文天祥的第二十六代侄孙。他成立的“山门文琰醒狮训练社”已成为深圳及香港名气颇大的狮舞门派。

松岗七星狮舞是富有岭南地域特色的民间舞蹈，舞蹈语汇相当丰富，尤其在“逗蛇”环节，表演者需长时间以舞蹈形态与活眼镜蛇缠斗，为狮舞表演所罕见。它具有鲜明的地域特征、传统文化特征、民俗特征和较高的历史价值、社会价值、民俗学价值和艺术审美价值。

目前，松岗七星狮舞在传承方面存在着危机。领军人物文琰年逾古稀，他的弟子中尚无人能全盘接班，特别是“逗蛇”，年轻弟子不敢尝试，这项绝技恐将失传。

## ■ 藤县狮舞

申报地区或单位：广西壮族自治区藤县

藤县狮舞——拆蜈蚣（苏向　摄）

藤县狮舞——采青狮（苏向　摄）

参加“2010年上海世博会活动周”演出场景（周舒娴　提供）

藤县狮舞普遍流传于广西壮族自治区的藤县。藤县位于广西东南部，东接苍梧，南界容县，西邻平南，北毗蒙山，东西横宽 86 公里，南北纵长 112 公里，土地总面积 3946 平方公里。这里素有“舞狮之乡”的美称。

藤县狮舞分为两种：一种是侧重于地面技艺表演的“采青狮”；一种是侧重于桩上技艺表演的“高桩狮”。无论是采青狮还是高桩狮，在表现形式上都有着自己独特的风格，为当地百姓所喜爱。

民间狮队（苏向　摄）

## 田阳壮族狮舞

### 申报地区或单位：广西壮族自治区田阳县

田阳县流传的壮族狮舞有地面狮舞和高空狮舞两种表演形式。

地面狮舞属文派狮舞，主要是在地面表演狮子搔痒、舔毛、打滚、钻穴、抖毛等动作，显示出狮子活泼可爱的神态和嬉戏玩耍的性格。文派狮舞一般多用于节日庆典、拜年、集会、婚嫁、娱乐等喜庆活动。田阳壮族地面狮舞代表节目有《群狮迎宾》、《彩青拜年》、《凤凰台狮技》和《幼狮戏球》等。

壮族狮舞的基本功训练（曾庆田　摄）

高空狮舞属武派舞狮，以高台狮舞为主。其主要特点是把武术、杂技融入狮舞动作中，表演高、难、惊、险、美的狮舞动作。田阳壮族高空狮舞代表节目有《刀尖狮技》、《狮子上金山》、《狮子过天桥》、《高桩飞狮》和《金狮雄风》等。

道具（狮子头）制作（曾庆田　摄）

狮舞表演（刘国健　摄）

## 高台狮舞

### 申报地区或单位：重庆市彭水苗族土家族自治县

高台狮舞是重庆彭水民间独具特色的传统舞蹈，已有约一百五十年历史，在当地民众中颇有影响。

在彭水，狮舞可以分为地面狮舞和高台狮舞两种。地面狮舞主要用于日常节日、生日、婚丧嫁娶、开业庆典等活动。搭台上架的高台狮舞则多用于重大节庆和比赛，表演时常常与地面狮舞连为一体。最核心的部分是空中表演：用方桌搭台，最少 7 张，一般 15 张，多则 24 张，极限达到 108 张。狮舞表演者身披长约二米的彩绘狮纹服饰，在导引师的引导下，踩着锣、大鼓、小鼓、钹、铰等响器伴奏节奏，从第一层开始，层层上升，直达最高层（称“一炷香”）。在各层表演时，狮子要穿过每一张方桌。在“一炷香”上要进行玩狮子和立桩表演。

高台狮舞有蹬黄冬儿、打羊角桩、鹞子翻叉、扯链盖拐、翻天印、黄龙缠腰、奶牛困塘、狗连裆、扯海趴狗、钻圈、狮子高杆夺绣球、游走板凳等表演套路。表演时不但动作惊险、难度大，那古朴滑稽、趣味浓郁的表演风格，更是深受百姓喜爱。

骑狮逗乐（简文相　摄）

狮子钻圈（简文相　摄）

高空狮舞（简文相　摄）

高台直立（简文相　摄）

110
III-7

# 傩舞

## 浦南古傩

### 申报地区或单位：福建省漳州市

福建省漳州市浦南镇流传的“浦南古傩”又称“大神尪”，是一种古老的傩舞形式。

浦南镇共有两尊“大神尪”：一尊是七品县官形象，另一尊是书童形象。“大神尪”的制作是以竹条为材料编成鼓形竹筐，外罩绣有精美图案的服饰。表演时，由舞尪人钻进尪里用肩膀扛起，戴上面具，“县官”手握“国泰民安”或“风调雨顺”的牌子，“书童”举着扇子，踩着伴奏锣鼓的鼓点节奏舞蹈，另有一“大头娃娃”在他俩之间蹦蹦跳跳。“大神尪”的舞蹈动作既夸张又滑稽。

浦南“大神尪”最早是当地居民迎神赛会、驱逐疫鬼的一种仪式，后

浦南古傩演出场景（李建文　摄）

来逐渐增加了迎祥祈福、酬神纳吉的功能，演变为传统的民俗活动，在逢年过节、重大庆典、祭祀或民间活动中，都可以看到“大神尪”的表演。

浦南“大神尪”与台湾宜兰地区的“大神尪仔”的外形、制作方法和表演形式、功能作用基本相同。浦南“大神尪”对于研究我国傩文化、闽台民间信仰渊源传承关系极具重要价值。

浦南古傩演出场景（李建文　摄）

浦南古傩演出场景（李建文　摄）

111
III-8

# 英歌

## 甲子英歌

申报地区或单位：广东省陆丰市

甲子英歌是汕尾陆丰市甲子镇流传的传统舞蹈。作为当地民间敬神活动，明初从福建传入陆丰甲子镇。明末，一些习武者将原来从福建传入的英歌舞，经过当地武术师的指点辅导和改进，形成有独特风格的甲子英歌舞。在元宵节的灯会、端午节的龙舟会、中秋节的赏月会等场合，都要表演英歌舞。

甲子英歌是队列式舞蹈，表演时，分为四大行列：有义旗、舞英歌、演小戏和扛大旗。英歌舞者手持双槌，边舞边前进。舞蹈动作有削槌、伏槌、掺槌、穿龙等；同时，两个花鼓婆登上花鼓公肩上，双手舞小棍，随同英歌舞队周围走动表演。英歌的后面有小戏，边走边演《达摩度观音》、《父女会》、《双竹槌》、《双摇橹》等小戏和《偷抱猪仔》、《傻婿上厅》、《公背婆》等滑稽有趣的节目。

掺槌动作表演（陆丰市甲子镇文化站　摄）

2004年巡游活动（陆丰市甲子镇文化站　提供）

2010年甲子英歌在“第八届中国民间艺术节”现场演出（汕尾市非物质文化遗产保护中心　提供）

伏槌动作表演（陆丰市甲子镇文化站　提供）

甲子英歌这种民间传统舞蹈，有着深厚的文化底蕴。它的艺术魅力和所展现的扶正祛邪、勇往直前的进取精神，更是为当地群众所赞许。

113
III-10

# 盾牌舞

藤牌舞

申报地区或单位：浙江省瑞安市

藤牌舞是流传于瑞安市的一种以藤牌为主要道具的模拟古代练兵的传统舞蹈。过去，因舞蹈时摆阵多、滚翻多，在群众中又有“打藤牌”、“藤牌阵”、“藤牌滚”的称谓。

明嘉靖三十一年至四十年（1552—1561）间，瑞安曾先后六次遭倭寇劫掠烧杀。镇守闽浙的名将戚继光，创练浙兵，用藤牌作为抗倭杀敌

藤牌舞主要道具：藤牌、枪、叉、刀、双槌（薛慕震　提供）

2006年9月，藤牌舞参加浙江省“群星奖”广场舞蹈大赛演出照。（庄颖昶　摄）

的防御武器，并取得了最终的胜利。藤牌就此成为明、清两朝军队的主要兵器，并形成了一整套刀和藤牌的技击动作。后来，在庙会和一些庆典活动中，瑞安籍的老兵、团勇把过去的军事操练编成藤牌阵进行表演，称之为“打藤牌”。由于民众的喜爱，所以这活动一直延续下去。旧时，春节、清明节前后，瑞安的各种庙会上，都有藤牌舞表演。民国初期，瑞安的藤牌舞更是闻名温州五县。

1957年，藤牌舞赴北京参加“第二届全国民间音乐舞蹈会演”并获得优秀奖。

藤牌舞基本动作——枪战藤牌（薛慕震　提供）

125
III-22

# 羌姆

拉康加羌姆
直孔嘎尔羌姆
曲德寺阿羌姆

## ■ 拉康加羌姆

申报地区或单位：西藏自治区洛扎县

夏羌姆舞舞姿

加羌姆是西藏山南地区洛扎县拉康镇俗人（民众）表演的藏传佛教噶举派羌姆。

拉康加羌姆是一种艺术风格独特、具有浓郁地域特色的民间歌舞，是藏族民间文化和宗教文化相结合的产物，也是中华民族非物质文化遗产中的一个重要组成部分。

每年藏历十二月十五日，在洛扎县拉康镇举行传统边境贸易交流会时，拉康加羌姆成为边贸会首演的节目，也是当地群众与外来商客所喜闻乐见的民间文艺节目之一。拉康加羌姆的演出，意味着拉开了拉康边境贸易交流会的序幕。拉康加羌姆曾中断了30年，党的十一届三中全会召开以后，在党和政府的关心重视下，这一独特的民间歌舞再度得以传承和发展。

夺追达布表演场景（尸林之主）

支吾羌姆表演场景（猴子）

俗人羌姆面具

# ■ 直孔嘎尔羌姆

## 申报地区或单位：西藏自治区墨竹工卡县

直孔嘎尔羌姆是位于墨竹工卡县境内的直孔替寺的宗教舞蹈。“嘎尔”意为歌舞或“乐舞”。

直孔替寺第九嗣二十八代活佛多吉结波（1284—1350）时期，大修行者扎巴坚赞曾在直孔溪乌卡尔地区首次跳了“四臂护法神”祭祀舞蹈。从此，羌姆便传入了直孔替寺，后经历代直孔高僧的不断修改和发展，最终逐渐趋于完善，成为该寺的嘎尔羌姆。嘎尔羌姆具有严格的整套舞蹈动作和伴奏音乐，以及严格的表演程式；作为宗教舞蹈，具有丰富的文化内涵。“文革”期间，直孔嘎尔羌姆的传承受到阻碍。党的十一届三中全会以后，直孔嘎尔羌姆得到了恢复。

近年来，熟知该羌姆的老喇嘛相继去世，有些绝技难以得到传承，而年轻的喇嘛在技艺上还没有达到以前的水准。在政府的大力支持下，直孔替寺自筹资金聘请熟悉嘎尔羌姆的老喇嘛恢复表演，向年轻的小喇嘛传授技艺，并收集整理大量直孔嘎尔羌姆的资料，组织专家和学者进行研究。

直孔嘎尔羌姆作为西藏宗教舞蹈的缩影，对其进行抢救和保护，对丰富和完善西藏乃至中国舞蹈史的研究，将产生一定的推动作用。

嘎尔羌姆表演场景

嘎尔羌姆表演场景

# ■ 曲德寺阿羌姆

## 申报地区或单位：西藏自治区贡嘎县

“阿羌姆”即鼓舞，是山南地区贡嘎县贡嘎曲德寺僧人表演的一种宗教舞蹈。

贡嘎曲德寺阿羌姆是1464年由宗巴·贡嘎朗杰创作的，距今已有五百多年的历史。

阿羌姆一年表演两次：第一次是藏历元月十五日曲德寺“曲追堆庆”（宗教喜庆节日）时，第二次是藏历二月三十日在拉萨举行“措曲斯蚌”（俗称“供宝会”）时。

阿羌姆的舞者为16人，另有一名钹手击钹伴奏。表演时，舞者不戴面具，只画黑脸谱。阿羌姆没有复杂的情节和角色，由舞者将体积大、分量重的大鼓竖着背在身后，边敲边舞，威严稳健。表演队形仅有顺时针方向绕圈行进和竖排行进两种，其中穿插表演双人鼓舞。

当地有跳阿羌姆可使风调雨顺、阖家吉祥，可预防和抵制各种天灾人祸的说法。曲德寺阿羌姆和其他寺院羌姆一样，不得随意表演，更不能传授给俗人，只能由指定的人在规定的时间和地点进行表演。

阿羌姆表演场景

阿羌姆表演场景

639
III-42

# 鼓舞



## ■ 万荣花鼓

申报地区或单位：山西省万荣县

万荣花鼓是流行于万荣县南景村一带的传统民间舞蹈。据清康熙八年（1669）南景村兴村碑记载："花鼓乃民间社火，由七、八、九人组成，女演奏者持手锣，凤头蛇身，男演奏者系腰鼓，蛇身龙体，曲牌流畅。"

万荣花鼓有三种表演形式：第一种是低鼓，即腰系鼓；第二种是高鼓，即胸前鼓；第三种是多鼓，于舞者头部、胸部、肩部及两腿中间都系上鼓，最多时一人可系十多个鼓。

花鼓舞蹈套子很多，有一点油、风搅雪、干炒豆、狗撕咬、凤凰三点头，还有二锤、紧三锤、四锤、五锤、走圆场、龙摆尾、掏腰、掏腿、

低鼓（王陇生　摄）

多鼓（王陇生　摄）

绕膝以及“狮子滚绣球”、“秦琼背剑”、“凤凰双展翅”等高难动作。

历史悠久的万荣花鼓具有浓郁的地方特色和重要的文化价值，影响极为深远。近年来，由于社会经济的发展，年轻人外出打工，很少人愿意学打花鼓，加上大多数老花鼓艺人年事已高，花鼓艺术面临传承危机。

交城街头表演场景（王陇生　摄）

## 土沃老花鼓

申报地区或单位：山西省沁水县

土沃老花鼓是沁水县土沃村流传的传统舞蹈，据传有二百多年历史。

土沃老花鼓是集击鼓、歌唱、舞蹈三个部分为一体的舞蹈表演形式，主要角色有老丑、小丑、花姑、老汉、老婆、腰鼓手、报马童、担鼓。

土沃老花鼓最重要的角色是“小丑”，舞起来别具一格：舞蹈时口咬固定在小鼓上的口噙环，双手持软鼓槌上击下打，走起“丹鹤弹步”双脚似鹤状前行；演唱时将鼓握在手上，唱完再把鼓叼在口上。

土沃老花鼓队形丰富，有双龙出水、三盏灯、十二连勾、双龙摆尾、双插花、九道弯、荷花转、单闷葫芦、枣化形、双分头等。舞蹈步法主要是

老花鼓担鼓（贺营建　摄）

全脚擦地行进的“曲曲步”，舞蹈时身体左右拧转，如风摆杨柳，轻柔优美。

土沃老花鼓的乐谱有两种，一种是舞蹈谱（走场锣鼓），分为走场谱和登场谱；一种是曲调谱（花鼓调）分为“老调”和“新调”，歌词由艺人即兴编唱。

老丑（贺营建　摄）

报马童（贺营建　摄）

# 稷山高台花鼓

## 申报地区或单位：山西省稷山县

稷山高台花鼓是稷山县流传甚广的传统舞蹈，以吴壁、桐上、东蒲、西位、寺庄等地较为有名。

稷山高台花鼓的突出特色是舞者登上用数张方桌搭起的高台上表演花鼓舞，动作难度大，且极具观赏性。舞蹈套路有“走场花打”、“板凳对打”、“高台花打”、“高台倒打”、“胸头鼓 8 字打”、“缠腰甩打”等。花鼓中穿插的花鼓曲也极具地方特色，均来自民间流传的小调，还略带陕北民歌与“眉户戏”的味道，旋律抒情优美、意味悠长。

绕场平地花鼓舞表演场景（宁水龙　提供）

稷山花鼓除了在祭祀仪式与闹社火时表演外，还在踩院、闹后场、贺满月、送新兵等场合表演，用以祈福祝贺。

过去，稷山县的年节里村村有花鼓表演，身怀绝活的艺人层出不穷。目前，稷山高台花鼓仅在少数几个村落尚有流传，传承情况不容乐观。

东蒲高架倒悬花鼓表演场景（解万成　提供）

东蒲高架花鼓表演场景（解万成　提供）

十三层高台花鼓表演场景（原旭东摄，苏安福提供）

十二生肖花鼓表演场景（张建新　摄）

# ■ 乌拉陈汉军旗单鼓舞

## 申报地区或单位：吉林省吉林市

乌拉陈汉军旗单鼓舞是乌拉陈汉军旗常氏、张氏家族在家族祭祀活动中的舞蹈。常氏家族称其为“单鼓”，张氏称其为“太平鼓”。

乌拉陈汉军旗单鼓舞是手敲单鼓、摆动腰铃的一种舞蹈形式。

单鼓，辽代称“臻蓬蓬鼓”，是萨满跳神不可缺少的神具。金建国后承袭之，历元、明、清，传承至今。

单鼓舞表演技巧丰富，有独特的风韵，引人入胜。舞蹈时，

双片鼓舞表演场景

双双片鼓舞表演场景

单片鼓舞表演场景

以脚步的移动带动腰部扭摆，使腰间悬挂的 32 个腰铃相互碰撞，发出节奏鲜明、清脆悦耳的“哗哗”声，同时双手敲击单鼓与之配合。单鼓舞的舞步是连续变化的，有丁字步的蹉步、走圆环形的回旋步、前进三小步后退一步、原地踏步等。

乌拉陈汉军旗单鼓舞与家族祭祀活动紧密联系在一起。舞蹈及其技法虽是为其家族祭祀活动服务的，但对研究我国尤其是东北地区满、汉民族的文化交融历史具有重要意义。

对拜鼓舞表演场景

乌拉陈汉军单鼓舞表演场景

640
III-43

# 麒麟舞



## ■ 麒麟采八宝

申报地区或单位：山西省侯马市

麒麟采八宝是清代中、晚期开始流传于山西省侯马市新田乡乔村一带的传统民间舞蹈。舞蹈表达了村民对幸福美好生活的期盼和对太平盛世的颂扬。二百多年来，乔村人口传身授，代代相传至今。

舞蹈共分三个部分。首部为“云舞”：8个金童玉女持云朵翩翩起舞，用云朵组合成“天下太平”几个大字；中部为“麒麟舞”：在祥云环绕之中，在“太阳”的引导下麒麟出场起舞，姿态优雅，舞蹈优美，表现出

老艺人传授技巧（朱会海　提供）

高雅的气质与祥和的气象；尾部为“采宝舞”：表现神武的麒麟十分向往和喜爱人间的美好事物，因而到人间采集了“琴、棋、书、画、古、楼、瓶、博”八宝，来装点天上的神宫。

乔村麒麟采八宝以其深厚的文化底蕴、精湛的表演技艺深受当地老百姓的喜爱，具有重要的艺术价值、研究价值和欣赏价值。

麒麟采八宝表演场景（朱会海　提供）

## 睢县麒麟舞

### 申报地区或单位：河南省睢县

睢县麒麟舞流传于豫东地区河南省商丘市睢县的大刘寨村。

大刘寨民间相传，麒麟舞原属明朝宫廷娱乐项目。明朝灭亡时，掌管宫廷文化娱乐的文林郎冯玮归隐故里，将一对麒麟皮（道具）带给睢县大刘寨的冯氏族众，并亲授演舞之术。从此，麒麟舞便在大刘寨扎下根。

麒麟舞的表演分为三段：第一段为“盘门”；第二段为平地表演；第三段为桌上表演。麒麟舞的舞蹈动作难度大、步伐跨越幅度高，且大多是武术动作，特别是蹿桌过桥、猫调尾、登山望月等高难度舞蹈技巧，没有扎实的武术功底是难以做到的。

麒麟舞的师承关系较为特殊，世代传授均不举行拜师收徒仪式，而是以冯氏家传为主，兼收本村爱好麒麟舞者的亲眷，组成表演团体，代代延续。因此，大刘寨冯氏被称做“麒麟世家”。

麒麟舞，是中原民风民俗的一个历史缩影，为后人深入了解当地的大众习俗、社会变迁、历史沿革提供了一份珍贵的史料。

目前，大刘寨村仅有年过八旬的老艺人冯敏义能掌握全套舞蹈动作，麒麟舞有失传的危险。

制作好的一对麒麟（周佰华　摄）

麒麟舞队员在练习舞蹈动作（周佰华　摄）

# ■ 坂田永胜堂舞麒麟

## 申报地区或单位：广东省深圳市

永胜堂舞麒麟表演前礼拜（张晓春　摄）

坂田永胜堂舞麒麟是根据“麒麟永远胜利”的意义而命名的，由坂田永胜堂舞麒麟的创始人熬头四（花名）于1840年创编。主要在深圳龙岗区坂田街道、宝安区西乡街道等地流传，沿袭至今已有一百七十余年的历史，传承了十二代。

永胜堂舞麒麟主要包括麒麟舞和武术表演。麒麟舞主要是通过模拟猫、虎等动物摇头、摆尾、嬉戏、玩耍的动作和情状，并融合武术步法，表演麒麟出洞、嚼脚、弄麒麟尾、打瞌睡、摆青、踢青、采青、水仙花、十字清、鸫花园、麒麟翻王等套路；武术表演包括拳术、大刀、棍、铁叉、内针、对打等表演。

从1841年开始，永胜堂舞麒麟受邀在各地进行表演。民国时期，永胜堂舞麒麟曾在香港地区进行表演，第七代传承人刘兆光曾在香港开设武馆，并传授舞麒麟。

舞麒麟这种民间传统舞蹈，是坂田客家人的节日喜庆习俗，深受当地群众的喜爱。

永胜堂舞麒麟表演套路动作——
打瞌睡（李杏林 摄）

坂田村民参加“永胜堂舞麒麟祝贺大会”（李杏林 摄）

## ■ 大船坑舞麒麟

申报地区或单位：广东省深圳市

大船坑舞麒麟（谢为民　摄）

大船坑村的舞麒麟始于明朝嘉靖年间（为谢氏祖先定居本地之始），至今已有四百余年的历史。大船坑村的居民均为客家人，相传先祖来自河南乌衣巷，后经福建迁入广东。大船坑村的舞麒麟习俗，是客家民俗的典型体现。

大船坑舞麒麟表演用的“麒麟”长约六米，披红挂绿，鲜艳夺目；舞蹈由拜前堂、走大围、双麟会、采青、游花园、打瞌睡、走大围和三拜等套路组成。随后有武术表演。表演时的伴奏乐器有鼓、铜锣、铜钹和唢呐（当地人称喜笛），演奏以【三齐头】曲牌为主，悠扬的乐曲与麒麟舞蹈紧密配合，相得益彰。

大船坑舞麒麟比较全面、完整地继承了先辈舞麒麟的套路和表演技法，在深圳地方传统舞蹈中具有代表性，并在香港特别行政区有一定影响力。

大船坑舞麒麟舞蹈动作之一（谢为民　摄）

大船坑舞麒麟动作之二（谢为民　摄）

大船坑舞麒麟传习场景（谢为民　摄）

## ■ 樟木头舞麒麟

申报地区或单位：广东省东莞市

客家麒麟舞表演场景（郑庆贤　摄）

樟木头麒麟表演——吐青（郑庆贤　摄）

舞麒麟是樟木头镇的客家传统舞蹈。

樟木头镇是东莞市唯一的客家乡镇，舞麒麟是明末清初由客家人从北方带来的，距今有四百五十多年的历史。

舞麒麟的表演是由一位男青年舞麒麟头，一位少年舞麒麟尾，在锣鼓和唢呐的伴奏下进行。樟木头舞麒麟分“头套”（“麟趾呈祥”）和“尾套”（“采青赐福”）两部分，“头套”表现麒麟梳理、舔脚、舔尾、舔身、洗脸等动作；“尾套”表现麒麟寻青、闻青、试青、找青、逗青、采青、吃青、吐青等艰辛过程，表示麒麟降福人间，给人们带来美好的祝福。随后进行武术表演。

樟木头舞麒麟都是师傅口传身授，每个姓氏自当一门，多为祖传，世代相承。每年秋后，村里同宗同姓的年轻人集中到本族祠堂里的“拳馆”练习功夫，由本族的麒麟师傅传授舞麒麟。

樟木头的客家人有“龙生九子，麒麟为长”的观念，更由此赋予了舞麒麟独特的文化内涵。

樟木头麒麟舞蹈场景（郑庆贤　摄）

樟木头麒麟表演——踢青（郑庆贤　摄）

641
III-44

# 竹马

蒋塘马灯舞

## 申报地区或单位：江苏省溧阳市

蒋塘马灯舞是流传于江苏省溧阳市社渚镇蒋塘村一带的民间舞蹈，内容表现北宋杨家将浴血奋战、抗击敌军和共庆胜利的情景。

民间世代相传，蒋塘马灯舞始于明朝嘉靖年间，缘于蒋塘义军首领虞顺祭祀抗辽英烈杨家将时的礼仪。

蒋塘马灯舞的表演分上下两个半场：上半场以十员神将和十匹神马

白马代表巴焦女将军

蒋塘马灯舞广场表演场景

不断变化阵型，表现杨家将率众浴血奋战、抗击敌军、取得胜利；下半场十四神马、十位神将逐次排列出“天、下、太、平”阵图，表现共庆胜利，祝福万民安居乐业。

蒋塘马灯舞将民间祭祀与娱乐融为一体，以舞蹈形式纪念民族英雄，借以表达百姓对天下太平的希冀，是一种集民间舞蹈、民族服饰、民间美术为一体的传统民间艺术，具有较高的艺术审美价值。

蒋塘马灯舞——破阵杀敌

642

III-45

# 灯舞

## 无为鱼灯

申报地区或单位：安徽省无为县

无为鱼灯是安徽省无为县民间流传的传统灯舞。每年正月十五元宵节到正月三十民间都要玩鱼灯。

当地的民间习俗，玩鱼灯的第一天叫“开灯”，最后一天叫“收灯”。从开灯第一天起要摆供桌，由全村人负责祭礼，请道士做道场，一直到玩灯结束止。如村里有传染病流行或农作物遭遇虫害，都要玩鱼灯许愿还愿，将鱼灯作“神灵”来驱恶、赶魔、求平安。当地民间俗谚：“烧香打醮，抵不上红灯一绕。”认为鱼灯是吉祥灯、太平灯、幸福灯。

舞鱼灯舞出天下太平的“平”字（徐志勇、李珑　摄）

无为鱼灯历史悠久，源远流长。民间传说，北宋时，包公到陈州放粮回朝后，曾普召全国各地向朝廷敬供花灯。当时无为人敬献了八条鱼（鱼灯），得到朝廷赞扬。就这样，无为民间舞蹈鱼灯就保留下来了。

1955 年底，无为鱼灯参加了安徽省第一届民间音乐舞蹈会演，并于 1956 年到北京怀仁堂参加了全国民间音乐舞蹈会演，获得好评。

舞鱼灯舞出天下太平的“太”字（徐志勇、李珑　摄）

舞鱼灯表演场景（徐志勇、李珑　摄）

655
III-58

# 鹤舞

三灶鹤舞

申报地区或单位：广东省珠海市

三灶鹤舞是广东省珠海市三灶镇独有的一种仅在春节期间表演的传统舞蹈。民间素有白鹤象征长寿的说法。鹤舞也是三灶村民给 60 岁以上老人拜寿，为 30 岁以上村民祈福的一种礼仪习俗。据传，该舞已有七百多年的历史。

鹤舞的白鹤造型生动逼真、舞姿优美，形象地将仙鹤临门、觅食、洗嘴、梳毛、休息、嬉戏、归巢等生活状态演绎得淋漓尽致、栩栩如生。表演时，以锣鼓伴奏，间唱吉祥的“鹤歌”，场面显得欢快、热烈、祥和。

在三灶镇，表演鹤舞有约定俗成的礼仪：包括开光（祭拜仪式，给“鹤”点睛）、拜老（逐户拜寿、祈福）、羽化（过去是正月十五傍晚将鹤

三灶鹤舞表演——嬉戏（徐先觉　摄）

三灶鹤舞表演场景（徐先觉　摄）

三灶鹤舞表演——觅食（徐先觉　摄）

衣至村口处烧掉，近年为了不误农时，改为正月初七）三个固定的程式，有着丰富的文化内涵和崇高的道德境界。

目前，鹤舞老艺人年事已高，年轻一代对学习这一传统舞蹈缺乏积极性，三灶鹤舞的传承已近濒危。

657
III-60

# 瑶族长鼓舞

小长鼓舞
黄泥鼓舞

## ■ 小长鼓舞

申报地区或单位：广东省连山壮族瑶族自治县

小长鼓舞是瑶族支系“过山瑶”的民间传统舞蹈，流传于广东省连山壮族瑶族自治县瑶族聚居地。舞者在唢呐伴奏下，手握长鼓边敲边舞，因其鼓形较小，为区别于瑶族另一支系排瑶的“长鼓舞”，而称“小长鼓舞”。

瑶族小长鼓舞舞蹈场面（清远市非物质文化遗产保护中心　提供）

连山小长鼓舞——盖屋（王流军　摄）

连山小长鼓舞——莲花盖顶（王流军　摄）

小长鼓舞有“七十二套路”之称，主要有“盖新房舞”和“造鼓舞”。

盖新房舞以“莲花盖顶”、“漂洋过海”、“金鸡展翅”等动作表现“寻屋地”、“挖屋地”、“砍木”、“上梁”等盖新房的全过程。

造鼓舞的基本动作有 12 个：寻鼓木、砍鼓木、量鼓木、架马、锯鼓木、刨鼓木、挖鼓心（又称“钻天钻地”）、斗鼓木、修鼓木、听鼓、封鼓、谢礼等，表现了祖先“造鼓”的全过程。

长鼓是瑶族文化的重要标志。小长鼓舞是过山瑶最具代表性的传统舞蹈，它是瑶族举行“还盘王愿”祭祀祖先盘王的重要内容，千百年来世代相传，长盛不衰。

连山小长鼓舞——垫石脚（王流军　摄）

# ■ 黄泥鼓舞

## 申报地区或单位：广西壮族自治区金秀瑶族自治县

黄泥鼓舞主要分布在广西金秀瑶族自治县的六巷乡、罗香乡的“坳瑶”聚居地区，是很有地域特色的瑶族长鼓舞。

跳黄泥鼓舞是坳瑶祭祀盘王活动中一项重要的内容。祭祀活动多在秋收后进行，一般是一个村寨或几个村寨联合举行，也有一家一户举行的。

黄泥鼓分公鼓、母鼓两种；公鼓腰部细长，母鼓腰部粗短。打黄泥鼓时要用黄泥浆涂在鼓皮上调音，黄泥鼓也因此而得名。

跳黄泥鼓舞的都是男子，分别持公鼓、母鼓表演。过去是一只母鼓配两只公鼓，后来演变为一只母鼓配多只公鼓。

跳黄泥鼓舞时，以母鼓为轴心，公鼓围着母

黄泥鼓（绘图母鼓）（肖茂兴　摄）

黄泥鼓（绘图公鼓）（肖茂兴　摄）

黄泥鼓舞表演场景（肖茂兴　摄）

黄泥鼓舞表演场景（谢家强　摄）

鼓绕圈。舞蹈中，母鼓的鼓点最重要，它掌握着整个舞蹈的节奏。公鼓是应和母鼓点而敲打的。因此，跳母鼓者通常是寨子里的老艺人。

在跳黄泥鼓舞的过程中，还加入唱盘王歌的内容，由一歌师带领身着节日盛装的少女，在吹奏木叶的几个妇女的陪伴下，边唱边绕着舞队缓步而行。歌曲内容为反映祖先来历和劳动生活的情景。

黄泥鼓舞如今已逐渐向文艺表演形式发展。

黄泥鼓舞表演场景（肖茂兴　摄）

680
III-83

# 谐钦

尼玛乡谐钦

## 申报地区或单位：西藏自治区班戈县

班戈县尼玛乡流传的传统歌舞“谐钦”，是藏北牧民群众在生产生活中提炼和创造的。

谐钦中的歌曲源自一千多年前祖辈们到藏北驮盐时的盐歌、到藏南运粮时的粮歌、剪羊毛时的剪羊毛歌、打酸奶时的奶桶歌、赞美山水的山歌、赞美牛羊肥壮的放牧歌等不同的歌曲。

尼玛乡谐钦的传统歌词有百首之多，有二十多种曲调，可组合二十多种舞蹈。如“诺布叮超”、“古冬”、“巴扎夏过”、“卓冬尼”、“噢若夏处”等。

在表演尼玛乡谐钦时，舞者站成圆形、半月形或直线形。舞蹈动作都是根据每首歌的歌词内容、特点、节奏而定，动作粗犷豪放，舞步轻快而有力，富有藏北牧民舞的风韵。舞蹈时虽然男女动作相同，但女子动作小而含蓄、柔美，男子动作激扬奔放，潇洒大方。

藏北广大牧民群众通过表演尼玛乡谐钦表达了对美好生活的热爱和向往。

尼玛乡谐钦——巴扎夏过

尼玛乡谐钦——诺布叮超

班戈尼玛乡牧民跳谐钦的场景

691
III-94

# 萨吾尔登

申报地区或单位：新疆维吾尔自治区博湖县

蒙古族传统节日活动中的萨吾尔登表演（孟和、李·巴特尔　摄）

萨吾尔登是新疆蒙古族的传统舞蹈，在各地蒙古族聚居区广为流传。

“萨吾尔”指马跑动时马头上下不停地弹动的动作，“登”则是托布秀尔琴弹奏的“登登”的乐曲声。

萨吾尔登分徒手舞蹈、持道具舞蹈、载歌载舞和对歌对舞几种形式。

萨吾尔登的舞蹈动作十分丰富，有表现生产习俗和生活习俗的，如挤奶、捣奶、套马、献茶、敬酒、擀毡、播种、收割等；有表现妇女生活的，如照镜、描眉、梳辫子等以及模拟雄鹰、山羊、田鼠、马等动物形象的。舞蹈时下肢动作较为简单，手臂动作丰富多变。双手一般做反向的翻绕，手腕提压，上身前俯后仰，可动肩、抖肩，步法多为大步半蹲移动或拖擦步。

萨吾尔登舞蹈体现了新疆蒙古族人民与自然和谐相处和对幸福生活的执著追求。

萨吾尔登展示（孟和、李·巴特尔　摄）

民间艺人相互交流萨吾尔登（孟和、李·巴特尔　摄）

在和硕县蒙古族居住的蒙古包前，民间艺人在交流萨吾尔登艺术。（孟和　摄）

萨吾尔登展示（孟和、李·巴特尔　摄）

693
III-96

# 赛乃姆

若羌赛乃姆
且末赛乃姆
库尔勒赛乃姆
伊犁赛乃姆
库车赛乃姆

## ■ 若羌赛乃姆

申报地区或单位：新疆维吾尔自治区若羌县

若羌县隶属于新疆维吾尔自治区巴音郭楞蒙古自治州，地处塔克拉玛干大沙漠东南缘。由于若羌县与周边地区距离遥远并且相对隔离的特点，使该县成为民间乐舞保存较为原始完整的地区之一。其中，自古流传至今的最具代表性的若羌"赛乃姆"，以其奔放、自由、欢快的舞姿，动人心魄、昂扬向上的曲调，深受当地群众的喜爱。

乐队成员正在进行弹唱表演（卡合曼·托乎提　摄）

若羌人民经常举行丰富多彩的"麦西热甫"活动，若羌赛乃姆则是该活动时最主要的舞蹈项目。若羌县的绝大多数民间艺人都有着自己独特的舞蹈技艺。

1993年以来，在若羌县几乎每年都要举行大规模的"民族团结篝火麦西来甫"、"游园麦西来甫"等娱乐活动。在举行的各种庆典活动中，都要跳传统舞蹈若羌赛乃姆。若羌赛乃姆已成为若羌维吾尔族人民文化娱乐生活中不可或缺的组成部分。

传承人正在用热瓦甫弹唱（卡合曼·托乎提　摄）

乐队成员在进行弹唱练习（卡合曼·托乎提　摄）

舞蹈练习场景（卡合曼·托乎提　摄）

# ■ 且末赛乃姆

## 申报地区或单位：新疆维吾尔自治区且末县

且末赛乃姆主要流传于新疆且末县的琼库勒乡、英吾斯塘乡、巴格艾日克乡、阿热勒乡、且末镇等地。

且末赛乃姆的主要特点是以自娱性舞蹈为主。除无节拍的两个木凯迪曼（散板序曲）和趣秀尔盖（尾声）以外，其他乐曲始终配合舞蹈，节奏平稳，由慢转快，旋律优美；伴奏乐器有弹拨尔、都塔尔、艾捷克、达普（手鼓）、库修克、萨帕依等。舞蹈时以手鼓来控制节奏和速度。

且末赛乃姆舞蹈的表演形式较为自由，无论在室内还是在室外均可进行。开始表演前，群众围坐，乐队和伴唱者聚集一处。音乐开始后舞者进场，可独舞、对舞，也可3—5人共舞。

且末赛乃姆的歌词主要分为爱情和生活题材两大类。内容表现历代且末维吾尔族人民渴望爱情、热爱生活、善良宽容、除恶扬善的高尚情操。

当前且末赛乃姆的传承状况良好。

传承人在“且末县民间艺人2010年庆祝古尔邦节文艺晚会”上表演且末赛乃姆（普拉提　摄）

传承人正在弹奏且末赛乃姆（普拉提　摄）

传承人正在记谱（普拉提　摄）

民间艺人在家庭麦西来甫中表演且末赛乃姆（普拉提　摄）

## ■ 库尔勒赛乃姆

申报地区或单位：新疆维吾尔自治区库尔勒市

库尔勒市阿瓦提乡民间艺人表演库尔勒赛乃姆（克依木·热依木　摄）

库尔勒赛乃姆是流传于新疆孔雀河流域的维吾尔族聚居区传统歌舞。

库尔勒赛乃姆一般多在婚礼、节庆、各种麦西来甫等庆典活动上表演。其突出特点是舞蹈节奏明快，动作优美舒畅，舞者温文尔雅的眉目传情和动作变换中落落大方的体态，以及旋风般的旋转，都极其令人赏心悦目。

库尔勒赛乃姆由三个段落组成：1. 开场前，先演奏“木卡姆”乐曲，紧接着由老木卡姆艺术家带头演唱“木卡姆”。在每组独舞开演前，首先演唱两段“木卡姆”。2. 木卡姆演唱完后，曲调转入赛乃姆歌曲，赛乃姆舞蹈正式开始。3. 赛乃姆舞蹈的高潮部分，舞者以各种体态动作以及眉眼传情的形态，表达自己深而细微的情感。此时，在场观众纷纷加入舞者行列，整个场面热闹非凡。

赛乃姆这种传统歌舞艺术，在库尔勒维吾尔族群众的生活中是不可或缺的。

库尔勒市英下乡民间艺人表演库尔勒赛乃姆（吐尔地·艾沙　摄）

库尔勒市哈什力克乡民间艺人表演库尔勒赛乃姆（宨建　摄）

维吾尔族库尔勒赛乃姆老一代传承人（席德文　摄）

# ■ 伊犁赛乃姆

## 申报地区或单位：新疆维吾尔自治区伊宁县

努肉孜节上赛乃姆歌舞表演（亚力买买得·沙比尔　摄）

赛乃姆艺人演唱表演（亚力买买得·沙比尔　摄）

伊犁赛乃姆是融音乐、舞蹈、诗歌等为一体的、具有浓郁地域特色的伊犁维吾尔族民间传统舞蹈；是古代维吾尔族祖先在一些民间歌曲、婚礼歌舞、仪式仪礼和各种庆祝活动时所表演的以歌曲、舞蹈为原型，进而形成的最古老的民间艺术形式。

伊犁赛乃姆舞蹈动作潇洒豪放、轻快利落；男女对舞时，相互间的情感交流坦率自然。

伊犁赛乃姆是由 17 种曲式段落构成的、具有固定歌词，以歌曲、音乐、舞蹈为一体的艺术表演形式，也是伊犁维吾尔族群众性娱乐、聚会时最喜爱的活动方式。

赛乃姆歌舞（亚力买买得・沙比尔 摄）

顶碗舞（亚力买买得・沙比尔 摄）

## ■ 库车赛乃姆

### 申报地区或单位：新疆维吾尔自治区库车县

库车赛乃姆是新疆库车县维吾尔族群众生活中最为流行的一种民间歌舞。

库车古称龟兹，自古乐舞兴盛。库车赛乃姆典雅端庄，婀娜多姿，优美抒情，其“撼头”、“弄目”、“跷脚”、“弹指”等动作，与唐人杜佑在《通典》中所述西域乐舞之情状基本一致。

库车赛乃姆属自娱性民间歌舞，表演自由活泼，舞者不歌，歌者不舞。随着鼓乐和伴唱，参与者陆续入场，或独舞，或双人对舞，或数人同舞，男女不限，动作随意。舞蹈间可随时更换舞伴，并可依照自己的兴致和舞技，和着节拍自由发挥。高潮时，观者拍掌助兴，鼓乐相和，一时间人声鼎沸，热闹非常。

库车赛乃姆舞蹈抒情、稳健，在男女共舞时，情感交流也较为隐晦、含蓄。库车赛乃姆歌词以表达爱情内容居多，也有歌唱生活和劳动内容的。

在麦西来甫娱乐活动中表演库车赛乃姆
（努尔买买提·托乎提　摄）

青年一代在练习维吾尔赛乃姆舞（努尔买买提·托乎提　摄）

库车赛乃姆在当地民众间广泛流行，无论是田间劳作、家庭聚会，还是节庆婚礼或“麦西热甫”中，赛乃姆都是把欢乐气氛推向高潮的歌舞。

侧眼相望表达男女交流之情（努尔买买提·托乎提　摄）

在赛乃姆节段迈单步跳（努尔买买提·托乎提　摄）

# 第三批国家级
# 非物质文化遗产名录
# 图典

（下）

王文章 主编

文化艺术出版社
Culture and Art Publishing House

国家级非物质文化遗产扩展项目名录

# 传统戏剧
## （扩展）

148
IV-4

# 潮剧

申报地区或单位：福建省云霄县

潮剧《拜月情》剧照（何继雄 摄）

潮剧又称“泉潮雅调”、“潮音戏”、“白字戏”等，是用潮汕方言演唱的地方剧种，距今已有四百多年的历史，流布于福建漳州和广东潮汕地区以及香港、台湾地区和东南亚的华人聚居地区。漳州云霄县是潮剧的主要流行地，清末至民国期间，非常兴盛，涌现出锦秀春、永正兴等三十多个潮剧职业班社。

潮剧集诗、歌、舞、戏于一体，表演美妙传神，《杨令婆辩十本》与《扫窗会》、《闹钗》三个潮剧传统锦出戏被誉为“三块宝石”。潮剧采用闽南及潮汕一带民间音乐，并吸收了弋阳腔、昆腔、西秦腔、外江戏等声腔唱法，保护潮剧对研究闽南地区古老剧种具有较高的学术价值。此外，潮剧团体经常到台湾、香港地区及东南亚等地演出，为传播中华传统文化，联结海内外侨胞亲情乡谊，振兴祖国统一大业发挥着积极作用。

新中国成立以后，福建省云霄县不仅建立了专业潮剧团，而且还成立了许多业余潮剧团。但是目前由于市场以及其他多元文化的冲击，观众锐减，剧团生存艰难，剧种日益衰落，国家应及时采取保护措施，抢救这一古老的戏曲剧种。

潮剧《穆桂英》赴新加坡演出照（何继雄　摄）

潮剧传统剧目《鸳鸯榜》剧照（何继雄　摄）

潮剧《陆文龙》参加“国际潮剧节”（何继雄　摄）

162
IV-18

# 晋剧

## 申报地区或单位：河北省井陉县

19世纪中叶，晋剧由山西传入与其接壤的河北省井陉县后，经过数十年的融合，形成独特的风格。井陉晋剧现共有剧目三百多个，曲牌五百余种，并有《火烧庆功楼》、《皇姑出家》等16个经典保留剧目。

与传统的晋剧相比，井陉晋剧具有以下特征：唱腔上，既有山西梆子的柔润、河北梆子的高亢，又有井陉口音的刚硬，刚柔相济；念白上，以晋剧道白为基础，字清、音刚；剧目上，不同于山西晋剧以唱为主，以武打为辅，而是文武兼备，秋色平分；演员绝大多数都是土生土长的井陉籍人；80%的剧本都是自创剧目和改编剧目；每个戏班都有它的传承谱系，例如核桃园谱系、南障城谱系、常坪谱系、井陉晋剧团谱系等。

1952年成立的井陉晋剧团一度繁荣，但近年来，演出市场萎缩严重，演员收入微薄，井陉晋剧后继乏人，对井陉晋剧的保护工作已迫在眉睫。

晋剧《满床笏》剧照（宋盼岗　摄）

晋剧《挡马》剧照（宋盼岗　摄）

晋剧《双下山》剧照（宋盼岗　摄）

晋剧《龙头杖》剧照（宋盼岗　摄）

## 申报地区或单位：内蒙古自治区呼和浩特市

中路梆子也称“山西梆子”、“晋剧”，清末民初传入内蒙古地区。中路梆子传入内蒙古地区后，融入了晋白、京白和当地的方言，表演质朴，扮相纯美，唱腔激越粗犷，曲调婉转动听。常演剧目有二百多出，代表剧目有《打金枝》、《白毛女》、《嘎达梅林》等。

20 世纪五六十年代，由于党和政府的大力扶持，中路梆子在内蒙古剧坛占有主导地位。近年来，由于经济发展和生活方式的改变，加之创作、后备艺术人才断档，传承发展并不看好，前途令人忧虑。

中路梆子《徐策跑城》剧照（王波　摄）

中路梆子《鞭打芦花》剧照（王波　摄）

中路梆子《三关点帅》剧照（王仲玲　摄）

中路梆子《满都海》剧照（牛福元　摄）

中路梆子《斩唐丹》剧照（王波　摄）

164
IV-20

# 北路梆子

申报地区或单位：山西省大同市

北路梆子《程婴救孤》剧照（李志平　摄）

北路梆子是"山陕梆子"分化出来的"上路调"，也称"北路调"或"北路戏"。1954 年正式命名为北路梆子。流布于晋北、内蒙古、冀西北及陕西省部分地区。

北路梆子·云州道（大北路）是北路梆子剧种里影响较大的一个流派，它流布广泛，在唱腔、音乐、表演、剧目等方面都形成了与其他流派不同的边塞特色。"大北路"的演出剧目既有梆子戏共有的优秀剧目，也有

大同市北路梆子剧团演出场景（李志平　摄）

反映当地历史故事的特色剧目，如《走雪山》，其中的“走雪”一折久演不衰，在流布地区具有相当大的影响。

北路梆子·云州道（大北路）深受流布地区人们的欢迎，对繁荣当地戏曲事业起着主导作用。同时，它对板式唱腔的完备和发展起到了很大作用，对梆子戏发展史的研究有着重要价值。

北路梆子《起解》剧照（孙大军　摄）

170
IV-26

# 大平调

申报地区或单位：山东省成武县

大平调本名平调，因其唱腔音乐相对于高调（山东梆子）的音调低，故称之为“平调”，现通称“大平调”。该剧种历史悠久，流布于豫北、山东、冀南等地区。

大平调主要有三个流派，即河东平、东路平、西路平，成武县大平调即属于河东平，曾涌现出在戏曲界颇具影响的牛印合、牛印海、邵丙玉、牛光轩、马明銮等著名艺人。大平调经常上演的剧目有一百八十余出。大平调的唱腔属板腔体，唱腔吸收了其他剧种的精华，曲调行腔委婉动听、高亢明亮、风格各异；伴舞独具特色，对研究古老的民间戏曲音乐有着不可替代的作用，对中国民族音乐具有持久的借鉴作用。

成武县大平调剧团常年坚持演出，曾多次在省市戏曲调演中获奖。但因社会的变革，文化娱乐业多元化的冲击，大平调的活动阵地在急剧缩小，人才流失严重，该剧种发展形势比较严峻，急需保护和传承。

大平调乐队使用的尖子号（孔令艺　摄）

大平调传承人剧照（牛现铮　摄）

大平调传习场景（孔令艺　摄）

## 申报地区或单位：河南省浚县

河南省浚县是西路大平调的主要流布区，表演艺术阔放质朴，身段造型酷似社火、灯笼画、寺庙壁画，蔚为大观。传统武打戏中不乏真刀真枪，其脸谱、彩头、喷火、獠牙等更具独特风格。浚县大平调的音乐唱腔自成一家，有四百多支锣鼓曲牌，八十多种唱腔板式；在《打登州》、《御河关》等十几部传统戏里都有不同程度的（甚至有些整本戏）曲牌体音乐结构，从而为学术界提供了新的文化研究课题。

目前，西路大平调生存、发展的社会基础发生了变化，演员青黄不接，市场竞争能力不强，演出设备不能更新，演出收入下降，举步维艰，难以为继。

西路大平调《三娘教子》剧照（霍燕　摄）

西路大平调《斩杨景》剧照（霍燕　摄）

西路大平调《假婿乘龙》剧照（霍燕　摄）

西路大平调《司马貌告状》剧照（杨新林　摄）

171
IV-27

# 越调

## 申报地区或单位：河南省邓州市

邓州越调又称“南阳大越调”，是豫西越调的代表，明嘉靖年间即以“乡戏”盛行于南阳各县及其他地区。

邓州越调多以民间的、口传的正装戏为主，唱腔有九腔十八调，以花腔点缀，高亢明亮，主要伴奏乐器以象鼻四弦为主。其表现力丰富，风格独特，长于表现哀怒、悲愤情绪，有鲜明的个性特征，素有“苦越调”之称。邓州越调有传统剧目369个，代表剧目有《大保国》、《三哭殿》、《长坂坡》等五十多个。在传统剧目上，以黑红花脸、四梁四柱为核心，生旦净末丑行当俱全，构成了独特的个性特征。

目前，邓州越调演出团体萎缩，观众锐减，演出市场不景气，部分传统剧目、表演技能、唱腔及音乐等方面濒临失传，急需加以保护。

邓州越调《白木店》剧照（梁光胜　摄）

邓州越调《战长沙》剧照（梁光胜　摄）

邓州越调《芦花荡》剧照（梁光胜　摄）

172
IV-28

# 京剧

申报地区或单位：江苏省演艺集团

京剧《西施归越》剧照

京剧是中华民族文化艺术的瑰宝。2001 年，江苏省京剧院等 6 个省属文艺团体组建成立了江苏省演艺集团。2005 年被文化部评为“国家级重点京剧院团”。半个世纪以来，剧院拥有的程派传承人新艳秋，谭派传承人王琴生，麒派传承人赵云鹤，武生名家梁惠超、周云亮、王正坤，武旦周云霞以及其他数十位艺术家，为京剧院的创建与发展做出了重要的贡献。目前剧院现有演职员一百二十余人，阵容整齐，流派纷呈，拥有国家一级演员李洁、徐全心、周丽霞等一批享誉国内外的艺术中坚力量。

剧院成立至今，在继承传统的基础上，始终将剧目创作作为剧院发展的立身之本。从 20 世纪 50 年代至今，创作了《骆驼祥子》、《飘逸的红纱巾》等数十个优秀剧目。

京剧《红菱艳》剧照（江苏省演艺集团　提供）

京剧《天女散花》剧照（江苏省演艺集团　提供）

申报地区或单位：江苏省淮安市

京剧《霍小玉》剧照（佟启新摄，江苏省长荣京剧院提供）

荀派在京剧的四大名旦之中独树一帜，宋长荣是正式拜荀慧生先生为师的荀派传人，唯一的乾旦代表，有“活红娘”之美誉。他在舞台上塑造的花旦形态，最具有荀派所特有的妩媚柔美的特质。

荀派花旦所特有的“生活化”表演形式，不但丰富了古典戏曲的表现手段，且拉近了古典戏曲向现代戏曲转变发展的内在关联，对研究中国戏曲发展史具有特别的意义。宋长荣在荀派艺术的再传中，发挥了独特的作用，弟子遍布全国，成绩斐然。宋长荣还多次应邀赴台、港地区，及美国、加拿大等国演出和讲学，在弘扬荀派表演艺术方面发挥重要的文化交流作用。

京剧《勘玉钏》剧照（佟启新摄，江苏省长荣京剧院提供）

183
IV-39

# 乱弹

诸暨西路乱弹

## 申报地区或单位：浙江省诸暨市

西路乱弹传统剧目《雪里梅》选段《哑背疯》（宣明生 摄）

诸暨西路乱弹是清初秦腔西路艺人由陕西经杭嘉湖水路传入诸暨，与当地语言、音乐、戏曲相结合而形成的乱弹剧种，流行于嵊州、绍兴、萧山、浦江、义乌等周边地区。诸暨西路乱弹在声腔、语言、剧目和表演上又与其他乱弹剧种有别。清中叶是诸暨西路乱弹的鼎盛期，仅诸暨一县就有“老长春”等数十班，大多在集镇贸易会市期间演出，被称做“会市戏”。

西路乱弹除能唱梆子腔外，还拥有二百多支曲调和

西路乱弹《双阳公主追狄青》剧照（宣明生 摄）

西路乱弹《大补缸》剧照（宣明生　摄）

西路乱弹《双阳公主追狄青》剧照（宣明生　摄）

四百多个剧目，曾与绍剧、越剧成三家鼎立之势。代表作有《双贵图》、《日旺牌》、《铁灵关》等。

1962 年，诸暨乱弹剧团成立。目前，在当地政府的扶植下，通过培训班、戏曲进校园、文化下乡等形式，西路乱弹迅速崛起，新排的《大补缸》等传统剧目，广受观众欢迎。

193
IV-49

# 碗碗腔

曲沃碗碗腔

## 申报地区或单位：山西省曲沃县

碗碗腔因主要击节乐器为小铜碗而得名，又因领奏乐器月琴旧称“阮咸”，故又称“阮儿腔”。曲沃碗碗腔是清乾隆年间由陕西皮影戏艺人传入曲沃的，经二百余年的传承发展，于清末民初达到鼎盛。其特点是：以月琴伴唱，铜碗间音，堂鼓提气；表演以声传情，以乐传神，唱白并茂，以唱制胜。其代表剧目有《昭君出塞》、《六月雪》、《困铜台》、《双报恩》等。

1960年，曲沃县碗碗腔剧团成立。半个世纪以来，曲沃县碗碗腔代代传人，继承发展，先后排演了38个剧目。如今，曲沃碗碗腔已成为当地老百姓喜闻乐见的一种艺术形式。

目前，曲沃碗碗腔受到多元文化冲击比较严重，演出市场日渐萎缩，急需进行保护。

碗碗腔《白洋河》剧照（王立业　摄）

教授弟子（王立业　摄）

碗碗腔《打金枝》剧照（马信　摄）

碗碗腔伴奏乐器——三大件：二股弦、月琴、板胡（从左至右）（张全喜　摄）

碗碗腔《莫愁女》剧照（尚刚　摄）

195
IV-51

# 评剧

申报地区或单位：河北省石家庄市

评剧《花为媒》剧照（甄秀军　摄）

评剧《绣鞋记》剧照（闫少哲　摄）

评剧是我国近百年来成长较快、流布较广、影响较大的地方剧种之一。源于河北省唐山地区，流行于河北、北京、天津等华北地区及东北各省。

评剧以唱工见长，演唱明白如诉，曲调流畅自然；表演自然、朴实，动作健康，姿态优美，具有浓厚的生活气息和广泛的群众基础。传统剧目约有二百三十多部，内容多取材于民间故事、时事要闻、古今小说等。代表作有《花为媒》、《打金枝》、《玉堂春》、《窦娥冤》、《杨三姐告状》等。

石家庄市评剧院一团初为私人班社。1947年11月12日石家庄解放，几天后，在军管会的领导下，重组义合剧社，恢复演出至今。该团是全国建团较早、影响较大的戏曲院团之一。

评剧《杜十娘》剧照（甄秀军　摄）

评剧《红珠女》剧照（甄秀军　摄）

## 申报地区或单位：辽宁省沈阳市和平区

辽宁是评剧的主要流行地区，金开芳是中国评剧的创始人之一。1915 年，参与成兆才等人成立的第一个评剧团“警世戏社”。1919 年，参加了评剧《杨三姐告状》的创作，并首演“杨三姐”，成功地带动了评剧现代戏的一场革命。此后由他主演的剧目有近百出，其中首演的达四十余出。1948 年，他随东北文协赴沈接收“大观茶园”，成立了新中国第一个国营剧团“唐山（沈阳）评剧院”，任副院长。1956 年后，他专职从事戏曲教育，任辽宁省戏剧学校副校长、名誉校长。

金开芳在创建中国评剧的艰难历程中，亲历了这一剧种的创始、发展、壮大、繁荣的全过程，他是创始人中留有存世剧目表演、唱腔音乐与众多的传承者的典型代表。他精于专业、勤于事业，在他的艺术生涯中创造了新颖别致的“疙瘩腔”，惟妙惟肖的“巧板头”、干净利索的“嘴皮子功”、

评剧《刘伶醉酒》剧照（白云峰　摄）

评剧《珍珠衫》剧照（白云峰　摄）

特色浓郁的“地方音”，表演艺术独具特色，别具风格，被誉为评剧第一花旦、鼻祖，为评剧艺术积累了宝贵的财富，具有一定的历史、文化、鉴赏、研究、传承、创新价值，对展现优秀民族文化、发展繁荣评剧未来，有着积极的促进作用和深远的社会影响。

辽宁省沈阳师范大学附属艺术学校致力于金开芳表演艺术研究，是评剧传承的重要基地。

评剧《劝爱宝》剧照（白云峰　摄）

评剧《桃花庵》剧照（穆国夫　摄）

## 申报地区或单位：黑龙江省评剧院

评剧是在我国有较大影响的地方剧种之一，黑龙江省是评剧发展的一块沃土。从评剧诞生初期至今，在百年的历史发展过程中，很多评剧名家都曾到黑龙江省各地演出，解放后，黑龙江更涌现出了很多评剧名家，如刘小楼、喜彩苓、吴素舫、碧燕燕等。

善于表现现实生活是评剧的一个传统。早在20世纪20年代，评剧创始人成兆才依据当地的时事新闻创作演出了《杨三姐告状》、《黑猫告状》、《枪毙骆龙》、《枪毙骆虎》、《安重根刺伊藤博文》等。1928年，被誉为“奉天落子”一颗明珠的评剧大家李金顺创作演出了时装戏《爱国娇》，基本上奠定了评剧以演现代剧目为主的特长。1949年后，评剧演出了大量现代戏，如《刘巧儿》、《小女婿》、《小二黑结婚》、《刘介梅》、《夺印》、《向阳商店》等，从不同侧面展示了社会主义建设不同历史时期的生活面貌，讴歌了社会主义新人新事。黑龙江省评剧院是评剧重要的专业演出团体和传承基地。

评剧《乾坤带》剧照（黑龙江省评剧院　提供）

评剧《三打陶三春》剧照（黑龙江省评剧院　提供）

评剧《明月照人来》剧照（黑龙江省评剧院　提供）

技艺传承（刘中辉　摄）

201
IV-57

# 庐剧

东路庐剧

## 申报地区或单位：安徽省和县

庐剧原名“倒七戏”，起源于皖中地区，荟集门歌、秧歌、茶歌、民歌、大别山歌等各种小调，已有二百多年历史，是安徽省主要的地方戏曲剧种之一。广泛流行于安徽省的江淮之间、皖西大别山区及沿江江南部分地区。

庐剧在安徽因地域不同，形成了东、中、西三路。东路庐剧以芜湖（江南）、和县（沿江）一带为中心。它吸收了京剧的表演程式和武功，剧目题材由俗走向雅，具有浓郁的水乡特色。

和县庐剧团成立于1955年，是东路庐剧目前仅存的演出团体。因演出市场萎缩、专业演出团体锐减、传承人匮乏、民间艺人亟待培训而处于濒危状态。

庐剧《梁山伯与祝英台》演出场景（薛华勇　摄）

庐剧《生死牌》剧照（薛从孝　摄）

头饰（薛华勇　摄）

老演员指导青年演员（薛华勇　摄）

204
IV-60

# 黄梅戏

申报地区或单位：安徽省黄梅戏剧院

黄梅戏又名“黄梅调”，源自湖北省黄梅县一带的采茶调。清末传入毗邻的安徽省怀宁县等地区，与当地民间艺术融合，逐渐发展为一个戏曲剧种。黄梅戏是由山歌、秧歌、茶歌、采茶灯、花鼓调，先于农村，后入城市，逐步形成发展起来的一个剧种。它吸收了汉剧、楚剧、高腔、采茶戏、京剧等众多剧种的因素，逐渐形成了自己的艺术特点。

1952年，在安徽省合肥市成立了全国第一个专业黄梅戏表演团体——安徽省黄梅戏剧团。黄梅戏在音乐伴奏、演唱技巧等各方面有了质的飞跃，整体艺术水平全面提升，影响日益扩大，蜚声海外，现已成为安徽省著名文化品牌和标志性文化形象。

安徽省黄梅戏剧院有严凤英、王少舫、马兰、黄新德等一批优秀人才，先后排演出《天仙配》、《女驸马》、《牛郎织女》、《打猪草》、《红楼梦》、《风雨丽人行》、《雷雨》等大批优秀剧目。

黄梅戏《牛郎织女》剧照（陈曙　摄）

黄梅戏《天上人间》剧照（陈曙　摄）

黄梅戏《风雨丽人行》剧照（陈曙　摄）

206
IV-62

# 泗州戏

申报地区或单位：江苏省泗洪县

泗州戏原名拉魂腔，起源于江苏省泗洪县上塘镇，经民间艺人记录、整理逐步形成拉魂腔的固定唱腔，距今已经有二百多年历史。清后期，泗州戏主要分布于泗洪境内上塘、魏营、峰山、归仁、朱湖、梅花等20个乡镇。1949年前，当地仅家庭戏班就有38个。1952年定名为“泗州戏”，1953年经泗洪县人民政府批准，正式成立泗洪县泗州戏剧团。

泗州戏具有浓郁的地方特色，唱腔婉转华丽、优美动听。尤其是女腔在每段唱腔结尾处，用小嗓翻高八度拉腔，男腔加入衬词拖后腔，具有动人魂魄的魅力。它的特点是：似唱非唱，似说非说；它的白口、唱腔、表演风格与当地的生活语言、风土人情紧密相连，它的伴奏主要以土琵琶、二胡、竹笛乐器为主。

泗州戏的淳朴、热烈的剧种风格，深受当地人民喜爱。当前由于老艺人逐步退出舞台，年轻演员跟不上，后继乏人，传统技艺面临失传，急需加以保护。

泗州戏《白莲仙子》剧照（马昌茂　摄）

泗州戏《小刀会》剧照（马昌茂　摄）

1953年排演的大型古装泗州戏《三转脸》剧照（冯书伦　摄）

209
IV-65

# 采茶戏

高安采茶戏
抚州采茶戏
粤北采茶戏

## ■ 高安采茶戏

### 申报地区或单位：江西省高安市

高安采茶戏原名“高安丝弦戏”，是在早期高安民间灯歌灯彩和傩舞等民间艺术基础上，吸收了明清时期本地的瑞河戏、锣鼓戏等剧种的有益成分演绎而成的一种传统表演艺术。而作为江西地方戏曲剧种之一，高安采茶戏具有“语言通俗生动、行腔淳婉清越、气韵刚柔交错、表演质朴优雅”的艺术特色。

高安采茶戏具有浓郁的乡土气息，富于生活情趣。传统小戏《四九看妹》于1959年受到毛泽东、刘少奇、周恩来等党和国家领导人的高度赞赏；现代戏《小保管上任》于1964年在上海引起轰动；传统大戏《孙成

采茶戏《三请樊梨花》剧照（罗林　摄）

采茶戏《南瓜记》剧照（罗林　摄）

打酒》两次获得国家级最高奖项；现代大戏《木乡长》于1995年获得国家“五个一工程”奖及“文华新剧目”等奖项，曾三次晋京表演，荣获首届“中国民族文化博览会”稀有剧种特别演出奖。目前累计有29个剧目获得国家级和省级奖项。

高安采茶戏极具艺术生命力，发展前景广阔，然而由于诸多因素，该剧种处于表演队伍断层、编导和音乐人才短缺等困境。

## ■ 抚州采茶戏

申报地区或单位：江西省抚州市临川区

抚州采茶戏是在明代茶灯戏的基础上，吸取当地民歌小调发展而成，据《临川县志》记载，迄今有四百余年的历史。

抚州采茶戏脱胎于民间灯彩歌舞，受明代抚河戏和湖北黄梅戏影响，语言生动诙谐，音乐唱腔优美明快，动作朴实，亦歌亦舞，有浓郁的地方特色。传唱剧目有一百多部，有单台戏（独角戏）、折子戏、大戏和连台本戏。单台戏传承了原始戏曲形式，小戏多以表现底层小人物为主，大戏以传奇故事、神话故事居多。

抚州采茶戏由民间艺人口传身授传承至今，现老艺人多数谢世，专业剧团人员老龄化，青黄不接，剧种面临濒危境地。

采茶戏《游园惊梦》剧照（黄初晨　摄）

采茶戏《游园惊梦》剧照（黄初晨　摄）

采茶戏《双包案》剧照（黄初晨　摄）

# 粤北采茶戏

## 申报地区或单位：广东省韶关市

粤北采茶戏（三角戏）是流传于粤北民间的地方民间小戏剧种。其源于明清以前流行于闽、赣的“采茶山歌、小调”。在传承的过程中，其不断吸收赣、湘南地区的民间花灯、花鼓的歌舞表演形式，逐渐成为粤北地区独特的地方戏种。流布于粤东、赣南、湘南、桂东等广大客属地区。

现代采茶戏《刘七斤卖猪》剧照（刘红江　摄）

粤北采茶戏有一大批传统剧目，如颂扬婚姻自由的《磨豆腐》、《双双配》，惩恶扬善和宣扬家庭伦理的《卖杂货》、《打狗劝夫》，以及鞭挞、讽刺社会丑恶的《阿三看姐》、《夜盗寒衣》等等。

1949年后，粤北采茶戏得到了较快发展，一批县、市专业采茶戏剧团相继成立，一批传统的优秀剧目也得到整理和恢复。目前，粤北采茶戏仍有包括古装戏和现代戏在内的三百多个新创、新编剧目。一些传统剧目在其多年的演出中，通过不断吸收、借鉴其他优秀剧种的长处，从而焕发出新的艺术生命力。

传统剧目《试妻》剧照（刘红江　摄）

采茶戏《群丑闹春》的众丑角（刘红江　摄）

213
IV-69

# 曲子戏

申报地区或单位：甘肃省白银市

曲子戏舞台演出场景（石凤珍　摄）

《西厢调》小曲发祥于甘肃省白银市白银区水川镇大川渡，盛行于白银市黄河两岸及周边地区。大川渡举人张海润在国子监期间以《西厢记》情节内容为参照，根据陇中地区特别是黄河两岸人们的生产生活、业余爱好和习惯，于1875年创作完成了歌舞小曲，冠名《西厢调》。曲调有27种，大致归为4类：叙述型、欢快型、忧伤型、风趣幽默型，在具体演唱中4类曲调常常穿插运用。

社区演出场景（石凤珍　摄）

演出场景（王潇昀　摄）

《西厢调》剧本内容丰富，如《渔舟》、《游寺》、《赠伞》、《借厢》等，有近三十余本，借用神话传说，用浪漫的手法来表达百姓的向往和志向，突出表现了劳动人民的纯朴、忠厚、善良和男女之间的真挚爱情。喜唱者不论音调高低，皆可演唱，演唱形式不受时间地点限制，可随时随地演唱，深受当地百姓喜爱。

《西厢调》创作于最高学府国子监，生长于黄河两岸并深深扎根于民间，具有较高的历史价值和文化艺术价值。

演出乐器（王潇昀　摄）

214
IV-70

# 秧歌戏

泽州秧歌

申报地区或单位：山西省泽州县

泽州秧歌最初是由迎神赛社和元宵社火演唱的地圪圈秧歌吸收了上党梆子养分发展而来，形成于清乾隆晚期（1795年前），流传于山西省晋城市的泽州县、晋城市城区、高平市（县级）、阳城县、陵川县、沁水县一带。

泽州秧歌只用武场音乐，不用丝弦乐器伴奏，所以也叫“干板秧歌”。泽州秧歌属板腔体，大部分剧目以唱为主，道白很少，有的剧目甚至是一唱到底，没有道白。演出剧目有《打棒槌》、《打酸枣》、《小姑贤》、《打油堂断》、《杀狗劝妻》、《三娘教子》、《喜日》、《新羊工》等二百多部。内容大都以反映家庭矛盾、婚姻纠纷、惩恶扬善为主题。

泽州秧歌带有浓厚的乡土气息，贴近群众、贴近生活，有着深厚的群众基础。在民间流传着“遍地秧歌遍地戏，人人都会唱几句，黑夜唱上台，白天唱到地”的顺口溜。可以说泽州秧歌反映了泽州人民的思想感情，是他们文化生活不可缺少的重要组成部分。

泽州秧歌《打芦花》剧照（崔晋梁　摄）

秧歌戏主要乐器

小锣（崔晋梁　摄）

板鼓（崔晋梁　摄）

小镲（崔晋梁　摄）

锣（崔晋梁　摄）

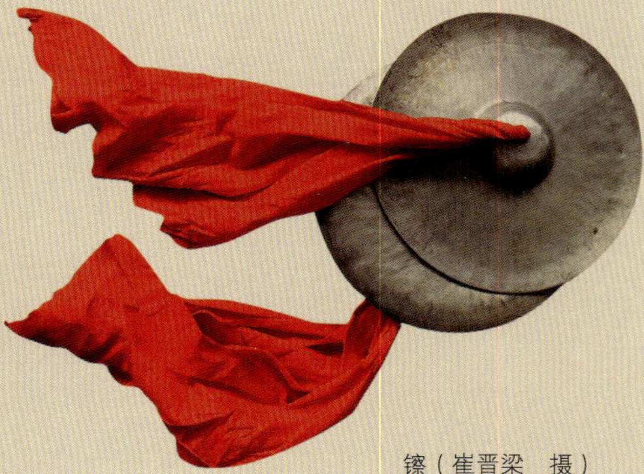

镲（崔晋梁　摄）

鼓（崔晋梁　摄）

泽州秧歌《侍女登科》剧照（崔晋梁　摄）

泽州秧歌老艺人（崔晋梁　摄）

215
IV-71

# 道情戏

神池道情戏
商洛道情戏

## ■ 神池道情戏

申报地区或单位：山西省神池县

神池道情戏是我国俗曲道情的一个分支，是忻州市具有代表性的戏剧艺术形式。神池道情源于唐代的道观音乐，清中叶受戏曲艺术影响发展为民间小戏。咸丰年间，神池有道情班社二十多个，至 1932 年，已发展为一百多个，并逐步扩展到周边的五寨、岢岚、宁武、代县、右玉等县。

神池道情音乐分唱腔、曲牌、锣鼓经三大部分。其丰富的唱腔音乐，不仅继承了古老的传统道情与民间道情曲艺，也融合了民歌及地方小戏的某些音乐成分。

神池道情戏的传统剧目有一百多个。早期剧目有《湘子传》、《张良

神池道情戏演出场景（山西省非物质文化遗产保护中心　提供）

传》、《庄周传》等；中期剧目有《翠莲传》、《王祥卧冰》、《郭巨埋儿》等；中后期剧目有《三贤》、《四劝》、《打瓦罐》等；近期剧目有《醉陈桥》、《斩黄袍》、《明公断》等。

神池道情戏历史悠久，唱腔优美，内容丰富，特色鲜明，是我国传统戏剧文化的宝贵财富。但近年来，受多元文化冲击，神池县道情剧团演出场次逐步减少，神池道情艺术面临困境，急需加以保护。

神池道情戏《三滴血》剧照（神池县道情剧团　提供）

山西省神池县道情剧团演出场景（山西省非物质文化遗产保护中心　提供）

# ■ 商洛道情戏

## 申报地区或单位：陕西省商洛市

商洛道情戏是由唐代道院道士说唱情理曲调，流传于民间与当地文化相结合，在商县、洛南等地形成的，广泛流行于商洛市辖县（区），即商县（现称商州区）、洛南、丹凤、山阳、镇安、柞水等县城镇乡村的戏剧艺术形式。

商洛道情戏唱腔音乐属板腔体，唱词以齐言七字句、十字句为多，是当地山区人民的一种主要娱乐方式，内容反映基层劳动人民的日常生活故事，剧目繁多，其手抄本和口传本多达数百本，如广泛流行的《一文钱》、《山花姑娘》、《红石匠》、《双下山》、《农家媳妇》等。商洛道情戏易学易唱，艺人和善歌者又随时编撰一定的故事内容来演唱，因而剧目内容更为丰富。

商洛道情戏《隔门贤》剧照（田朝霞　摄）

商洛道情戏《一文钱》电影剧照（田朝霞　摄）

道情皮影戏（田朝霞　摄）

217
IV-73

# 二人台

东路二人台

申报地区或单位：内蒙古自治区乌兰察布市

东路二人台《王三打鸟》剧照（张宏　摄）

东路二人台是一种集说唱、舞蹈、表演为一体的民间艺术形式，被世人俗称为“蹦蹦儿”、“玩意儿”等，形成于民国初年，20世纪50年代始称“东路二人台”。流布于内蒙古卓资山以东的乌兰察布市以及与内蒙古毗邻的河北省张北、尚义、康保各县及山西省大同、阳高等地。

东路二人台的音乐为曲牌连缀和具有叙事功能的板腔音乐，表演分文、武场，并有“浪派”和“韵派”。其题材多数是反映当地劳动人民生活和爱情的，语言通俗易懂，富有浓郁的乡土气息和生活情趣。经常上演的传统剧目有七十多个，代表剧目有《小放牛》、《卖麻糖》、《回关南》、《卖碗》等。

20世纪50年代后，东路二人台复苏；60年代，传统戏《走口外》、《买驴》首登自治区舞台；七八十年代，小戏繁荣，成立专业剧团。

东路二人台是清代内地破产农民移民垦荒这一特殊历史时期，内地移民与当地人民历经百年培育的艺术之花，它寄托着该地区人民对美的追求与向往，表现出丰富的艺术想象力和创造力，深受人民欢迎和喜爱。

东路二人台《喜二喜》剧照（内蒙古自治区非物质文化遗产保护中心　提供）

东路二人台《借冠子》剧照（张宏　摄）

222
IV-78

# 花灯戏

申报地区或单位：贵州省花灯剧团

花灯戏是一种民间自娱自乐、载歌载舞、有说有唱，并带有戏剧、杂耍等综合性质的表演艺术形式。花灯进入贵州后，吸收了贵州本土的语言、音乐曲调等，形成了风格独特的贵州花灯。黔西花灯戏，是黔西北地区花灯的代表，已有二百多年的历史，现流行于遵义、毕节、安顺、铜仁等市地。

20世纪初，黔西花灯加入了武功表演、音乐曲调“桐子树”、舞蹈耍双扇、衬词运用等艺术表现形式，在贵州其他几路花灯已不常见，独具黔西特色。代表剧目有《拜年》、《姐妹观花》、《三访亲》、《刘三妹挑水》、《放牛拦妻》等。

近年来，由于花灯戏的艺术形式和现代强势文化形成反差，精通传统演艺的艺人逐渐减少、老化，年轻一代学习传统花灯演艺的热情正在丧失，花灯艺术已处于濒危状态，其保护和扶持力度急需进一步加大。

花灯戏《上任》剧照（陶柏生　摄）

花灯戏《月照枫林渡》剧照（陶柏生　摄）

花灯戏《喜事成双》剧照（杨升平　摄）

传授“三指扣扇二步半”技艺（诸美婷　摄）

224
IV-80

# 藏戏

尼木塔荣藏戏
南木特藏戏

## ■ 尼木塔荣藏戏

申报地区或单位：西藏自治区尼木县

尼木塔荣藏戏老艺人（西藏自治区非物质文化遗产保护中心　提供）

尼木县地处西藏自治区中南部，雅鲁藏布江中游北岸，系前后藏结合部，是藏戏重要的流传地。尼木塔荣藏戏属藏戏中的白面具旧派，是藏族人民喜闻乐见的古老剧种。尼木藏戏班，在20世纪50年代中期改演蓝面具戏，剧目也由演《诺桑王子》一种而扩大到《智美更登》、《朗萨雯蚌》等多种，但在雪顿节献演时仍演白面具戏，由此兼具了白、蓝两种面具戏的表演风格。

尼木塔荣藏戏是尼木人民世代相传的、宝贵的文化财富，在尼木群众的精神文化生活中占有重要的地位。由于时代变革，观众减少，传承人年事已高，后继乏人，尼木塔荣藏戏正逐步趋于消亡的状态，急需保护和传承。

藏戏《阿热瓦》（西藏自治区非物质文化遗产保护中心　提供）

藏戏表演场景（西藏自治区非物质文化遗产保护中心　提供）

# ■ 南木特藏戏

## 申报地区或单位：甘肃省甘南藏族自治州

南木特藏戏最早是在拉卜楞寺二世亲自授意倡导下，由贡塘·丹贝准美仿效西藏藏剧的表演形式，将藏族传记文学名著《米拉日巴道歌》中猎人受教化的一段故事改编成剧，这是甘南南木特藏戏的雏形。19世纪末，第五世嘉木样·丹贝坚参、琅仓活佛等以历史传记、佛教故事为题材，吸收民间歌舞和地方说唱艺术，配以小型乐队，编导演出了《松赞干布》等多部影响深远的剧目，在安多地区产生了强烈反响。

南木特藏戏大都以歌颂正面人物为主，用丰富的想像，浓郁的神话色彩，大胆的浪漫主义手法表现戏剧情景，具有浓郁的民族色彩和地方特色，不仅僧侣编排，也是群众自娱自乐的一种文艺活动，对本地区的团结稳定、和谐发展起到了推动作用。南木特藏戏在新时期也遇到了生存困难，被甘肃省列入首批十大非物质文化遗产试点保护项目。

传统八大藏戏《松赞干布》演出场景（马庆禄　摄）

南木特藏戏面具

藏戏队在草原上为群众表演藏戏《松赞干布》（孙青松　摄）

藏戏队在草原上为群众表演藏戏《唐太宗》（孙青松　摄）

227
IV-83

# 侗戏

申报地区或单位：广西壮族自治区三江侗族自治县

侗戏《珠郎娘梅》剧照（刘德雄　摄）

侗戏，侗语称“戏更”，是侗族的戏曲剧种。流传在广西壮族自治区柳州市三江侗族自治县及周边侗族地区村寨中的侗戏，自 1875 年由贵州黎平县水口区传入，经一百多年的发展和改革，艺术色彩更丰富，感染力也更强。传统侗戏演出，演员穿侗服，佩戴侗族首饰，以侗语演唱，在满足侗族群众文化娱乐、传承历史知识、宣传时政等方面起了重要作用。流传剧目有《陈世美》、《生死牌》、《梅良玉》等。

侗戏《走亲》剧照（刘德雄　摄）

侗戏是一种依靠戏师师徒相袭、口传心授的民间艺术，自我保护十分脆弱。目前，侗戏面临戏师老化、后继无人、受众群体日益减少等濒危状况，急需各级政府采取积极措施，加以传承保护。

侗戏《黄三打鸟》剧照（黄惠鸣　摄）

侗戏乐队（刘德雄　摄）

233
IV-89

# 傩戏

任庄扇鼓傩戏
德安潘公戏
梅山傩戏
荔波布依族傩戏

## ■ 任庄扇鼓傩戏

申报地区或单位：山西省曲沃县

任庄扇鼓傩戏是山西省曲沃县任庄村民“遵行傩礼、禳瘟逐疫、祈福祛灾”，并于每年仲春进行表演的一种古老祀神戏剧。

任庄扇鼓傩戏据考证形成于唐、宋时，曲沃凡有社的地方都设坛，设坛必献祭，献祭必演傩戏。1986 年发现的宣统元年（1909）许文炳手抄本《扇鼓神谱》，详细记录了 12 折傩戏的演唱内容，具有重要的历史价值。对任庄扇鼓傩戏科学地抢救、保护、挖掘、整理，不仅能够探知原始傩礼的历史本相，体现先民趋吉避凶、追求幸福的强烈愿望，还有利于中华民族古傩文化的研究，对丰富当地的群众文化生活也有重要意义。

任庄扇鼓傩戏实践场景（山西省非物质文化遗产保护中心　提供）

扇鼓和鼓鞭（山西省非物质文化遗产保护中心　提供）

花鼓队服饰（山西省非物质文化遗产保护中心　提供）

任庄扇鼓傩戏实践场景（山西省非物质文化遗产保护中心　提供）

任庄扇鼓傩戏实践场景（山西省非物质文化遗产保护中心　提供）

# ■ 德安潘公戏

## 申报地区或单位：江西省德安县

北宋乾德（968）年间，从京都汴梁开封府到江州做官的潘氏三兄弟，带来了都城勾栏瓦肆中的歌舞杂剧花棚会——德安潘公戏。这种歌舞杂剧，当地人也称为“锣鼓潘太公戏”，或叫“潘太公游春”。

每年元春正月初一至十五，德安县吴山乡桂、胡、李、陶四大家族 12 个村庄都要举行花棚会，白天游春、祭祀，晚上演剧、聚乐。晚上整场表演约需两小时，演出 9 场节目，主要包括棚上杖头傀儡与棚前面具化装两种表演。

表演时首先在祖堂内拉起一块蓝色的布帐（当地称为“花棚”）作为表演区域。先由表演者合念一段诵词，再在锣、鼓、笛三乐器的伴奏下进行节目表演。棚上的傀儡表演，由一两个演员分别用左手撑杖头傀儡，右手握着傀儡的两膀在布帐内左右摇摆，翩翩起舞。棚下的假面表演由演员戴着面具随着剧情在布帐中进出，或舞刀剑或翻杠踏跷，或跳或舞，但都不开口，其唱念全由场外一个叫“参军”的代唱代念。

德安潘公戏保存了唐代的音乐，宋代的杂剧、街市的傀儡歌舞，是宋代肉傀儡的遗存。它有完整的文学剧本、原始的表演形式、珍贵的傀儡造型和古朴的戏剧面具，对于认识宋金时期的演剧风貌和中国戏曲发生发展的历史衍变，有着重要的文化价值。

德安潘公戏表演（江西省非物质文化遗产研究保护中心　提供）

土地神及7个杖头木偶（江西省非物质文化遗产研究保护中心 提供）

表演面具及部分道具（江西省非物质文化遗产研究保护中心 提供）

## ■ 梅山傩戏

申报地区或单位：湖南省冷水江市

梅山傩戏是湖南省冷水江市民间举行祈福、求子、驱邪等傩事活动时搬演的娱神和自娱戏剧。梅山傩戏由土著巫傩师以家传和师传两系传承至今，是记录千百年来湘中历史、文化、艺术、宗教演化过程的活性载体；是民族学、社会学、民俗学、戏剧发生学、戏剧形态学和湖湘文化研究等诸多学科宝贵的信息源。

傩面具（张志坚　摄）

梅山傩戏《搬锯匠》剧照（张志坚　摄）

表演《锯板》（张志坚　摄）

# ■ 荔波布依族傩戏

申报地区或单位：贵州省荔波县

布依族傩戏《酬神还愿》表演场景（覃敬念　摄）

荔波布依族傩戏源于宋元时期，由广西河池地区思恩县傩戏坛祖玉氏传授到荔波布依族地区。荔波布依族傩戏分文戏和武戏，戏目主要有《酬神还愿》、《拜三界公爷》、《祭神树》等十余种，属傩夹戏类型，在布依族群众中称“桥”，分“小桥”和“大桥”。大桥 7 天以上，最多的 13 天，有戏曲表演，戴面具。小桥 3 天，没有戏曲表演，不戴面具。这些文化形式都与布依族特定的自然环境密不可分。

傩戏的传承方式不固守于家庭传承，在民族中招徒授艺，不分地域，不分姓氏，传男不传女，本民族已婚有子男丁均可。傩戏的传承方式主要依靠口传心授。随着社会变革，传承人相继去世，唱本、面具、法器等傩戏道具损毁流失，荔波傩文化活动处于濒危境地。

新制作的布依族傩戏面具（莫立力　摄）

布依族傩戏《祭泉井》表演场景（覃敬念　摄）

布依族傩戏《拜三界公爷》表演场景（覃敬念　摄）

235
IV-91

# 皮影戏



## ■ 昌黎皮影戏

申报地区或单位：河北省昌黎县

昌黎皮影戏是冀东皮影的重要组成部分。各地皮影戏大多借用地方戏唱腔，唯有昌黎皮影戏创出了自身别具一格的唱腔。昌黎皮影戏唱腔以昌黎民歌为素材，悲时如泣如诉，乐时说而似唱，充分反映了昌黎人的喜怒哀乐。昌黎历史上曾出现过马家班、齐家班等驰名影戏班。著名的艺人有被称为“皮影界梅兰芳”的高荣杰先生，被称为“箭杆王”、“活影人”的齐永衡先生，皮影雕刻艺人肖福成先生、居尚先生和田世民先生等。经常上演的传统剧目有《乾坤带》、《秦香莲》、《邵玉兰》等。

昌黎皮影戏《三打祝家庄》剧照（马霑　摄）

皮影演出专用布景火灯（张向东　摄）

昌黎皮影戏演出场景（刘辉　摄）

## ■ 巴林左旗皮影戏

### 申报地区或单位：内蒙古自治区巴林左旗

巴林左旗皮影戏源于河北滦州，有二百余年的历史。在皮影戏演唱的实践中，艺人们为适应民族杂居群众的审美需要，主动将当地民族民间艺术融入其中，蒙古族艺人也参加到皮影艺人行列。左旗皮影戏是中原农耕文化与草原游牧文化相融合的产物，也是民族间情感相互交流，文化相互学习、认知的过程。20世纪五六十年代，皮影戏发展到顶峰，全旗有影箱子四十多盘、艺人二百多个，演唱的传统剧目有《五锋会》、《设施农业土变金》、《骑着毛驴奔小康》等五十多部。到20世纪90年代初，由于多种因素，巴林左旗皮影戏处于濒危状态。以申凤山为首的教育文化界老同志组织起皮影协会，实施了“四个一”工程，进行了一系列抢救性的保护与发掘，深得民众认可与赞许。

艺人在操纵影人（王子森　摄）

巴林左旗皮影戏《大辽双星》影人照（王子森　摄）

# 龙江皮影戏

## 申报地区或单位：黑龙江省哈尔滨市

龙江皮影戏是以哈尔滨市为中心，具备独立的演出形态、演出剧目、表演手段和传承谱系的皮影戏品种，号称黑龙江皮影戏的“江南派”。哈尔滨儿童艺术剧院皮影剧团是黑龙江省唯一专业的皮影戏演出团体。1959 年国庆，哈尔滨儿童艺术剧院皮影剧团携《秃尾巴老李》应邀进京为全国群英会英模演出，又赴中南海怀仁堂为中央领导汇报

龙江皮影戏《木兰从军》在排练中（吴中军　摄）

演出，得到极高赞誉。五十年前演出的《猪八戒背媳妇》在东北早已家喻户晓。剧团曾 11 次赴日本演出，并先后赴法国、韩国、新加坡、美国、瑞士、意大利及中国台湾地区演出传统剧目并进行学术交流活动。随着社会变革，龙江皮影戏呈现出传承人急剧减少、观众萎缩的局面，急需保护传承。

## 桐柏皮影戏

申报地区或单位：河南省桐柏县

桐柏皮影典型头帽（刘军、王永健　摄）

桐柏皮影戏属豫南皮影戏的西路派，是集绘画、雕刻、古典文学、民间音乐、演唱、民俗文化为一体的综合性民间文化艺术形式。比较其他皮影戏，桐柏皮影制作考究，镂刻线条大胆粗犷，人物造型敦实朴拙，极具豫南民间艺术风格。其历代相传的剧目有一百多个，保留剧目有《杨家将》、《隋唐演义》、《雌雄剑》等。唱词道白中常见豫南民间农谚、笑话、俚语、歇后语等，谐趣、上口，体现出民间口头文学的珍贵价值。桐柏皮影制品被日本、韩国、新加坡等国际友人研究收藏。受多种因素影响，繁盛一时的桐柏皮影戏，现仅存三班，观众日益减少，前景堪忧。

桐柏皮影戏表演实况（刘军、王永健　摄）

桐柏皮影戏演出场景（刘军、王永健　摄）

## ■ 云梦皮影戏

### 申报地区或单位：湖北省云梦县

据著名皮影艺人陆春元、许汉文记忆，云梦皮影戏的历史可追溯到百年以前。最早表演皮影戏的当数胡金店周家排楼的周铁保先生家，从其曾祖父起，到他已有四代人。周家排楼是安陆、云梦两县的边沿村，历史上曾划归云梦，现属安陆巡店，故有云梦皮影戏源于周铁保先生的曾祖父由安陆传入之说。1905 年，其父陆大独赴安陆城南仰家棚子求名师仰毕可先生学艺的故事，也可佐证。云梦皮影戏兴衰更迭，延绵至今，全县 26 台皮影戏馆主要分布在全县 12 个乡镇和邻县市的茶社演出。云梦城关是皮影戏馆最多的地方，从南到北有 5 家皮影戏馆。保留剧目有《斩钦差》、《山娃与凤凰仙子》、《梁红玉击鼓战金兵》等。

云梦皮影制作工具（李雪军　摄）

云梦皮影戏各种脸面造型（李雪军　摄）

云梦皮影戏各式旦角造型（李雪军　摄）

云梦皮影戏剧本手抄本（李雪军　摄）

# ■ 腾冲皮影戏

## 申报地区或单位：云南省腾冲县

腾冲皮影戏《大救驾》剧照（段应宗　摄）

腾冲皮影戏《龟与鹤》剧照（段应宗　摄）

腾冲皮影戏至今有六七百年历史，分为“西腔”和“东腔”两大流派。东腔皮影主要服务于云南省腾冲县境东南部和城区坝子。1932年，应干崖（今盈江）土司邀请，赴旧城演唱《樊梨花征西》连台本戏49天，后又应边民及华侨邀请赴缅甸南坎演出《孙庞斗智》、《宝莲灯》等剧目三十余出。1961年，应邀到昆明为参加云南省傣、白、壮、彝民族戏剧汇演大会表演《长坂坡》、《斩三妖》等，获特别荣誉奖。2000年6月，腾冲固东镇被文化部命名为“中国民间艺术（皮影）之乡”。2003年9月，腾冲刘家寨皮影作为西南地区唯一的皮影戏代表赴广州参加“金狮奖”全国第二届木偶皮影比赛，荣获表演（综合）铜奖，皮影艺人刘永周和刘定三获造型制作奖。

腾冲皮影靠子（段应宗　摄）

腾冲皮影戏艺人正在进行表演（段应宗　摄）

236
IV-92

# 木偶戏

海派木偶戏
杖头木偶戏
泰顺提线木偶戏
廿八都木偶戏
广东木偶戏
揭阳铁枝木偶戏

## ■ 海派木偶戏

申报地区或单位：上海木偶剧团

20世纪初，提线木偶戏和布袋木偶戏进入上海娱乐场所。20世纪50年代，来自江浙地区的3个杖头木偶剧团和5个提线木偶剧团繁荣了上海的木偶戏舞台。江苏泰兴的红星木偶京剧团，以精良的艺术立足上海。1960年在红星木偶京剧团的基础上组建上海木偶皮影剧团，1962年更名为上海木偶剧团。

上海木偶剧团博采中外舞台艺术之长，继承和发展中国各类传统木偶的特点及海派木偶艺术。它不局限于表现传统戏曲，更多地吸取其他戏剧表演样式，在表演手段上以杖头木偶为基础，创造出新的木偶品种，以其独树一帜的舞台表演风格，创作了一批深受广大观众欢迎的剧目。其中《高大的伊万》将人和木偶首次并存在木偶舞台上，《哪吒神与钛星人》、《蛤蟆与鹅》荣获文化部颁发的“文华新剧目奖”。

木偶戏《小木头人历险记》剧照（上海木偶剧团　提供）

木偶戏《春的畅想》剧照（上海木偶剧团　提供）

木偶戏《灰姑娘》剧照（上海木偶剧团　提供）

木偶戏《海的女儿》剧照（上海木偶剧团　提供）

# ■ 杖头木偶戏

## 申报地区或单位：江苏省演艺集团

剧团在小学演出（江苏省演艺集团　提供）

江苏省演艺集团木偶剧团，移植、改编、创作了一批以木偶绝活为龙头的精品力作，形成了"形神兼备、潇洒俊逸"的艺术风格。在秉承传统举功、捻功、走功、头功的基础上，还创新发展了木偶作画的绝技，在长期的国内外演出中，得到中外各界的一致好评和高度赞扬，为传承、保护和发展传统文化做出了突出贡献。

近年来，受时尚文化冲击和娱乐多元化的影响，青年观众对传统文化日趋淡薄，木偶戏市场萧条，资金严重短缺，陷入后继乏人、举步维艰的困境，急需抢救保护。

学员练功场景（江苏省演艺集团　提供）

## ■ 泰顺提线木偶戏

### 申报地区或单位：浙江省泰顺县

泰顺木偶戏始于南宋，保存至今的除提线木偶戏外，尚有药发木偶、布袋木偶戏。提线木偶在长期流传过程中，不断吸收浙北及泉州两大木偶派系的艺术因素，在头像雕刻、人物造型、服饰装扮诸方面均独具一格。泰顺木偶戏的木偶头用樟木或纹质细腻的杂木雕刻而成，其雕工精细而简练，开相文静而秀美；脸谱描绘简洁朴素，粉彩工艺细致多姿。新剧目有《欢天喜地》、《真假牛魔王》等。

目前，泰顺县正常演出的提线木偶班有72个，其中不少为木偶世家，木偶戏已成为山区老百姓不可或缺的文化娱乐需求。

在泰顺发现的宋末元初提线木偶造型（季海波　摄）

泰顺县非物质文化遗产保护中心每年举办的提线木偶戏传承班（季海波　摄）

泰顺提线木偶戏表演场景（季海波　摄）

# ■ 廿八都木偶戏

## 申报地区或单位：浙江省江山市

廿八都是浙西名镇，素有“八闽咽喉”、“枫溪锁钥”之称。该地木偶戏系提线木偶，于明代自江西传入，以师徒相授形式传承18代。解放前，廿八都木偶戏班活跃在浙、闽、赣三省边境的仙霞山区，人称“戏祖”。廿八都木偶戏历史悠久，保存有部分明、清木偶头像道具、传统木偶的手抄剧本和弋阳高腔遗韵，对研究古代戏剧形式、表演艺术、唱腔、戏俗及戏剧发展史具有重要的意义和价值。流行剧目有《清官册》、《九龙谷口》、《破洪》等。

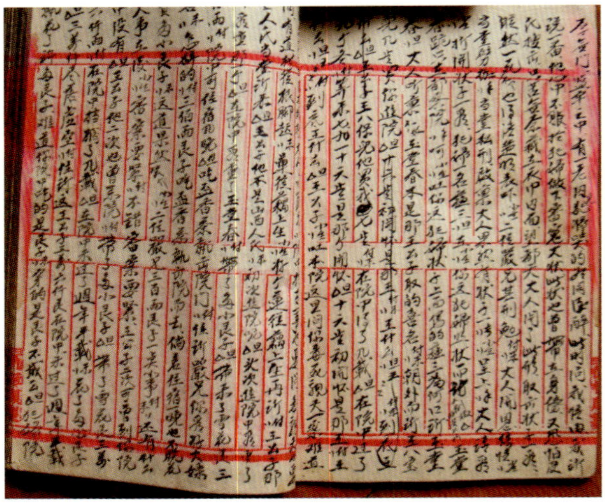

廿八都木偶戏的老剧本（毛巧媛　摄）

廿八都木偶戏表演场景（毛巧媛　摄）

木偶技巧展示（陈更新　摄）

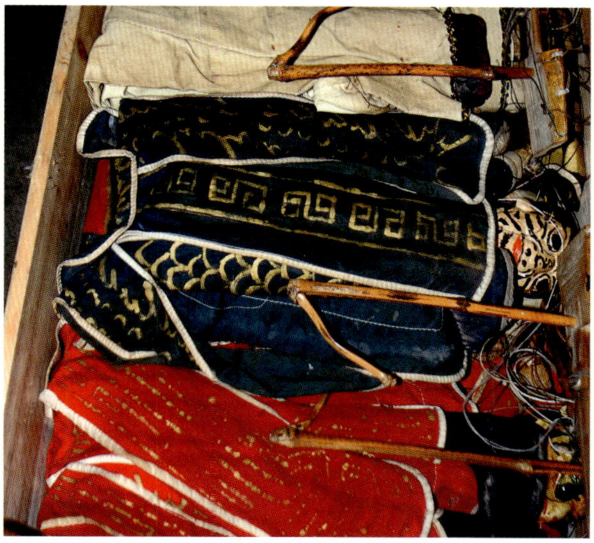

木偶戏箱（毛巧媛　摄）

廿八都木偶戏的木偶道具（毛巧媛　摄）

目前在浙闽赣边界仅存一个木偶剧团，艺人年过古稀，学习木偶戏的年轻人很少，后继乏人，濒临灭绝。为更好地抢救和保护优秀民族民间艺术，当地政府决定在今后5年中加大对廿八都木偶戏的投入、宣传和保护工作，使这一古老的民间艺术得以继续传承和发扬。

## 广东木偶戏

### 申报地区或单位：广东省木偶艺术剧院有限公司

广东木偶艺术在元朝时由浙、闽传入。清末民初，木偶戏活跃于广州街头，主要在城隍庙、荔湾西关黄沙一带和乡村神诞庙会演出。广州成为广东木偶戏艺术的弘扬之地。

著名雕刻家叶文芳吸取中国绘画和神像雕塑艺术的精髓，其制作的木偶眼睛为双眼皮，可上下开合、左右转动，顾盼传神，成为最具岭南地方特色的艺术珍品。广东木偶戏表演艺术与岭南地区民风民俗、宗教信仰、地方戏曲紧密联系，成为岭南文化独特的一部分，享誉世界。其剧目《芙蓉仙子》、《孙悟空三调芭蕉扇》、《张羽煮海》被公认为“三件

广东木偶戏《芙蓉仙子》剧照（蔡少华　摄）

宝”。广东省木偶剧团制作的木偶成为各级政府馈赠外国宾客的礼物。

在经济大潮冲击下，传统广东木偶表演艺术出现观众减少的颓势，致使广东省木偶剧团出现生存危机。传统木偶艺术后继无人，木偶艺人的后代大多不愿继承衣钵，在大城市无人报考，甚至在农村或木偶戏比较活跃的地区也无人问津。这门艺术面临着消亡的危险。

神话木偶戏《真假孙悟空》剧照（庞力　摄）

神话木偶戏《哪吒闹海》剧照（蔡少华　摄）

人偶情感舞蹈《长绸舞》剧照（何伟超　摄）

神话木偶戏《张羽煮海》剧照（蔡少华　摄）

神话木偶戏《孙悟空三打白骨精》剧照（蔡少华　摄）

# ■ 揭阳铁枝木偶戏

## 申报地区或单位：广东省揭阳市

铁枝木偶（纸影戏）传入粤东有七百年左右的历史，是潮汕地区戏剧艺术的奇葩。晚清以前，纸影戏叫“竹窗纸影”，以牛皮雕成各种人物形状，彩色装饰，表演时台内置一油灯，台面装一竹框，以透明白纸糊之，以为投影之所，故名“竹窗纸影”。至清末，改影现为形现，即牛皮雕形而为木偶造型，背部及两手穿铁线三条作为操纵，台前改挂绣幕，成木偶戏，普遍仍称纸影戏、皮猴戏或圆身戏。木偶戏从属于地方剧种，当地皆为潮音班。晚清至民国时期，揭阳铁枝木偶戏十分普及，在渔湖范围内有近三十班。

潮音戏班实行童伶制时，揭阳许多著名的潮剧艺人都来自纸影班。20 世纪 50 年代至 70 年代，纸影戏曾被视为“四旧”而销声匿迹。1978 年改革开放以后，纸影戏才有演出市场，成为我国文化遗产的重要组成部分，具有较高研究价值。

铁枝木偶戏演出场景（揭阳市非物质文化遗产保护中心　提供）

司鼓（揭阳市非物质文化遗产保护中心　提供）

戏柜（揭阳市非物质文化遗产保护中心　提供）

演出场景（揭阳市非物质文化遗产保护中心　提供）

694
IV-93

# 老调

安国老调

申报地区或单位：河北省安国市

安国市老调剧团属西路老调，源于河北省安新县白洋淀一带。新中国成立前，西路老调没有职业剧团，艺人半农半艺，戏班时组时散。1953 年，安国县成立老调丝弦剧团，在文化主管部门等的帮助下，净化传统节目，创作移植编排新节目。1964 年改演现代戏，排演《血泪荡》、《赵五婶》、《朝阳沟》，并移植京剧现代戏《红灯记》、《沙家浜》、《智取威虎山》等。“文革”后，恢复原有的传统剧目，新排《逼上梁山》、《哑女告状》等，同时编创了许多贴近生活的节目，多次参加河北省和原保定地区的汇演调演。

安国老调《追鱼》剧照（吴庆勇　摄）

安国老调《穆桂英指路》剧照（冯岚　摄）

安国老调《呼家将》剧照（冯支　摄）

安国老调《大明忠烈》剧照（王幸来　摄）

安国老调《呼家将》剧照（王幸来　摄）

700
IV-99

# 眉户

晋南眉户

## 申报地区或单位：山西省临汾市

眉户原名“迷胡”。晋南是眉户的主要流行区域之一。明清时期，形成眉户的俗曲、小调在山陕黄河两岸的民间广为流传。早期流行的【绣荷包】、【银纽丝】、【哭五更】等曲调加入丝弦伴奏后成为清曲坐唱，一人或多人奏唱。艺人以此谋生，发展为单个只曲相连、有一定故事情节的地摊说唱，加入社火表演后开辟了戏剧化的途径。清道光年间出现晋南解州段耀功与河南灵宝民间艺人组织的业余班社，剧目有《光棍哭妻》、《探情郎》等。光绪末年至民国初年职业班社形成，先后出现新绛孙福盛班、夏县高世维班等，解州有赵连城开设的眉户科班。

晋南眉户《祥林嫂》剧照（许爱英　提供）

晋南眉户《表花》剧照（程跟虎　提供）

晋南眉户《李亚仙》剧照（樊青蓉　提供）

艺人的创造性发挥最终形成眉户唱腔体系的“七十二大调，三十六小调”，同时吸收蒲州梆子的锣鼓经，借鉴蒲州梆子的流水板、间板和衮白，在保持自身唱腔委婉悠扬的同时，弥补不易表现慷慨激昂情绪之缺陷。

703
IV-102

# 淮剧

申报地区或单位：江苏省淮安市

淮剧《血染袍红》剧照（廖寿儒 摄）

淮剧又叫“江淮戏”、“淮戏”，主要流布于苏北地区。淮剧有北派（西路、东路）和南派（苏沪）之分，淮安市淮剧团是西路淮剧的代表剧团。

淮剧的表演与傩巫演化而来的江淮香火戏一脉相承，对研究中国地方戏曲的起源和发展具有典型意义。淮剧的基本唱腔【淮调】以锣鼓衬腔伴奏，形成起、承、转、合的系统架构和规范，是西路淮剧的一大特色，也是淮剧有别于其他剧

淮剧《白虎堂》剧照（廖寿儒 摄）

种的一大特色。淮剧的语言属北方语系，但仍留有北方语系中已没有的入声韵类，对研究中国汉语言的分布和衍变有着特有的价值。淮剧的重点唱段中，在基本的七字、十字句后运用多个四字连环句，配以垛板向快板推进，表现情绪逐渐激动，再推向高潮，有较强烈的情感表现效果。常演传统剧目有《白虎堂》、《十一郎》、《武松》等。

淮剧《三请樊梨花》剧照（廖寿儒　摄）

新编淮剧《吴承恩》剧照（张卫兵　摄）

淮剧《吴汉三杀》剧照　张卫兵　摄）

申报地区或单位：江苏省泰州市

淮剧《莲花庵》剧照（王翔　摄）

泰州是淮剧的重要发祥地。清末民初，泰州地区已有江淮戏班演出，20 世纪 50 年代，泰州淮剧团正式成立，承担淮剧的传承与发展任务。泰州淮剧团创作的剧目多次在中央电视台播映，保留剧目《板桥应试》、《祥林嫂》、《信访局长》等受到专家及观众的好评。

2003 年，《祥林嫂》剧组晋京演出，著名淮剧青年演员陈澄获第二十一届中国戏剧“梅花奖”，陈德林、黄素萍先后获得上海“白玉兰”优秀主角奖。由韦锡峰主演、江苏电视台拍摄的古装戏《双玉蝉》荣获第七届全国大众电视金鹰奖二等奖。剧团参加第六届中国艺术节、第五届中国上海国际艺术节、江苏省第一至五届淮剧节，屡获大奖。成为与上海淮剧团、江苏省淮剧团并称淮坛“三足鼎立、各有千秋”的淮剧劲旅。

淮剧《卖油郎与花魁女》剧照（王翔　摄）

淮剧《赵五娘》剧照（王翔　摄）

淮剧《团圆之后》剧照（王翔　摄）

淮剧《刘贵成私访》剧照（王翔　摄）

713
IV-112

# 花鼓戏

荆州花鼓戏
襄阳花鼓戏
衡州花鼓戏
临湘花鼓戏
长沙花鼓戏

## ■ 荆州花鼓戏

申报地区或单位：湖北省仙桃市

荆州花鼓戏是湖北省的主要地方剧种之一，旧称“花鼓子”、“天沔花鼓戏”，1981 年改称“荆州花鼓戏”。它是明末以后在江汉平原三棒鼓、踩高跷、采莲船等民间演唱形式上不断吸收其他剧种的剧目、声腔和表演逐渐发展起来的一种乡土戏曲，流行于沔阳（含今洪湖）、天门、潜江、监利、汉川、京山等县，并逐渐传入邻近的钟祥、荆门、江陵、应城、云梦、汉阳及湖南的岳阳、华容、南县、澧县、常德和鄂东南的崇阳、通城、蒲圻等县。

荆州花鼓戏《秦香莲》剧照（肖波　摄）

荆州花鼓戏音乐属打锣腔系，唱腔分主腔与小调两大类。荆州花鼓戏的剧目，据统计有197出。代表剧目有《打莲湘》、《花墙会》、《原野情仇》等。经过几代文艺工作者的努力 荆州花鼓戏的唱腔音乐日臻成熟，表演形式日趋完美，剧目内容日渐丰富，备受江汉平原儿女的青睐。

近年来，荆州花鼓戏发展传承遇到了危机，发掘、抢救和保护荆州花鼓戏，对于丰富和完善中国戏曲史、中国音乐史以及挖掘荆楚民间文化艺术，都将产生一定的推动作用。

新编剧《老邻居》剧照（肖波 摄）

花鼓戏《贬官记》剧照（肖波 摄）

送戏下乡（郭峰 摄）

# ■ 襄阳花鼓戏

## 申报地区或单位：湖北省襄阳市

襄阳花鼓戏流传于湖北省襄樊市辖区。1949年前，有“常年班子”和“季节班子”一百多个，遍及襄樊各地。襄阳花鼓戏的雏形是“二小戏”，后受清戏、二簧、湖北越调的影响逐渐发展成板腔音乐，且能演多种角色的大戏。襄阳花鼓戏的声腔有桃腔、汉腔、四平腔、彩腔四类，用锣鼓伴奏。1950年，艺人们将单一的锣鼓伴奏加入文场，且有女演员登场，为剧种注入了新鲜活力。常演剧目有《白毛女》、《一品香》、《宋玉传奇》等。

襄阳花鼓戏具有鲜明的音乐特点和浓郁的地域特色，受南、北文化的影响，既有北方的高亢、粗犷，又有南方的细腻、委婉，对于研究我国南、北戏剧音乐提供了详实资料。

新编剧《任长霞》剧照（徐桂红　摄）

襄阳花鼓戏《宋玉悲歌》剧照（安富斌　摄）

襄阳花鼓戏《楚地风情》下乡演出场景（梅桂凤　摄）

老艺人表演襄阳花鼓戏（梅桂凤　摄）

## ■ 衡州花鼓戏

申报地区或单位：湖南省衡阳市

衡州花鼓戏是明末清初湘南地区流行的民间小戏剧种，以衡州地方方言为舞台语稍加提炼而成。声腔以“唢呐牌子”和“川子调”为主，演出行以小生、小旦、小丑为主，其中丑行最为突出。衡州花鼓戏在湘南地区广大民众的传统文化生活中占有很高的地位。常演剧目有《刘海戏金蟾》、《福寿图》、《百忍堂》等。保护好衡州花鼓戏，将推动和促进传统优秀文化特别是湖湘文化的弘扬，同时，对丰富和完善地方戏剧史、地方民间艺术史都将产生一定的作用。

衡州花鼓戏演出用挂须（陈娟　摄）

衡州花鼓戏演出道具（陈娟　摄）

衡州花鼓戏《狗娃传》剧照（陈娟　摄）

衡州花鼓戏《刘海砍樵》剧照（陈娟　摄）

# 临湘花鼓戏

申报地区或单位：湖南省临湘市

临湘花鼓戏，俗称“嗡琴戏”，起源于湖南临湘境内的桃林河流域，脱胎于临湘的山歌、民歌、夜歌、孝歌、小调等地方音乐，是独具地方特色的戏剧表现形式。它包括以琴腔为主，以锣腔、吹腔、套曲、地方小调为辅的五类声腔，有曲调三百九十余首，有传统剧目和现代剧目近百个。代表作有《王妹子回门》、《孟氏割股》、《大兴与兰兰》等。

临湘花鼓戏是承载瑶族文化信息的“活化石”。脱胎于临湘民歌、山歌等曲牌的临湘花鼓戏中的声腔，有较明显的瑶族音乐遗风。保护传承临湘花鼓戏，对研究和传承楚湘文化有着重要意义。

临湘花鼓戏《皮秀英四告》剧照 汤超龙 摄）

临湘花鼓戏《秦雪梅》剧照（汤超龙 摄）

临湘花鼓戏主要伴奏乐器——嗡琴（汤超龙 摄）

# ■ 长沙花鼓戏

## 申报地区或单位：湖南省花鼓戏剧院

长沙花鼓戏形成于清代，流行于湘中、湘东和洞庭湖滨。20世纪中叶，不同路子的花鼓戏因频繁的艺术交流而逐渐合流，舞台语言向长沙官话统一，形成较完备的长沙花鼓戏剧种。其音乐曲调有川调、打锣腔、牌子、小调四类，约200余支。传统剧目多以表演"两小"（小旦、小丑）和"三小"（小生、小旦、小丑）戏为特色。创作演出的《喜脉案》、《乡里警察》、《作田汉子也风流》等剧目多次获国家级大奖。

长沙花鼓戏《刘海戏金蟾》剧照（湖南省花鼓戏剧院　提供）

进入当代，长沙花鼓戏的观众面日渐缩小，演出场地逐渐丧失，演出人才出现断层，主创队伍萎缩。2009年，湖南省人民政府将长沙花鼓戏列为省级非物质文化遗产名录，湖南省花鼓戏剧院为保护单位。为弘扬湖湘特色文化，进一步挖掘、保护和传承长沙花鼓戏，湖南省花鼓戏剧院将尽最大努力保护、传承这一艺术奇葩，为民族文化的发展和壮大贡献自己的力量。

长沙花鼓戏《喜脉案》剧照（湖南省花鼓戏剧院　提供）

新编剧《老表轶事》剧照（湖南省花鼓戏剧院　提供）

717
IV-116

# 吕剧

申报地区或单位：山东省滨州市

山东省滨州市濒临渤海，原称“惠民地区”。1870年前后，鲁北地区自然灾祸频仍，一些农民以当地俚巷歌谣、乡野小调扮演具有当地风俗民情的小故事来谋求生路。因最早演出的小戏《王小赶脚》中，“二姑娘”骑的驴是个驴形道具，被俗称“驴戏”，后改称“吕戏”。1940年前后，渤海根据地建立，《渤海日报》上发表吕剧《双寻夫》剧本，“吕剧”之名广泛流传至今。

吕剧音乐，以“二板”和“四平”为基本板式，后又创作“反四平”、“快板”等板式，音乐旋律简单、平实、朴素。吕剧的创作源于生活，演生活中的人和事，甚至直接搬用生活的原始动作，具有浓郁的乡土气息。

新编吕剧《孝子董永》剧照（滨州市非物质文化遗产保护中心　提供）

吕剧《状元与乞丐》剧照（王绍进　摄）

京博希望小学的吕剧课堂（滨州市非物质文化遗产保护中心　提供）

# 曲艺（扩展）

国家级非物质文化遗产扩展项目名录

237
V-1

# 苏州评弹

苏州评话
苏州弹词

## ■ 苏州评话

申报地区或单位：江苏省演艺集团

苏州弹词产生并流行于苏州及江、浙、沪一带，用苏州方言演唱。苏州评话广泛流行于江苏南部和浙江北部吴语地区，同苏州弹词合称“评弹”。苏州评话为大书，苏州弹词为小书，总称“说书”。

苏州评话源于宋代说话伎艺，是用苏州方言讲故事的口头语言艺术。其语言由第一人称即说书人的语言和第三人称即故事中人物的语言两部分组成，而以前者为主。这就和戏剧的语言有质的区别。它是讲故事，而不是演故事。第一人称语言称表，第三人称语言称白，表和白以散文为主，只说不唱。但也有用作念诵的一小部分韵文，包括赋赞、挂口、引子和韵白等。赋赞用以描景、状物，和渲染、烘托人物的心理状态及性格特征。挂口是人物的自我介绍。引子是说书人的书情介绍或点题。韵白是韵文的表或白，或铺叙情节，或总结前段书情。

苏州评话很注重噱，有“噱乃书中之宝”的说法。人物性格和情节的矛盾展开中产生的喜剧因素，叫“肉里噱”。用作比仿、衬托、借喻和解释性的穿插，叫“外插花”。与此相类似，用只言片语来引起听众的笑声，叫“小卖”。

评话《包公》剧照（江苏省演艺集团　提供）

老艺人演出照（江苏省演艺集团　提供）

老艺人演出照（江苏省演艺集团　提供）

弹词的历史悠久，清乾隆时期已颇流行。弹词一般两人说唱，上手持三弦，下手抱琵琶，自弹自唱，内容多为儿女情长的传奇小说和民间故事。评话和弹词均以说唱细腻见长，吴侬软语娓娓动听；演出中常穿插一些笑料，妙趣横生。弹词用吴音演唱，抑扬顿挫，轻清柔缓，弦琶琮铮，十分悦耳。

苏州弹词大体可分三种演出方式，即一人的单档，两人的双档，三人的三个档。演员均自弹自唱，伴奏乐器为小三弦和琵琶。唱腔音乐为板式变化体，主要曲调为能演唱不同风格内容的书调，同时也吸收许多曲牌及民歌小调，如费伽调、乱鸡啼等。书调是各种流派唱腔发展的基础，它通过不同艺人演唱，形成了丰富多彩的流派唱腔。大致可分三大流派，即陈（遇乾）调、马（如飞）调、俞（秀山）调。经百余年的发展，又不断出现继承这三位名家风格，且又有创造发展自成一家的新流派，如此发展繁衍形成了苏州评弹流派唱腔千姿百态的兴旺景象。

## ■ 苏州弹词

### 申报地区或单位：浙江曲艺杂技总团

自清咸丰（1851—1861）后期至今的一百五十年间，浙江一直是苏州评弹的主要活动基地之一。20世纪60年代前期，浙江城镇的苏州评弹书场有一百多家，农村茶馆书场更是多得难以统计。一百五十年来，浙江涌现了不少苏州评话、弹词名家，为苏州评弹的发展做出了很大贡献。自1959年起，浙江先后成立了浙江曲艺团、杭州市曲艺团及嘉兴、湖州、嘉善、海宁、桐乡、海盐、德清、安吉10个苏州评弹专业团体。至1984年9月，全省共有苏州评弹演员一百四十多名。其中有汪雄飞、王柏荫、邢瑞庭、胡天如、徐天翔、张雪麟等一批著名苏州评话、弹词演员。近三十年来，浙江演员创作演出的《董小宛》、《西太后》、《沈万山》等长篇苏州弹词和《新琵琶行》、《李双双》、《蔡锷与小凤仙》等中篇苏州弹词，在苏州评弹界及广大听众中享有颇高的声誉；浙江曲艺团演员徐天翔创造的“翔调”，在苏州弹词唱腔中独树一帜，很受听众喜爱。1977年以来，苏州评弹界的多次重要会议在浙江召开。1984年10月，中华人民共和国文化部发文成立“江苏、浙江、上海评弹工作领导小组”，也充分说明了浙江是苏州评弹事业不可或缺的重要基地之一，浙江的苏州评弹队伍是苏州评

苏州弹词《老马迷途》剧照

苏州弹词《无主的豪宅》剧照

苏州弹词《无主的豪宅》剧照

弹的一支重要的方面军。浙江理应成为苏州评弹的保护基地之一。

浙江曲艺团（现属浙江曲艺杂技总团）是浙江省成立最早、实力最强的苏州评弹团体，目前更是全省唯一健全的评弹团，有中、青年演员10名（其中一级演员2名、二级演员1名），每年演出苏州弹词一千多场。该团有责任也有条件作为苏州评弹的保护、传承单位。

238
V-2

# 扬州评话

申报地区或单位：江苏省演艺集团

扬州评话又叫“维扬评话”或“评词”，由一人以折扇、手帕等为道具，用扬州方言说表的曲艺表演流传于江苏北部和南京、镇江、上海、安徽等地。形式为一人坐在桌后，以折扇、手帕等为道具，用扬州方言说演。20世纪中叶以来，也有不用道具站立说演的情形。同时运用手势、身段、步伐、眼神、表情讲究演示“虚神”，对描写人物强调寓神于情，不追求形似。以描写细致入微、结构严谨、首尾呼应、头绪纷繁而井然不乱见长，讲求剧情细节丰富，人物形象个性鲜明，语言表述生动有趣。

著名扬州评话老艺人王少堂教授孙女王丽堂（江苏省演艺集团　提供）

王丽堂教学照片（江苏省演艺集团　提供）

王丽堂开讲《武松》（江苏省演艺集团　提供）

王丽堂与侯宝林进行艺术交流（江苏省演艺集团　提供）

249
V-13

# 温州鼓词

## 申报地区或单位：浙江省平阳县

温州鼓词是用温州方言演唱的一种民间说唱艺术，是浙江和华东地区的主要曲种之一，其最主要的乐器牛筋琴独一无二，具有浓厚的地方色彩和独特的艺术风格。

据《平阳县志》和《温州曲艺音乐集成》记载，温州鼓词始于明代，

温州鼓词在公园演出场景（阮立忠　摄）

由横阳（今平阳）的里巷歌谣与词曲合并而成，后承受戏曲鼓乐衣钵及吸收民间曲调而发展起来。清同治十一年（1872）《温州竹枝词》刊本收方鼎锐所作："乡评难免口雌黄，演出《荆钗》枉断肠。此日豆棚人共坐，盲词村鼓唱娘娘。"可见到了清中叶，温州鼓词已十分流行。

温州鼓词分大词和平词两种。大词又称"灵经"，俗称"娘娘词"，因其内容以歌颂陈十四娘娘为民收妖除恶的功德，唱此词的民间信仰仪式相当隆重，故称"大词"。平词主要演唱各种侠义故事、传说、小说类作品。

温州鼓词有唱有说，以唱为主。它的唱腔基本曲调有慢板、流水、紧板等几十个板式。由于温州鼓词是用温州方言演唱，因此各地语音不同，唱腔也各有特色。其句法结构基本上是七字句，有时也运用五字句及叠板等形式。

温州鼓词演唱用的主要乐器有扁鼓、牛筋琴、三粒板、小抱月等，其最主要的乐器牛筋琴系平阳清末著名词师陈昌牌所创造。牛筋琴的问世，为温州鼓词的发展起了极大的改革和推进作用。目前平阳还有四十多位鼓词艺人唱响瓯江南北。

温州鼓词区域文化特征突出，具有民间文学艺术和社会习俗研究价值。

温州鼓词传承人表演场景（赵扬　摄）

256
V-20

# 河南坠子

申报地区或单位：河北省临漳县

河南坠子表演所用道具

河南坠子形成于河南并广泛流传于河南及周边省份如河北、山东等地。在河北省临漳县拥有非常深厚的群众基础。临漳县1953年前属河南省安阳市管辖。

河南坠子在临漳的形成与现状。具有“坠子窝”美誉之称的郭小屯村老艺人王玉兰讲坠子艺人家谱记载：清嘉庆二十五年（1796）左右，坠子就在全县盛行，临漳（河南坠子）的前身叫“英歌柳”，从安徽一带学来的一种民间小调。随着时代久远几经传唱，逐步形成河南坠子这种曲种，距今已有210年以上的历史。

河南坠子书是一种以说唱为主的表演形式，中原方言。早期只有一人连唱带拉，后来出现二人对唱专人伴奏，唱腔曲调属板腔体，主要有平板、紧板、跺子板、慢板、韵白；腔调、大喊腔、小喊腔、卧腔；伴奏有坠胡（三弦）、简板、振堂木、脚踏板、书鼓；唱词格式基本为九字、七字韵、汤口词等。

河南坠子书的书目以“回”为单位，一回或几回指书目故事的一个章节或几个章节。通常坠子艺人说坠子书要花费三四个小时，一部长篇书由若干“回”组成，称为“正本书”或“连本书”。其代表性传统书目有《包公案》、《刘公案》、《身在曹营心在汉》、《红灯记》、《大刀记》、《平原枪声》，短篇书目《王飞轮说媒》、《小二家做梦》等。

旧时演出河南坠子书都是穷人，有一人或二、四人结伙，并无社班组织。村民的祭祀、酬神、还愿、婚庆、贺寿、生子是演出的主要时机，要聘请“说书班”说几天书，以三、六、九天为佳。

二人对唱《宋朝吕蒙正别楼》

艺人演唱《三国演义》选段

新中国成立后，临漳县成立了“临漳县曲艺队”，有6个曲艺演出小分队组成。编演过《平原枪声》、《白毛女》、《风尘记》、《平原作战》、《回民支队——马本斋》等新书目。临漳县曲艺队在传统站着表演方式之外，出现了走动表演。同时伴奏乐器出现了二胡、鼓板、梆板、电子琴、笙等。20世纪70年代以后，随着临漳县曲艺队撤销，专业的临漳县曲艺队、书社班演出活动基本消失，民间艺人的演出也日渐减少。

进入21世纪后，随着老艺人的年龄增大和相继去世，日常演出极难看到，年轻人无从培养，临漳县河南坠子书濒临消亡，急需抢救和保护。

257
V-21

# 山东琴书

申报地区或单位：山东省郓城县

山东琴书进社区表演场景（李秀东　摄）

山东琴书为民间小曲联唱体，共有小曲二百余支，最盛时演唱曲牌和演奏曲牌多达300个，以【上河调】、【凤阳歌】、【梅花落】最常用。随琴伴奏的乐器也越来越多，以扬琴为主奏乐器，另有筝、坠琴、京胡、板胡、软弓胡、四股弦、碟子、大板梆子等。传统曲目分牌子曲、中篇、长篇3类。共有曲目一百多个，书帽、诗、引六百余首。

山东琴书自明初兴起于郓城，迄今约有六百年的历史。据《郓城县志》载："琴曲始出于书香之家"，称为"琴筝清曲"。至清朝中叶，"琴筝清曲"渐渐冲破了文人雅士的小圈子，由起初的"携访友"变为农闲时节的自娱性"庄稼耍"，或曰"玩局"，开始在郓城一带农村盛行。这时期的演唱，重在比赛唱腔的优美、曲牌的多寡，以及乐器演奏技巧的高低。为满足听众的需要，曲目已由唱小段发展到唱大段，以至短、中、长篇书目。

山东琴书文化底蕴丰厚，为我们研究中国民间艺术的发展规律提供了活的资料，许多传统曲目至今还保留着深刻的时代印记，对研究民俗文化发挥着重要作用，具有很高的历史价值、文化价值和学术价值。

山东琴书艺人（李秀东　摄）

263
V-27

# 丝弦

申报地区或单位：湖南省武冈市

丝弦《咏梅》演出场景

丝弦是一种民间曲艺，已有四百多年的演唱历史。武冈丝弦主要流传于以武冈为中心的邵阳、隆回、洞口、城步、新宁等地，是湖南曲艺的一个独具特色的重要组成部分。

武冈丝弦曲调柔腻、委婉，词藻雅致，抒情轻快。多数是表现封建时代女子哀怨情感，也有风趣、诙谐的内容。在武冈丝弦中，《独对孤灯》、《独坐绣楼》、《摘葡萄》、《越调》、《秋江》、《双下山》是很有代表性的。据《武冈州志》等史志记载，武冈丝弦形成于明代，经艺人们不断地总结加工，形成了独特的艺术风格，并广为传唱。后因社会变革及外来文化的冲击，武冈丝弦日趋衰落，濒临消亡。

新中国成立后，政府文化部门多次对武冈丝弦进行挖掘整理，先后编印了《武冈丝弦音乐》、《武冈丝弦》、《武冈民间丝弦音乐集》等资料。武冈市非常重视对武冈丝弦的抢救、保护工作，已成立武冈丝弦研究会，拨出专款，对这项民间艺术进行研究工作。2007年，成立了武冈市都梁风歌舞团，专门演唱、传承、保护武冈丝弦艺术。武冈丝弦这一独具特色的民间艺术，将得到传承和发展。

丝弦历史文献《都梁文钞》书影（肖时玉　摄）

274
V-38

# 小热昏

申报地区或单位：江苏省常州市

小热昏三代传承人同台表演（李燕良　摄）

常州小热昏是在广泛流行于江浙一带的同名曲艺形式的基础上，依托常州地方语音和民间曲调进行说唱表演的独特曲艺形式。迄今已有一百五十多年的历史。因传统节目大多讽喻当时社会的黑暗现象，为免遭麻烦和迫害，艺人们取名为“小热昏”。

常州小热昏的表演形式以唱为主，兼有说白。节目内容讲求生动风趣，说白滑稽幽默，唱词通俗易懂。唱腔多化用当地百姓熟悉的民歌小调，如梨膏糖调、青年曲、柳青娘调、宣卷调、小放牛、花鼓调等，也有借用常州摊簧等的唱腔曲调配词演唱的情形。伴奏乐器为小锣和竹板。因其形成源于售卖梨膏糖（一种可以清热化痰的熬制糖果）时的叫卖招徕，故旧时的艺人们行艺时，都兼顾售卖梨膏糖，边售卖梨膏糖边表演。一般的演出程序因而为：开场、卖口、唱曲、卖糖、唱篇、送客。后来出现了高台表演，也多以卖梨膏糖的工具作为演出道具。

常州小热昏不仅自身具有独特的艺术价值，也是苏南滑稽戏、常州道情和独脚戏等艺术形式的重要孕育母体。但其在现代的发展遇到了极大困难，艺人急剧减少，演出市场萎缩，传统节目流失，急需抢救和保护。

小热昏经典剧目《王瞎子算命》演出场景　（李燕良　摄）

小热昏表演场景（李燕良　摄）

小热昏艺人在广场表演（李燕良　摄）

小热昏表演场景（李燕良　摄）

768
V-75

# 四川扬琴

申报地区或单位：重庆市曲艺团

四川扬琴是重庆、四川的曲艺音乐品种之一，两地拥有共通的曲调音乐体系，但也具有各自的传承发展脉络和腔调特征。

清代以来，南方的弹词类曲艺说唱，与北方的大鼓或鼓书的鼓词形式，同宗分流，皆属于弹词曲艺类型的说唱形式，与重庆、成都本土戏曲民曲相结合而流变产生了四川的“洋琴”说唱音乐。清光绪年间，重庆（又称渝州）属“扬琴”的“州调”派系。重庆《巴县志》有“傅七扬琴”当为“州调”的载文。1937年，重庆为陪都期间，曲艺艺人汇集重庆，“扬琴”班社林立，竞相开场子演出，既营生又争名，扬琴得以革新发展。

四川扬琴《翠香下书》演出场景（重庆市曲艺团　提供）

四川扬琴《闯宫》演出场景（重庆市曲艺团　提供）

四川扬琴《断机教子》演出场景（重庆市曲艺团　提供）

四川扬琴《伯牙碎琴》演出场景（重庆市曲艺团　提供）

尤其是与川剧艺人的交流，或者直接用其唱本唱胡琴戏，或者是川剧流落艺人改唱“扬琴”等，茶社酒楼“扬琴”盛行。抗战时期，重庆“民众教育馆”汇聚和影响了大批的曲艺艺人，其中不乏扬琴名家，宣传抗日救国，鼓舞爱国热情。20世纪40年代，重庆有重新扬琴社、蜀雅琴剧社等。50年代开始出名的扬琴艺人遍布市区和郊区。自1951年始，重庆扬琴以及其他曲艺品种和艺人，从“戏曲曲艺艺人学习会”、“曲艺演唱生产组”、“曲艺队”到“重庆市曲艺团”，传承培养了一代代的扬琴传人，继承保留了大量的传统曲目和节目。重庆四川扬琴起因有据，传承久远，派系共存，尚有传人。其渊源信史亦在百年以上，迄今，重庆四川扬琴的历史尚在艰难地不断延续。

770
V-77

# 四川清音

申报地区或单位：重庆市曲艺团

四川清音是重庆、四川的曲艺音乐品种之一，两地拥有共通的曲调音乐体系，但也具有各自的传承发展历史和腔调特征。

四川清音形成于明末清初。20世纪30年代和50年代，重庆成为四川清音的兴盛地、传播地。重庆水陆码头汇集的民间艺人众多，交流与竞争促使民间艺术格外繁荣。以唱曲、伴乐为生计者，组班结社，代有传人。

重庆“四川清音”曲调类型分为小调、大调、小令体曲牌三大类别，调体和曲牌约有二百余支。大调具有“背、月、皮、簧、勾、马、寄、荡”八个大调，其大调型的曲牌当为数量之最。调类及其曲牌的音乐结构、调性功用、演唱风格的表现力有别，特色各异。八大调曲牌体格多样、繁复大套，常为多个曲牌连缀组成为一个联套体，适宜表现说唱结合，叙事性强的大容量情节故事。小调型的曲牌其乐句短小，单体曲式，可独立成篇，演唱字句抒情风味浓郁；小令体曲牌，乐句曲式都较简练，一般不单独使用，常插用于联套体曲式中，发挥色彩性功用。

新中国成立后改编、创编的大量“清音”曲目和节目，在功用和风格上凸显出既有传统性又有创新性的倾向，重庆“四川清音”的大调型善于表现大题材、大气象，铸就其独具的巴渝风尚。

四川清音《数城门》演出场景（重庆市曲艺团　提供）

四川清音《小放风筝》演出场景（重庆市曲艺团　提供）

四川清音《江竹�》演出场景（重庆市曲艺团　提供）

784
V-91

# 金钱板

申报地区或单位：重庆市万州区

金钱板传承人演唱《水浒人物》（冯琳　摄）

金钱板是川渝两地民间传统说唱曲艺品种之一。由快板、莲花闹演变而成。金钱板在新中国成立后进入新的发展期，到20世纪七八十年代达到高潮。

金钱板表演的道具是三块小竹板，在最初的表演中，小竹板孔中穿上铜钱，除竹板敲打之声，还能听到铜钱相互碰撞的声音。后来，为了

传承人演唱《飞云浦》（冯琳　摄）

金钱板传承人演唱《四季花》（冯琳　摄）

便于制作，人们在金钱板的道具制作过程中取消了铜钱，金钱板就成了三块小竹板。

金钱板表演以打、说、唱、演四种表现形式为主，演出由一人或数人进行，演员打、唱结合，辅以表演。打则打板，演员左右手分持三块竹板，碰击节拍与打出基本的“滴、打、垮”及多种花色音响，以渲染气氛；唱则有说有唱，语言风趣，唱腔上口；表演则讲究身法指爪，传神达意。唱词优美，注重情节描写，讲究合辙押韵，句式可长可短，机动灵活，短短几句便可将人物描绘得栩栩如生，曲目创作结构严谨。

金钱板主要唱词大多取材于中国民间传说或历史故事。如《四姐下凡》、《昭君出塞》、《孟姜女》、《秦香莲》等。新中国成立以后，金钱板的唱段不仅有历史、传说类的，更增添了改作赞颂新人物或新事物的内容，如《送货下乡》、《三过文化岗》、《插秧状元》、《雷锋》、《焦裕禄风雪访贫》、《哪有闲空回娘家》等。

金钱板的特点是结构完整，音韵和谐，节奏明快，形象鲜明，道具简单，演唱灵活。表演者可男可女，可老可少，且不择场地。

随着社会的发展，金钱板这一门传统艺术的生存空间越来越小，随着老艺人的相继谢世，演员队伍青黄不接，很多表演技能没有得到传承。

金钱板道具（冯琳　摄）

国家级非物质文化遗产扩展项目名录

# 传统体育、游艺与杂技

（扩展）

292
VI-10

# 沧州武术

六合拳

申报地区或单位：河北省泊头市

沧州武术——六合拳演练场景（刘连升 摄）

六合拳起源于沧州泊头，传自泊头红星八里庄曹振朋。据说，曹振朋得传于明朝万历末年（1620）侠士张明。

六合拳以六合为理论基础和技术核心。六合拳谱云：四方上下曰宇，往古来今曰宙，东西南北上下为六合，拳法之基本理论讲，阴、阳、起、落、动、静协调配合，心与意合、意与气合、气与力合、手与足合、肘与膝合、肩与胯合，这六合倘若运用自如劲力便可发于脚、撑于腿、冲于胯、拧于腰、送于肩、开于手称为六合劲。演练之时，心意为先，形化随意，势式相随，刚柔相济。技击实战时讲究后发制人，见招化招、以招破招、借力发力、以柔克刚、以快打慢、随机应变，使之化打结合，攻中有防，防中有攻，其招法灵活多变，攻防协调配合。

目前，六合拳八代传人先后在世界各地以及全国、省、市武术比赛中获奖，为六合拳自身的发展和沧州武术的发展做出了新的贡献。

习练六合拳（刘连升　摄）

演练六合拳（赵文岭　摄）

六合拳传授（赵文岭　摄）

演练六合功法——耍石砘子、耍重刀（刘连升　摄）

294
VI-12

# 梅花拳

申报地区或单位：河北省威县

梅花拳展示（郑华乾　摄）

梅花拳全称为“干枝五式梅花桩拳”，在桩上演练而得名。落地演练后称“干枝五式落地梅花桩拳”，俗称“梅花桩”、“梅花拳”或“梅拳”。主要流传于河南、河北和山东等地。清光绪二十四年（1898）四月间，《总署收山东巡抚张汝梅文》中就有关于威县一带梅花拳的记载。清光绪二十四年秋，威县梅花拳传人赵三多联合山东冠县梨园屯（今属威县）红拳传人阎书勤，聚集梅花拳和红拳传习，改称“义和拳”，在蒋庄马场举行起义，成为义和团运动的重要力量。

梅花拳的基本内容有五式、八方步、八方散手等。

梅花拳的渊源还是个有待研究的课题。据传，威县梅花拳的历史可追溯至明朝永乐年间。当时，威县李家寨张姓梅花拳的一支随山西移民迁至威县，后平乡梅花拳的两支先后传入威县。目前威县梅花拳以威县李家寨梅拳和平乡邹、张（俗称“大架”、“小架”）三支为主。威县梅花拳主要分布在威县李寨村、翟庄村、李庄村、张官寨村等及武强、北京和山东梁山一带。

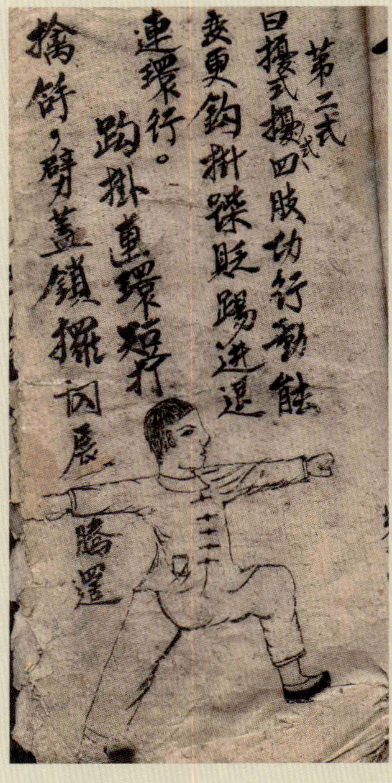


梅花拳第二式

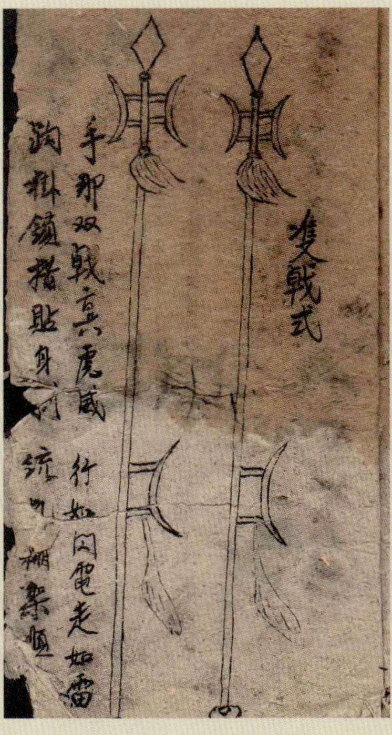


双戟式

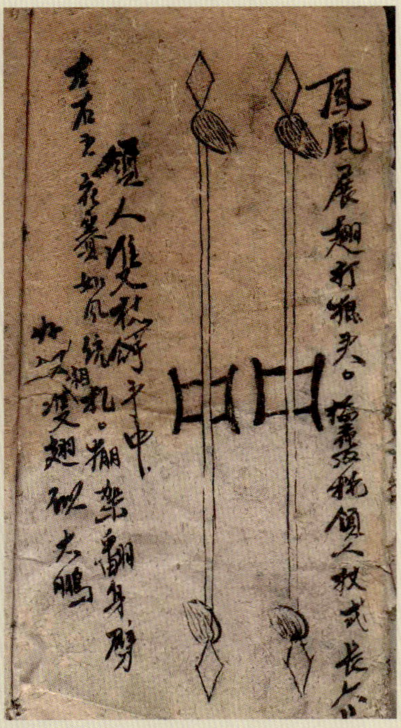

领人双枪戟

《梅花拳谱》

梅花拳展示（郑华乾　摄）

793
VI-21

# 摔跤

朝鲜族摔跤
彝族摔跤
维吾尔族且力西

## ■ 朝鲜族摔跤

申报地区或单位：吉林省延吉市

摔跤在我国有着悠久的历史，是各族人民喜闻乐见的一项竞技运动。朝鲜族摔跤有着自己独特的比赛形式和文化特色。

传统朝鲜族摔跤分为攻击式和回旋防御式。在此基础上能够变化出上百种进攻、防御组合技术。

朝鲜族摔跤一般根据参赛人数先进行预赛，选拔出八强或六强参加决赛。最后举行的冠亚军决赛，是整场比赛的高潮部分。为了鼓舞摔跤选手的士气、活跃赛场气氛，决赛前先将比赛的奖品——披红挂彩的大黄牛，绕场一周，并拴在场边等待新的主人——冠军获得者，比赛双方的亲朋好友和观众为选手呐喊助威，边歌边舞，热闹非凡。

朝鲜族摔跤比赛分为三个阶段：

1. 礼仪

双方选手互相握手、与裁判员握手并向观众致意。宣布双方选手姓

2006年东北三省朝鲜族摔跤比赛场景（蔡进　摄）

2003年中韩朝鲜族摔跤友谊赛场景（蔡进　摄）

延边州第十七届运动会朝鲜族摔跤比赛场景（蔡进　摄）

2004年“尹东柱杯”朝鲜族摔跤比赛场景（蔡进　摄）

名、年龄、籍贯乃至村屯，历届比赛中的成绩等。冠亚军决赛的裁判一般由有资历的摔跤前辈或裁判长担任。

2. 竞技

比赛开始，双方面对面双膝跪地，各自用右手抓住对方的腰带，左手抓住对方的腿带，相互搂住对方的右肩。双方各自抓摔跤带，听裁判员“起”的口令，慢慢地起来，保持右手抓住对方的腰带，左手抓住对方的腿带，相互搂住对方右肩的站立姿势不动，等裁判员鸣哨比赛。当场上裁判员鸣哨宣布比赛开始时，双方同时用力并通过内勾、外勾、箍脖和抱腿等技术，将对方摔倒，一方膝以上的身体任一部位着地即为负。每场比赛采用3局2胜制，每局时间3分钟。

3. 颁奖

比赛结束，由裁判长宣布比赛名次，并由当地政府官员亲自将一头膘肥体壮、披红挂彩的大黄牛奖给优胜者。“英雄”骑在牛角系着彩绸的黄牛在锣鼓声中绕场一周，向观众致意，家人和观众身着民族盛装载歌载舞，鼓掌欢呼，尔后高高兴兴地骑回家去。

## ■ 彝族摔跤

### 申报地区或单位：云南省石林彝族自治县

摔跤作为一项传统体育活动，在我国各民族中都比较常见，在云南省尤以彝族为甚。其中，石林县和元谋县彝族摔跤活动的群众基础最为广泛，最受群众欢迎。

元谋县小凉山乡彝族摔跤，彝语称为“格”，表示力量、技术的意思，是一项古老的为广大青少年男子喜爱的体育运动，它能强健身体，鼓舞斗志，增进民族团结和社会和谐，给大家带来欢乐。摔跤表现着彝族人民的勇敢坚强和不屈不挠精神，与彝族自古尚武的观念和习俗密切相关。

石林彝族自治县彝族（撒尼）同胞酷爱摔跤运动，每逢火把节和其他喜庆节日，各村寨常要开展摔跤比赛。摔跤赛的目的：一是为了祈求风调雨顺五谷丰登，二是为了增强团结，增加节日喜庆气氛，三是为着锻炼身体，培养勇敢精神。20世纪90年代起，石林县人民政府每年举办全县性摔跤比赛。为培养摔跤人才，先后建立了石林业余少年体校等训练点和训练网点，培养了一批人才，为云南省摔跤运动的持续发展做出了重要贡献。

石林五棵树村彝族摔跤比赛场景（许华　摄）

石林火把节摔跤场景（昂继忠　摄）

石林鹿阜镇乐尔村摔跤比赛场景（许华　摄）

## ■ 维吾尔族且力西

### 申报地区或单位：新疆维吾尔自治区岳普湖县

“且力西”在现代维吾尔语中的含义是“搏斗、较量”，是维吾尔族先民尚武、强壮体魄、崇敬英雄等民俗传统的遗存。

维吾尔族且力西是一项传统体育，主要分布于新疆和田、阿克苏、吐鲁番、喀什岳普湖县、英吉沙县、麦盖提县、巴楚县等地维吾尔族聚居区。维吾尔族主要从事种植业、养殖业，人们生活朴实，每到春天来临时、农闲时以及重大节庆日在田间地头、农民家中、沙滩上都自发地组织开展丰富多彩的文化体育活动。

维吾尔族且力西大都在沙地上举行，也可以说是群众性沙漠上的摔跤活动。遇到重大的、传统的古尔邦节、肉孜节时，县里都要举行且力西活动，当地的群众也非常喜欢看摔跤比赛，观众往往有数千人到上万人。岳普湖县的维吾尔族且力西，是一种与其他民族不同的摔跤方法，他们没有固定的摔跤服，都是赤脚比赛，都要系上宽松的腰带，双方先抓好对方腰带才开始比赛。在比赛时，没有年龄和体重等级之分，自愿选择对手。在摔跤中可以用扛、勾、绊脚等动作将对方摔倒（肩胛骨着地、侧身着地或臀着地）为胜。

维吾尔族且力西对于研究维吾尔族的发展史、传统优秀文化体育都有重要的价值，目前参加且力西的人员普遍年龄偏大，出现了后继乏人的状况。

摔跤高难度动作展示（买买提力　摄）

摔跤比赛场景（买买提力　摄）

农民自发在沙地习练摔跤（买买提力　摄）

797
VI-25

# 八卦掌

## 申报地区或单位：北京市西城区

八卦掌，初称“转掌”，是传统武术中的一个拳种，创自河北省文安县朱家务村人董海川。董自幼好武，云游四方，遍访名师高友，晚年定居于北京，以幼习拳技为基础，取多家武术精华和步式导引锻炼方法，结合易理，创编出了将掌法变换融入绕圆走转之中的八卦掌法。并于清朝咸丰、同治年间，在北京收徒传技。

八卦掌的运动特征是以掌代拳，步走圆形。主要内容包括有老八掌、六十四掌，以及趟泥步、定势转掌等练功方法。还有子午鸳鸯钺、鸡爪阴阳锐、七星竿独门兵械和以械长量重为特点的转刀、转剑。

董海川一生所授弟子大多是带艺投师的。这些弟子又多将八卦掌结合自己所学，从而使八卦掌呈现出诸多风格、流派。其中，就掌型而言，主要分为以牛舌掌为主、以龙爪掌为主两种运动特色。董海川的传人中名手众多，传续较广的有尹福、程廷华、梁振普、张兆东、史纪栋、刘宝珍、樊志涌、刘凤春等。

北京作为董海川首传八卦掌的地方，传承兴盛。1982年成立的北京武术运动协会八卦掌研究会是新中国成立后的第一个民间单项拳种研究会。它的成立有力地推动了挖掘、整理和发展八卦掌的工作。

1983年八卦掌第三代名家李子鸣（梁式）在董海川祖屋遗址前留影（赵大元　提供）

八卦掌创始人董海川画像

1918年，八卦掌三代名家刘斌（程式）收徒留影。（徐胜利　提供）

授课场景（李宽和　摄）

## 申报地区或单位：河北省固安县

八卦掌，初名“转掌”，是传统武术中的一个拳种，创自河北省文安县朱家务村人董海川。董于清朝咸丰、同治年间，在京畿收徒传技。

刘式八卦掌的创始人刘宝珍，京南固安县人，自幼习武，擅戳脚，功高艺厚。清末在顺天府充御马快，足力特强，又擅腿法，人称“飞腿刘”。固安县地处京畿，毗邻文安。清同治年间，董海川八卦掌崛起武坛，刘宝珍又拜董海川为师研习八卦掌，尤精械长量重的八卦转刀，遂以“飞刀刘”享名于世。

八卦掌以八大桩法为转掌功，又集八大圈手于一体，以绕圈走转为基本运动路线，以掌法变换为技术核心。刘式八卦掌以快见长，步快身快手快眼快。步法快而不浮，轻灵而稳健，随波逐流，以趟泥摆扣为体，钩挂踩截为用。手法快，但环环相扣，讲究推托带领，撕刨掳带。身法快，但快而不板，讲究拧旋钻翻。眼法快，但非东张西望，讲究鹰目虎视。

刘宝珍传人郭梦森（子平）、刘志清、任致诚、肖海波等，均为八卦掌的发展做出了一定的贡献。

八卦剑演练（郭振亚　提供）

八卦棍演练（郭振亚　提供）

八卦掌演练（郭振亚　提供）

798
VI-26

# 形意拳

申报地区或单位：山西省太谷县

1933年，形意拳大师布学宽与弟子合影。（晋中市太谷形意拳协会　提供）

形意拳，是传统武术的一个拳种，创自河北深县人李飞羽。李飞羽，世称李洛能。李自幼喜爱武术，刻苦研习，至中年已具有深厚的武术造诣，但仍广访名师，各地求学，精益求精。后慕祁县戴家心意拳之名，遂往求教。经十年艺成。大约在19世纪60年代，李洛能在太谷创立了他以心意拳为基础，以象形取意为动作编创原则，以心意成于内，肢体形于外，内外相合的整体原则，融入它种拳术之长的“形意拳”。

形意拳，以五行学说为理论基础，以五行之理说明拳理，说明技理，说明攻防之理和健身之理。形意拳以三体式桩功为入门功法，以五行拳为基础五拳，即劈、崩、钻、炮、横五拳。并以之与金、木、水、火、土五行相配，将五行生克变化哲理运用于拳法攻防之中。还取十二种动物捕食防御的特性制面拳法，即龙、虎、猴、马、鼍、鸡、燕、鹞、鲐、蛇、鹰、熊十二形。

李洛能弟子众多、名手竞出。其中山西车永宏、宋世荣、宋世德、李广亨，河北郭云深、刘奇兰、刘晓兰、贺运恒等，都是名噪一时的武术大家。他们为形意拳的完善、传承和发展做出了不可磨灭的贡献。

群众晨练形意拳（晋中市太谷形意拳协会　提供）

形意拳“进校园”活动（晋中市太谷形意拳协会　提供）

801
VI-29

# 心意拳

## 申报地区或单位：山西省祁县

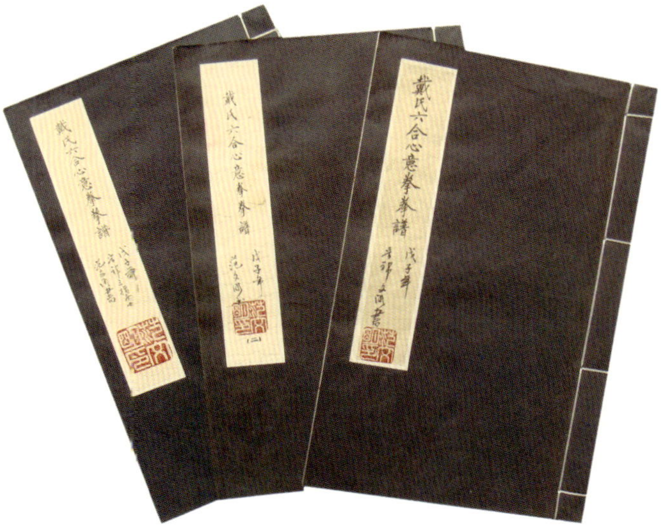

《戴氏心意拳拳谱》书影（上、中、下）

心意拳，亦称“心意六合拳”，是传统武术的一个拳种。据考证，此拳是明朝末年，山西姬际可依大枪技法改变为拳法创编成的。

清朝乾隆年间，山西祁县小韩村戴隆邦得传后，潜心研习，广传族人和弟子，促进了心意六合拳的传承和提高。戴氏所传心意拳，既有徒手拳术，也有器械练习。在徒手练习中，以站丹式等功法练习作为基础，拳法练习的特点是由内催外，以根带梢；以圆构型，攻防自如；刚柔相济，积柔成刚；朴实无华，贵在实用。它的技击功能是劲足气盛，稳实有力；内外合一，发劲齐猛；起落皆打，无处不击。它的健身价值在于，导引内气舒筋活络，左右互练势式平衡。

戴隆邦曾创办广盛镖局，在为商贾保驾护航的过程中，既发挥了武术的攻防价值，也促进了心意六合拳攻防技法的发展和完善。

经过历代传习者的努力，戴隆邦传续的心意拳得到了较好地发展。其传人李洛能还在心意六合拳的基础上，创编成了目前广为流传的“形意拳”。为了区分戴隆邦传续的心意拳与形意拳和其他心意拳，现在的传习者将戴隆邦所传心意拳练法，称为“戴氏心意拳”或“戴式心意拳”。

器械对打

戴氏心意拳演练

戴氏心意拳——推手(黄河电视台　摄)

805
VI-33

# 螳螂拳

申报地区或单位：山东省栖霞市、青岛市崂山区

螳螂拳——弓步防守（路泉　摄）

蝗螂拳是一种模仿螳螂动作演变而来的传统拳术，在山东胶东地区广为流传。

螳螂拳产生于明末清初，由明末清初王郎所创。

螳螂拳在它产生的数百年里，经过历代武术家的总结提炼、创新发展，逐渐形成了特色鲜明、长短兼备、刚柔相济、勇猛快速、实用性强的独特风格，主要有太极螳螂、梅花螳螂、七星螳螂、六合螳螂、小架螳螂等流派。其中太极螳螂、梅花螳螂、小架螳螂在栖霞比较流行。

螳螂拳的特点以快速勇猛、斩钉截铁、勇往直前的气势为技术风格。正迎侧击、虚实相互、长短兼备、刚柔相济、手脚并用，使人难以捉摸，防不胜防；用连环紧扣的手法直逼对方，使对手无喘息机会。手法颇富，既有大开大合的长打手，又有短小快捷的偷漏手，既有肘靠擒拿，又有地趟摔打。在套路演练方

螳螂拳第八代传承人王勇在传授美国螳螂拳爱好者太极螳螂拳（于伟东　摄）

螳螂拳——侧蹬腿（路泉　摄）

螳螂拳——太极螳螂拳（王勇　摄）

面，讲究快而不乱、刚而不僵、柔而不软。套路结构严谨，动作之间衔接巧妙。外功是铁砂掌，内功是罗汉功。常练螳螂拳，可以培养人们的坚强斗志和应变能力。

作为我国优秀传统武术十大流派之一的螳螂拳，是山东半岛地区文化沉淀的浓缩品，是中华民族"尚武精神"的综合体现。

螳螂拳习练场景（李玉光　摄）

819
VI-47

# 戏法

## 申报地区或单位：天津市和平区

戏法表演（天津市和平区非物质文化遗产保护中心　提供）

古典戏法泛指中国传统幻术。其表演风格强调古色古香，因此称为“古典戏法”或“古彩戏法”。

天津素有“戏法窝子”之称，是古典戏法传承重镇之一。其特点在于从业人员众多，名师汇集，张宝清、韩秉谦、朱连奎等戏法宗师均始于天津。清末民初他们在“三不管”之类的民众聚集的游艺场所，边卖艺边授徒，积年累月，促使天津民间戏法不断发展。各门派传承谱系严谨，从清朝中期第一代艺人算起，至今均有五六代传人，代代均有闻名海内外的戏法家产生。罗文涛、穆文庆、杨小亭、陈亚南、王殿英等人，对中国戏法技艺的提炼和表演形式的改良产生过重大影响；天津戏法节目丰富多彩，秉承“手彩、撮弄、藏厌”三大体系，大、中、小型戏法均有杰作流传下来，《四亮》、《平地拔杯》、《海底捞沙》、《水接纸连》、《拉线棒子》、《仙人摘豆》便是其中代表；由于长期在四面围观的环境下作艺，形成天津戏法“口彩相连”的独特风格。“彩”即是变戏法，“口”是“使口”的简称，即是边说边变，表演时如话家常，娓娓道来，幽默风趣，通过与观众对话，使观众参与到表演中来，在亲切自然的交流之中掩盖了戏法的过门。这种将戏法技艺与民间口头文学交融，乡音乡情与观众交融的表演形式，使观众百看不厌。

从古到今，戏法不仅丰富民间的文娱生活，还在对外文化交流中大放异彩，《仙人摘豆》、《海底捞沙》等中国戏法被奉为经典，而当前天津少有年轻人专业学习古典戏法，各类戏法的传统技艺大量流失，亟待加强保护。

技艺传承《大变金钱》

戏法 ——六连环（天津市和平区非物质文化遗产保护中心　提供）

戏法 ——落活 · 金玉满堂（天津市和平区非物质文化遗产保护中心　提供）

# 传统美术

（扩展）

国家级非物质文化遗产扩展项目名录

313
VII-14

# 藏族唐卡

勉萨画派

申报地区或单位：西藏自治区

藏族唐卡勉萨派，亦为新勉塘派，在西藏古籍中和民间又称做“藏赤”，“藏”指西藏日喀则一带，“赤”即画派。勉萨画派相传产生于公元17世纪中叶，主要分布于西藏自治区日喀则市及其周边地区。

在历史上，藏族唐卡勉萨派曾经流传到拉萨、山南、昌都等地，鼎盛时期曾有画业作坊一千余家。勉萨派的创始人是四世班禅大师的随身画师朱古曲英嘉措，他在勉塘派的基础上更多地吸收了工笔画中的人物、山水及亭台楼阁的造型、布局和技法，并添加了很多个性绘画元素。他的绘画、工艺、雕塑等方面的作品多藏于布达拉宫、扎什伦布寺、夏鲁寺等著名的宫殿与寺院。

藏族唐卡——勉萨派创始人壁画作品（局部）（朱古曲英嘉措创作，布达拉宫藏，西藏自治区非物质文化遗产保护中心提供）

藏族唐卡——勉萨派传承人唐卡作品(局部)(罗布斯达创作，西藏自治区非物质文化遗产保护中心提供)

藏族唐卡——勉萨派创始人壁画作品(局部)(朱古曲英嘉措创作，布达拉宫藏，西藏自治区非物质文化遗产保护中心提供)

藏族唐卡——19世纪勉萨派著名画师作品(土多创作，西藏自治区非物质文化遗产保护中心提供)

藏族唐卡——勉萨派著名画师唐卡作品（达瓦顿珠创作，西藏自治区非物质文化遗产保护中心提供）

唐卡绘制（西藏自治区非物质文化遗产保护中心　提供）

勉萨派唐卡构图严谨、色彩鲜艳、线条变化丰富、勾金细致，尤其是人物性格的表现方面更加自然与细致入微。该画派造像法度精严，与传统的块面表现相比，尤其注重线条的运用，线条工整流畅，色调活泼鲜亮，变化丰富。表现题材十分广泛，包括上师像、佛、本尊像、菩萨像、护法神像、人物传记、历史、医学、民俗等。它对研究西藏历史、文化、美术、宗教等具有极高的价值。

唐卡勉萨派艺术源于公元17世纪，至19世纪时已经成熟并进入兴盛时期，通过著名的绘画大师嘎钦洛桑平措、达娃顿珠、阿顿等前辈数十年如一日的辛勤耕作，培养了罗布斯达等年轻的勉萨派传承人。

近年来，由于社会的变革，老画师的相继离世，以及外来文化的冲击等，藏族传统绘画勉萨派艺术受到了较大的冲击，传统艺术面临消亡的危险。

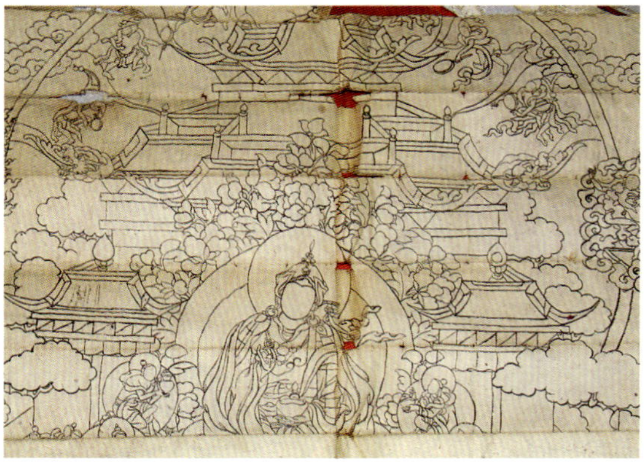

藏族唐卡——19世纪勉萨派著名画师土多所绘的草图作品
（西藏自治区非物质文化遗产保护中心　提供）

传承人在布达拉宫临摹壁画
（西藏自治区非物质文化遗产保护中心　提供）

藏族唐卡——勉萨派传承人唐卡作品（罗布斯达创作，西藏自治区非物质文化遗产保护中心提供）

315
VII-16

# 剪纸

包头剪纸
新干剪纸
延川剪纸
旬邑彩贴剪纸
会宁剪纸

## ■ 包头剪纸

申报地区或单位：内蒙古自治区包头市

包头剪纸作品《套马》（郑蝴蝶创作，中国美术馆藏，郑蝴蝶提供）

包头剪纸是中国民间传统剪纸的一种，主要分布于内蒙古包头及其周边地区。

多民族聚居的包头及周边地区，各民族的独特文化与风俗人情互相融合，取长补短，从而形成了独具特色的地方文化传统。传统的包头民间剪纸有着悠久的历史，其风格特征是北方草原游牧文化与中原农耕文化互相影响交融的产物，有着深厚的历史背景和丰富的文化内涵。作为包头民间最为普及的装饰艺术，包头剪纸经过几代艺人长年累月的反复实践，已经形成一套比较完整的表现手法，作品的构思独出心裁，给人以纯真、质朴、清新的美感，富有浓郁的草原气息。

传承人创作场景

传承人创作场景（郑蝴蝶　提供）

包头剪纸作品《十二生肖》（刘静兰　创作）

包头剪纸的题材有人物、动物、花鸟鱼虫、吉祥纹样等几大类。以各种形式多变的拉手娃娃、十二生肖、云尖尖和吉祥连续纹样为多，又以带有“十”字符号的动物以及“老鼠爬杆”、“蒙人骑骆驼”、“骑马扛枪”等最具特色。

近年来，随着城市工业化步伐的加快和都市文明的发展，作为历史文化产物的包头民间剪纸面临着传承困难等诸多问题，亟待采取措施进行有效保护。

# ■ 新干剪纸

## 申报地区或单位：江西省新干县

传承人创作场景（聂晓琴　摄）

新干剪纸主要流传于江西省新干县境内，是当地有着悠久历史的传统民间艺术。

在新干民间，广为流传的剪纸以“家传”或“互教”方式传承发展。新干剪纸多用来装点居室、门窗，或是用于婚嫁、喜庆、年节及丧事等百姓生活的各个方面，如妇女的拦裙花、鞋花、头盖花，门帘、童帽、口枷花和春节用的彩帘，丧事用的灵屋、寿鞋、鬼衣、纸钱等，所用纸张大红大绿，能够烘托喜庆与热烈气氛，寓意福缘、财运、顺遂、兴旺等美好愿望，以此丰富和美化生活。

新干剪纸以线条造型为主，画面简练、质朴，与新干出土的商代青铜、玉器文物纹饰一脉相承，有着浓郁的地方特色。所选用的题材广泛，既有奇花异卉、家畜珍禽，人物典故、民间传说，生产生活、劳动场景，也有反映时事政治、家事国事的内容。创作时，心灵手巧的剪纸艺人用一把剪刀、几张彩纸，凭着对生活的感悟，剪出生动活泼、内容丰富、生活气息浓郁的作品，想剪什么就剪成什么，全凭剪纸艺人的自由发挥。

新干剪纸是农耕文明的产物，随着社会现代化的进程，新干剪纸面临着后继无人等问题，需要予以重视。

新干剪纸（洪桂英创作，聂晓琴摄）

# ■ 延川剪纸

## 申报地区或单位：陕西省延川县

延川剪纸《养蚕》（高凤莲　创作）

延川剪纸《抓髻娃娃》（高凤莲　创作）

延川剪纸是陕西省延川县境内富有特色的民间艺术之一，有着悠久的历史，其起源与当地祈福驱祸的民间风俗有关，亦多用于民间的信仰祭祀活动。

延川剪纸被广泛地用于当地的社会生活之中，逢年过节、婚丧嫁娶都离不开剪纸。在当地民间，剪纸和料理家务是广大劳动妇女展示才干的重要方式，当地民间谚语云："生女子要巧的，石榴牡丹冒铰的。"延川剪纸是以妇女为创作主体的民间艺术，多反映着纷繁多趣的社会风情和家庭生活，表现手法有写意、写实两种，多与作者的性格有关。至20世纪90年代，当地的剪纸作者多达一万五千余人，其代表人物有高凤莲、郭如林、高河晓、刘洁琼、刘小娟、袁随花等。

延川剪纸所涉及的题材有神仙佛像、吉祥吉庆、农事耕作、节令习俗、人物、故事、飞禽走兽、纺线织布、风景花卉、生殖繁育等，多采用窗花、墙花、顶棚花、灯花和礼花等形式表现，画面简洁，结构严密，主次分明。所表现的形象造型纯朴，外轮廓或方或圆，线条粗壮便于运剪，亦利于粘贴仿剪，具有粗犷浑厚、热情奔放的地方风格。

时至今日，延川剪纸由于受到现代文明的冲击而濒临后继无人的困境，需要对之进行抢救和保护。

延川剪纸作品（延川县文化馆　提供）

小程村妇女剪纸实践场景（冯奋　摄）

延川剪纸《鸡娃》（高凤莲　创作）

延川剪纸《这么好的妹妹见不上个面》（郭如林　创作）

延川剪纸《高原的歌》（郭如林　创作）

延川剪纸《对火》（高河晓　创作）

延川剪纸《凤喜图》（刘洁琼　创作）

## ■ 旬邑彩贴剪纸

### 申报地区或单位：陕西省旬邑县

旬邑剪纸相传起源于汉代，主要流传于陕西省关中地区最北部旬邑县境内的中塬张洪镇、太村镇、职田镇和赤道乡等地。至清代末年，旬邑剪纸由单色剪纸发展演变为彩贴剪纸。旬邑的彩贴剪纸是当地妇女必需的技能，在日常生活中，逢年过节要剪窗花、墙画，婚丧嫁娶要剪仪帐，新居装饰要剪顶棚花、炕围花，至于服装刺绣的底样、盖在花馍上的花样以及迎神送鬼的仪程等，更是离不开剪纸的装饰。

旬邑彩贴剪纸以彩色有光纸为材料，经剪、贴、衬等多种手法处理来组成画面，作品构图饱满充实，色彩和谐灿烂，情趣盎然。旬邑彩贴剪纸的画面可大可小，其最大尺幅达4米以上，而且每一幅作品都有相对应的歌谣。剪纸艺人在剪纸时，一边创作一边唱，其内容多为当地民间流传的戏曲故事、神仙传说等。

目前，旬邑彩贴剪纸艺人的年龄结构普遍偏大，面临着后继无人的窘境。

旬邑彩贴剪纸作品

旬邑彩贴剪纸《剪花娘子》

旬邑彩贴剪纸《空空树》

## ■ 会宁剪纸

### 申报地区或单位：甘肃省会宁县

会宁剪纸主要分布于甘肃省会宁县的乡镇和各地农村中，以甘沟驿乡最为出色。

会宁的剪纸有着悠久的历史，明清时期已经完全成熟，被广泛地用于当地的民间社会生活中，是当地群众美化家居、装饰节庆时最具传统、最受欢迎的艺术样式。常见的题材有花卉草木、飞禽走兽、民俗事象、喜庆寓意、戏曲人物、民间传说和日常生活等，表现形式以窗花、灯笼花和炕围花为多，剪纸图案的画面结构以整体对称和十字对称为主，造型生动自由，率直奔放，富有浓郁的乡土气息和别致新奇的装饰趣味。

会宁剪纸的作者以妇女为主，亦有一些手巧的男人加入其中，多在农闲时节或逢年过节进行创作，平时忙里偷闲互相交流和观摩，以创作剪纸为乐趣，是会宁剪纸人抒发人生理想、表现生存状态的主要方式。其代表艺人有李玉莲、曹秀英、张兰芳、赵兰芳、田俊堂、张晓霞、张芳琴、石晓娥、秦英等。

由于受到市场经济和外来文化的冲击，会宁剪纸后继乏人，面临断代失传的危险，保护工作迫在眉睫。

会宁剪纸《莲年有余》（会宁县文化馆　提供）

会宁剪纸《鱼戏莲》（会宁县文化馆　提供）

会宁剪纸《飞禽走兽》系列（会宁县文化馆　提供）

会宁剪纸代代相传（会宁县文化馆　提供）

321
VII-22

# 苗绣

申报地区或单位：贵州省台江县

平绣《儿童围脖》（龙金平　摄）

台江苗族刺绣是苗族刺绣中最具典型意义的民间艺术品之一，主要分布在贵州省黔东南苗族侗族自治州台江县的施洞镇。

台江的苗族刺绣是苗族服饰的重要组成部分，其图案纹饰所蕴含的文化内涵折射出苗族屡经迁徙的历史变迁过程。根据其内容和样式可将服饰划分为方你型、方纠型、方南型、方翁型、方白型、方秀型、翁芒型和后哨型等九种类型，堪称"无字史书"，是族群识别的标志和符号。服饰的精美造型、精湛工艺、色彩搭配是衡量苗族妇女聪明才智的标准。苗族姑娘未出嫁前，都要亲手绣作一套嫁妆，从开始到完成一般要三至五年，只有心灵手巧的苗族姑娘才能博得人们的赞许、爱慕和追求。

台江苗族刺绣的画面丰富，常见的题材有造型独特的飞禽走兽、花鸟鱼虫等，以龙、鱼、蝴蝶、蜈蚣、蝙蝠等的图案使用最为广泛。所采用的针法有平绣、皱绣、缠绣、叠绣、锁绣、堆绣、辫绣、锡绣、数纱绣、破线绣、打籽绣、马尾绣、订线绣等。用色和谐文静，行针平均熨帖，具有色彩艳丽、形象逼真、层次分明的特点。

锁绣衣袖绣片《蝴蝶妈妈》（龙金平　摄）

锁绣龙纹衣袖绣片（龙金平　摄）

民间艺人在刺绣（龙金平　摄）

剖线绣衣袖绣片《富贵平安》（龙金平　摄）

剖线绣衣袖绣片《锦鸡》(龙金平　摄)

绉绣龙纹衣袖绣片(龙金平　摄)

324
VII-25

# 挑花

苗族挑花

## 申报地区或单位：湖南省泸溪县

苗族的挑花刺绣，俗称“数纱”，以湖南省湘西土家族苗族自治州泸溪苗族地区流传的最为出色，主要分布于良家潭、八什坪、浦市、潭溪以及周边乡镇。

泸溪的苗族挑花多用于头帕，是以当地苗族妇女自己纺纱、织造的“家织布”为面料挑绣而成。家织布所采用的棉纱较粗，织成的布料纵横分明、经纬清晰，是挑花工艺的最佳材料。有别于刺绣的挑绣，所有的图案纹样，全在布料的表面行针。制作时，从图案纹样的中心起一针，数三根纱下一针；再数三根纱下一针，直到图案纹样毕显。挑花的最后一针通常会回到图案纹样的中心（即起针处）。挑花的工艺过程极其细致而严格，在一针一针的挑数过程中，不能数错一根纱；若是数错一根纱，则后面的纱数全部皆错，图案纹样会产生变形。

挑花工艺没有现成的花样，所有的图案纹样全在苗家妇女的心里。当地的苗族妇女从小便随着长辈习练挑花技艺，从单个的图案着手，长大后已是非常娴熟。常见的图案纹样有双凤朝阳、龙凤呈祥、鲤鱼跳龙门、石榴花、阳球花、牡丹花、枫叶、蜜蜂采花、蝴蝶戏花等六十多种，全部采用蓝线或青线挑绣，线条清晰，十分雅致。

挑花实践场景（赵春华　摄）

挑花作品——高腰围裙《七姓七宗条形纹样》（王达胜　摄）

挑花作品——高腰围裙《灯笼花条形纹样》（王达胜　摄）

挑花作品《枫叶花纹样》（赵春华 摄）

挑花作品《山刺花纹样》（赵春华 摄）

346
VII-47

# 泥塑

## 惠民泥塑

申报地区或单位：山东省惠民县

惠民泥娃娃作品《西游记》人物（刘刚　摄）

惠民泥塑一般指河南张泥塑，当地称为“娃娃张”，主要分布在山东省惠民县城西南约15里的皂户李乡沙河南岸的河南张村及其周边地区。

河南张泥塑相传源于清代初年，当时有许多外地移民迁来此地安家落户，有的农户为谋生计，便利用当地的泥土做起了泥塑。经过长期的发展，河南张泥塑从最初的人、佛、兽等数个品种衍生为后来的几百个品种。有的还在泥塑内装上哨子，使之成为音响玩具；或是在泥塑内安装弹簧和引线，使之成为活动玩具。

河南张泥塑的主要材料是黄河淤泥，须经捣泥、制坯、晾干、糊纸、涂粉、上色、开眼、涂胶等十几道工序才能完成。泥塑的涂色多重正面，背面一般从简或不涂色。所用颜色以火红、桃红、绿、黄、紫等色为多，以墨、金线，用笔流畅，线条简练，着重美化、渲染热烈火爆的喜庆气氛。河南张泥塑具有造型古朴，做工精巧，色彩艳丽，形象突出，富有装饰性的特点。

捏塑（郑书伟　摄）

上彩（耿志强　摄）

惠民泥塑代表作品《扳不到》（刘刚　摄）

河南张泥塑的题材广泛，内容丰富，有戏曲故事、各种样式的娃娃和动物等，多与人们的社会生活紧密结合。不仅是可供欣赏的民间艺术品，也是增长儿童智力的玩具，因其独特的审美价值和象征意义，越来越受到人们的青睐。

347
VII-48

# 酥油花

强巴林寺酥油花

申报地区或单位：西藏自治区昌都地区

强巴林寺酥油花《祥龙》图案（西藏自治区非物质文化遗产保护中心 提供）

酥油花是一种以酥油（黄油）为材料的特殊技艺，制作时在洁白细腻的酥油中调入各种矿物质颜料，然后进行各种造型，组合成充满吉祥喜庆的主题艺术。酥油花是藏族人民独有的民间雕塑艺术，昌都强巴林寺的酥油花便是其中之一。

酥油花最早是西藏苯教施食供品上的小小贴花。按印度传统的佛教习俗，供奉佛和菩萨的贡品有六色（花、涂香、圣水、瓦香、果品和佛灯），可当时天寒草枯没有鲜花，只好用酥油塑花献佛，由此形成艺术传统。藏历第八个绕迴水年即公元1463年，堆龙人簇顿朗卡巴瓦主持强巴林寺堪布时，开始兴起塑造酥油花供奉神变法会进行祈愿。至1640年，每年塑供37尊祈愿酥油花。1640年之后由于各种原因，每年塑供的祈愿酥油花减少到了23尊。1982年，强巴林寺得以修葺和扩建。翌年藏历正月十五日塑供了3尊祈愿酥油花，从此正式恢复了神变法会的传统。此后，每年的藏历正月初三都要举行为期21天的神变大法会。其间，以法

酥油花制作过程（西藏自治区非物质文化遗产保护中心　提供）

酥油花作品（西藏自治区非物质文化遗产保护中心　提供）

酥油花作品（西藏自治区非物质文化遗产保护中心　提供）

会大殿为主的各经堂供奉齐备的供品，集聚千余名僧众齐声诵读《十六尊者经》。在藏历正月十五日，5尊色彩侍日、形神兼备的祈愿酥油花就供展在大殿正前和左右。

由于酥油花作品极易变形，无法长期保存，使得传统的酥油花技艺在传承中不容易得到固定的范本，应进一步加大对酥油花制作技艺的保护力度。

传授酥油花制作技艺（西藏自治区非物质文化遗产保护中心　提供）

349
VII-50

# 灯彩

## 忠信花灯

申报地区或单位：广东省连平县

忠信花灯灯身（吴旺宜　摄）

忠信花灯是一种以红色调为主的民间灯彩艺术，主要分布于广东省连平县东南部忠信镇。

历史上，当地“上元喜簇花灯，作龙狮各种戏舞”（清雍正八年《连平州志》），另在当地民间，尚保留着清代的花灯纹样印版。现存的忠信花灯造型独特，有缭丝灯、参灯、状元灯、秀才灯、五福灯、磨灯、龙凤灯、宝莲灯、伯公灯、紫灯、廊灯等。与其他地方花灯的小巧玲珑不同的是，忠信花灯虽大却很精致，其最大的直径有12米，最小的也有40厘米，其基本结构多呈柱形，多用竹编骨架，有四角、六角、八角、十二角等。从上到下又可以分为灯盖、灯身、灯裙，从里到外一般有2

忠信花灯扎制过程

剪纸（何树强 摄）

糊裱（丘立文 摄）

上花（丘立文 摄）

至4层。花灯的外层配以剪纸、图案、纸穗等，灯裙则由各种各样的花案彩色灯带组成，灯内装置有各种形象的画片旋转流动，使得整个灯饰五颜六色，有着鲜明的地方特色。

由于历史原因，忠信花灯制作曾经一度中断，近来虽然得以恢复，但能够精工制作的技师越来越少，制作也趋于简单化，花灯类型逐渐减少，亟待加以扶持和保护。

350
VII-51

# 竹编

益阳小郁竹艺
毛南族花竹帽编织技艺

## ■ 益阳小郁竹艺

申报地区或单位：湖南省益阳市

益阳小郁竹艺是指采用拼、嵌、榫合等传统工艺技法制作的小件竹制器具。"郁"为益阳方言，意指将竹材构件加热弯曲，使之符合造型需要的一种工艺。

益阳地处湖南省中北部，土质肥沃，雨量充沛，气候适宜，竹类资源极为丰富。当地人民很早就利用本地的竹子制作各种用具，在益阳南县涂家台出土的新石器大溪文化遗址的文物中就已经发现竹制器具。经过多年的演变发展，至"明代初年，益阳竹器即成行业，从业者遍布城

益阳小郁竹艺搭建的整体竹书房

乡各地，产品街头巷尾随处可见”（《益阳市志》）。清代，益阳已是驰名江南的“竹器之城”，茅竹湖的水竹凉席、贺家桥的小郁竹器、三里桥的竹骨纸伞被誉为“竹城三绝”。清代道光年间，小郁竹艺开始出口英、法等国。近百年来在国内外的各种展会上获金银奖八十余次。

小郁竹艺选材讲究，一般采用直径5公分以下的刚（麻）竹来制作骨架，并采用毛竹来制作部件。竹艺器具在制作时，须经选料、下料、烧油、郁制等三十多道加工工序才能完成。益阳小郁竹艺造型美观、做工精细、经久耐用。在当地，各种利用竹子制作的器具几乎涵盖了生产生活的各个方面。

传承人实践过程

## ■ 毛南族花竹帽编织技艺

### 申报地区或单位：广西壮族自治区环江毛南族自治县

毛南族花竹帽编织技艺主要分布于广西壮族自治区环江毛南族自治县西南部的上南、中南、下南的毛南族聚居地区。

花竹帽，毛南语叫做“顶卡花”（即在帽底编织花纹的意思），象征着吉祥和幸福，是毛南族男女青年

花竹帽成品

老艺人正在编织花竹帽

的定情信物，亦是当地女子出嫁时必不可少的嫁妆，被誉为毛南族的“族宝”。毛南族花竹帽在过去多被当做雨具使用，后成为毛南族服饰的组成部分。花竹帽在当地流传已有几百年的历史，清代嘉庆年间出产的“竹笠极细密，少年妇女戴之”（清《广西通志》）。民国年间，该地区“出产最精致的斗笠”（《思恩县志》）亦被载入史册。

毛南族花竹帽的取材十分讲究，由于早春竹材寒湿太重，而霜后的篾皮易脆，通常于夏至后立秋前选取修直匀称的筋竹和墨竹。制篾时，先破竹裁条，然后破扁篾、破薄篾，再在竹篾两头拱开梳丝，分篾细如发丝，用于交叉辐射、细密编织。编织花竹帽用的竹篾分黑篾与黄篾，黑篾系以蓝淀墨色染制，黄篾则以黄栀子榨汁染制。花竹帽的基本造型为平面和圆锥体的立体组合，编成的篾纹以五角星为中心，周边又按六角形环叠交叉辐射编结，整合定型后还要以上好桐油炼膏涂刷。其帽形大方，花纹美观，结实耐用。

828
VII-52

# 面人

面人汤

申报地区或单位：北京市通州区

面塑是以面粉为材料，采用揉、搓、剪、挑、压、粘、贴等手法来造型的艺术，北京通州“面人汤”的面塑艺术便是其流派之一。

“面人汤”面塑艺术始于清末，其风格流派由近代著名面塑艺术家汤子博先生（1882—1971）创立。汤子博先生以其深厚的艺术功底博采众长，在长期实践活动中，广泛吸收各地雕塑艺术特色，将此前的民间面人由“签举式”面塑玩偶改塑为“托板式”案头面塑，从而使面塑成为真正意义上的民间艺术品。此后，“面人汤”陆续创作出“核桃面人”（在半个核桃中陈列的精微的面塑）、浮雕面塑、悬塑面人和制钱面塑等多种样式。所用材料有面粉以及陶、木、泥等，并采用羊毛、羽毛、丝线、棉花等材料来制作人物及动物的胡须和毛发之类，以加强形似的效果。

面人汤作品《东方朔》（汤夙国创作，臧桂玲摄）

面人汤作品《风尘三侠》（汤夙国创作，臧桂玲摄）

传承人创作场景（臧桂玲 摄）

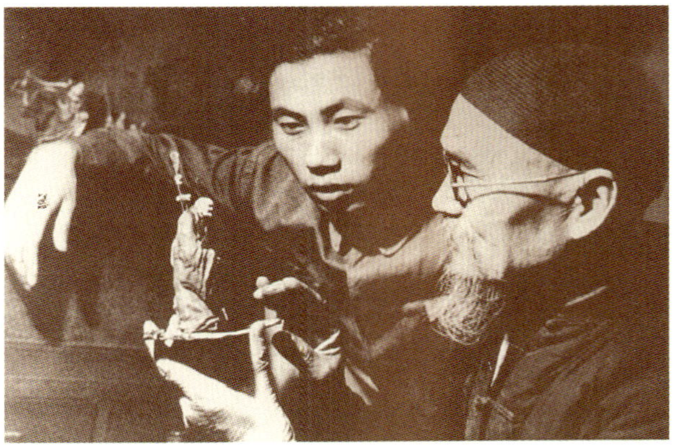

第一代传人汤子博传授技艺（通州区文化馆 提供）

“面人汤”的面塑形体完整饱满，造型略作夸张，色彩鲜艳醒目，制作手法多样，注重神气动态，有着鲜明的风格特征。如今，汤子博的次子汤夙国先生继承了“面人汤”的面塑艺术。由于其制作技艺的要求较高，目前仅有两位学生随汤夙国先生学习面塑艺术。

面人汤艺术馆内景（臧桂玲 摄）

830
VII-54

# 草编

## 哈萨克族芨芨草编织技艺

申报地区或单位：新疆维吾尔自治区托里县

芨芨草编织技艺作品（瓦西里　摄）

芨芨草编织技艺，哈萨克语称为“棋托乎”。在新疆维吾尔自治区托里县境内流传的芨芨草手工编织技艺，是各地哈萨克族妇女世代相传的手工技艺。

芨芨草编织技艺有着悠久的历史，在公元前18世纪若羌孔雀河遗址出土的文物中，发现有芨芨草编织的草编篓，直口、鼓腹、环底、颈部编有曲波纹和弦纹。据哈萨克族的有关史料文献记载，西汉时期的哈萨克族先民已经采用芨芨草编织品来装饰毡房。如今，芨芨草手工编织品在哈萨克族的社会生活中得到广泛使用，并依然是哈萨克族毡房的重要组成部分。芨芨草的主茎挺直、表面光滑，哈萨克妇女用其编成的与草席相似的扉片，哈萨克语叫做“琼木其”。把“琼木其”顺着毡房的圆壁展开，既可以为毡房挡风，也可以阻挡动物的侵入，同时加强了毡房壁墙的韧性。芨芨草编织的“琼木其”还可以用来装饰房间。用芨芨草编织的草篓、装具等日用品，给人们的生活提供了便利。

芨芨草编制技艺（瓦西力 摄）

哈萨克族的芨芨草手工编织在制作时，先将芨芨草打捆成束，放在向阳处晒干；将剪好的羊毛染上各种颜色，捻成所需要的各色毛线；然后将各色毛线根据图案的要求缠绕在芨芨草上，编完后再用斧头等工具将两头砍齐。图案的内容丰富多彩，美观大方，反映出哈萨克族人民的生活态度和审美观念。

831
VII-55

# 柳编

固安柳编
黄岗柳编
霍邱柳编
博兴柳编
曹县柳编

## ■ 固安柳编

申报地区或单位：河北省固安县

固安柳编是河北省固安县民间工艺的主要门类之一。

有着悠久历史的固安柳编，相传起源于宋代。据《固安县志》载：宋代河南杞县知县调任固安，便把杞柳移植到固安，并带来柳编技师，把柳编工艺教给了当地人民。明代固安所出“柳器，屈柜柳所为，如升、斗、簸箕、栲栳之类”（明嘉靖《固安县志》）。

柳编作品沙发、茶几（聂颖超　摄）

柳编成品簸箕（聂颖超 摄）

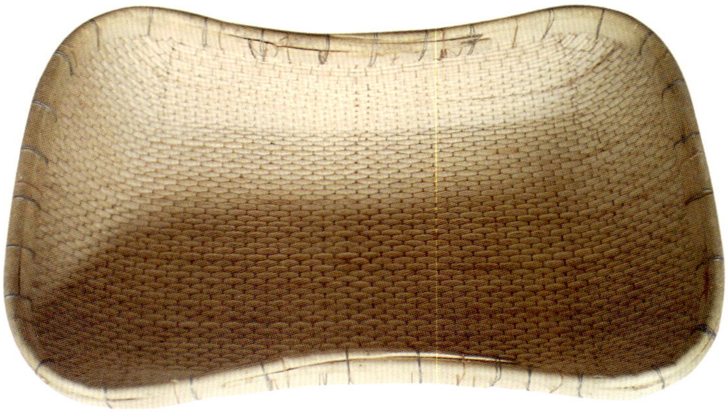

柳编成品笸箩（聂颖超 摄）

固安县地处华北平原北部，县域内多为两河冲积平原，北部为沙质蒙金地，树木繁多，杞柳遍野。明末清初，杞柳种植已发展到四万多亩。清代的乾隆皇帝曾诏谕，永定河"两岸堤里、近河之堤以及软滩之上应多种笸箩柳，"虽然其意在防水患，但同时也给柳编工艺提供了原料，促进了当地柳编业的发展。光绪年间，固安柳编更为盛行，市场繁华无比。民间编织的柳箱、筐、篮、升、斗、簸箕、笸箩等产品，技术精巧，样式考究大方，结实耐用，远销京、津、苏、奉诸大商埠。20世纪50年代以后，固安柳编开始向国外出口。

近年来，由于柳编制品在人们日常生活中日益减少，曾经在历史上成为显赫行业的固安柳编遇到了极大的挑战，柳编事业呈现出衰微状态。

## ■ 黄岗柳编

申报地区或单位：安徽省阜南县

柳编技艺传习（李跃　摄）

黄岗柳编分布于安徽省阜南县黄岗镇及其周边地区，是当地农民的主要副业，民间流传的俗语中亦有“编筐打篓，养家糊口”的说法。

黄岗及其周边地区河湖滩涂密布，杞柳喜湿易于生长，史载“淮蒙盛产水荆（即杞柳），采伐加工，洁白如玉，坚韧如藤”（明正德《颍州志》）。清代初年，民间编织的柳箱、筐、篮、升、斗、簸箕、笆篓等产品样式大方，结实耐用，曾运往苏、浙等地商埠销售。近代以来，黄岗每逢农历三月二十八日都要举办庙会，庙会上柳编原材料和产品的交易繁荣，是远近闻名的柳编产品集散地。20世纪50年代以来，当地每年都要召开“黄岗柳编物资交流会”，促进了柳编工艺的发展。

黄岗柳编制品为手工编织而成，制作工艺流程复杂，从上经、盘底到收口、拿沿，基本上是一气呵成，即便是用途特殊的梁棍、模具也都是编织而成。编织的产品有盛放面包、水果、糖食的各种盘子，存放图书报刊的书架，插放鲜花的花瓶、花架，广泛用于生活的各个方面。既有洁白无瑕的光条编，又有色彩绚丽的色编，做工精细，结构严密，形体圆润，结实耐用。

## 黄岗柳编制作过程（李跃　摄）

编织

晾晒

清洗

# ■ 霍邱柳编

## 申报地区或单位：安徽省霍邱县

霍邱柳编主要分布于安徽省霍邱县临淮岗乡、临水镇、周集镇、城西湖乡、宋店乡、新店镇等地，是当地群众世代相承的民间艺术。霍邱县地处大别山北麓，淮河南岸，淮河大堤内外有多处滩湾湖洼地，生长着不惧旱涝、取之不尽的杞柳以及芦苇、荻材等作物，是编制各种工艺品的主要原料。

据《霍邱县志》记载，当地柳编工艺起源很早，相传起源于周朝，到明、清时已是当地农民的主要副业，柳编产品曾经远销江、浙、沪等省市，并出口到海外。在霍邱民间流传的顺口溜“编来新房、编来新娘、编来小康、编来幸福”，真实地反映了杞柳编织为沿淮群众带来的实惠。

霍邱柳编制作过程 （李跃　摄）

上色后晾晒

分类选条

给成品吊牌

柳编加工需要较高的工艺技巧，制作时要经过泡、剪、下料、打底、拧编、顺编以及收口、安装等数道工序，产品的样式有笆斗、粪筐、抬篮、簸箕、包装箱、提篮、挂篮、洗衣篮、帽篮、靠背椅、茶几等百余个品种。如今，柳编工艺由传统的单色编发展到精编、细编、透花编、套色编、染色编以及混合编（柳竹混、柳麻混、柳木混、柳草木混）等几十种编织手法，在传统的基础上逐步形成了独树一帜的柳编工艺技术。

## ■ 博兴柳编

申报地区或单位：山东省博兴县

博兴柳编工艺主要分布于山东省滨州市博兴县的麻大湖畔和锦秋街道。草柳编工艺在当地有着悠久历史，明清时期，草柳编工艺开始在锦秋等地的妇女之间流传，后逐渐成为当地的主要副业。20世纪50年代之后，在当地政府的扶持下，经过民间艺人的努力传承，草柳编产业从小作坊逐步发展成一定的生产规模。

草柳编工艺的原料主要是当地湿地生长的蒲草、苇草、毛草、玉米皮以及生长时间长达两年之久的冬麦秆，这些植物都具有纤维均匀、质地柔软、皮秆度长、木质化程度较低、易于使用等的特点。近年来，当地生产的草柳编产品有茶垫、坐垫、门踏垫、草编储物箱、草编玻璃瓶套等日用家居工艺品，品类齐全，造型美观，色彩鲜艳，技艺精湛。除了满足国内需求之外，还曾远销新加坡、韩国、日本、美国、法国等多个国家和香港、台湾地区，年销售收入达五千多万美元。

博兴柳编的产品手感柔软，经济环保，有着鲜明的地方特色和风格特征，是山东省著名的传统工艺品，理应受到保护。

## 博兴柳编制作过程（胡彬 摄）

摽模子

穿柳

笐子模具

在地窖编制笐子

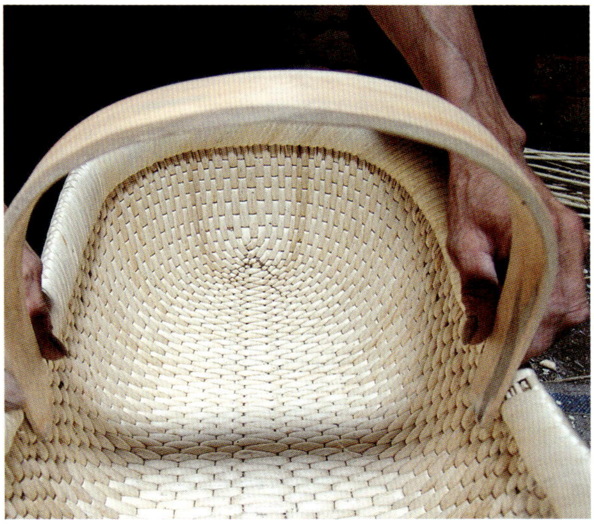

成品笐子

# ■ 曹县柳编

## 申报地区或单位：山东省曹县

曹县柳编技艺，主要分布于山东省曹县的倪集乡岳楼村、魏庄村、古营集镇。

曹县境内盛产杞柳，其柳条具有皮薄、柔韧、洁白、实心、着色力强等特点，因而为柳编技艺的发展奠定了良好的基础。长期以来，当地民众就地取材，家家户户以柳编为生。柳编艺人秉承“传男不传女”的祖训，父子相承，将柳编技艺传承至今。农耕时代自给自足的经济形态，决定了民众的传统生活方式。当地民众常利用自家种植的杞柳条，自己或请艺人编筐、编斗以满足家用，有时也会将编好的筐、篓等拿到集市上销售，换取粮食蔬菜等生活用品。曹县柳编的主要品种有轻巧的食篮、菜筐、果盘、箩筐、簸箕以及动物造型的篮筐，还有形象别致的花篮、礼盒、壁挂等艺术品，造型富于新意，色泽洁白光亮，装饰简练美观。由于柳编的材料为可再生资源，绿色无污染，因而受到人们的欢迎。

作为曹县民间艺术的典型代表，曹县柳编产品的造型与装饰多反映着当地民众的审美趋向。随着现代经济的发展，传统的柳编材料逐渐为玻璃、塑料等新型材质所代替，柳编编织技艺也渐渐淡出人们的视野，亟待社会的保护和发展。

柳编编织技艺（潘鲁建　摄）

曹县柳编主材——杞柳条

老艺人在编织簸箕

老艺人在模具上编织篼篼

老艺人在编织篼篼

832
VII-56

# 石雕

## 菊花石雕

申报地区或单位：湖南省工艺美术研究所

菊花石雕《佛国圣境》（陈继武　创作）

菊花石雕是以湖南省浏阳永和镇出产的菊花石为原料的雕刻艺术。

菊花石是一种珍贵的天然石材，生成于距今约2.7亿年前的二叠纪早期。色泽呈灰色或灰黑色，上面显现着一朵朵天然生成的菊花状白色花纹，其花纹洁白晶莹，奇趣天成。据地质学家考察，浏阳菊花石是一种以燧石结构为核心的碳酸钙集合体。其花萼部分是坚硬的硅质燧石，花瓣部分是碳酸钙沿石灰岩裂缝充填而成的放射晶体状集合体。花萼有单芯、双芯、三芯和无芯数种，与竹叶菊、绣球龙葵菊、蒲叶菊和金钱菊等花形相类似。雕琢艺人利用菊花石这些特点，精工雕琢，理出花瓣，添枝加叶，浮雕成不同的菊花造型。

菊花石雕的历史悠久，清代已经成为宫廷贡品，乾隆年间的菊花石

菊花石雕《花团锦簇》（陈继武　创作）

雕多为石砚等小型文房用具，内府中藏有菊花石砚多方，其大者近尺半，小者约七八寸不等。至清代末年，菊花石雕已经有花屏、镜屏、大花瓶、假山、桌面、椅面等产品。部分作品参加1910年南洋劝业会展览和1915年巴拿马万国博览会，均荣获奖章。

菊花石雕技艺有平雕、浮雕、圆雕、线刻、镂空刻、立体刻、综合刻等处理手法，因根据材料造型，所以每件菊花石雕工艺品都是独一无二的珍品。近年来，菊花石原料日渐稀少，菊花石雕传统工艺面临濒危之境。

菊花石原石纹路（陈继武　摄）

833
VII-57

# 玉雕

海派玉雕

申报地区或单位：上海市

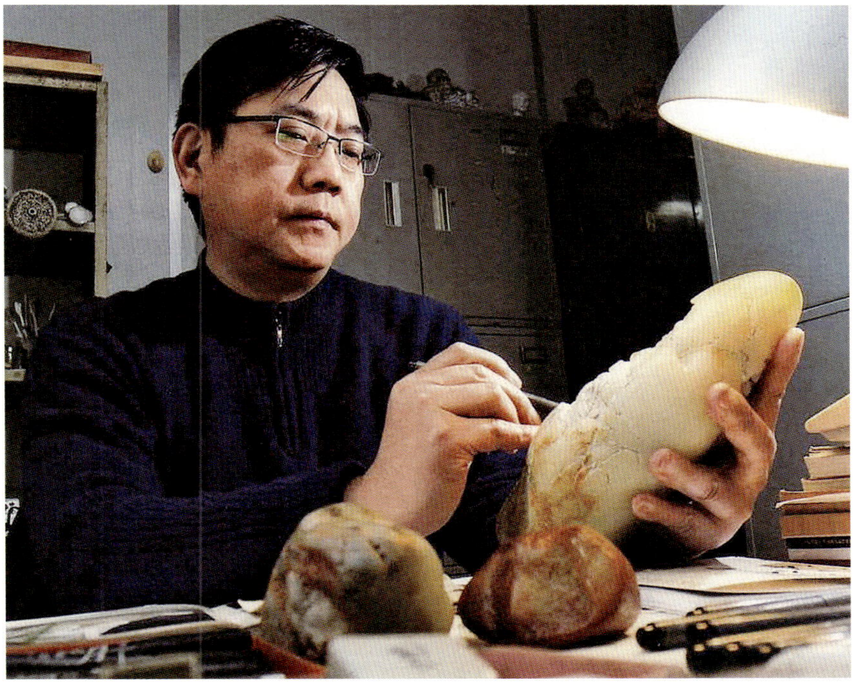

海派玉雕创作（上海海派玉雕文化协会　提供）

海派玉雕是上海玉雕的别称，创始于清道光二十三年（1843），和“北派”、“扬派”、“南派”一起成为中国玉雕四大流派。

海派玉雕从工艺品类、工具、用料、技法等方面，全面继承了中国玉雕的工艺传统，在历史上留下了一大批玉雕精品。海派玉雕在继承中国古代玉器制作技艺的同时，适应着不同时期、不同产品的特点，逐渐形成了海派玉雕的文化特色。在制作时，先要对材料进行全面的观察分析，也称“相玉”。审皮色、审料性、审瑕疵和审形势。随之根据“审”所掌握的基本情况进行设计，根据所构思的形象，绘出画稿和基本形态。琢是玉雕的主要步骤，对玉料表面进行清理，描绘粗稿，铊割取料、整体分割，平底定位、分割细部、描绘细稿、琢磨细部、精细修饰。最后

海派玉雕《草桥结拜牌》(倪伟滨、易少勇　创作)

海派玉雕《魅惑》(吴德升创作，戴家祥德升工作室提供)

海派玉雕《双耳炉瓶》(夏惠杰创作，上海海派玉雕文化协会提供)

海派玉雕《竹林七贤》(陈健创作，上海海派玉雕文化协会提供)

海派玉雕《藏龙卧虎》（洪新华创作，周海滨摄）

海派玉雕《玉骨含香牌》（易少勇创作，周海滨摄）

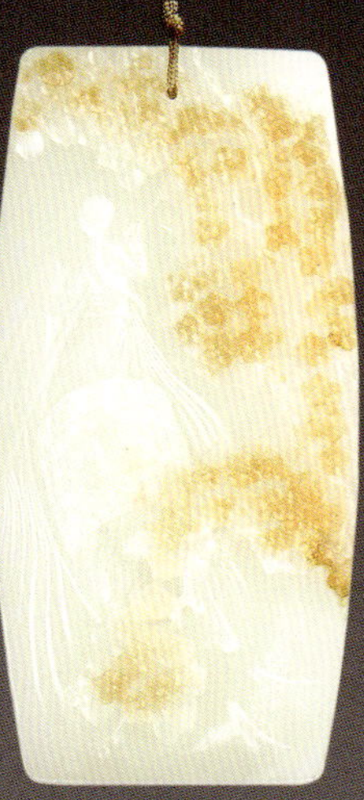

海派玉雕《早春》（翟念卫创作，周海滨摄）

将完成的玉器抛光。海派玉雕制作技艺代表人物有袁德荣、顾咸氾、孙天仪、刘纪松、萧海春、关盛春、韩国卫，以及刘忠荣、倪伟滨、洪新华、于泾、易少勇、翟念卫等。

海派玉雕有着极高的艺术价值、纪念价值和收藏价值，是中国传统玉雕的重要组成部分。由于工艺的要求极高，目前已面临后继无人的窘境。

海派玉雕《诗书礼乐》（崔磊创作，周海滨摄）

834
VII-58

# 木雕

紫檀雕刻
莆田木雕
花瑰艺术
剑川木雕

## ■ 紫檀雕刻

申报地区或单位：中国紫檀博物馆

传统的紫檀雕刻技艺主要用于传统的明清宫廷家具制作，代表了当时木作工艺技术的最高水平，有着特殊的风格特征。

紫檀雕刻讲究的是手工制作，其雕刻手法多样，融合了线雕（阳刻、阴刻）、浅浮雕、深浮雕、平雕、圆雕、毛雕、透雕等各种技法。作品以木为地，以雕代笔、以刀作画，构图繁茂饱满，刀法刚健豪放，画面深邃幽远。作品的题材广泛，以山水、花卉、鸟兽、博古为主，其图案纹样蕴含着吉祥如意、多子多福、延年益寿、官运亨通等的美好愿望。

紫檀家具使用的榫卯结构雕更是精密巧妙，通体不用一根钉，完全依靠榫卯契合，部件之间密不可分。其工艺之精确，扣合之严密，间不容发，给人以天衣无缝之感，是现代机械工艺所无法企及的。檀雕艺术品的制作要经过木材的烘干、开料、锼锯加工、组装、手工砸膘、雕刻、清地、打磨、打蜡等十几道工序方可完成。一件檀雕作品的制作，少则需要一年，多则需要数年的时间。

随着时代的变迁和大工业进程的发展，机械的制作早已渗透到传统家具制造的每个环节，传统的紫檀雕刻工艺正面临着消亡的危机。

紫檀雕海水纹有束腰几形画案（中国紫檀博物馆 提供）

# ■ 紫檀雕刻

申报地区或单位：上海市

海派紫檀雕刻工艺是中国传统红木雕刻艺术的一种。近代以来，海派紫檀雕刻艺人把西方雕塑技法巧妙融入到中国传统紫檀雕刻工艺中，从而使海派紫檀雕刻作品具备了鲜明的地区特色。

海派紫檀雕刻工艺有着悠久的历史，相传发端于明代。最初的创始人屠诗雨的作品被时人称为“明朝一代妙技”。其传人屠文卿为清宫“造办处”所赏识，所作“苏式”紫檀雕刻工艺有着很高的造诣。清末民初，屠敬书在上海老城厢开设红木作坊，擅小件，尤精紫檀雕刻工艺。其子屠汉民从小随父研习紫檀雕刻技艺，后赴美留学，曾任美国哈佛大学教授，精通西方雕塑艺术，其作品是海派紫檀雕刻工艺与西方雕塑艺术融会贯通的典型范例。如今，屠氏后人继承了祖上的“紫檀基因”，留学归国后落户沪上，潜心从事紫檀雕刻工艺创作，尤其擅长制作大件的紫檀雕刻作品。

海派紫檀雕刻对传统的刀具进行了改革，使之能够适用于材质坚硬的紫檀材料，既提高了工作效率，又达到了高标准的特殊工艺目的。海派紫檀雕刻作品题材广泛，技艺精湛，刀法秀丽明润，在海内外享有很高的声誉。

紫檀雕刻作品《龙凤观音》（屠杰　提供）

紫檀雕刻作品《济公百态》（屠杰　提供）

紫檀雕刻作品《金秋蟹肥》（屠杰　提供）

## ■ 莆田木雕

申报地区或单位：福建省莆田市

莆田木雕是在福建省莆田市境内生产的木雕艺术品的统称，材料以龙眼木、黄杨木、檀香木以及红木为多。

莆田木雕有着近千年的历史，唐代已经开始采用莆田木雕装饰建筑，还用于佛像和刻书。由莆田雕刻名手平雕的宋代马远所绘关羽像至今仍存放在万寿庵内。到了明代，莆田出现了很多擅长佛像和装饰雕刻的艺人，莆禧天妃宫内的妈祖木雕像，不仅脸部表情好，手脚还可以上下左右活动，至今保存完好。清代的莆田木雕艺术有了进一步的发展，乾隆年间已经有贴金透雕作品被当做贡品。清末名匠廖明山善用寸木雕镂人物、花草虫鱼等，其孙廖熙等五兄弟均为雕刻名手，作品曾在巴拿马世界博览会上获得多

莆田木雕作品《八仙扇》（林洪英创作，李鹏涛摄）

莆田木雕作品《幽山鹿鸣》（游良照创作，李鹏涛摄）

莆田木雕作品《王母祝寿》（黄文寿创作，李鹏涛摄）

个奖项。

莆田木雕造型优美，工艺精湛，尤以立体圆雕、精微细雕、三重透雕等传统工艺闻名于世。因材料不同，龙眼木雕、黄杨木雕、檀香木雕、红木木雕均显出各自的风格特征，其作品多为富贵之家所珍藏，并吸引了许多海外古董商前来购买。

## ■ 花瑰艺术

### 申报地区或单位：海南省澄迈县

花瑰艺术是海南民间对木雕神像、偶像、人物像等的俗称。在海南，以澄迈县的花瑰艺术最具代表性。

花瑰艺术历史悠久，其起源与宋代佛、道、儒的兴盛有关。过去，佛、道、儒的各种神像都要靠花瑰老艺人制作。宋代，在澄迈县的白石岭的早期道观，祭祀万天大王和雷公神，相传出现了最初的雕刻

花瑰艺术作品（徐日龙创作，王川德摄）

花瑰艺术作品《东渡观音》（徐日龙创作，王川德摄）

神像。明代澄迈县开始兴起军坡节，又称“游公节”，人们将各路民间保护神抬出来游行，供人祭拜。清代的佛、道活动更盛，各类庙堂遍布城乡。从年初至年终，几乎月月都有“作斋”（庙会活动）。祭祀的神仙甚多，是花瑰艺术最为兴盛的时期。民国以后，庙会活动时兴时衰，对花瑰艺术的发展也有一定的影响。

花瑰艺术多以沉木、树根、木化石为材料，雕刻神像、木偶像、人物像、自然物像、抽象图像、装饰图像等的造型，承载着历史、宗教、民俗信仰的许多信息，具有丰富的文化内涵和艺术欣赏价值。在当地的信仰祭祀、偶戏娱乐、居家装饰和美化环境中有着不可缺的社会作用。由于受现代艺术的冲击，传统的花瑰艺术已处濒危状态，应予以重视。

木雕绘彩技艺传承场景（王川德　摄）

# ■ 剑川木雕

## 申报地区或单位：云南省剑川县

剑川木雕台屏《孔雀花鸟》（段四兴　提供）

剑川木雕已有一千多年的历史，具有浓郁的地方民族特色。根据史料记载，唐代时，剑川木匠就承担了南诏五华楼木雕构件的制作工作；宋代，曾有剑川木雕艺人进京献艺，轰动京华。清代学者张泓在其《滇南新语》中记述："滇之七十余县及邻滇之川黔桂等省，善规矩斧凿者，随地皆剑民也。"可见当时剑川木雕木匠之众多，流传之普遍。

中华人民共和国成立后，剑川木雕有了很大的发展。首都人民大会堂、民族文化宫等重要建筑都饰有剑川木雕。现今已发展成嵌石木雕家具、工艺挂屏和座屏系列、格子门系列、古建筑及室内装饰装修、旅游工艺品小件、现代家具六个门类二百六十多个花色品种，是集艺术价值、观赏价值、珍藏价值和实用价值于一身的传统文化产品。

剑川木雕充分展示了白族人民高度的艺术水平和文化涵养，将原有的粗犷、豪放的风格和江南木雕的细腻、精巧等糅为一体，成为全国木雕重要派别之一。

剑川木雕工艺生存空间的传统文化深厚，不但有至今仍在盛行的八月初八"木匠祖师鲁班会"，还有全国数量最多，广为流传的木匠故事、木匠歌谣、叙事长诗等，对白族历史、工艺发展等情况的研究都具有重要价值。

大型木雕《张胜温画卷》（局部）（段明明　摄）

剑川水古楼村明代木雕本主像（张宽寿　摄）

剑川木雕挂屏《四季花鸟》（剑川县古典木雕家具厂　提供）

841
VII-65

# 木版年画

老河口木版年画

申报地区或单位：湖北省老河口市

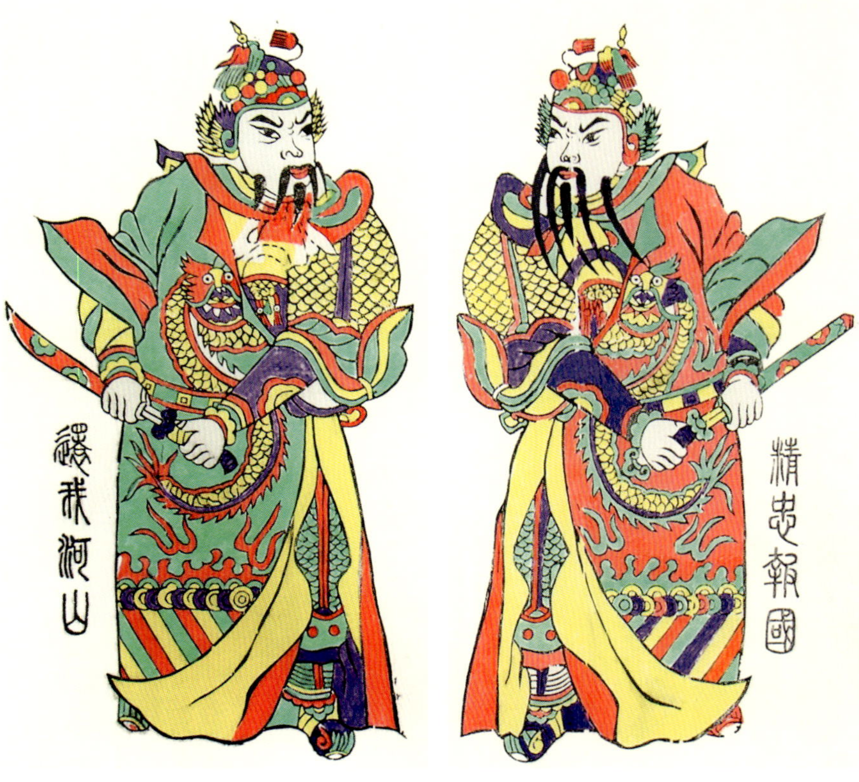


用祖传雕版印制的年画（李民　摄）

老河口年画是中国民间年画的一种，是湖北省老河口市的传统民间艺术的主要品种之一，亦是湖北历史上的三大年画产地之一。

老河口年画的历史悠久，相传是在明代末年由苏州桃花坞经河南朱仙镇传入，清代乾隆至光绪年间为其兴盛时期。至民国年间，老河口年画尚有从业人员千人以上，就业于松昌福、刘源盛、德茂公、万源永等十几家年画作坊，每个作坊的年画年产量均在十万张左右，产品远销鄂、豫、川、陕等地区。后来因石印术和现代印刷术的兴起而逐渐衰

老河口木版年画《牛童》( 吴志坚　摄 )

雕版门神( 吴志坚　摄 )

落。20世纪50年代，老河口成立木雕厂，组织当地的木版年画艺人继续从事木版年画生产及木雕制作。

老河口木版年画的雕版选用硬质梨木为板材，雕工精细流畅，线条粗犷有力。印刷年画的颜料采用植物和矿物颜料，色彩鲜艳，不易褪色。常见的品种有灶画、大小门画、中堂、条屏等。老河口年画的内容多取材于历史戏剧、传说故事，人物造型生动夸张。目前，老河口木版年画亦面临后继无人的局面，需要加以支持和保护。

刻版（吴志坚　摄）

门神（吴志坚　摄）

860
VII-84

# 料器

## 葡萄常料器

申报地区或单位：北京市东城区

葡萄常作品（蔡树文　摄）

葡萄常料器葡萄是指常姓家族用祖传工艺制作出的以葡萄为造型的玻璃工艺品，是北京独有的传统美术表现形式之一。

清光绪二十年（1894），居住在北京崇外花市地区的蒙古族后裔常在在改进其母制作泥葡萄技艺的基础上，独创出玻璃葡萄的制作技艺，制作的玻璃葡萄以形象生动名扬京城，人称"葡萄常"。"葡萄常"的作品得到慈禧的赏识，曾赐匾"天义常"，后在1915年美国旧金山巴拿马国际博览会上获奖。因家族原因，常家立下了"传女不传男，传内不传外"的家规。随着时代的变迁，"葡萄常"曾几度沉浮，现在已传至第五代。

葡萄常料器葡萄采用低温玻璃为原材料，制作时，经过化料、吹制、做梗、做叶和须子、上色、涂蜡、上"霜"、攒活等11道工序。其中，葡萄的上色、挂霜为家传绝技。常家制作的玻璃葡萄，形状和色彩都十分生动，代表了民间玻璃葡萄制作的最高水平。作为北京乃至全国唯一的

葡萄常作品（蔡树文　摄）

葡萄常作品（蔡树文　摄）

葡萄常料器制作过程

上色（崔振华摄，东城区非物质文化遗产保护中心提供）

攒活（常虹　提供）

玻璃葡萄制作工艺，自清代流传至今，在全国有着广泛的影响，是传统民间工艺的典型代表。由于传承方式的局限，现葡萄常料器葡萄只有两个人掌握玻璃葡萄的制作技艺，出现了传承危机，亟待保护。

867
VII-91

# 镶嵌

潮州嵌瓷

申报地区或单位：广东省潮州市工艺美术研究院

镶嵌 ——屋面嵌瓷人物（潮州市非物质文化遗产保护中心 提供）

潮州嵌瓷俗称“贴饶”或“扣饶”，是潮汕地区特有的运用各种彩色瓷片剪裁镶嵌表现形象的工艺，因其质地坚实，久经风雨或烈日曝晒而不褪色，被誉为永远亮丽的艺术。

潮州嵌瓷历史悠久，早在明代万历年间就已经在民间使用。当时，潮州陶瓷生产发达，民间雕塑处于兴旺时期，开始用瓷片剪裁成简单的花卉镶嵌在建筑物上。到了清代，潮汕各地盖祠堂和建“驷马拖车”等豪宅民居之风极盛，装饰于建筑物之上的嵌瓷工艺随之有了进一步的发展。清代末年，瓷器生产作坊与嵌瓷艺人配合，专门烧制各种低温彩色瓷碗，经过剪取，镶嵌成平面、浮雕或立体的图案纹样，装饰于建筑物的屋面、屋角、屋檐、门壁、墙壁上，也有的被用作庭园的室内装饰。嵌瓷的题材有花卉植物、飞禽走兽或历史人物、戏曲故事等。反映了当地民众颂扬正气，趋利避害，祈求福祉，寄寓人们吉祥如意、幸福安康的美好愿望。

潮州嵌瓷《花鸟》（卢芝高创作，潮州市非物质文化遗产保护中心提供）

潮州嵌瓷《梅鹊》（卢芝高创作，潮州市非物质文化遗产保护中心提供）

如今，由于市场经济和城市化进程的冲击以及人们居住环境和风俗习惯的改变，传统的嵌瓷工艺正面临着队伍青黄不接，后继乏人的局面，亟待抢救。

870
VII-94

# 盆景技艺

苏派盆景技艺
川派盆景技艺

## ■ 苏派盆景技艺

申报地区或单位：江苏省苏州市

苏派盆景——台湾真柏盆景《霓裳风舞》(苏州市虎丘山风景名胜区管理处　提供)

苏派盆景技艺主要分布于江苏省苏州市及其周边地区，有着独特的造型结构和艺术风格，是中国盆景的主要流派之一。

相传苏派盆景技艺起源于唐代，盛于明代，成熟于清代，通过艺术加工与精心培养，在盆钵之中创作出来源于自然的形象美而高于自然的意境美，并逐渐形成了清秀古雅的独特风格。苏派盆景造型技艺的主要素材是树木材料、盆钵、棕丝或铝丝等，主要工具为剪刀、木锯等。苏派盆景的树种多以乡土树种为主，“六台三托一顶”是其传统造型，技术核心是“粗扎细剪，剪扎并用”、“以剪为主，以扎为辅”。“粗扎”是用棕丝或铝丝进行绑扎造型，有“全扎”及“半扎”。“细剪”是对修剪的要

苏派盆景——黑松盆景《蛟龙探云》(苏州市虎丘山风景名胜区管理处　提供)

苏派盆景——刺柏盆景《双娇斗艳》(苏州市虎丘山风景名胜区管理处　提供)

“第十八届中国园艺与盆景制作技艺考评活动”现场(苏州市虎丘山风景名胜区管理处　提供)

盆景老师傅在指导青年盆景工进行盆景造型操作(苏州市虎丘山风景名胜区管理处　提供)

求要细致，可分为生长期及休眠期修剪。其最具影响力的盆景作品有“虎踞龙盘”(雀梅)、“巍然侣四皓”(柏树)、“奇柯弄势”(刺柏)、“龙凤呈祥”(刺柏)、“一枝呈秀”(榆树)等。近代以来，苏派盆景以其鲜明的地方特色闻名于世，并多次在国内外展览中获得大奖。

目前，随着社会的发展，创作周期长、创作素材稀缺、传承困难、后继乏人等诸多因素制约了苏派盆景的传承与弘扬，需要采取措施加以保护。

## ■ 川派盆景技艺

### 申报地区或单位：四川省盆景艺术家协会

川派盆景设计制作中（四川盆景艺术家协会　提供）

川派盆景主要分布于四川省成都市及其周边地区，经过历代盆景艺人的摸索和实践，在制作技艺上形成了自己独特的风格和技法，是中国传统盆景的四大流派之一。

川派盆景相传起源于东汉时期，五代时的川派盆景艺术已是独树一帜，后历经唐、宋、元、明、清几个朝代，最终形成独特的造型流派和技艺风格。清代以后，川派盆景开始从文人墨客的书房走向了寻常人家的院落，许多民间花农开始从事树桩盘扎技艺，“三式五型”的川派盆景技法已经普及。在清代后期的成都花会上，盆景已经是一种供游客品评和购买的商品，而且还出现了专门从事盆景交易的“花帮”。从制作技艺的风格来看，川派盆景可分为规律类树桩盆景蟠扎技艺、自然类树桩造型、山石盆景造型技艺、树石组合类盆景制作技艺四种类型。

川派盆景以其“以小见大，缩龙成寸”的艺术风格被人们誉为“立体画”、“无声诗”，在海内外多次展览中获得各种奖项。

川派盆景《牧歌》（材料：云母石、虎刺）（张重民　摄）

川派盆景《立身斗顶》（材料：银杏）（张重民　摄）

川派盆景《松溪醉吟图》（材料：五针松、河坝石）（张重民　摄）

872
VII-96

# 建筑彩绘

传统地仗彩画

## 申报地区或单位：辽宁省沈阳市

东北古建筑地仗（油饰）、彩画技艺是对建筑承重的主要木构件进行加固、防腐处理，稳定坚固整体建筑的一种技艺，是中国传统建筑修缮技艺的装饰流派之一。

地仗（油饰）技艺采用自熬的桐灰油与猪血配比材料，依据光照调整施工时间，同时坚持伏天不施工，并使用有着耐紫外线特性的银朱与自制的桐光油等调配后进行涂刷油饰，从而使古代建筑的维护与修缮的质量有所保证。在对东北地区的古建彩画进行修缮的过程中，所采用的维护手法更加灵活。在修复沈阳故宫古建筑的官式彩画和东北特有的寺庙彩画时，融合三大官式彩画所长，在用料、技法等环节上进行了改善。长期以来，采用这些技艺修缮的古建筑至今依然保持着完好的状态。

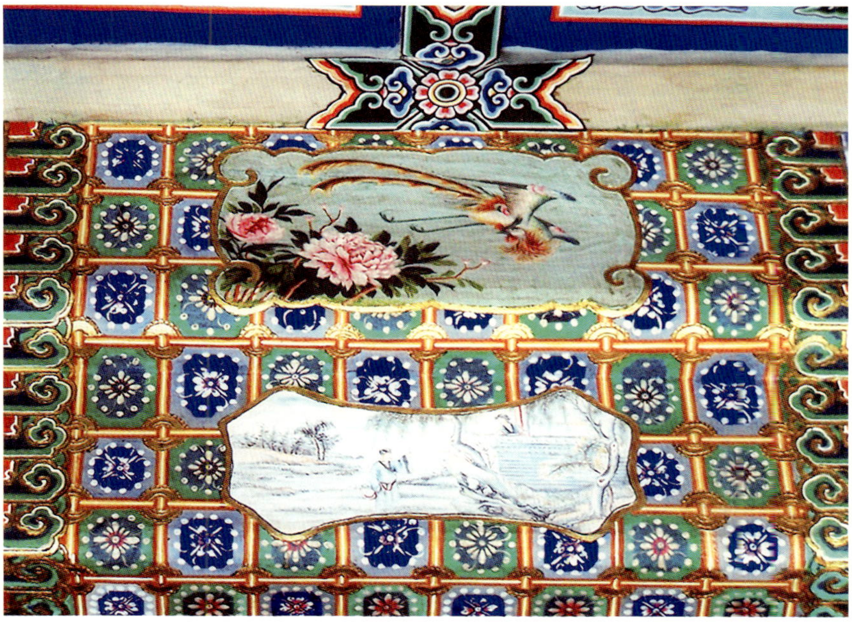

1964年复原维修后的沈阳故宫清宁宫的地仗彩画（李高志　摄）

1964年复原维修后的沈阳故宫清宁宫的地仗彩画（李高志　摄）

2003年内蒙古赤峰梵宗寺大殿彩画复原修复后的地仗彩画（李高志　摄）

画天花板切活（李高志　摄）

2003年内蒙古赤峰梵宗寺大殿彩画修复现场（李松柏　摄）

# 传统技艺（扩展）

国家级非物质文化遗产扩展项目名录

363 Ⅷ-13 南京云锦木机妆花手工织造技艺

375 Ⅷ-25 蜡染技艺（苗族蜡染技艺、黄平蜡染技艺）

378 Ⅷ-28 客家土楼营造技艺

390 Ⅷ-40 银饰锻制技艺（畲族银器制作技艺、苗族银饰锻制技艺）

394 Ⅷ-44 弓箭制作技艺（蒙古族牛角弓制作技艺）

395 Ⅷ-45 家具制作技艺（晋作家具制作技艺、精细木作技艺）

417 Ⅷ-67 皮纸制作技艺（龙游皮纸制作技艺）

423 Ⅷ-73 徽墨制作技艺（曹素功墨锭制作技艺）

428 Ⅷ-78 雕版印刷技艺（杭州雕版印刷技艺、同仁刻版印刷技艺）

438 Ⅷ-88 风筝制作技艺（北京风筝制作技艺）

881 Ⅷ-98 陶器烧制技艺（黎族泥片制陶技艺、荣昌陶器制作技艺）

882 Ⅷ-99 蚕丝织造技艺（杭州织锦技艺、辑里湖丝手工制作技艺）

883 Ⅷ-100 传统棉纺织技艺（南通色织土布技艺、余姚土布制作技艺、维吾尔族帕拉孜纺织技艺）

884 Ⅷ-101 毛纺织及擀制技艺（维吾尔族花毡制作技艺）

888 Ⅷ-105 苗族织锦技艺

898 Ⅷ-115 手工制鞋技艺（老美华手工制鞋技艺）

903 Ⅷ-120 藏族金属锻制技艺（扎西吉彩金银铜技艺）

907 Ⅷ-124 民族乐器制作技艺（宏音斋笙管制作技艺、蒙古族拉弦乐器制作技艺、马头琴制作技艺、上海民族乐器制作技艺、苗族芦笙制作技艺、傣族象脚鼓制作技艺）

910 Ⅷ-127 漆器髹饰技艺（绛州剔犀技艺、鄱阳脱胎漆器髹饰技艺、潍坊嵌银髹漆技艺、楚式漆器髹饰技艺、阳江漆器髹饰技艺）

916 Ⅷ-133 砚台制作技艺（贺兰砚制作技艺）

919 Ⅷ-136 装裱修复技艺（苏州书画装裱修复技艺）

930 Ⅷ-147 花茶制作技艺（吴裕泰茉莉花茶制作技艺）

931 Ⅷ-148 绿茶制作技艺（碧螺春制作技艺、紫笋茶制作技艺、安吉白茶制作技艺）

935 Ⅷ-152 黑茶制作技艺（下关沱茶制作技艺）

943 Ⅷ-160 传统面食制作技艺（天津“狗不理”包子制作技艺、稷山传统面点制作技艺）

949 Ⅷ-166 火腿制作技艺（宣威火腿制作技艺）

963 Ⅷ-180 窑洞营造技艺（地坑院营造技艺、陕北窑洞营造技艺）

969 Ⅷ-186 碉楼营造技艺（羌族碉楼营造技艺、藏族碉楼营造技艺）

363
VIII-13

# 南京云锦木机妆花手工织造技艺

申报地区或单位：江苏汉唐织锦科技有限公司

云锦作为织锦中最为珍贵的上品，其技艺可作为传统织造工艺的典型代表。南京云锦织金饰约始于元代，而彩色妆花织金饰则盛于明清两代。目前主要分布在南京市白下、玄武、秦淮、建邺、栖霞五区。

南京云锦是用传统的大花楼木织机，由拽花工和织手两人相互配合，通过手工操作织造出来的。这种操作劳动强度大、工艺水平高，老艺人有“一抡、二撳、三抄、四会、五提、六捧、七拽、八掏、九撤”的拽花字诀，织手要做到足踏开口、手甩梭管、嘴念口诀、脑中配色、眼观六路、全身配合。云锦主要品种有织金、库锦、库缎和妆花四大类，前三类已可用现代机器生产，唯妆花的“挖花盘织”、“逐花异色”至今仍只能用手工完成。

随着现代科技的发展，丝织新品种不断涌现，市场对云锦的需求量减少，加之学艺周期长，劳动单调、枯燥、强度大，年轻人不愿从事此项工作，南京云锦木机妆花手工织造技艺濒临失传的危险。

南京云锦《真金孔雀羽大团龙》

南京云锦《红地卷叶牡丹》

南京云锦《黑地喜相逢》

南京云锦《黄地福禄团寿》

南京云锦《绛地龙凤呈祥》

黄地兔衔灵芝长寿富贵纹织金妆花缎（文物复制品）

米地百花织金妆花缎（文物复制品）

蓝地三则元宝龙织金妆花缎（文物复制品）

红地百子纹织金妆花缎（文物复制品）

云锦代表作《五福龙》

375
VIII-25

# 蜡染技艺

苗族蜡染技艺
黄平蜡染技艺

## ■ 苗族蜡染技艺

### 申报地区或单位：四川省珙县

蜡染是中华民族古老的民间传统印染工艺之一，早在秦汉时代，苗族人民就已掌握了蜡染技术。珙县苗族蜡染在四川苗族蜡染中独树一帜，清光绪《珙县志》记载：罗渡苗民取蜡熔而绘于布，染后煮布洗蜡，成蜡染裙。

珙县苗族蜡染以蓝白两色为主调，也常与挑花、补花相结合，一般是先染后绣，色调丰富，层次分明，既朴实也艳丽。图纹中自然纹与几何纹居多，有的继承于传统，有的源自于生活，往往一纹多义。蜡染构图饱满，造型生动，对称均衡，注重图纹组合和视觉顺序的总体效果。主题

蜡染图案

苗族蜡染技艺流程（罗建华 摄）

步骤一：熨布

步骤二：煮蜡

步骤三：蜡绘

一般居中，着重突出图纹的完整性、和谐性，简洁明快，密不觉繁复，简不觉单薄。即使在长达丈余的百褶裙上连锁式的构图，由于点线穿插，曲直并存，疏密交错也不觉板俗，富有韵律变化和节奏感。图案精美，线条流畅，清新如淡云蓝空的互托，明快如高山流水的旋律，古朴中包含粗犷，简略中蕴藏典雅，具有鲜明的民族风格。珙县地区的苗族同胞常将蜡染成品做衣饰、百褶裙、围腰、卧单、枕巾、帐沿、门帘、包单、蚊帐等，是苗族人民生活中不可缺少的民间手工艺。

2006年，罗渡苗族乡以苗族蜡染为特色，创建了"四川省民间艺术之乡"。2008年，珙县罗渡苗族乡被文化部命名为"中国民间文化艺术之乡"。

蜡染技艺传承人正在讲授技艺（罗建华　摄）

苗族蜡染成品、半成品（罗建华　摄）

# ■ 黄平蜡染技艺

## 申报地区或单位：贵州省黄平县

黄平蜡染是黄平革家妇女在长期的生产劳动生活中创造、自制和必需的一种民族民间艺术产品，具有独特的艺术特色和重要的史学、美学、民族学、人类学和科学研究价值。

黄平县位于贵州省东南部，黔东南苗族侗族自治州西北部，全县总面积1667.8平方公里，总人口35.5万，少数民族占64.2%，其中苗族人口占55%，清水江和舞阳河从境内穿流而过。

革家蜡染历史悠久，是贵州高原最古老的民族传统蜡染艺术之一。革家蜡染作品在色彩表现上只是蓝白两色或黑白两色，蓝、黑为底色，花纹图案为白色。作品要求其图案线条洁白无瑕，无鬓纹和断痕，黑白分明，干净利索，这是区别于其他民族蜡染作品的重要特征。

革家蜡染构图独特，图案具有极强的寓意性和哲理性。革家蜡染主要以太阳为构图中心点，革家认为太阳就是宇宙的中心，所有的物体都在围绕太阳转。为此革家妇女们对蜡染作品图案的创作大都是以太阳为中心，充分表现人与自然和谐的意境和艺术美感，完整地体现了革家人爱美、爱生活、爱劳动的思想感情。

黄平蜡染《围腰》（罗朝凤　摄）

黄平蜡染男子服饰（杨德　提供）

黄平蜡染少女头饰（杨德　提供）

点蜡花（杨德　提供）

太阳纹、卷草纹等图案（罗朝凤　摄）

378
VIII-28

# 客家土楼营造技艺

申报地区或单位：福建省南靖县、华安县

福建南靖县拥有各类土楼一万五千多座，其中大造型方圆土楼一千三百多座，堪称“土楼王国”，汇集了最高、最大、最小、最奇、最古老、最壮观的土楼，其中田螺坑土楼群、河坑土楼群、怀远楼、和贵楼等是土楼建筑的典范。成千上万的土楼像“天上掉下的飞碟”、“地上长出的蘑菇”，点缀在南靖美丽的大地上，形成一道美妙绝伦的风景线，被誉为“世界上独一无二神话般的山村建筑模式”。

华安土楼的择址、建造，是在家族兴盛与安全原则下，按照中国传统风水理念进行布局的。其建筑设计、平面布局非常讲究科学性、合理性、实用性、系统性，富有现代居家理念。其中仙都镇大地村的二宜楼是最杰出的代表，是福建土楼中最早列入全国重点文物保护单位的建筑，是世界级的民居建筑瑰宝。

土楼营建技艺巧妙地采用了山区的地势和当地的生土、木材、山石等建筑材料，非常节约、异常坚固、防御性强，又极富美感。福建土楼

田螺坑客家土楼全景图（张志坚　摄）

夯土墙工艺流程（张广兴　摄）

安放夯土夹板

安放墙竹根

拆移夯土夹板

掺和均匀

杵棒夯土

大拍板休整墙体

倒土

夯筑全景

破竹根

取出托棍

筛细土

修补墙体

在传承和创新传统生土建筑工艺的同时，也传承了中国传统文化的精髓，是聚族而居文化传统的见证。

土楼以古老的夯土墙板筑工具造墙，其工具主要有夹板、杵棒及铲、大小拍板等辅助工具。夯筑土墙从选土、比例掺和、堆土处理、干湿度掌握到夯击程序、修补墙体等都有着严格的规则。木匠师傅进行梁架设计、加工。特别是圆楼的房间，按圆周基本等分（呈畚斗状），木匠师傅因势造出相适应的梁架，具有较高的技术性。

古老的夯土墙技术，是中原夯土板筑技术经过几千年积累提高的技术结晶，是夯土文明最高成就的实物，堪称建筑一绝。

然而，随着社会的发展，现代的建筑模式及现代材料的替代，使土楼古老的营建技艺濒临失传，这项具有重要的历史意义和现代研究价值的古老技艺，亟待传承和保护。

土楼全景（林艺谋　摄）

二宜楼楼内局部（林艺谋　摄）

夯土墙场景（林艺谋　摄）

齐云楼墙体局部（杨聪燕　摄）

390
VIII-40

# 银饰锻制技艺

畲族银器制作技艺
苗族银饰锻制技艺

## ■ 畲族银器制作技艺

申报地区或单位：福建省福安市

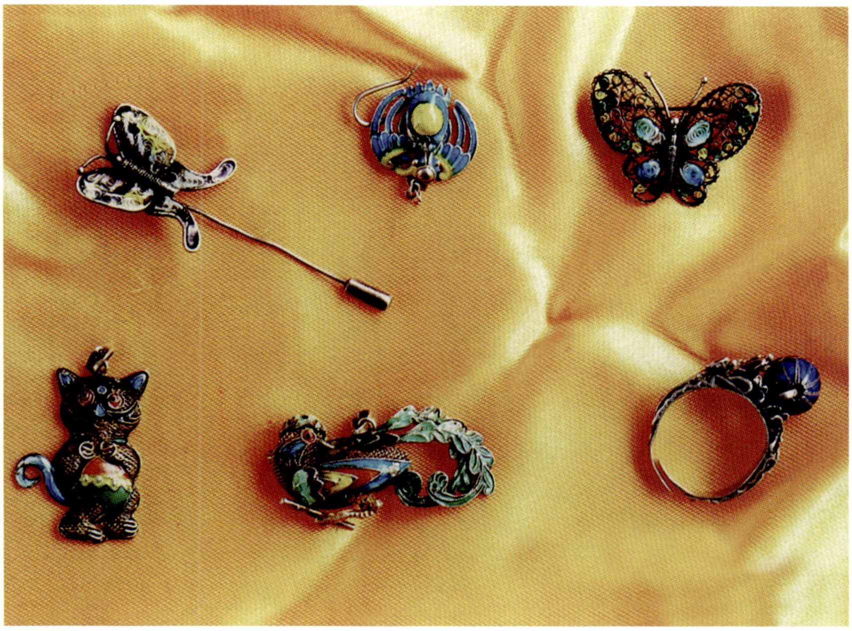

银饰锻制技艺作品——银蓝小花件（陈建光　摄）

银器很早就进入了畲族生活，畲族的“三月三”、赶墟赶场、祭祀盛典、婚丧嫁娶等节庆活动，都与银器密不可分。银器也是畲族展示家庭、家族世代拥有财富的象征之一。

畲族历代对传统银器制作都极为重视，乃至推崇，也不断推进畲族传统银器制作的发展。畲族银器工艺经过漫长岁月的发展，逐渐形成了“操、凿、起、解、披”五大工艺精髓，共有三十多道手工工序。在畲族的银器制作技艺中，福建福安叶氏一脉的“珍华堂”银雕技艺尤为突出，已传承近两百年。

聚花掐丝面帘（陈建光　摄）

畲族银器是中国传统银雕工艺与畲族文化相融合的典型表达，是畲族人民群众智慧的结晶，充分反映了中华文明的历史连续性，记载着只有语言而没有文字的畲族文化变迁发展历史，体现了银匠的高超水平，具有较高的历史、文化和科学价值。

近年来，畲族银器制作工艺因市场工效低，学艺难，时间长，年轻人多不愿学，随着老工匠的不断谢世，传承问题突出。因此，挖掘、抢救畲族银器制作工艺，对保护传承畲族优秀文化，丰富和完善中国畲族银器制作历史，乃至中国银器制作史的丰富和完善都将起到积极的作用。

畲族凤冠部件（陈建光　摄）

# 苗族银饰锻制技艺

申报地区或单位：贵州省剑河县

链状绞花式项圈（杨通荣　摄）

银饰锻制是苗族民间独特的手工技艺，其银饰的式样和构造经过了匠师的精心设计，工艺水平很高。

流传于剑河境内的苗族银饰通常以龙、虎、昆虫、花鸟等动植物图案为基本素材，加上链状绞花、錾花、压花、编花相互配合，精美中透着灵气。剑河苗族银饰根据造型不同，分为三个片区：革东片区的项圈为链状绞花式；南寨片区的项圈为板圈式；久仰片区为横板头式。剑河苗族银饰制作有三十多道工序，形成熔炼、铸造、捶打、制花、编结焊接、洗涤等一整套手工工艺流程。一套银饰，常常要几百个银花焊接而成，还不能有焊接的痕迹。可根据不同的需要，将银捶打为方条、圆条、片状等，可用于压花、切花、拉丝等。然后又通过编、錾、刻、洗亮等工序制造上百种银花，通过焊接组合做成图案内容丰富的银帽、项圈、胸锁、手镯等银饰品。

苗族银饰锻制技艺流程

编银花（杨光平　摄）

拉银丝（周菊芳　摄）

熔银（李代然　摄）

剑河苗族银饰盛装（杨光平　摄）

苗族银饰制作工艺世代相传，承载着苗族的文化和传统。苗族银饰的加工，以家庭作坊手工操作完成。银匠不仅在锤錾劳作上是行家，在造型设计上也堪称里手，他们善于从妇女的刺绣纹样中吸取创作灵感，并根据传统习惯、审美情趣，在细节、局部的刻画上推陈出新，使件件银饰各具特色。

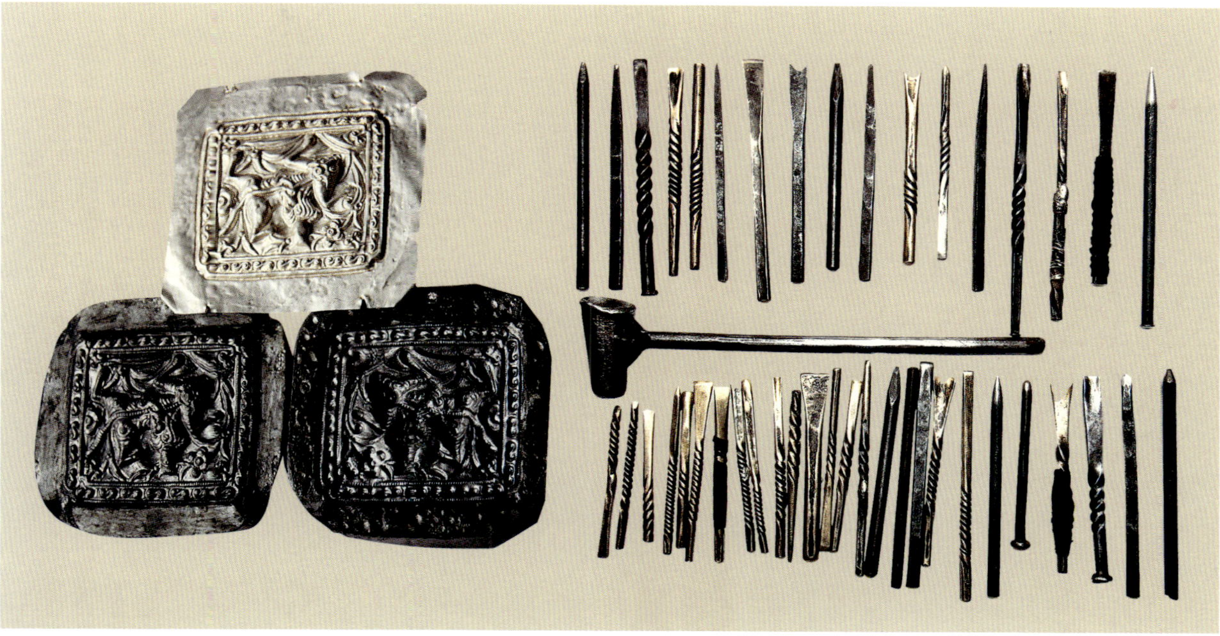

苗族银饰制作工具（杨光平　摄）

## 申报地区或单位：贵州省台江县

施洞苗族银饰盛装

苗族银饰，如同苗族刺绣、织锦、蜡染等装饰物一样，是苗族支系相互区别的重要表征。台江县的苗族银饰图案之华美、样式之众多，为苗族社会所少见。台江苗族银饰，分为施洞型、巴拉河型、黄平型。施洞型银饰区，以施洞镇为中心区；巴拉河型银饰区，在台江境内占大半地域；黄平型银饰区，在台江境内有一个乡。台江县基本集中了苗族银饰精华，是黔东南苗族银饰的重要代表之一。

台江苗族银饰，主要有银角、银雀、银簪、银梳、银头围、银头花、银羽、耳柱、耳环、项圈、银链、胸锁、胸宝、手圈、手镯、银片、银泡等等。以片片“银片”覆盖上衣，誉称“银衣”，重达一二百两。苗族村民把美丽与财富结为一体，未婚女子希望通过银饰得到异性的青睐。家境困难的，可以少一点，但绝对不能没有。在苗族村民观念中，银饰还有辟邪作用，是护身的吉祥物。

苗族银饰锻制技艺流程

熔铸

缠丝

拉丝

焊接

银手镯

苗族银饰制作技艺，可谓炉火纯青。使用材料，初为银锭、纹银，清末以来广泛使用银元。加工技艺主要有：熔铸、压花、镂花、拉丝、绕丝、錾花、焊花等等。焊花工艺极为精湛，用纤细的铜质吹管将煤油灯上的火焰吹入氧气，将相关部件的结合部熔化焊接，不留痕迹。

台江施洞苗族银饰作品

394
VIII-44

# 弓箭制作技艺

## 蒙古族牛角弓制作技艺

申报地区或单位：内蒙古师范大学

传统角弓比赛（孟克陶格陶　摄）

蒙古民族以精骑善射闻名于世，制作弓箭是古代蒙古族最重要的手工技艺之一，蒙古传统角弓制作技艺广泛分布于蒙古各部落，过去每位蒙古族男人都会制作弓箭，并将手艺世代相传。

蒙古传统角弓的制作，主要包括选材、取料、加工、组合成弓四大步骤。角弓的选材取料是制作良弓的前提与基础，原料包括水牛角、牛蹄筋或牛背筋，弹性很好的竹、桦木、荆木等材料。这些原料经过艺人的加工，制成角弓的重要部件，再用动物胶粘合包装而成。制作一把弓颇费时间、精力，包括一百多道工序。

20世纪初以来，蒙古族弓箭逐渐由武器和狩猎工具转变为那达慕等体育和娱乐活动的工具。20世纪50年代，蒙古族运动员多使用传统角弓

弓箭制作工序 （孟克陶格陶　摄）

锯角

量筋

砸筋

粘贴制弓

参加国内外各种比赛。但到了20世纪80年代，随着老艺人的去世，以及射箭比赛中要求使用玻璃钢弓，角弓制作技艺也几近消失。

从20世纪80年代开始，诺敏等人致力于蒙古族传统角弓的保护与传承工作，遍访呼伦贝尔、赤峰、通辽、阿拉善、锡林郭勒、呼和浩特等地的角弓制作艺人，积极学习蒙古角弓制作技艺，终于掌握蒙古传统角弓完整的制作技艺。诺敏创办了“内蒙古孟克嘎拉弓箭制作基地”，致力于蒙古族传统制弓技艺的保护与传承工作。消失近半个多世纪的传统角弓比赛项目在内蒙古得以恢复。

395
VIII-45

# 家具制作技艺

晋作家具制作技艺
精细木作技艺

## ■ 晋作家具制作技艺

申报地区或单位：山西省临汾市

晋作家具是中国古典家具的典型代表。它用料精纯，制作考究，形式、内容的完美结合反映了中国传统文化在日用家具上的艺术美，有较高的艺术价值和文化价值。

晋作家具制作技艺源于秦汉，宋元时渐趋成熟，明代中期达到鼎盛，并一直延续到清代末期。晋作家具在明代中末期硬木材料日渐枯竭的情况下，以当地软木材料代之而起，成为家具制作世界里的一枝奇葩。

晋作家具利用当地优质软木如核桃木、榆木、楸木为材，沿用制作硬木家具的技术，制作的家具线条流畅、厚重质朴，被业内人士称为“软木黄花梨”。其本色家具要经煮、泡、烤、磨、漆、光等工序。大漆家具要经过披麻、披灰、上漆、描金、画彩等复杂的工艺流程。“龟裂断纹漆”、“竹木藤三木结构”、“五彩与描金”等是其主要的技艺绝活。晋作家具制作技艺以家庭传承为主，逐渐形成一种独具特色的地方传统技艺。

随着时间的推移和社会的发展，明清时期制作的晋作家具，存世的实物已很有限，其技艺传承也遇到了诸多困难，急需保护。

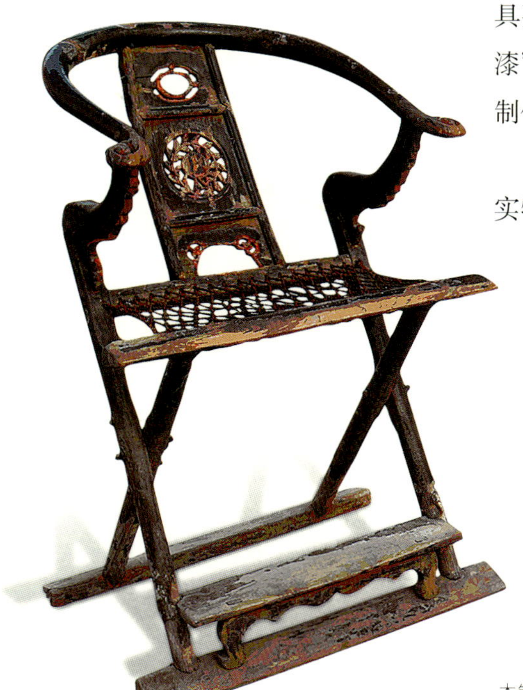

木制大漆家具

## 晋作家具制作技艺流程 （白翔　摄）

木工

雕刻

雕刻

打磨

油漆

木制本色家具

# ■ 精细木作技艺

## 申报地区或单位：江苏工美红木文化艺术研究所

仿故宫圆多宝格（吴学忠　创作）

江苏省的南京、南通、常州、苏州、常熟等城市及其周边的乡村，自古文人荟萃，能工巧匠辈出，其独特的人文地理环境优势，造就培育了民间木作工艺深厚扎实的传统。至明代始，硬质名贵木材（主要为红木类）大量进口采用，在众多江南文人积极参与和皇家的大力倡导下，江苏省各地民间的木作工艺水平在得到极大提升的同时，逐渐朝着精微细致的方向发展，并形成了一种专门施行于硬木类雕塑和木器的特殊工艺，这就是传统的“精细木作工艺”。至清代末期因被称做“红木”的进口交趾黄檀等硬木的大量使用，这种工艺逐渐被民间习惯地改称为“红木工艺”，并一直延续至今。

精细木作工艺要求艺人具有远超一般木工雕刻工的特殊技能，主要表现在：能够深刻了解所使用的每块硬木的木性，因材施艺的技艺娴熟，能最大限度地提高珍稀红木木材资源的附加值；具有在硬木（红木类为主）上凭借敏锐的手感操作完成难以图纸量化的高难度木质艺术作品的能力；能够借助特制的工具，手工完成非常复杂的传统榫卯结构组合和精美艺术造型。

江苏省工艺美术行业协会在20世纪90年代创办了江苏工美红木文化艺术研究所，在该工艺的保护上做了不少工作，但这方面的工作还远远不够，有必要在更大范围内调动全社会的力量来共同努力将保护工作做得更好。

仿故宫圆多宝格（吴学忠　创作）

## 精细木作技艺主要工序（杨士平　摄）

放样

选材

雕刻

木作

打磨

《松云图》（吴学忠　摄）

大圆台（杨金荣、盛志祥　创作）

417
VIII-67

# 皮纸制作技艺

龙游皮纸制作技艺

申报地区或单位：浙江省龙游县

龙游皮纸——特种纸

龙游皮纸——国色宣纸

流传于浙江龙游的皮纸制作技艺，明万历《龙游县志》有“多烧纸，纸胜于别县”之誉，至今有一千四百多年的历史。

龙游皮纸以山桠皮、野棉皮、青檀皮为主要原料，制作有2个流程三十多道工序。一是皮料制作流程，主要有砍条、蒸料、剥皮、蒸皮、踏洗、摊晾、制皮坯、撕选、蒸煮、揉洗、挤压、摊晒、洗涤、打料、选皮、洗涤、晾干、袋料等工序；二是成品制成流程，有榨料、支料下槽、划槽、加汁、搅拌、捞纸、榨纸、焙纸、检纸、切纸、包装等工序。制作中需要烧山刀、刮皮刀、铡刀、蒸锅、纸帘、帘床、槽角等五十余种具有不同功能的工具。

龙游皮纸制作过程全凭手工艺人的肉眼观察和手感经验把握。如捞纸工序中帘床入池的深浅、打起的浪花大小，只能凭眼观和手感进行操作，以此决定成品纸的质量。以皮纸制作技艺，还可以加工出画仙纸、

皮纸制作技艺主要工序

采集山桠皮

蒸皮

踏洗揉洗

打料

双人捞

焙纸

检纸（吴建国　摄）

笺纸、国色纸、特种纸等三十多个品种，不仅用于书画，还用于装帧、包装等。

龙游县南部山区的民间作坊还保存着完整的手工制作山桠皮纸和野棉皮纸工艺，万爱珠等少数传承人还守护着这门古老的手工技艺，但规模较小，急需保护。

423
VIII-73

# 徽墨制作技艺

曹素功墨锭制作技艺

申报地区或单位：上海市黄浦区

曹素功于清康熙六年（1667），在安徽歙县岩寺镇创设曹素功墨庄。其制墨技艺有炼烟、和料、制墨、模雕、翻晾、描金等，至今传承十三代，绵延三百余年。

同治年间（1864），曹素功墨庄从苏州迁居上海。上海的大都市环境及海派文化的影响，使曹素功墨锭制作技艺开始创新，发展成具有海派特色的制墨技艺。从第九世孙曹端友开始就为海上书画名家定版制墨，而书画家也纷纷参与绘稿设计。由于墨模的镌模成为二度艺术创作，墨面的艺术风格与海派书画形成了同步，海派徽墨应运而生，相得益彰。1958年，上海制墨业胡开文、詹大有、查二妙堂等坊号归至曹素功一家，曹素功成为当代“海派徽墨”的代表。

曹素功墨锭制作技艺是珍贵的非物质文化遗产，但是由于老艺人的减少和后继乏人，生产工具损蚀（特别是明清的老墨模）及原料供应不足，墨锭市场消费群减少而逐渐衰落。曹素功墨锭制作技艺已有失传的危险，现存珍稀的明清时期墨模亟待抢救和保护。

2010年世博题材墨（正反面）（上海市周虎臣曹素功笔墨有限公司　提供）

制墨主要工序

收烟

和料

制墨

镌模

翻晾

描金

墨品《仁者寿》

岩镇麟伯氏书画之墨（曹麟伯　制）

墨模——黄山三十六峰套墨之一（清乾隆年刻）

（上海市周虎臣曹素功笔墨有限公司　提供）

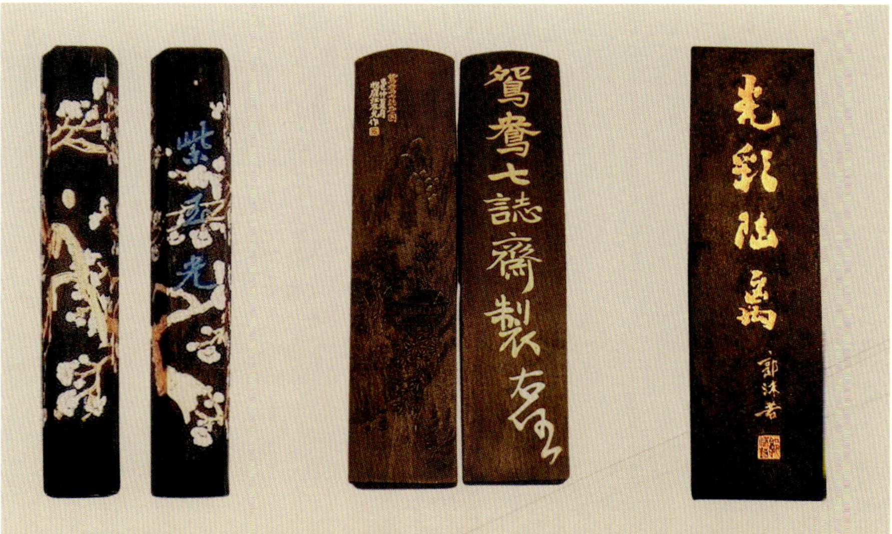

墨品《紫玉光》 墨品《鸳鸯七志斋》 墨品《光彩陆离》

（上海市周虎臣曹素功笔墨有限公司 提供）

428
VIII-78

# 雕版印刷技艺

杭州雕版印刷技艺
同仁刻版印刷技艺

## ■ 杭州雕版印刷技艺

申报地区或单位：浙江省杭州市西湖区

元、明、清直至民国，杭州雕版印刷一直非常发达。1957年，中央美术学院华东分院成立木刻水印工厂，杭州雕版印刷技术有了质的飞跃，成为当时全国四处木版水印基地之一。

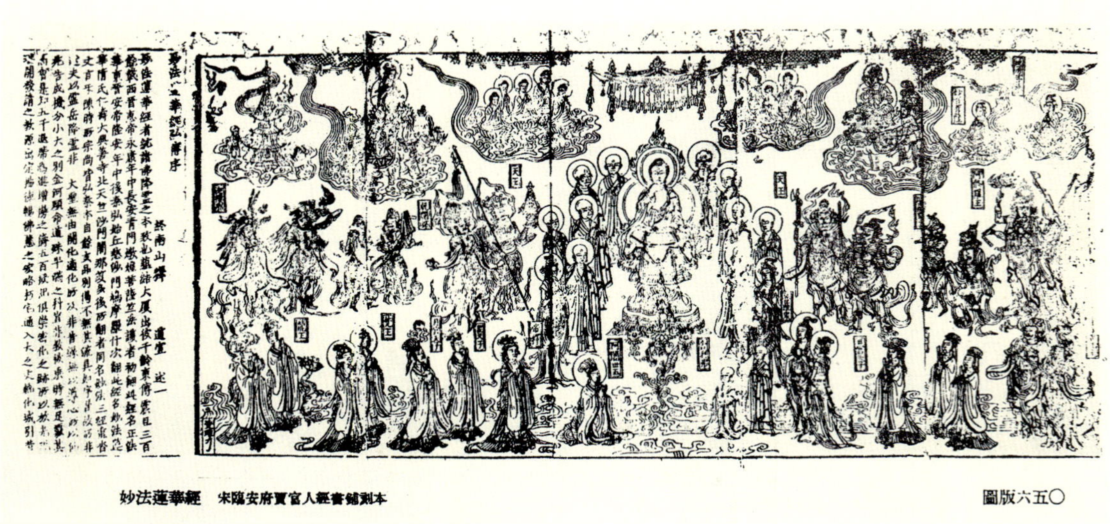


宋临安府贾官人经书铺刻妙法莲华经（厉剑飞　摄）

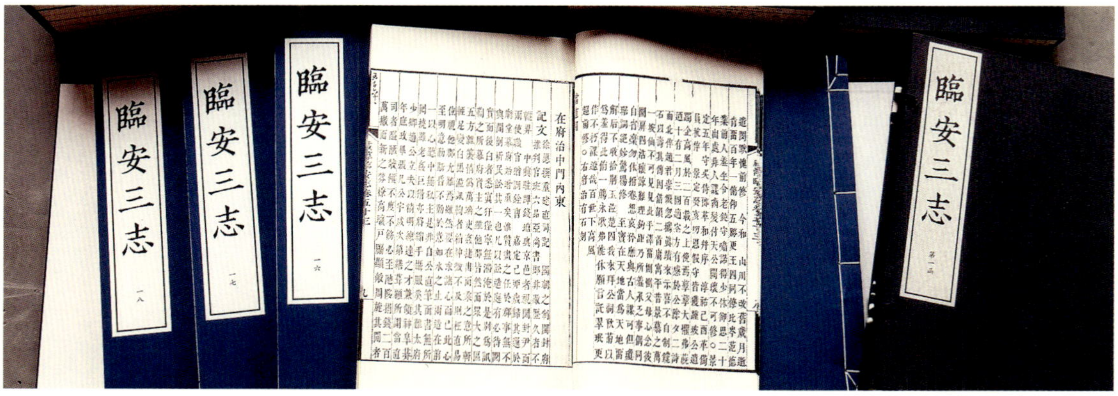


清平山堂收藏新版翻刻图书（厉剑飞　摄）

杭州雕版印刷术，是将需印刷的文字或图像，书写（画）于薄纸上，再反贴于木板表面，由刻版工匠雕刻成反体凸字，即成印版。印刷时先在印版表面刷墨，再将纸张覆于印版，用干净刷子均匀刷过，揭起纸张后，印版上的图文就清晰地转印到纸张上，从而完成一次印刷。整个过程大体分为选材、雕刻、印刷三个程序，共有浸蒸、取板、刨涂、磨板、描稿、拳刀、崩刀、重刀、铲底、成型、对稿、夹纸、对版、调色、干印、湿印、“刷”、“砑”、“掸”、饾版、拱花二十一种技法。印刷产品历来以“选材精良、刻工精巧、印刷精美”而著称，后期的水印名家复制品更被称为“下真迹一等”，而且存世优秀作品众多。

由于现代印刷技术的发展等原因，传统的杭州雕版印刷术如今已经面临危机。目前，只有黄小建等少数传承人还在坚持传统的雕版印刷。保护、传承工作迫在眉睫。

杭州雕版印刷技艺实践场景（厉剑飞　摄）

清代雕刻印版（黄小建藏，厉剑飞摄）

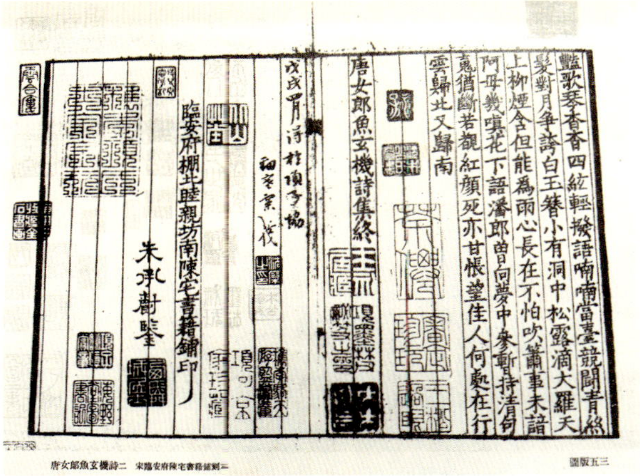

豔歌琴杳杳四紘輕撥語喃喃當臺競鬪青絲
髮對月爭誇白玉簪小有洞中松露滴大羅天
上柳煙含但能為雨心長在不怕吹簫事未諳
阿母幾嗔花下語潘郎曾向夢中參暫持清句
魂猶斷若覿紅顏死亦甘悵望佳人何處在行
雲歸北又歸南
唐女郎魚玄機詩集終
臨安府棚北睦親坊南陳宅書籍鋪印

宋刻唐女郎鱼玄机诗集（厉剑飞　摄）

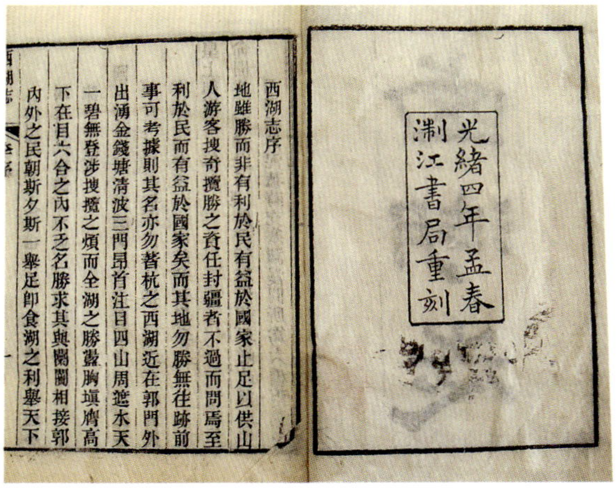

光緒四年孟春
淛江書局重刻

西湖志序
地雖勝而非有利於民有益於國家止足以供山
人游客搜奇攬勝之資任封疆者不過而問焉至
利於民而有益於國家矣而其地勿勝無往跡前
事可考據則其名亦勿著杭之西湖近在郭門外
出涌金錢塘清波三門昂首注目四山周遮水天
一碧無登涉搜攬之煩而全湖之勝蘊胸填膺高
下在目六合之內不乏名勝求其與闤闠相接郭
內外之民朝斯夕斯一舉足即食湖之利舉天下

清浙江官书局刻西湖志（杭州图书馆藏，厉剑飞摄）

# ■ 同仁刻版印刷技艺

## 申报地区或单位：青海省同仁县

多种木刻布印图案（夏吾加、完玛加　摄）

同仁刻版印刷技艺产生于元代，早在13世纪末期，名为三旦仁钦的喇嘛师研发了藏经文刻版印刷术。青海省东南部的同仁县还保存着传统的同仁刻版印刷技艺，以家庭传统作坊为形式在年都乎乡卓隆村和郭麻日村进行刻版印刷的手工技艺流传至今。

同仁刻版印刷技艺主要用于印刷经书、书籍、绘画图案（龙达、人兽和睦图、八卦图、各种佛像）等等，题材主要为祭祀山神、祭天、祭地、农事耕作、节令习俗，以祈求风调雨顺，五谷丰登，招财进宝，吉祥如意等精神生活追求，是当地农耕社会生活和民俗生活以及藏传佛教文化的缩影，是藏族传统文化和精湛的手工技艺的承载者和传递者，对研究藏族历史、宗教、文化、科学技术以及藏族人类学的文明进程具有重要的参考价值。

同仁刻版印刷工艺主要工序（夏吾加、完玛加　摄）

雕刻木版图案

木刻经版上墨

印刷经幡

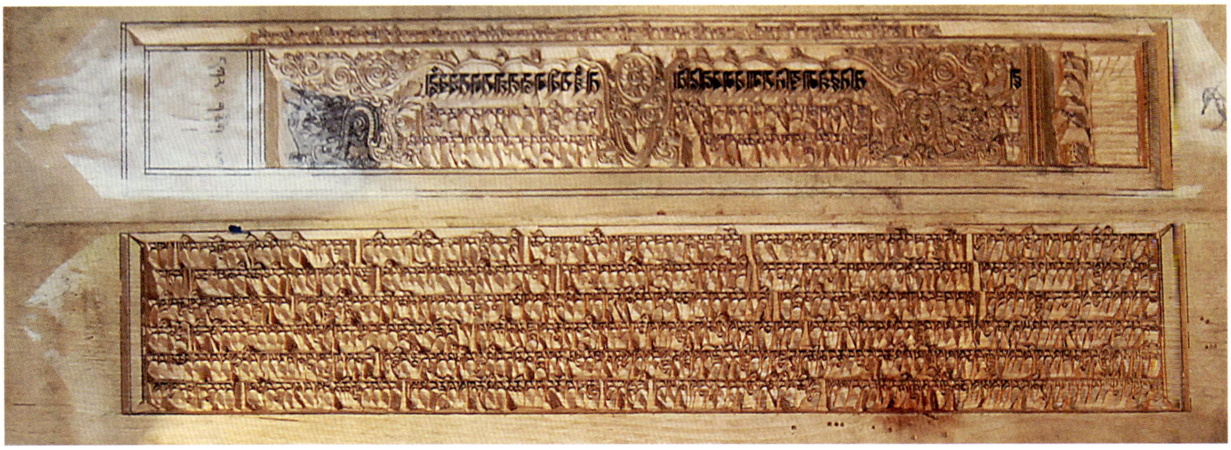

经版半成品（夏吾加、完玛加　摄）

438
VIII-88

# 风筝制作技艺

北京风筝制作技艺

申报地区或单位：北京市东城区

北京扎燕风筝以燕子为造型，具有浓厚的人文内涵，是北京风筝的一个重要流派。

清代《南鹞北鸢考工志》等风筝著作为北京扎燕风筝提供了丰富的意象美学，融入了文学特征，深化了其内涵。费保龄在继承前人的基础上，于20世纪60年代研究、整理《南鹞北鸢考工志》，全面掌握了扎燕风筝制作技艺。1973年，费保龄作品开始在全国各地展出，得到各方面专家的认可，成为北京扎燕风筝最具代表性的传承人。

北京扎燕风筝制作技艺分为：扎、糊、绘、放四艺，制作的风筝色彩鲜明、线条醒目，既好起又好飞。北京扎燕风筝每种都绘有骨架图、彩绘图，并配有扎糊诀和画诀，图文并茂，是最具北京特色的风筝流派。

北京风筝作品《福寿三多》（蔡树文　摄）

北京风筝制作技艺主要流程

扎架

糊（黄涛　摄）

裱糊（蔡树文　摄）

画（黄涛　摄）

做框架（黄涛　摄）

整理画谱（黄涛　摄）

以费保龄为主要传承人的北京扎燕风筝技艺，其扎制的燕子作品图案化、拟人化，形神兼备，组成了充满个性与情感的扎燕风筝系列作品。作为艺术品，费保龄制作的97件作品被中国美术馆收藏。我国发行的第一套风筝特种邮票，就是费保龄绘制的北京扎燕风筝。

瘦燕:《鹤鹿同春》( 蔡树文　摄 )

《比翼燕》( 蔡树文　摄 )

肥燕:《百蝠骈臻》( 蔡树文

北京扎燕风筝《蝉福齐天》（费保龄创作，
蔡树文摄）

《福寿三多九如》（蔡树文　摄）

申报地区或单位：北京市海淀区

曹氏风筝作品《龙鱼吃》（孔炳彰　摄）

曹氏风筝工艺是根据清代《南鹞北鸢考工志》所记载的风筝图谱及歌诀在北京传承至今的民间传统手工技艺。《南鹞北鸢考工志》一书总结出43种风筝扎、糊技法，并将工艺流程归纳为扎、糊、绘、放四艺，以风筝作为载体反映中国博大精深的文化内涵，并运用意象美学、拟人化和图案化的表现形式，体现出较高的传统文化价值。

曹氏风筝是用竹子、纸张、绢、绸等材质，经过扎、糊、绘等工序制作而成的。该制作技艺具有选料精良、工艺细腻、色彩艳丽、造型优美等特点。它运用仿生学原理，采用独特的“脱胎”技艺制作的飞禽动物等风筝作品，栩栩如生，减轻了风筝的重量。曹氏风筝作品样式新颖，种类繁多，表现内容有：历史典故、风物传说、民俗风情、仿真写实等题材，具有鲜明的古都文化特色。

浅浮雕脱胎工艺（孔炳彰　摄）

传承人正在制作风筝（孔炳彰　摄）

主要工序——扎（孔炳彰　摄）

曹氏风筝作品《孔雀开屏》（李世刚　摄）

曹氏风筝作品《九龙百子》（孔炳彰　创作）

881
VIII-98

# 陶器烧制技艺



## ■ 黎族泥片制陶技艺

申报地区或单位：海南省白沙黎族自治县

黎族传统制陶工具（胡亚铃　摄）

黎族传统泥片制陶技艺历史悠久。从海南出土的陶片分析，新石器早期已出现土法制陶。宋赵汝适《诸蕃志》“海南条”云：“按《隋志》谓：（黎族）人性轻悍……以土为釜。”泥片贴筑法制陶出现在泥条盘筑法制陶之前，历史更为久远，是史前文化的孑遗。

泥片制陶技艺是我国早期制陶技艺的活化石，对人类社会发展史、手工技艺发展史的研究有重要价值。泥片贴筑法制作的陶器，为黎族人民世代所用。陶器的造型艺术呈现了古代黎族妇女的艺术造诣和审美观念，至今仍有观赏和收藏价值。因受机械化生产器具的冲击，手工制作的陶器失去了原有的生存地位，其技艺也随之流失。目前，仅在交通不便的偏僻黎村——白沙黎族自治县牙叉镇高架村委会坡北村尚有7名传承人，其技艺急需抢救保护。

黎族泥片制陶技艺主要工序（胡亚铃 摄）

## ■ 荣昌陶器制作技艺

### 申报地区或单位：重庆市荣昌县

荣昌陶器系重庆市荣昌县安富街道一带民众以鸦屿山陶泥烧制的器皿用具。荣昌制陶业于宋代兴起，距今已有八百多年历史。

荣昌陶器的胎体主要原料是本地独特的侏罗纪沉积黏土页岩，分红色和白色两种。烧制后胎体呈赭红色或象牙白，胎体轻薄而质地坚硬，可以与瓷器媲美，以“泥精货”（不上釉）和“釉子货”为代表，生产的陶器包括日用陶、包装陶、工艺美术陶、园林建筑陶四个大类品种。其生产工艺包括选泥、晒泥、碾泥、搅泥、过浆、踩泥、揉泥、制坯、晾坯、打磨、刻花、上釉、打磨、装窑、点窑、熏窑、烧窑、观窑、闭窑、出窑、检验等二十多道工序。荣昌陶器素有“胎体轻薄、釉色光亮、声响清脆”的美誉，是中国的四大名陶之一。

荣昌陶器作品《三足多环瓶》（邓正碧 摄）

荣昌陶器制作技艺主要工序

制朱砂釉（吕成柏　摄）

化妆土刻花（吕成柏　摄）

制坯（吕成柏　摄）

装饰（邓正碧　摄）

一直以来，荣昌陶器不仅是人们的日常生活用具，而且还是价值很高的艺术品。“泥精货”具有天然的优美色泽，古朴典雅；“釉子货”则以各种色釉来装饰，釉质莹润，朴实稳重，简练大方；其中的釉下装饰，富有国画的写意手法，具有浓厚的民族特色。

目前荣昌陶器从业人员锐减，后继乏人，许多珍贵的陶艺品种几近失传，因此，抢救和保护荣昌陶器制作传统技艺迫在眉睫。

882
VIII-99

# 蚕丝织造技艺

杭州织锦技艺
辑里湖丝手工制作技艺

## ■ 杭州织锦技艺

申报地区或单位：浙江省杭州市

杭州织锦是以杭产桑蚕丝为原料，以吉祥图案、名人书画为表现对象，在特制的提花织锦机上以手工织造而成的。杭州织锦历史可追溯至五代十国，吴越国王钱镠在杭州设立了官营丝绸作坊“织室”。明清“杭州织造局”是三大官办织造机构之一，产品专供宫廷使用。

杭州织锦有58道传统手工织锦工序，五彩锦绣织锦的织纹穿吊装造法以及盘梭（纬）法、换道（纬）法、抛梭（纬）法、通经回纬挖花法等织锦工艺技法均为杭州织锦特色。杭州织锦工艺分为装饰织锦和日用织锦两类，主要包括丝织风景、人物和台毯、窗帘、床罩、坐垫等。杭州织锦将写生画和装饰艺术有机地融为一体，使织锦艺术更为精美。杭州织锦以杭州都锦生丝织厂生产的产品最具盛名，在继承传统丝织技艺的基

大型彩色织锦壁挂《春苑凝晖》（徐翀　摄）

五彩锦绣织锦《八仙寿字图》（徐翀　摄）

杭州织锦技艺主要流程（徐翀　摄）

穿纹版

吊棒刀

纹版制作

后期整理

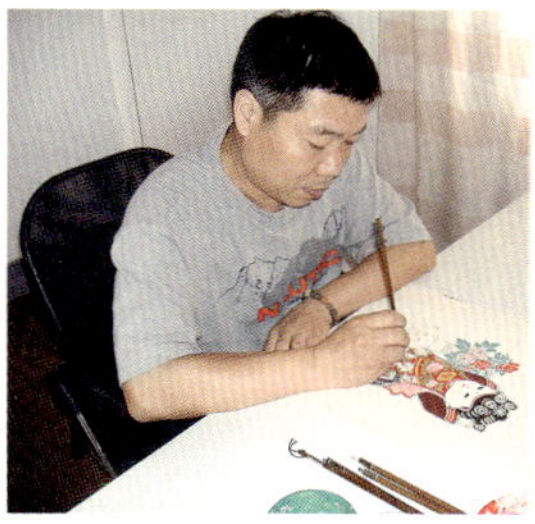

小样设计

意匠设计

织造

整经

翻丝

成品检验

础上，为表现写实风格，在工艺上采用八枚缎子阴阳变化所产生出来的影光组织技法，将人物风景等表现对象的层次、远近、明暗逼真地表现出来。1926年在美国费城世界博览会上，彩色古画织锦《宫妃夜游图》获得金质奖章。

目前唯一保存杭州织锦传统织造技艺的杭州都锦生丝织厂，其技术人员都已进入老年，这项宝贵的传统技艺亟待保护。

# ■ 辑里湖丝手工制作技艺

## 申报地区或单位：浙江省湖州市南浔区

辑里湖丝，又称“辑里丝”，因产于湖州市南浔镇辑里村而得名。辑里村自元末成村，便产湖丝。有明代史料书：“天下蚕桑之利，已莫胜于湖，而一郡之中，尤以南浔为甲。”

辑里湖丝的制作技艺，以辑里村为中心，主要分布在练市、善琏、双林一带的农村。自从机器化缫丝问世后，南浔农村的传统手工缫丝，约在20世纪50年代末，便逐渐开始消失。

辑里湖丝的蚕种，选用自育“莲心种”，又称“湖蚕”，品种优良，特适于缫制优质桑蚕丝。缫丝所用丝车，为木制三绪缫丝车，历史上称为“湖制丝车”。其传统工艺流程，主要有：搭“丝灶”（专为缫丝所建的灶头）——烧水——煮茧——捞丝头（又称“索绪”）——缠丝窠（又称“添绪”）——绕丝轴——炭火烘丝（也称“出水干”）等。辑里湖丝的制作技艺，一般都是以家庭成员代代相传的方式传承，尤以女性为多。

辑里丝“细而匀，富拉力、丝身柔润、色泽洁白”的品质，比一般土丝多挂两枚铜钿而不断。“辑里丝”名甲天下，成为中国乃至世界优质丝的代名词。清代的各地织造局，在每年的丝季，都前往南浔大量采购生丝。1851年，上海商人徐荣村取“辑里丝”，参加在英国伦敦举办的首届世博会，并一举夺得金、银大奖。

为了保护这一传统技艺，辑里村村委会在村里办起了“传统手工缫丝作坊”。南浔区文化部门，在南浔古镇也建造了“辑里湖丝传统手工制作技艺展示馆”，向国内外游客展示其传统技艺的魅力。

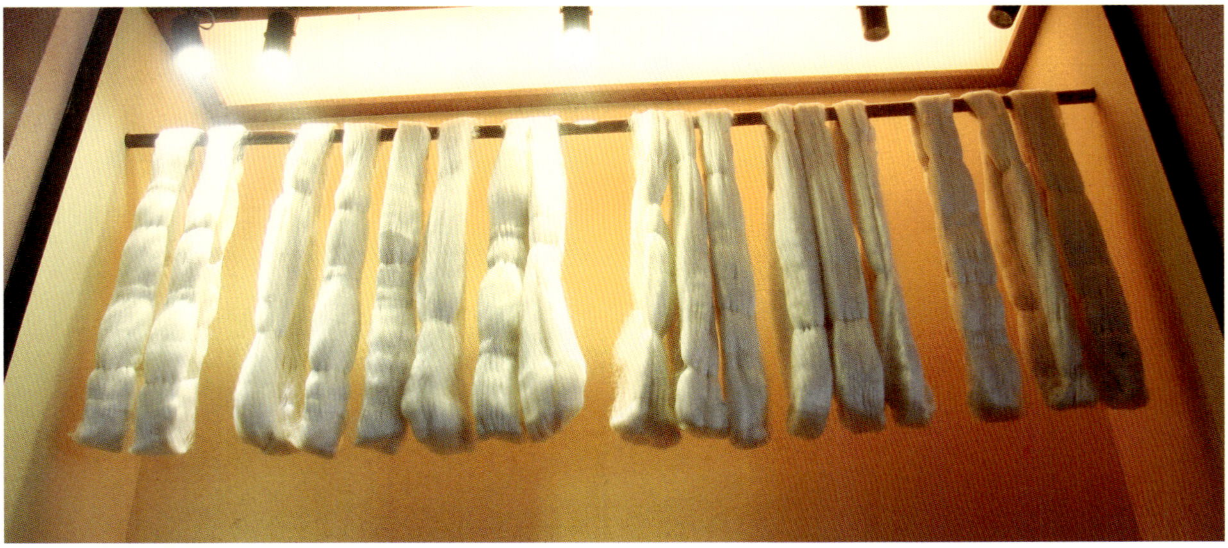

辑里湖丝成品图（许明华　摄）

传授辑里湖丝制作技艺（许明华　摄）

883
VIII-100

# 传统棉纺织技艺



## ■ 南通色织土布技艺

申报地区或单位：江苏省南通市

江苏省南通市，滨江濒海，气候湿润，土壤肥沃，自明代起就是中国著名的棉产区。数百年来，当地农民男耕女织，“家家习为恒业”，史有“木棉花布之产甲诸郡”之称。

南通色织土布技艺主要工序

纺纱（姜平　摄）

染纱（宋亚军　摄）

经纱（朱永华　摄）

插筘（朱永华　摄）

整经（朱永华　摄）

手工织带（朱永华　摄）

投织（朱永华　摄）

土布产品（朱永华　摄）

19世纪末，南通色织土布以其精湛的手工织造、独特的工艺印染以及粗厚坚牢、经洗耐着的特性享誉海内外，成为地方一大特产。20世纪初，南通色织土布获得空前发展。农村专业土布织户十余万户，从业人员达百万众，土布年总销量达1700万匹。南通成为历史上继松江之后全国著名的土布之乡。

南通色织土布技艺采用单锭手摇纺车纺纱，脚踏手投梭木机织造，染色、摇筒、牵经、络纬、穿综、嵌筘等工序都保留较原始的方法，传承了中国古代的手工色织技艺。民间流传的土布品种多达6大类数百余种，典型土布纹样有蚂蚁、柳条、桂花、金银丝格、芦纹系列，以及双喜、彩格、绣球花、文字类提花锦毯织物。南通海门地区民间至今仍保留着十分罕见的八蹑八综、十二蹑十二综的古老多蹑多综提花织造技术，代表了中国民间色织土布技艺的精华。

## ■ 余姚土布制作技艺

申报地区或单位：浙江省余姚市

余姚曾是全国重要的产棉基地，明徐光启《农政全书》称“浙花出余姚”，民国时期浙棉又称“姚花”。余姚土布自南宋后以此为主要原料，因历史悠久、工艺细致、花色繁多、实用美观、用途广泛而闻名全国。

余姚旧属绍兴（会稽）越地，故余姚土布又史称“越布”。南宋前余姚土布以麻、葛为原料，《后汉书》

余姚土布制作技艺实践场景（朱瑜婕 摄）

载余姚土布（越布）为东汉贡品。余姚一直有着土布的传统，《余姚六仓志》载“明季清初，服尚布素，平民不论贫富，皆衣粗布，贵族亦不盛饰”。

过去余姚农家姑娘从小就要学习织布，技艺好坏是评价姑娘是否心灵手巧的重要标准。余姚土布式样品种繁多，传统制作工艺复杂，分棉加工、纺纱、调纱、染色、浆纱、经布等十多个步骤，五十多道工序，需用到二十多项工具。直至改革开放前，姚北乡村“家家纺纱织布，村村机杼相闻”。改革开放后，传统作坊日渐衰微。目前境内从事传统土布生产的民间作坊已经很少，能够有效传承的仅剩下“王桂凤土布家庭作坊”一家，濒危状况严重。

## ■ 维吾尔族帕拉孜纺织技艺

申报地区或单位：新疆维吾尔自治区拜城县

帕拉孜，维吾尔语，意为一种平纹毛织品。用它可以缝做无栽绒地毯、墙围子、炕围子、口袋、马褡子（维语称“货尔俊”）。在新疆，有维吾尔族人生产、生活的地方，就可以见到帕拉孜纺织的身影。而这种纺织技艺在拜城县黑英山乡比较突出，尤其以该乡明布拉克村最具代表性。该村约有一半的家庭主妇（一百二十多人），掌握帕拉孜纺织技艺。

黑英山乡维吾尔族帕拉孜纺织所使用的原料丰富，制品花色品种虽不多，但工艺古老且具有民族地方特色。其染色原料特殊而少

已织好的条纹帕拉孜（维吾尔语：要罗可帕）和两色帕拉（维吾尔语：帕曼帕拉孜）（艾买尔江·亚森　摄）

传承人正在传授织帕拉孜技艺（艾买尔江·亚森　摄）

见，有鲜核桃外皮、鲜石榴皮、蒲公英、黑蜀葵、彩色矿石等，所染织物色彩朴素、大方、沉着、自然，而且具有植物汁液的自然气息。

黑英山乡的帕拉孜纺织技艺十分特殊，其择料、上色、成线、纺织等工艺流程，构成一套完整的纺织工艺。由于工业化的不断冲击，年老的传承人相继去世，维吾尔族帕拉孜纺织技艺也面临着濒危的状况，亟待为帕热坦木·吐尔迪等少数技艺精湛的代表性传承人提供一个良好的传承环境。

传承人正在织帕拉孜（艾买尔江·亚森　摄）

染色毛线（艾买尔江·亚森　摄）

毛线染色（艾买尔江·亚森　摄）

884
VIII-101

# 毛纺织及擀制技艺

## 维吾尔族花毡制作技艺

**申报地区或单位：新疆维吾尔自治区柯坪县**

维吾尔族花毡（克格孜）制作技艺是新疆柯坪县独特的古老手工技艺。这种技艺由勤劳的柯坪人民祖祖辈辈传承至今，具有鲜明的地方特色。

柯坪县维吾尔族花毡制作技艺与新疆维吾尔自治区其他地方的制毡

花毛毡成品（买买提江·司马义　摄）

维吾尔族花毡制作技艺主要工序（买买提江·司马义　摄）

摆花

缠绕绳草

杜卡尼梳羊毛

技艺有明显的区别，花毛毡隶属擀花毛毡类，主要成分为天然羊毛，制作过程中不添加其他原料，仅通过天然植物染料进行染色，属纯天然手工制成品。它是维吾尔族家庭生活起居中的日常用品，花毛毡在民族医学中还具有治疗地方病的作用。

维吾尔族花毡（克格孜）制作技艺，现在主要保留在新疆柯坪县玉尔其乡下库木力村，近几年来，从事制毡的手艺人越来越少，现在只有少数传承人还在坚持制作，保护工作亟待加强。

维吾尔族花毡（克格孜）制作技艺是勤劳聪明的先辈留给后人的标志性文化结晶，柯坪花毡子适用范围广泛，是维吾尔族人民日常生活不可缺少的家庭用品，有一定的文化、学术价值和实用价值。

888
VIII-105

# 苗族织锦技艺

申报地区或单位：贵州省台江县

织锦是指用染好颜色的彩色经纬线经提花、织造等工艺织出图案织物的技艺，是苗族女性创造的宝贵的文化遗产。在台江，织锦和挑花、刺绣是苗族女性毕生修炼的“三大功课”。

台江苗族织锦有机织和编织两大类，机织的为宽锦，主要流行于清水江两岸和巴拉河一带，编织的是锦带，主要流行于雷公山区。机织是苗族妇女采用传统的“通经回纬”技艺和平纹木机，利用当地所产的蚕丝、苎麻、木棉等纤维染彩织就的提花织物。

苗族织锦作品（龙金平　摄）

苗族织锦技艺主要工序及工具（龙金平 摄）

纺纱

绕线

数纱穿引纬线

织锦工具

台江苗锦纹饰题材广泛，飞禽走兽、花草鱼虫、山川日月无所不有。其表现形式丰富多彩，既有规律性的几何纹，又有古典式的菱形、四方形，还有介于几何纹与自然纹间的装饰纹样。艺术手法简洁、大胆夸张，巧妙地运用了点、线、面的疏密虚实、粗细大小、斜直长短等进行变化与组合，总体布局均衡，结构严谨，在安静中有动势，规整中有变化，展现了一种明快活泼而又朴实纯真的艺术情趣。

台江苗锦多作头帕、裹腿、围腰、衣袖、背饰、肩饰和床上用品。施洞型围腰彩锦，是苗族织锦中最优美的一类。

苗族织锦作品（龙金平　摄）

## 申报地区或单位：贵州省凯里市

贵州省凯里市是国内苗族最多的县级行政区域，除城镇街区外，到处都有苗族聚居的自然村寨。20世纪90年代以前，这些乡村苗寨都盛行织锦之风。

凯里苗族织锦过去用麻、丝，现在用棉、丝、也有棉、丝混织的，以丝织的丝锦为上品。丝锦最精者首推舟溪“中裙苗”的背带细丝锦。其用丝之细，每平方厘米达到60经、90纬的高精密度，手感轻柔润滑，纹样光鲜，精妙绝伦。

凯里苗锦纹样丰富，计有动物纹、植物纹、天象纹、器物纹、几何纹等类，不一而足。动植物纹多取象大自然，经过抽象简化变形处理，显得十分夸张、生动、传神；或者取其特点鲜明的部位，如头、角、足、爪、眼睛、毛旋以象征动物本身，可谓别具匠心，尤其是菱形纹的频繁合理运用，使得构图严谨规整、饱满对称。再加上巧手细作，工艺精湛，更凸显图案简洁明快，统一和谐，美观大方，具有很高的美学价值和极好的装饰效果。

目前，凯里苗族传统织锦技艺已面临后继无人的危机，原因主要是年轻女子不是忙于读书赶考，就是在外打工挣钱，观念改变，不愿去学细絮繁难、费时少益的织锦了。

苗族织锦袖片（张明惠　摄）

苗族织锦主要工具（张明惠　摄）

凯棠式服饰蜘蛛纹少女童装衣背芯（黔东南州文化研究所　提供）

素色细丝锦背带芯（扬鬃　摄）

凯棠式服饰鸟纹织锦背带芯（黔东南州文化研究所　提供）

织锦背带上的儿童（黔东南州文化研究所　提供）

凯棠斜式机织衣背锦

凯里斜架床织锦

舟溪挑经露纬织作素色细丝锦

（黔东南州文化研究所　提供）

898
VIII-115

# 手工制鞋技艺

老美华手工制鞋技艺

申报地区或单位：天津市和平区

天津老美华手工制鞋技艺自民国初年（1911）创办老美华鞋店至今已近百年，其制鞋传统手工技艺主要体现在四种传统手工产品：坤尖鞋、绣花鞋、杭元鞋和骆驼鞍鞋。

四种鞋的传统手工技艺制作包含50道工序，其工艺考究，做工精细，工艺要求高，工序较复杂，技术难度大。其共性为千层底的传统工艺制作，技艺精湛，堪称民族民间工艺传承的瑰宝，百年来深受广大消费者喜爱。

传统工艺制作千层布底，原材料选用两层白布做“夹纸”（学名为“袼褙”），鞋底达到36—40层白布（加垫心为14层夹纸），原材料要求无杂色、不能用糟布，在夹纸上画样、剪底样、包边、新白布包最下一层底样、垫夹层、搓麻绳、圈边口、用丝漏盖在布底上印上颜色并压上印，

千层布底成品

手工制鞋技艺作品——千层底绣花缎大口绣花鞋

手工制鞋技艺作品——千层抗元礼

纳鞋底

坤尖鞋——绱工

再以印上的颜色为标记用手工搓的麻纳底，纳底每平方寸达到81针。纳底要求夏季选用安徽的麻，冬季则用河北张家口的油麻。因为安徽的麻夏季穿着软硬度适中，而冬季的油麻纳底鞋更结实耐穿。纳好的底码在大缸里用60度的水浸透，用2寸厚的木盖压好，缸口四周密封24小时，这样底子和线不脱股，增加牢度。起缸后，再用木锤矫正鞋底形状，以日光或烤箱烘干，这个过程即是闷底整形。工序要求严格遵循“鞋底不差针，纳线要挺实，鞋垫要风韵，纳鞋针脚齐”的先辈口授鞋底操作要领。

至今“老美华”仍传承这种制作布底的传统工艺；鞋底除千层布底外还制作传统高档牛皮鞋底，制作上使用传统的对针反绱工艺，具有外形美观、舒适透气等特点。

903
VIII-120

# 藏族金属锻制技艺

扎西吉彩金银锻铜技艺

申报地区或单位：西藏自治区日喀则地区

日喀则市扎西吉彩金银铜器厂的加工工艺历史悠久，据考证，七世班禅丹白尼玛从尼泊尔请进工匠，在鲁定（现日喀则南边）建立加工场地，专门组织加工寺庙用品，从那时起扎西吉彩就成了西藏金银匠最集中、产品质量最好的一个村子。

藏族金属锻制技艺作品——金银酒具

扎西吉彩村原本就有金银铜制作的传统，这种手艺只在家庭内部传承，从七世班禅将他们作为扎寺的专用作坊至今已有一百五十多年的历史。由于加工工艺的高超和加工品的精美，扎西吉彩在藏区享有很高的声誉。1959年西藏民主改革以后，扎西吉彩不再是扎寺的专用作坊，变成为日喀则市金银铜器加工厂，但依然保持着传统的工艺，其产品也格外受到青睐。

日喀则市金银铜主要分为两类：一类是装饰品，如镯子、戒指、项链、头饰、胸饰、刀鞘及鼻烟壶上的装饰等；一类是生活用品，如酒壶、酒碗、勺、筷、盘等，有的以纯金、银制作，有的以金、银镶嵌、包裹。技艺精湛的手工艺人，还能在金银器上做出各种图案，玲珑剔透，精致细腻，龙凤虎狮，惟妙惟肖。另外，铜器具是日喀则人民生活、生产中不可缺少的，诸如火炉、锅、瓢、盆、缸、刀鞘、鞍饰、桶箍以及佛像、供器等，均以手工加工制作，工艺精湛，造型优美，具有浓厚的藏民族风格。

模具（西藏自治区非物质文化遗产保护中心　提供）

制作银碗

传授制作技艺

制作过程

制作工具

传承人制作暖瓶外壳

（西藏自治区非物质文化遗产保护中心　提供）

907
VIII-124

# 民族乐器制作技艺



## ■ 宏音斋笙管制作技艺

申报地区或单位：北京市海淀区

排笙（吴景馨　摄）

宏音斋笙管制作技艺，是吴氏家族在北京创办的“宏音斋”生产中国民族管乐器的传统手工技艺，是中国唯一从清朝宫廷中传承下来的乐器制作技艺。清朝后期，贝勒爷吴启瑞制作乐器传习了宫廷技艺，至今吴氏家族五代相传。

芦笙制作（吴景馨　摄）

笙脚（吴景馨　摄）

组装（吴景馨　摄）

传承人与演奏家们在一起（吴景馨　摄）

吴氏家族遵循传统技艺，保持宫廷风貌，经对木材竹子驯化、掏膛、打眼、调音为艺术家量身制作，并创新了民族管乐将中国民族管乐器制成系列化，为中国民族音乐事业做出了贡献，有较高的民族音乐价值、艺术收藏价值和历史研究价值。20世纪80年代，中国艺术大师们将宏音斋笙管乐器命名为“吴氏管乐器”。

该项技艺技术含量高，人才难觅，需要进一步加以保护。

# ■ 蒙古族拉弦乐器制作技艺

## 申报地区或单位：内蒙古自治区科尔沁右翼中旗

潮尔（哈达　提供）

传承人正在制作马头琴（胡庆海　提供）

马头琴（哈达　提供）

蒙古族拉弦乐器包括潮尔、马头琴、四胡。潮尔形制类同马头琴。马头琴多用于独（领）奏、重奏、合奏，以及与交响乐队、管弦乐队协奏。在陶力的演唱中，马头琴还常常是演员手中的道具。四胡不仅为蒙古族说唱类唱腔伴奏，也可在民乐队和混合乐队中担任重奏、齐奏、合奏和独奏，并可以弥补民乐队高音区之不足。

科尔沁右翼中旗地处内蒙古科尔沁草原腹地，当地蒙古族拉弦乐器制作技艺，与陶力、好来宝、乌力格尔、科尔沁叙事民歌你中有我、我中有你、密不可分，更是该旗最为典型的传统技艺之一。全旗现有蒙古族拉弦乐器各种规模的手工作坊二十几家，能工巧匠上百人，其中有五十多人已成为职业工匠、制作艺人。

蒙古族拉弦乐器制作技艺凝聚着劳动人民的智慧、创造力和敬业精神，不仅具有历史价值和学术价值，而且具有现实的日用价值、艺术价值、人文价值和经济价值。

## ■ 马头琴制作技艺

### 申报地区或单位：吉林省前郭尔罗斯蒙古族自治县

马头琴是前郭尔罗斯蒙古族自治县的民族音乐文化的一种象征。

马头琴因琴首雕有马头而得名，为蒙古族拉弦乐器中的一种，蒙古语也称“潮尔”。早期传统的马头琴，制作工艺简单，后经过马头琴大师色拉西的改造，制作与加工技艺不断完善发展。

马头琴是蒙古民族、也是中华民族文化艺术的一块瑰宝。郭尔罗斯的马头琴有着深远的文化渊源和人文底蕴，又是一种独具特色的民族民间工艺精品。马头琴的制作程序复杂，选料考究，每一道工序都是老手工艺人靠手工精雕细刻而成。目前，本地生产的马头琴远销内蒙古、新疆、中国香港等地区和蒙古、日本等国家，深受消费者喜爱。

制作马头琴（亿力齐　摄）

普及型马头琴成品（亿力齐　摄）

学生在广场齐奏马头琴（史进才　摄）

民间艺人们加工制作马头琴（亿力齐　摄）

交流制琴技艺（亿力齐　摄）

# ■ 上海民族乐器制作技艺

申报地区或单位：上海市闵行区

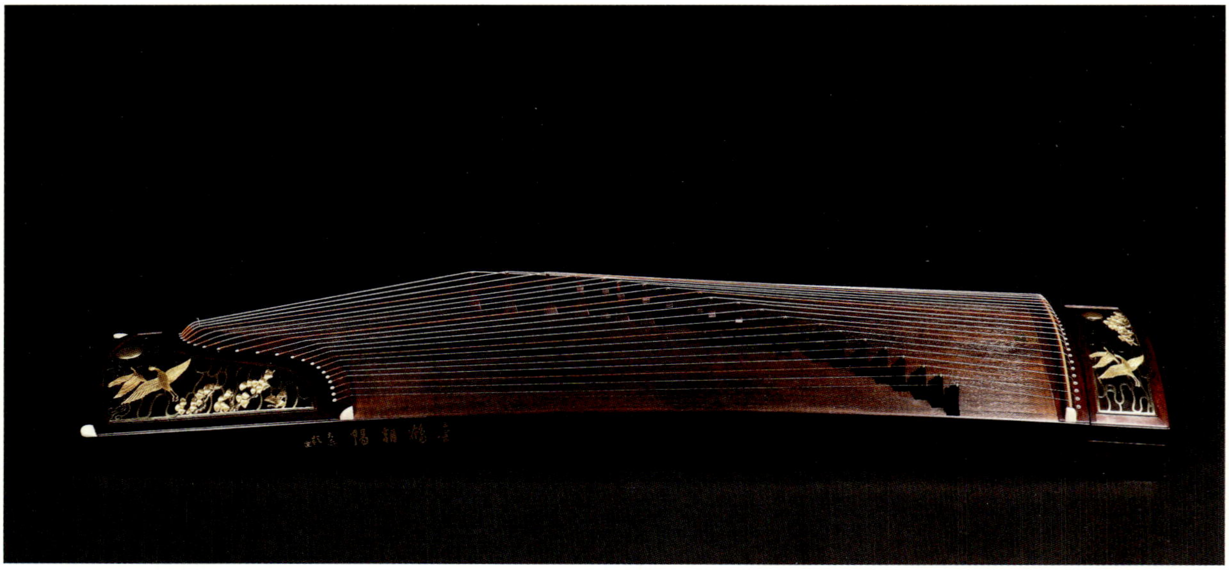

筝（上海市民族乐器一厂　提供）

上海的民族乐器制作技艺可追溯到清代乾隆、嘉庆年间。20世纪初，城隍庙大街（今方浜中路）、五马路（今广东路）、六马路（现北海路）一带集聚了几十家乐器作坊。1956年，上海民族乐器业全行业实行合作化，其中86家民族乐器制作坊合并成为上海民族乐器合作社。1958年7月，合作社组建为集体所有制的上海民族乐器一厂。

民族乐器制作技艺融入了历史、色彩、美学等元素，结合了造型、雕刻、彩绘、镶嵌等多种工艺手法，具有突出的文化和艺术价值。民乐一厂聘请民乐界著名人士作顾问，对产品工艺、音质等方面进行指导、鉴定，使产品等级有了实质性提高。制作技艺的精湛，也让上海的民族乐器屡获殊荣，曾多次荣获国家轻工业优质产品和上海市优质产品奖。

民族乐器制作因技术难度大，习艺周期长，工作较辛苦，面临制作人员年龄偏大，后继乏人的状况，现已采取了一些保护措施，仍需进一步努力。

生产场景（上海市民族乐器一厂　提供）

琵琶车间（上海市民族乐器一厂　提供）

传承人正在制作二胡（上海市民族乐器一厂　提供）

琵琶（上海市民族乐器一厂　提供）

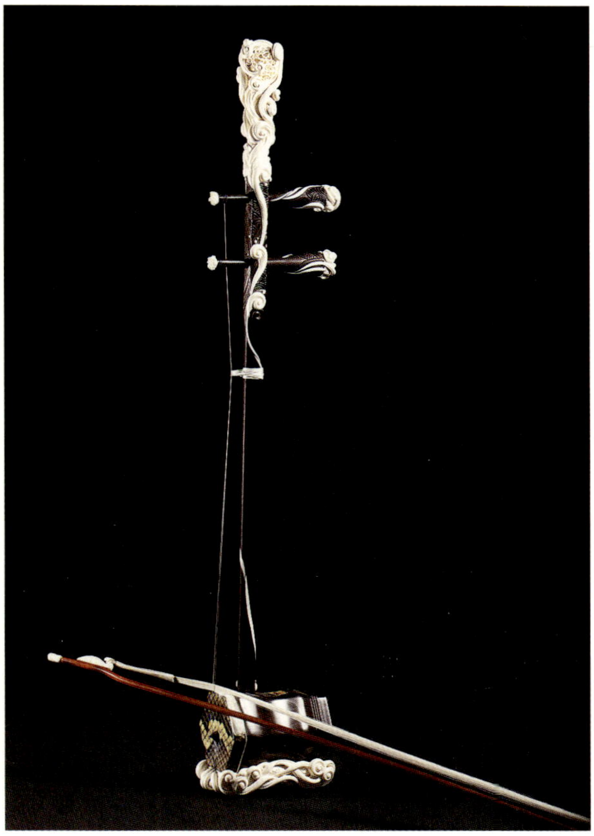

二胡（上海市民族乐器一厂　提供）

# 苗族芦笙制作技艺

## 申报地区或单位：贵州省凯里市

芦笙是深受苗族群众喜爱的多簧气鸣乐器，它不仅用于民间娱乐，也是和木鼓、铜鼓一样具有盛名的圣器。民间认为，芦笙能带来风调雨顺、五谷丰登，还能够与神灵沟通，与先祖交流。芦笙的历史久远，《楚辞》、《新唐书》、《黔书》等典籍都有记载。

在贵州省凯里市舟溪镇新光村，居住着128户潘姓苗族居民，现今还有38户芦笙工匠。据新光现存的家谱记载，他们这一支人，到新光定居已经有十九代，应有五百多年了。工匠们祖祖辈辈制作芦笙，使用简单的工具、本地出产的竹木和采购来的响铜，制作出造型优美、音质优良的芦笙。新光是远近闻名的"芦笙村"，也是国内唯一的制作可手持演奏的特大芦笙的地方，被贵州省文化厅命名为"芦笙制作艺术之乡"。

苗族芦笙成品（张明惠　摄）

芦笙表演（张明惠　摄）

芦笙制作（张明惠　摄）

凯里新光制作的苗族传统芦笙，为六管芦笙，沿用中国传统的五声音阶。响铜簧片气鸣发音，其音准的高低，全凭制作工匠特有的辨音能力来确定，他们手工制作的簧片，就能够使所有的主奏芦笙的音准绝对相同；每组5—7支芦笙合奏，也符合和声学原理。新光苗族芦笙制作技艺的诀窍和绝技，父传子、子传孙，世代相传，学习者只能在实践中靠自身的悟性和感觉，不断积累经验、逐渐体会。凭着聪慧的头脑和灵巧的双手，他们制作的芦笙不仅是乐器，还是精美的工艺品。

## ■ 傣族象脚鼓制作技艺

申报地区或单位：云南省临沧市临翔区

傣族象脚鼓制作技艺，主要流传于临沧市临翔区的9个乡镇（街道办事处）的青华村、忙令村、勐旺村、勐准村、后寨村、忙巩村等村寨。制作象脚鼓的历史约五百多年。擅长制作象脚鼓的民间艺人近20人，其中代表性人物有忙畔街道办事处青华村的俸传诗等人。

傣族象脚鼓制作技艺体现了象脚鼓发明初期的图腾崇拜。白象是傣家的吉祥物，傣家人将传达吉祥声音的鼓制成白象腿一样形状的象脚鼓，是傣族追求真善美、人与自然和谐发展的重要物证。临翔区傣族在泼水节、关门节（千灯节）、开门节、立幡杆节等民俗活动中都少不了象脚鼓。

竣工仪式中的祭拜活动(段其儒　摄)

象脚鼓是神圣的，象脚鼓在傣族地区的广泛应用，已成为傣族文化传承和发展的重要载体。象脚鼓制作技艺蕴含着傣族文化深厚广博的内容，其技艺与泰国、缅甸、老挝等国家的傣族有着十分密切的联系。与西双版纳、德宏等地的傣族历史文化有直接渊源。临翔区傣族象脚鼓有鲜明的特色：突出中小型；注重轻便型；体现地域实用型。临翔区傣族象脚鼓制作技艺是宝贵的文化财富，它以顽强的艺术生命力传承发展至今，对中缅边境地区的傣族有较大影响。

象脚鼓主要制作工具(段其儒　摄)

忙巩村的象脚鼓制作（段其儒　摄）

传承人正在制作象脚鼓（段其儒　摄）

蒙象脚鼓面（段其儒　摄）

910
VIII-127

# 漆器髹饰技艺

绛州剔犀技艺
鄱阳脱胎漆器髹饰技艺
潍坊嵌银髹漆技艺
楚式漆器髹饰技艺
阳江漆器髹饰技艺

## ■ 绛州剔犀技艺

申报地区或单位：山西省新绛县

剔犀，为雕漆工艺之一。雕漆始于唐代，剔犀定型于宋代，其名称见程大昌《演繁露》等史籍。明代我国漆工唯一专著《髹饰录》也提及剔犀。我国著名学者王世襄等认为，剔犀主要产于山西省新绛县。

剔犀是将朱、黑、黄等两种或三种色漆，在器物表面上有规律地逐层堆积起来，达到一定厚度（约0.3—0.5毫米）后，用“V”形刀雕刻花纹，刀口处可看见不同的色层，与其他雕漆和漆器截然不同。因其花纹刀口侧面处显现如同截开的犀牛皮质的断面层次，故名“剔犀”。同时，又因花纹多为回纹、云钩，流转自如，回旋生动，近代以来又称之为“云雕”。

剔犀是我国漆器工艺生产中较为繁杂的一种髹漆工艺。它从木材选料到裱胎、灰胎、髹漆、制图、雕刻、推光等各个工艺流程都必须严格把关，都要有多年经验的艺人操作，特别是髹漆必须在潮湿、不通风、干净无污染的地下室中进行。一般的涂饰80道左右，上一道漆，阴干后再上一道，各种色漆每层都要上好几道，几十道漆要用一个多月时间。整体阴干后，放一段时间才能描绘图案和雕刻，每一个图案都要一遍一遍地雕刻、修整，直到深浅、宽度、厚度都达到一定的要求才能合格，而后再进行其他工艺。

绛州的剔犀生产工艺经过几起几落，虽然目前已初具了一定的规模，但由于剔犀的手工生产技艺十分繁杂精致，现在还无法用机械化作业替代，而全县从事剔犀生产的人才屈指可数，绛州剔犀仍然存在着濒临失传的危机。

绛州剔犀技艺主要工序（何俊明　摄）

上漆

制图

雕刻

雕刻

# ■ 鄱阳脱胎漆器髹饰技艺

申报地区或单位：江西省鄱阳县

脱胎漆艺系我国传统工艺美术，历史悠久，其漆器以造型新颖、漆面光泽明亮、制作精巧、内壁平滑而著称，与景德镇瓷器、北京景泰蓝并列为“中华三宝”。

鄱阳脱胎漆器起步于先秦，历代传承，到晚清有了重大发展与突破。鄱阳脱胎漆器凝固成形脱胎制模工艺，为脱胎漆器制作工艺开辟了新的途径，为中国脱胎漆器制作开辟了先河。鄱阳脱胎漆器的制成要经过造胎、上漆、加金属金口、彩绘、打磨、退光检验等工序。漆器的胎质主要有木胎、夹纻胎、皮胎、篾胎等多种。一件脱胎漆器的完成，必须经过模胎、割胎、粘胎等工序，对于大型器具来说，尤为复杂。1915年，鄱阳县漆艺师张席珍制作的“黑退光刻漆贴金帽筒”荣获巴拿马国际博览会奖。

鄱阳脱胎漆器髹饰技艺主要工序（江西省非物质文化遗产保护研究中心　提供）

雕刻

上漆

上漆

描绘

## ■ 潍坊嵌银髹漆技艺

申报地区或单位：山东省潍坊市

不同型号的银丝

嵌银丝

套八博古文具

（段新培、李成　摄）

潍坊嵌银髹漆技艺，已有近200年的历史，是一种独特的手工技艺。它以名贵红木、天然漆和金银丝为主要原料，将传统的雕刻、嵌银、木工技艺有机地融为一体，经精工雕刻、镶嵌而成。

潍坊嵌银漆器的作品造型古朴典雅、珍重高贵，具有强烈的民族特色和地方特色。嵌银艺术采用中国画的白描形式，有山水、花鸟、古装人物和汉代青铜器花纹，其作品洒脱简练、秀美飘逸、流光溢彩。

潍坊嵌银漆器有一套完整复杂的制作工艺：选材、坯胎制作、精雕细刻、镶嵌金银丝、打磨、上漆。其中镶嵌金银丝的方法主要有宽条嵌法、粗细丝嵌法、金银丝配嵌、砸尖等嵌法。根据题材选用不同嵌法，是潍坊嵌银漆器独有的特点，也使潍坊红木嵌银漆器达到了完美的艺术效果。又因其原料为红木，异常坚固，不易变形，上漆工艺讲究，不易褪色，所以有着造型美观、坚固耐用特点的潍坊嵌银漆器具有很高的文化价值、使用价值和收藏价值。

潍坊嵌银漆器工艺复杂，劳动强度高，目前掌握此技艺的人已寥寥无几，作为中华传统特种工艺，它正处于濒危境地，亟待加强保护。

嵌银老版《松鹤图、飞天图》（段新培、李成　摄）

## ■ 楚式漆器髹饰技艺

申报地区或单位：湖北省荆州市

荆州地处江汉平原，长江荆江段，自古就是优质木材、生漆和黄金的产地，是璀璨的楚文化发祥地。楚式漆器髹饰技艺成熟于春秋战国时期，两千多年来，这一独具东方文化特色的荆楚传统技艺，一直在荆州地区世代传承，榫卯髹漆彩绘木雕类、金漆盆盘类为其主要品类。近40年来，荆州地区楚墓中陆续出土的漆器已超过5000件，出土文物中两千多年前的“捧盒”、“茶盘”、“茶食盒”等，与新中国成立初期本地人所用的生活物件完全一样。

楚式漆器造型奇异瑰丽，图饰丰富多样，色彩饱和雅重。榫卯组合是其一大特色，整体物件往往由分别雕刻成型的部件榫卯组合而成，造型生动牢固。楚式漆器使用精加工而成的生漆，其色彩选用天然矿植物色素。彩色漆料必须经过色料研磨、日晒脱水、色料与透明漆料搅拌、密封存放等多道工序。制作一件器物要经过选料、雕刻、榫卯成型、磨光、刮灰、砂光、清灰、上漆、绘画、描金等近20道工序。目前，荆州市几位楚式漆器技艺世家的传承人不仅高仿出了出土的楚国漆器精品，还制作了砚盒、笔挂等文房用品。

目前荆州地区虽有漆器作坊近10家，但只有少数楚式漆器的传承人技术比较成熟，且因资金和熟练技工的缺少而难有作为。老艺人年迈、后继乏人与建立健全保护机制等，是亟待解决的主要问题。

脱胎漆器果盘（吴志坚　摄）

仿古漆画挂件（吴志坚　摄）

宝石筷（吴志坚　摄）

楚式漆器髹饰技艺主要工序

脱胎漆器小福碗（吴志坚　摄）

脱胎漆器茶具（吴志坚　摄）

# ■ 阳江漆器髹饰技艺

## 申报地区或单位：广东省阳江市

阳江漆器是“阳江三宝”之一。阳江漆器制作工艺的产生不晚于明末清初，属于家庭手工作坊制作模式。因地处沿海的缘故，受海洋文化的影响，它同内地传统的技法、图案都有一些差异，在漆料的配制、图案的绘画方面有明显区别。

清嘉庆、道光年间，阳江漆器在全国已颇具影响，至清末，产品不仅数量大，而且具有较高的工艺水平，同时因使用阳江研制的“腰果漆”制作而别具一格。漆器产品多销往东南亚一带，甚至欧美地区。阳江漆器中以传统的手工制作皮胎产品较出名，皮胎产品中又以皮箱、皮枕为最。传统漆皮产品以质轻、坚固、耐用、耐水、防潮湿、耐碱、耐热、耐磨、耐大气侵蚀，以及硬度高、光亮、漆膜丰富等为特点，如非强光直照，有长时间不变形、不褪色的优点。清末民初时期，外出侨民以拥有阳江漆皮箱等漆器产品为荣，漆皮产品成为阳江地区重要的出口商品。

传承实践活动（张万星　摄）

阳江传统手工制造皮胎、纸胎、布胎漆器产品原料要求高、成本高、工序复杂。随着各类新型材料制品的兴起，漆器产品受到新型替代品的冲击，市场日益萎缩。加之审美追求的转变，传统的漆器工艺制品遭到排斥。目前懂得传统手工制作皮胎漆器产品的艺人仅寥寥几人，而且多没有继承人，漆器工艺处于失传边缘，亟待加强保护。

阳江传统漆器《祥云・漆皮箱》（陈其积创作，陈扬健摄）

阳江传统漆器《雉鸡玉兰・漆花瓶》（范俊创作，汪柳妮摄）

916
VIII-133

# 砚台制作技艺

贺兰砚制作技艺

## 申报地区或单位：宁夏回族自治区银川市

贺兰石砚产自银川市区以西40公里处的贺兰山小滚钟口。早在清乾隆四十五年（1780）编撰的《宁夏府志》地理山川部中记载：“笔架山，在贺兰山小滚钟口，三峰矗立，宛如笔架，下出紫石可为砚，俗呼贺兰端。”自乾隆年间被发现后，一直开采至今。贺兰石结构细密均匀，质地细腻，刚柔相济，有豆绿、深紫两色叠加，中间还镶有石眼、玉带、云纹、眉子等形成各种象形图案，故制砚艺人都注重运用“俏彩”雕刻图案。贺兰石砚具有发墨快，墨汁细，不损笔毫等特点。贺兰石砚具有极高的艺术价值，清末就有“一端二歙三贺兰”的说法。

清光绪年间，湖北人张云亭当兵到宁夏，将砚台制作手艺传于闫万庆、闫万年。二人成年后，由于砚台刻得好，在银川有一定名气。闫万庆生有三子：闫子江、闫子洋、闫子海。解放前，享誉银川的“闫家砚”都出自闫氏父子之手，其中闫子江技艺最为精湛。

从20世纪60年代至80年代闫子江所带的三位徒弟：陈梅荣、施克俭、闫森林都能独立设计制作贺兰砚，并成为工艺美术师，后期又增加了闫淑英、杨武、樊庆云、张凤灵、马继红等徒工。此外，闫子洋所带出徒弟石飙、王文华、王屹也陆续成为工艺美术师，至此，贺兰石砚制作技艺传承到第四代。

贺兰砚《秋实》（马俊杰　摄）

成套的贺兰砚（马俊杰　摄）

贺兰砚制作（张宁源　摄）

贺兰砚制作（马俊杰　摄）

919
VIII-136

# 装裱修复技艺

苏州书画装裱修复技艺

申报地区或单位：江苏省苏州市

清代王原祁《山川出云》图修复前（左）后（右）对比照片（苏州国画院　提供）

苏州书画装裱艺术源于南宋，由宫廷御裱逐渐转向民间。苏州是全国裱画的发源地，并受其影响辐射全国及海外，受其影响较大的有北京、上海、扬州、山东及国内其他地区，海外有日本、东南亚及国外的华侨聚集地。

装裱艺术厉唐至北宋已达到一定水平，被称为“宣和装”。明宣德以后吴中书画名家辈出，重心渐渐转移到苏州，苏州继承了米芾时的优良传统并受到吴门画派文人的影响，随后数百年，苏裱的影响跃居全国之

修复破损书法扇形册页（苏州国画院　提供）

修复古画（苏州国画院　提供）

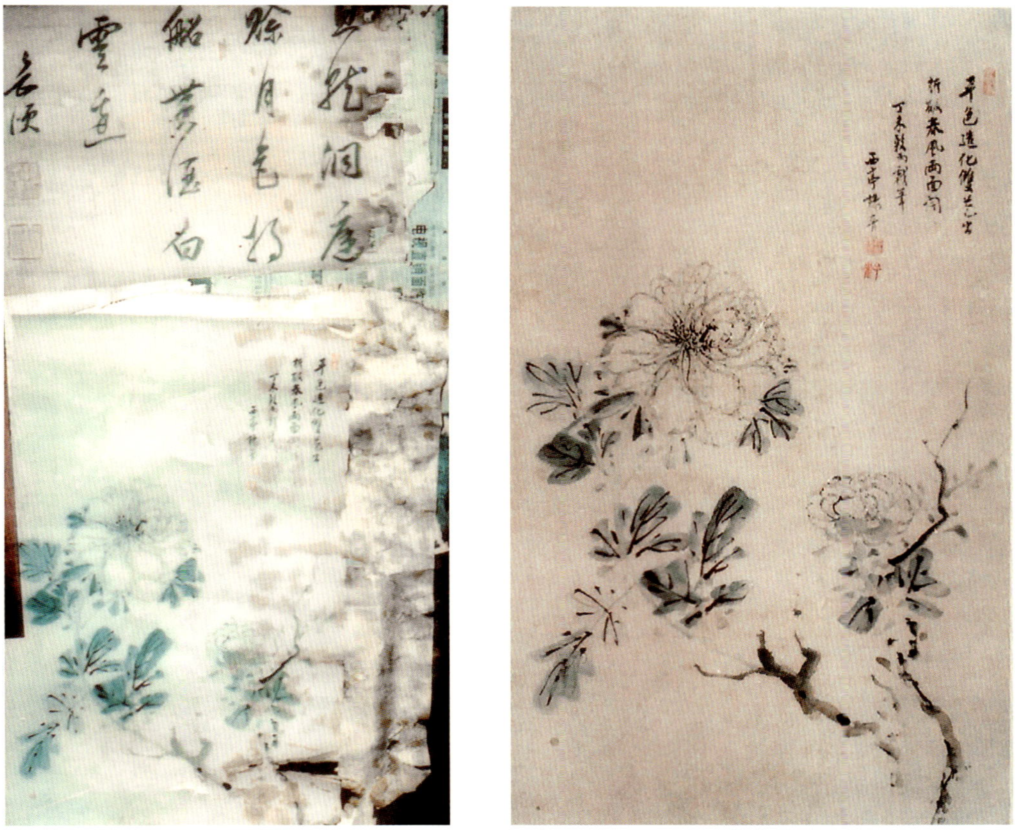

清代孙岳颂书法和杨晋花卉合景轴修复前和修复后（局部）对比图（苏州国画院　提供）

首，号称“吴装”。

书画装裱分为三类：一为“红帮”，裱式简易；二为“行帮”，专裱普通书画；三为“仿古装池”，专为书画名家和鉴古收藏家装潢珍贵新旧书画。

古旧书画修复在装裱新画的基础上另有漂、揭、洗、刮口、上胶矾、贴直条、隐补、全色等步骤。而其装裱手法沿革宋朝装裱款式，全部采用“宣和裱”。

苏裱从明朝起受吴门画派影响，在长期的发展过程中形成了自己独持的艺术风格，其特点主要是“选料精良，配色素雅，装研熨帖，款式多样，裱工精佳”，充分凸显了苏州吴地的地域特征。新书画作品通过装裱，能张挂欣赏，其绘画性得以充分体现，也能更好地展示作品之精神。

古旧字画通过修复，能恢复书画作品之原有面貌，使传统文化艺术得以抢救、保护、延续、传承，后人通过画面能直观地了解历史、政治、经济、生活和民俗方面的情况。因其与书画、文化的高度结合，更使艺术、文化的影响得以延续和扩展。

930
VIII-147

# 花茶制作技艺

吴裕泰茉莉花茶制作技艺

申报地区或单位：北京市东城区

茉莉毛尖

花茶，又名“熏花茶”、“窨花茶”、“香片”，属于再加工茶类。其中，茉莉花茶是绿茶经多次用茉莉鲜花窨制加工而成的，茶引花香，花增茶味，茶味与花香巧妙地融合，构成了茉莉花茶特有的品质，被称为花茶中之珍品。

始建于1887年的吴裕泰是国内知名的茶叶老字号，一贯秉承自采、自窨、自拼的独门窨制技艺，其主要包括茶坯制作、花源选择、鲜花养护、玉兰打底、窨制拼和、通花散热、起花、烘培、匀堆装箱九道工序。只采用春茶茶坯，坚持茉莉花“三不采原则”，在拼配中适当增加徽茶茶坯所占比例，并且运用“低温慢烘”等独门技艺，最终形成了吴裕泰茉莉花茶“香气鲜灵持久、滋味醇厚回甘、汤色清澈明亮、耐泡”的特色。

由于茉莉花茶原料成本高，加工技艺复杂，周期长，以及受到其他茶类的影响，目前市场份额逐年下降。在宣传方面，老百姓对茉莉花茶也有很大的误解，认为茉莉花茶是低质量茶叶，面对市场竞争，在企业里很多传统品种的茉莉花茶甚至在低价位赔本经营。加上从业环境艰苦、技术难度大等原因，年轻人不愿意继承和学习茉莉花茶窨制技艺，这一传统技艺的传承面临着严峻的形势。

吴裕泰茉莉花茶制作技艺主要工序（北京市吴裕泰茶业股份有限公司　提供）

鲜花养护（叶冰　摄）

鲜茉莉花养护（叶冰　摄）

茶叶与茉莉鲜花（陈曦　摄）

窨制拼合（叶冰　摄）

拼和（叶冰　摄）

通花（叶冰　摄）

起花（陈曦　摄）

将成品茶叶装箱（叶冰　摄）

新鲜饱满的优质茉莉花（北京市吴裕泰茶业股份有限公司　提供）

采摘茉莉花（叶冰　摄）

931
VIII-148

# 绿茶制作技艺

碧螺春制作技艺
紫笋茶制作技艺
安吉白茶制作技艺

## ■ 碧螺春制作技艺

申报地区或单位：江苏省苏州市吴中区

碧螺春成品

碧螺春茶产于苏州太湖的洞庭东山、西山。据地方史记载，苏州种茶始于两晋南北朝，唐代陆羽《茶经》有茶叶出自“长洲县（今苏州市）洞庭山”的记述。北宋朱长文《吴郡图经续记》记载：“洞庭出美茶，旧入为贡……”清初，洞庭茶俗称“吓煞人香”，清康熙三十八年（1699），康熙南巡太湖，以该茶色碧形曲似螺，采于早春为由，钦定茶名“碧螺春”。

碧螺春茶的采制流程全部由手工完成，至今仍完全采取传统的采制技艺。其制作技艺分“采摘、拣剔、摊放、高温杀青、揉捻整形、搓团显毫、文火干燥”七道工序。“摘得早、采得嫩、拣得净”和“手不离茶，

碧螺春制作技艺主要工序

采茶

拣茶

杀青

揉捻

摊放

搓团

显毫

干燥

茶不离锅，揉中带炒，炒揉结合，连续操作，起锅即成”是洞庭山碧螺春采制技艺的技术要领。

经传统采制方法制成的洞庭山碧螺春具有“条索纤细，卷曲成螺，茸毛遍体，银绿隐翠”之外形及“汤色碧绿，清香高雅，入口爽甜，回味无穷”之内质，以“形美、色艳、香浓、味醇”四绝闻名中外，有“一嫩（芽）三鲜（色、香、味）”之称。

# ■ 紫笋茶制作技艺

申报地区或单位：浙江省长兴县

浙江长兴紫笋茶原叶——紫者

紫笋茶又名“顾渚紫笋”，产于浙江省长兴县。其名由《茶经》中“紫者上，绿者次；笋者上，芽者次”的论述得来，无论是形状，还是颜色，乃“上品中的上品”，茶圣陆羽称为“芳香甘洌，冠于他境”。

紫笋茶的制作要求每年于清明至谷雨期采摘一芽一叶或一芽二叶初展，经摊青、杀青、理条、摊凉、初烘、复烘等过程完成。制成的极品茶芽味细嫩，芽色带紫，芽形如笋；茶叶舒展后，呈兰花状，尝之齿颊甘香，回味无穷。唐诗描述：“牡丹花笑金钿动，传奏湖州紫笋来。”顾渚紫笋成为大唐帝国的第一品茗，是朝廷祭祀与赏赐的最高礼品。因为奉诏督茶，含秀孕媚的顾渚山也迎来了无数的督贡刺史、文化名人，颜真卿、袁高、皎然、刘禹锡、卢仝、杜牧等，一时之间，顾渚山前，群星璀璨。

长期以来，顾渚村民把制茶作为一项重要产业，以家庭为单位，妇女采茶、分拣，男人制茶的“合族业茶”的情况屡见不鲜。水口顾渚山至今还保留有五百亩左右的古茶园。水口紫笋茶制作技艺经过几十代人的传承和发展，已成为我国茶制作技艺中一朵奇葩。但随着紫笋茶种植面积的不断扩大，村民在紫笋茶制作过程中，为追求快捷性，采用了现代制作工具，忽视了对传统手工技艺的运用，又因紫笋茶传统制作技艺培训和人才缺乏，紫笋茶传统制作技艺不能得到有效的传承与发展。

紫笋茶制作技艺主要工序（许要武　摄）

分拣

摊青

炒茶

复炒

杀青

# ■ 安吉白茶制作技艺

## 申报地区或单位：浙江省安吉县

安吉白茶产于浙江省安吉县溪龙乡，是一种烘青茶。白茶自古种源难得，茶树难养，以野茶为稀贵。据宋赵佶《大观茶论》记载："白茶自为一种，与常茶不同，其条敷阐，其叶莹薄，崖林之间，偶然生出，虽非人力所致，有者不过四五家，生者不过一二株，所造止于二三胯而已。"

安吉白茶以白、活、香、鲜、清为特色，其鲜叶、干茶均叶白脉绿，颜色鲜活，茶叶汤色清澈、透亮，鲜味足，香气高而持久。

安吉白茶手工炒制过程分为：采摘、摊放、杀青理条、初烘、摊凉、复烘、收灰干燥七道工序。每道工序都有特别要求，其中鲜叶只能用春茶前期二十来天的鲜叶，采摘一芽带一片或二片真叶，不带奶叶、鱼叶。由于叶片极薄，茎梗粗，杀青理条对温度有苛刻要求，否则非焦叶即红梗。做到叶不焦，梗不红，而又要保持叶张完整，除要求有正确的温度外，还要保持苛刻的湿度，需要极高的手感和手法。

由于手工炒制技艺难以掌握，加工批量小、速度慢，现一般用机器炒制代替。现安吉县溪龙乡掌握白茶手工炒制技艺的仅有陈守彬、钱义荣等几人。安吉县溪龙乡已着手对白茶手工炒制技艺进行培训，进一步传承推广这一传统手工技艺。

安吉白茶制作技艺主要工具——烘笼（梁小生　摄）

溪龙乡白茶园一角（夏鹏飞　摄）

白茶手工炒制技艺老技师实践场景（江国安　摄）

传授技艺（夏鹏飞　摄）

935
VIII-152

# 黑茶制作技艺

## 下关沱茶制作技艺

**申报地区或单位：云南省大理白族自治州**

下关沱茶是有悠久历史的一种紧压茶，因创制于云南省大理市下关，故名“下关沱茶”。下关沱茶是白族人民创造的十分典型的传统技艺，它由明代的“团茶”演变而来，以云南大叶种晒青茶作为基本原料，经拼配、筛分、拣剔、半制品拼配、称量、蒸揉、压制成型、干燥、包装等十余道工艺制作而成，多为手工操作，蕴含着丰富的具有地区特征的技术知识。

云南下关地处大理白族自治州大理市。整个云南地区空气湿润，四季温和，日照时间长，适于茶叶生长。沱茶历史悠久，明代谢肇淛的《滇略》一书有“士庶所用，皆普茶也，蒸而团之”的记载，为沱茶的早期形式。1902年，大理喜洲白族商帮永昌祥在下关开设第一家茶叶精制加工厂，加工紧茶和饼茶，标志着沱茶工艺的诞生。

下关沱茶制作技艺主要工序（李其康 摄）

筛茶

手工揉茶

木凳压茶

压茶木模

自然凉干沱茶

沱茶生产是一门特殊的技艺，百余年来，白族人民用这种技艺生产的产品曾经通过著名的“茶马古道”源源不断地输送到滇西北、西藏和四川等地，满足了各族人民的生活需要，特别在藏胞中影响极大，在一百多年来的各民族友好往来中发挥过十分重要的作用。

饼茶（张琪 摄）

943
VIII-160

# 传统面食制作技艺

天津“狗不理”包子制作技艺
稷山传统面点制作技艺

## ■ 天津“狗不理”包子制作技艺

申报地区或单位：天津市和平区

狗不理包子（狗不理集团股份有限公司　提供）

狗不理包子为天津名优食品“三绝”之首，系用水馅半发面制作，状若凝脂，形似菊花，口感鲜香不腻，在大江南北独树一帜。它在制馅、和面、揉肥、擀皮、捏包、上灶等各方面均有自己独特的操作方法。和面时水温要根据季节来变化，一般情况下用温水，采用“一拱肥”的方法。揉好后放一会儿，发酵后即用。死面起“骨头”作用，发面起“肉”的作用，这种面的优点是不透油，有咬劲，面皮光泽度好，软硬兼备。擀皮时要求达到薄厚均匀、圆，大小适当。每个包子装馅3钱左右，捏包时要求褶花均匀、整齐、美观，形似白菊待放。关键的环节是上灶，掌握火候要恰到好处。

天津“狗不理”包子制作技艺主要工序（狗不理集团股份有限公司 提供）

揉面

擀剂子

和馅

传说在清同治八年（1869），靠运河码头侯家后的刘记蒸食铺招了一个徒弟，姓高名贵友，他就是后来狗不理包子的创始人。高贵友学徒期满后辞职出号，于清光绪八年（1882）自己投资经营包子铺，取名“德聚号”。他对包子进行了改革，使包子不但好吃，而且外观漂亮。其形状要求为菊花项、抓髻扣，他把包子与漂亮的花连在一起，把物质享受与精神满足同时赋予了顾客。因此每天吃包子的人很多，需要等候。有的顾客问这问那，高贵友语言不佳，有时就回答不出，熟一些的顾客知道他的乳名，就笑着说“狗子不理人”，这话被当时天后宫的一位道士听见了，就对高贵友建议说：“人家说你狗子不理人——狗不理，你不如把德聚号改成狗不理，又新又奇，准能招揽顾客。”高贵友接受了老道长的建议，就挂起了“狗不理”的牌子。

一百五十余年来，狗不理包子制作技艺以其丰富的饮食文化价值，不仅被认定为“中国驰名商标”、“中华老字号”，还获得了“国际名品中华美食奖”，并在国内外烹饪大赛中屡获殊荣。

# ■ 稷山传统面点制作技艺

## 申报地区或单位：山西省稷山县

稷山麻花是流行于晋南地区以及陕西西安一带的传统食品，通常分为油酥麻花和普通干麻花。其中，稷山“赵氏四味坊”麻花以其用料考究、做工精细的传统制作技艺独树一帜，享誉秦晋，是稷山麻花的代表。“赵氏四味坊”炸制成的麻花主要有五谷香、爽心甜、到口酥、家常脆四种口感、多种口味。五谷香香久益智，爽心甜甜而不腻，到口酥酥中有绵，家常脆脆而有筋。

“赵氏四味坊”麻花的制作要经过培养酵块、掺水和接面、按比例分接面、掺水和面与掺油和面、分割面块、反复揉面、匀揪面节、面节擦油、卧缸存放、搓条上劲、分板打畦、扭股成形、入锅油炸、添加辅料、出锅淋油、定型摆放、化熬糖汁、翻拨整形等十八道工序。

稷山是后稷教民稼穑，树艺五谷的地方，是我国传统农业的发祥地之一，饮食文化源远流长。稷山“赵氏四味坊”历经六代人的不懈努力，始终恪守最传统的配比秘方和传统制作工序。

添加辅料（赵天录　摄）

赵氏四味麻花成品（王保军　摄）

949
VIII-166

# 火腿制作技艺

宣威火腿制作技艺

申报地区或单位：云南省宣威县

宣威火腿，因产于宣威县而得名，素以风味独特而与浙江金华火腿齐名，蜚声中外。它的主要特点是：形似琵琶，只大骨小，皮薄肉厚，肥瘦适中；切开断面，香气浓郁，色泽鲜艳，瘦肉呈鲜红色或玫瑰色，肥肉呈乳白色，骨头略显桃红，似血气尚在滋润。其品质优良，足以代表云南火腿，故常称"云腿"。

宣威火腿最迟明末产生，清雍正五年(1727)成名。1923年参加广州名特食品会，获得优质奖章。20世纪80年代再度获奖，90年代实现专业化、规模化、系列化生产。

宣威火腿经久不衰，主要是取决于其色香味美，营养丰富，风味独特。宣威火腿的形成，也取决于宣威独特的地域地理气候环境。《宣威县志稿》载："宣腿著名天下，气候使然。"邻近宣威的其他地区用与宣威相同的猪种，相同的饲养方法，相同的腌制工艺，制作出来的火腿其味道与宣威火腿相差甚远。宣威火腿肉香馥郁、口感纯美的秘密，在于宣威独特的自然环境、气候条件和制作工艺。

宣威火腿制作技艺主要工序（李义学　摄）

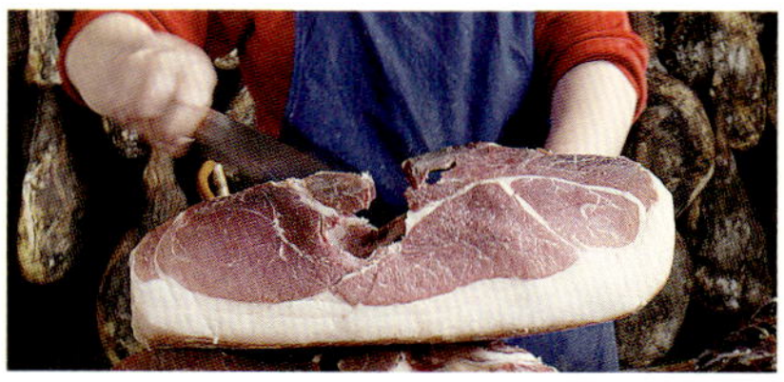

剔除骨头

上盐腌制（第一次上盐）

上挂风干

风干成型

963
VIII-180

# 窑洞营造技艺

地坑院营造技艺
陕北窑洞营造技艺

## ■ 地坑院营造技艺

申报地区或单位：河南省陕县

地坑院村落鸟瞰图（胡民举　摄）

地坑院是在具有深厚黄土层的平地上，向下挖掘6米左右，形成矩形深坑，然后在四壁凿出窑洞，供人居住的一种民居形式，属减法营造的负建筑形态。陕县地处秦晋豫三角地带，境内三大黄土台阶平原，土质均匀，连续延展，地处高敞，排水便利，是地坑院产生和建造的前提条件。

地坑院形成很早，仰韶文化时期的半地穴式民居被认为是其雏形。南宋绍兴九年（1139），郑刚中所著《西征道里记》称："自荥阳以西，皆土山，人多穴居。""初若掘井，深三丈，即旁穿之。"陕县有大量明清时期的地坑院遗存，20世纪80年代前，这里95%民居是地坑院，有万座之多。

陕县地坑院的营造技艺主要包括以下流程：

1. 相地、方院：由风水师勘察地形，按照"后靠前蹬"、"上高下低"的要求，确定宅型；依据"庙正院不正"的原则，方位稍偏，长宽尺寸含五（土）。2. 下院、打窑：由人工粗挖，精修刷洗后，形成"斗式"天井；窑洞口呈"抄手式"抛物线状，"前高后低"、"前宽后窄"。3. 饰边、

地坑院平视图（胡民举　摄）

地坑院崖上的烟囱（员更厚　摄）

地坑院的院心一角

地坑院营造技艺主要工序

划线打窑

拦马墙挑檐的制作

主崖面的拦马花墙和裱砌窑脸

碾场：用砖、瓦裱、衬砌券口、窑腿、拦马墙等，挑檐建造包括"一拔二牙三跑四抄五扣"；拦马墙外用石磙压实找场坡。4.安装、粉饰：安装要"扑门仰窗"；窑壁和崖面分层用麦秸泥粉刷。5.排水、砌炕：靠近厕所打一直径80厘米，深6米的渗坑排水；窑内炕灶相连，土坯垫层为"灶三炕四"，炕的尺寸含"七"（妻）。

地坑院建造模数范制、技艺要领体现了民俗性和科学性的统一，具有重要研究价值；环境负荷极小，宜居性较强，体现了以人为本的要求。

# ■ 陕北窑洞营造技艺

申报地区或单位：陕西省延安市宝塔区

米脂姜氏庄园（李建勇　摄）

延安农家院石窑（郭海军　摄）

陕北是华夏文明的发祥之地，这里山大沟深，万壑纵横。深厚的黄土和丰富的砂石，为建造窑洞提供了得天独厚的自然条件。这里高原沟壑雄奇，苍凉而贫瘠，在与大自然的残酷搏斗中，造就了豪放粗犷的陕北人民，也诞生了极具特色的黄土建筑——陕北窑洞。

窑洞雏形的产生距今已有4500年的时间。到周代形成半地穴式，到秦汉后发展为全地穴式，也就是现在的土窑，而窑洞

陕北窑洞营造技艺主要工序（董明　摄）

在地基上用石头砌起1.5米高的石头墙，也叫“起腿子”。

用木椽、石头搭建半圆拱形架子作窑坯子，称作“支穴”。

安门窗在整个箍窑过程中的重要性仅次于合龙口，一般讲究当日做好，当日安装，否则另择吉日。（董明　摄）

箍窑洞过程中最隆重的仪式——合龙口

在土坡挖出实心土窑坯子，箍建窑洞，称作“饱穴”。

建筑最辉煌的时期在明末清初。由于窑洞民居具有冬暖夏凉、节能节地、便于施工操作等特点，窑洞为广大陕北人民所接受，是陕北居民最主要的居所并沿用至今，被称为生土建筑的“活文物”。由于窑洞建筑在当地的适用性极高，窑洞营造技艺在陕北代代传承。

原生态文化建造技术与黄土窑洞有着密不可分的渊源。所以，窑洞不只是一个简单的“居住”空间环境，更是陕北文化与艺术的发源，生生不息的陕北人创造了特有的窑洞建筑技艺。

陕北窑洞民居具有保湿、节材、环保、长寿、减灾、保鲜、贮藏、经久耐居等实用价值。无论作为个体，还是作为聚落群体，都有其独特的美学价值。

969
VIII-186

# 碉楼营造技艺

羌族碉楼营造技艺
藏族碉楼营造技艺

## ■ 羌族碉楼营造技艺

申报地区或单位：四川省汶川县

高耸的石碉（罗维善　摄）

地处川西北高原的羌族人民，在其历史背景下，创造出一种特殊的空间形态——碉楼，因而这里享有“千碉之国”的美誉。碉楼，羌语称“邛笼”，《后汉书·西南夷传》有羌族人“依山居止，垒石为室，高者至十余丈”的记载。过去，羌族碉楼最主要的功能是用来瞭望、防御、传递信息之用，也有身份、地位的象征之意；现在主要用作居住和仓储。

羌族碉楼的外形有四角、六角、八角与多角。各碉底层全部封闭，而在二层开小门一道，自二层起四周开无数内大外小的长方形小窗，以作通风、瞭望和射击之用。各层间用随时可抽取的独木梯上下。汶川羌族碉楼的建造材料主要为片石和黄泥。现存的碉楼以石碉为主。建造前，需由“释比”选址、作法，并依地形进行设计。施工前，工匠将片石用

碉楼内部结构（陈进　摄）

简单的建造工具（陈进　摄）

龙溪乡巴夺寨碉楼（陈进　摄）

铁锤稍作加工，然后根据碉楼的形状与大小，先在建造地点处凿相应的基坑，直至挖到硬岩为止，再用铲板将拌和好的黄泥涂在打制好的片石上，层层垒砌压紧，使泥石胶合。石墙自下而上收方而逐渐减薄，墙的内侧仍然与地面垂直，外侧稍倾斜，重心向内，形成向心力，使碉楼牢固而稳定。每一层均架设直径约二十厘米左右的木横梁，上铺木板，层层相同。黄泥碉为夯筑，仅在汶川县布瓦羌寨有3座（2006年列入全国重点文物保护单位），其建造方法与石碉相同。

羌族碉楼的建造工具十分简单，主要为铁锤、铲板。无论是石料还是黄泥建造的碉楼，都有一个共同点，即在整个建造过程中不绘图、不吊线、不用柱架支撑，全凭工匠的经验目测心会，这充分显现出羌人高超的建造技术。

历经几百上千年且不含一丝一毫钢筋混凝土的羌族碉楼，经历了1933年叠溪7.4级大地震以及2008年汶川8.0级特大地震，虽有不同程度的损毁，但多数却牢固坚实，证明了其建造的科学性。

建造新碉

石碉（才让卓玛　摄）

班玛藏族碉楼营造技艺在继承和发扬了本民族碉楼技艺的同时，将藏、羌碉楼营造技艺进行了改进和升华，形成了班玛独具特色的碉楼营造技艺，使这种古老的石砌建筑成为有利于当地人和谐栖居的最佳形式。

石、木混合碉(田晓宏　摄)

木碉(田晓宏　摄)

石、木混合碉(田晓宏　摄)

碉楼独木梯(俄金　摄)

# 传统医药（扩展）

国家级非物质文化遗产扩展项目名录



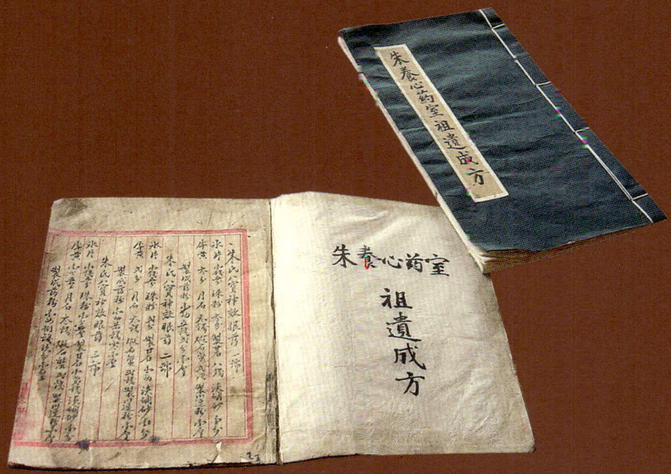

441
IX-2

# 中医诊法

葛氏捏筋拍打疗法
王氏脊椎疗法
道虎壁王氏宀医妇科
朱氏推拿疗法
张一帖内科疗法

## ■ 葛氏捏筋拍打疗法

申报地区或单位：北京市海淀区

葛氏捏筋拍打疗法以手指捏揉和用拍子拍打身体特定部位的经脉筋腱，以行气活血、调理脏腑，而达到强筋健骨、调和气血、防病治病的目的。其理论源自我国传统医学的经筋学说，治疗技术则滥觞于我国古

葛氏捏筋拍打疗法（葛凤麟　提供）

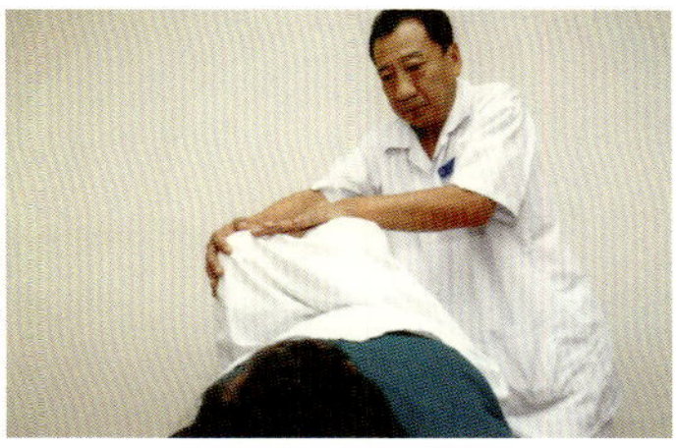

摇法

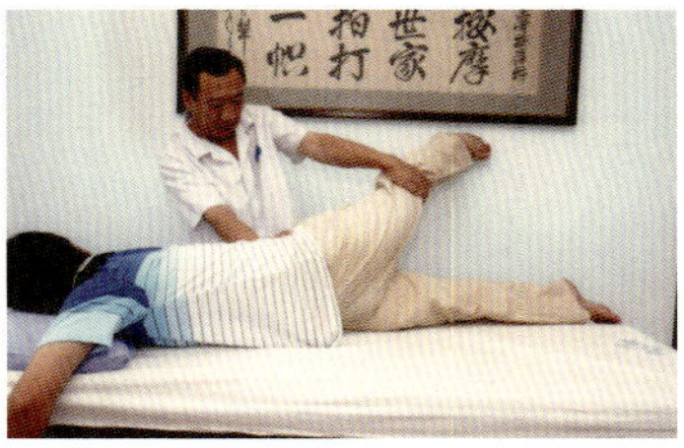

斜扳法

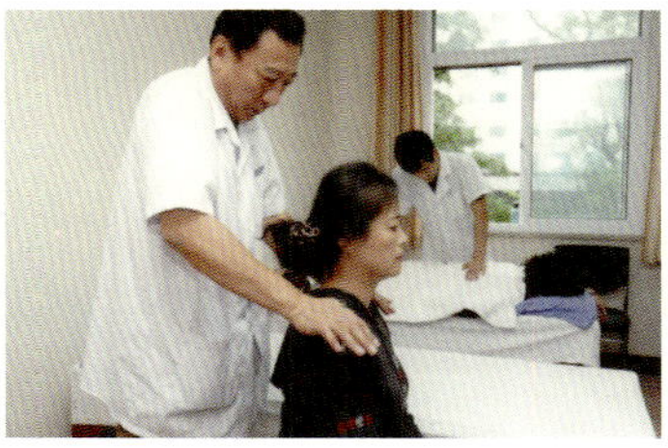

揉法

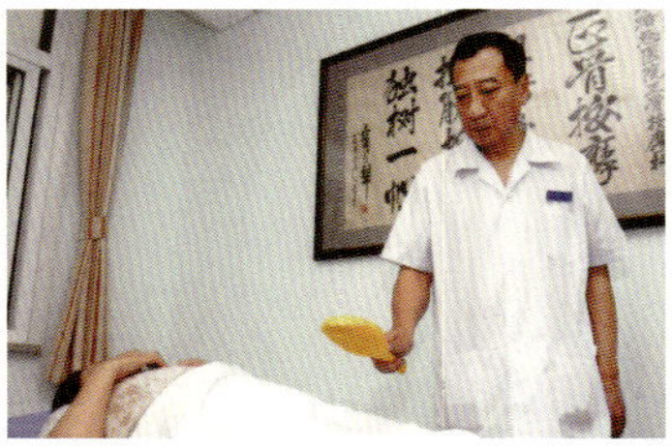

拍打法

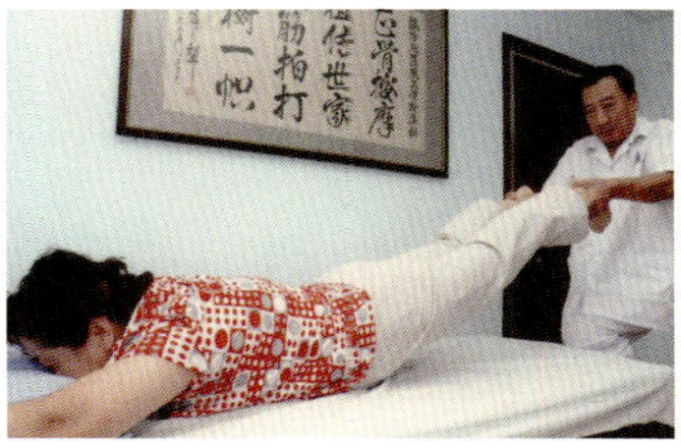

抖法

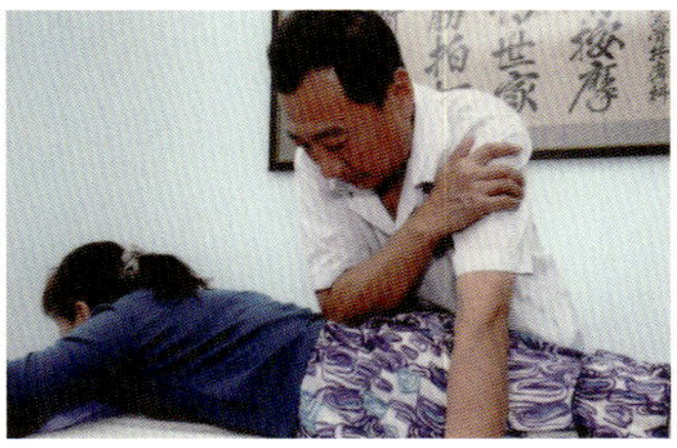

点法

代的“导引按跷”之术。此疗法发端于清末，五代相传，至今已有一百五十余年的历史。葛氏家族原籍山东蓬莱，祖辈因闯关东定居于辽宁锦州，第一代创始人葛献宝在山东悬壶济世，始创“葛氏捏筋拍打疗法”，传至第三代葛长海，总结形成一套完整的理论和手法技术，后调入北京工作。北京市海淀区成为“葛氏捏筋拍打疗法”的主要传承地区。

葛氏捏筋拍打疗法继承中医文化传统，形成了独特的脉位理论和捏筋拍打技术。该疗法手法多样，简便易行，适应症广泛，疗效确切，传承方式具有开放性、多样化的特点。

该疗法也面临着医疗文化氛围改变、部分传承人无执业医师资格、理论与技术仍待进一步整理总结、培训传承受到限制等问题，需要采取保护措施，以使其更好地传承发展。

## ■ 王氏脊椎疗法

申报地区或单位：北京市西城区

王氏脊椎疗法是清代皇宫御医治疗脊椎、脑疾的一种传统中医保健疗法。它综合了传统中医内病外治、祛邪扶正的方法，调动人体自身修复机能的作用，是防、治一体化的中医保健疗法。

王氏脊椎疗法起源于清代顺治(1644—1661)年间。当时民间中医王汝清从军医治箭伤，由于其疗效高而留在宫中成为御医。乾隆年间，王汝清的后代王昭恩又被召入宫中成为御医。清末时该疗法散落民间。民国后，王氏传人继续行医，其疗法始终未断传承，目前王兴治已是第十三代传人了。

祖传的药谱册（王兴治　提供）

王氏脊椎疗法的治疗原理主要是循经取穴、药物渗透和推拿按摩。根据中医“经脉所通，主治所及”原理，以人体阳经为主，阴经为辅，辨证施治。通过穴位弹刺，达到“药入邪出”的目的。

该疗法将竹子制成竹罐作为给药工具，利用竹子本身清热解毒、散风除湿的功效，与配方药物合力以达到最佳疗效。并通过高温、高压使药液充分注入、贮于竹罐体；利用拔罐时产生的负压，使药液有效渗入人体。

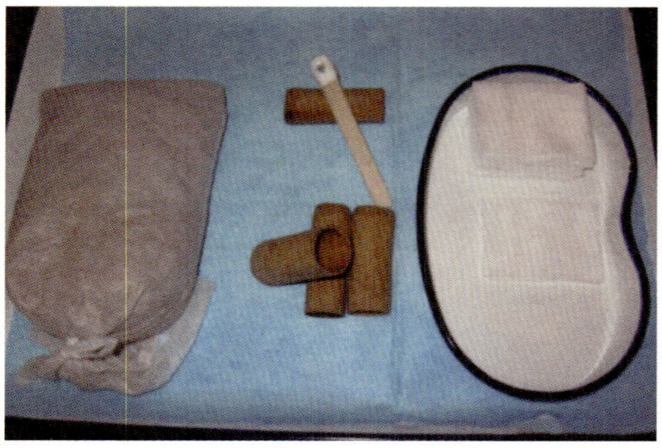

治疗工具——针、管、药（王兴治　提供）

王氏脊椎疗法历经三百多年的传承与发展，其文化内涵、制作工艺与治疗技术积淀深厚，亟待得到更好地保护与传承。

王氏脊椎疗法（王兴治　提供）

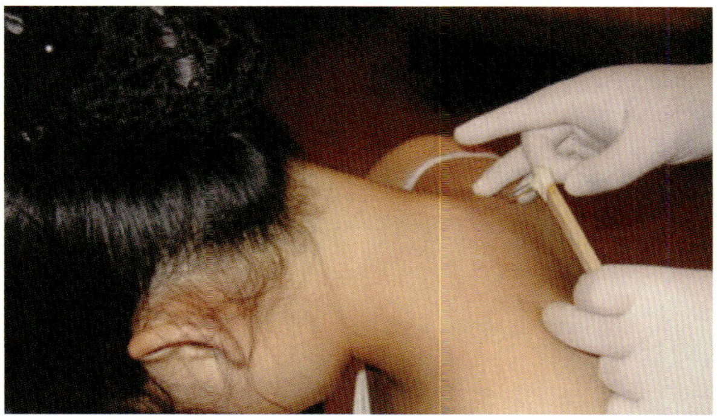

第一步——弹针

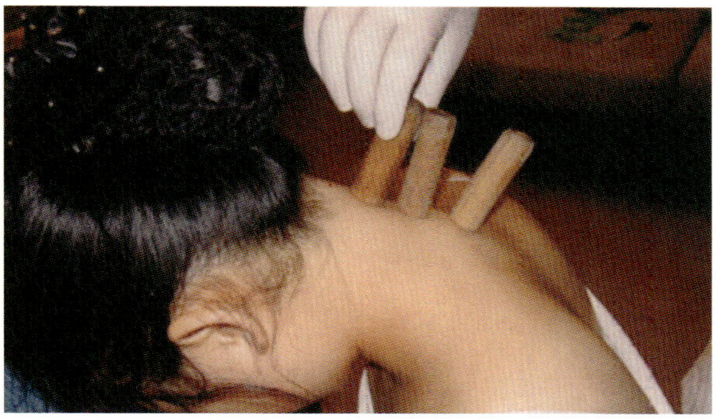

第二步——上管

第三步——留管

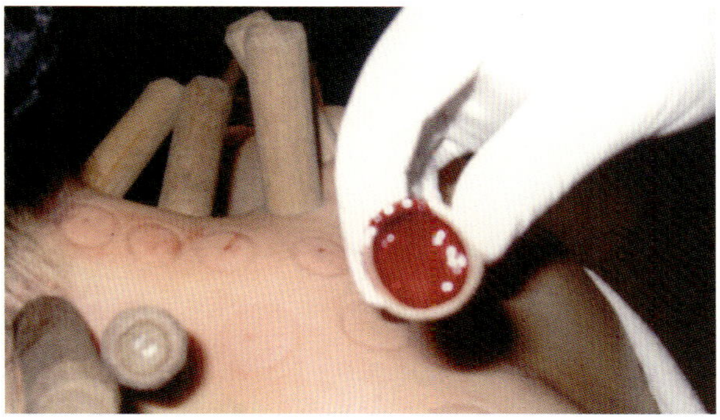

第三步——起管

## ■ 道虎壁王氏中医妇科

### 申报地区或单位：山西省平遥县

道虎壁王氏妇科起源于宋金、元时期，相传29代延续八百余年。现位于山西省平遥古城道虎壁村，距离古城2.5公里。王氏妇科主治妇女胎前产后，月经不调，久婚不孕，崩漏带下，卵巢囊肿，子宫肌瘤，上环后引起的腰困、出血淋漓不断等妇科疑难杂症。

对中药材的选用、加工炮制，丸、散、膏、丹的制作均采用日晒、露炼上糖、酒制、醋泡、盐泡、蒸、晒、蜜制等技艺，技术操作全凭经验掌握。王氏妇科家族中铭刻史册的著名医生有：始祖王厚，第四代传人王时亨，第八代传人王士能，第十一代传人王景刚，第十二代王伯辉，第十九代王聘宇，第二十代王笃生，第二十五代王集一。第二十六代王裕普为近代名医。现代名医第二十七代传人王培章，王裕普之子，主任医师。近代王集一、王裕普，《平遥县志》均有记载。1952年王裕普携子王培章、王培尧等创建中西医联合诊疗所，而后成立平遥县妇科医院。1962年平遥县妇科医院与平遥县人民医院合并。

王氏妇科经过一代又一代人的医学实践，积累了大量的临床经验和祖传秘方、脉诀歌赋以及独特的中药炮制方法，为广大患者治愈疾病，深受老百姓的赞誉。当地媳妇患病去世，娘家人要问是否请道虎壁王家诊治过，否则娘家人必追究责任。这种疗效和信誉是王氏妇科代代相传的根本原因。

第二十八代传人王温行医四十余年，与父亲王培章合著《傅山女科家传应用》一书并获奖。

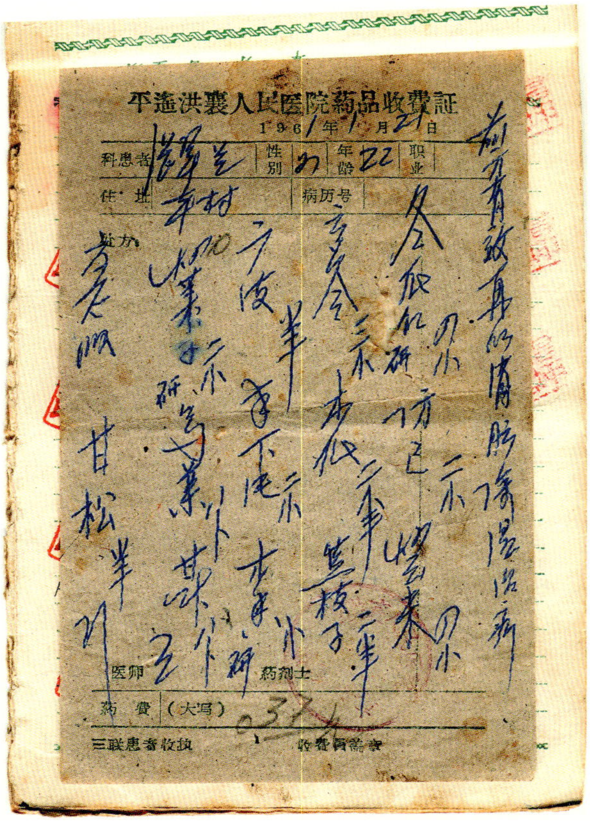

平遥洪善人民医院药品收费証

1961年1月21日

科患者 | 性别 | 年龄 22 | 职业

住址 | 病历号

处方

医师 | 药剂士

药费（大写）

三联患者收执 | 收费员盖章

道虎壁王氏妇科第二十七代王培章1961年处方（王金权　摄）

道虎壁王氏妇科传承人在诊室给患者开处方（王金权　摄）

1998年创办“太原市道虎壁妇科门诊”。

第二十八代传人王恭，中医师。1990年创办“平遥县道虎壁王恭诊所”。行医三十余年，在王氏妇科基础上，对男子阳痿早泄、遗精、肝肾不足引起的不育症的诊治有独特疗效。

道虎壁王氏妇科传承人在家中给患者诊脉（王金权　摄）

## ■ 朱氏推拿疗法

申报地区或单位：上海市

朱氏一指禅推拿疗法由上海嘉定黄墙中医世家六世医朱春霆先生创立，其子朱鼎成先生衣钵相传。

朱氏一指禅推拿是近代中医推拿最著名的流派之一。其根基为中医巨著《黄帝内经》和达摩所创“一指禅推拿”，其手法有推、拿、按、摩及推摩等十余种，一指禅推法为其精华；“以指代针”、“内病外治”为其特色；其“万法归一”、“经络诊治”、“柔和舒适”的理念和疗法在诊治脾胃病、小儿麻痹症、头痛、月经不调、小儿发育不良、颈椎病、骨关节炎等内外疾病方面独树一帜。

新中国成立后，朱春霆受聘华东医院，首创中医推拿专科。经半个多世纪的临床积累，朱氏一指禅推拿在全面继承总结朱春霆学术思想的基础上，不断拓展推拿医疗、保健、康复领域，融入了“治未病”等新的治疗理念和方法。力求以人为本，提供个性化服务，相继推出了失眠、颈性眩晕等专病门诊和中医工作室。朱春霆、朱鼎成父子竭力服务于大众医疗和“高干保健”，解除了患者病痛，名声鹊起。朱氏一指禅推拿为大众养生健康事业奉献了中华医学的智慧。

朱氏一指禅推拿对中国推拿教育事业贡献巨大，朱春霆著书授业，创办了中国第一所推拿专业教育学校，突破了千年来中医家传或师带徒模式，开创推拿课堂教学之先河，桃李满天下。

朱春霆是《大辞海》（2003年版）记载的唯一的推拿医学家。《上海卫生志》（1998年版）将“朱氏推拿”列入中医流派之一。一指禅推拿是《辞海》（1936年版）唯一收载的推拿学派。

朱氏推拿法部分著作

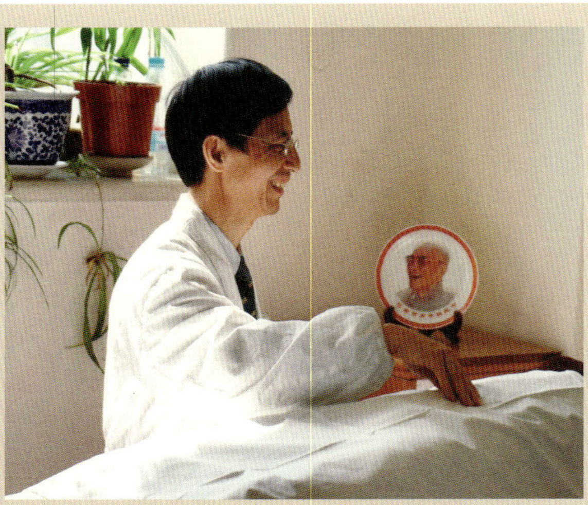

治疗脾胃病

治疗头痛

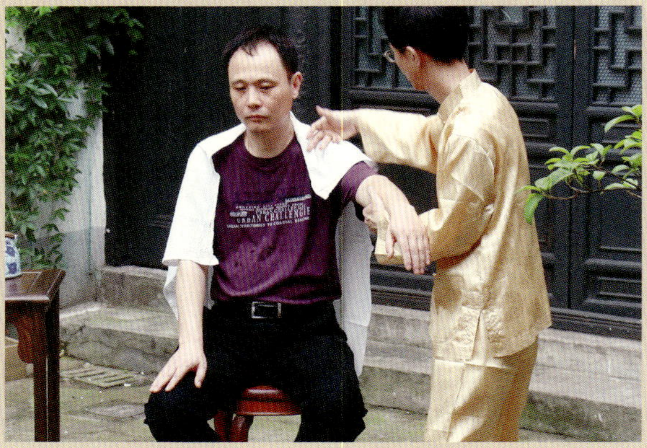

治疗肩周炎

（上海市华东医院　提供）

## ■ 张一帖内科疗法

### 申报地区或单位：安徽省黄山市

在安徽新安医学的世医家族链中，以内科为主的“张一帖”家族被认为是历史最悠久、当代影响最大的家族之一。“张一帖”世医根基于歙县定潭。

从明朝嘉靖年间“张一帖”得名算起，代代为医，传承至今已有四百五十多年的历史。“张一帖”以其精湛的医技，治疗内科疑难杂症和急性热病屡获佳效而享誉皖、浙、赣数省。

张一帖制药主要工序（汪翔　摄）

炒药

捣药

筛药

药丸成型

成品药丸

药丸包装

“张一帖”的得名，就是因为急危重症常常一帖（剂）药而愈，民间还有“仙人拐”等神奇传说。著名经学家吴承仕之痼疾经“张一帖内科”第十三代传人张根桂诊治痊愈后，由衷地赞叹：“术著岐黄三世业，心涵雨露万家春。”

具有四百五十多年历史的“张一帖内科”家族流传至今，说明新安医学的事业正得到传承与弘扬。

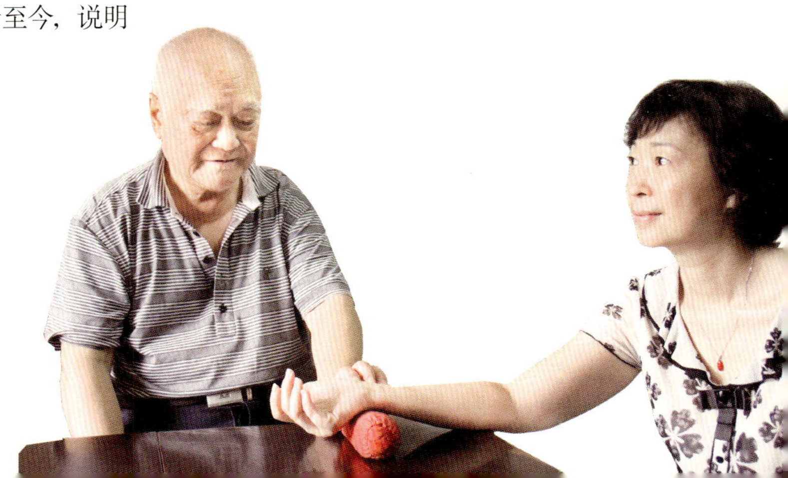

张一贴传承人在诊脉（汪翔　摄）

443
IX-4

# 中医传统制剂方法

达仁堂清宫寿桃丸传统制作技艺
定坤丹制作技艺
六神丸制作技艺
致和堂膏滋药制作技艺
季德胜蛇药制作技艺
朱养心传统膏药制作技艺
漳州片仔癀制作技艺
夏氏丹药制作技艺
马应龙眼药制作技艺
罗浮山百草油制作技艺
保滋堂保婴丹制作技艺
桐君阁传统丸剂制作技艺

## ■ 达仁堂清宫寿桃丸传统制作技艺

申报地区或单位：
天津中新药业集团股份有限公司达仁堂制药厂

清宫寿桃丸系天津达仁堂制药厂独家品种，原名“蟠桃丸”，由人参、当归、地黄、枸杞子、分心木等多种名贵药材组成，具有补肾生精、益元强壮作用，且药性平和，是清朝“古稀天子”乾隆的御用秘方，最早的记载见于《清宫医案》的乾隆朝医案中。

达仁堂始创于1912年，脱胎于自雍正朝开始供奉御药的“乐家老铺——同仁堂”。清王朝灭亡后同仁堂停止了御药供奉，但当时末代皇帝溥仪作为伪满政权代言人仍从“乐家老铺——达仁堂”购药，由此“蟠桃丸”的宫廷秘方和传统制剂工艺，通过达仁堂的发展传承下来。但是，该药的生产在“文革”时期受到了极大影响，大部分生产及技术资料遗失。为了保护珍贵的文化遗产，1982年初，经陈可冀院士主持的“清宫医案研究室”进一步研究证实，该药不仅疗效显著，而且确为清代乾隆朝御用秘方。

天津达仁堂享有“蜜丸王”美誉，其炮制技术和选材标准始终遵循传统。清宫寿桃丸坚持清代宫廷制药的选料方法和原则，以优质药材入药，遵循古法炮制技艺，使得清宫寿桃丸达到宫廷秘制药的水平。清宫寿桃丸成为补肾益元、补气益血、延缓衰老的滋补上品。

清宫寿桃丸旧时炮制工具铜研船（李莉　提供）

达仁堂清宫寿桃丸传统制作技艺主要工序（赵梵汐　摄）

酒浸大生地

药材挑拣

拧揪

打佥戳

## ■ 定坤丹制作技艺

### 申报地区或单位：山西省太谷县

定坤丹为妇科综合治疗制剂。系清代乾隆年间中医妇科制剂中的一大珍品。属于“古方所未备，珍秘而不传”的国家级保密处方。

据载，清乾隆四年（1739），太医院集全国名医编修《医宗金鉴》，乾隆命将宫妃郁血病列入研究内容。众御医很快据竹林寺僧《竹林女科证治》中“补经汤”一方，删减增补，拟出一个处方，施之临床，屡试屡效。定名为“定坤丹”，取“坤宫得到安定”之意，专供内廷使用。后定坤丹处方辗转落入广誉远前身“广升药店”，作为山西的独特产品流传下来。

定坤丹主要原料有：人参、鹿茸、当归、熟地、砂仁、红花、三七、于术、香附、阿胶、五灵脂、元胡等，共计二十多种珍贵中药材组成。具有补血、敛血、调经、安胎、解郁、柔肝、缓中、止痛、行淤、舒气、和胃、醒脾等功能。选料珍奇，配伍精当，治疗范围相当广泛。除了有调经活血之效外，兼有补气生血、疏肝解郁、镇痛、止带等作用，并可增强机体免疫功能。

新中国成立初期的定坤丹包装盒

定坤丹制作技艺主要工序（赵振中 摄）

传统包装工艺挂腊

传统炮制工艺制干姜炭

运用经验掌握炮制火候

传统炮制技术制熟地

# ■ 六神丸制作技艺

## 申报地区或单位：上海市黄浦区

苏州雷允上药店

上海中联制药厂老照片

六神丸肇始于雷氏传人雷子纯。清同治年间，雷氏传人雷滋蕃得六神丸方，扩大生产，声誉日增。现为上海雷允上药业有限公司的著名特色品种，是国家保密品种，也是国家一般中药保护品种，1979年、1984年和1989年三次获得国家金质奖。

六神丸应用独特的中医药配伍理论：所用药材不是最常用的植物类药，而是动物、矿物类药，且有一定毒性，只有深谙中医药理论精髓的医家圣手才能开出这样的配方，既保留毒性药材中的有效成分，又降低毒性药材的毒副作用。和其他传统中药比，六神丸具有剂量小、起效快的特点。服用剂量仅以毫克计算；其他传统中药通常一个疗程需用周、月来计，而六神丸服用过后一天半日就可发挥作用。

在技艺上，六神丸从选材到“泛丸”（即制丸）由人工完成。其选材十分严格，珍珠选用港濂珠，不用老光珠；麝香必用“当门子”，即是指麝体下腹部腺香囊中成颗粒状者的干燥分泌物，质优价贵。采购蟾酥的时间大都在春秋雨季，直接向乡农收购，由老药工指导刮取蟾酥浆。“泛丸”则是通过成型、起模、打光等纯手工制法，使微丸具有圆整度、光亮度高及崩解速度快的特点。“泛丸”是中药的传统工艺，但要泛制成如六神丸这么小（如芥菜籽）的丸药，一般难以做到，彰显其技艺独特。其制作工序按采购、炮制、选配等步骤分解下去，制药工各司其职，相互间不允许打听。各岗完成原药后，再汇总到传人手中，由传人在一个封闭的房间里完成最后的合成。

水丸包装

自动过筛机

脚踏数粒机

出条机

（上海雷允上药业有限公司　提供）

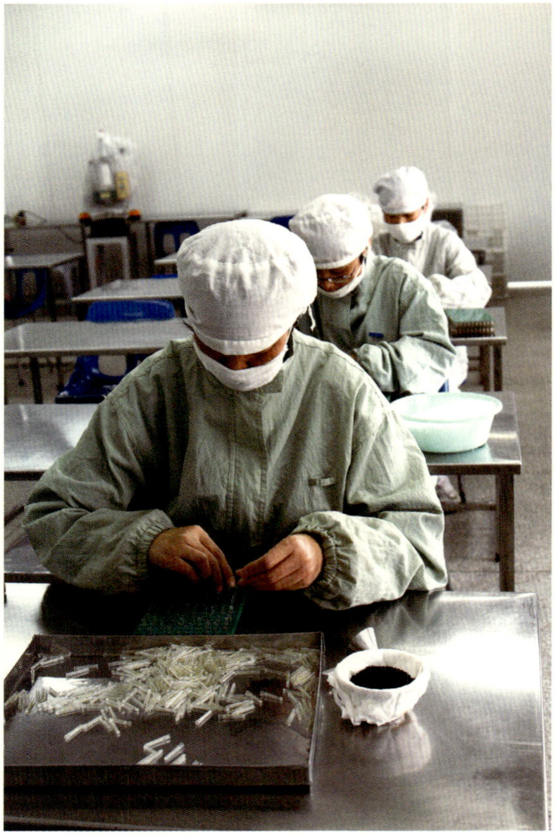

上海六神丸内包装（上海雷允上药业有限公司　提供）

## ■ 致和堂膏滋药制作技艺

### 申报地区或单位：江苏省江阴市

致和堂膏滋药是江苏省江阴市柳致和堂的传统中药产品，主要用于冬令进补。

致和堂膏滋药的特色是辨证论治，因人而异，品种多样。一是选用古代经典方和柳宝诒的验方，或适当加以调整。二是绝大多数为当代名中医经过诊断开出的处方，膏方的配药、用量，严格按照进补者所在地区、年龄、体质及病情等不同情况合理配制。膏方用药地道，采用上等药材，杜绝以次充好。不少药材从产地直接购进。在用药分量上做到足斤足量。三是严格采用传统工艺流程，膏方制作经过药料浸泡、煎煮、浓缩、收膏、存放等特定程序和严格操作过程，原料加工采用传统工艺，不添

致和堂膏滋药制作技艺主要工序

加任何化学药成分。操作全凭经验掌握。每道制作过程都由经验丰富的老药师严格检查监督。

柳宝诒是晚清名医，1890年创办柳致和堂药店，到现在已有一百多年的历史。柳致和堂药店自开设至今，虽几经改名，但从未间断应用传统制作工艺制作膏滋药。1980年恢复致和堂原名。多年来，经过师徒相传，涌现出一批全面掌握膏滋药熬制工艺的高手，江苏大众医药连锁有限公司有五十多家药店始终坚持用传统工艺制作膏滋药。

## ■ 季德胜蛇药制作技艺

申报地区或单位：江苏省南通市

季德胜蛇药系由江苏省南通市著名蛇医专家季德胜先生祖传6代秘方发展而来的传统中成药。1954年，季德胜毅然决定把季氏家族6代人心血凝成的蛇药秘方献给人民政府，先在南通中医院小批量生产，1957年由市政府指定南通制药厂独家生产。至今五十余年从未间断。季德胜蛇药从家庭手工生产通过不断改良过渡到工业化生产，制药技艺由工序严谨的原药材前处理加工技艺和成药的后道特色工艺集合而成，制作技艺日臻完善，传统工艺的精华依然保留，产品质量不断提高，

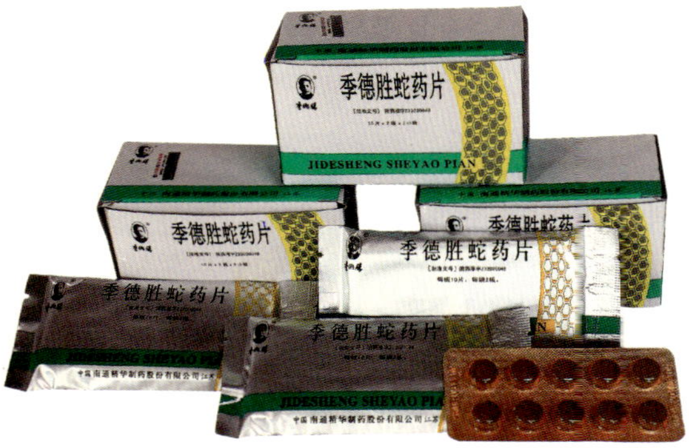


季德胜蛇药片产品（张立新　摄）

季德胜蛇药制作技艺主要工序（江苏省南通精华制药股份有限公司 提供）

原材料检验

净药材储存检查

中间体质量检查

中间体储存检查

蛇药片前道生产

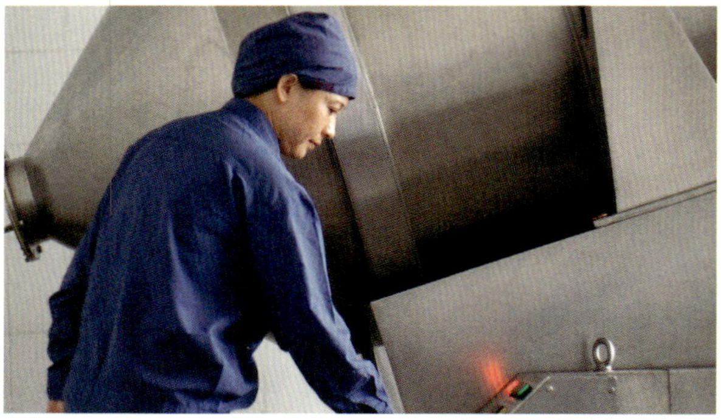
总混

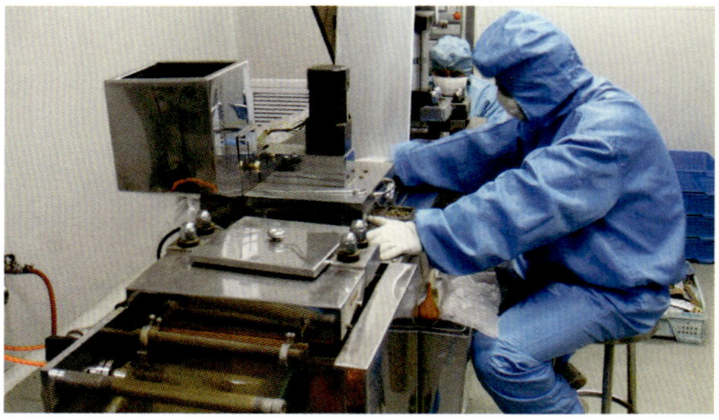
蛇药片后道生产

产销量稳步增大，用户遍布全国各地，并逐步进入海外市场，尤其在东南亚诸国享有较高声誉。20世纪60年代曾作为抗美援越战备物资源源不断通过胡志明小道为越南人民军和游击队疗伤解毒，中国人民解放军也将该药品作为战备用药。

目前，季德胜蛇药已收入国家基本药物目录，在全国广泛应用。

## ■ 朱养心传统膏药制作技艺

申报地区或单位：浙江省杭州市

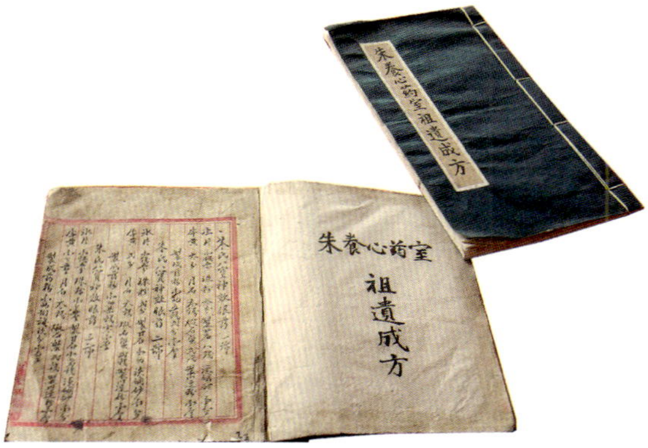


《朱养心药室祖遗成方》手抄本（吴敏　摄）

朱养心老宅一角（吴敏　摄）

朱养心传统膏药制作技艺是骨伤科外用敷贴的传统硬黑膏药制作技术，因其研制的膏药疗效显著而名震江南，是我国传统制药技术中的佼佼者。其创始人朱养心于明天启年间在古杭城胥山（今吴山）脚下开设"朱养心药室"（原称"日生堂"），专门从事骨伤科治疗，影响遍及江、浙、沪及港澳地区和东南亚国家，至今已有四百余年历史。

朱养心传统膏药目前尚保留的主打产品有朱氏狗皮膏、万灵五香膏、五香伤膏、童禄膏、消炎红膏药、清凉膏等，尤以狗皮膏最为著名。这些膏药配方独特，纯传统手工操作。严格按照选料、炸药、下丹、收膏、去毒、烊膏、摊涂、加药等十余个步骤进行，工艺繁杂、技术精湛。特别是要求掌握炼油环节中"挂丝"、"滴水成珠"，收膏"老嫩度"及摊膏中"菊花心铜锣边"等关键技术。

朱养心传统膏药制作技艺，是由传承人口传心授传承下来的，其后人一直秉承"专注伤科"的经营理念与"勤勉精进"的祖训，精心传承与保护传统膏药产品与制作技艺，不断在专科领域内做精做强、发扬光大。

朱养心传统膏药制作技艺具有杰出的中药学价值、文化价值、民俗学价值和社会价值，是祖国中药文化的宝贵遗产。由于现代生活方式的改变和西医药的普遍运用，传统膏药应用减少，其传统制作技艺面临着失传的危险，亟待加强保护。

朱养心传统膏药制作技艺主要工序（邵荣华　摄）

选材

炸药

炼油

下丹

收膏

去火毒

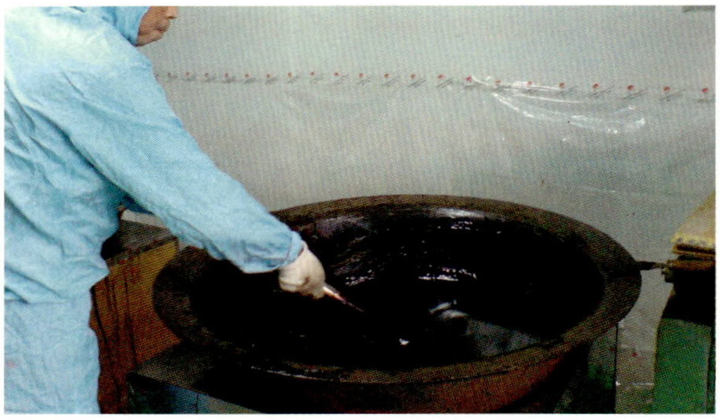
烊膏

摊膏

## ■ 漳州片仔癀制作技艺

申报地区或单位：福建省漳州市

片仔癀始创于明嘉靖年间（1522—1566），至今已有近五百年的历史。明嘉靖三十四年（1555），明世宗的一位御医因不满朝廷，逃离京城，辗转到福建漳州，隐姓埋名，在漳州东郊璞山岩寺出家为僧并悬壶济世，用宫廷配方及独特工艺精制出既可外敷、又可内服的药锭。因其疗效显著，切一小片即可消肿退癀（“癀”是闽南方言，意为热毒肿痛），故名“片仔癀”，具有消炎、解毒、镇痛等功能，主治范围也由外科疮疡而扩大到治疗肝胆疾患。数百年来，片仔癀随漳州民众迁徙移居南洋而走向海外。

1992年，片仔癀被国家中医药管理局和国家保密局列为绝密的国家重点保护中药制剂，其处方与制作工艺至今未曾解密。

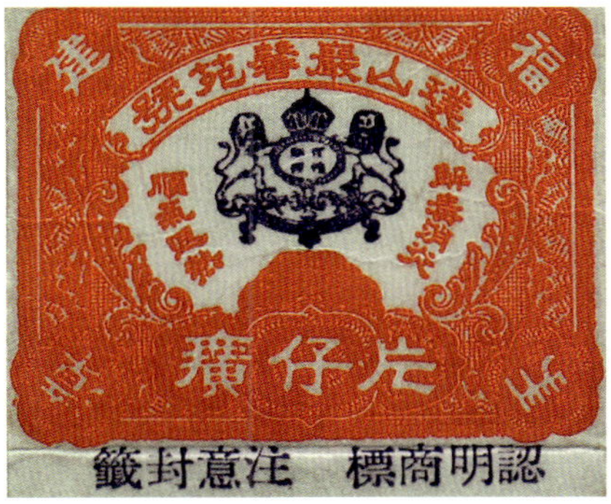


1954年片仔癀内销外包装（漳州片仔癀药业股份有限公司　提供）

片仔癀剂型为锭剂（漳州片仔癀药业股份有限公司　提供）

天然麝香

牛黄

田七

蛇胆

（漳州片仔癀药业股份有限公司　提供）

# ■ 夏氏丹药制作技艺

## 申报地区或单位：湖北省京山县

炼丹术是古人为求“长生不老”而炼制丹药的方术。中国炼丹活动起源于公元前3世纪的战国时期，在中医传统制剂基础上将药物加温升华发展为炼丹术。炼丹术所制成的药物有外用和内服两种。外用者至今还很有医疗价值，内服则由于其毒性较大而逐渐被淘汰。

炼丹一直被披上神秘色彩，其实验方术大多失传，然而在湖北，以夏大中、夏小中为代表性传人的夏氏家族至今却仍延续着这一古老的制药方法，通过烧炼矿物类药物以制造“白降丹”。夏氏炼丹术炼出的丹药是一种外用药物。

外科常用的丹药有红升丹、白降丹两种。所谓“升丹”，就是在炼丹时罐口朝上，谓之“升”；反之，罐口朝下，就是“降”，炼成的称“降丹”。白降丹具有拔毒消肿、去腐杀虫之功效。现代多用于蜂窝组织炎、慢性骨髓炎、全身各部的化脓性感染等疑难病症。

随着时代的变迁，各种先进制药工艺冲击传统的炼丹术，夏氏炼丹术面临濒危状态，亟待抢救。

夏氏丹药制作技艺主要工序（石霞　摄）

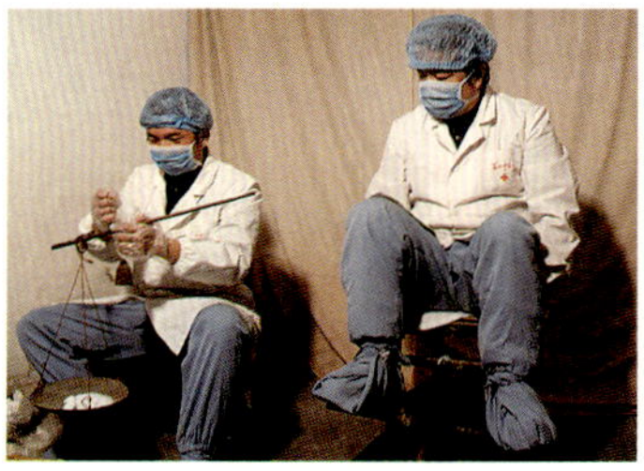
研细

把配料置于瓦罐内；用文火熔融，使药均匀地凝结于罐底；用微火烘干。

炼丹武火90分钟

炼丹文火90分钟

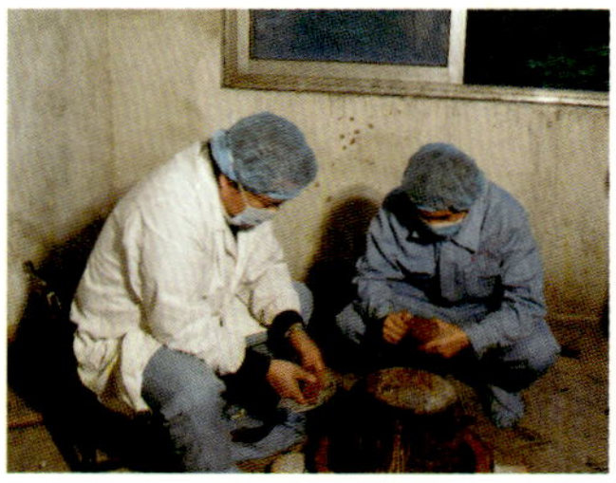
以黄泥和盐卤层层封固

开罐取丹

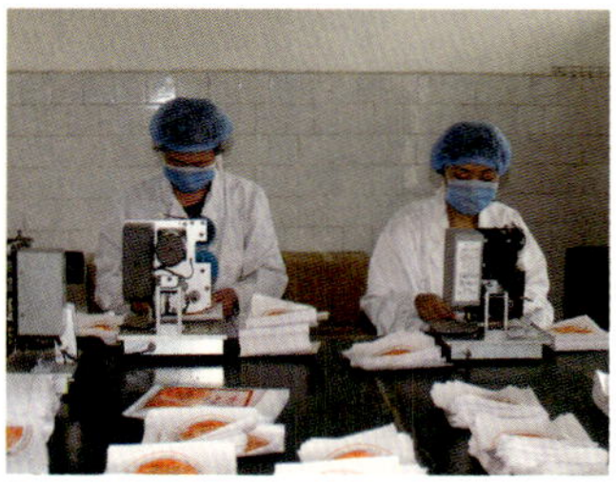
成药包装

## ■ 马应龙眼药制作技艺

申报地区或单位：湖北省武汉市武昌区

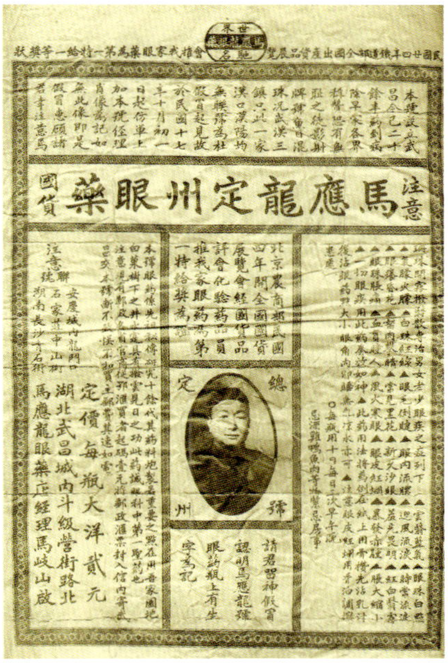


民国时期报纸所登载的马应龙眼药广告

马应龙第十二代传人马岐山

马应龙第十三代传人马惠民

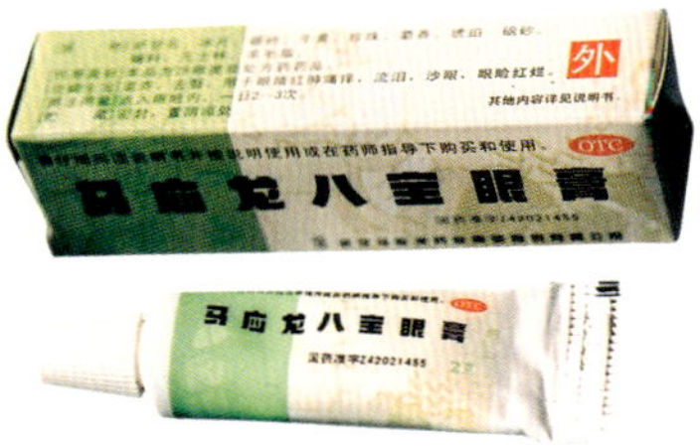


马应龙八宝眼膏

马应龙传统制药技艺起源于明朝万历年间的河北定州，历经14代人的传承，距今已有四百余年的历史。

当初，创始人马金堂潜心研究，摸索总结出一套独特的制药技艺，制成眼药。历经清朝、民国时期的砥砺发展，新中国成立时，马应龙第十三代传人马惠民任马应龙制药厂（后改名为“武汉第三制药厂”）厂长，在古方验方的基础上遵循传统制药技艺，生产眼药、痔疮药等多种药品。1995年，武汉第三制药厂更名为“马应龙药业股份集团有限公司”，马应龙传统制药技艺得以延续保存和弘扬。

马应龙制药技艺有其传统的特色和规范，从选材、炮制、配料到成药有一整套严格的规程，独成一家。选材唯真唯优，忌劣忌假，且所采用的药材十分名贵。在制药过程中，器皿的卫生、原料配合投放的先后顺序、药物的细度成色都要严格掌握。因春夏秋冬四季气候的不同，炮制原料的方法各有差异，对药物的盛放有苛严的要求，所使用的盛器质地各异，种类繁多。马应龙传统制药技艺对外界绝对保密，在家庭内部也只单传长子长孙，或择优相传，数百年来从未违例。

马应龙传统制药技艺流程复杂，工序细腻，堪称我国中药传统生产工艺的代表，具有独特的历史文化价值、科学开发价值和实用价值。由于现代生产技术给手工作坊式的传统制药工艺带来巨大挑战，从而引起传统工艺失传，对此应引起高度重视。

马应龙眼药制作技艺主要工序（安兵 摄）

飞水

鉴别药材品性

分离吊浆

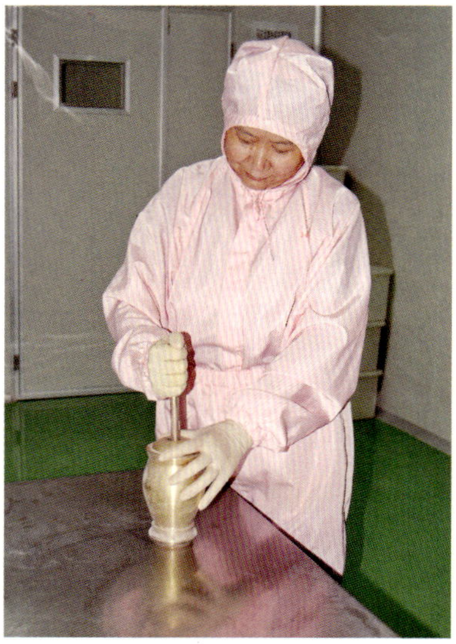

捣药

漂筛

称量入药药材

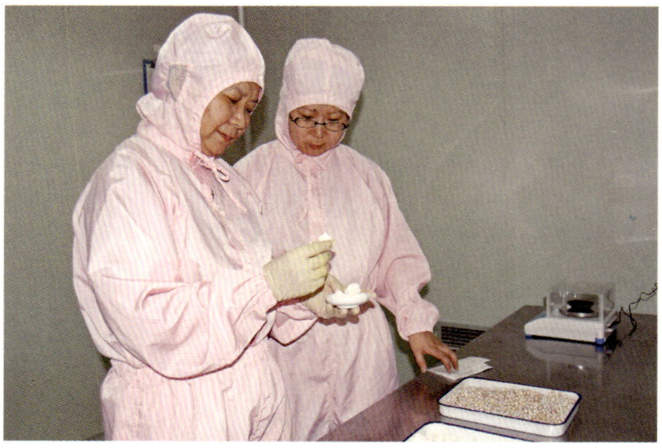

鉴别药材成色

# ■ 罗浮山百草油制作技艺

## 申报地区或单位：广东省博罗县

罗浮山百草油制作技艺是以岭南地区特殊地理、气候环境为背景，采集多种地产药材，经过蒸馏、过滤、配制等工艺而制作的一种疗效显著的多用途油剂。它以中医药理论为指导，以罗浮山道家医药为源头，以岭南医药学为特色，其制成品百草油在岭南地区和海外华人中被广泛应用。

制茶油用的木制槽

提取植物精油所用设备

碾船

铜锅

罗浮山百草油制作技艺主要工具（广东罗浮山国药股份有限公司　提供）

罗浮山百草油制作技艺主要工序（梁举兴 摄）

药材浸泡前处理

茶油浸泡药材

浸泡完成后过滤药渣

过滤

百草油处方来源于晋代医药学家葛洪。他针对罗浮山森林茂密、空气潮湿、瘴气密布的特点，采集罗浮山多种名贵草药，炼成百草油，解除民众疾苦。明代罗浮山黄龙观道士陈伯辉将百草油处方加以整理，加工定型，至今已有五百多年历史。百草油处方和技艺由罗浮山道士代代相传至20世纪初期，因战乱流落民间。20世纪五六十年代，赤脚医生叶国经等收集研制百草油技艺，并创办药厂，实现批量生产。技术人员陈新泉和廖志钟在继承传统制法的基础上，研究和优化关键工艺参数，使罗浮山百草油制作技艺不断发展和提高。

罗浮山百草油由68味中草药提取的百草精加11种植物精油配制而成。具有祛风解毒，消肿止痛、止痒的功效，适用于治疗各种风毒、湿毒、热毒、暑毒引起的一系列病症，安全性好。

罗浮山百草油是岭南地产药物的代表，具有特殊的技术价值和较高的历史价值和文化价值。它的研制、传承和发展见证了岭南地产药物的发展，对研究岭南医药和罗浮山百草文化，都有着重要意义。

近些年来，由于外国品牌的类似产品大肆涌入，罗浮山百草油的市场在萎缩，主要限于两广地区年龄稍长的人群使用，制作技艺的传承和发展面临着威胁。

罗浮山百草油

# ■ 保滋堂保婴丹制作技艺

申报地区或单位：广东省医药行业协会

保婴丹药粉（广州中一药业　提供）

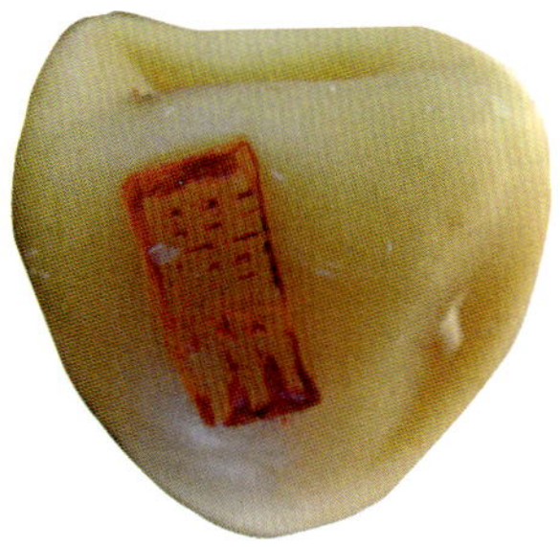

蜡壳保婴丹（广州中一药业　提供）

保婴丹处方中的药材（广州中一药业　提供）

药粉分装（广州中一药业　提供）

保滋堂创立于清康熙八年（1669），距今已有三百多年的历史，是商务部首批认定的“中华老字号”。创始人潘务庵本着以诚信立业的理念，根据民间验方首创保滋堂保婴丹，成为治疗小儿急惊风的良药，并传承至今，远销海外。

保婴丹的处方由26味药组成，虽命名为“丹”，实际上却是散剂，特别适合治疗小儿急惊风等疾病。

由于保滋堂保婴丹坚持尊古、继承的中医制药理念，从组方、药效、剂型乃至包装，都一丝不苟，尊用古法。因此在海内外深受欢迎，被广大华侨称为“古方正药”。

保滋堂保婴丹制作技术上的另一个特点是“以蜡壳包装散剂”，有效地防止了药品受潮，便于长期保存和取用。

然而，由于种种历史原因，广州中一药业有限公司生产的保婴丹只供外销，内地市场一片空白。保滋堂保婴丹传统制作技艺在国内处境尴尬，濒临失传，亟待挖掘和保护。

# ■ 桐君阁传统丸剂制作技艺

## 申报地区或单位：重庆市南岸区

桐君阁创办于1908年（清光绪三十四年）。百年来，历代桐君阁人秉承“仁心仁术”、“草木皆春”的职业道德观，以“君子自重，蹈矩循规；业精于勤，象仪畏威”的店规古训规范员工言行。其独特的中成药制作工艺，师徒相传，精选药材、遵古炮炙、循方制药、追求疗效，药真价实，诚信经营。从最初的“前门开店、后门制药”的小作坊，逐步发展成为现已能生产12种剂型、250个品种的包括内服、外用，门类齐全的中成药生产经营企业。民间称颂“老牌桐君阁、精制中成药”。

随着社会的发展，传统中成药制作工艺正经受经济大潮的洗礼。老药师、老药工身传口授的精湛制药技艺正在消亡，更需要年轻一代制药人刻苦钻研，继承发展。

老药师传授中药材炒制技艺（何亚军　摄）

中药材传统粉碎方式（何亚军　摄）

中药材传统磨粉方式（潘永为　摄）

老药师传授手工泛丸起模方法（何亚军　摄）

444
IX-5

# 针灸

陆氏针灸疗法

## 申报地区或单位：上海市

陆氏针灸疗法是以陆瘦燕为代表的陆氏针灸流派的针灸学术思想和学术经验的总结。

陆氏针灸疗法产生于清末民初，是我国近现代国内外影响最大的针灸流派之一，在其形成与发展的过程中最关键的人物是陆瘦燕。陆瘦燕生父李培卿（师承陈慕兰），素有“神针”之誉。陆瘦燕幼承庭训，18岁即学成悬壶济世，不久蜚声上海。在继承、普及、发扬、提高针灸医学事业中建树颇丰。目前，陆瘦燕直系门人均年事已高，后继乏人，陆氏针灸疗法的应用及研究情况濒危。

陆氏针灸在学术上融会贯通、自成体系；在医疗上针术精湛、效若浮鼓，蜚声海内外，形成了独特的医疗风格，其针灸医学的建树主要包括：1. 潜心钻研，完善针灸理论；2. 注重切脉，提高诊断准确性；3. 倡用奇法，提高临床疗效；4. 国内最早开展针刺手法实验研究，促进针灸科学的发展；5. 提倡温针、伏针伏灸，冬病夏治，影响深远；6. 改良针具，创制“瘦燕式”金银质毫针及不锈钢毫针；7. 创办“新中国针灸学社”及函授班，以师承和学校教学两种方式培养大批人才；8. 创制经络腧穴电动玻璃教学模型，最早为针灸经络教学提供现代化的直观教具；9. 著书立说，传播学术思想，在国内外针灸界具有重要影响。

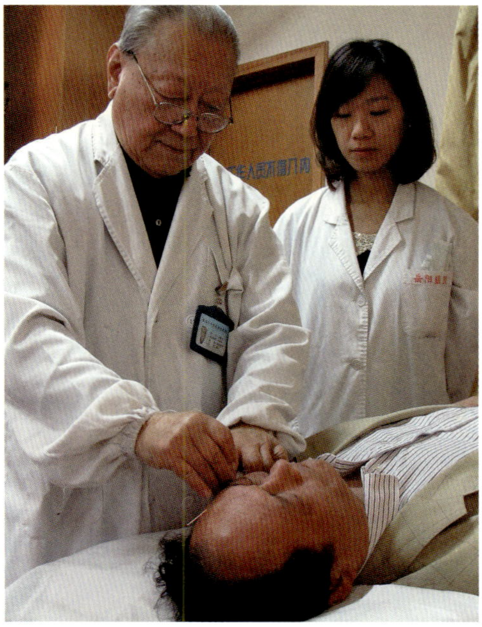

传承人弟子在上海名医堂为患者做针灸治疗（金珠　摄）

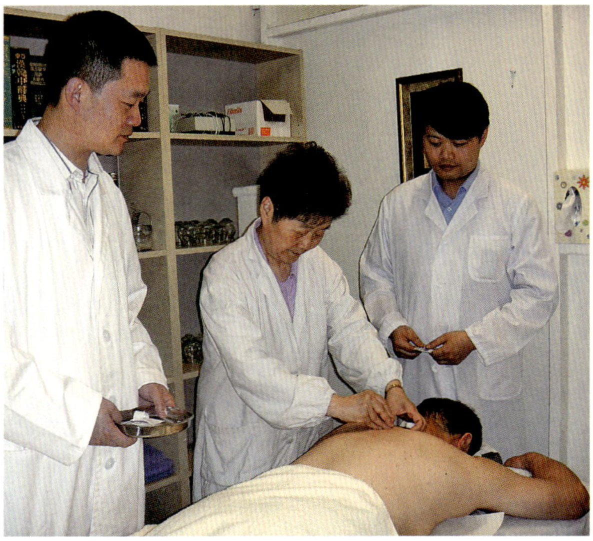

传承人后代在澳大利亚悉尼诊所为患者做针灸治疗（金绍国　摄）

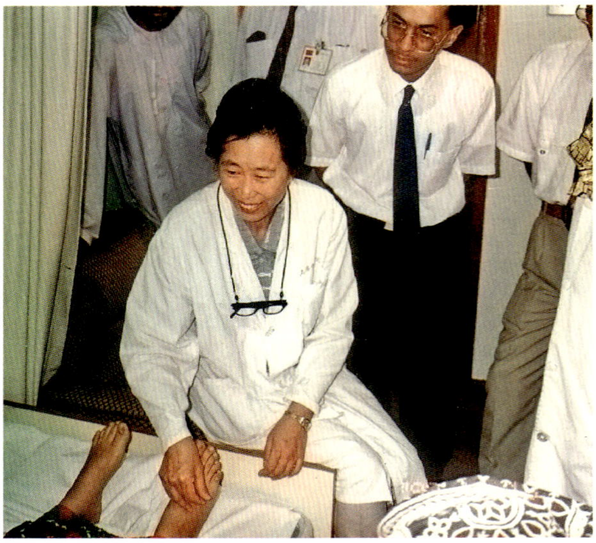

传承人后代在阿曼苏丹国马斯克塔中医中心为卡布斯大学的医学生介绍中国针灸医学

445
IX-6

# 中医正骨疗法

武氏正骨疗法
张氏骨伤疗法
章氏骨伤疗法
林氏骨伤疗法

## ■ 武氏正骨疗法

申报地区或单位：山西省高平市

山西武氏正骨疗法是传统中医骨伤科疗法之一，源于清末，迄今已有百年历史。奠基人武根定（1886—1957）12岁在山西省沁水县白云寺牧羊时拜一老和尚为师，学得正骨技术和“唾骨正骨法”。1945年高平解放后，曾被聘为“高平县三区医生研究所”成员。1957年去世后，第二代传人武承谋继承祖传，于1969年6月在马村掌握村创立“马村镇掌握村卫生所骨科”；1976年1月成立“马村镇掌握村正骨医院”；1993年3月更

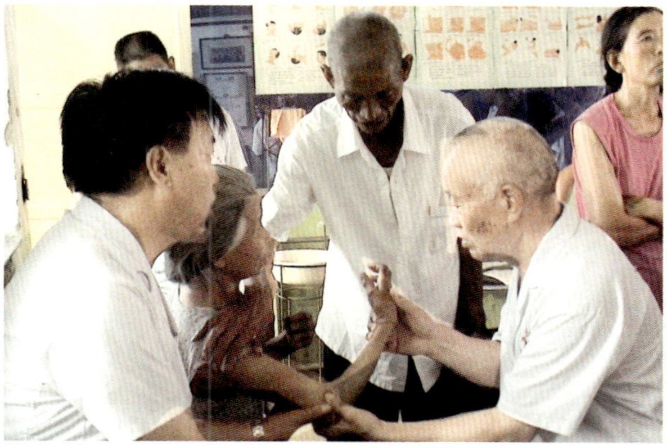

武氏正骨法传承人为患者治疗

武氏正骨创世人、第一代传人用过的行医用品

武氏正骨法主要疗法

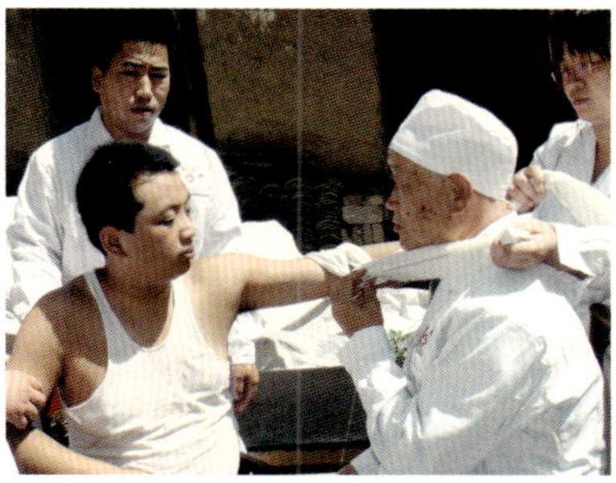

对坐位牵引法治疗肩关节前脱位手法

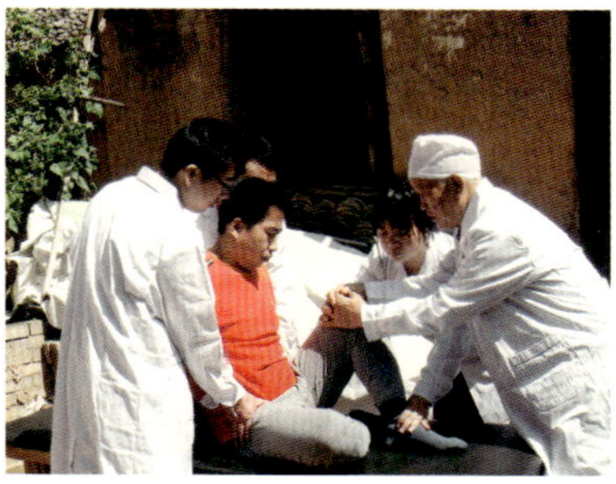

盘腿牵引整复法治疗髋关节后脱位手法

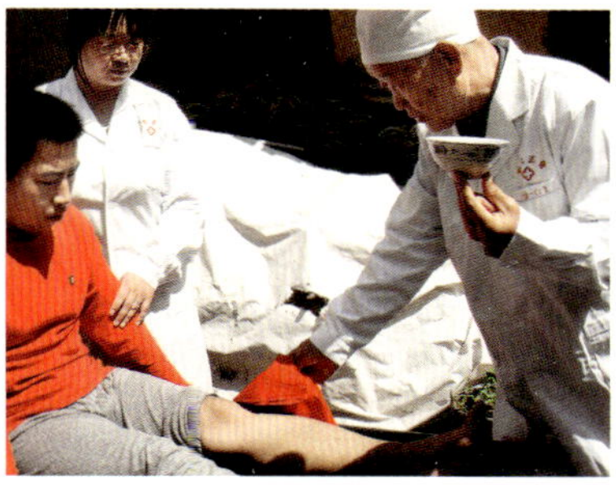

唾骨正骨法手去演示

名为“高平市武氏正骨医院”；1994年7月由第三代传人武天宝在高平市内开设“高平市武氏正骨医院友谊街分院”；2000年12月更名为“高平市武承谋骨伤专科医院”。

经过几代人的不懈努力和不断发展，武氏正骨形成了自己的独特正骨技术和学术专长。武氏正骨总纲为“一次整复，多次矫正，持续牵引，定期调整”。其特色为“手法整复，牵引加小夹板固定为主；内服三期中药为辅；以推拿按摩舒筋手法恢复后期功能善后”。武氏的正骨手法心诀：“摸之心要准，按之手如戳，拽之力要当，捏之手要稳，转之松（灵）巧，合之功要真。”武氏正骨根据骨伤患者的具体情况，采用的正骨整复手法有“问号法”、“提拉法”、“颈膝牵引法”、“坐位牵引法”以及“双拇指按压法”等。内服中药“武氏接骨方”。

武氏正骨是中华医学骨伤科中的一个支流，从其产生到现在一直在当地发挥着重要的作用。目前，面临传承困境，急需保护。

## ■ 张氏骨伤疗法

### 申报地区或单位：浙江省富阳市

张氏骨伤疗法夹板材料——杉树皮（富阳市中医骨伤医院　提供）

杉树皮夹板（富阳市中医骨伤医院　提供）

张氏中医骨伤疗法是浙江富阳人氏张永积在清道光年间创立的，以手法整复、杉树皮夹板外固定、百草伤膏治疗为特色。

自张永积（1788—1862）始创张氏中医骨伤科，距今已有一百七十余年历史。至第四代传人张绍富（1922—1992）、第五代传人张玉柱（1948—），张氏中医骨伤疗法逐步形成了“整体辨证、手法整复、杉皮固定、内外兼治、筋骨并重、动静结合、功能锻炼”为特点的骨伤诊疗体系，正骨手法独特，中医药特色明显，大幅降低了治疗费用，社会效益显著。

张绍富曾任浙江省名老中医及中国中医科学院骨伤研究所客座研究员，张玉柱主任中医师为第四批全国老中医药专家学术继承指导老师、浙江省名中医，他们通过“师带徒”的形式培养了一批弟子，使张氏中医骨伤疗法得到传承与发展。但其治疗的精髓如手法正骨技术，非经三五年学习才能够充分掌握；杉树皮夹板应用受杉树的生长分布影响，具有一定的地域局限性和不可持续性；这些都急需得到国家的扶持与保护。

第五代传承人张玉柱（富阳市中医骨伤医院　提供）

百草膏制作（富阳市中医骨伤医院　提供）

# ■ 章氏骨伤疗法

## 申报地区或单位：浙江省台州市

章氏骨伤科始创于清道光三年（1823），至今已一百八十余年。章氏传承7代，在手法正骨、中药内服外敷、杉树皮固定治疗风湿痹痛、骨折筋伤等骨伤疾病方面独树一帜。

清道光初年，章正传得云游武僧传授伤科，以外疗为主。道光末年，其子章如奎在黄岩开设保春堂伤科。至第三代传人章玉堂，总结出一套内外兼治的理、法、方、药，以中草药和祖传的指法点穴相结合治疗软组织损伤，对创伤病人，用儿茶煎汤冲洗清疮，珍珠散生肌收口。第五代传人章显法，融合现代科技，使传统骨伤疗法得到跃升。章氏骨伤疗法的特点是：

1. 注重整体观，重视内脏气血关系，重视摸诊，强调手摸心会。

2. 强调筋骨并重。应用独特的点穴理筋手法，总结出“正骨十法”即“手摸心会、拔伸牵引、旋转屈伸、端提挤按、摇摆触碰、夹挤分骨、折顶回旋、按摩推拿和点穴理筋”，手法柔和、轻巧、沉稳、准确，达到“法之所施，病人知痛骨已拢”的境界。

3. 杉树皮夹板，从选材到固定有严格要求，完善了制作流程，具有便、简、轻、不易过敏、可塑性强、可透X线等特点，利于早期功能锻炼，配用自制药膏消肿、固定，促进骨折愈合。

4. 章氏骨伤疗法源于浙江东南，多山沿海，湿气重，章氏中草药内服外敷具有祛淤止痛、温经通络、促进骨折愈合的作用，针对沿海的湿邪有独特疗效。

章氏骨伤疗法传承人年逾古稀或年近花甲，急需培养接班人，摆脱后继乏人的困境。拯救传统的章氏骨伤疗法迫在眉睫。

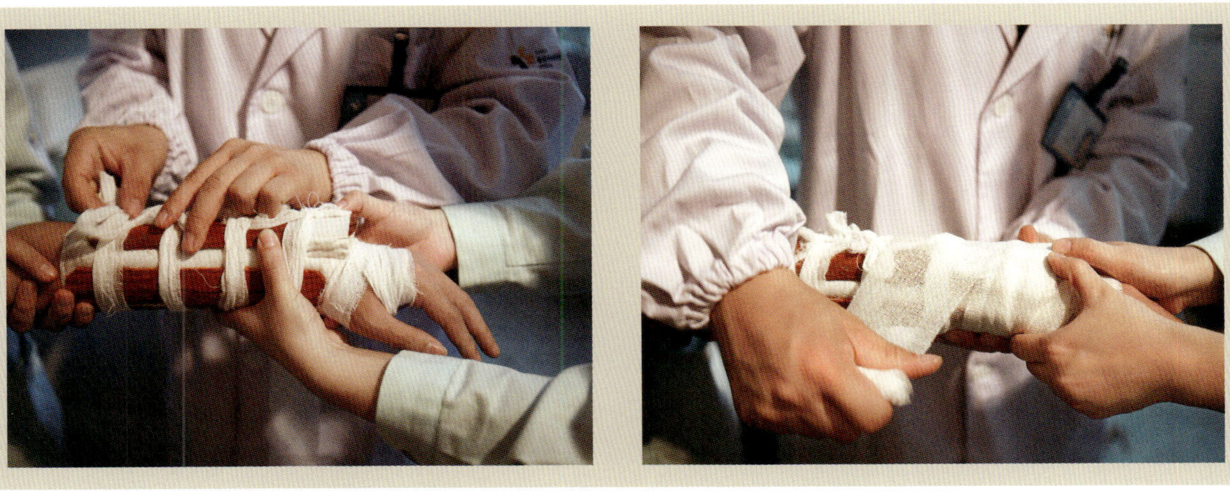

章氏骨伤科骨折手法复位，杉树皮夹板固定技术流程——保护夹板（章允志　摄）

章氏骨伤科骨折手法复位——药膏外敷
（章允志　摄）

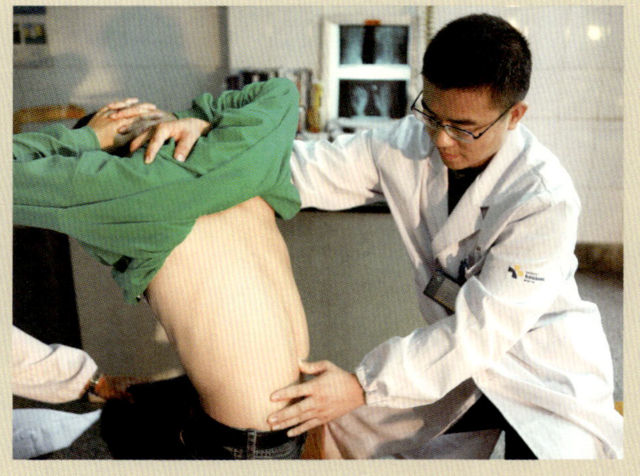

章氏骨伤科摸诊——整脊

## ■ 林氏骨伤疗法

申报地区或单位：福建省福州市仓山区

林氏骨伤世家祖居福州市仓山区盖山镇的盘屿乡，其始祖是闻名八闽的林达年。林达年（1837—1913）从家乡的高盖山上鹤巢寺长老铁珠和尚处学到少林功夫和骨伤科医术，经过多年不断学习、实践，医术大进，遂成为当时福州的一代骨伤名医。

林氏骨伤疗法传承人在研究中草药（郑嘉　摄）

林达年将骨伤医术传给子孙，其中以其孙子林如高最为出色。林如高全面继承并发展了林氏中医骨伤医术，几十年如一日，治愈骨伤病人不计其数。在“文革”中，罗瑞卿将军惨遭迫害，腿部致伤，1975年来福州请林如高治疗。经一年多精心治疗，罗将军的腿伤明显好转。此外他还为王震、万里、叶飞等中央领导人治愈过骨伤病，因此名噪京城。

林氏中医骨科医术对骨伤各种疾患的诊断、复位、固定、练功以及内外用药等方面均有独特之

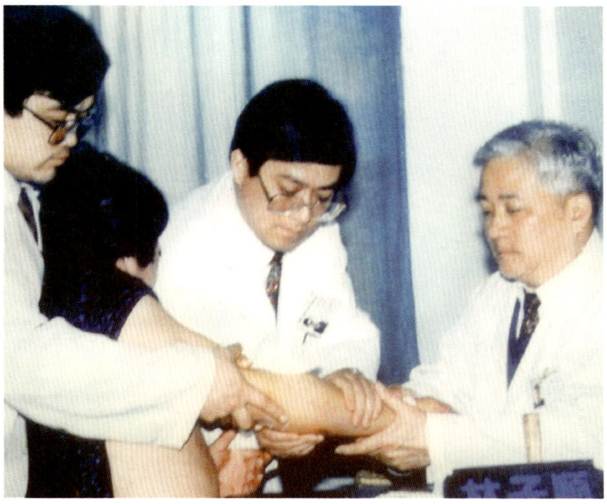

手法复位操作（郑嘉 摄）

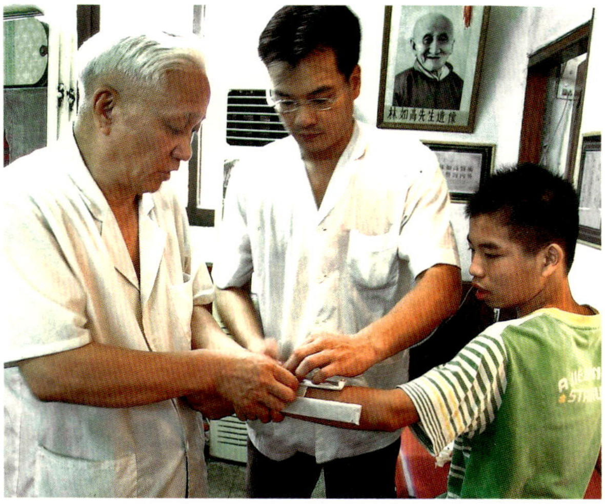

施行手法复位，小夹板外固定治疗。（张旭阳 摄）

处，其学术思想和临床经验主要体现在：1.辩证治疗骨伤，注重手法整复。2.究本溯源，善治筋伤。3.阐发痹证病因，崇尚辩证论治。4.论述痿证病因病机，主张治痿独取阳明。

遵照周恩来总理关于要“把林如高的医疗经验整理出来，留给后代，为人民服务”的指示，福建省卫生厅先后派人整理林如高正骨经验。1977年出版了《林如高骨伤验方歌诀方解》、《练功三十六法》、《林如高骨伤敷药法》、《骨伤资料选编》以及学术论文八十多篇。

448
IX-9

# 藏医药

## 藏医骨伤疗法

申报地区或单位：云南省迪庆藏族自治州

藏族医药是中国民族医药的重要组成部分。藏族医药有悠久的历史，是藏族人民在高寒缺氧的自然环境中，通过长期的生产生活实践，不断积累完善形成的民族医药学体系。其历史源远流长、医著博大精深、理论体系完整。

老式藏药标签(吴春光　摄)

药盒、烧药陶罐(吴春光　摄)

药柜(吴春光　摄)

迪庆藏医骨伤疗法是以传统藏医创伤学理论为基础，运用具有接骨功效的天然鲜草药捣成糊状外敷和内服传统藏药相结合。吸取传统藏医创伤治疗的精华，因地制宜，结合当地资源条件，形成了独具特色的疗法。迪庆藏医骨伤疗法由整复、外敷药加夹板或牵引固定、功能锻炼三个基本步骤构成。其中最具特色的当属外敷药加夹板或牵引固定。这个步骤中包括了骨折初期、中期、后期。初期应用具有清热、消肿、止痛、活血化淤功效的外敷药伤科一号(由铁箍散、冰片、红花、雪山一枝蒿等组成)，并根据不同情况用夹板固定或持续牵引固定，内服传统藏药桑琼丸、十味乳香丸、十八味杜鹃花丸，其药理作用是舒通筋骨脉络和活血化淤。中期应用具有接骨、舒筋之功效的外敷药伤科二号(由铁箍散、红花、骨碎补、当归、榛皮等组成)并根据病情用夹板外固定或持续牵引，内服藏药接骨消炎丸、八味榛皮丸、达尔强散，主要药理作用是促进骨细胞生成、骨化、骨连接和消炎。后期用五味甘露药浴和内服具有补肾壮骨、益气养血强筋骨之功效的石榴日轮丸、巴桑母酥油丸等，并适当功能锻炼。五味甘露药浴具有消炎止痛、活血化淤、强筋壮骨、防止肌肉萎缩、防止关节僵硬等作用。外敷药的主要成分均就地取材，按藏医理论处方，形成了独具特色的迪庆藏医骨伤疗法。

藏族是我国历史悠久的少数民族之一，云南藏族主要分布在迪庆州，迪庆藏医药的应用，以藏族群众为主，与周边的纳西族、傈僳族、白族等交流、交叉为用，藏医骨伤疗法，因疗效好、取材便宜，现已成为迪庆藏医药独有的特色，受到周边人民群众及国内外患者的信任。

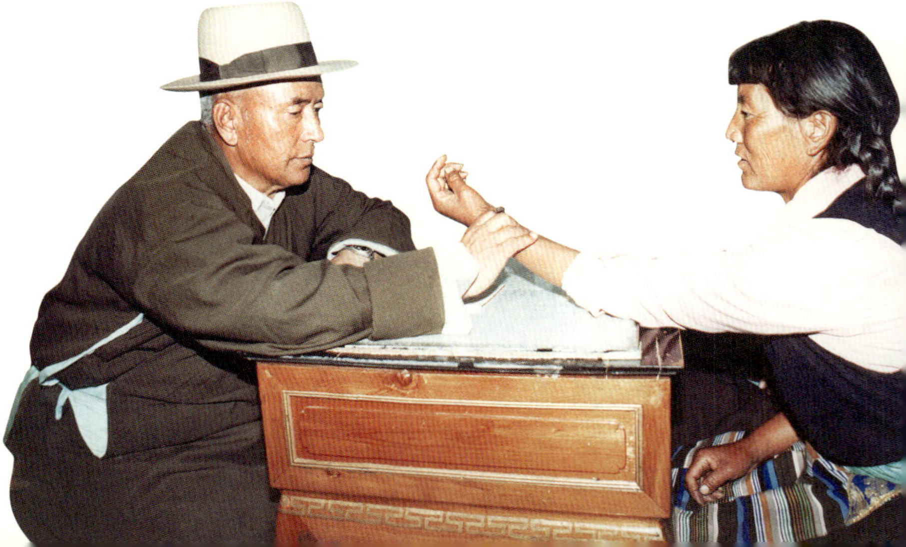

藏医院创始人为患者治病(赵天祜　摄)

## 藏医骨伤疗法制药过程

加工（赵天祜　摄）

拣选药材（吴春光　摄）

磨药盘（吴春光　摄）

水磨（吴春光　摄）

研磨（吴春光　摄）

原料晾晒（吴春光　摄）

半成品（吴春光　摄）

成品（吴春光　摄）

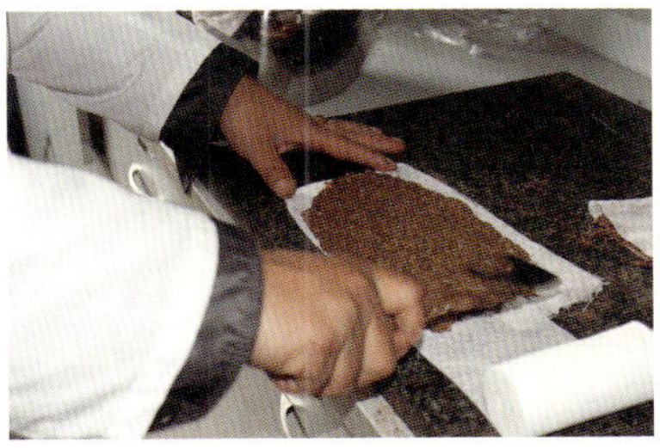
藏医筛药法（夏永生　摄）

972
IX-12

# 蒙医药

蒙医传统正骨术
蒙医正骨疗法
血衰症疗法

## ■ 蒙医传统正骨术

### 申报地区或单位：内蒙古自治区中蒙医医院

蒙医正骨术是蒙古民族长期同疾病作斗争的经验总结，其中以科尔沁正骨术尤为突出。蒙医传统正骨术源自民间，在科尔沁地区，蒙医整骨以萨满医的形式保存和流传下来，形成独特的科尔沁蒙医正骨术。20世纪70年代，科左后旗作为科尔沁蒙医正骨术发源地，建立一所蒙医整骨医院，从而，蒙医整骨技术从民间走向了正规医院，但与其他学科相比，蒙医整骨还没能普及，从业人员不足百人，传承人才匮乏。

蒙医正骨术的内容：在肢体骨折的治疗上采取手法整复、外固定、喷酒按摩、服用蒙药、功能锻炼等综合性治疗方法。具体步骤为：1.根据各部位的不同骨折采取相应的整复措施；2.用牛或马的干皮做固定装置（现在已演变成特制的木质夹板），实施外固定术；3.在创伤部位喷酒按摩（一般情况下，喷酒可分两个步骤，即手法复位之前喷酒，固定之后再喷酒按摩）；4.择期进行创伤肢体的功能锻炼；5.根据病情使用适当的蒙药。

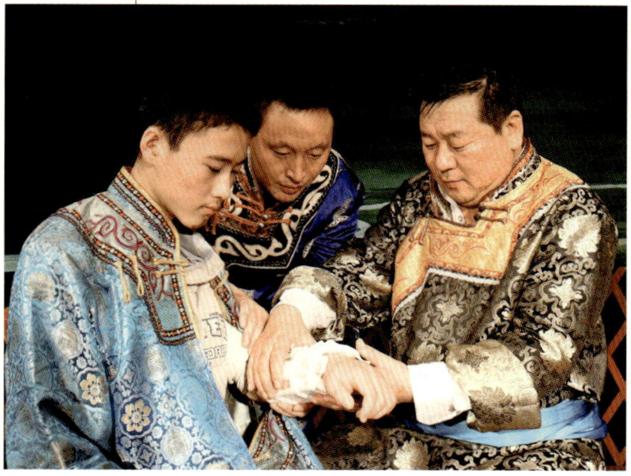

传承人在为桡骨骨折患者进行蒙医正骨疗法中的手法按摩治疗（内蒙古自治区非物质文化遗产保护中心　提供）

传承人在为桡骨骨折患者进行喷酒按摩（包秀奇　摄）

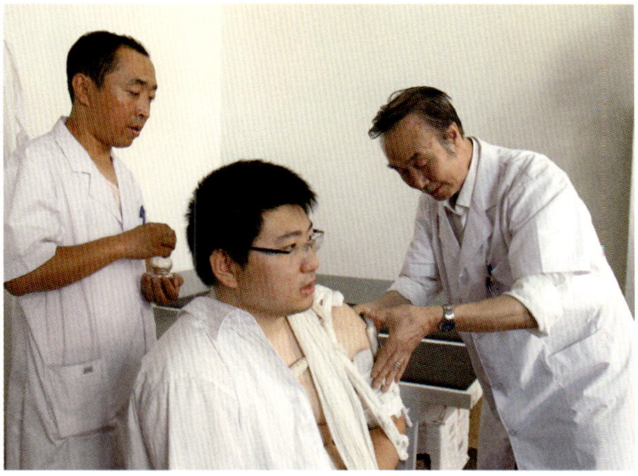

传承人在用手法按摩治疗骨伤患者（内蒙古自治区非物质文化遗产保护中心　提供）

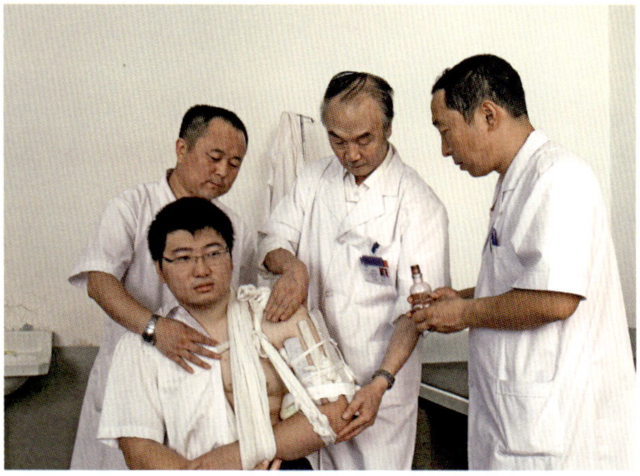

传承人在用蒙医正骨疗法治疗骨伤患者（刘兴亚　摄）

蒙医正骨术具有操作易行、安全、患者痛苦小（免受开刀之苦）、疗程短、愈合快、功能恢复好、不留后遗症等优点，治疗不受环境条件的限制，历来被人们所信任。

## ■ 蒙医正骨疗法

申报地区或单位：内蒙古自治区科尔沁左翼后旗

内蒙古科尔沁左翼后旗历史悠久，文化底蕴深厚，蒙医正骨疗法是这里丰厚文化遗产中的代表。

蒙古族是马背民族，经常会遇到跌伤和骨伤，蒙医正骨疗法应运而生，产生了一代又一代的正骨医生。蒙医正骨疗法基本内容有：

三诊：望、问、切。做到手摸心会。

六则：即正骨的原则，分别为手法复位、夹板固定、按摩疗法、对症下药、调解饮食、功能锻炼。其中又以前三项最具特色，手法复位是因势利导，以力对力的功能适应的正骨技术，分为适放患肢、拽撑牵拉、摇摆扭压、抖提压推、挤挣分骨、折顶回触、拢挤捏拿、钩拉提压、挺压撑推、捻滚按揉等10种手法。

九结合：指医生与患者相结合；三诊与X片相结合；形与神结合；意与气结合；喷酒与手法相结合；局部与整体相结合；内因与外因相结合；固定与锻炼相结合；主动与被动相结合。

蒙医正骨疗法倾注着历代蒙古人的科学精神和文化创造力，是蒙古族医学成就的重要标志。

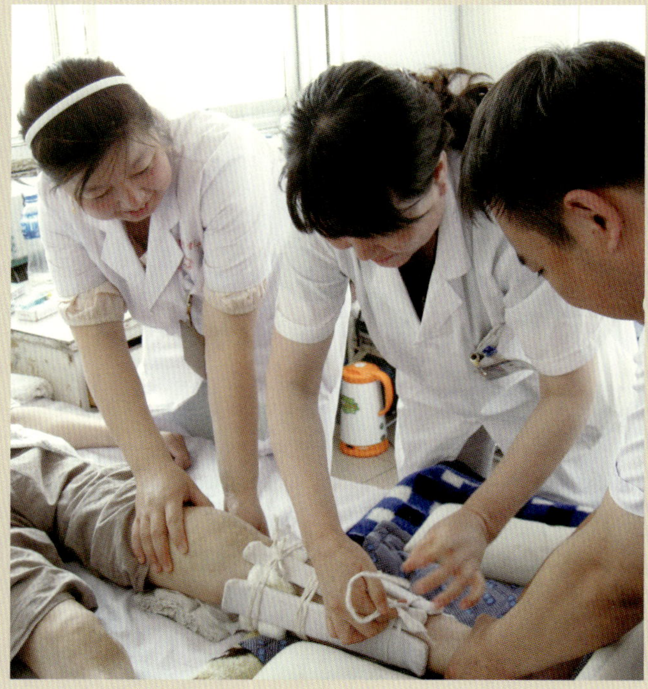

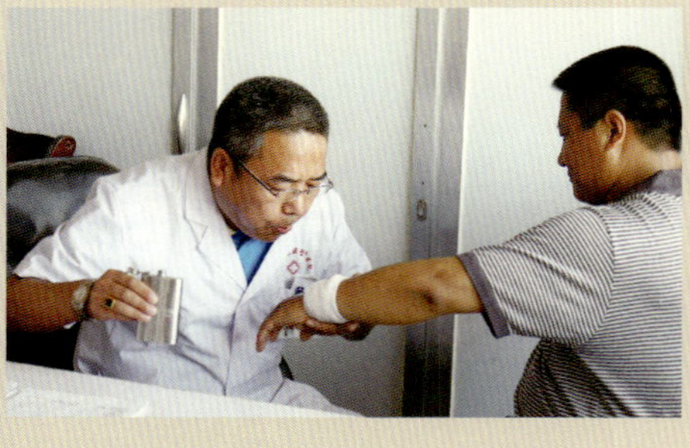

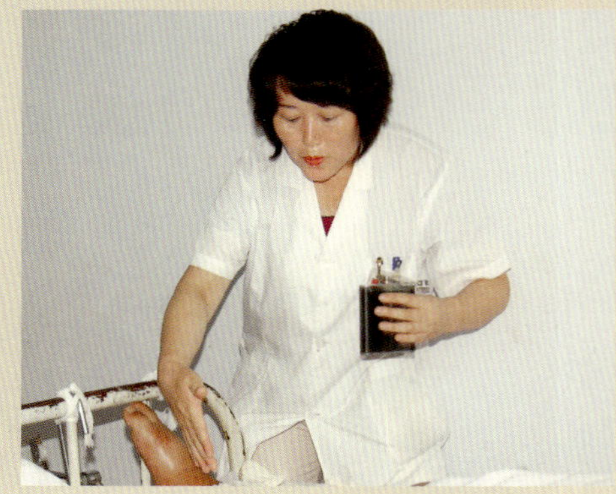

临床正骨（周国华　摄）

## 血衰症疗法

申报地区或单位：辽宁省阜新蒙古族自治县

蒙古勒津蒙医药具有悠久的历史，是蒙医药发祥地之一。1702年，蒙古勒津瑞应寺建立门巴札仓（培养蒙医药人才的医学经院），对弘扬蒙医药起了重要作用。当代蒙医药传承人邢布利德应用传统蒙医药疗法，治疗血衰症获得可喜疗效。在各级领导的关心支持下，辽宁省阜新蒙医药研究所组织蒙医药专家认真总结、潜心研究，制定了蒙医药治疗血衰症的研究课题，使蒙医药血衰症疗法进一步得到完善。

血衰症是由于先天禀赋不足，后天调养不当，如饮食失调情志过激导致胃火失调，影响脾、胃、肝脏功能而精华糟粕分解受阻或外感湿毒、瘟疫侵入机体及精血，七素代谢功能障碍——血液生成受阻而成，相当于西医的再生障碍性贫血。

蒙医药血衰症药物制作过程（白银亮　摄）

制药

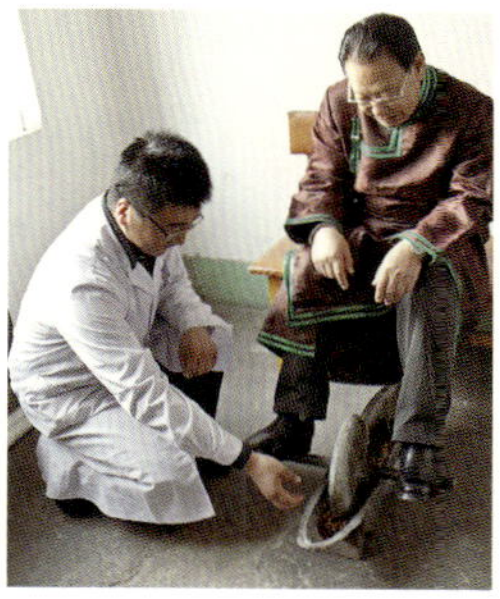

粉碎

制药

制药

蜜丸搓板

捣药

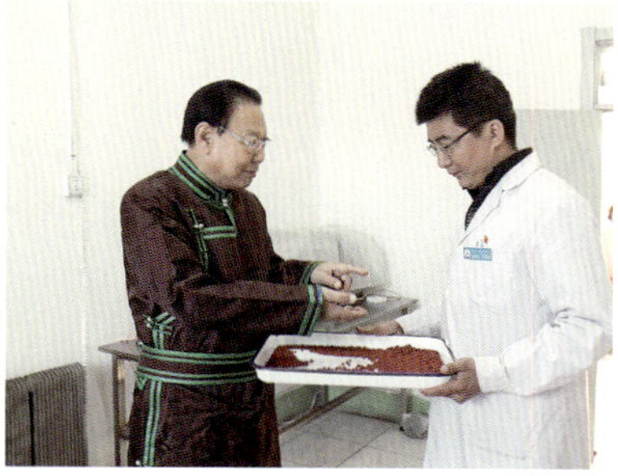

成药检验

蒙医认为人体进行生命活动，皆是体内固有的三根（赫依、希拉、巴达干），七素（饮食精华、血、肉、脂肪、骨、髓、精液）及三秽（大便、小便和汗液）保持相互协调而进行的。在正常情况下，三根之间互相依存，互相制约，处于相对平衡状态，支配着七素及三秽的运动变化，故人体功能得以正常运转。如果三根之任何一方出现偏盛偏衰，致使平衡失调，势必引起反常变化，影响七素、三秽的分解，导致疾病的发生。因此三根的功能不仅表现在正常的生理活动中，同样也表现在病理变化中。

七素是构成人体、维持生命活动的七种基本物质。在七素中饮食精华最为重要，因为其他六种均由它转变而成。饮食被摄入人体后，先由胃内腐熟巴达干磨碎食物，继则由消化希拉将磨碎食物加以腐熟分解，再由调火赫依将腐熟的食物分解为精华与糟粕，使饮食精华由胃肠经脉道输入至肝脏，在肝脏里通过变色希拉之作用渐臻成熟变成血液。

临床上将血衰症分为毒热型、粘热型、未消型。血衰症疗法对分型的主证、治则、方药都做了探索和规范。

975
IX-15

# 苗医药

癫痫症疗法
钻节风疗法

## ■ 癫痫症疗法

申报地区或单位：湖南省凤凰县

猪心灌药是苗医治疗癫痫的民间疗法，苗医龙玉年具有五十余年治疗癫痫病的实践，经长期的观察和临床实践，认为癫痫病是先天或后天诸种原因造成的定期、不定期的短时性气血和经络畅通及心脏功能受到影响，而导致大脑功能异常，心情烦躁，全身不适而引起的发病。

癫痫症疗法制药技艺（侯力文 摄）

采药

切药

碾药

煎药

患者确诊为癫痫病后，按祖传处方备好两种药：一是药引（猪心），二是内服药（草药）。选择健康的公猪猪心一个（猪的体重达75公斤左右）。将备好的配药分成两等分，分别灌入猪心的动静脉总血管，用麻线扎紧。清煮，然后起锅沥干。将煮熟的猪心和汤水分四等分，每天上下午各服一份，两天服完。

猪心有补人心的功能。又能将诸种药物引到人体各个部位，再加上辅助内服药可以达到疏通经络、气血顺畅的目的。癫痫症猪心灌药疗法是著名苗医龙玉年的祖传秘方，疗效显著，治愈率达90%以上。

## ■ 钻节风疗法

申报地区或单位：湖南省花垣县

苗医药是苗族人民世代相传的传统医药，它在古代崇山文化和武陵文化的背景上以“三本论”为本，天、地、人三气同步。苗医认为，毒、亏、伤、积、菌、虫是导致人体生病的六种因素，简称“六因”。而六因归根结底都要用产生毒害力的方式才能导致人体生病，所以苗医素有“无毒不生病”之说。如常可遇到的风毒、冷毒、火毒、气毒、水毒、盐毒等。苗药钻节风配方专门针对风毒、冷毒所引起的筋骨疼、腰腿疼痛、坐骨神经痛、钻节风、风毒身痒、跌打损伤、骨折、绕肩风、筋骨酸软无力等病症，是苗药宝库中的民族传统医药。

苗药钻节风疗法是苗医药疗法之一，主要用药为紫葳科植物紫葳的根。紫葳为落叶木质藤本植物，茎黄褐色，有气根，单数羽状复叶，对生，小叶，花成疏大顶聚伞圆锥花序，花冠赤黄色，花期7—9月，根外表黄色或黄红色，有纵裂纹。具有退火、败毒、补体、止痛、疏筋理骨、强筋健肌的功能。主治筋骨痛、腰腿疼痛、肢体麻木、跌打损伤、骨折、坐骨神经痛、钻节风、绕肩风、风毒身痒、妇女月经不调、筋骨酸软无力等。

捡药

拿脉（简隆军　摄）

苗医常用草药山乌龟

湘西苗药惹先姑（汉译：马齿苋）

湘西苗药惹加坝（汉译：铁马鞭）

湘西苗药窝罗务（汉译：玉竹）

全国苗族人口共有890.1万人（2000年第五次全国人口普查数据），主要分布在贵州和湖南、湘西土家族苗族自治州境内。苗医药的应用，以苗族群众为主，周边的土家、壮、侗、瑶、汉等民族也交流交叉应用。苗医药钻节风疗法，因应用方便，疗效较好，已作为农村医疗卫生适宜技术向全国推广。

# 民俗

（扩展）

国家级非物质文化遗产扩展项目名录

449 X-1 春节（怀仁旺火习俗、查干萨日）

450 X-2 清明节（介休寒食清明习俗）

451 X-3 端午节（五大连池药泉会、嘉兴端午习俗、蒋村龙舟胜会、石狮端午闽台对渡习俗、大澳龙舟游涌）

452 X-4 七夕节（石塘七夕习俗、天河乞巧习俗）

453 X-5 中秋节（泽州中秋习俗、秋夕、大坑舞火龙）

454 X-6 重阳节（皇城村重阳习俗、上蔡重阳习俗）

458 X-10 火把节（彝族火把节）

480 X-32 黄帝祭典（缙云轩辕祭典）

481 X-33 炎帝祭典（随州神农祭典）

483 X-35 祭孔大典（南孔祭典）

484 X-36 妈祖祭典（洞头妈祖祭典）

485 X-37 太昊伏羲祭典（新乐伏羲祭典）

486 X-38 女娲祭典（秦安女娲祭典）

488 X-40 祭敖包（达斡尔族沃其贝）

516 X-68 农历二十四节气（九华立春祭、班春劝农、石阡说春）

978 X-71 元宵节（豫园灯会、上坂关公灯）

984 X-77 苗族四月八

987 X-80 塔塔尔族撒班节

991 X-84 庙会（北山庙会、张山寨七七会、方岩庙会、九华山庙会、西山万寿宫庙会、汉阳归元庙会、当阳关陵庙会）

992 X-85 民间信俗（梅日更召信俗、锡伯族喜利妈妈信俗、闽台送王船、清水祖师信俗、嫘祖信俗、波罗诞、悦城龙母诞、长洲太平清醮、鱼行醉龙节）

994 X-87 抬阁（海沧蜈蚣阁、宜章夜故事、长乐抬阁故事会、通海高台）

996 X-89 朝鲜族花甲礼

997 X-90 祭祖习俗（沁水柳氏清明祭祖、太公祭、石壁客家祭祖习俗、灯杆彩凤习俗、下沙祭祖）

1027 X-120 南海航道更路经

449
X-1

# 春节

怀仁旺火习俗
查干萨日

## ■ 怀仁旺火习俗

申报地区或单位：山西省怀仁县

怀仁旺火，俗称“拢火龙”，又称“大旺火”，是春节、元宵节期间流行于山西省怀仁县的一种社火民俗活动。怀仁地区煤炭资源丰富，清代已形成燃煤旺火祈福迎春民俗，清乾隆《大同府志》记载：“元旦，垒炽炭于门，状若小浮图，名曰‘旺火’。”

其主要形式是用大块煤炭垒成一个塔状，名曰旺火，以图吉利，祝贺全年兴旺之意。里面放柴，外面贴上大红字条，上写“旺气冲天”等字。旺火形成时，火苗从无数小孔中喷出，状若浮图，景象壮观。旺火规模宏大，造型讲究，由掌握高超技艺的师傅完成。方圆百里的人潮涌来观看，人们围着最大的旺火堆转圈祈求“旺运”。

元宵节搭建的彩门

元宵节搭建的大旺火（王若鹏　摄）

元宵节点燃的旺火（王若鹏　摄）

已装饰的旺火（王若鹏　摄）

怀仁旺火是古老的傩祭与社火表演结合的遗存，具有重要的民俗学研究价值。由于经济社会的转型，一些有造诣的老艺人年事已高，后继乏人，面临传承困境，急需采取有力措施保护。

## ■ 查干萨日

### 申报地区或单位：吉林省前郭尔罗斯蒙古族自治县

蒙古语中“查干”含有白色和开始之义，“查干萨日”意为“白色的新年”。蒙古族以白色为纯洁、吉祥之色，故称这一节日为“白节”。自元朝起，蒙古族开始使用中原历算法，由此，蒙古族白月与汉族春节节期相合。

“郭尔罗斯”是蒙古族古老的部落，明嘉庆年间迁至嫩江、松花江汇合流域以后，逐渐形成了以农历春节为“查干萨日”的传统习俗，吉林省前郭尔罗斯蒙古族自治县蒙古族同胞传承至今。

查干萨日内容包括“庆小年”、“度除夕”、“迎初一”、“闹十五”、“终二月二”等与汉族春节节庆习俗类似的内容，同时，仍保留萨满“祭火”、除夕吃“手把肉”等蒙古族传统习俗，体现出蒙古族传统节日习俗特色。

查干萨日不仅有着重要的民族学、民俗学、历史学研究价值，同时对于增强民族团结、促进各民族文化交流亦有重大意义。

蒙古族家庭喜迎来宾（亿力齐　摄）

蒙古族包氏家庭祭火（亿力齐　摄）

蒙古族张氏老人颂祝词（亿力齐　摄）

450
X-2

# 清明节

## 介休寒食清明习俗

### 申报地区或单位：山西省介休市

介休市清明习俗是流传于介休市及晋中广大地区的历史悠久、内涵丰富又独具特色的民间习俗。

介休地处汾河中游，其地名由春秋时期著名隐士介子推卒于此地而来。民间广为流传：介子推死于清明前一日，晋文公下令这一天禁火寒食，后演变为寒食节。自唐代起，寒食节传说、上巳祓禊与清明节习俗融为一体，形成了以祭祖扫墓为中心的介休寒食清明习俗，传承至今。

主要活动有：禁烟火、吃冷食、祭祀、扫墓、插柳、踏春、蹋蹴鞠、荡秋千、放风筝、斗鸡、赏花、咏诗，发黑豆芽、采柳芽、蒸面塑、戴柳圈、扫房顶、挂红兰兰纸、唱大戏等。

该项目存续着中华民族深厚的历史文化记忆，有重大的历史学、民俗学价值。

清明祭拜（秦明　摄）

清明荡秋千（秦明　摄）

植树（秦明　摄）

家谱（秦明　摄）

清明寒食（秦明　摄）

451
X-3

# 端午节



## ■ 五大连池药泉会

申报地区或单位：黑龙江省黑河市

五大连池药泉会又称“圣水节”，是黑龙江省五大连池地区达斡尔、鄂伦春、蒙古、满、汉等民族群众在药泉举行的具有浓郁地方特色的端午节庆民俗活动。二百多年前，达斡尔族猎人在五大连池药泉山下发现了能祛病健身的药泉，由此产生“药泉”等地名。此后，每年在端午节前后各族民众在药泉聚会敬神祈福，相沿成习，传承至今。集会的中心在五大连池镇（药泉镇）的南北药泉、药泉山及药泉河。

主要民俗活动有：农历五月初四清晨祭敖包；傍晚在药泉边点燃篝火载歌载舞；初四子夜、初五凌晨时分抢“子夜水”。初五凌晨踏青，折柳采蒿，露水洗脸；“抹黑祈福”；民间技艺表演；举行“射猎饮泉”象征仪式；晚上在药泉湖边举行“泉湖灯会”。初六晨民众在二龙眼泉边“洗眼明目”，上午举行祈福的“钟灵庙会”；在三池子南岸举行“黑龙庙会”；“弃石祛病”，祈求平安。

五大连池药泉会赛龙舟（黄宝印　摄）

药泉会祭祀活动（黄宝印　摄）

“抹黑祈福”场面（陶林　摄）

药泉会活动中的曲棍球比赛（李洪光　摄）

五大连池药泉会（圣水节）存续着黑龙江边疆地区各民族和谐共处、欢度端午的优良传统，具有重要的民族学、民俗学、社会学价值。对于增强民族团结、维护祖国边疆稳定亦有重大意义。

# ■ 嘉兴端午习俗

申报地区或单位：浙江省嘉兴市

嘉兴端午是传统节日的一项重要民俗活动，发端于纪念春秋末期我国名将伍子胥。嘉兴百姓有“五月五日，时迎伍君”的说法，因此都要举行祭祀伍子胥等活动。明代以来，地方志记载延续不断。

节庆隆重，习俗多样，形成嘉兴端午独具的特色。主要活动有：规模盛大的伍子胥祭祀；在南湖上举行龙舟竞渡和摇快船竞技；除民间裹粽子外，还有挂菖蒲艾叶、燃熏苍术白芷、佩香袋、吃“五黄”（黄瓜、黄鱼、黄鳝、黄泥蛋即咸鸭蛋、雄黄酒）、吃“五白”（白干、白鳌、白菜、白切肉、白斩鸡）、吃煨蛋等民间习俗。

其独特的江南水乡传统节日活动，传承着源远流长的太湖流域民间端午习俗传统，有重要的历史学、民俗学价值。

端午送香囊（张庆中　摄）

端午行街

端午赛龙舟

端午节买艾叶的居民

端午裹粽子（陈宏伟　摄）

## ■ 蒋村龙舟胜会

申报地区或单位：浙江省杭州市西湖区

2004年龙舟胜会场景

蒋村龙舟胜会是浙江省杭州市西湖区蒋村街道居民在端午日自发组织赛龙舟的一种民俗活动。自明代开始到现在数百年间，蒋村端午划龙舟的习俗从没间断过，即使是在“文革”期间，各村村民在端午日也偷偷组织开展这一民俗活动。据传，乾隆皇帝下江南时，在蒋村看到划龙舟像赶集会一样热闹，就御赐“龙舟胜会”，从此，蒋村“龙舟胜会”之称谓一直沿用至今，并流传至周边五常、古荡、益乐等乡镇。

蒋村龙舟竞渡的起源和水患有关。每年的农历四月廿四开始，至五月十三小端午止，乡民们自发在村里请龙王、供龙王、谢龙王、吃龙舟酒，求龙王不要发大水。端午节当天为高潮，家家裹粽子、吃粽子；户户门前挂艾叶、菖蒲、桃枝、大蒜、灰粽子（乖种子）；吃“五黄”，即雄黄酒、黄鱼、黄瓜、黄鳝、咸鸭蛋中的蛋黄；挂香袋；新出嫁的女儿家，这天要备粽子、毛巾、扇子等送至男方家，并将物品分发给亲友，俗称“赞节”。蒋村龙舟胜会注重龙舟的表演性、娱乐性，每年端午节这天都有一二百条龙舟汇聚在西溪湿地深潭口洋“胜漾”。“胜漾”有规定的路线，每条龙舟要先划遍深潭口洋的四周，最后到深潭

民间艺人雕刻龙舟龙头（邵富瑛　摄）

蒋村满天装龙舟（韩毓华　摄）

半天装龙舟（邵富瑛　摄）

口洋中间原地做360度旋转（俗称“载泥坝”）。龙舟胜会结束后，村民们以村为单位聚在一起吃龙舟酒。

蒋村当地有“端午大如年”、“划龙舟体强庆丰年，观龙舟吉利保平安”的说法。这样一种求和谐、共欢乐、集人力、聚人心的传统民俗活动，生生不息，年年举行，且一年更胜一年。因此，蒋村街道在2008年被文化部命名为“中国民间文化艺术之乡（龙舟）”。

## ■ 石狮端午闽台对渡习俗

### 申报地区或单位：福建省石狮市

石狮端午闽台对渡习俗是海峡两岸民众于端午节在福建省石狮市蚶江共同举行的水上端午节庆活动。

蚶江位于福建省石狮市北部，宋元时期就是东南沿海重要港口。清代蚶江是内陆对台湾岛贸易中心港。嘉庆十一年（1806）树立、至今保留完好的《新建蚶江海防官署碑记》记录“蚶江为泉州总口，与台湾之鹿仔港对渡”，因而民间习称此碑为“对渡碑”。在台湾《鹿港奉天宫志》一书中也记载清代乾隆四十九年（1784）“蚶江与鹿港对渡”的事宜。

农历五月初五，海峡两岸数万民众在蚶江举行“放王船”仪式，同时展现采莲、海上泼水、龙舟竞渡、捉鸭子等传统民俗活动。同日，台湾鹿港举办“送春粮”仪式，与蚶江“放王船”活动相对应。

该习俗是清代大陆蚶江与台湾鹿港对渡的“历史再现”，在海峡两岸文化交流中发挥着重要影响。

划龙舟（王柏峰摄，石狮市文化馆提供）

王爷船巡海——一帆风顺（谢守明　摄）

海上泼水（王柏峰　摄）

节日民俗活动——嗦啰嗹（石狮市文化馆　提供）

## ■ 大澳龙舟游涌

### 申报地区或单位：香港特别行政区

龙舟游涌是香港渔业民众每年端午节为驱瘟祈福在香港西端、广东珠江出海口东岸的大澳举办的传统节庆活动，民间已传承上百年。

活动由扒艇行、鲜鱼行和合心堂三个传统龙船协会主办，以他们的渔业收益作为活动经费支持，广大渔民及市民踊跃参与。

农历五月初四，各行会成员划着龙舟、拖着神艇，到大澳四间庙宇请神供奉。初五日进行“游涌”，由龙舟拖着载有神像的小艇巡游各水道，棚屋居民迎神焚香拜祭。游涌之后，三条龙舟竞渡。下午，送神像回各自庙宇。当晚，行会成员聚餐，共庆端午佳节。

2008年，三个龙舟会联合组成“香港大澳传统龙舟协会”，齐心协力传承这一独具特色的节会，得到香港各界的广泛认同与支持。

大澳龙舟游涌作为香港一种传统的节庆仪式，对于维系社区凝聚力以及文化认同发挥着重要功能，亦有重要的民俗学研究价值。

大澳龙舟游涌活动：打开桥梁，让龙舟通过。

“采青”仪式，赋予龙舟生气。

接神

龙舟游涌（香港科技大学华南研究中心　提供）

452
X-4

# 七夕节

石塘七夕习俗
天河乞巧习俗

## ■ 石塘七夕习俗

申报地区或单位：浙江省温岭市

石塘七夕习俗流行于浙江温岭沿海的石塘、箬山一带，为16岁以下儿童于七夕节之日向七娘妈祈福的传统民间活动。石塘先民于三百多年前从闽南迁入，此习俗随之而来，存续至今。

七娘妈又称“七星娘娘”、“天仙娘娘”，为织女星化身，在闽南，七娘妈被奉为儿童的保护神。

民间传说七夕是七娘妈生日，16岁以下儿童祭祀七娘妈祈福。16岁是孩子长大成人分界线，以后不再参加祭祀，因而这一活动在当地称做“小人节”。

石塘七夕习俗：孩子们玩纸亭上拔下的小纸人（林迪新　摄）

两座彩亭（林迪新　摄）

里箬村过节景象（黄晓慧　摄）

主祭者为女性长辈。仪式程序是：初七凌晨至中午，有小孩家庭在门口设供桌，摆彩亭、彩轿，点香烛，放七个酒盅、七色线、时鲜果蔬、糖龟、刀肉、索緬、粽子等祭祀七娘妈。祭祀结束燃放鞭炮，焚化彩亭、彩轿以献给七娘妈。

该习俗具有鲜明的闽南文化特色，与台湾台南、高雄等地供奉织女“七娘妈”彩亭习俗一脉相连，对于加强海峡两岸文化认同与交流有着重要意义，同时亦有民俗学成年礼研究的活化石价值。

# ■ 天河乞巧习俗

## 申报地区或单位：广东省广州市天河区

广州天河区、番禺区、黄埔区一带把七夕乞巧节称为“七姐诞”，又叫“七娘诞”、“摆七娘”、“拜七娘”，是岭南古老乞巧民俗的存续。清代末期，广州形成了上九甫、下九甫、第十甫等专卖女子用品的乞巧街市。

七夕之日，由社区组织“拜七娘”仪式，祭拜对象除了牛郎、织女二星，还有织女的6个姐妹。社区女性展示手工艺制品，是“摆巧”活动的主要内容。扎制民间传说、历史故事人物玩偶栩栩如生，植物、器物造型活灵活现，斗智斗巧，尽展才艺，“对影穿针”延续古风。社区剧团还演出牛郎织女故事。

“七姐诞”乞巧习俗在澳门以及东南亚地区也很流行。传承保护这一遗产对于继承中华民族优秀传统、增强中华民族认同感和凝聚力具有重要意义，亦有民俗学研究价值。

米花

斋塔

杨桃

珠片花

天河乞巧节手工制品（天河区保护中心　提供）

七夕拜仙仪式上玉女互拜（欧晓芳　摄）

珠村婆婆级的巧姐们（欧晓芳　摄）

老一辈巧姐们在切磋制作乞巧工艺品技艺（陈戈　摄）

453
X-5

# 中秋节



## ■ 泽州中秋习俗

申报地区或单位：山西省泽州县

泽州中秋习俗流传地以山西省晋城市泽州县珏山为中心，辐射至三晋、豫西北、冀南等中原地区。

珏山是晋城名山，“珏山吐月”景观闻名遐迩，被誉为“中国赏月名山”。自南北朝时，珏山中秋赏月之俗见于记载。宋金时期，中秋祭月、拜月、赏月之风就已盛行。

泽州中秋主要仪式是祭月、拜月，当地人称为拜“月婆婆”。主要内容还有看望外祖母、吟诗颂月、举办庙会。节日期间，当地民众携亲伴友、欢庆团圆。与群众生活紧密相连是泽州中秋习俗的特色。

该项目对于弘扬中华民族优良传统、增强社区民众认同感和亲和力，具有重要意义，亦有重要的民俗学、历史学研究价值。

中秋节送十五所有礼品：粗月饼、细月饼、肉、小米，俗称“送四合”（周锋庆　摄）

蒸月饼制作过程（周锋庆　摄）

中秋节大型祭月活动（周锋庆　摄）

月饼标签（周锋庆　摄）

送十五习俗（周锋庆　摄）

百姓人家祭月准备（周锋庆　摄）

庙会舞龙表演（周锋夫　摄）

## ■ 秋夕

### 申报地区或单位：吉林省延边朝鲜族自治州

秋夕荡秋千（李钟杰　提供）

秋夕曾是朝鲜民族“一年最重之名节”。朝鲜族世代传承这一节日，形成独具特色的中国朝鲜族中秋节习俗。

朝鲜族秋夕节以祭祖扫墓为先。秋夕之日，人们首先要到墓地割除坟上的杂草，而后陈设祭品举行祭祀。秋夕节庆隆重，宰牛备酒，各家都用刚收获的新谷制作打糕和松饼，举行秋千、跳板、摔跤等传统民俗活动。社区民众踊跃参加，节期持续数日。

秋夕保留着朝鲜族鲜明的民族习俗特色，同时，与其他民族相互了解、共庆中秋也逐渐成为新的风尚。

秋夕摔跤场面（李钟杰　提供）

打糕（李钟杰　提供）

## ■ 大坑舞火龙

申报地区或单位：香港特别行政区

大坑舞火龙巡游中的火龙与云灯（大坑坊众福利会　摄）

调节着火龙节奏（大坑坊众福利会　摄）

带引火龙的两颗龙珠（大坑坊众福利会　摄）

追逐龙珠（大坑坊众福利会　摄）

大坑舞火龙是香港特别行政区香港岛北面沿海客家村落为驱瘟祈福每年定期举行的庆贺中秋节民俗活动。相传在光绪六年（1880），大坑发生瘟疫，村民扎做一条火龙巡游社区，燃放爆竹，驱除瘟疫，由此形成舞火龙习俗。

活动在中秋节前后三个晚上举行。大坑的居民每年都扎做新的火龙，农历八月十四晚上在供奉观音的莲花宫内为火龙进行开光仪式。之后连续三个晚上以顺时针方向巡游大坑的所有街道。八月十六晚上举行“游大运”仪式，火龙沿逆时针方向巡游社区一周，然后舞到海边，将之投入海中，称为“龙归天”。

数十年来，大坑变成为繁华闹市的一部分，舞火龙已成为大坑社区广大民众共享的中秋节庆仪式活动，在“大坑坊众福利会”的主持下使该项遗产继续传承。

大坑舞火龙对于发扬中华民族优良传统、增强社区认同感与凝聚力发挥着重要作用。

454
X-6

# 重阳节



## ■ 皇城村重阳习俗

申报地区或单位：山西省阳城县

皇城村重阳节习俗是流传在山西省阳城县以皇城村为核心区域的民众举行的传统敬老民俗活动。

自明代正德十年（1515）起，皇城村就形成过重阳的习俗，祭祖敬老、登高望远、赏菊饮酒、吟诗唱词，蔚然成风，传承至今。

农历九月九日，以皇城村为中心，阳城县所有乡镇以及沁水、泽州的村镇都有丰富多彩的“养老、敬老、爱老、助老”活动。传统活动以家庭为单位，近年来还恢复了大规模的物资交流活动及各种民间文体活动。

该项目对于继承中华民族优良传统、增强社区亲和力具有重要意义。

重阳花糕面塑（李富裕　摄）

缝制香包（李富裕　摄）

孝敬老人的九碗（李富裕　摄）

## ■ 上蔡重阳习俗

### 申报地区或单位：河南省上蔡县

上蔡重阳习俗是河南省上蔡县传统重阳民俗仪式的活态存续。

南朝梁人吴均《续齐谐记》有九月九日“盛茱萸以系臂，登高饮菊花酒”可以免灾的故事，传说故事主人公桓景登高处即今上蔡县城所在的芦岗。

目前上蔡保留的重阳节习俗有：1. 重阳节之前家家户户采菊酿酒以备次年之用。2. 重阳节前夕家家户户缝制、佩带茱萸绛囊。3. 重阳节日家家忌荤食素。4. 重阳节清晨家家户户登高，午饮菊花酒，食重阳糕。5. 老人七十九，儿孙共敬菊花酒；老人六十三，儿媳、闺女送“枣山”。

该项目对于发扬中华民族优良传统，增强社区民众尊老敬老的社会风尚有重要作用。

茱萸绛囊（朱新阳　摄）

重阳节期间社区民众饮菊花酒（张海波　摄）

458
X-10

# 火把节

彝族火把节

## 申报地区或单位：贵州省赫章县

彝族火把节是贵州省赫章县彝族最隆重的传统节日，每年农历六月二十四日举行。

彝族是赫章县人口最多的少数民族，保留着浓郁的民族传统文化特色。当地彝语称火把节为“朵扔吉”，节日起源、节期与节日活动与各地彝族火把节相同，主要流行于彝族聚居村寨。

该项目对于增强本民族凝聚力，增进民族团结有重要意义，也有民族学、民俗学、天文学研究的重要价值。

彝族火把节月琴队（王贤　摄）

火把节之夜（杨元德　摄）

彝家酒歌（杨元德　摄）

磨磨秋（杨元德　摄）

双人秋千（杨元德　摄）

美酒敬宾朋（杨元德　摄）

480
X-32

# 黄帝祭典

缙云轩辕祭典

## 申报地区或单位：浙江省缙云县

轩辕氏祭典是至今存续在浙江省缙云县的一种以黄帝为祭祀对象的中华始祖崇拜礼俗。

轩辕氏是上古黄帝的别称。缙云是黄帝的一种官名，也是黄帝的别号。缙云县始建于武周万岁登封元年（696），以境内有古缙云山而得名。缙云祭祀轩辕氏活动，最早可以追溯到汉朝。东晋年间缙云山建起了“缙云堂”，唐天宝年间，唐玄宗敕改“缙云堂”为“黄帝祠宇”。缙云是中国南方祭祀轩辕黄帝的唯一场所。

世代传承至今的缙云轩辕氏祭祀，分春（清明）秋（重阳）二祭，形式分黄帝祠宇大殿祭拜、各地宗祠祭拜或自家“道坛”（民居四合院的天井）祭拜等多种。规模较大的祭祀是在黄帝祠宇举行，祭拜人员分主祭、陪祭、参祭等。祭祀礼仪设击鼓、撞钟、恭读祭文、献三牲五谷、献黄酒鲜花、献祭乐祭舞等，气氛庄重热烈。祭典期间，钢叉、板（布）龙、板狮、竹马、旱船、秧歌、腰鼓、铜钿鞭、哑背疯等各种地方民间表演活动丰富多彩。近年来，当地民众踊跃参与祭奠活动，同时还吸引了邻近县市及陕西黄陵、河南新郑大批民众以及港澳台同胞和海外华人前来参加，对增进民族认同感有重要作用。

轩辕黄帝像（缙云县非物质文化遗产保护办公室　提供）

主祭场——黄帝祠宇（缙云县非物质文化遗产保护办公室　提供）

祭典现场民间文艺表演——竹马舞（缙云县非物质文化遗产保护办公室　提供）

春祭场景——“道坛”祭祀轩辕氏（缙云县非物质文化遗产保护办公室　提供）

481
X-33

# 炎帝祭典

随州神农祭典

## 申报地区或单位：湖北省随州市

随州神农祭典是神农故里举行的祭祀中华民族始祖的盛大民俗活动。

唐代李吉甫编撰《元和郡县志》记载："厉山，亦名烈山，在（随）县北一百里。"北宋王存等编《元丰九域志》记载："随州：神农庙，在厉乡村。"历史文献中多有随州是炎帝神农诞生地之说。历史传说每年农历四月二十六日是炎帝神农诞辰日。是日祭典始于南北朝，盛于明、清，民祭官祭并行。

如今，炎帝神农故里谒祖祭典仪式在随州市厉山镇举行。除当地民众踊跃参加外，还有大量的海内外炎黄子孙前来寻根祭祖。

自清同治八年（1869），随州乡人胡兴普主持祭祀，形成一套祭祀仪程，之后形成传统，世代相袭。目前祭奠主持人仍由胡氏后裔担任。

该项目对于继承中华民族优良传统、增强中华民族凝聚力有重要意义。

2009年世界华人炎帝故里寻根节现场（曾志摄，炎帝神农故里风景区管委会提供）

恭读颂文（樊友刚　摄）

编钟乐舞（樊友刚　摄）

敬献五谷（樊友刚　摄）

奉请仪式（樊友刚　摄）

幡阵奉请（曾志　摄）

483
X-35

# 祭孔大典

南孔祭典

申报地区或单位：浙江省衢州市

南宗祭孔是指居住南方的孔氏宗亲在衢州孔氏南宗家庙举行的例行祭祀仪式。

南宋建炎二年（1128），孔子第四十八代嫡长孙、衍圣公孔端友奉宋高宗赵构之命赴扬州陪皇帝进行郊祀后，扈跸南渡，于建炎三年（1129）来到浙江衢州，受诏“权以州学为庙”祭祀孔子，由此而开始了衢州所特有的祭祀孔子的活动——南宗祭孔。

祭孔大典——奉祀生敬献五谷（陈晓峰　摄）

祭孔大典——乐舞生编磬演奏（舒成通　摄）

南宗祭孔活动以“东南阙里”衢州为中心，广泛分布于孔氏南宗在南方的各居住地。祭祀活动包括四大祭（四季仲月上丁日）、四仲丁（大祭后十天）、八小祭、节气祭以及生日、祭日的特别祭和逢初一、十五的一般祭拜等等，广义上还包括南宗管辖的各地书院祭孔活动以及南宗私塾、读经班的开蒙仪式等等。南宗祭孔在衢州一直延续八百余年，解放后一度中断。2004年由南宗嫡长孙孔祥楷先生倡议恢复。

孔氏南宗的祭祀仪式是一种国祭（官祭）、家祭与民祭相结合的独特的祭孔活动，对于继承中华民族优良传统、增强海内外炎黄子孙凝聚力，具有重大意义。

484
X-36

# 妈祖祭典

洞头妈祖祭典

## 申报地区或单位：浙江省洞头县

洞头县位于浙江省温州市瓯江口外，由103个岛屿组成，陆地面积100.3平方公里，与福建相邻，人们以渔业生产为主。特殊的环境条件和地理位置，使得人们对“妈祖”极其信奉。

明末清初，福建莆田渔民来洞头打鱼，带来“妈祖”信俗。东沙“妈祖宫”就建于清乾隆年间，是浙江省尚存规模最大、构建最完整的妈祖庙，有近300年历史，是浙江妈祖庙中唯一的省级文物保护单位。目前，全县六个乡镇建有“妈祖宫”11座，妈祖与陈十四娘娘共奉的庙也有11座，平均每4.5平方公里有一座妈祖庙。

妈祖祭典——做戏（陈爱琴　摄）

渔船中舱都设有妈祖神龛（柯友永　摄）

妈祖祭典——挟木柴（林萍萍　摄）

妈祖祭典——迎火鼎活动（陈爱琴　摄）

洞头渔民每逢造新船，要在船中舱设龛供奉妈祖。渔汛开始和结束，要到妈祖庙祭拜。每年农历三月廿三日与九月初九，各妈祖庙都要举行隆重的祭祀仪式，主要有祭拜、“做供”、妈祖巡游以及“迎火鼎”、做戏等民俗文化活动，参与信众遍及全县93个渔村，为洞头渔区信俗活动中的最大盛典。

洞头距台湾138海里，机动船仅需8小时；洞头渔场是浙江第二大渔场。台湾渔民在渔汛到洞头生产、补给，必到妈祖庙祭拜，赠送锦幛，交流十分频繁。

“妈祖信俗”的主要价值及其影响表现在：

1. 妈祖的形象已经成为人们心目中善良、智慧和正义的化身。对于提升人们心性、净化社会道德，构建和谐社会都有现实的意义。

2. 妈祖文化已遍及全世界，文化纽带意义明显，对于对外文化交流和认祖归宗有着重要作用。

3. 妈祖信仰是海峡两岸关系重要的桥梁和纽带，是大陆和台湾文化交融的平台，对于促进祖国统一具有积极意义。

485
X-37

# 太昊伏羲祭典

新乐伏羲祭典

## 申报地区或单位：河北省新乐市

新乐伏羲祭典是在河北省新乐市伏羲庙举行的中华人文始祖伏羲氏祭祀仪式活动。

历史文献记载，新乐曾是伏羲氏寓居地，《史记》记载的“野台”、《魏书》记载的“义台”即“伏羲台”，或称“羲台”。《明一统志》卷三称：“羲台在新乐县，有碑记，字剥落不可读。”“羲台”遗址尚存，今为河北省文物保护单位。

隋朝大业（605—617）中，新乐就有“羲皇圣里”之名。明万历年间，羲台城废，留下遗址，台上保留伏羲庙古庙，几经毁修，一直是新乐祭祀伏羲的中心地。历代祭典有御祭、官祭、民祭三种方式。1985年后，伏羲庙祭典重新恢复，祭日为传说伏羲氏诞辰的农历三月十八。当地各界及民众踊跃参与，还有全球华人、华裔以及外国友人前来参加盛典，规模盛大，仪式隆重。

民众到伏羲台祈福（贾梅琪　摄）

传统祭品“三牲”（宋盼岗　摄）

龙狮殿内的伏羲圣像（宋盼岗　摄）

该项目对于继承中华民族优良传统、增强中华民族认同感有重要意义。

486
X-38

# 女娲祭典

秦安女娲祭典

申报地区或单位：甘肃省秦安县

秦安女娲祭典是在甘肃省天水市秦安县女娲祠举办的规模盛大的中华始祖祭祀活动。

秦安县即古成纪，素有“羲里娲乡”之称。传说伏羲和女娲出生在这里。陇城至今仍然保留着许多与女娲传说有关的地名和传说。

民间祭祀队伍步入女娲祠 （马振寰 摄）

民间音乐和香老队伍步入女娲祠 （马振寰 摄）

女娲祠坐落于“陇右四大文化河谷”之一的清水河中游的秦安县陇城镇，始建于汉代，历代多次重修，文化大革命中被毁，1989年当地民众集资在原址重建。

相传农历三月十五日为女娲诞生日，每年的这天都要在女娲祠举行祭祀活动，分公祭和民祭两部分。公祭仪式隆重，各界代表及来自海内外宾客均有参加。

民间祭祀自三月十一日设坛，十二日取龙泉圣水洒坛祈福，十三日风沟迎鸾驾，十四日风台迎馔，十五日上午九时五十分举行正坛祭祀。

该项目对于继承中华民族优良传统、增强中华民族凝聚力有重要意义，亦有重要的历史学、民俗学研究价值。

民间祭祀队伍为女娲敬献“三牲”（马振寰 摄）

488
X-40

# 祭敖包

达斡尔族沃其贝

申报地区或单位：新疆维吾尔自治区塔城市

“沃其贝”在达斡尔族语中为祭敖包之意，也叫“斡包节”，是新疆维吾尔自治区塔城市达斡尔族民众最重要的传统节庆活动。

清乾隆二十八年（1763），居住在黑龙江的一部分达斡尔族官兵奉命西征戍边，来到塔城阿西尔乡一带定居，把祈求五谷丰登、风调雨顺的沃其贝祭祀仪式流传下来，形成当地达斡尔族认同的节庆。

历史上过“沃其贝”节期不固定，现在确定为一般在农历的六月初八举行。届时达斡尔族群众身穿节日盛装，从四面八方汇聚到塔城市阿西尔达斡尔民族乡三眼泉的敖包前，祭祀神灵祖先，进行各种传统文艺表演和体育竞技。最后，围成圆圈共跳传统的“罕肯拜”舞。

该项目对于增强本民族和社区民众的凝聚力、尊重文化多样性、增强民族团结具有重要意义。

祭敖包——跪地（任少武　摄）

祭酒（任少武　摄）

为敖包添加石块（任少武　摄）

来自四面八方的达斡尔族群众，身穿节日盛装，参加“沃其贝”。（任少武　摄）

在敖包周围的树上系五色绸带，以示祝愿。（任少武　摄）

沃其贝节举办达斡尔族传统游戏——拔棍（任少武　摄）

为节日准备午餐（任少武　摄）

涂抹酸奶，互相祝福。（任少武　摄）

分吃功果，分享好运。（任少武　摄）

516
X-68

# 农历二十四节气

九华立春祭
班春劝农
石阡说春

## ■ 九华立春祭

申报地区或单位：浙江省衢州市柯城区

迎春：供奉春神句芒的梧桐祖殿前，孩童们开始迎春。（王飞　摄）

九华立春祭是浙江省衢州市柯城区九华乡外陈村比较完好地保留下来的传统农时节令习俗。农历立春日为祭祀日，九华梧桐祖殿是立春祭主要活动场所。

主要祭祀活动有：祭拜春神句芒、迎春接福赐求五谷丰登、供祭品、扮芒神、焚香迎奉、扎春牛、演戏酬神、踏青、鞭春牛等。

鞭春牛是整个立春祭活动的重要环节，由选定的人装扮成芒神鞭打春牛。地方行政主管官员行进香之礼，表示劝农春耕的开始。该仪式表达了人们对风调雨顺、五谷丰登、国泰民安的企盼。

插青：种田好手种下青菜，开始播种。（王飞　摄）

鞭春牛：农历立春日，老农用鞭子抽打春牛，以表示劝农勤劳和春耕的开始。（范展民　摄）

演戏酬神（汪筱联　摄）

贴桌案迎春字幅（范展民　摄）

抬神巡村（范展民　摄）

抢春：村民争抢耕牛身上的吉祥物，抢个彩头。（王飞　摄）

梧桐祖殿中的春神句芒（汪筱联　摄）

九华梧桐祖殿立春祭是我国源远流长的农业文明传统民俗仪式的宝贵遗存，对于继承中华民族优良传统、弘扬民族精神有重要意义。

# ■ 班春劝农

## 申报地区或单位：浙江省遂昌县

班春活动中的踩街队伍（陈敏民　摄）

班春劝农是浙江省遂昌县保留的传统农业文明中的迎春文化表现形式。“班”同“颁”，“班春”即颁布春令，“劝农”以劝农事，策励春耕。自古以来在遂昌任职的县级长官都要在春耕来临之际，举行鞭春礼仪，颁布春令、劝农耕作，名曰“班春劝农”。

明代著名文学家汤显祖（1500—1616）于万历二十一年（1593）任遂昌知县时，向邑人颁布“春耕令”，并作《班春二首》。其戏曲名著《牡丹亭·劝农》的民俗背景就取材于遂昌。民国后，官方劝农活动停办，民间劝农活动依然举行。城乡民众在立春日，家家备香烛、祭天地（神）、插梅花、鸣鞭炮，以示“迎春接福”。此俗一直延续至今。当地民众视“立春”如大年。

20世纪70年代末，大田村村民自发恢复班春劝农活动仪式，包括巡游、上供品、点香烛、祭先农、请勾芒神、插花、赏花酒、鞭打春牛、鸣鞭炮、下田开犁、发放春饼等系列内容。2009年，大拓镇大田村建立了“班春劝农”活动基地，建立了大田“民俗馆”，收藏农耕文化的实物资料。

三月时节（陈敏民　摄）

迎春接福（陈敏民　摄）

该项目是中国源远流长的农业文明传统民俗仪式的宝贵遗存，对于继承中华民族优良传统、弘扬民族精神有重要意义，亦有重要的历史学、民俗学研究价值。

## ■ 石阡说春

申报地区或单位：贵州省石阡县

给耕牛加封（郭永忠　摄）

春官出行前祭天仪式（郭永忠　摄）

春官出行走村串寨（郭永忠　摄）

“说春”是石阡侗族人民世代流传下来的一种在立春时节扮装“春官”说唱歌谣、劝农劳作的民俗表演活动，祝福风调雨顺、丰衣足食。

“春官”是周代一种职官，执掌农耕事务。后世民间出现扮装春官的说唱艺人在农村走家串户表演，形成一种劝农祈福的“春官送春”习俗。说唱者又被俗称为“春倌”。清乾隆石阡府志、县志已有当地说春习俗的记载。石阡侗族吸收了这一习俗并传承至今。

封官仪式（郭永忠　摄）

说春一般在每年春节或立春时开始，春分时结束。说春词实际是唱，有简单的曲调，各地不一。“说春”分为“说正春”及“说野春”。“说正春”有固定春词，其内容主要是说“二十四个农事节气”、“渔樵耕读”，内容涵盖历史、地理、人文等方方面面。“说野春”又称为“说耍耍春”、“说花花春”，内容丰富、灵活多变、不拘一格，主要段子名目有《开财门》、《颂主人》、《说茶》、《见子打子》等。“春倌”手端春牛，凡到说春之家，均要散发一张农历、一张财神春贴，意在劝农春耕并祝福主人吉祥如意。

该项目是我国源远流长的农业文明传统民俗仪式的宝贵遗存。

978
X-71

# 元宵节

豫园灯会
上坂关公灯

## ■ 豫园灯会

申报地区或单位：上海市黄浦区

豫园灯会是上海市松江地区传统元宵民俗活动。

元宵灯俗兴于汉代，吴王刘濞将扬州灯会引入松江。明代以后，今上海地区的元宵灯会已十分普遍，其中最热闹、最精彩的场所就在松江府上海县城的城隍庙、豫园一带。

豫园位于上海城厢内城隍庙西北隅，是老城厢仅存的明代园林，为上

灯会胜景（上海豫园旅游商城股份有限公司　提供）

灯会胜景（上海豫园旅游商城股份有限公司　提供）

海元宵灯会的中心活动场所，这一传统延续至今。

灯会以正月十三日为上灯日，分“出灯”、“聚灯”、“行街”（边舞边行进）、“迎灯”、“赛灯”、“谢灯”，十八日为落灯日。其间大街上举行“文灯”和“武灯”表演。上灯日在屋内悬灯已成当地居民的习俗。“走三桥”是指元宵节走过小东门的益庆桥、天官牌坊南的长生桥、邑庙东的如意桥，取“益庆、长生、如意、吉祥”之愿，特别受到女性游观者的喜爱。

灯会胜景（上海豫园旅游商城股份有限公司　提供）

## ■ 上坂关公灯

申报地区或单位：江西省南昌市湾里区

上坂关公灯饰流行于江西省南昌市湾里区罗亭镇上坂村以“板凳龙”闹元宵的传统民俗活动。

“板凳龙”又称“板灯”，是在木板上扎灯，板板相连，形成一条灯火如长龙。清光绪《南昌县志》载：“乡间多崇板灯。其制，设龙头龙尾，贯以板，板上置灯数笼，节节相承，长者数十板共成一灯。”曹氏后人附会《三国演义》关羽在华容道放走曹操故事，扎板灯感激，取名“关公灯”，又叫“关公龙”。

每年元宵节，曹氏家族都要按户出资制作板凳龙，做工精细，造型别致，它灯头型如“丰”字、每一板上插三盏多棱角灯笼灯尾。当地人称一条板凳为一桥，桥数越多龙身越长。每桥由自己负责，龙头、龙尾则由村里负责。出灯时，龙头、龙尾由村里长老或有威望的村民撑持，前后左右有健壮青年护灯，表演人数众多，鼓乐相伴，场面热烈。“关公龙”会轮流到村中各家拜年祈福，为社区民众欢度佳节增添欢乐祥和的气氛。

关公灯灯头（熊凯鹰　摄）

祭拜关公（王丽珍　摄）

在灯头、灯尾吊挂梭形纸灯（熊凯鹰　摄）

灯头、灯尾相呼应（熊凯鹰　摄）

984
X-77

# 苗族四月八

申报地区或单位：湖南省吉首市

苗族四月八节是苗族人民聚会欢庆的重大节日，中国苗族地区都十分盛行。国家民族事务委员会根据苗族人民的要求，于1981年5月3日作出批示："同意农历四月八日为苗族传统节日。"从此，在京的苗族与湘、鄂、渝、滇、黔等省市苗族群众同享"四月八"节日的欢乐。

苗族四月八节源于苗族祭祀活动，祭天地、祭祖先、祭英雄、祭神灵。随着时代的变迁，苗族人民情趣变化，节日活动逐步加进了歌舞表演及人情交流，使之内容更加丰富多彩。

凤凰“四月八”（向民航　摄）

苗族椎牛（向民航　摄）

“四月八”跳绺巾舞（向民航　摄）

爬刀梯（向民航 摄）

高台舞狮（向民航　摄）

祭祀吹牛角号（向民航　摄）

“四月八”这一天，成千上万的苗族男女都要穿上节日盛装，从四面八方涌入歌场周围对唱苗歌。苗族青年称“赶歌场”，又叫“跳花跳月”。苗歌演唱几乎贯穿了节日活动的全过程。苗歌分为高腔、平腔两大声腔，内容涉及到苗族社会生产生活、历史事件、历史人物、风情习俗等各个方面，充分显示了苗族以歌传情、以歌叙事、以歌取乐的文化特点。

苗族四月八体现了苗族的宗教文化特点，对研究苗族的历史、民俗具有重大的价值。

苗族四月八是湘、鄂、渝、滇、黔等省市苗族、侗族、瑶族，多民族的大聚会，对增强民族团结、振奋民族精神、构建社会主义和谐社会将产生积极的推动作用。

跳鼓（向民航　摄）

987
X-80

# 塔塔尔族撒班节

## 申报地区或单位：新疆维吾尔自治区奇台县

奇台县位于新疆维吾尔自治区东北部，地处东经89°13′—91°22′，北纬43°25′—45°29′之间，东与木垒县为邻，南以天山中脊与吐鲁番市、鄯善县搭界，西和吉木萨尔县相连，北与富蕴县、青河县接壤，东北与蒙古国交界。大泉塔塔尔乡位于S303省道两侧，东与农六师108团相连、南隔东湾镇至天山山脉东侧，西与吉木萨尔县接壤，北至古尔班通古特沙漠。

奇台县塔塔尔乡是全国唯一的以塔塔尔族为主体的民族乡，塔塔尔族是我国人口较少民族，奇台境内现有塔塔尔族1450人，生计方式以农耕和放牧为主。“撒班节”是塔塔尔族的传统农事节日，也是塔塔尔族民俗的重要组成部分。

在塔塔尔族撒班节上，塔塔尔族青年表演塔塔尔族舞蹈《快乐的塔塔尔》。（谭斌成　摄）

塔塔尔人由从事畜牧业逐步转变为从事种植业之后，他们将原来以铁锨、坎土曼、镢头等工具翻地种植作物的生产方式，改为以“犁铧”为工具耕种作物的生产方式。后塔塔尔人为了庆祝“犁铧”这一先进的生产工具，特地用犁铧的塔塔尔语读音“撒班”来称谓这种庆祝活动，久而久之这种庆祝活动演变为塔塔尔族的传统节日，因此“撒班节”也可以说就是“犁铧节”。

撒班节是全民参与的节日，在每年6月20日—25日之间举行，场地不固定，活动过程中无特殊禁忌。

塔塔尔族是跨国界民族，在新疆周边邻国有分布。“撒班节”活动不带任何宗教色彩，是塔塔尔族传统文化的百科全书，保留了较完整的塔塔尔族习俗，如饮食、服饰、竞技、音乐、舞蹈、手工艺、文化活动等方面有着鲜明的塔塔尔族特色。岁时节令是重要的非物质文化遗产，具有较高的历史和文化价值。从学术上来说，“撒班节”对民俗学、人文学和社会学都有着重要的意义和价值，应当得到保护和传承。

塔塔尔族舞蹈《快乐的撒班节》（谭斌成　摄）

群众共度塔塔尔族撒班节（萨哈达提　摄）

塔塔尔族撒班节上的竞技活动（萨哈达提　摄）

991
X-84

# 庙会



## ■ 北山庙会

申报地区或单位：吉林省吉林市

北山庙会是在吉林省吉林市北山举办的具有悠久传统的民俗活动文化空间。

北山坐落在吉林市区的西北面，是著名的城区森林公园。清康熙年间，山顶始建关帝庙。其后建有药王庙（原名三皇庙）、玉皇阁等，形成庙宇群，遂有“千山寺庙甲东北，吉林庙会胜千山”之誉。自清代起，以庙宇为中心形成各种固定节期的民俗集会，传承至今。

每年农历四月以后，庙会接连不断，有四月初八佛诞节、四月十八娘娘庙会、四月二十八药王庙会、五月十三关帝庙会，其中以药王庙会最为隆重。庙会期间，善男信女虔诚礼拜，摊贩叫卖，民俗表演热闹非凡。

融儒、释、道多元信仰于一山，集满、汉、朝、蒙、回等多民族习俗于一体，使北山庙会独具特色。

挂红祈福（吉林市非物质文化遗产保护研究中心　提供）

吉林北山古寺庙群（吉林市非物质文化遗产保护中心　提供）

焚香祈福（吉林市非物质文化遗产保护研究中心　提供）

放生祈福　（吉林市非物质文化遗产保护研究中心　提供）

商贸云集（吉林市非物质文化遗产保护研究中心　提供）

# ■ 张山寨七七会

## 申报地区或单位：浙江省缙云县

“会案”表演场景（陈慧芬　摄）

“会案”表演——三十六行（胡盛玮　摄）

张山寨七七会是浙江省缙云县胡源乡招序村张山寨于农历七夕举办的民间信俗活动。

张山寨七七会始于明万历初年。张山寨献山庙里供奉着浙南、福建一带民间广为信奉、颇有影响的地方神陈十四娘娘。传说农历七月初七是陈十四诞日，每年这一天当地民众都要到这里举行规模盛大的张山寨七七会。

张山寨七七会沿用明万历初年确立的习俗，活动形式和程序分为：设立“案坛”、上寨迎轿、巡游祈福、献戏、山寨守夜、会案表演、祭拜归位等。

会期，各种独特风格的古老民间表演都在这里竞相献艺，观者如潮。除本地民众外，还有来自浙江、福建以及台湾等省的信众。

张山寨七七会因百姓信仰陈十四而长盛不衰。活动组织沿用明时立的主事村点轮流首事管理制度，即由轮值村主持活动事宜。

该项目活动涵盖信仰、民俗、民间文艺等领域，对于继承中华民族优良传统，增强中华民族凝聚力、促进祖国统一具有重要意义，亦有传统节日文化研究的民俗学价值。

会场盛况（缙云县非物质文化遗产保护办公室　提供）

巡游祈福　（胡盛玮　摄）

祭拜归位（缙云县非物质文化遗产保护办公室　提供）

“会案”表演——铜钱鞭（陈慧芬　摄）

上寨迎轿（缙云县非物质文化遗产保护办公室　提供）

山寨“守夜”（辛福明 摄）

# ■ 方岩庙会

## 申报地区或单位：浙江省永康市

方岩庙会是在浙江省永康市胡公祠举办的民俗活动文化空间。

方岩位于永康东部，为国家级旅游风景名胜区。山顶上有始建于唐大中四年(850)的广慈寺和后世为纪念宋代胡则而修建的胡公祠。

胡则(963—1039)，是北宋名宦，宋宣和至宝佑间，历代皇帝不断加封，胡则便由臣到侯、由侯到公。由于他“为官一任，造福一方”，民间百姓奉之为“胡公大帝”，立“胡公庙”祠祭。

庙会时间为每年农历八月初至九月重阳节，历时五十余天，八月十三前后和九月重阳前后为两个高潮。

庙会活动的核心内容是“迎案”，即“迎罗汉、拜胡公”仪式活动：胡公神座(俗称“胡公案”)巡游，卤簿仪仗扈从。由数十或上百名青壮年组成的罗汉班(俗称“迎罗汉”)随其后，表演武术杂耍。亦有歌舞队，或跟随罗汉班之后，或单独活动，民间舞“十八蝴蝶”和舞狮“九狮图”是闻名遐迩的传统节目。参加庙会的罗汉队多达四五百支，分属民间72个“胡公会”，会期在方岩山顶和沿途村庄争奇斗艳，热闹非凡。

叠罗汉（朱幼吾　摄）

庙会上的传统武术打拳表演（朱幼吾　摄）

方岩庙会的迎案队伍上方岩换香火时，在方岩山南岩广场进行打罗汉表演。（朱幼吾　摄）

## 九华山庙会

### 申报地区或单位：安徽省池州市九华山风景区

九华山庙会是在安徽省池州市九华山定期举行的敬奉地藏菩萨的传统民俗活动文化空间。

九华山著名风景区，以优美的自然景观和浓郁的佛教文化传统著称于世。唐开元末年，新罗僧人金乔觉渡海来到九华山修炼，圆寂后被僧徒尊为地藏菩萨化身。此后，每逢农历七月三十日，佛教僧徒和当地民众举行隆重的祭祀仪式，逐渐形成九华山庙会：佛诞节（农历四月初八）、自恣日（农历七月十五）、地藏诞日（农历七月三十）举行“浴佛法会”、“盂兰盆会”、“大愿法会”，农历十月十五民间和寺院共同举办“阴骘大会”，四面八方香客虔诚礼拜，买卖交易聚成集市。

九华山庙会以超度亡灵、祈求平安和众生安乐为主要内容。同时，当地民众举办“舞龙灯”、“狮灯”活动，演出《目连救母》、《九更天》、《刘文龙》等傩仪节目，连续数日，热闹非凡。

舞龙灯（吴绍龙　摄）

进香（吴绍龙　摄）

传统仪式（何翔彬　摄）

## ■ 西山万寿宫庙会

### 申报地区或单位：江西省新建县

西山万寿宫庙会是在江西省新建县万寿宫定期举办的祭祀净明道祖师许逊的传统民俗活动文化空间。

许逊（239—374）是东晋人，生长在江西南昌。东晋元帝大兴四年（321），隐居南昌南郊梅仙祠旧址，创办道院，立净明道派，被尊奉为祖师。道教仙话说他得道成仙，为“十二真君”之一。北宋徽宗政和二年（1112），追封他为“神功妙济真君”，升南昌西山观为宫，赐额“玉隆万寿宫”。之后，形成定期的庙会。

传说农历八月十五是许真君得道升天的日子，因此每年七月二十至九月初一便是信众们集中进山朝拜的“香期”，亦称“庙会期”。八月（号净月）初一晨旦开朝，朝拜队伍执“万寿进香”旌旗，锣鼓喇叭相随，陈敬供品，默念心愿，祈求赐福。夜晚民间戏班演出。

该项目活动涵盖信仰、民俗、民间文艺等领域，对于继承中华民族优良传统，增强社区凝聚力具有重要意义，亦有宗教学、民俗学、历史学研究价值。

万寿宫庙会的传统仪式（吴昌智　摄）

万寿宫庙会的传统仪式（杜小毛　摄）

万寿宫庙会的传统仪式（杜小毛　摄）

在高明殿前进行隆重的焚香包祈福仪式（熊国宝　摄）

## ■ 汉阳归元庙会

申报地区或单位：湖北省武汉市汉阳区

汉阳归元庙会是在湖北省武汉市汉阳区归元寺定期举办的传统民俗活动文化空间。

归元寺属曹洞宗，又称“归元禅寺”，是湖北省重点文物保护单位，始建于清顺治十五年（1685）。清代中叶汉阳庙会已颇具名气，每年春节前后众多香客进香祈福，游客如织，以正月初九为最盛，新春祈福仪式与民俗活动结合是该庙会的特色。

汉阳归元庙会是当地民俗生活的缩影，它丰富了当地群众的文化生活，具有宗教学、民俗学、历史学研究价值。

汉阳归元庙会踩街活动——汉阳高龙（刘振杰　提供）

汉阳归元庙会踩街活动——新洲高跷亭子（黄晓君　摄）

汉阳归元庙会踩街活动——高龙和跑竹羊民俗表演（黄晓君　摄）

## ■ 当阳关陵庙会

申报地区或单位：湖北省当阳市

当阳关陵（张鸿　摄）

诵祭文（张鸿　摄）

采莲船表演（张鸿　摄）

“蚌壳精”表演（张鸿　摄）

当阳关陵庙会是在湖北省当阳市关陵庙定期举办的以祭祀关羽为主要内容的传统民俗活动文化空间。

当阳别名麦城，是三国蜀将关羽遇害葬身之地。祭奠关羽，“乡人墓祭，岁以为常”（嘉庆《荆门直隶州志·当阳冢墓》）。清雍正《湖广通志》卷二十五记载：关帝庙，“以茔墓所在建立祠宇，有司以时致祭”。

庙会于每年春季或秋季举办。主要活动有：祭祀关公、演关戏“当阳杀故事”、民间娱乐活动、许愿还愿、庙市等内容。大量周边县市、外省以及海外信众届时涌来，体现这一民俗活动在增进社区民众文化认同方面具有的积极作用。

992
X-85

# 民间信俗



## ■ 梅日更召信俗

申报地区或单位：内蒙古自治区包头市九原区

社区民众在举行祭祀树木仪式（郑晓峰　摄）

梅日更召信俗是在内蒙古地区寺庙用蒙古语诵经祈福而形成的融民众信仰仪式与民俗活动于一体的文化空间。

梅日更葛根是18世纪蒙古文化史上杰出的学者、精通佛教理论的大师。1677年，在黄河北岸“海日图”（现达拉特旗境内）建立一座藏传佛教寺庙，称“梅日更葛根召”，即今位于包头市九原区梅日更召前身，是藏传佛教蒙古语诵经的发源地。梅日更召是当今世上唯一用蒙古语诵经的黄教寺院。

梅日更召用蒙古语诵经祈福仪式在蒙古族民众中有深刻的影响，形成世代传承的有民众广泛参与的寺庙信俗传统。

梅日更召信俗表现形式主要有：农历正月十五、八月十五，举办大型查玛（即“会”），上层活佛喇嘛都到梅日更召大殿里诵经，转寺庙界石，喇嘛跳查玛舞。八月十五还举办赛马、摔跤活动。五月初五，僧人、民众祭祀乌拉山主峰、山石。七月十三，乌拉特西公旗杀公牛祭祀敖包。腊月二十三，喇嘛到百姓家颂祭火词。以上所有祭祀都要用蒙古语诵经。

梅日更召信俗的形成发展与蒙古族的历史、文化紧密相连，具有重要的历史学、民族学、民俗学价值。

民众参加转寺庙界石仪式（孟克巴图　摄）

八月十五查玛开幕的场景（孟克巴图　摄）

社区民众举行祭祀“柜子石”仪式（郑晓峰　摄）

社区牧民在家中祭祀灶火（敖伊拉特 摄）

社区牧民们在居所听诵经（敖伊拉特 摄）

## ■ 锡伯族喜利妈妈信俗

### 申报地区或单位：辽宁省沈阳市

锡伯族喜利妈妈信俗，是源于结绳记事形式、祖先崇拜性质的民族民间信仰，具有鲜明的锡伯民族特色。

敬祭“喜利妈妈”，是锡伯族普遍和独有的全民族群体性信俗。沈北新区黄家乡八家子村吴吉山家族传承的喜利妈妈已历9代，四五百年历史。传说中“喜利妈妈”是富于传奇色彩的民族英雄，实际产生于游牧生活。“喜利”，锡伯语意为延续；“妈妈”，娘娘神，意思是在娘娘神的庇佑下，子子孙孙得以不断繁衍生息。所以，锡伯族自古以来就家家崇拜，户户供奉。

腊月十六是喜利妈妈的生日，当天族人将供品摆好，敬香鸣鞭。族人叩拜祖先和喜利妈妈。除夕夜敬祭喜利妈妈，是一个锡伯家族十分神圣的活动。由男主人将喜利妈妈请出，摆上供品，燃香叩拜。一直展示到农历二月初二，才收拢放回原处。这一天要吃特赫勒，即荞麦面。

喜利妈妈信俗，凝聚着深厚的锡伯族文化传统，是锡伯整个民族从古至今的一种文化特质，是联结民族精神的纽带。

用锡伯族特色菜肴招待亲朋

社区群众家中的喜利妈妈

制作喜利妈妈

喜利妈妈生日仪式敬香

生女孩挂红布条

社区群众家中的喜利妈妈

# 闽台送王船

申报地区或单位：福建省厦门市

闽台送船王活动场面（厦门市文化馆　提供）

闽台送王船是在福建省厦门市沿海村落保留的崇尚“代天巡狩”王爷的一种民间信俗。

“王爷”信仰广泛流传于闽南沿海及台湾渔村，尤其盛于南台湾，与中台湾的妈祖信仰并称，俗曰：“南王爷、中妈祖。”厦门市同安区西柯镇吕厝村华藏庵内向王爷求“药签”信俗在闽南颇有影响。

“王爷”起源之说颇多，以王爷是代表天帝巡按人间善恶大神说为著。供奉王爷之庙多称“代天府”，王爷亦称为“代天巡狩”。

送王船是送瘟祈福的民间信俗仪式活动，清康熙年间《台海使槎录》卷二载：“三年王船，备物

祭拜（厦门市文化馆　提供）

王船出栈后（蔡通行、蔡志波　摄）

火烧王船（厦门市文化馆　提供）

海沧钟山送王船场景（蔡通行　摄）

建醮。”乾隆《海澄县志》详细记载了己丑年（1769）冬举办的送王船仪式。

各地送王船活动时间不一，大多是三四年举行一次，通过掷筊在固定的农历月份确定某一天举行送王船仪式。制造木或纸王船一艘，请上王爷，载各项生活用品实物，信众簇拥，鼓乐相随，送至海边焚烧。

该项目对于继承中华民族优良传统，增强中华民族凝聚力，促进祖国统一具有重要意义。

# ■ 清水祖师信俗

申报地区或单位：福建省安溪县

清水祖师佛诞祭典 （许福财 摄）

清水祖师信俗是发端于福建省安溪县清水岩崇信清水祖师的传统民间信俗。

清水祖师法号“普足”，俗名“陈荣祖”（又作陈昭应，1047—1101），是北宋福建泉州安溪的高僧，在安溪清水岩修道，被尊称为清水祖师。清乾隆《福建通志》卷三记安溪清水岩：“宋僧普足建道场，岩中石隙出米，工竣而米绝。乡人祀之，祷雨辄应。”祖师逝后，百姓感恩，崇奉为佛，香火旺盛，被安溪人视为地方最重要的保护神，也被茶业尊奉为安溪铁观音的保护神。该信俗广泛流布于中国闽、粤、浙、香港、澳门、台湾等地区，以及日本、新加坡、马来西亚、印度尼西亚、菲律宾、泰国、缅甸等国家。

每年春节，迎春绕境是该信俗的主要活动。绕境3天，举行献花、献茶以及请“三忠火”（仪诣三忠庙拜祀张巡、许远、岳飞）仪式，以敬茶的方式迎请清水祖师下山。

该项目对于继承华夏文明，增强中华民族凝聚力、促进祖国统一具有重要意义，同时具有宗教学、民俗学、历史学研究价值。

祖师圣像（蔡葆同　摄）

谒祖进香（郑明清　摄）

迎春绕境（陈志强　摄）

请神分炉（郑明清　摄）

# ■ 嫘祖信俗

## 申报地区或单位：湖北省远安县

汉白玉嫘祖雕像（曾翼　摄）

嫘祖牌坊（王光华　摄）

村民为百年桑树挂红（王光华　摄）

嫘祖信俗是在湖北省远安县嫘祖庙存续的一种祭祀先蚕的传统习俗。

《史记·五帝本记》记载："黄帝居轩辕之丘，而娶于西陵之女，是为嫘祖。"清《五礼通考》卷一百二十六引《通鉴外记》："西陵氏之女嫘祖为帝元妃，始教民育蚕，治丝茧以供衣服，后世祀为先蚕。"

远安自古就是著名的"垭丝"产地，民间传说今苟家垭镇为"嫘祖故里"，祭祀嫘祖信俗世代相传，祭祀蚕神蔚然成风。初春桑树抽芽时举行初祭，又叫头祭。传说农历三月十五日是嫘祖生辰，是日为大祭，敬奉者多为女性。荆襄地区香客、商贾云集。秋季为末祭，恭送蚕神回天宫，恭请蚕卵入寝过冬，宴庆丰收。

现在，大祭以荷花镇嫘祖庙活动规模最盛。苟家垭镇也是一个祭祀中心。祭仪中的祭品以帛为主，主祭者和从祭者以蚕妇为主，童子为亚祭，是远安嫘祖祭祀活动的特色。

该项目对于继承中华民族优良传统，增强社区凝聚力具有重要意义。

村妇祭拜嫘祖（王光华　摄）

主祭宣读祭文（王光华　摄）

## 波罗诞

申报地区或单位：广东省广州市黄埔区

波罗诞是在广东省广州市黄埔区南海神庙定期举行的祭祀南海神的传统民间信俗。

南海神庙建于隋开皇十四年（594），在波罗江上，庙有波罗树高大，因而俗名波罗庙。南海神历代受敕封，清雍正二年（1724）被封南海昭明龙王之神。往来进出庙前，祭拜祈福。

《广东通志》卷八《礼乐志》载，“南海神庙每岁春秋仲月壬日致祭”，是为官祭。民间以农历二月十三日为南海神生日，每年于二月十一日开始，举办庙会，规模盛大，称“南海神诞”，又称“波罗诞”。附近民众及香港、澳门、东南亚地区华侨信众蜂拥而至。

庙会主要的活动有祭海仪式、“五子朝王”活动、花朝节、章丘诗会、岭南民俗表演活动等。

风车是波罗诞庙会期间人们必买的吉祥物。买一个风车，转转来年的运气。（何子安　摄）

五子朝王仪式（曾伟宏　摄）

波罗粽是独特美食（陈劲　摄）

庙会人头攒动（黄建平　摄）

## ■ 悦城龙母诞

### 申报地区或单位：广东省德庆县

悦城龙母诞是在广东省德庆县悦城龙母祖庙定期举行的祭祀海神的传统民间信俗。悦城龙母祖庙始建于秦汉时期，宋熙宁年间诏赠龙母为永济夫人。今为国家级重点文物保护单位。每年农历五月初一至初八龙母生辰诞和农历八月初一至初八龙母得道诞时当地各界民众举办隆重庙会，求吉祈福，海内外信众络绎不绝。

龙母圣像供奉图（徐向光　摄）

龙母诞主要内容有万民朝圣贺诞、龙母沐浴、龙母更衣、慈龙孝子祭母、济物放生教化、圣迹瞻拜等。

该项目对于继承中华民族优良传统，增强中华民族凝聚力具有重要意义，亦有宗教学、民俗学、历史学研究价值。

五龙祭母（徐向光　摄）

致祝文（徐向光　摄）

三牲供品祭祀（徐向光　摄）

民间艺术表演队伍（徐向光　摄）

## ■ 长洲太平清醮

申报地区或单位：香港特别行政区

走午朝仪式（马健行　摄）

醒狮表演（马健行　摄）

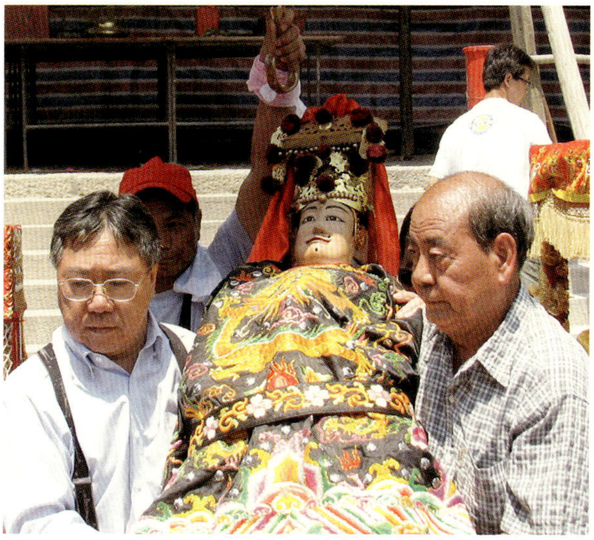

请玄天上帝进神舆，准备进行会景巡游。（马健行　摄）

纸扎作品中，最重要的是大士王、土地、山神。其中大士王的姿态是海陆丰民间纸扎的独有风格。（马健行　摄）

长洲太平清醮是在香港长洲岛北帝庙定期举行的崇尚玄天上帝的传统民间信俗。

太平清醮又名“清醮”、“打醮”、“祈安清醮”，是由道教传统仪式演化成的民间信俗活动。

太平清醮于每年农历四月举行，抢包山和飘色巡游是两项主要活动内容。

太平清醮期间，北帝庙前会设立三个竹棚搭成高十余米的包山，每个包山挂上约一万六千个印有红色“寿”字的莲蓉包，又叫“平安包”。抢包山通常会在太平清醮的最后一晚举行。在村长一声号令后，选手们分别登上包山，争夺包子。据说取得包子越多，福气就越高，因而竞抢场面激烈。抢得的包子则会分派给其他居民“共沾福气”。飘色巡游，观者如堵；舞狮舞麟，欢腾热烈。

百余年前，活动由热心参与打醮事务的居民所组成的值理会组织。自2004年成立“香港长洲太平清醮值理会”为活动组织永久性机构，香港特区政府予以支持。

该项目对于继承中华民族优良传统，增强中华文化认同具有重要意义。

喃呒师傅主持的仪式（马健行　摄）

## ■ 鱼行醉龙节

### 申报地区或单位：澳门特别行政区

澳门鱼行醉龙节是澳门鲜鱼行独有的一项民间传统节庆活动，又称澳门鱼行醉龙醒狮大会。每年农历四月初八日举行。

鱼龙醉龙节活动场景

醉龙庆典主礼台

四月初七夜制龙船饭

派发龙船饭

舞龙前祭神仪式

舞醉龙源自数百年前的广东省香山县（今中山、珠海、澳门）。据道光《香山县志》载：“四月八日浮屠浴佛，诸神庙雕饰木龙，细民金鼓旗帜，醉舞中衢，以逐疫，曰转龙。”

每年四月初七傍晚，澳门从事渔业批发或零售的居民，便汇聚在菜市场，无分彼此，个个席地而坐，围台进餐，形成吃“龙船头长寿饭”传统。酒席间，舞动香案上的木龙祈福。四月初八舞醉龙巡游、免费派送龙船头饭是节庆中的主要活动内容。舞醉龙、舞醒狮是节日中的两项主要表演形式。

舞醉龙是澳门鲜鱼行全行会共同参与的节庆活动，由历任理监事会成员统筹策划组织。现在澳门各界广泛参与。

澳门鱼行醉龙节活动传承中华民族“龙”的精神，表达了对祖国繁荣昌盛的期盼与祝福，对于增强中华民族凝聚力，增进社区及行业团结协作精神具有重要意义。亦有民俗学、历史学研究价值。

994
X-87

# 抬阁

海沧蜈蚣阁
宜章夜故事
长乐抬阁故事会
通海高台

## ■ 海沧蜈蚣阁

申报地区或单位：福建省厦门市海沧区

海沧蜈蚣阁是流行于福建省厦门市海沧区的节庆民俗活动中的一种抬阁表演形式。

旧时为迎神赛会的化装游行，今为民俗踩街活动形式之一。广泛流传于厦门、泉州、漳州等闽南一带及台湾、金门地区。

闽南一带，抬阁又称“艺阁”，阁台上扮装故事，演唱南音。蜈蚣阁为艺阁的一种表现形式，又叫“装阁”、“龙阁”、“凤阁”，清乾隆《泉州府志·风俗》中已有记载。蜈蚣阁游艺活动集中在海沧区东屿等村。

蜈蚣阁在城区游行（周赞家　摄）

“蜈蚣阁”由十几块至上百块木板连接组合而成。木板长1.5米至2米，宽40厘米至50厘米，称为“阁棚”；“阁棚”之间以活榫相接，连成一串，委蛇而行，形似蜈蚣，故称为“蜈蚣阁”。“阁棚”装饰得五彩缤纷，上面装置一高凳，每只高凳上坐一少年孩童，装扮成某一戏曲故事中的人物。表演时蜈蚣阵由人力肩扛或装轮推动，缓缓行进，鞭炮鼓乐齐鸣。

该项目对于继承中华民族优良传统，增强中华民族凝聚力、促进祖国统一具有重要意义。

阁上坐着“才子佳人”（周赞家　摄）

抬阁队员统一着红色服装（周赞家　摄）

蜈蚣阁正式启程（周赞家　摄）

# ■ 宜章夜故事

## 申报地区或单位：湖南省宜章县

宜章夜故事是在湖南省宜章县传统节庆民俗活动中保留的一种抬阁表演形式。

宋代周密《武林旧事》卷三记载："以木床铁擎为仙佛鬼神之类，驾空飞动，谓之台阁。"装演故事是抬阁的主题内容。民国《宜章县志》称："城关装演故事，清光绪初年最盛。自元旦至上元，每夜辄有数十台，近年最盛。"

宜章夜故事活动时间在农历正月初一至正月十五，以元宵节为高潮日。其形式是将民间传说、神话故事、戏剧人物等汇集于一个抬桌上。多以单户为单位装扮，也有多户联合装扮的形式，在夜幕中表演。故事巡游灯火通明，爆竹轰鸣，鼓乐喧天，热闹非凡，观者如堵。

该项目是当地民间艺术的杰出代表，丰富了当地群众的精神生活，为广大民众提供了一种表情达意、自我调节的有效形式。

"齐天大圣"（宜章县非物质文化遗产保护中心　提供）

"蚌壳精"（宜章县非物质文化遗产保护中心　提供）

"渔翁戏蚌精"（宜章县非物质文化遗产保护中心　提供）

夜故事演出之夜（宜章县非物质文化遗产保护中心　提供）

土地爷献瑞（宜章县非物质文化遗产保护中心　提供）

嫦娥奔宜（宜章县非物质文化遗产保护中心　提供）

## 长乐抬阁故事会

申报地区或单位：湖南省汨罗市

抬阁故事会是在湖南省汨罗市长乐镇传统节庆民俗活动中保留的一种抬阁表演形式。长乐抬阁故事会起于隋唐，盛于明清。

从正月初一至元宵节期间，长乐人自发分成上市街和下市街两个团体，举行故事会竞演。抬阁故事内容多为历代忠孝节义故事和民间传说故事，分为地故事、地台故事、高彩故事、高跷故事四大类；又分上、下市街故事会，故事会巡游表演时，伴随会旗、彩旗、牌匾、彩灯、锣鼓、乐队等，再配以玩彩龙、舞火龙、舞狮、彩莲船、腰鼓等民俗游艺队伍，上街与下街一比高低，观者如堵。

各故事会组织成员自发组成，不计报酬，经费自筹。

该项目对于继承中华民族优良传统，丰富群众文化生活，构建和谐社会具有重要意义。

长乐镇2011年万人闹元宵活动表演实况（图为地故事表演）（任陆军　摄）

长乐故事会参加汨罗市2010年新春闹元宵活动表演实况（图为高跷表演）（王松柏　摄）

长乐镇2011年万人闹元宵活动表演实况（图为《永乐观灯》表演）（任陆军　摄）

# ■ 通海高台

## 申报地区或单位：云南省通海县

通海高台是在云南省通海县传统节庆民俗活动中保留的一种抬阁表演形式。

明清时军屯移民将粤、闽等省的“抬阁”和“飘色”传到云南。清道光二十二年（1842）四月二十七日立的《高台会碑》记载，原通海、河西（今通海县辖镇）两县迎高台兴起于清乾隆年间，从七街（今通海县辖镇）开始，流传至河西城、通海城以及各村落。清嘉庆、道光年间，七街、通海县城、河西县城、四街、杨广（今通海县辖镇）相继成立了“高台会”，传承至今。

高台巡游多在每年农历正月十六日举行，称做“迎”高台。一般年份有十二台，闰年有十三台。

制作高台手艺的难点是做到不露“筋骨”。所谓“筋骨”，指的是支撑整个舞台的铁杆。做到顺乎自然、天衣无缝，是高台艺人的绝活。

高台是一个流动舞台，一台高台就是一出戏。经过挑选并训练过的四至五岁孩子装扮各种角色，表现的内容多为戏曲故事。高台巡游，有吹打乐伴随，还有毛驴灯、龙灯等民俗表演。

该项目对于继承中华民族优良传统，增强社区凝聚力具有重要意义，亦有民俗学、艺术学、历史学研究价值。

为高台人物穿戴服饰（杨晓敏　摄）

高台游演《京娘送兄》（杨晓敏　摄）

高台游演《许仙借伞》（杨晓敏　摄）

高台游演《十字坡》（杨晓敏　摄）

996
X-89

# 朝鲜族花甲礼

申报地区或单位：黑龙江省牡丹江市

花甲礼是朝鲜族民众为60周岁老人举行的生日宴会，是朝鲜族重要的人生礼仪。

花甲是“花甲子”的简称，60年为一个花甲轮回，所以60周岁称为“花甲”之年。19世纪中叶到20世纪初，中国朝鲜族迁入牡丹江流域，花甲礼随之传承，存续至今。

举行花甲礼时，儿女们为老人摆寿宴，广邀亲朋邻里欢聚一堂，感谢父母的养育之恩。献寿是基本的仪式，寿庆礼开始，先由司仪介绍过

朝鲜族花甲礼——亲友和来宾同过寿老人一起载歌载舞（于志勇　摄）

朝鲜族花甲礼——介绍过寿老人生平业绩（于志勇　摄）

朝鲜族花甲礼——子女给过寿老人敬酒（于志勇　摄）

朝鲜族花甲礼——子女们给过寿老人行礼（于志勇　摄）

朝鲜族花甲礼——来宾为过寿老人敬酒（于志勇　摄）

寿老人的生平业绩，儿女和来宾代表致祝辞，然后老人的子孙们和前来祝贺的亲朋好友按男女长幼次序，各自献上寿酒并行一次叩拜礼。席间载歌载舞祝福老人健康长寿。

该项目对于弘扬尊老爱老的传统美德，加强人际交往，丰富朝鲜族群众的生活具有重要意义。

997
X-90

# 祭祖习俗



## ■ 沁水柳氏清明祭祖

申报地区或单位：山西省沁水县

柳宗元塑像及供台（孙聚才　提供）

沁水柳氏清明祭祖是山西省沁水县西文兴村柳氏家族存续的传统祭祖礼仪民俗。

西文兴村是一处保存完整的河东柳氏族人世代聚居的千年古村落，保留着柳氏在明清具有宗法制度特征的完好古建筑群。柳氏民居现为全国重点文物保护单位。

该村落居住人口迄今仍是一脉同宗的柳氏后人。据现存金石碑记和《河东柳氏族谱》记载，该村柳氏后人均为唐代文学家柳宗元的后裔，世居西文兴村，遵训守礼，传承了河东柳氏家风和美德，延续了河东柳氏独特的人生礼俗，并立石永记于西文兴柳氏宗祠，常年祭祀，慎终追远。

河东柳府纪贤团（孙聚才　提供）

上供（孙聚才　提供）

西文兴柳氏民居全貌（孙聚才　提供）

清明祭祖最为隆重。清明前三天开始忌荤吃素，早上第一顿第一碗饭必献祠堂。各家上坟扫墓。清明日齐聚祠堂，以牲礼献祭先祖。外出者这一天也都赶回来参加祭祖仪式。

该项目对于弘扬中华民族慎终追远的优良传统，构建和谐社会具有重要意义。

## ■ 太公祭

### 申报地区或单位：浙江省文成县

太公祭是存续在浙江文成县南田镇以明朝开国元勋刘伯温为对象的家族及地方先贤祭祀礼仪习俗。

“太公”是后世对明代著名历史人物刘基（字伯温，谥号文成）的尊称。文成县是刘伯温故里，文成县以刘基谥号得名。文成县南田诚意伯庙，是国家重点文物保护单位。先贤公祭日在刘基诞辰的农历六月十五日。刘氏宗族固定每年农历正月初一、六月十五日举行春秋二祭，世代传承至今。

春秋家祭由刘氏宗族开会研究，选出父母双全，子女成双，德才兼备的刘氏后人作为祭主，届时全国各地的刘氏宗亲、台湾刘氏后裔以及旅居海外的刘氏族人都参加祭祀仪礼。温州市下辖的平阳、苍南两县

太公祭主场地国家级文物保护单位刘基庙（邱珍钱　摄）

祭祀场景一角（雷忠义　摄）

祭祀结束后的板凳龙表演（刘国荣　摄）

以及周边的青田县又有类似活动。

“太公祭”祭祀活动中心在南田诚意伯庙。主要内容有：1.除夕祭主行“起马祭”后，将容亭（刘伯温牌位）送入刘基庙。2.巡城。3.祭“追远祠”（祭刘基上七代）。4.春节辰时，祭太公。5.祭礼结束表演舞龙、花灯等民间表演。

该遗产对于刘氏宗族具有强大的凝聚力，作为纪念地方先贤的民俗活动，得到当地社区民众广泛认同，对于弘扬中华民族的传统人文精神，促进海外华侨华人认祖归宗、推动祖国统一具有重要意义。作为活态存续的“家祭”样本，有重要的民俗学、社会学价值。

# ■ 石壁客家祭祖习俗

## 申报地区或单位：福建省宁化县

石壁客家祭祖习俗是在福建省宁化县客家人中存续的传统祭祖礼仪活动。

我国历史上几次重大的北人南迁，形成华夏民族一个独特的客家民系。客家人南迁均以宁化作为集聚地，因此被海内外称为“客家祖地”，视为“客家摇篮”、“客家朝圣中心”，民谚云“北有大槐树，南有石壁村”。

巫氏祭祖场景（巫瑞才　摄）

曹氏祭祖场景（陈端　摄）

石壁客家公祭场景（裘锦才　摄）

石壁客家祭祖始于明洪武年间。石壁客家各宗族聚居地建造的宗祠、家庙至今还保留二百余座，遍及全县16个乡镇，是祭祖的中心场所。

客家祭祖沿袭古礼，分为春秋两祭。春祭在清明节，又称清明祭；秋祭在农历八月初一，又称秋清明。公祭（或称官祭）规模盛大。族祭（或称私祭、家祭）由同一姓氏后裔共同举办，或在祠堂祠祭，或在祖茔墓祭，敬祖穆宗，慎终追远。

石壁客家祭祖习俗是客家文化构成的重要部分，对于继承中华文明，凝聚民族精神具有重要意义，亦有学术研究价值。

## ■ 灯杆彩凤习俗

### 申报地区或单位：广东省揭东县

竖灯杆升彩凤是广东省揭东县港畔村及其周围江姓族人纪念其先祖、南宋爱国名相江万里的传统民俗活动。

宋末右丞相江万里被俘不降，投江殉国，其孙江汝祖携家人定居揭阳龙砂。江氏传至十一世祖时，族人在江边发现凤栖竹林，念及先祖江万里平生喜凤，江氏后裔就用“竖灯杆升彩凤”的形式来纪念先祖江万里，表示不忘先祖，世代相传。

灯杆彩凤习俗夜景（揭阳市非物质文化遗产保护中心　提供）

彩凤样本（揭阳市非物质文化遗产保护中心　提供）

灯杆彩凤习俗景色（揭阳市非物质文化遗产保护中心　提供）

竖灯杆升彩凤，即是用一根十多米长的毛竹，尾部留着竹叶，竹尾挂灯笼，灯笼上方挂着一只五色“彩凤”，凤尾与凤身都披上绣有金色丝线的红绸缎，上面写着“吉祥”、“幸福”字样，凤下挂着风铃，风一吹，“彩凤”转动，铃声清脆悦耳。白天，一枝枝竹竿，一只只“彩凤”，一家连一家，极为壮观；夜里，灯笼和“彩凤”上安装的各式闪灯一齐亮起，形成一座色彩斑斓的灯城，辉煌靓丽，蔚为壮观。

竖灯杆升彩凤这一民俗活动在潮汕地区乃至国内是一项独特的民俗活动，对弘扬中华民族的传统人文精神，丰富民众文化生活，增强社区凝聚力具有重要意义，还有重要的民俗学、历史学、工艺学价值。

灯杆彩凤习俗夜景（揭阳市非物质文化遗产保护中心 提供）

## ■ 下沙祭祖

### 申报地区或单位：广东省深圳市福田区

下沙祭祖是存续在广东省深圳市福田区下沙村的黄氏传统祭祖礼仪活动。下沙村与香港隔河相望，村民均为黄姓，现在旅居海外的下沙籍黄氏后裔约有3000人。南宋时期，客家人下沙黄氏一世祖黄默堂辗开基立村，其墓在今深圳市莲花山西北坡，建于南宋淳祐八年（1248）。今存九世祖“黄思铭公世祠”始建于明代。传世《黄氏家谱》中载有家训，第三条为“重祭”，曰：“水有源，木有本，人有心，应立祠堂，置祀产，春秋时节令我族人咸集祠堂，举行典礼，弘扬仁孝之德，除却蠢愚之念。”

舞狮祭祖（黄建星、黄剑辉　摄）

黄氏祭祖场景（黄建星、黄剑辉　摄）

1966年，在香港编印的《黄氏族谱》书影
（黄建星、黄剑辉　摄）

族人准备就位祭祖（黄建星、黄剑辉　摄）

莲花山祭祖舞龙（黄建星、黄剑辉　摄）

下沙黄氏族人在公世祠外按辈分列队，等待入殿祭祖（黄建星、黄剑辉　摄）

下沙黄氏宗亲会会长在祭祖开始前准备香烛（黄建星、黄剑辉　摄）

下沙祭祖习分春秋两祭，春祭只拜祠堂，秋祭既拜祠堂也拜祖墓。下沙祖墓建于南宋淳祐年间，祖祠始建于明代。拜祠堂时擂鼓、奏乐、放炮，60岁以上老人身着长衫至中殿三跪九叩，然后长房嫡孙、族长、宗亲会长依次至正殿行初献礼、亚献礼及三献礼，宣读祭文，然后裔孙们分批上前祭拜。旅居海外的下沙籍人士每年亦派代表回来参加祭祖活动。祭祖期间，民间同时举行舞龙、舞狮、粤剧表演，举办大盆菜宴。

该项目对于继承中华民族优良传统，增强社区凝聚力，加强与海外华人、台港澳同胞的紧密联系具有重要意义，同时还具有民俗学研究价值。

1027
X-120

# 南海航道更路经

申报地区或单位：海南省琼海市

“南海航道更路经”又有“南海水路经”、“南海定时经针位”、“顺风得利”、“注明东、北海更路簿”、“去西、南沙的水路簿”等名称，是南海渔民把握海上航行线路的传统民间知识。

“更”是古代计算航程的单位，一更等于60里；“路”是指航行的路线图；“簿”就是本子。《更路簿》就是手抄航行路线图的手抄册子，“更路传”指口传的航行路线经验。现存的手抄本《更路簿》产生于清康熙末年，至19世纪中叶趋于成熟，定型成书，世代流传至今。

南海航道更路经是海南岛渔民自编自用的航海“秘本”，是每位船长必备的航海图。迄今发现的有十多种《更路簿》，记载渔民从海南岛文昌县的清澜港或琼海县的潭门港起航，往返于西沙、南沙、中沙群岛和东南亚各国线路及气候、水文、地貌等航行必备知识。

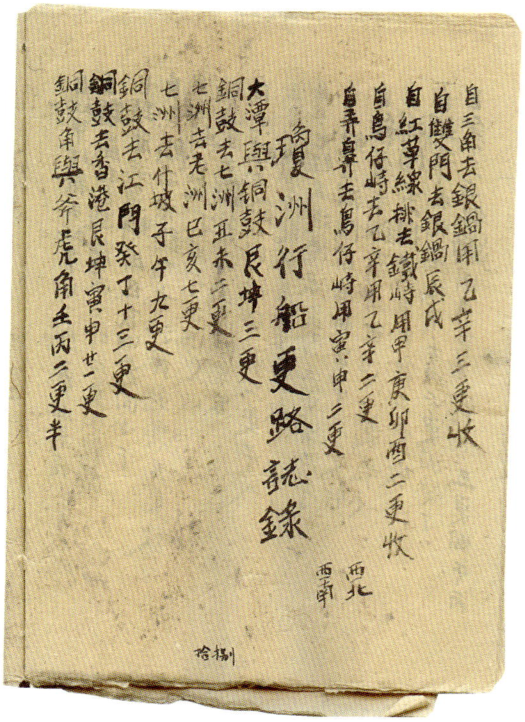


王诗桃《更路簿·琼洲更路》（郑庆杨　摄）

展示古航海罗盘、航海地图和手抄《更路薄》，仅靠这些工具，老渔民就能出行西沙、南沙等地。（郑庆杨　摄）

老渔民传授古老航海图使用经验（郑庆杨　摄）

南海航道更路经是古代海南渔民航海知识的结晶，以口头和书面的形式流传下来，至今仍有琼海渔民使用。它是古代琼海人发现和开发西沙、南沙和中沙群岛的历史见证，是认定西沙、南沙和中沙群岛自古就是我国领土领海的有力证据，对研究我国华侨史、外贸史、航海史、南海开发史都有着珍贵的史料价值。

# 索　　引

索引一（按拼音排序）

索引二（按申报地区或单位排序）

# 索引一（按拼音排序）

新入选项目

## A



## B



## C

## J

## T

## Y

# Z

## 扩展项目

## B



## C

## D

## E



## F

## G



## H

## K



## L

## M

## N



## P

# 索引二（按申报地区或单位排序）

## 北京市（共12项）

### 新入选项目

民间文学



传统体育、游艺与杂技



传统技艺



### 扩展项目

传统舞蹈



传统体育、游艺与杂技

传统美术



传统技艺



传统医药



## 天津市（共5项）

### 新入选项目

传统体育、游艺与杂技



### 扩展项目

传统体育、游艺与杂技

传统技艺



传统医药



## 河北省（共15项）

新入选项目

民间文学



传统戏剧



传统技艺

## 扩展项目

### 传统舞蹈



### 传统戏剧



### 曲艺



### 传统体育、游艺与杂技



### 传统美术



### 民俗

# 山西省（共40项）

## 新入选项目

### 民间文学



### 传统戏剧



### 曲艺



### 传统体育、游艺与杂技



### 传统美术



### 传统技艺

民俗



## 扩展项目

传统音乐



传统舞蹈



传统戏剧

# 内蒙古自治区（共13项）

## 新入选项目

### 民间文学

| | | | | |
|---|---|---|---|---|
| 1058 | Ⅰ-114 | 祝赞词 | 内蒙古自治区东乌珠穆沁旗 | 59 |

### 传统舞蹈

| | | | | |
|---|---|---|---|---|
| 1093 | Ⅲ-104 | 鄂温克族萨满舞 | 内蒙古自治区根河市 | 129 |

### 民俗

| | | | | |
|---|---|---|---|---|
| 1199 | Ⅹ-124 | 俄罗斯族巴斯克节 | 内蒙古自治区额尔古纳市 | 390 |

## 扩展项目

### 传统音乐

| | | | | |
|---|---|---|---|---|
| 61 | Ⅱ-30 | 多声部民歌<br>（潮尔道—阿巴嘎潮尔） | 内蒙古自治区阿巴嘎旗 | 471 |
| 604 | Ⅱ-105 | 蒙古族民歌<br>（乌拉特民歌） | 内蒙古自治区乌拉特前旗 | 484 |

### 传统戏剧

| | | | | |
|---|---|---|---|---|
| 162 | Ⅳ-18 | 晋剧 | 内蒙古自治区呼和浩特市 | 613 |
| 217 | Ⅳ-73 | 二人台<br>（东路二人台） | 内蒙古自治区乌兰察布市 | 654 |
| 235 | Ⅳ-91 | 皮影戏<br>（巴林左旗皮影戏） | 内蒙古自治区巴林左旗 | 672 |

传统美术

| | | | | |
|---|---|---|---|---|
| 315 | Ⅶ-16 | 剪纸<br>（包头剪纸） | 内蒙古自治区包头市 | 754 |

传统技艺

| | | | | |
|---|---|---|---|---|
| 394 | Ⅷ-44 | 弓箭制作技艺<br>（蒙古族牛角弓制作技艺） | 内蒙古师范大学 | 836 |
| 907 | Ⅷ-124 | 民族乐器制作技艺<br>（蒙古族拉弦乐器制作技艺） | 内蒙古自治区科尔沁右翼中旗 | 883 |

传统医药

| | | | | |
|---|---|---|---|---|
| 972 | Ⅸ-12 | 蒙医药<br>（蒙医传统正骨术、蒙医正骨疗法） | 内蒙古自治区中蒙医医院、科尔沁左翼后旗 | 966 |

民俗

| | | | | |
|---|---|---|---|---|
| 992 | Ⅹ-85 | 民间信俗<br>（梅日更召信俗） | 内蒙古自治区包头市九原区 | 1046 |

# 辽宁省（共7项）

## 新入选项目

民间文学

| | | | | |
|---|---|---|---|---|
| 1053 | Ⅰ-109 | 锡伯族民间故事 | 辽宁省沈阳市 | 49 |

曲艺

| | | | | |
|---|---|---|---|---|
| 1126 | Ⅴ-102 | 盘索里 | 辽宁省铁岭市 | 203 |

扩展项目

传统音乐

| | | | | |
|---|---|---|---|---|
| 596 | Ⅱ-97 | 海洋号子<br>（长海号子、象山渔民号子） | 辽宁省长海县 | 481 |

传统戏剧

| | | | | |
|---|---|---|---|---|
| 195 | Ⅳ-51 | 评剧 | 辽宁省沈阳市和平区 | 630 |

传统美术

| | | | | |
|---|---|---|---|---|
| 872 | Ⅶ-96 | 建筑彩绘<br>（传统地仗彩画） | 辽宁省沈阳市 | 813 |

传统医药

| | | | | |
|---|---|---|---|---|
| 972 | Ⅸ-12 | 蒙医药<br>（血衰症疗法） | 辽宁省阜新蒙古族自治县 | 966 |

民俗

| | | | | |
|---|---|---|---|---|
| 992 | Ⅹ-85 | 民间信俗<br>（锡伯族喜利妈妈信俗） | 辽宁省沈阳市 | 1046 |

# 吉林省（共11项）

新入选项目

民间文学

| | | | | |
|---|---|---|---|---|
| 1060 | Ⅰ-116 | 陶克陶胡 | 吉林省前郭尔罗斯蒙古族自治县 | 66 |

传统音乐



曲艺



民俗



## 扩展项目

传统舞蹈



传统体育、游艺与杂技



传统技艺



民俗

| | | | | |
|---|---|---|---|---|
| 453 | Ⅹ-5 | 中秋节<br>（秋夕） | 吉林省延边朝鲜族自治州 | 995 |
| 991 | Ⅹ-84 | 庙会<br>（北山庙会） | 吉林省吉林市 | 1034 |

## 黑龙江省（共6项）

### 新入选项目

#### 民俗

| | | | | |
|---|---|---|---|---|
| 1200 | Ⅹ-125 | 鄂温克族瑟宾节 | 黑龙江省讷河市 | 392 |
| 1214 | Ⅹ-139 | 婚俗<br>（达斡尔族传统婚俗） | 黑龙江省齐齐哈尔市富拉尔基区 | 422 |

### 扩展项目

#### 传统戏剧

| | | | | |
|---|---|---|---|---|
| 195 | Ⅳ-51 | 评剧 | 黑龙江省评剧院 | 630 |
| 235 | Ⅳ-91 | 皮影戏<br>（龙江皮影戏） | 黑龙江省哈尔滨市 | 672 |

#### 民俗

| | | | | |
|---|---|---|---|---|
| 451 | Ⅹ-3 | 端午节<br>（五大连池药泉会） | 黑龙江省黑河市 | 980 |
| 996 | Ⅹ-89 | 朝鲜族花甲礼 | 黑龙江省牡丹江市 | 1069 |

# 上海市（共17项）

## 新入选项目

### 民间文学



### 传统戏剧



### 传统美术



### 传统技艺



## 扩展项目

### 传统舞蹈

# 江苏省（共24项）

## 新入选项目

### 民间文学



### 传统舞蹈



### 传统戏剧



### 传统技艺



## 扩展项目

### 民间文学



### 传统音乐

| | | | | |
|---|---|---|---|---|
| 931 | Ⅷ-148 | 绿茶制作技艺（碧螺春制作技艺） | 江苏省苏州市吴中区 | 910 |

传统医药

| | | | | |
|---|---|---|---|---|
| 443 | Ⅸ-4 | 中医传统制剂方法（致和堂膏滋药制作技艺、季德胜蛇药制作技艺） | 江苏省江阴市、南通市 | 940 |

## 浙江省（共49项）

### 新入选项目

民间文学

| | | | | |
|---|---|---|---|---|
| 1036 | Ⅰ-92 | 防风传说 | 浙江省德清县 | 18 |
| 1041 | Ⅰ-97 | 布袋和尚传说 | 浙江省奉化市 | 27 |
| 1042 | Ⅰ-98 | 钱王传说 | 浙江省临安市 | 29 |
| 1043 | Ⅰ-99 | 苏东坡传说 | 浙江省杭州市 | 31 |
| 1044 | Ⅰ-100 | 王羲之传说 | 浙江省绍兴市 | 32 |
| 1050 | Ⅰ-106 | 烂柯山的传说 | 浙江省衢州市 | 43 |
| 1055 | Ⅰ-111 | 海洋动物故事 | 浙江省洞头县 | 52 |

传统戏剧

| | | | | |
|---|---|---|---|---|
| 1102 | Ⅳ-140 | 醒感戏 | 浙江省永康市 | 149 |
| 1103 | Ⅳ-141 | 湖剧 | 浙江省湖州市 | 151 |
| 1104 | Ⅳ-142 | 淳安三角戏 | 浙江省淳安县 | 153 |

曲艺

| | | | | |
|---|---|---|---|---|
| 1127 | Ⅴ-103 | 永康鼓词 | 浙江省永康市 | 207 |
| 1128 | Ⅴ-104 | 唱新闻 | 浙江省象山县 | 208 |

### 传统体育、游艺与杂技



### 传统美术



### 传统技艺



### 民俗



## 扩展项目

### 传统音乐

传统舞蹈

| | | | | |
|---|---|---|---|---|
| 107 | Ⅲ-4 | 龙舞<br>（碇步龙、开化香火草龙、坎门花龙） | 浙江省泰顺县、开化县、玉环县 | 522 |
| 113 | Ⅲ-10 | 盾牌舞<br>（藤牌舞） | 浙江省瑞安市 | 562 |

传统戏剧

| | | | | |
|---|---|---|---|---|
| 183 | Ⅳ-39 | 乱弹<br>（诸暨西路乱弹） | 浙江省诸暨市 | 626 |
| 236 | Ⅳ-92 | 木偶戏<br>（泰顺提线木偶戏、廿八都木偶戏） | 浙江省泰顺县、江山市 | 680 |

曲艺

| | | | | |
|---|---|---|---|---|
| 237 | Ⅴ-1 | 苏州评弹<br>（苏州评话、苏州弹词） | 浙江曲艺杂技总团 | 709 |
| 249 | Ⅴ-13 | 温州鼓词 | 浙江省平阳县 | 713 |

传统技艺

| | | | | |
|---|---|---|---|---|
| 417 | Ⅷ-67 | 皮纸制作技艺<br>（龙游皮纸制作技艺） | 浙江省龙游县 | 843 |
| 428 | Ⅷ-78 | 雕版印刷技艺<br>（杭州雕版印刷技艺） | 浙江省杭州市西湖区 | 847 |
| 882 | Ⅷ-99 | 蚕丝织造技艺<br>（杭州织锦技艺） | 浙江省杭州市 | 861 |
| 883 | Ⅷ-100 | 传统棉纺织技艺<br>（余姚土布制作技艺） | 浙江省余姚市 | 865 |
| 931 | Ⅷ-148 | 绿茶制作技艺<br>（紫笋茶制作技艺、安吉白茶制作技艺） | 浙江省长兴县、安吉县 | 910 |

传统医药

| | | | | |
|---|---|---|---|---|
| 443 | Ⅸ-4 | 中医传统制剂方法<br>（朱养心传统膏药制作技艺） | 浙江省杭州市 | 940 |
| 445 | Ⅸ-6 | 中医正骨疗法<br>（张氏骨伤疗法、章氏骨伤疗法） | 浙江省富阳市、台州市 | 958 |

民俗

| | | | | |
|---|---|---|---|---|
| 451 | Ⅹ-3 | 端午节<br>（嘉兴端午习俗、蒋村龙舟胜会） | 浙江省嘉兴市、杭州市西湖区 | 980 |
| 452 | Ⅹ-4 | 七夕节<br>（石塘七夕习俗） | 浙江省温岭市 | 991 |
| 480 | Ⅹ-32 | 黄帝祭典<br>（缙云轩辕祭典） | 浙江省缙云县 | 1005 |
| 483 | Ⅹ-35 | 祭孔大典<br>（南孔祭典） | 浙江省衢州市 | 1009 |
| 484 | Ⅹ-36 | 妈祖祭典<br>（洞头妈祖祭典） | 浙江省洞头县 | 1011 |
| 516 | Ⅹ-68 | 农历二十四节气<br>（九华立春祭、班春劝农） | 浙江省衢州市柯城区、遂昌县 | 1018 |
| 991 | Ⅹ-84 | 庙会<br>（张山寨七七会、方岩庙会） | 浙江省缙云县、永康市 | 1034 |
| 997 | Ⅹ-90 | 祭祖习俗<br>（太公祭） | 浙江省文成县 | 1071 |

## 安徽省（共12项）

新入选项目

传统音乐

| | | | | |
|---|---|---|---|---|
| 1070 | Ⅱ-140 | 凤阳民歌 | 安徽省滁州市 | 85 |

传统医药



民俗



## 福建省（共17项）

### 新入选项目

传统体育、游艺与杂技



传统美术



传统技艺



民俗

## 扩展项目

### 传统音乐



### 传统舞蹈



### 传统戏剧



### 传统美术



### 传统技艺



### 传统医药



### 民俗

## 江西省（共10项）

### 新入选项目

#### 传统音乐



#### 传统戏剧



### 扩展项目

#### 传统舞蹈



#### 传统戏剧

传统美术

| | | | | |
|---|---|---|---|---|
| 315 | Ⅶ-16 | 剪纸<br>（新干剪纸） | 江西省新干县 | 754 |

传统技艺

| | | | | |
|---|---|---|---|---|
| 910 | Ⅷ-127 | 漆器髹饰技艺<br>（鄱阳脱胎漆器髹饰技艺） | 江西省鄱阳县 | 894 |

民俗

| | | | | |
|---|---|---|---|---|
| 978 | Ⅹ-71 | 元宵节<br>（上坂关公灯） | 江西省南昌市湾里区 | 1024 |
| 991 | Ⅹ-84 | 庙会<br>（西山万寿宫庙会） | 江西省新建县 | 1034 |

# 山东省（共27项）

## 新入选项目

民间文学

| | | | | |
|---|---|---|---|---|
| 1034 | Ⅰ-90 | 舜的传说 | 山东省诸城市 | 14 |
| 1038 | Ⅰ-94 | 庄子传说 | 山东省东明县 | 22 |
| 1039 | Ⅰ-95 | 柳毅传说 | 山东省潍坊市寒亭区 | 24 |
| 1047 | Ⅰ-103 | 牡丹传说 | 山东省菏泽市牡丹区 | 38 |
| 1048 | Ⅰ-104 | 泰山传说 | 山东省泰安市 | 39 |

传统音乐

| | | | | |
|---|---|---|---|---|
| 1081 | Ⅱ-151 | 弦索乐<br>（菏泽弦索乐） | 山东省菏泽市 | 104 |

传统戏剧



曲艺



传统体育、游艺与杂技



传统技艺



## 扩展项目

民间文学



传统音乐



传统舞蹈

传统戏剧

| | | | | |
|---|---|---|---|---|
| 170 | Ⅳ-26 | 大平调 | 山东省成武县 | 618 |
| 717 | Ⅳ-116 | 吕剧 | 山东省滨州市 | 705 |

曲艺

| | | | | |
|---|---|---|---|---|
| 257 | Ⅴ-21 | 山东琴书 | 山东省郓城县 | 717 |

传统体育、游艺与杂技

| | | | | |
|---|---|---|---|---|
| 805 | Ⅵ-33 | 螳螂拳 | 山东省栖霞市、青岛市崂山区 | 743 |

传统美术

| | | | | |
|---|---|---|---|---|
| 346 | Ⅶ-47 | 泥塑<br>（惠民泥塑） | 山东省惠民县 | 768 |
| 831 | Ⅶ-55 | 柳编<br>（博兴柳编、曹县柳编） | 山东省博兴县，山东省曹县 | 781 |

传统技艺

| | | | | |
|---|---|---|---|---|
| 910 | Ⅷ-127 | 漆器髹饰技艺<br>（潍坊嵌银髹漆技艺） | 山东省潍坊市 | 894 |

# 河南省（共12项）

## 新入选项目

传统戏剧

| | | | | |
|---|---|---|---|---|
| 1109 | Ⅳ-147 | 淮调 | 河南省安阳县 | 164 |
| 1110 | Ⅳ-148 | 落腔 | 河南省内黄县 | 166 |

民俗

| | | | | |
|---|---|---|---|---|
| 454 | Ⅹ-6 | 重阳节<br>（上蔡重阳习俗） | 河南省上蔡县 | 1001 |

## 湖北省（共20项）

### 新入选项目

民间文学

| | | | | |
|---|---|---|---|---|
| 1040 | Ⅰ-96 | 禅宗祖师传说 | 湖北省黄梅县 | 25 |
| 1045 | Ⅰ-101 | 李时珍传说 | 湖北省蕲春县 | 34 |
| 1049 | Ⅰ-105 | 黄鹤楼传说 | 湖北省武汉市武昌区 | 41 |
| 1059 | Ⅰ-115 | 黑暗传 | 湖北省保康县、神农架林区 | 63 |

传统音乐

| | | | | |
|---|---|---|---|---|
| 1072 | Ⅱ-142 | 利川灯歌 | 湖北省利川市 | 88 |
| 1073 | Ⅱ-143 | 天门民歌 | 湖北省天门市 | 90 |

传统戏剧

| | | | | |
|---|---|---|---|---|
| 1111 | Ⅳ-149 | 武当神戏 | 湖北省丹江口市 | 168 |

曲艺

| | | | | |
|---|---|---|---|---|
| 1130 | Ⅴ-106 | 三棒鼓 | 湖北省宣恩县 | 212 |

传统技艺

| | | | | |
|---|---|---|---|---|
| 1174 | Ⅷ-194 | 铅锡刻镂技艺 | 湖北省荆州市 | 327 |
| 1191 | Ⅷ-211 | 土家族吊脚楼营造技艺 | 湖北省咸丰县 | 360 |

## 扩展项目

### 传统音乐



### 传统舞蹈



### 传统戏剧



### 传统美术



### 传统技艺



### 传统医药

民俗



## 湖南省（共23项）

### 新入选项目

民间文学



传统舞蹈



传统戏剧



曲艺



传统体育、游艺与杂技

传统美术



传统技艺



民俗



## 扩展项目

民间文学



传统舞蹈



传统戏剧



曲艺

传统美术

| | | | | |
|---|---|---|---|---|
| 324 | Ⅶ-25 | 挑花<br>（苗族挑花） | 湖南省泸溪县 | 765 |
| 350 | Ⅶ-51 | 竹编<br>（益阳小郁竹艺） | 湖南省益阳市 | 774 |
| 832 | Ⅶ-56 | 石雕<br>（菊花石雕） | 湖南省工艺美术研究所 | 789 |

传统医药

| | | | | |
|---|---|---|---|---|
| 975 | Ⅸ-15 | 苗医药<br>（癫痫症疗法、钻节风疗法） | 湖南省凤凰县、花垣县 | 970 |

民俗

| | | | | |
|---|---|---|---|---|
| 984 | Ⅹ-77 | 苗族四月八 | 湖南省吉首市 | 1028 |
| 994 | Ⅹ-87 | 抬阁<br>（宜章夜故事、长乐抬阁故事会） | 湖南省宜章县、汨罗市 | 1062 |

# 广东省（共22项）

## 新入选项目

传统舞蹈

| | | | | |
|---|---|---|---|---|
| 1089 | Ⅲ-100 | 跳花棚 | 广东省化州市 | 122 |

传统戏剧

| | | | | |
|---|---|---|---|---|
| 1112 | Ⅳ-150 | 雷剧 | 广东省雷州市 | 170 |

曲艺

| | | | | |
|---|---|---|---|---|
| 1132 | Ⅴ-108 | 粤曲 | 广东省广州市 | 216 |

| | | | | |
|---|---|---|---|---|
| 236 | Ⅳ-92 | 木偶戏<br>（广东木偶戏、揭阳铁枝木偶戏） | 广东省木偶艺术剧院有限公司，广东省揭阳市 | 680 |

传统美术

| | | | | |
|---|---|---|---|---|
| 349 | Ⅶ-50 | 灯彩<br>（忠信花灯） | 广东省连平县 | 772 |
| 867 | Ⅶ-91 | 镶嵌<br>（潮州嵌瓷） | 广东省潮州市工艺美术研究院 | 807 |

传统技艺

| | | | | |
|---|---|---|---|---|
| 910 | Ⅷ-127 | 漆器髹饰技艺<br>（阳江漆器髹饰技艺） | 广东省阳江市 | 894 |

传统医药

| | | | | |
|---|---|---|---|---|
| 443 | Ⅸ-4 | 中医传统制剂方法<br>（罗浮山百草油制作技艺、保滋堂保婴丹制作技艺） | 广东省博罗县，广东省医药行业协会 | 940 |

民俗

| | | | | |
|---|---|---|---|---|
| 452 | Ⅹ-4 | 七夕节<br>（天河乞巧习俗） | 广东省广州市天河 | 991 |
| 992 | Ⅹ-85 | 民间信俗<br>（波罗诞、悦城龙母诞） | 广东省广州市黄埔区、德庆县 | 1046 |
| 997 | Ⅹ-90 | 祭祖习俗<br>（灯杆彩凤习俗、下沙祭祖） | 广东省揭东县、深圳市福田区 | 1071 |

# 广西壮族自治区（共8项）

## 新入选项目

### 民间文学



### 传统音乐



### 传统医药



## 扩展项目

### 传统音乐



### 传统舞蹈



### 传统戏剧

传统美术

| | | | | |
|---|---|---|---|---|
| 350 | Ⅶ-51 | 竹编<br>（毛南族花竹帽编织技艺） | 广西壮族自治区环江毛南族自治县 | 774 |

## 海南省（共6项）

### 新入选项目

传统音乐

| | | | | |
|---|---|---|---|---|
| 1074 | Ⅱ-144 | 临高渔歌 | 海南省临高县 | 92 |

传统舞蹈

| | | | | |
|---|---|---|---|---|
| 1090 | Ⅲ-101 | 老古舞 | 海南省白沙黎族自治县 | 124 |

传统戏剧

| | | | | |
|---|---|---|---|---|
| 1120 | Ⅳ-158 | 海南斋戏 | 海南省海口市 | 189 |

### 扩展项目

传统美术

| | | | | |
|---|---|---|---|---|
| 834 | Ⅶ-58 | 木雕<br>（花瑰艺术） | 海南省澄迈县 | 794 |

传统技艺

| | | | | |
|---|---|---|---|---|
| 881 | Ⅷ-98 | 陶器烧制技艺<br>（黎族泥片制陶技艺） | 海南省白沙黎族自治县 | 858 |

曲艺



传统技艺



传统医药



## 四川省（共13项）

### 新入选项目

民间文学



传统舞蹈



传统美术

民俗



## 扩展项目

传统音乐



传统美术



传统技艺

# 贵州省（共20项）

## 新入选项目

### 民间文学



### 传统体育、游艺与杂技



### 传统美术



### 民俗



## 扩展项目

### 传统音乐

传统戏剧

| | | | | |
|---|---|---|---|---|
| 222 | Ⅳ-78 | 花灯戏 | 贵州省花灯剧团 | 656 |
| 233 | Ⅳ-89 | 傩戏<br>（荔波布依族傩戏） | 贵州省荔波县 | 664 |

传统美术

| | | | | |
|---|---|---|---|---|
| 321 | Ⅶ-22 | 苗绣 | 贵州省台江县 | 762 |

传统技艺

| | | | | |
|---|---|---|---|---|
| 375 | Ⅷ-25 | 蜡染技艺<br>（黄平蜡染技艺） | 贵州省黄平县 | 820 |
| 390 | Ⅷ-40 | 银饰锻制技艺<br>（苗族银饰锻制技艺） | 贵州省剑河县、台江县 | 829 |
| 888 | Ⅷ-105 | 苗族织锦技艺 | 贵州省台江县、凯里市 | 872 |
| 907 | Ⅷ-124 | 民族乐器制作技艺<br>（苗族芦笙制作技艺） | 贵州省凯里市 | 883 |

民俗

| | | | | |
|---|---|---|---|---|
| 458 | Ⅹ-10 | 火把节<br>（彝族火把节） | 贵州省赫章县 | 1003 |
| 516 | Ⅹ-68 | 农历二十四节气<br>（石阡说春） | 贵州省石阡县 | 1018 |

## 云南省（共21项）

### 新入选项目

民间文学

| | | | | |
|---|---|---|---|---|
| 1057 | Ⅰ-113 | 坡芽情歌 | 云南省富宁县 | 57 |
| 1063 | Ⅰ-119 | 目瑙斋瓦 | 云南省德宏傣族景颇族自治州 | 71 |

传统戏剧

| | | | | |
|---|---|---|---|---|
| 235 | Ⅳ-91 | 皮影戏<br>（腾冲皮影戏） | 云南省腾冲县 | 672 |

传统体育、游艺与杂技

| | | | | |
|---|---|---|---|---|
| 793 | Ⅵ-21 | 摔跤<br>（彝族摔跤） | 云南省石林彝族自治县 | 731 |

传统美术

| | | | | |
|---|---|---|---|---|
| 834 | Ⅶ-58 | 木雕<br>（剑川木雕） | 云南省剑川县 | 794 |

传统技艺

| | | | | |
|---|---|---|---|---|
| 907 | Ⅷ-124 | 民族乐器制作技艺<br>（傣族象脚鼓制作技艺） | 云南省临沧市临翔区 | 883 |
| 935 | Ⅷ-152 | 黑茶制作技艺<br>（下关沱茶制作技艺） | 云南省大理白族自治州 | 915 |
| 949 | Ⅷ-166 | 火腿制作技艺<br>（宣威火腿制作技艺） | 云南省宣威市 | 920 |

传统医药

| | | | | |
|---|---|---|---|---|
| 448 | Ⅸ-9 | 藏医药<br>（藏医骨伤疗法） | 云南省迪庆藏族 | 963 |

民俗

| | | | | |
|---|---|---|---|---|
| 994 | Ⅹ-87 | 抬阁<br>（通海高台） | 云南省通海县 | 1062 |

# 西藏自治区（共14项）

## 新入选项目

### 民间文学



### 传统舞蹈



### 传统技艺



### 民俗



## 扩展项目

### 传统音乐



### 传统舞蹈

| | | | | |
|---|---|---|---|---|
| 680 | Ⅲ-83 | 谐钦<br>（尼玛乡谐钦） | 西藏自治区班戈县 | 594 |

传统戏剧

| | | | | |
|---|---|---|---|---|
| 224 | Ⅳ-80 | 藏戏<br>（尼木塔荣藏戏） | 西藏自治区尼木县 | 658 |

传统美术

| | | | | |
|---|---|---|---|---|
| 313 | Ⅶ-14 | 藏族唐卡<br>（勉萨画派） | 西藏自治区 | 749 |
| 347 | Ⅶ-48 | 酥油花<br>（强巴林寺酥油花） | 西藏自治区昌都地区 | 770 |

传统技艺

| | | | | |
|---|---|---|---|---|
| 903 | Ⅷ-120 | 藏族金属锻制技艺<br>（扎西吉彩金银锻铜技艺） | 西藏自治区日喀则地区 | 881 |

## 陕西省（共10项）

### 新入选项目

民间文学

| | | | | |
|---|---|---|---|---|
| 1046 | Ⅰ-102 | 蔡伦造纸传说 | 陕西省汉中市 | 36 |

传统戏剧

| | | | | |
|---|---|---|---|---|
| 1115 | Ⅳ-153 | 弦子腔 | 陕西省平利县 | 175 |

曲艺

| | | | | |
|---|---|---|---|---|
| 1135 | Ⅴ-111 | 洛阳静板书 | 陕西省洛南县 | 222 |

## 扩展项目

### 民间文学



### 传统音乐



### 传统戏剧



### 传统美术



### 传统技艺



# 甘肃省（共8项）

## 新入选项目

### 传统舞蹈

# 青海省（共7项）

## 新入选项目

### 民间文学



### 传统音乐



### 传统舞蹈



### 传统技艺



## 扩展项目

### 传统音乐



### 传统技艺

## 宁夏回族自治区（共2项）

### 新入选项目

民俗



### 扩展项目

传统技艺



## 新疆维吾尔自治区（共22项）

### 新入选项目

民间文学



传统音乐

传统舞蹈



传统美术



传统技艺



传统医药



民俗



## 扩展项目

传统舞蹈

# 香港特别行政区（共4项）

## 新入选项目

### 民俗

| | | | | |
|---|---|---|---|---|
| 1197 | Ⅹ-122 | 中元节<br>（潮人盂兰胜会） | 香港特别行政区 | 385 |

## 扩展项目

### 民俗

| | | | | |
|---|---|---|---|---|
| 451 | Ⅹ-3 | 端午节<br>（大澳龙舟游涌） | 香港特别行政区 | 980 |
| 453 | Ⅹ-5 | 中秋节<br>（大坑舞火龙） | 香港特别行政区 | 995 |
| 992 | Ⅹ-85 | 民间信俗<br>（长洲太平醮） | 香港特别行政区 | 1046 |

# 澳门特别行政区（共3项）

## 新入选项目

### 曲艺

| | | | | |
|---|---|---|---|---|
| 1136 | Ⅴ-112 | 南音说唱 | 澳门特别行政区 | 223 |

扩展项目

传统音乐



民俗



## 中国艺术研究院（共1项）

新入选项目

传统技艺



## 故宫博物院（共2项）

新入选项目

传统技艺

# 中国紫檀博物馆（共1项）

## 扩展项目

### 传统美术

图书在版编目（CIP）数据

第三批国家级非物质文化遗产名录图典 / 王文章主编.
—北京：文化艺术出版社，2012.1
ISBN 978-7-5039-5292-0

Ⅰ.①第… Ⅱ.①王… Ⅲ.①文化遗产—中国—图集 Ⅳ.
①K203-64

中国版本图书馆CIP数据核字(2011)第264138号

第三批国家级非物质文化遗产名录图典

主　　编　王文章
副 主 编　马文辉　吕品田
编　　者　中国艺术研究院·中国非物质文化遗产保护中心
责任编辑　胡　晋　周进生　贺　星
责任校对　方玉菊
封面设计　顾咏梅
版式设计　李　鹏　刘玲子　朱倩倩
出版发行　文化艺术出版社
地　　址　北京市东城区东四八条52号（100700）
网　　址　www.whyscbs.com
电子邮箱　whysbooks@263.net
电　　话（010）84057666（总编室）　84057667（办公室）
　　　　　84057691—84057699（发行部）
传　　真（010）84057660（总编室）　84057670（办公室）
　　　　　84057690（发行部）
经　　销　全国新华书店
印　　刷　北京雅昌彩色印刷有限公司
版　　次　2012年11月第1版
印　　次　2012年11月第1次印刷
开　　本　787毫米×1092毫米　1/8
印　　张　149
字　　数　450千字　图片3200幅
书　　号　ISBN 978-7-5039-5292-0
定　　价　980.00 元